O CANTO DOS SEGREDOS

O CANTO DOS SEGREDOS
TANA FRENCH

TRADUÇÃO DE WALDÉA BARCELLOS

ROCCO

Título original
THE SECRET PLACE

Copyright © Tana French, 2014

O direito de Tana French ser identificada como autora desta obra foi assegurado por ela em concordância com o Copyright, Designs and Patents Act 1988.

Todos os direitos reservados. Nenhuma parte desta obra pode ser reproduzida ou transmitida por qualquer forma ou meio eletrônico ou mecânico, inclusive fotocópia, gravação ou sistema de armazenagem e recuperação de informação, sem a permissão escrita do editor.

Todos os personagens neste livro são fictícios e qualquer semelhança com pessoas reais, vivas ou não, é coincidência.

Direitos para a língua portuguesa reservados
com exclusividade para o Brasil à
EDITORA ROCCO LTDA.
Av. Presidente Wilson, 231 – 8º andar
20030-021 – Rio de Janeiro – RJ
Tel.: (21) 3525-2000 – Fax: (21) 3525-2001
rocco@rocco.com.br
www.rocco.com.br

Printed in Brazil/Impresso no Brasil

CIP-Brasil. Catalogação na fonte.
Sindicato Nacional dos Editores de Livros, RJ.

F94c	
	French, Tana
	O canto dos segredos / Tana French; tradução de Waldéa Barcellos. – 1ª ed. – Rio de Janeiro: Rocco, 2017.
	Tradução de: The secret place
	ISBN 978-85-325-2976-3
	1. Ficção policial irlandesa. I. Barcellos, Waldéa. II. Título.
15-23287	CDD–813
	CDU–821.111-3

O texto deste livro obedece às normas do
Acordo Ortográfico da Língua Portuguesa.

Para Dana, Elena, Marianne e Quynh Giao,
que felizmente não eram nem um pouco
parecidas com isso

PRÓLOGO

Essa música não para de tocar no rádio, mas Holly só consegue captar trechos dela. *Lembra, ai, lembra de quando nós éramos...* uma voz de garota, clara e insistente, com o ritmo leve e rápido fazendo você se descolar do chão, acelerando o seu coração para acompanhar; e depois ela some. Holly está sempre querendo perguntar às outras *Qual é essa?* mas nunca grava o suficiente para poder perguntar. A música está sempre escapulindo dela, quando estão no meio de uma conversa sobre alguma coisa importante, ou quando precisam correr para pegar o ônibus. Quando tudo se acalma de novo, a música sumiu. Ficou só o silêncio, ou Rihanna ou Nicki Minaj expulsando o silêncio a pancadas.

Ela vem de um carro, dessa vez, um carro com a capota abaixada para aproveitar todo o sol que conseguir, nessa súbita explosão de verão que amanhã já pode ter ido embora. Vem por cima da cerca viva, entrando no playground do parque, onde elas seguram sorvetes com os braços esticados para que não derretam em cima das compras da volta às aulas. No balanço, com a cabeça jogada para trás e os olhos semicerrados voltados para o céu, observando o pêndulo da luz do sol através dos cílios, Holly se endireita para escutar.

– Essa música – diz ela – o que... – mas nesse instante Julia deixa cair um pouco de sorvete no cabelo e sai em disparada do gira-gira, gritando "Merda!" E até ela conseguir um lenço de papel com Becca, pegar emprestada a garrafa de água de Selena para molhar o papel e tirar o sorvete grudento do cabelo, reclamando o tempo todo – principalmente para fazer Becca enrubescer, como denuncia o malicioso olhar de esguelha que ela lança para Holly – sobre como parece que ela fez sexo oral com algum cara ruim de pontaria, o carro já foi embora.

Holly acaba seu sorvete e se estica para trás nas correntes do balanço, até onde consegue que as pontas do cabelo não toquem na terra, olhando para as outras de lado e de cabeça para baixo. Julia voltou a se deitar no carrossel e o está girando com os pés. O carrossel range, um som regular, sem pressa, tranquilizador. Ao lado dela, Selena está jogada de bruços, remexendo na bolsa de compras, sem muita vontade, deixando que Jules empurre o brinquedo. Becca está toda enfiada no trepa-trepa, tomando sorvete com pequenas lambidas com a ponta da língua, para ver quanto tempo consegue que dure. O ruído do trânsito e gritos de rapazes se infiltram por cima da cerca viva, amenizados pelo sol e pela distância.

— Faltam 12 dias — diz Becca, e olha para ver se as outras estão felizes com isso. Julia ergue sua casquinha como um brinde. Selena faz tim-tim nela com um caderno de matemática.

A enorme sacola de papel junto da armação do balanço não sai de um canto da cabeça de Holly; um prazer, mesmo quando não está pensando nela. Dá vontade de enfiar o rosto e as duas mãos dentro dela, acolher na ponta dos dedos e no fundo do nariz essa pureza do que é novinho em folha: um fichário sofisticado com as quinas intactas, lápis elegantes combinando com ele, com pontas longas, afiadas o suficiente para furar a pele, estojo de geometria completo, cada minúscula linha de medição nítida e sem desgaste. E este ano, outras coisas: toalhas amarelas, felpudas e atadas com fitas; um edredom com listras largas amarelas e brancas, impecável na embalagem plástica.

Chip-chip-chip-chirr, diz um passarinho estridente, do meio daquele calor. O ar puro vai queimando tudo a partir das beiradas. Selena, olhando para o alto, é só um lento movimento da cabeça e um sorriso entreaberto.

— Sacos para lavar roupa! — diz Julia, de repente, para o céu causticante.

— Hum? — pergunta Selena, para seu punhado de pincéis dispostos em leque.

— Na lista de material das internas: "dois sacos de lavar roupa para o serviço interno de lavanderia". Tipo, onde é que vende isso? E o que a gente faz com eles? Acho que nunca sequer vi um saco de lavar roupa.

— Eles servem pra manter sua roupa toda junta na lavagem — diz Becca. Becca e Selena são internas desde o começo, quando todas só tinham 12 anos. — Pra você não acabar com a calcinha nojenta de outra aluna.

– Minha mãe comprou os meus na semana passada – diz Holly, sentando-se de novo. – Posso perguntar pra ela onde foi. – E enquanto as palavras vão saindo, ela sente o cheiro da roupa lavada em casa, subindo morno da secadora, enquanto ela e a mãe, uma de cada lado, sacodem um lençol para dobrar, com Vivaldi saltitante ao fundo. Ela não sabe por que motivo, por um instante medonho e avassalador, a ideia de ser aluna interna se transforma num vácuo dentro dela, sugando, até seu peito se afundar sobre si mesmo. Sente vontade de gritar pela mãe e pelo pai, se atirar nos braços deles e implorar para ficar em casa para sempre.

– Hol – diz Selena, com carinho, sorrindo para cima enquanto o gira-gira faz com que passe por ali. – Vai ser incrível.

– É – diz Holly. Becca a está observando, agarrada à barra do trepa-trepa, imediatamente espicaçada pela preocupação. – Eu sei.

E a sensação passou. Sobrou só um resíduo, dando textura ao ar e arranhando seu peito por dentro: ainda é tempo de mudar de ideia, agir depressa antes que seja tarde demais, sair correndo sem parar até chegar em casa e enterrar a cabeça na areia. *Chip-chip-chirr*, faz o passarinho estridente, invisível e zombeteiro.

– A cama da janela é minha, falei primeiro – diz Selena.

– Hã-hã, nem pensar – diz Julia. – Não é justo falar primeiro agora, quando Hol e eu nem sabemos *como* os quartos são. Você vai ter que esperar até a gente chegar lá.

Selena ri dela, enquanto as duas giram lentamente pelo calor das sombras borradas das folhas.

– Você sabe como é uma janela. Falando primeiro ou não.

– Vou decidir quando chegar lá. Pode ir se acostumando.

Becca ainda está observando Holly por baixo das sobrancelhas baixas, roendo distraída sua casquinha.

– Eu quero a mais longe da cama da Julia – diz Holly. Cada quatro alunas do terceiro ano dividem um quarto: as quatro vão ficar juntas. – Ela ronca como um búfalo se afogando.

– Morde aqui. Eu não ronco mesmo. Durmo como uma princesinha de conto de fadas.

– Pior é que ronca, sim, às vezes – diz Becca, enrubescendo com a própria audácia. – Da última vez que dormi na sua casa, cheguei a *sentir* o ronco, tipo uma vibração no quarto inteiro. — E Julia lhe mostra o dedo enquanto Selena ri, e Holly abre um sorriso para ela, mal conseguindo esperar para que chegue o outro domingo.

Chip-chip-chirr, repete o passarinho mais uma vez, agora preguiçoso, atordoado de sono. E se cala.

I

Ela veio me procurar. A maioria prefere se manter a uma boa distância. Um murmúrio interrompido no disque-denúncia, *Foi em 1995 que eu vi*, sem nomes, e um clique se você perguntar. Uma carta impressa e postada no correio de outra cidadezinha, com o papel e o envelope totalmente limpos, sem digitais. Se quisermos falar com eles, precisamos sair à caça. Mas ela? Foi ela quem veio me procurar.

Não a reconheci. Eu estava subindo a escada e me dirigia à sala dos detetives, na corrida. Uma manhã de maio que dava a impressão de verão, com um sol copioso se derramando pelas janelas da recepção, iluminando toda a sala de reboco rachado. Com música tocando na minha cabeça, eu ia cantarolando.

Eu a vi, é claro que vi. No sofá de couro desgastado no canto, de braços cruzados, pernas cruzadas balançando um pé. Um rabo de cavalo comprido, louro platinado; uniforme escolar perfeito, kilt verde e azul-marinho, blazer azul-marinho. Filha de alguém, calculei, esperando para papai levá-la ao dentista. Talvez filha do superintendente. Alguém com mais dinheiro do que eu, de qualquer forma. Não era só o brasão no blazer: um jeito relaxado e elegante, o queixo empinado, como se o departamento fosse dela, se ela tivesse saco para lidar com a papelada. Passei por ela – com um rápido cumprimento de cabeça, caso fosse a filha do chefe – e estendi a mão para a porta da sala dos detetives.

Não sei se me reconheceu. Pode ser que não. Fazia seis anos. Ela era só uma menininha. Em mim, nada chama a atenção, a não ser o cabelo ruivo. Ela podia ter se esquecido. Ou talvez tenha me reconhecido de cara e se mantido calada por seus próprios motivos. Ela deixou que nossa auxiliar administrativa falasse.

– Detetive Moran, alguém quer vê-lo. – A caneta apontou para o sofá. – Srta. Holly Mackey.

O sol deslizou pelo meu rosto quando me virei de supetão. É claro. Eu devia ter reconhecido os olhos. Grandes, de um azul forte e com alguma coisa no arco delicado das pálpebras: um amendoado de gato, uma garota pálida, coberta de joias num quadro antigo, um segredo.

– Holly – disse eu, estendendo a mão. – Oi. Há quanto tempo!

Um segundo em que aqueles olhos não piscaram, absorveram tudo o que puderam sobre mim, sem dar nada em troca. E então ela se levantou. Ainda cumprimentava como uma menininha, tirando a mão depressa demais.

– Oi, Stephen – disse ela.

Voz boa. Fresca e cristalina, sem aquele tom agudo de desenho animado. O sotaque: de elite, mas não o tom feio e distorcido dos riquíssimos. O pai não teria permitido. Se ela tivesse trazido para casa esse tipo de sotaque, teria saído direto do blazer para o ensino público.

– Em que posso ajudá-la?

– Tenho uma coisa para lhe entregar – disse ela, com a voz mais baixa.

Isso me desnorteou. Nove e dez da manhã, toda uniformizada. Ela estava matando aula, numa escola que perceberia. Não se tratava de um cartão de agradecimento com anos de atraso.

– É?

– Bem, não *aqui*.

A olhada de esguelha na direção da auxiliar administrativa me disse *privacidade*. Com uma adolescente, é preciso ter cuidado. Com a filha de um detetive, você redobra o cuidado. Mas com Holly Mackey: basta incluir alguém que ela não queira, e você está liquidado.

– Vamos procurar um lugar para podermos conversar – disse eu.

Trabalho com Casos Não Solucionados. Quando chamamos testemunhas, elas querem acreditar que isso não faz diferença. Não é uma investigação de homicídio para valer, não uma investigação de verdade, com armas e algemas, nada que vá devastar sua vida como um tornado. É, sim, alguma coisa velha e indefinida, meio embaçada nas bordas. Nós deixamos que eles acreditem. Nossa sala principal para entrevistas parece uma boa sala de espera de dentista. Sofás fofos, persianas, mesa de vidro com revistas muito manuseadas. Chá e café de péssima qualidade. Nenhuma necessidade de perceber a câmera de vídeo no canto, ou o vidro espelhado por trás de uma cortina de persianas, não se você não quiser, e as testemunhas não querem. Não vai ter problema nenhum, senhor, só alguns minutos, e o senhor pode voltar para casa.

Levei Holly para lá. Outra adolescente teria ficado nervosa durante o percurso, olhando para lá e para cá, mas nada daquilo era novidade para Holly. Ela seguiu pelo corredor como se fizesse parte da sua casa.

No caminho, eu a observava. Estava se saindo muito bem nessa fase do crescimento. Altura mediana, ou um pouco abaixo da média. Esguia, muito esguia, mas natural: nenhum sinal de estar passando fome. Talvez ainda estivesse adquirindo todas as curvas. Não era espetacular, pelo menos ainda não; mas não havia nada de feio por ali – nada de espinhas, aparelhos nos dentes, nada de torto no rosto – e os olhos faziam com que fosse diferente de mais um clone de loura; faziam você olhar outra vez.

Um namorado que a tinha espancado? Apalpado, estuprado? Holly, preferindo me procurar em vez de falar com algum desconhecido na divisão de Crimes Sexuais?

Uma coisa para lhe entregar. Alguma prova?

Ela fechou a porta da sala de entrevistas ao passar, com um leve giro do pulso e uma batida forte. Olhou ao redor.

Liguei a câmera, apertando o interruptor sem alarde.

– Quer se sentar? – perguntei.

Holly ficou onde estava. Passou um dedo pelo verde desgastado do sofá.

– Esta sala é mais legal que as de antes.

– Como vai você?

Ainda passeando os olhos pela sala, sem olhar para mim.

– Estou bem.

– Quer que eu lhe faça um chá? Café?

Ela fez que não. Fiquei esperando.

– Você está mais velho. Antes parecia um estudante – comentou.

– E você parecia uma menininha que trazia a boneca para as entrevistas. Clara, não era? – Isso fez com que ela olhasse para mim. – Eu diria que nós dois estamos mais velhos.

Pela primeira vez, ela sorriu. Um sorrisinho espremido, o mesmo de que eu me lembrava. Naquela época, antes, esse sorriso despertava alguma pena em mim. Sempre me atingia. E me atingiu mais uma vez.

– Legal ver você – disse ela.

Quando estava com 9, 10 anos, Holly foi testemunha num caso de homicídio. O caso não era meu, mas era comigo que ela falava. Colhi seu depoimento. Fui eu que a preparei para depor no tribunal. Ela não queria comparecer, mas de qualquer modo compareceu. Pode ser que seu pai, o detetive, a tenha forçado. Pode ser. Mesmo que ela só tivesse 9 anos, nunca me iludi com a ideia de que a conhecesse bem.

– Para mim também – disse eu.

Uma respiração rápida que levantou seus ombros, um gesto de cabeça, para si mesma, como se a ficha tivesse caído. Ela largou a mochila no chão. Enfiou o polegar por baixo da lapela para mostrar o brasão.

– Agora estou no Kilda – disse, e ficou me observando.

Só fazer que sim já me deu uma sensação de atrevimento. Santa Kilda: o tipo de colégio do qual gente como eu supostamente nunca ouviu falar. Nunca teria ouvido falar, se não fosse a morte de um rapaz.

Colégio feminino secundário, particular, num elegante bairro arborizado. Freiras. Um ano atrás, duas freiras saíram cedo para caminhar e encontraram um rapaz deitado num arvoredo, num canto dos fundos dos terrenos da escola. De início, elas acharam que ele estava dormindo, talvez bêbado. Tomaram fôlego para lhe dar uma bronca sem tamanho e descobrir de quem era a preciosa virtude que ele vinha corrompendo. Aquela voz de trovão de freiras a plenos pulmões: *Rapazinho!* Mas ele não se mexeu.

Christopher Harper, 16 anos, do internato masculino que ficava à distância de uma rua e dois muros excepcionalmente altos. Em algum momento durante a noite, alguém tinha esmagado sua cabeça.

Mão de obra em quantidade suficiente para construir um prédio de escritórios, horas extras suficientes para quitar hipotecas, papelada que daria para represar um rio. Um zelador, pau pra toda obra, ou coisa semelhante, meio malandro: descartado. Um colega que tinha tido uma briga de socos com a vítima: descartado. Estrangeiros assustadores no local vistos enquanto agiam de modo assustador por ali: descartados.

Depois disso, nada. Nenhum outro suspeito, nenhum motivo para Christopher estar no recinto do Santa Kilda. Então, menos horas extras, menos homens, sem mais nenhum resultado. Não se pode dizer isso, não com um adolescente como vítima, mas já não havia o que fazer no caso. A esta altura, toda aquela papelada estava no porão da Homicídios. Mais cedo ou mais tarde, os chefões iam ser importunados pela imprensa, e o caso apareceria de novo à nossa porta, endereçado ao Salão da Última Oportunidade.

Holly ajeitou a lapela no lugar.

– Você sabe da história de Chris Harper – disse ela. – Certo?

– Certo – confirmei. – Naquela época, você já estava no Santa Kilda?

– Estava. Estou lá desde o primeiro ano. Já estou no quarto.

E parou por aí, me forçando a trabalhar por cada passo. Uma pergunta errada, e ela se mandaria. Eu seria jogado fora: velho demais, mais um adulto inútil que não entendia nada. Fui pisando com cuidado.

– Você é interna?

– Nos dois últimos anos, sou. Só de segunda à sexta. Vou para casa nos fins de semana.

Eu não me lembrava do dia.

– Você estava lá na noite da ocorrência?

– Na noite em que mataram o Chris.

Chispa azul de irritação. Tal pai, tal filha: nenhuma paciência para aturar o excesso de cautela, ou pelo menos não vindo de outras pessoas.

– Na noite em que mataram o Chris – disse eu. – Você estava lá?

– Eu não estava *lá*, lá. É claro. Mas estava na escola, sim.

– Você viu alguma coisa? Ouviu alguma coisa?

Mais irritação, dessa vez mais explosiva.

– Eles já me *perguntaram* isso. Os detetives da Homicídios. Perguntaram a todas nós, tipo umas mil vezes.

– Mas você podia ter se lembrado de alguma coisa desde então. Ou mudado de ideia a respeito de se calar sobre alguma coisa.

– Não sou *idiota*. Eu sei como tudo aqui funciona. Lembra? – Ela estava alerta, pronta para sair pela porta.

Mudei de tática.

– Você conhecia o Chris?

Holly se acalmou.

— Só de vista. As escolas fazem atividades juntas. A gente conhece as pessoas. Não éramos amigos, nem nada, mas nossas turmas tinham passado tempo juntas algumas vezes.

— Como ele era?

— Um cara — respondeu ela, dando de ombros.

— Você gostava dele?

— Era só um cara. — Outra encolhida de ombros.

Conheço um pouco o pai de Holly. Frank Mackey, Divisão de Inteligência. Você investe direto contra ele, ele desvia e volta de esguelha. Você o aborda de modo oblíquo, ele o ataca, como um touro.

— Você veio aqui porque tem alguma coisa que quer que eu saiba — disse eu. — Não vou ficar tentando adivinhar, num jogo que não posso ganhar. Se você não tem certeza se quer me contar ou não, vá embora e pense bem até ter essa certeza. Se já tem certeza, trate de falar.

Holly aprovou minha atitude. Quase sorriu de novo. Preferiu fazer que sim.

— Tem esse quadro no colégio — disse ela. — Um quadro de avisos. Fica no último andar, do outro lado da sala de arte. Ele se chama o Canto dos Segredos. Se você tiver um segredo, tipo você odeia seus pais ou gosta de um cara ou qualquer outra coisa, pode escrever o segredo num cartão e prendê-lo nesse quadro, lá em cima.

Não adianta perguntar por que qualquer pessoa ia querer fazer uma coisa dessas. Nunca vamos entender as adolescentes. Eu tenho irmãs. Aprendi a deixar para lá.

— Ontem de noite, minhas amigas e eu ficamos na sala de arte. Estamos trabalhando num projeto. Quando saímos de lá, eu esqueci meu telefone, mas só percebi depois que as luzes foram apagadas, e eu não podia voltar para buscar. Hoje de manhã, a primeira coisa que fiz foi subir, antes do café.

Tudo vindo muito certinho, sem uma pausa, uma piscada de olhos, um tropeção. Fosse outra menina, eu teria dito que era cascata. Mas Holly tinha prática; e tinha aquele pai. Ao que me fosse dado saber, ele a fazia prestar um depoimento cada vez que chegava atrasada.

– Dei uma olhada no quadro – disse Holly, curvando-se para a mochila e abrindo-a. – Só de passagem.

E lá estava: a mão hesitante sobre a pasta verde. O segundo a mais em que ela ficou com o rosto voltado para a mochila, não para mim, o rabo de cavalo caído, escondendo o rosto. O sinal de nervosismo que eu estava esperando, atento. Afinal de contas, não tão fria e serena assim.

Então ela se endireitou e nossos olhos se encontraram. Rosto sem expressão. Sua mão subiu, apresentando a pasta verde. Soltou-a assim que toquei nela, tão depressa que quase a deixei cair.

– Isso estava no quadro de avisos.

A pasta dizia "Holly Mackey, 4L, Estudos de Conscientização Social", riscado. Dentro: um envelope de plástico transparente. Dentro dele: uma tacha, caída num canto, e um pedaço de papel encorpado.

Reconheci o rosto mais rápido do que tinha reconhecido o de Holly. Ele tinha passado semanas em todas as primeiras páginas de jornal e em todas as telas de televisão, bem como em todos os boletins do departamento.

Essa era uma fotografia diferente. Tirada quando ele virava o rosto para trás por cima do ombro, tendo como pano de fundo um borrão desfocado de folhas amareladas pelo outono, a boca aberta numa risada. Bonito. Cabelo castanho, bem cuidado, escovado para frente no estilo das bandas de garotos, até as sobrancelhas grossas e escuras, que se inclinavam para baixo nas laterais, dando-lhe um ar de cachorrinho. Pele clara, bochechas rosadas; algumas sardas ao longo dos malares, não muitas. Um queixo que teria se tornado forte, se tivesse tido tempo. Um sorriso largo que enrugou os olhos e o nariz. Um pouquinho atrevido, um pouquinho cativante. Jovem, tudo que faz pensar em inexperiente quando se ouve a palavra *jovem*. Romance de verão, herói do irmãozinho menor, bucha de canhão.

Coladas abaixo do rosto, de um lado a outro da camiseta azul, palavras recortadas de um livro, bem espaçadas como um pedido de resgate. Bordas bem-feitas, cortadas com precisão.

Eu sei quem o matou

Holly me observando, em silêncio.

Virei o envelope. Papel cartão branco simples, do tipo que se pode comprar em qualquer lugar para imprimir fotos. Nada escrito, nada.

— Você tocou nisso? — perguntei.

Os olhos se viraram para o teto.

— Claro que não. Entrei na sala de arte e peguei isso aí — o envelope — e um estilete. Tirei a tacha com o estilete e deixei o papel e a tacha caírem dentro do envelope.

— Muito bem. E depois?

— Enfiei na minha blusa até eu voltar para o quarto. Só então guardei na pasta. Disse que estava passando mal e voltei para a cama. Depois que a enfermeira veio me ver, saí escondida e vim para cá.

— Por quê? — perguntei.

Holly me lançou um olhar espantado, com as sobrancelhas levantadas.

— Porque achei que vocês podiam querer *saber*. Se vocês não se importam, pode jogar isso fora, e eu posso voltar para o colégio antes que descubram que não estou lá.

— Eu me importo. Estou simplesmente feliz por você ter encontrado isso. Só me pergunto por que não o entregou a um dos seus professores, ou ao seu pai.

Uma olhadinha para o relógio na parede, percebendo com isso a câmera de vídeo.

— Droga. Acabei de me lembrar. A enfermeira faz uma visita na hora do intervalo; e, se eu não estiver lá, o pessoal vai ter um *ataque*. Dá pra você ligar para a escola e dizer que é meu pai e que eu estou com você? Diz que meu avô está morrendo e que, quando você ligou pra me avisar, eu saí correndo sem falar com ninguém porque não queria que me mandassem para aconselhamento psicológico, pra eu falar sobre o que estava *sentindo*.

Tudo bem por mim.

— Vou ligar para o colégio agora. Mas não vou dizer que sou seu pai. — Explosão de um suspiro exasperado por parte de Holly. — Só vou dizer que você tinha alguma coisa para nos passar e que agiu certo. Isso deve evitar qualquer encrenca para seu lado, certo?

— Tanto faz. Pode pelo menos dizer a eles que eu não tenho permissão pra falar sobre o assunto? Pra ninguém ficar no meu pé?

— Tudo bem. — Chris Harper ainda estava rindo para mim, com energia suficiente naqueles ombros para abastecer metade de Dublin. Deixei-o deslizar para dentro da pasta e a fechei. — Você chegou a falar com alguém sobre isso? Talvez com sua melhor amiga? Tudo bem se falou. Só preciso saber.

Uma sombra foi descendo para a curva do malar de Holly, tornando sua boca mais velha, menos simples. Aplicando uma camada indefinida por baixo da voz.

– Não. Não falei com ninguém.

– OK. Vou fazer essa ligação, e depois colho seu depoimento. Você quer que seu pai ou sua mãe esteja presente?

Isso a trouxe de volta.

– Ai, meu Deus, não. Alguém tem de estar presente? Você não pode fazer isso sozinho?

– Quantos anos você tem?

Ela pensou em mentir. Resolveu que não.

– Dezesseis.

– Precisamos de um adulto adequado. Para impedir que eu a intimide.

– Você não me intimida.

Está brincando?

– Isso eu sei. Mesmo assim. Você fica aqui. Pode fazer uma xícara de chá, se tiver vontade. Volto daqui a dois minutos.

Holly se deixou cair no sofá. Toda enroscada: pernas encolhidas, braços enrolados nelas. Puxou a ponta do rabo de cavalo para a frente e começou a mordê-la. O prédio estava fervendo, como de costume, mas ela parecia estar com frio. Não olhou quando saí.

Crimes Sexuais, dois andares abaixo, sempre uma assistente social de plantão. Consegui que ela viesse, colhi o depoimento de Holly. Em seguida, no corredor, perguntei à mulher se ela poderia levar Holly de volta para o Santa Kilda. Holly me olhou como se quisesse me matar.

– Desse jeito, o colégio pode ter certeza de que você realmente estava conosco; que não pediu simplesmente para um namorado ligar para lá. Vai lhe poupar problemas.

A expressão dela me disse que eu não estava enganando ninguém.

Ela não me perguntou e agora, o que íamos fazer com a foto. Sabia que não adiantaria.

– Nos vemos – disse, simplesmente.

– Obrigado por ter vindo. Você fez o que devia fazer.

Holly não respondeu. Só me deu uma pontinha de um sorriso e um pequeno aceno, meio sarcástico, meio sério.

Eu estava olhando aquelas costas eretas se afastando pelo corredor, com a assistente social ao lado, andando como uma pata e tentando puxar conversa, quando me toquei. Holly não tinha respondido minha pergunta. Desviou-se do obstáculo, como uma patinadora exímia, e simplesmente seguiu em frente.

– Holly.

Ela se voltou, puxando a alça da mochila por cima do ombro. Desconfiada.

– O que eu lhe perguntei antes. Por que trouxe isso para mim?

Holly ficou me observando. Um olhar perturbador, como o olhar de alguém num quadro que parece acompanhar a gente.

– Naquela época – disse ela. – Aquele ano inteiro, todo mundo estava *andando na ponta dos pés*. Tipo, se alguém dissesse uma palavra errada, eu ia ter um ataque de nervos e precisar ser carregada numa camisa de força, *espumando*. Até mesmo meu pai. Ele fingia que não estava nem aí, mas dava pra eu ver que ele estava preocupado, o tempo todo. Era simplesmente de enlouquecer, *ahhh!* – Um ruído áspero de pura fúria, as mãos rígidas, esticadas como uma estrela-do-mar. – Você foi o único que não agiu como se eu estivesse a um passo de começar a pensar que eu era *medrosa*. Com você foi só assim: *OK, é um porre, mas e daí? Coisas piores acontecem com as pessoas o tempo todo, e elas sobrevivem. Agora, vamos acabar logo com isso.*

É muito importante demonstrar sensibilidade para com testemunhas adolescentes. Nós participamos de oficinas e tudo o mais; apresentações com PowerPoint, se estivermos com sorte. Quanto a mim, eu me lembro de como era ser adolescente. As pessoas se esquecem disso. Um pequeno toque de sensibilidade: legal. Mais um pouquinho, maravilha. Mais outro pouquinho: você provoca fantasias de murros mortais.

– Ser testemunha é um porre mesmo. Para qualquer um. Você se saiu melhor do que a maioria.

Nenhum sarcasmo no sorriso, dessa vez. Outras coisas, sim, mas não sarcasmo.

— Dá pra você explicar ao pessoal do colégio que eu não acho que sou medrosa? — pediu Holly à assistente social, que bancava a supersensível para esconder o embaraço. — De jeito nenhum?

E foi embora.

Um detalhe a meu respeito: eu tenho planos.

A primeira coisa que fiz, depois de dar tchau para Holly e a assistente social, foi levantar o caso Harper no sistema.

Detetive responsável: Antoinette Conway.

Uma mulher na Homicídios não deveria causar escândalo, não deveria sequer ser motivo de menção. Mas muitos dos caras mais experientes são antiquados; e muitos dos jovens também. A noção da igualdade é superficial, dá para ser descascada com uma unha. Dizem as fofocas que Conway pegou o caso porque transou com alguém; dizem que ela cumpriu todos os requisitos — mas tem alguma coisa a mais ali, alguma coisa que não é o irlandês descorado, de cara de batata: pele com um tom amarelado, traços fortes no nariz e nos malares, um brilho azulado nos cabelos pretos. Pena que não esteja numa cadeira de rodas, dizem as fofocas, porque a esta altura ela já seria chefe por aqui.

Conheci Conway, pelo menos de vista, antes que se tornasse famosa. Na escola de formação, ela estava dois anos atrás de mim. Garota alta, cabelo puxado com força para trás. Com a compleição de uma corredora, membros compridos, músculos alongados. O queixo sempre alto, os ombros sempre para trás. Muitos caras ficaram cercando Conway, na sua primeira semana: só tentando ajudá-la a se enturmar, legal ser simpático, legal ser legal; era só uma coincidência o mesmo tratamento não ser dado às garotas que não eram tão bonitas. Não importa o que ela tenha dito aos rapazes, depois da primeira semana eles pararam de dar em cima dela. Em vez disso, começaram a falar mal dela.

Dois anos atrás de mim, na formação. Saiu do serviço fardado um ano depois de mim. Entrou para a Homicídios no mesmo ano em que entrei para a Casos Não Solucionados.

É bom na Casos Não Solucionados. Muito bom mesmo para um cara como eu: dublinense de classe operária, primeiro na família a terminar o ensino médio com direito ao ensino superior, em vez de um aprendizado técnico. Aos 26 anos, já não usava farda; saí da Unidade Não Especializada para a de Costumes antes dos 28. O pai de Holly fez uma recomendação para mim. Entrei para a Casos Não Solucionados na semana em que fiz 30 anos, com a esperança de não ter havido nenhuma recomendação especial, com medo de que tivesse havido. Agora estou com 32 anos. Hora de continuar a subir.

A Divisão de Casos Não Solucionados é boa. A Homicídios é melhor.

O pai de Holly não tem como fazer uma recomendação para mim lá, mesmo que eu quisesse. O chefe da Homicídios não quer nem ouvir falar dele. Por sinal, também não gosta muito de mim.

Aquele caso em que Holly foi testemunha: fui eu quem fez a prisão. Informei os direitos do preso, fechei as algemas, assinei meu nome no auto de prisão. Eu só fazia parte da reserva de pessoal, deveria ter passado adiante qualquer coisa digna de nota que encontrasse; deveria estar de volta na sala de coordenação, como um bom menino, digitando declarações de quem não viu nada. Fiz a prisão, assim mesmo. Eu tinha conquistado esse direito.

Mais um detalhe a meu respeito: reconheço uma chance quando a vejo. Aquela prisão, junto com um empurrãozinho de Frank Mackey, me tirou da Unidade Não Especializada. Aquela prisão foi minha chance de entrar para a Casos Não Solucionados. Aquela prisão fechou meu acesso à Homicídios.

Ouvi o clique da porta fechada junto com o clique das algemas. *Você não é obrigado a dizer nada a menos que queira dizer*, e eu soube que estava na lista negra da Homicídios pelo futuro previsível. Só que passar adiante a prisão teria me posto na lista do beco sem saída, olhando pelo túnel de décadas em que digitaria os depoimentos de "não vi nada" de outras pessoas. *Qualquer coisa que você chegue a dizer será registrada por escrito e poderá ser usada como prova.* Clique.

Você vê a oportunidade e a aproveita. Eu tinha certeza de que aquela porta voltaria a se abrir em algum momento mais adiante.

Depois de sete anos, eu estava começando a me tocar da verdade.

A Homicídios é o estábulo dos puros-sangues. A Homicídios é brilho e deslumbramento, um tremor suave como o de músculos bem trabalhados, de tirar o fôlego. A Homicídios é uma marca a ferro quente no seu braço, como a de uma unidade de elite do exército, como a de um gladiador, dizendo para toda a vida: *Um de nós. Os melhores.*

Eu quero a Homicídios.

Eu poderia ter mandado o cartão e o depoimento de Holly para Antoinette Conway com um bilhete, ponto final. Num comportamento ainda melhor, poderia ter ligado, no instante em que Holly sacou aquele cartão, e passado os dois direto para ela.

Nem pensar. Essa era a minha oportunidade. Essa era perfeita para mim.

O segundo nome no caso Harper: Thomas Costello. O velho burro de carga da Homicídios. Uns duzentos anos na divisão, já com uns dois meses de aposentadoria. Quando se abre uma vaga na equipe da Homicídios, eu sei. Antoinette Conway ainda não tinha escolhido um novo parceiro. Ainda estava voando solo.

Fui procurar meu chefe. Não lhe escapou o que eu estava pretendendo, mas ele gostou da ideia do que aquilo poderia nos trazer, o envolvimento na solução de um caso de alta exposição. Gostou do que aquilo faria pelo orçamento do ano seguinte. Ele também gostava de mim, mas não o suficiente para sentir minha falta. Não via problema algum em eu ir até a Homicídios para entregar pessoalmente a Conway seu cartão de Feliz Meio da Semana. Também não precisa voltar correndo, disse o chefe. Se a Homicídios me quisesse para aquele caso, eu estava à disposição.

Conway não ia me querer. Mas de qualquer maneira ia ficar comigo.

Conway estava numa entrevista. Fiquei sentado numa escrivaninha vazia na sala dos investigadores da Homicídios, batendo papo com o pessoal. Nem tanto papo assim; a Homicídios tem movimento. Você entra ali e já sente o coração se acelerar um pouco. Toques de telefones, digitação em computadores, gente entrando e saindo; não às pressas, mas rápido. Só que alguns deles gastaram tempo para me dar umas cutucadas. Você quer a Conway? Achei que ela estava dando umas trepadas mesmo; não arrasou com ninguém a semana inteira. Só não achei que fosse com um cara. Valeu o sacrifício por nós, rapaz. Tomou suas vacinas? Trouxe a fantasia de escravo sexual?

Todos eles eram alguns anos mais velhos que eu, todos vestidos com um toque a mais de elegância. Abri um sorriso e fiquei calado, mais ou menos.

– Nunca teria imaginado que ela preferisse os ruivos.

– Pelo menos, eu tenho cabelo, cara. Ninguém gosta de um careca.

– Eu tenho uma mulherzinha linda em casa que gosta.

– Não foi isso que ela disse ontem de noite.

Mais ou menos.

Antoinette Conway entrou com um punhado de papéis, bateu a porta, empurrando com o cotovelo. Foi para sua mesa.

Ainda aquele jeito de andar, me acompanha ou cai fora. Alta como eu – mais de 1,80 m – e era de propósito: cinco centímetros dessa altura eram de saltos quadrados, que esmagam um dedão com facilidade. Terno preto, nada barato, estreito e bem cortado. Nenhum esforço para esconder as formas daquelas pernas compridas, do traseiro enxuto. Só de atravessar a sala dos investigadores, ela dizia, *Vai querer encarar?* de uma meia dúzia de maneiras.

– Confessou, Conway?

– Não.

– Xi. Está perdendo o jeito.

– Ele não é um suspeito, seu panaca.

– E você deixou que isso a impedisse? Um bom pontapé na bunda e pronto: uma confissão.

Também não era o bate-papo normal. Um formigamento no ar, um tom cortante. Eu não saberia dizer se era com ela, se era aquele dia ou se era a divisão. A Homicídios é diferente. O ritmo é mais rápido e mais forte. A corda esticada é mais alta e mais estreita. Um passo em falso, e acabou-se.

Conway se deixou cair na cadeira de braços, começou a pesquisar alguma coisa no computador.

– Seu namorado está aqui, Conway.

Ela não deu atenção.

– Ele não vai ganhar um beijinho, não?

– Do que você está falando?

O piadista apontou para mim com o polegar.

– É todo seu.

Conway olhou fixo para mim. Olhos escuros, frios; lábios carnudos, que não se mexeram nem um milímetro. Sem maquiagem.

– Pois não?

– Stephen Moran. Casos Não Solucionados. – Estendi o envelope com a prova, para o outro lado da mesa. Agradeci a Deus eu não ter sido um dos que tentaram dar em cima dela na escola de formação. – Isso me chegou às mãos hoje.

Sua expressão não mudou quando viu o cartão. Ela se demorou examinando tudo, dos dois lados, lendo o depoimento.

– Foi ela – disse Conway, quando chegou ao nome de Holly.

– Você a conhece?

– Eu a entrevistei no ano passado. Umas duas vezes. Não consegui nada. Vaquinha metida. Como todas naquele colégio, mas ela era das piores. Foi como arrancar dentes.

– Você acha que ela sabia de alguma coisa? – perguntei.

Olhar penetrante, uma levantada da folha do depoimento.

– Como isso foi parar nas suas mãos?

– Holly Mackey foi testemunha num caso em que trabalhei em 2007. Nós nos entendemos naquela época. Até melhor do que imaginei, ao que parece.

As sobrancelhas de Conway subiram. Ela já ouvira falar do caso. O que significava que ouvira falar de mim.

– OK – disse ela, sem nenhuma mudança de tom. – Obrigada.

Ela afastou a cadeira para outro lado e fez uma ligação. Prendeu o fone por baixo do queixo e se recostou na cadeira, relendo.

Minha mãe teria dito que Conway era grossa. *Aquela tal de Antoinette*, e um olhar de esguelha, com o queixo bem para baixo: *um pouco grossa*. Não querendo falar da personalidade, ou não só da personalidade; mas indicando de onde ela vinha e do quê. O sotaque já denunciava, e o olhar fixo. Dublin, zonas decadentes do centro da cidade. A uma caminhada rápida de distância do lugar onde eu mesmo cresci, talvez; mas mesmo assim, a milhas de lá. Prédios de apartamentos, pretensos grafites do IRA e poças de mijo. Drogados. Pessoas que nunca tinham passado numa prova a vida inteira, mas conheciam na ponta da língua cada peculiaridade da matemática do seguro-desemprego. Gente que não teria aprovado a escolha de carreira de Conway.

Há quem goste do estilo grosso. Acham que é maneiro, que vem das ruas, que não pega e que eles vão tirar proveito de todas as gírias legais. O estilo grosso não parece tão sexy quando se cresceu logo ali nas margens, com a família inteira se esforçando feito louca para manter a cabeça acima da maré enchente. Gosto do que é suave e macio como veludo.

Lembrei a mim mesmo: nenhuma necessidade de ser o melhor amigo de Conway. Basta ser útil o suficiente para ser percebido pelo radar do chefe dela, e não parar de avançar.

– Sophie. Aqui é Antoinette. – Sua boca perdia a tensão quando ela falava com alguém de quem gostasse. Num canto aparecia uma curva disposta a qualquer coisa, como se fosse um desafio. Fazia com que parecesse mais jovem e a tornava uma pessoa com quem você talvez tentasse falar num bar, se estivesse se sentindo atrevido. – É, bom. Você?... Estou mandando uma foto para você... Não, do caso Harper. Preciso das digitais, mas você podia dar uma olhada na foto em si para mim, também? Descobrir como foi tirada, quando foi tirada, onde, em que papel foi impressa. Qualquer coisa que você possa me passar. – Ela inclinou o envelope mais perto. – E na foto tem umas palavras grudadas. Palavras recortadas, tipo um bilhete de pedido de resgate. Veja se consegue descobrir de onde foram recortadas, está bem?... É, eu sei, estou pedindo um milagre. Nos vemos.

Ela desligou. Puxou do bolso o smartphone e tirou fotos do cartão: da frente, do verso, de bem perto, de mais longe, detalhes. Foi até a impressora no canto para imprimir as fotos. Voltou para a mesa e me viu.

Ficou me encarando. Eu a encarei de volta.

– Ainda está aqui?

– Quero trabalhar com você nesse caso – disse eu.

Uma risada entrecortada.

– Aposto que quer. – Ela se deixou cair de volta na cadeira, pegou um envelope numa gaveta da mesa.

– Você mesma disse que não chegou a parte alguma com Holly Mackey e as colegas. Mas ela gosta de mim o suficiente, ou confia em mim o suficiente, para ter me trazido isso. E, se ela se dispõe a falar comigo, vai conseguir que as colegas também falem.

Conway pensou nisso. Balançou a cadeira para lá e para cá.

– O que você tem a perder? – perguntei.

Vai ver que foi meu sotaque. A maioria dos policiais vem do campo, de cidadezinhas. Não gostam dos dublinenses metidos a espertos que acham que são o centro do universo, quando todo mundo sabe que isso não significa nada. Ou talvez ela gostasse do que ouvira falar de mim. Não fazia diferença.

Ela rabiscou um nome no envelope, enfiou o cartão nele.

– Vou ao colégio, dar uma olhada nesse quadro de avisos, falar com algumas pessoas. Você pode vir se quiser. Se demonstrar que é útil, podemos conversar sobre o que vai acontecer depois. Se não demonstrar, pode se mandar de volta para a Casos Não Solucionados.

Eu sabia que o melhor era não deixar transparecer minha sensação de vitória.

– Parece razoável.

– Você precisa ligar para a mamãe para avisar que não volta para casa?

– Meu chefe sabe da história. Não é problema.

– Certo – disse Conway, empurrando a cadeira para trás. – Eu lhe passo as informações no caminho. E eu dirijo.

Alguém deu um assobio baixo, enquanto saíamos pela porta. Uma onda de risinhos. Conway não olhou para trás.

2

Na tarde do primeiro domingo de setembro, as alunas internas voltam para o Santa Kilda. Elas chegarem sob um céu cujo azul limpíssimo poderia ainda pertencer ao verão, não fosse o V de aves ensaiando o voo num canto do quadro. Chegam gritando frases com três pontos de exclamação e pulando para se abraçar em corredores que cheiram ao vazio impalpável do verão e a tinta fresca. Chegam com o bronzeado descascando, histórias das férias, cortes de cabelo diferentes e seios recém-crescidos que fazem com que pareçam estranhas e distantes, de início, até para as melhores amigas. E depois de um tempo, o discurso de boas-vindas da srta. McKenna termina; os bules de chá e os biscoitos de boa qualidade foram recolhidos; os pais deram os abraços e fizeram as embaraçosas recomendações de última hora sobre deveres e inaladores; algumas alunas do primeiro ano choraram; os últimos itens esquecidos foram trazidos; e os ruídos dos automóveis foram diminuindo pela saída de carros e se dissolvendo no mundo lá fora. Tudo o que resta são as internas, a governanta, umas duas funcionárias que tiveram o azar de ser sorteadas e o colégio.

É tanta coisa nova que vem na direção de Holly que o melhor que ela consegue fazer é acompanhar o ritmo, manter uma expressão neutra e torcer para que, mais cedo ou mais tarde, isso comece a parecer real. Ela arrastou a mala até o quarto, passando pelos corredores ladrilhados da ala das internas, que ainda não conhecia, o chiado das rodas ecoando pelos cantos altos do teto. Pendurou as toalhas amarelas no seu gancho e estendeu na cama o edredom listrado de amarelo e branco, ainda com os vincos perfeitos e com o cheiro do plástico da embalagem. Ela e Julia ficaram com as camas perto da janela. No final das contas, Selena e Becca deixaram que elas escolhessem. Pela janela, a partir desse novo ângulo, os terrenos do colégio parecem diferentes: um jardim secreto, cheio de nichos que surgem e desaparecem, prontos para serem explorados se você for rápida o suficiente.

Até mesmo o refeitório dá a impressão de ser um lugar novo. Holly está acostumada a ele na hora do almoço, fervilhando com tagarelice e pressa, todo mundo gritando de um lado da mesa para o outro, segurando o garfo com uma das mãos e mandando mensagens de texto com a outra. Na hora do jantar, o burburinho da chegada já abrandou, e as internas se reúnem em pequenos grupos entre longas extensões de fórmica vazia, relaxadas enquanto comem suas almôndegas com salada, conversando em murmúrios que vagueiam sem rumo no ar. A luz parece mais fraca do que na hora do almoço, e o refeitório tem um cheiro de algum modo mais forte, carne cozida e vinagre, algum ponto entre apetitoso e enjoativo.

Nem todo mundo fala aos sussurros. Joanne Heffernan, Gemma Harding, Orla Burgess e Alison Muldoon estão a duas mesas de distância, mas Joanne parte do pressuposto de que qualquer pessoa, em qualquer recinto, quer ouvir cada palavra que ela diz; e, mesmo quando está enganada, não é provável que a maioria das outras garotas tenha peito para lhe dizer isso.

— Helloooo, estava na *Elle*, você não lê nada? Parece que é o máximo, e, fala sério, não quero ser cruel, mas um pouquinho de uma ótima esfoliação não ia lhe fazer mal nenhum, certo, Orls?

— Minha nossa — diz Julia, fazendo careta e esfregando sua orelha que está voltada para Joanne. — Me digam que ela não fala alto assim na hora do café. Não costumo estar na minha melhor forma de manhã cedo.

— O que é um esfoliante? — Becca quer saber.

— Troço para a pele — responde Selena. Joanne e sua turma fazem cada coisinha que as revistas dizem que é preciso fazer para o rosto, o cabelo e a celulite.

— Parece alguma coisa de jardinagem.

— Parece uma arma de destruição em massa — diz Julia. — E elas são o exército de droides esfoliantes, somente cumprindo ordens. Havemos de esfoliar!

Ela fala com uma voz de Dalek, alta o suficiente para Joanne e as outras se virarem de repente; mas, quando isso acontece, Julia já está segurando uma garfada de carne e, como se nem houvesse notado Joanne, pergunta a Selena se era mesmo para haver globos oculares na carne. Os olhos de Joanne esquadrinham o refeitório, com uma expressão neutra e fria. Ela então se vira, jogando o cabelo como se alguns *paparazzi* estivessem assistindo, e volta a fincar o garfo na comida.

— Havemos de esfoliar – repete Julia, com a voz mecânica, e imediatamente continua na sua própria voz: – É, Hol, eu ia mesmo perguntar. Sua mãe encontrou aqueles sacos para lavar roupa? – Todas elas estão lutando para reprimir risos.

— Com licença – diz Joanne, em tom áspero –, você *disse* alguma coisa para mim?

— Na minha mala – diz Holly a Julia. – Quando eu desfizer...

— Quem, eu? Está falando comigo?

— Com quem for. Algum *problema*?

Julia, Holly e Selena estão com a expressão vazia. Becca enche a boca de batata para impedir que a bola de medo e empolgação estoure numa risada.

— As almôndegas estão horríveis? – sugere Julia. E ri, com um segundo de atraso.

Joanne ri também, assim como o resto das Daleks, mas os olhos de Joanne continuam frios.

— Você é engraçada – diz ela.

Julia enruga o nariz.

— Ah, obrigada. Procuro agradar.

— Boa ideia – diz Joanne. – Continue tentando. – E volta para seu jantar.

— Havemos de esfoli...

Dessa vez, Joanne quase a pega em flagrante. Selena intervém bem a tempo.

— Eu trouxe sacos de reserva, se vocês precisarem. – Seu rosto inteiro está tomado pelo riso reprimido, mas ela está de costas para Joanne; e sua voz está tranquila e segura, nenhum sinal de zombaria. O olhar de raio laser de Joanne passa por elas e pelas outras mesas, à procura de alguém que seja tão atrevida.

Becca engoliu a comida depressa demais e explode num arroto medonho. Ela fica vermelha de vergonha, mas o arroto dá às outras três a desculpa pela qual estavam desesperadas: elas estão uivando de tanto rir, tentando se agarrar umas às outras, o rosto praticamente batendo na mesa.

– Meu Deus, vocês são de dar nojo – diz Joanne, franzindo o lábio com superioridade, enquanto se volta para o outro lado. A sua turma, bem treinada, imita imediatamente seu movimento e o jeito de franzir o lábio. Isso só agrava o ataque de risos. Carne de almôndega foi parar no nariz de Julia, que fica muito vermelha e precisa tentar assoar o nariz com força num guardanapo de papel, enquanto as outras quase caem das cadeiras.

Quando a risadaria finalmente termina, elas começam a perceber a própria audácia. Sempre se deram bem com Joanne e sua turma. O que é uma atitude muito esperta.

– O que foi *isso*? – pergunta Holly a Julia, em voz baixa.

– O quê? Se ela não parasse de uivar sobre aquele troço idiota para a pele, meus tímpanos iam derreter. E hellooo, funcionou. – As Daleks estão debruçadas sobre as bandejas, lançando olhares desconfiados para todos os lados e falando exageradamente baixo.

– Mas ela vai ficar emputecida – sussurra Becca, os olhos arregalados.

Julia dá de ombros.

– E daí? O que ela vai fazer, me executar? Eu não percebi quando foi que me transformaram em capacho dela.

– Só pega leve, tá? – diz Selena. – Se quer brigar com Joanne, tem o ano inteiro pra isso. Não precisa ser esta noite.

– Qual é o problema? Nós nunca fomos amiguinhas.

– Nem *inimigas*. E agora você precisa conviver com ela.

– É isso mesmo – diz Julia, girando a bandeja para alcançar a salada de frutas. – Acho que vou gostar desse ano.

À distância de um muro alto, um trecho de rua arborizada e mais um muro alto, os internos do Columba estão de volta também. Chris Harper jogou na cama o edredom vermelho, pôs as roupas no seu espaço de guarda-roupa, cantando a versão obscena do hino do colégio, com sua nova voz grossa e áspera, abrindo um sorriso quando os colegas de quarto se juntam a ele e acrescentam os gestos. Ele prendeu uns dois pôsteres na parede acima da cama e pôs a nova fotografia da família num porta-retrato na mesinha de cabeceira. Enrolou numa toalha velha aquele saco plástico abarrotado de expectativas promissoras e o enfiou no fundo da mala, empurrando-a bem para trás no alto do guarda-roupa. Deu uma olhada na franja no espelho e já está galopando para ir jantar com Finn Carroll e Harry Bailey, os três dando gritos e rindo muito alto, ocupando o corredor inteiro, dando socos nos braços uns dos outros e experimentando se engalfinhar para descobrir quem se tornou o mais forte durante o verão. Chris Harper está todo preparado para este ano. Mal pode esperar. Tem seus planos.

Ainda tem oito meses e duas semanas de vida.

– E agora? – pergunta Julia, quando elas terminaram a salada de frutas e puseram as bandejas de volta na prateleira. Do mistério da parte interna da cozinha, vêm o barulho da lavagem da louça e uma discussão em alguma língua que poderia ser polonês.

– O que a gente quiser – diz Selena – até o período de estudo. Às vezes vamos ao shopping; ou, se os alunos do Columba tiverem um jogo de rúgbi, podemos ir assistir; mas só vamos poder sair do recinto do colégio depois do fim da semana que vem. Por isso, a gente pode ir à sala de convivência ou...

Ela já está se desviando na direção da porta de saída, com Becca ao seu lado. Holly e Julia vão atrás.

Ainda está claro lá fora. Os terrenos do colégio são camadas de verde, que não param de se desenrolar. Até agora eles pertenciam a uma zona na qual Holly e Julia realmente não deveriam entrar. Não que sejam proibidos, por assim dizer, mas a única oportunidade que as alunas externas têm é na hora do almoço, e nunca sobra tempo. Agora o lugar dá a impressão de que uma vidraça fosca foi arrancada da frente delas: cada cor salta aos olhos; cada grito de passarinho é singular e nítido aos ouvidos de Holly; cada canto de sombra entre galhos parece fundo e fresco como um poço.

– Vamos – diz Selena, e sai correndo pelo gramado dos fundos como se fosse sua dona. Becca já está atrás dela. Julia e Holly saem correndo, embrenhando-se no turbilhão de folhas verdes e pios de aves, para alcançar as outras.

Passam pelo portão de ferro com arabescos e entram no meio das árvores. E de repente o terreno exibe uma quantidade de pequenas trilhas das quais Holly nunca teve conhecimento; trilhas que não combinam com um lugar tão próximo da rua principal: trechos ensolarados, voos que cruzam para lá e para cá os galhos ali no alto, borrões de flores roxas que se captam com o canto dos olhos. A trança escura de Becca e a cabeleira dourada de Selena balançam em harmonia quando elas viram, deixam a trilha para subir um pouco por uma encosta minúscula, passando por arbustos em formas de bolas perfeitas que parecem ter sido podados por jardineiros élficos, e então saem do sarapintado de luz e sombra para a luminosidade do sol direto. Por um instante, Holly precisa proteger os olhos com as mãos.

A clareira é pequena, só um círculo de grama aparada, cercado de ciprestes altos. De modo instantâneo e total, o ar é diferente, parado e fresco, com uns leves remoinhos aqui e ali. Os sons caem nesse espaço – o arrulhar preguiçoso de uma pomba, o zumbido de insetos em atividade em algum lugar – e desaparecem sem deixar sinal.

– A gente vem pra cá – diz Selena, só um pouco ofegante.

– Vocês nunca nos mostraram esse lugar – diz Holly. Selena e Becca se entreolham e dão de ombros. Por um instante, Holly se sente quase traída. Selena e Becca são internas há dois anos, mas nunca ocorreu a Holly que elas duas juntas tivessem um território separado, até Holly se dar conta de que agora também ela faz parte dele.

– Às vezes, você tem a sensação de que vai pirar se não for a algum lugar com privacidade – diz Becca. – A gente vem pra cá. – Ela se deixa cair na grama num emaranhado de pernas magricelas e olha ansiosa para Holly e Julia. Suas mãos estão unidas em concha, como se ela estivesse lhes oferecendo a clareira como presente de boas-vindas e não tivesse certeza se estaria à altura.

– É incrível – diz Holly. Ela sente o cheiro de grama cortada, da terra fértil nas sombras; um resquício de alguma coisa selvagem, como se animais passassem por ali em silêncio no caminho de um abrigo noturno para outro. – E ninguém mais vem aqui?

– Elas têm seus próprios lugares – diz Selena –, aonde nós não vamos.

Julia dá meia-volta, a cabeça inclinada para trás para ver as aves mudando de direção no círculo azul do céu, entrando e saindo da formação em V.

— Gostei — comenta ela. — Gostei muito daqui. — E se deixa cair na grama ao lado de Becca. Becca abre um sorriso, solta a respiração e relaxa as mãos.

Elas se esticam, mudam de posição até o sol poente não incomodar os olhos. A grama é espessa e lustrosa, como o pelo de algum animal, boa para servir de colchão.

— Puxa, o *discurso* da McKenna — diz Julia. — "Suas filhas já têm uma extraordinária vantagem inicial na vida por vocês todos serem tão *bem informados, cuidadosos com a saúde, cultos* e simplesmente fantásticos sob todos os aspectos. Para nós, é um enorme prazer ter a oportunidade de continuar o bom trabalho que vocês fizeram", e me passa um balde para eu vomitar.

— É o mesmo discurso todos os anos — diz Becca. — Palavra por palavra.

— No primeiro ano, meu pai quase me levou direto de volta para casa por causa desse discurso — diz Selena. — Ele diz que é elitista. — O pai de Selena mora em algum tipo de comunidade em Kilkenny e usa ponchos tecidos a mão. Foi a mãe dela que escolheu o colégio.

— Meu pai estava pensando a mesma coisa — diz Holly. — Deu pra perceber. Morri de medo de ele fazer alguma piadinha esperta quando McKenna terminasse, mas minha mãe estava pisando no pé dele.

— Foi totalmente elitista, sim — diz Julia. — E daí? Não tem nada de errado em ser elitista. Algumas coisas são melhores do que outras. Fingir que isso não acontece não faz de você uma pessoa de mente aberta; só faz de você um bundão. O que me deu vontade de vomitar foi a puxação de saco. Como se nós fôssemos uns *troços* que nossos pais defecaram, e a McKenna estivesse dando tapinhas na cabeça deles e dizendo *"muito bem"*, enquanto eles ficam ali abanando o rabinho, lambendo a mão dela e quase se mijando de felicidade. Como é que ela sabe? E se os meus pais nunca tivessem lido um livro a vida inteira e me alimentassem com barras de chocolate fritas em muito óleo em todas as refeições?

— Ela não está nem aí — diz Becca. — Só quer que eles não sintam remorso por gastar uma fortuna para se livrarem de nós.

Um recorte de silêncio. Os pais de Becca trabalham em Dubai a maior parte do tempo. Eles não puderam comparecer hoje. Foi a governanta que trouxe Becca.

– É bom – diz Selena. – Vocês estarem aqui.

– Ainda não me parece real – diz Holly, o que é só uma parte da verdade, mas é o máximo que consegue dizer. Parece real, em lampejos, entre longos trechos granulados de estática vertiginosa; mas esses lampejos são nítidos o suficiente para expulsar da sua cabeça todos os outros tipos de realidade, deixando a sensação de que ela nunca esteve em nenhum outro lugar que não fosse aqui. E de repente eles desaparecem.

– Para mim parece – diz Becca. Ela está sorrindo para o céu. A mágoa sumiu da sua voz.

– Vai parecer – diz Selena. – Leva um tempo.

Elas ficam ali deitadas, sentindo o corpo afundar mais na clareira e mudar o ritmo para se fundir com o seu entorno: o *tim tim tim* de um passarinho em algum lugar, o deslizar vagaroso do sol e o piscar dos raios por entre os grossos ciprestes. Holly percebe que está repassando o dia, como fazia todas as tardes no ônibus de volta para casa, escolhendo fragmentos para contar: uma história engraçada com um pouquinho de audácia para o pai; alguma coisa para impressionar a mãe ou, se estiver emputecida com ela, o que parece ser o mais comum hoje em dia, alguma coisa para lhe provocar um choque e forçá-la a deixar escapulir uma reação: *Meu Deus, Holly, por que alguém ia querer dizer uma coisa dessas...* enquanto Holly revira os olhos para o céu. Ela então se dá conta de que agora isso não faz mais sentido. A imagem que cada dia deixa para trás já não vai ser influenciada pelo sorriso do pai nem pelas sobrancelhas erguidas da mãe; não mais.

Em vez disso, essa imagem será moldada pelas outras. Holly olha para elas e sente que o dia de hoje está se movendo, está se encaixando nos contornos de que ela se lembrará daqui a vinte, cinquenta anos: o dia em que Julia fez a brincadeira das Daleks, o dia em que Selena e Becca a levaram junto com Julia à clareira dos ciprestes.

– Era melhor a gente voltar logo – diz Becca, sem se mexer.

– É cedo – diz Julia. – Vocês disseram que a gente pode fazer o que quiser.

– E pode, na maior parte do tempo. Só que logo no começo, elas ficam preocupadas, querendo ver as alunas novas o tempo todo. Como se vocês fossem fugir, se elas não estivessem olhando.

Elas riem, baixinho, para o círculo de ar parado. Aquele lampejo atinge Holly outra vez – uma linha de gritos de gansos silvestres enfileirados lá no alto no céu; os dedos entrelaçados bem fundo na pelagem fresca da grama; o adejar dos cílios de Selena contra a luz do sol; e isso está assim desde sempre. Tudo o mais é um devaneio que vai despencando por cima da linha do horizonte. Dessa vez, a sensação permanece.

Daí a alguns minutos, Selena fala.

– Só que a Becs está com a razão. Devíamos voltar. Se vierem nos procurar...

Se uma professora entrasse na clareira... a ideia se contorce na coluna das garotas, faz com que se levantem da grama. Elas espanam as roupas; Becca cata ciscos verdes do cabelo de Selena e, com os dedos, o penteia de volta ao lugar.

– De qualquer maneira, preciso terminar de desfazer a mala – diz Julia.

– Eu também – diz Holly. Ela pensa na ala das internas, nos pés-direitos altos que parecem prestes a se encher com harmonias frias e etéreas entoadas por freiras. Parece que uma pessoa diferente está pairando junto da cama listrada de amarelo, esperando pelo momento certo: uma Holly diferente. Todas elas, diferentes. Ela sente a mudança se infiltrando pela sua pele, turbilhonando nos enormes espaços entre seus átomos. De repente, compreende a atitude de Julia durante o jantar, a provocação a Joanne. Essa enxurrada a estava fazendo balançar também. Julia estava batendo os pés para entrar na correnteza, provando que tinha voz ativa para determinar aonde a correnteza a levaria, antes que as águas se fechassem acima da sua cabeça e a levassem de roldão.

Você sabe que pode voltar para casa quando quiser, disse o pai, tipo umas oitenta mil vezes. *De dia ou de noite: um telefonema, e eu estou lá em menos de uma hora. Entendeu?*

É, sei, entendi, valeu, respondeu Holly oitenta mil vezes. *Se eu mudar de ideia, ligo e volto direto para casa.* Até aquele momento, não tinha lhe ocorrido que talvez as coisas não funcionassem desse jeito.

3

Conway gostava dos carros. E os conhecia também. Na frota à disposição, ela foi direto para um MG preto, vintage, deslumbrante. Um detetive aposentado deixou em testamento para a polícia o orgulho e alegria da sua vida. O responsável pela frota não teria permitido que Conway tocasse naquela raridade se ela não soubesse o que estava fazendo: "Desculpa, detetive, mas a transmissão está com um probleminha. Tem um Golf lindo logo ali adiante..." Ela acenou, sem lhe dar importância, ele jogou as chaves para ela pegar.

Ela tratou o MG como se fosse seu cavalo preferido. Nos dirigimos para a zona sul, onde moram os ricos, Conway virando esquinas em alta velocidade no emaranhado de travessas, disparando a buzina quando alguém não fugia do carro com rapidez suficiente.

– Quero que entenda uma coisa – disse ela. – Sou eu quem manda aqui. Você tem algum problema em receber ordens de uma mulher?

– Não.

– Todos dizem isso.

– Estou falando sério.

– Ótimo. – Ela deu uma freada forte, diante de um café natureba, cujas vidraças precisavam ser lavadas. – Um café para mim. Preto, sem açúcar.

Meu ego não é tão fraco assim. Ele não vai desmoronar sem um exercício diário. Saí do carro, dois cafés para viagem, até consegui um sorriso da garçonete deprimida.

– Pronto – disse eu, sentando no banco do carona.

Conway tomou um gole.

– Tem gosto de mijo.

– Você escolheu o lugar. Sorte ele não ser feito de brotos de feijão.

Ela quase sorriu, e tampou o copo de novo.

– Pior que fizeram. Ponha no lixo. O seu e o meu. Não quero esse fedor no meu carro.

A lata de lixo ficava do outro lado do rua. Saí, me desviei do trânsito, pus tudo no lixo, me desviei do trânsito, entrei de volta no carro, começando a entender por que Conway ainda estava sem parceiro. Ela acelerou antes que eu estivesse totalmente dentro do carro.

– E então – disse ela, um pouco menos gélida, mas só um pouco. – Você conhece o caso, certo? O essencial?

– Conheço. – Qualquer cachorro nas ruas sabia o essencial.

– Você sabe que não pegamos ninguém. As fofocas dizem alguma coisa sobre o motivo para isso?

As fofocas diziam muita coisa. Eu não ia cair nessa.

– Alguns casos são assim mesmo.

– Chegamos a um beco sem saída, foi isso. Você sabe como funciona: a cena do crime, quaisquer testemunhas que a gente possa chamar e a vida da vítima. É o que temos, e é melhor que um desses elementos traga alguma coisa. O que eles nos trouxeram foi uma tonelada de porra nenhuma. – Conway avistou uma lacuna do tamanho de uma moto na faixa que queria e entrou nela com um giro do volante. – No fundo, não havia nenhuma razão para alguém querer matar Chris Harper. Na opinião de todos, ele era um bom rapaz. As pessoas dizem isso de qualquer modo, mas dessa vez podia ser que estivessem falando a sério. Dezesseis anos, no quarto ano do colégio São Columba, interno (morava logo ali adiante, praticamente, mas o pai achou que o filho só *tiraria pleno partido da experiência de estudar no Columba*, se fosse aluno interno). Em lugares como esse, no fundo tudo se resume aos contatos. Faça os amigos certos no Columba, e você nunca precisará trabalhar por menos de cem mil libras por ano. – A expressão contorcida na boca de Conway denunciava sua opinião a respeito disso.

– Um monte de rapazes engaiolados desse jeito... Podem surgir situações desagradáveis. Bullying. Nada disso no radar?

Por cima do canal, entrando em Rathmines.

– Nada. Chris era popular na escola, muitos colegas, nenhum inimigo. Uma briga ou outra; mas, com rapazes dessa idade, é isso o que eles fazem. Nada de importante, nada que nos levasse a parte alguma. Nenhuma namorada, pelo menos não que fosse oficial. Três ex-namoradas... eles começam cedo, hoje em dia... mas nada que se pudesse chamar de amor de verdade. Uns amassos no cinema, e depois todo mundo segue em frente. Todos os rompimentos tinham sido mais de um ano antes, sem nenhum rancor, ao que pudéssemos descobrir. Ele se dava bem com os professores. Disseram que às vezes fazia bagunça, mas só uma questão de excesso de energia, não de má índole. Inteligência média, nem gênio, nem pateta. Dedicação ao trabalho também média. Boas relações com os pais, nas poucas vezes que estava com eles. Uma irmã, muito mais nova, dava-se bem com ela também. Pusemos pressão sobre todos eles, não porque imaginássemos que houvesse alguma coisa por lá, mas porque eles eram tudo o que tínhamos. Nada. Nem um único sopro de nada.

– Algum hábito prejudicial?

Conway fez que não.

– Nem mesmo isso. Os colegas disseram que ele uma vez ou outra tinha fumado em festas, os dois tipos de fumo, e que também de vez em quando se embebedava, quando eles tinham acesso a álcool; mas não havia álcool nele quando morreu. Tampouco drogas no organismo, nem nos seus pertences. Nenhuma ligação com jogos de azar. Uns dois sites de pornografia no histórico do seu computador na casa dos pais, mas o que se pode esperar? Isso foi o pior que ele fez na vida, até onde tivemos condição de descobrir: alguns baseados e um pouco de masturbação online.

Visto de lado, o rosto dela estava calmo. Sobrancelhas um pouco baixas. Concentrada na tarefa de dirigir. De qualquer maneira, você teria dito que ela estava tranquila com a tonelada de porra nenhuma: é assim que a vida é, nada que merecesse muita atenção.

– Nenhum motivo, nenhuma pista, nenhuma testemunha. Depois de um tempo, estávamos andando em círculos. Entrevistando as mesmas pessoas ainda mais uma vez. Recebendo as mesmas respostas. Nós tínhamos outros casos. Não podíamos nos dar ao luxo de passar mais alguns meses dando cabeçadas uns nos outros por causa desse caso. No final, desisti. Tirei o caso do primeiro plano e fiquei torcendo para que alguma coisa desse tipo aparecesse.

– Como você acabou sendo a responsável? – perguntei.

O pé de Conway afundou no acelerador.

– Você está querendo dizer, como uma menininha acabou pegando um caso importante como esse? Que eu não deveria ter saído da Violência Doméstica? É isso?

– Não. O que eu quero dizer é que você era uma novata.

– E *daí*? Está dizendo que foi por isso que não chegamos a uma solução?

Tudo bem, uma ova. Disfarçando o suficiente para o pessoal da divisão não ficar pegando no seu pé, mas muito longe de estar satisfeita com o resultado.

– Nada disso. O que estou dizendo...

– Se for isso, vá se foder. Pode descer aqui mesmo e pegar a porra do ônibus de volta para a Casos Não Solucionados.

Se ela não estivesse dirigindo, estaria agitando um dedo na minha cara.

– *Não*. O que estou dizendo é... um caso como esse, um adolescente, escola de ricos. Vocês tinham que saber que seria um caso importante. Costello tinha precedência. Como foi que o nome dele não estava em primeiro lugar na lista?

– Porque eu conquistei o direito. Porque ele sabia que como detetive eu sou boa demais. Deu pra entender?

O velocímetro ainda subindo, acima do limite de velocidade.

– Entendi – respondi.

Um pouco de silêncio. Conway desacelerou, mas não muito. Tínhamos chegado à Terenure Road. Assim que o MG conseguiu algum espaço, ele começou a mostrar do que era capaz. Depois de um intervalo suficiente, falei.

– O carro é uma beleza.

– Já dirigiu um?

– Ainda não.

Ela concordou com um gesto de cabeça, como se aquilo combinasse com o que ela já pensava a meu respeito.

– Num lugar como o Santa Kilda, você já precisa chegar por cima. – A mão acima da altura da cabeça. – Inspirando respeito.

Isso me disse alguma coisa sobre Antoinette Conway. Por mim, eu teria escolhido um Polo velho, com muita quilometragem, muitas camadas de tinta, sem conseguir esconder direito os arranhões. Quando a gente chega, assumindo o papel de quem está por baixo, consegue pegar as pessoas desprevenidas.

– É esse tipo de lugar?

– Puta merda – disse ela, com desprezo. – Achei que iam me fazer passar por uma câmara de descontaminação, para eu me livrar do meu sotaque. Ou iam me entregar um uniforme de faxineira e me encaminhar para a entrada de serviço. Sabe qual é a anuidade lá? *A partir de* oito mil libras. Isso, se a aluna não for interna, ou se não participar de nenhuma *atividade extracurricular*. Canto coral, piano, teatro. Você teve alguma dessas na escola?

– A gente tinha uma bola de futebol no pátio.

Conway gostou disso.

– Uma nojentinha: eu entro na sala de espera e chamo o nome dela para a entrevista, e ela começa, "Hã, exatamente *agora* não vou poder. Minha aula de clarineta começa daqui a cinco minutos." – Aquela leve subida do canto da boca, de novo. Não importa o que tivesse dito à garota, Conway tinha gostado. – A entrevista dela durou uma hora. Que pena!

– E o colégio? – perguntei. – Esnobe, mas bom; ou simplesmente esnobe?

– Eu podia ganhar na loteria, e mesmo assim não mandaria minha filha para lá. Mas... – Um dar de ombros meio sem vontade. – Turmas pequenas. Prêmios de Jovem Cientista por toda parte. Todas com dentes perfeitos, ninguém jamais fica grávida, e todas aquelas cadelinhas de raça saem dali para a faculdade. Acho que o colégio é bom, se você não se importar que sua filha se transforme numa porcaria de uma esnobe.

– O pai de Holly é policial. De Dublin. Do bairro de Liberties.

– Eu sei. Você acha que não percebi?

– Ele não mandaria a filha para lá se ela estivesse se transformando numa porcaria de uma esnobe.

Conway avançou um pouco a dianteira do MG num sinal vermelho. Verde: ela pisou fundo.

– Ela está a fim de você?

Eu quase ri.

— Ela era *só* uma criança de 9 anos quando nos conhecemos, 10 quando o caso foi a julgamento. Depois disso nunca mais vi a garota, até hoje.

Conway lançou um olhar para mim que dizia que eu é que era a criança nessa história.

— Você ficaria surpreso. Ela mente?

Tentei me lembrar.

— Para mim, ela não mentiu. Pelo menos, não que eu descobrisse. Era uma boa menina, naquela época.

— Ela mente — disse Conway.

— O que foi que ela disse?

— Não sei. Também não a peguei mentindo. Pode ser que não tenha mentido para mim. Mas as garotas dessa idade mentem. Todas elas.

Pensei em dizer, *Da próxima vez que sua pergunta for uma pegadinha, guarde para um suspeito.*

— Estou me lixando se ela mente ou não — preferi dizer —, desde que não minta para mim.

Conway passou para uma marcha mais alta. O MG adorou.

— Conta aí pra gente — disse ela. — O que sua amiguinha Holly disse sobre Chris Harper?

— Pouca coisa. Ele era só um cara. Ela o conhecia de vista.

— Certo. Você acha que ela estava falando a verdade?

— Ainda não cheguei a uma conclusão.

— Continue pensando e me diga quando tiver chegado. Veja por que motivo prestamos uma atenção especial a Holly e suas coleguinhas. São quatro as que sempre andam juntas, ou andavam na ocasião: Holly Mackey, Selena Wynne, Julia Harte e Rebecca O'Mara. Elas são assim. — Dedos cruzados. — Outra garota da turma delas, Joanne Heffernan, disse que a vítima estava saindo com Selena Wynne.

— Quer dizer que você acha que isso era o que ele estava fazendo no terreno do Santa Kilda. Entrou de mansinho para se encontrar com ela.

— É. Tem uma coisa que a gente não revelou. Por isso, trate de não dar com a língua nos dentes em alguma entrevista: ele trazia uma camisinha no bolso. Mais nada, nem carteira, nem celular. Esses tinham ficado no quarto dele. Só uma camisinha. — Conway esticou o pescoço, girou o volante, fez com que ultrapassássemos uma kombi e saíssemos da frente de um caminhão bem a tempo. O cara do caminhão não gostou nem um pouco. – Ora, vá se foder. Quer começar comigo?... E havia flores no corpo. Isso também não foi divulgado. Jacintos... sabe, aqueles azuis, encaracolados, de cheiro forte e adocicado? Eram quatro hastes. Vinham de um canteiro no recinto do colégio, não longe da cena do crime, de modo que o assassino poderia tê-los posto ali, mas... – Ela deu de ombros. – Um cara no colégio da namorada, depois da meia-noite, com um preservativo e flores? Dá pra dizer que ele estava pensando num encontro promissor.

– Ficou estabelecido que o colégio foi a cena do crime? Ele não foi jogado ali depois de ter sido morto?

– Não. O golpe partiu a cabeça direto, montes de sangue. Do jeito que escorreu, o pessoal da Polícia Técnica calculou que ele ficou imóvel depois de ser atingido. Não foi desovado ali; nenhuma tentativa de se arrastar em busca de socorro; ele nem mesmo tentou levantar a mão para tocar no ferimento. Nenhum sangue nas mãos. Foi só o golpe – ela estalou os dedos – e lá se foi ele.

– Aposto que Selena Wynne disse que não tinha planos de se encontrar com ele naquela noite.

– Ah, sim. As três colegas disseram a mesma coisa. Selena não estava se encontrando com ele; não estava saindo com ele; só o conhecia de vista. Estavam chocadas por eu insinuar alguma coisa desse tipo. – Um tom seco e cortante na voz de Conway. Ela não estava convencida.

– E os colegas de Chris Harper disseram o quê?

Ela bufou.

– Principalmente, "Err, não sei". Rapazes de 16 anos... Você conseguiria mais sentido nas respostas se fosse ao zoológico e entrevistasse os chimpanzés. Havia um único que conseguia formular frases inteiras, Finn Carroll, mas parece que não tinha muita coisa para nos contar. Eles não passam a noite acordados fazendo confidências, como as garotas fazem. Disseram que sim, Chris estava a fim de Selena, mas ele estava a fim de um monte de garotas, e um monte de garotas estava a fim dele. Até onde eles sabiam, ele e Selena nunca tinham avançado além disso.

– Alguma coisa que provasse o contrário? Contatos pelos celulares, no facebook?

Conway fez que não.

– Nenhuma ligação nem mensagem de texto entre os dois; nada no facebook. Todos eles têm conta no facebook, mas os internos em sua maioria só usam essas contas nas férias. Os dois colégios bloqueiam o acesso a redes sociais nos computadores e não permitem uso de smartphones. Deus nos livre se a pequena Eduarda fugir com algum pervertido da internet que ela conheceu em horário escolar. Ou ainda pior, o pequeno Eduardo. Imagine o processo.

– Então a prova é só o depoimento de Joanne Heffernan.

– Heffernan *não tinha* provas. Tudo o que nos passou foi "E então eu vi que ele olhava para ela, e vi que ela olhava para ele, e depois teve uma outra vez que ele disse alguma coisa para ela, o que quer dizer que eles estavam mesmo transando". As colegas dela todas juraram a mesma coisa, mas é o que fariam. Essa tal de Heffernan é uma víbora. A turma dela é a galera legal, e ela é a abelha rainha. As outras morrem de medo dela. Se qualquer uma delas piscar sem a permissão de Heffernan, será expulsa da colmeia, sendo perseguida por ela e seu bando até sair do colégio. Elas dizem o que receberam ordens de dizer.

– Holly e a turma dela. Legal ou não?

Conway ficou olhando para mais um sinal vermelho, batendo os dedos no volante, no ritmo do pisca-pisca.

– É uma galera diferente – disse ela, por fim. – Não são as mandonas; não fazem parte da turma de Heffernan. Eu diria também que Heffernan não lhes causa problemas. Ela tentou dedurar Selena quando teve a chance, quase se mijou de emoção, mas não enfrentaria as outras. Elas não estão no topo da pirâmide, mas estão a uma altura razoável.

Alguma coisa no meu rosto, o princípio de um sorriso.

– Que foi?

– Você está falando como se fossem gangues de garotas da zona leste de Los Angeles. Com giletes escondidas no cabelo.

– Parecidas – disse Conway, fazendo o MG entrar numa transversal. – Bastante parecidas.

As casas foram ficando maiores, mais afastadas da rua. Carros grandes, novos e reluzentes. Não se veem muitos desses hoje em dia. Portões elétricos por toda parte. Em um jardim havia uma estátua de concreto polido que parecia uma asa de caneca de um metro e meio de altura.

– Então você achou que foi Selena? – perguntei. – Ou alguém com ciúme por ela estar saindo com Chris, de um lado ou do outro?

Conway diminuiu a velocidade, não muito para uma zona residencial. Pensou.

– Não estou dizendo que achei que foi Selena. Você vai ver a garota. Eu não teria dito que ela poderia ter feito aquilo, não mesmo. Heffernan tinha uma baita inveja dela. Selena é muito mais bonita que Heffernan, mas também não estou dizendo que achei que fosse Heffernan. Nem mesmo digo que acreditei nela. Só estou dizendo que havia alguma coisa. Só alguma coisa.

E era provável que fosse essa a razão para ela ter me deixado vir junto. Alguma coisa no canto do campo visual, que sumia quando ela olhava direto naquela direção. Costello também não tinha conseguido identificar o que era. Conway achou que talvez alguém com um olhar diferente conseguisse. Talvez eu.

– Uma adolescente poderia ter cometido o crime? Quer dizer, em termos físicos?

– Poderia. Sem problema. A arma, e isso também não foi divulgado, foi uma enxada tirada do galpão dos jardineiros. Um único golpe que atravessou direto o crânio de Chris Harper e entrou no cérebro. A Polícia Técnica disse que, com o cabo comprido e a lâmina afiada, não teria sido necessário usar muita força. Uma garota poderia ter conseguido dar esse golpe com facilidade, desde que soubesse manejar a enxada.

Eu ia começar a perguntar alguma coisa, mas Conway fez uma curva com o carro, tão de repente, sem usar o pisca-pisca, que eu quase perdi a visão da entrada: portões altos de ferro preto, guarita de pedra, arco de ferro com as palavras "Colégio St. Kilda" realçadas em dourado. Do lado de dentro dos portões, ela freou. Deixou que eu desse uma boa olhada.

A entrada de carros descrevia um semicírculo de seixos brancos em torno de uma encosta suave coberta de grama verde bem aparada que não terminava nunca. No alto da encosta, o colégio.

No passado, o lar ancestral de alguém; a mansão de alguém, com cavalariços segurando cavalos inquietos de carruagens, com damas de cintura fina passeando de braços dados pelo gramado. Com uns duzentos anos. Talvez mais? Um prédio longo, de pedra-sabão cinza, três janelas altas no andar superior e mais de uma dúzia de um lado a outro. Um pórtico sustentado por colunas esguias de capitel ornamentado; uma balaustrada no telhado; pilares curvos delicados como vasos. Era perfeito; perfeito, tudo equilibrado, cada centímetro. O sol se derretia por cima da construção, lentamente como manteiga numa torrada.

Talvez eu devesse ter detestado esse colégio. Eu, proveniente de escolas municipais, aulas em salas pré-fabricadas, em péssimo estado de conservação; precisando ficar de casaco quando o aquecimento enguiçava no inverno, arrumar os pôsteres de geografia para cobrir as manchas de mofo; nos desafiando uns aos outros para ver quem tocava no rato morto no banheiro. Talvez eu devesse ter olhado para aquela escola e ter tido vontade de cagar no pórtico.

Era uma beleza. Amo a beleza. Sempre amei. Nunca entendi por que se deveria odiar o que se desejaria ter. Trate de amar ainda mais. Trabalhe para chegar mais perto. Aperte nas mãos o que deseja, até descobrir um jeito de torná-lo seu.

— Olhe só — disse Conway, recostada no banco, os olhos semicerrados. — Essa é a única hora em que lamento ser policial. Quando vejo um monte de merda desse tipo e não posso jogar um coquetel Molotov para pôr tudo no chão.

Para ver minha reação, observava. Um teste.

Eu poderia ter passado, fácil. Poderia ter dito qualquer besteira sobre pirralhos ricos mimados e minha vida em conjunto habitacional. Até que tive vontade. Por que não? Fazia muito tempo que eu vinha desejando entrar para a Homicídios. Trabalhe para chegar mais perto. Torne seu aquilo que deseja.

Conway não era alguém com quem eu quisesse criar laços.

— É uma beleza.

A cabeça dela voltava para a posição, a boca torcida de lado, no que poderia ter sido um sorriso, se não tivesse sido outra coisa. Decepção?

— Vão adorar você lá dentro — disse ela. — Vem. Vamos procurar umas botas britânicas para você lamber. — Ela acelerou, e nós subimos em disparada pela entrada de carros, as rodas fazendo seixos voar.

* * *

O estacionamento ficava depois de uma curva à direita, protegido por árvores altas de um verde-escuro – ciprestes, eu quase tinha certeza. Bem que eu queria saber mais acerca de árvores. Nada de Mercedes reluzentes ali; mas também nenhum calhambeque. Os professores tinham condições para dirigir carros razoáveis. Conway estacionou numa vaga "reservada".

Era provável que ninguém no Santa Kilda fosse ver o MG, a não ser que estivesse olhando por uma janela da frente quando entramos pelo portão. Conway tinha escolhido o carro para si mesma; pela sensação de como ela queria chegar, não de como queria que as pessoas a vissem chegar. Corrigi o que tinha pensado sobre ela, mais uma vez.

Ela saltou do carro e pôs a bolsa no ombro – nada de feminino, uma pasta preta de couro, mais masculina do que a maioria das pastas dos caras da Homicídios.

– Primeiro, vou lhe mostrar a cena. Para você se situar. Vamos.

Passamos pela cortina fresca de sombra abaixo das árvores, que funcionavam como um anteparo. Um som como um suspiro, acima de nós. Conway levantou a cabeça de repente, mas era só o vento tentando passar pela ramagem fechada. À nossa esquerda, quando voltamos de novo para o sol, estavam os fundos do prédio. À direita: mais outra enorme encosta gramada, com uma cerca viva baixa.

O prédio principal tinha alas: cada uma se estendendo para os fundos a partir de cada extremidade. Construídas mais tarde, talvez, mas de modo que combinassem. A mesma pedra cinza, a mesma moderação nos ornamentos; alguém dando preferência às linhas, não aos enfeites.

– Tudo o que pertence ao colégio, salas de aula, saguão, gabinetes, fica no corpo principal do prédio. Esse – a ala mais próxima – é o alojamento das freiras. Entrada separada, nenhuma porta que dê para o colégio. A ala fica trancada à noite, mas todas as freiras têm chaves. E elas têm quartos separados. Qualquer uma delas podia ter saído de mansinho e acabado com Chris Harper. Só resta uma dúzia, a maioria com uns 100 anos e nenhuma com menos de 50; mas, como eu já disse, não precisava ser um fisiculturista.

– Algum motivo?

Ela apertou os olhos para olhar para as janelas lá no alto. O sol refletia nelas, nos ofuscando.

— As freiras não batem bem. Vai ver que uma delas viu o rapaz enfiar a mão no pulôver de alguma garota e concluiu que ele era um enviado de Satã para corromper as inocentes.

Ela começou a atravessar, na diagonal, o gramado liso, afastando-se do prédio. Nada dizia NÃO PISE NA GRAMA, mas era isso o que parecia. Duas figuras como nós num lugar como esse: eu estava esperando que um guarda-caça irrompesse do meio das árvores e nos expulsasse do local, com cães ferozes tentando arrancar o traseiro das nossas calças.

— A outra ala é das internas. Bem trancada durante a noite, como um cinto de castidade; as garotas não têm chaves. Janelas com grades no térreo. Há uma porta nos fundos dessa ala, mas o alarme fica ativado durante a noite. No térreo, há uma porta de acesso ao colégio, e é aí que a coisa fica interessante. As janelas do colégio não têm grades. E não têm alarme.

— A porta de acesso não fica trancada? — perguntei.

— Fica, é claro que fica. Mas, se houver um motivo importante, como uma aluna interna esquecer o dever de casa no quarto, ou se uma aluna precisar pegar um livro na biblioteca para fazer algum trabalho, ela pode pedir a chave. A secretária, a enfermeira e a governanta... não estou brincando, elas têm uma *governanta*... têm, cada uma, uma cópia. E em janeiro do ano passado, quatro meses antes do que houve com Chris Harper, a chave da enfermeira sumiu.

— Elas não trocaram a fechadura?

Conway revirou os olhos. Não era só seu rosto que por um triz não dava a impressão de estar muito estranho; alguma coisa no seu jeito de se movimentar também, nas costas retas e no balanço dos ombros, a rapidez das expressões.

— Seria de imaginar, certo? Não. A enfermeira guardava a chave numa prateleira, logo acima da lata de lixo. Ela achou que a chave caiu e foi levada embora com o lixo. Mandou fazer uma nova e esqueceu o assunto, lá-lá-lá, a vida é bela, até a gente chegar fazendo perguntas. Puta merda, não sei quem é mais ingênuo nesse lugar, as alunas ou a equipe. E se essa chave estivesse com uma interna? Ela poderia passar pela porta de acesso em qualquer noite, escapar por uma janela, fazer o que quisesse até ter de se apresentar para o café da manhã.

— Elas não têm um segurança?

– Têm, sim. Guarda-noturno, como o chamam. Acho que consideram mais classudo. Ele fica naquela guarita por onde passamos para entrar, faz uma ronda de duas em duas horas. Evitá-lo não seria problema. Espere até você ver a área dos terrenos. Por aqui.

Um portão na cerca viva, arabescos de ferro batido, um rangido longo e baixo quando Conway o abriu. Depois dele, uma quadra de tênis, um campo de esportes e então mais verde: dessa vez cuidadosamente organizado para parecer um pouco menos organizado. Não uma mata, só o ar suficiente de mata. Miscelânea de árvores que tinham levado séculos para crescer, bétulas, carvalhos, plátanos. Pequenas trilhas de seixos se insinuando entre canteiros amontoados com amarelo e lilás. Todos os verdes eram de primavera, aqueles tão suaves que a mão da gente atravessaria direto.

Conway estalou os dedos diante do meu nariz.

– Concentre-se.

– Como as internas ficam alojadas? Em dormitórios ou quartos individuais?

– As do primeiro e do segundo ano, seis por dormitório. As do terceiro e quarto, quatro por quarto. As do quinto e sexto, duas por quarto. Logo, sim, ela teria no mínimo uma companheira de quarto com que se preocupar, se estivesse dando suas escapulidas. Mas a questão é a seguinte: a partir do terceiro ano, elas escolhem com quem querem dividir o quarto. Logo, não importa quem esteja no quarto, é bem provável que essa colega tome o partido dela.

Seguimos pela lateral da quadra de tênis – redes frouxas, umas duas bolas que tinham rolado para um canto. Eu ainda sentia as janelas do colégio olhando fixamente para minhas costas.

– São quantas internas?

– Sessenta e poucas. Mas nós conseguimos reduzir esse número. A enfermeira deu a alguma aluna a chave na manhã de uma terça-feira; a aluna a devolveu prontamente. Na hora do almoço de sexta, outra aluna pediu a chave, e a chave tinha sumido. O gabinete da enfermeira fica trancado quando ela não está. Ela jura que conseguiu se certificar disso, pelo menos, para impedir que qualquer uma se drogasse com xarope ou seja lá o que for que ela tem por lá. Por isso, se alguém surrupiou a chave, foi alguém que procurou a enfermeira entre a terça e a sexta-feira.

Conway empurrou um galho para abrir caminho e seguiu por uma das pequenas trilhas, penetrando mais no terreno. Abelhas em plena atividade nas flores de macieira. Pássaros lá no alto, não a algazarra de pegas, só pequenos passarinhos felizes com sua tagarelice.

– O registro da enfermeira indica que foram quatro nesse período. Uma menina chamada Emmeline Locke-Blaney, do primeiro ano, interna. Ela ficou tão aterrorizada com a gente que quase se urinou. Acho que seria incapaz de esconder qualquer coisa. Catriona Morgan, quinto ano, aluna externa, o que não a exclui. Ela poderia ter passado a chave para uma colega interna, mas parece que as panelinhas são bem fechadas. As internas e as externas não se misturam de verdade, você não sabia? – Um ano depois, todos os nomes de cor, sem nenhum esforço. Chris Harper tinha causado algum impacto nela, sim. – Alison Muldoon, terceiro ano, interna, um dos capachos de Heffernan. E Rebecca O'Mara.

– A galera de Holly Mackey de novo.

– É. Viu por que não estou convencida de que sua amiguinha está lhe contando tudo?

– Os motivos para procurarem a enfermeira. Foram verificados?

– Emmeline era a única com uma razão comprovável: torceu o tornozelo jogando hóquei, polo ou sei lá o quê, precisou ser enfaixado. As outras três tiveram dor de cabeça, cólica menstrual, tontura ou coisa semelhante. Poderia ter sido real, elas poderiam estar só com vontade de sair da sala de aula ou... – A sobrancelha de Conway se arqueou. – Tomaram analgésicos e se deitaram confortavelmente, bem ao lado da prateleira onde estava a chave.

– E todas garantiram que não tocaram na chave.

– Juraram por Deus. Como eu disse, acreditei em Emmeline. Nas outras... – Mais uma vez a sobrancelha. O sol através das folhas deixava seu rosto listrado como uma pintura de guerra. – A diretora jurou que nenhuma das suas meninas blá-blá-blá e que a chave tinha de ter ido parar no lixo; mas trocou a fechadura da porta de acesso mesmo assim. Antes tarde do que nunca. – Conway parou e apontou. – Olha. Está vendo aquilo lá?

Uma construção longa e baixa, mais para nossa direita, através das árvores, com um pequeno pátio na frente. Bonitinha. Velha, mas todo o tijolo desbotado estava bem limpo.

– Antigamente ali eram as cocheiras. Para os cavalos de milorde e milady. Agora é o galpão para os jardineiros de suas altezas. São necessários três jardineiros para manter esse espaço. A enxada estava lá dentro.

Nenhum movimento no pátio. Já fazia um tempo que eu me perguntava onde estaria todo mundo. Tinha de haver algumas centenas de pessoas neste colégio, no mínimo, e não se ouvia nada. De algum ponto distante, vinha um retinir fraco, de metal contra metal. E só.

– O galpão é mantido trancado? – perguntei.

– Não. Eles têm um armário lá dentro, onde guardam o herbicida, inseticida para vespas e sei lá mais o quê. Esse armário é trancado, sim. Mas o galpão em si? Pode entrar e se servir. Nunca passou pela cabeça dessa cambada que praticamente tudo ali dentro é uma *arma*. Pás, enxadas, podões, tesouras de aparar cercas vivas. Dava para exterminar metade de uma escola com o que eles têm ali dentro. Ou conseguir dinheiro vivo de um receptador. – Conway de repente afastou a cabeça de uma nuvem de mosquitos-pólvora e voltou a seguir pela trilha. – Eu disse isso à diretora. Sabe o que ela respondeu? "Nós não atraímos o tipo de gente que pensa dessa maneira, detetive." E a expressão no seu rosto era como se eu tivesse cagado no seu carpete. Que *idiota* de merda! O garoto está jogado ali, morto com um golpe, e ela vem me dizer que o mundo inteiro deles é composto de *frappuccinos* e aulas de violoncelo; e que ninguém aqui jamais teve maus pensamentos. Entende o que quero dizer com "ingênua"?

– Não é ingenuidade – retruquei. – É proposital. E num lugar como este, as coisas vêm de cima. Se a diretora diz que tudo é perfeito e ninguém tem permissão para dizer que não é, isso não é bom.

A cabeça de Conway se virou para olhar para mim, franca e cheia de curiosidade, como se estivesse vendo alguma coisa nova. Era boa a sensação de andar lado a lado com uma mulher cujos olhos se encontravam com os meus no mesmo nível, cujo passo tinha a mesma extensão do meu. Dava a impressão de ser fácil. Por um segundo, desejei que gostássemos um do outro.

– Você quer dizer que não é bom para a investigação? Ou simplesmente que não é bom? – ela quis saber.

– As duas coisas. Mas o que eu quis dizer é só que não é bom. É perigoso.

Achei que ela fosse me dar uma bronca, por ser dramático. Em vez disso, ela assentiu.

– Alguma coisa me deu essa mesma impressão.

Depois de uma curva na trilha, saímos do arvoredo fechado para uma ilha de sol.

– Aquilo ali – disse Conway. – Foi dali que as flores foram tiradas.

Azul, um azul que mudava seus olhos como se você nunca tivesse visto a cor azul antes. Jacintos: aos milhares, caindo por uma encosta suave abaixo de árvores, como se estivessem sendo despejados de alguma cesta enorme, sem fundo. O perfume poderia ter provocado visões.

– Mandei dois policiais fardados esquadrinhar aquele canteiro. Verificar cada haste, à procura das partidas. Ficaram ali duas horas. É provável que até hoje ainda odeiem minha sombra, mas estou me lixando, porque eles encontraram as hastes. Quatro, mais ou menos ali, perto da beirada. A Polícia Técnica conseguiu combinar o desenho das hastes partidas com o das flores encontradas com o corpo de Chris. Não foi 100% de certeza, mas bem perto disso.

Aquele canteiro fez com que a ficha caísse. Aqui, neste lugar que causava a impressão de que nada de ruim jamais poderia acontecer no mundo, na última vez em que aquele canteiro ficou florido, Chris Harper tinha vindo procurar alguma coisa. Ele deve ter sentido esse perfume, a coisa mais nítida na escuridão ao redor. A última coisa que restou quando tudo o mais se desfez.

– Onde ele estava? – perguntei.

– Lá – disse Conway, apontando.

Talvez a uns dez metros da trilha, subindo pela encosta, passando por grama aparada e arbustos podados como bolas perfeitas: um aglomerado daquelas mesmas árvores, que podiam ser ciprestes ou não, densas, escuras, circundando uma clareira. A grama no meio tinha sido abandonada, crescido muito e de modo descontrolado. Uma névoa de bolas de penugem flutuava logo acima.

Conway guiou nossa subida, dando a volta em torno do canteiro. A encosta fez com que eu forçasse minhas coxas. O ar na clareira era mais frio. Profundo.

— Estava escuro? – perguntei.

— Não. Cooper... você conhece o Cooper, não conhece? O patologista?... Cooper disse que ele morreu por volta de uma da manhã, podendo ter sido uma hora ou duas mais cedo ou mais tarde. Era uma noite clara, lua crescente no ponto mais alto pouco depois de uma da manhã. A visibilidade era a melhor possível para o meio da noite.

As coisas se movimentavam na minha cabeça. Chris endireitando o corpo, as mãos cheias de azul, se esforçando para distinguir o vulto ágil na clareira enluarada, sua namorada ou...? E lado a lado com esse quadro, como que deslizando para encobri-lo e para sair dele, o oposto. Alguém totalmente imóvel numa sombra, os pés em meio às flores. Os pés dele? Dela? Alguém observando o rosto de Chris virar de um lado para o outro no clarão branco entre os ciprestes, vigiando enquanto ele esperava, esperando que ele parasse de vigiar.

Nesse meio-tempo, Conway esperava e me observava. Ela fez com que eu me lembrasse de Holly. Nenhuma das duas teria gostado da comparação, mas aquele olhar de esguelha, os olhos semicerrados, como uma prova, como um jogo de tabuleiro: avance com cuidado. Um movimento certo, e lhe permitem mais um pequeno movimento. Um movimento errado, e você volta para a primeira casa.

— Em que ângulo a enxada acertou a cabeça dele? – indaguei.

Pergunta certa. Conway me pegou pelo braço, me levou uns dois metros mais para perto do meio da clareira. Sua mão era forte: não a de uma policial efetuando uma detenção; nem a de uma garota que quer dizer "gostei de você"; só forte. Bem capaz de consertar um carro ou dar um soco em alguém que precisasse levar um soco. Ela fez com que eu me virasse para as flores e para a trilha, de costas para as árvores.

— Ele estava mais ou menos aqui.

Um zumbido, um abelhão ou um cortador de grama ao longe, eu não soube identificar. A acústica ali só espiralava e ricocheteava. Pompons de sementes ondulavam em torno das minhas canelas.

— Alguém se aproximou dele vindo por trás, ou fez com que se virasse de costas. Alguém que estava parado por aqui.

Bem atrás de mim. Girei a cabeça para olhar. Ela levantou a enxada imaginária acima do seu ombro esquerdo, segurando-a com as duas mãos.

Abaixou a enxada, com toda a força do corpo. Em algum ponto, por trás dos sons alegres da primavera, o zunido e o baque fizeram estremecer o ar. Apesar de Conway não estar segurando coisa alguma, eu me encolhi.

O canto da boca de Conway subiu. Ela me exibiu as mãos vazias.

– E ele desabou – disse eu.

– Pegou nele aqui. – Ela encostou a aresta da mão na parte de trás do meu crânio, bem no alto e à esquerda da linha central, numa subida da esquerda para a direita. – Chris era uns cinco centímetros mais baixo que você: tinha 1,77 m. O assassino não precisava ser alto. Mais que 1,50 m, menos que 1,80 m, foi tudo o que Cooper pôde dizer a partir do ângulo do ferimento. Provavelmente destro.

Seus pés fizeram a grama farfalhar, enquanto ela voltava a se afastar.

– A grama estava assim naquela época?

Mais uma pergunta certa, muito bem!

– Não. Depois eles deixaram que crescesse... algum tipo de homenagem póstuma, ou vai ver que o lugar assusta os jardineiros, não sei. Ninguém vê esse trecho, de modo que acho que não prejudica a *imagem* do colégio. Mas naquela época a grama era como todo o resto: aparada. Se seus sapatos fossem de sola macia, você poderia chegar de mansinho, e seus passos não seriam ouvidos, sem nenhum problema.

E sem deixar pegadas; ou pelo menos nenhuma pegada que a Polícia Técnica pudesse usar. As trilhas eram de seixos. Lá também não haveria pegadas.

– Onde encontraram a enxada?

– No galpão, onde era seu lugar. Nós a detectamos porque combinava com o que Cooper disse sobre a arma. A Polícia Técnica levou cerca de cinco segundos para confirmar que era a arma do crime. Ela... ele, ela, não importa... a pessoa tentou limpar a lâmina, fincando-a na terra algumas vezes – na terra debaixo de um dos ciprestes –, esfregando-a na grama. Decisão inteligente; mais inteligente do que limpá-la com um pano, porque depois você precisa se livrar desse pano. Mas ainda ficou bastante sangue na lâmina.

– Impressões digitais?

Conway fez que não.

— Dos jardineiros. Também não havia células epiteliais de mais ninguém, logo nenhum DNA de contato. Calculamos que ela tenha usado luvas.

— Ela — repeti.

— É o que eu tenho — disse Conway. — Um monte de "elas" e nem tantos "eles". No ano passado, houve uma hipótese de que teria sido algum tarado, que entrou aqui escondido para se masturbar olhando para as janelas das meninas, brincando com as raquetes de tênis delas ou qualquer coisa semelhante. Chris teria chegado para se encontrar com alguém, apanhando o cara em flagrante. A história não se encaixa com as provas. Como assim, o cara estava com o pinto em uma das mãos e uma enxada na outra? Mas, de qualquer maneira, muita gente gostou da ideia. Melhor do que acreditar que tinha sido alguma riquinha fofinha. De uma *beleza* de escola como esta.

O olhar de esguelha de novo. Me testando. Um raio de sol iluminou seus olhos, deixando-os da cor de âmbar, como os de um lobo.

— Não foi ninguém de fora. Não com aquela foto. Se tivesse sido, para que todo esse segredo? Por que a garota simplesmente não telefonou para você e lhe disse o que sabia? Se ela não estiver inventando tudo isso, ela sabe alguma coisa sobre alguém de dentro da escola. E está com medo.

— E nós a deixamos passar na primeira vez — acrescentou Conway. Um tom implacável na voz. Conway não era exigente só com os outros.

— Pode ser que não — contestei. — Essas garotas são muito novas. Se uma delas viu ou ouviu alguma coisa, pode ser que não tenha sacado o que significava, não naquela hora. Especialmente se estivesse relacionado a sexo ou a relacionamentos. Essa geração conhece todos os fatos. Elas já visitaram sites de pornografia; é provável que conheçam mais posições do que você e eu juntos. Mas, quando se trata da realidade, descobrem que estão totalmente perdidas. Uma adolescente poderia ver alguma coisa e saber que era importante, mas não entender por que motivo. Agora que está um ano mais velha, ela tem um pouco mais de noção. Alguma coisa faz com que olhe para o passado, e de repente a ficha cai.

Conway pensou um pouco sobre isso.

— Pode ser — disse ela. Mas aquele tom implacável continuou ali. Ela não ia se perdoar assim com tanta facilidade. — Mas não importa. Mesmo que ela não soubesse que tinha a informação, é nossa função saber por ela. Ela estava bem ali dentro – um rápido gesto de cabeça para trás, na direção do prédio –, nós ficamos ali sentados e a entrevistamos, e deixamos que seguisse em frente. E eu não estou nem um pouco satisfeita com isso.

Pareceu que era o fim da conversa. Quando ela deixou de falar, comecei a me voltar para a trilha, mas Conway não se mexeu. Pés separados, mãos nos bolsos, olhos fixos nas árvores. Queixo projetado, como se elas fossem o inimigo.

– Fui a responsável pelo caso – disse ela, sem olhar para mim – porque achamos que ia ser moleza. Naquele primeiro dia, antes que os rapazes do necrotério tivessem sequer levado embora o corpo, nós encontramos meio quilo de Ecstasy nas cocheiras, no fundo do armário de agrotóxicos. Um dos jardineiros já estava no sistema: antecedentes de tráfico. E no São Columba, já na festa de Natal, eles tinham apanhado uns dois garotos com Ecstasy. Nunca descobrimos o fornecedor; os garotos não deduraram. Chris não era um dos que estavam com a droga, mas mesmo assim... Achamos que aquele era nosso dia de sorte: dois casos resolvidos de uma tacada só. Chris saiu de mansinho para comprar drogas com o jardineiro, alguma briga por dinheiro, bangue.

Novamente aquele longo suspiro, lá no alto. Dessa vez, eu o vi, passando pelos galhos. Como se as árvores estivessem escutando; como se estivessem tristes conosco, tristes por nós, só que já tinham ouvido tudo aquilo milhares de vezes antes.

– Costello... O Costello foi legal. Os detetives costumavam fazer pouco dele, diziam que era um filho da mãe deprimente, mas ele foi legal. Ele disse, "Põe o seu nome nesse caso. Acumula pontos." Naquela época, ele já devia estar sabendo que ia pedir a aposentadoria este ano. Ele não precisava da solução de um caso importante. Eu precisava.

A voz dela estava baixa, como que entre quatro paredes, como que num aposento pequeno, atravessando a larga faixa do sol. Senti o tamanho da tranquilidade e do verde em toda a nossa volta. A extensão, a altura, árvores mais altas que o prédio da escola. Mais velhas.

– O jardineiro escapou com um álibi. Tinha chamado colegas para jogar pôquer e tomar umas cervejas na sua casa. Dois deles dormiram no seu sofá. Nós o acusamos de posse com intenção de traficar, mas o homicídio... – Conway abanou a cabeça. – Eu devia ter sabido – disse ela, sem explicar. – Eu devia ter sabido que não ia ser tão simples assim.

Uma abelha colidiu com a frente da sua camisa branca. Ficou ali grudada, atordoada. Conway baixou a cabeça de repente, enquanto o resto do corpo permanecia imóvel. A abelha foi se arrastando, passou pelo botão do alto, tentou transpor a beira do tecido, em busca da pele. Conway estava com uma respiração lenta e rasa. Vi sua mão sair do bolso e se erguer.

A abelha voltou a si e saiu voando para o sol. Conway espanou algum cisco da camisa, onde a abelha tinha estado. Depois virou-se e começou a descer a encosta, passando pelos jacintos e voltando à trilha.

4

O Palácio, o maior e melhor shopping center a uma distância razoável a pé dos colégios de Kilda e de Columba, o cenário de todos os momentos neste mundo que não tem algum adulto de cara amarrada, vigilante, pronto para o bote. O Palácio atrai como um ímã gigante, e todo mundo vem. Qualquer coisa pode acontecer aqui, na cintilante faixa de liberdade entre as aulas e a hora do chá: sua vida poderia simplesmente sair levitando do chão e se transformar, tremeluzindo, em alguma coisa totalmente nova. À estonteante luz branca, todos os rostos reluzem. Eles formam palavras e explodem em risadas que você quase consegue perceber em meio à nuvem de sons. E qualquer um desses rostos poderia ser aquele paralisante pelo qual você vem esperando. Qualquer coisa que você imagine poderia estar aguardando por você aqui, se você virar a cabeça bem no momento preciso; se encontrar o olhar certo; se a música exata simplesmente começar a sair pelos alto-falantes em toda a sua volta. O cheiro de açúcar dos donuts quentinhos, emanando do quiosque, dá para lamber nos dedos.

É início de outubro. Chris Harper – num corpo a corpo com Oisín O'Donovan na beira do chafariz no centro do Palácio, a boca numa larga risada, os outros alunos do Columba aos gritos, instigando os dois – ainda tem pouco mais de sete meses de vida.

Becca, Julia, Selena e Holly estão do outro lado da borda do chafariz, com quatro saquinhos abertos de balas entre elas. Julia está de olho nos rapazes do Columba, falando rápido e de modo brusco, contando alguma história possivelmente verídica em grande parte, sobre como, no verão, ela e uma garota inglesa com uns dois caras franceses conseguiram entrar numa boate chiquérrima em Nice, só no papo. Holly está comendo pastilhas confeitadas enquanto escuta, uma sobrancelha num ângulo que diz *Até parece*; Selena está deitada no acabamento de mármore preto já bem gasto, com o queixo apoiado nas mãos, de modo que seu cabelo cai como uma cortina sobre os ombros até quase chegar ao chão. Becca tem vontade de se debruçar e apanhar o cabelo nas mãos antes que ele toque na sujeira e no grude incrustado.

Becca despreza o Palácio. Lá no início do primeiro ano, quando as novas internas tiveram de esperar um mês para conseguir permissão para sair do recinto do colégio – até estarem exaustas demais para fugir, imagina ela –, era só disso que ela ouvia falar: ai, o Palácio, o Palácio, o Palácio, tudo vai ser tão fantástico quando a gente puder ir ao Palácio. Olhos ardentes, mãos esboçando cenários como se fossem castelos cintilantes, rinques de patinação e cascatas de chocolate. Garotas mais velhas, todas metidas e antipáticas, envoltas em cheiros de *cappuccino* e de amostras de brilho labial, balançando num dedo sacolas cheias de cores, ainda dançando com a batida atordoante de música superficial. O lugar mágico, o lugar tremeluzente, para nos fazer esquecer tudo sobre professores mal-humorados, fileiras de camas nos dormitórios, comentários maldosos que não entendemos. Fazer tudo isso desaparecer.

Isso foi antes de Becca conhecer Julia, Selena e Holly. Naquela época, ela se sentia tão infeliz que ficava assustada todos os dias de manhã. Costumava ligar para a mãe, soluçando, com enormes arquejos repugnantes, sem se importar com quem ouvisse, implorando para voltar para casa. A mãe suspirava e lhe dizia que a qualquer momento ela ia começar a se divertir, assim que fizesse amizade com outras garotas para falar sobre garotos, celebridades e moda; e Becca desligava o telefone, novamente atordoada por se sentir muito pior do que antes. Por isso, o Palácio parecia ser a única coisa pela qual ansiar, em todo aquele mundo horrível.

E então ela finalmente chegou lá, e era só um shopping center de merda. Todas as outras alunas do primeiro ano estavam praticamente babando; e Becca olhou para aquele monte de concreto cinza, sem janelas, da década de 1990, e ficou pensando em simplesmente se enroscar no chão bem ali e se recusar a se mexer. Será que assim eles a mandariam para casa por ser maluca?

Então a garota loura ao lado dela, Serena ou coisa semelhante – Becca tinha estado ocupada demais com sua desgraça para prestar atenção a muita coisa – Selena lançou um olhar longo e pensativo para o alto do Palácio.

– Na realidade, ali tem uma janela, está vendo? Aposto que, se a gente conseguir encontrar o caminho, daria para ver metade de Dublin de lá.

O que acabou se revelando verdadeiro. Lá estava ele, desdobrado abaixo delas: o mundo mágico que lhes fora prometido, organizado e aconchegante como nos livros de histórias. Havia varais com roupa inflada pelo vento; criancinhas jogando espirobol num jardim; havia um parque gramado com os canteiros do vermelho e amarelo mais vivos jamais vistos; um velhinho e uma velhinha tinham parado para bater papo junto de um poste de ferro batido, cheio de arabescos, enquanto seus cachorros de orelhas espevitadas enrolavam as guias até darem um nó. A janela ficava entre o posto de pagamento do estacionamento e uma lixeira enorme, e os adultos que vinham pagar não paravam de lançar olhares desconfiados para Becca e Selena, até que por fim um segurança surgiu e as expulsou do Palácio, mesmo parecendo não saber exatamente por que motivo, mas valeu milhões elas terem subido lá.

Já se passaram dois anos, porém, e Becca ainda detesta o Palácio. Ela odeia a forma pela qual cada um é observado a cada instante de todos os ângulos, os olhos enxameando por cima de você como insetos, cavando e roendo, sempre com um grupo de garotas de olho no top que se está usando, ou um grupo de garotos dando uma olhada em não importa o que seja das garotas. Ninguém jamais fica parado no Palácio. Todo mundo está constantemente se torcendo e virando a cabeça, observando os observadores, procurando a pose mais legal. Ninguém fica quieto nunca: é preciso falar sem parar ou você vai parecer uma fracassada. Mas não se pode ter uma conversa de verdade porque todo mundo está pensando em alguma outra coisa. Depois de 15 minutos no Palácio, Becca tem a impressão de que alguém que tocasse nela seria eletrocutado.

Pelo menos quando elas tinham 12 anos, bastava vestir o casaco e sair. Este ano, todas se arrumam para ir ao Palácio, como se estivessem se aprontando para a festa de entrega do Oscar. O Palácio é aquele lugar aonde você leva o que é novo e desconcertante em você, suas curvas, seu jeito de andar e seu próprio eu, para que os outros façam uma avaliação; e você não pode correr o risco de que o seu valor seja *Nada, zero, nada*. Tipo você simplesmente *tem* que ter o cabelo alisado até não dar mais ou então escovado num cuidadoso estilo desarrumado, com bronzeado artificial no corpo inteiro, uns dois centímetros de base no rosto e meia embalagem de sombra esfumada em cada olho, usando jeans ultramacio *superskinny* e botas Ugg ou Converse, porque, se não fizer isso, alguém poderia realmente conseguir distinguir você de todas as outras, e é óbvio que isso faria de você um fracasso total. Lenie, Jules e Holly nem de longe chegam a ser tão ruins, mas mesmo assim elas ainda refazem o blush quatro vezes e se olham no espelho de vinte ângulos diferentes, enquanto Becca, irrequieta, já à porta, espera até que estejam prontas para sair. Becca não usa maquiagem para ir ao Palácio porque detesta maquiagem e porque a ideia de gastar meia hora se aprontando para ficar sentada numa mureta diante de uma loja de donuts é tão idiota que lhe dá um curto-circuito no cérebro.

Ela vai porque as outras vão. Por que motivo elas querem ir é um perfeito mistério para Becca. Elas sempre dão a impressão de estar se divertindo muito, falam mais alto e com a voz mais aguda, se empurram umas às outras e dão risadas estridentes por qualquer coisa. Mas Becca sabe como elas são quando estão felizes, e não é assim. Depois, na volta para o colégio, seus rostos parecem mais velhos e mais tensos, borrados com resíduos de expressões que foram impostas com um excesso de pressão e que não querem ser descartadas.

Hoje ela está ainda mais elétrica do que normalmente, olhando a hora no celular de dois em dois minutos, sem parar de se mexer como se o mármore estivesse machucando seus ossos. Julia já se queixou duas vezes.

— Caraca, dá pra você ficar *parada*?

— Foi mau — murmura Becca, mas daí a um minuto ela está se mexendo de novo.

É porque a dois metros de distância delas, na beira do chafariz, estão as Daleks. Becca detesta tudo nas Daleks, até os mínimos detalhes. Ela as odeia separadamente — o jeito de Orla ficar de boca aberta, o requebrado de Gemma ao caminhar, o ar de coitadinha, de bebê assustado, de Alison, o fato de Joanne existir — e as odeia em conjunto. Hoje seu ódio está maior porque três dos caras do Columba que estavam do outro lado do chafariz vieram se sentar com elas, e com isso as Daleks estão ainda mais exageradas do que de costume. Cada vez que um dos garotos diz alguma coisa, as quatro precisam dar risadas estridentes e fingir que estão quase caindo da mureta do chafariz, para eles as segurarem. Alison não para de deixar cair a cabeça para um lado para olhar para o garoto louro, enquanto passa a ponta da língua entre os dentes. Parece que teve alguma lesão cerebral.

— Então – diz Julia – Jean-Michel aponta para mim e Jodi e diz só "Elas são Candy Jinx. Acabaram de ganhar o *X Factor* na Irlanda!", o que mostrou como ele até que é esperto, porque esse programa não existe, e é claro que os seguranças da boate não teriam como saber quem seria o vencedor, mas não tão *esperto* assim, porque eu poderia ter dito exatamente onde aquela porra toda ia acabar. – Julia está experimentando usar palavrões. Por enquanto, mal está funcionando. – E puxa, surpresa! Os seguranças estão tipo "OK, vamos ouvir como elas cantam."

— Hã-hã – diz Becca. Ela está tentando não prestar atenção às Daleks e se concentrar em Julia. As histórias de Julia são sempre boas, mesmo que seja preciso dar um desconto de 10% ou 20%, e Becca nunca tem certeza absoluta de ter dado um desconto suficiente.

— Valeu mesmo – diz Julia, levantando as sobrancelhas.

— Não – diz Becca, se encolhendo –, eu só quis dizer...

— Relaxa, Becs, eu sei que não canto lhufas. É essa a questão. – Becca fica vermelha de vergonha e pega mais um punhado de pastilhas confeitadas para disfarçar. – E estou pensando, agora é que nos ferramos, o que se espera que eu e Jodi cantemos? Nós duas gostamos de Lady Gaga, mas o que vamos fazer, dizer que o primeiro sucesso de Candy Jinx é "Bad Romance"?

Selena está rindo. Os rapazes do Columba estão olhando para esse lado.

— Por sorte, Florian é mais esperto que Jean-Michel. Ele diz, "Vocês estão brincando? Elas assinaram um contrato. Se cantarem uma nota que seja, vão nos processar até arrancar nosso couro."

Holly não está rindo. Parece que não ouviu. Com a cabeça baixa, de lado, tenta escutar alguma outra coisa.

— Hol? – diz Selena. – Tudo bem?

Holly faz um movimento para trás com a cabeça, indicando as Daleks.

Julia deixa o resto da história para mais tarde. As quatro fingem estar fascinadas pela escolha das balas certas nas embalagens, enquanto prestam atenção.

– Ele está – diz Joanne, cutucando com o pé a perna de Orla.

Orla reprime um risinho e se encolhe, abaixando o queixo entre os ombros.

– Olha só para ele. Está tão a fim de você que chega a dar pena.

– Ele não está.

– Puta merda, está, sim. Ele contou para o Dara e o Dara me contou.

– De jeito maneira que o Andrew Moore ia gostar de *mim*. O Dara estava só brincando.

– O quê? Dá pra repetir? – A voz de Joanne de repente assume um tom cortante e gelado que faz Becca mais uma vez mudar de posição na mureta. Ela detesta ter tanto medo assim de Joanne, mas não tem como se controlar. – Você acha que o Dara ia tentar *me* fazer de palhaça? Helloooo! Acho que ele não ia fazer uma coisa dessas.

– A Jo tem razão – diz Gemma, preguiçosa. Ela está deitada com a cabeça no colo de um dos garotos, as costas bem arqueadas para projetar o peito na direção dele. O garoto está fazendo um esforço desesperado para dar a impressão de que não está olhando por baixo do top dela. – O Andrew está babando por você.

Orla se remexe, encantada, mordendo o lábio inferior.

– É só que ele é tímido demais pra falar com você – diz Joanne, retomando o tom doce. – Foi o que o Dara disse. Ele não sabe *o que* fazer. – Fala então com o cara alto, de cabelo castanho, que está ao seu lado. – Não é verdade?

– É. A pura verdade – diz o cara, na esperança de estar acertando. Joanne lhe dá um sorriso de aprovação.

– Ele acha que não tem a menor chance com você – diz Gemma. – Mas ele tem, não tem?

– Você gosta dele mesmo, não gosta?

Orla dá algum tipo de miado.

– Ai, meu Deus, *é claro* que gosta! É o Andrew *Moore*!

– Ele é, tipo, o maior gato que já *existiu*!

– Acho ele o máximo.

– Eu também. – Joanne cutuca Alison. – Você também, não é, Ali?
Alison pisca.
– Hã? É.
– Viu? Estou *morrendo* de inveja.
Até mesmo Becca sabe quem é Andrew Moore. Lá do outro lado do chafariz, ele é o centro dos caras do Columba: louro, ombros de jogador de rúgbi, o mais barulhento de todos, impulsivo. O pai de Andrew Moore trouxe Pixie Geldof de avião para ser DJ na festa de 16 anos dele, no mês anterior.
– Acho até que gosto dele – Orla consegue dizer com esforço. – Quer dizer...
– Claro que gosta.
– Todo mundo gosta.
– Sua vaquinha sortuda.
O sorriso de Orla vai de uma orelha à outra.
– E será que você pode? Minha nossa. Quer dizer, será que você pode contar pro Dara pra ele contar pro Andrew?
Joanne faz que não, entristecida.
– Não ia funcionar. Ele ainda continuaria tímido demais para chegar em você. Você vai precisar dizer alguma coisa a ele.
Isso faz com que Orla caia num paroxismo de contorções e risinhos reprimidos, as mãos escondendo o rosto inteiro.
– Ai, meu Deus, eu não posso! É só que eu... Ai, minha *nossa*!
Joanne e Gemma estão totalmente sérias. Alison parece confusa. Mas os rapazes estão com o queixo duro, reprimindo o riso. Holly, de costas para eles, faz uma careta de olhos arregalados, *Dá para acreditar numa coisa dessas?*
– Me engana que eu gosto – diz Julia para as suas M&Ms, em voz baixa para Joanne não ouvir. – Com amigas como essas...
Becca demora um segundo.
– Você acha que elas estão *mentindo*? – Joanne sempre foi do tipo que não precisa sequer odiar uma pessoa para fazer alguma coisa horrível com ela: ela diz coisas maldosas por nada, sem absolutamente nenhum motivo, e depois ri da cara atordoada da pessoa. Mas isso aqui é diferente. Orla é amiga de Joanne.

— Olá, seja bem-vinda ao planeta. É claro que elas estão mentindo. Você acha que o Andrew Moore ia se interessar por *aquilo*? – Com a cabeça, Julia aponta para Orla, que está vermelha como um pimentão, mostrando as gengivas, com risinhos histéricos; e, com toda a justiça, não está com a melhor das aparências.

— É revoltante – diz Becca. Ela está com a mão tensa segurando a embalagem de pastilhas confeitadas, e seu coração está batendo forte. – Isso *não* se faz.

— É? Fica olhando.

— Elas estão fazendo isso para impressionar os caras – diz Holly, e mostra os três rapazes. – Estão se exibindo.

— E eles estão impressionados? Tipo, eles *querem* garotas que fazem uma coisa dessas? Com suas próprias *amigas*?

Holly dá de ombros.

— Se eles achassem tão terrível assim, diriam alguma coisa.

— Esta é a chance perfeita – diz Joanne, dando um sorrisinho discreto para o cara alto. – Vá até lá e diga pra ele, "É, eu gosto de você também." É só isso que você precisa fazer.

— *Eu não posso*. Ai, meu Deus. Simplesmente não posso...

— Claro que pode. Hellooo, estamos no século XXI. Poder para as mulheres? Não precisamos mais esperar que os caras nos convidem para sair. Vai em frente. Pensa em como ele vai ficar feliz.

— E aí ele vai levar você lá para os fundos do Palácio – diz Gemma, lânguida, movendo o corpo no alto da mureta do chafariz –, e vai abraçar você e começar a beijar você... – Orla se contorce toda e bufa de tanto segurar os risinhos.

— Aposto cinco que ela vai. Alguém topa? – pergunta Julia.

— Se ela for – diz Selena, baixinho, olhando de relance para Andrew Moore –, ele vai arrasar com ela.

— Um perfeito cretino – concorda Julia. Ela joga um par de Mentos na boca, como se estivesse no cinema, e fica assistindo, interessada.

— Vamos embora – diz Becca. – Não quero ver isso. É medonho.

— Azar o seu! Eu quero.

— Melhor você se apressar – diz Joanne, como uma cantilena, mais uma vez cutucando a perna de Orla com a ponta do pé. – Ele não vai esperar para sempre, por mais que esteja a fim de você. Se você não chegar lá rápido, ele vai embora com outra garota.

— Até que me faria bem ganhar cinco libras — diz Holly, virando-se. — Ei! Orla! — E continua quando Orla se endireita o suficiente para olhar para esse lado, vermelha e com um sorriso idiota. — Eles estão só brincando com você. Se o Andrew Moore quiser ficar com alguém, você acha que ele é tímido demais para passar uma cantada? Fala sério.

— *Dá licença* — diz Joanne, irritada, pondo as costas retas e lançando um olhar de ódio para Holly —, mas não me lembro de ter pedido sua opinião.

— *Dá licença*, digo eu, você está aos berros no meio do *Palácio*. Se sou obrigada a escutar, tenho o direito de dar minha opinião. E minha opinião é que ele nem sabe que Orla existe.

— E a *minha* opinião é que você é uma pobretona feia que deveria estar numa escola pública, onde gente normal não precisasse ouvir suas *opiniões* imbecis.

— Oba — diz o cara com a cabeça de Gemma no colo. — Briga de gatinhas.

— Ah, isso mesmo — diz o cara alto, abrindo um sorriso. — Podem começar.

— O pai da Holly é detetive — explica Julia para os rapazes. — Ele prendeu a mãe da Joanne por prostituição. Ela ainda está com raiva.

Os garotos começam a rir. Joanne se levanta e abre a boca para dar alguma resposta terrível. Becca já está se encolhendo, quando, do outro lado do chafariz, o nível do barulho aumenta. Andrew e três colegas estão segurando outro colega acima da água, balançando-o pelos pulsos e tornozelos enquanto ele grita e se debate. Todos estão de olho nas garotas, para ter certeza de que elas estão percebendo.

— Ai, meu Deus! — Joanne dá em Orla uma cutucada tão forte que Orla quase cai no chafariz. — Você viu? Ele estava olhando direto pra você!

Os olhos de Orla procuram Holly, que dá de ombros.

— Tanto faz.

Orla está paralisada, o olhar fixo. Está óbvio que sua cabeça gira a tal velocidade que ela não consegue pensar, nem mesmo para seus padrões.

— Por que você está olhando pra mim? — Julia quer saber. — Estou aqui só assistindo.

– A Holly tem razão, Orla – diz Selena, com delicadeza. – Se gosta de você, ele vai dizer alguma coisa.

Do colo do seu cara, Gemma está observando, achando graça.

– Ou vai ver que vocês estão com inveja.

– Hã. Está na cara. Porque o Andrew Moore não ia querer chegar nem perto de nenhuma delas – diz Joanne, emputecida. – Você vai acreditar em quem? Em nós ou *nelas*?

Orla está de boca aberta. Por um segundo, seus olhos encontram os de Becca, sem entender nada, em desespero. Becca sabe que precisa dizer alguma coisa – *Não faça o que elas querem, ele vai fazer picadinho de você na frente de todos...*

– Porque, se você confia nelas mais do que em nós – diz Joanne, com tanta frieza que daria para congelar o rosto de Orla –, talvez elas devessem ser suas melhores amigas de agora em diante.

Isso faz com que Orla acorde de repente do seu atordoamento. Até mesmo ela entende quando deve sentir medo.

– Eu não confio. Quer dizer, eu não confio nelas. Confio em você. – Ela dá para Joanne um sorriso babado, de cachorro oferecendo a barriga. – Em você.

Joanne mantém o olhar gélido por um instante, enquanto Orla se contorce, angustiada. Por fim, retribui com um sorriso generoso, cheio de perdão.

– Sei que você confia. Quer dizer, helloooo, você não é *idiota*. Então vamos lá. – Joanne empurra a perna de Orla com o pé, fazendo com que salte da mureta do chafariz.

Orla lança um último olhar de agonia. Joanne, Gemma e Alison fazem que sim, de modo encorajador. Orla parte para dar a volta no chafariz, tão hesitante que parece dar passinhos miúdos, na ponta dos pés.

Joanne olha para o rapaz alto e dá um sorriso satisfeito, inclinando a cabeça para um lado. Ele retribui o sorriso. A mão dele desliza para a cintura de Joanne e vai descendo, enquanto os dois observam Orla se aproximando de Andrew Moore.

Becca se deita de costas no mármore frio e grudento. Olha para cima, para o teto abobadado do Palácio, quatro andares altos acima deles, para não ser forçada a ver. As pessoas que se apressam, de cabeça para baixo, pelas sacadas parecem diminutas e em situação precária, como se a qualquer instante fossem perder o equilíbrio e se precipitar, de braços abertos, batendo de ponta-cabeça no teto. De lá do outro lado do chafariz, ela ouve o rugido crescente dos predadores às gargalhadas, os gritos de deboche: *Ei! Ei! Moooore ganhooou!* – *Vai lá, Andy, as feias dão as melhores cabeçadas.* – *Coitadinha! Coitadinha!* E, mais perto, os gritos agudos, ensandecidos, das risadas de Joanne, Gemma e Alison.

– Pode me passar minhas cinco libras agora – diz Julia.

Becca olha para o último andar, para o canto onde os postos de pagamento do estacionamento ficam escondidos. Junto deles aparece uma fatia final de claridade do dia. Ela espera que umas duas meninas do primeiro ano estejam lá em cima, esticando o pescoço pela janela, com toda essa sujeira engordurada expulsa das suas mentes pelo vasto mundo que se desenrola abaixo delas. Espera que não sejam retiradas de lá. Espera que, quando estiverem indo embora, elas taquem fogo num pedaço de papel, joguem o papel na lata de lixo e incendeiem o Palácio até não sobrar nada.

5

A porta da frente era de madeira maciça, escura e desgastada. Por um segundo, depois que Conway a abriu, o silêncio de lugar abandonado persistiu. Uma escadaria vazia, de madeira escura, subia, majestosa. O sol atravessava o piso gasto, com o desenho de um tabuleiro de damas.

E então uma campainha soou por todos os cantos. Portas se abriram com violência, e pés saíram tamborilando, enxurradas de meninas naquele mesmo uniforme marinho e verde, todas falando ao mesmo tempo.

– Puta merda – disse Conway, levantando a voz para eu poder ouvir. – A hora perfeita. Vamos.

Ela foi subindo a escada, abrindo caminho com os ombros em meio à maré de corpos e livros. Suas costas tinham a constituição das costas de um boxeador. Ela dava a impressão de que aquilo ali era uma mescla de investigação pela Corregedoria e tratamento de canal, ao mesmo tempo.

Fui atrás dela pela escadaria acima. Uma multidão de meninas se despejando ao meu redor, cabelos esvoaçantes, risadas no ar. O ambiente parecia cheio e reluzente, animado, raiado pelo sol em ângulos amalucados; com o sol espiralando em torno das balaustradas como água, furtando cores e as fazendo rodopiar no ar; me levantando, me pegando por todos os lados e subindo. Eu me sentia diferente, em mutação. Como se hoje fosse o meu dia, se ao menos eu conseguisse descobrir como chegar lá. Como o perigo, mas meu perigo, invocado por um mago de cima de uma torre altíssima, especialmente para mim. Como se fosse a minha sorte, uma sorte agradável, difícil, insistente, tombando pelo ar, cara ou coroa?

Eu nunca tinha estado em lugar nenhum semelhante a esse, mas tive a impressão de que ele me levou ao passado. Ele exercia essa espécie de atração, que percorria todos os meus ossos. Me fez pensar em palavras nas quais não pensava desde quando era menino e ficava tentando ler de tudo na biblioteca do shopping center Ilac, na crença de que aquelas palavras conseguiriam para mim um lugar num colégio como esse. Deliquescente. Numinoso. Plácido. Eu, com minhas pernas compridas, desajeitado e sonhador, bem longe do meu território para ninguém me ver, com uma empolgação vertiginosa como se estivesse fazendo alguma coisa audaciosa.

— Vamos começar pela diretora — disse Conway, no patamar, quando conseguimos voltar a andar um do lado do outro. — McKenna. É uma vaca. A primeira coisa que perguntou a mim e a Costello, quando chegamos à cena do crime? Será que podíamos impedir a imprensa de divulgar o nome da escola? Dá para acreditar? Que se foda o rapaz morto, que se foda a coleta de informações para apanharmos quem quer que tivesse feito aquilo. Ela só se importava com o fato de aquilo tudo prejudicar a *imagem* da escola.

Garotas se desviando de nós. "Licença!" com a voz aguda e ofegante. Duas delas olharam para trás para um de nós ou para nós dois. A maioria ia depressa demais para se importar. Portas de armários que se abriam, barulhentas. Até mesmo os corredores eram bonitos, com pés-direitos altos e sancas de gesso, de um verde suave, com quadros nas paredes.

— É aqui — disse Conway, indicando uma porta com a cabeça. — Ponha sua máscara de durão. — E ela abriu a porta com um empurrão.

Uma loura de cabelo encaracolado estava trabalhando num arquivo e se virou, acionando o botão do sorriso simpático, mas Conway só disse "Oi!" e continuou andando, passou por ela e entrou pela porta interna, fechando-a depois que passamos.

Silêncio, ali dentro. Carpete espesso. A sala tinha sido decorada com bastante tempo e dinheiro, para dar a impressão de ser o estúdio antiquado de alguém: escrivaninha antiga com couro verde no tampo, estantes repletas por toda parte, uma moldura pesada com uma pintura a óleo de uma freira que não era nenhuma pintura. Só a sofisticada poltrona de diretor e o elegante laptop diziam que aquilo ali era um *ambiente de trabalho*.

A mulher por trás da escrivaninha deixou a caneta na mesa e se levantou.

— Detetive Conway — disse ela —, estávamos à sua espera.

— De boba a senhora nada tem — disse Conway, com uma batidinha na têmpora. Pegou duas cadeiras retas que estavam encostadas numa parede, girou-as mais para perto da escrivaninha e se sentou. — É bom estar de volta.

A mulher não lhe deu atenção.

— E este é...?

— Detetive Stephen Moran — disse eu.

— Ah — disse a mulher. — Creio que o senhor falou com a secretária do colégio hoje cedo.

— Fui eu, sim.

— Obrigada por nos manter informadas. Srta. Eileen McKenna. Diretora. — Ela não estendeu a mão, e eu também não.

— Às vezes é bom trazer um par de olhos novos para um caso — disse Conway, com o sotaque mais carregado. — Um especialista, sabe?

A srta. McKenna ergueu as sobrancelhas; mas, como ninguém lhe deu mais informações, ela não perguntou. Voltou a se sentar — eu esperei para me sentar depois dela — e cruzou as mãos sobre o couro verde.

— Em que posso ajudá-los?

Mulher grande, a srta. Eileen McKenna. Não gorda, só grande, como algumas mulheres ficam depois dos 50, tendo passado anos em posição de autoridade: tudo fica acumulado na frente, içado e preso com firmeza, e ela está pronta para enfrentar qualquer tempestade sem se molhar. Eu podia vê-la num corredor na hora do intervalo, as garotas se afastando à sua frente antes mesmo de saberem que ela estava se aproximando. Queixo forte; sobrancelhas marcantes. O cabelo cinzento e os óculos inflexíveis como aço. Não conheço muita coisa sobre o que as mulheres usam, mas conheço o que é de qualidade. O tweed esverdeado era de qualidade. As pérolas não eram de loja de departamentos.

— E o colégio, como vai? — perguntou Conway.

Recostando-se na cadeira de braços, pernas abertas, cotovelos para fora. Ocupando o máximo possível do espaço do gabinete. Decidida a incomodar. Havia história ali, ou simplesmente era uma questão de química.

— Muito bem, obrigada.

— É mesmo? Porque eu me lembro da sua opinião de que tudo isso aqui estava prestes a ir... — Um movimento com a mão, mergulhando de cabeça, um longo assobio. – Todos aqueles anos de tradição e sei lá o quê, indo por água abaixo, se nós plebeus insistíssemos em cumprir nosso dever. E cá estava eu me sentindo culpada. Bom saber que tudo acabou dando certo no final das contas.

A srta. McKenna se dirigiu a mim, deixando Conway de fora.

– Como tenho certeza de que é possível imaginar, muitos pais ficaram perturbados com a ideia de deixar as filhas numa escola em que havia sido cometido um homicídio. O fato de o assassino permanecer em liberdade não foi nada propício.

Um leve sorriso para Conway. Nenhum de volta.

– Por estranho que pareça, também não ajudaram em nada a presença incessante da polícia e as entrevistas constantes. Seria possível supor que elas tivessem ajudado todos a sentir que a situação estava sob controle, mas na realidade impediram o retorno à normalidade. A intromissão insistente da imprensa, que a polícia estava ocupada demais para coibir, exacerbou o problema. Vinte e três casais tiraram suas filhas do colégio. Quase todos os outros ameaçaram fazer o mesmo, mas eu consegui convencê-los de que a retirada não seria "no melhor interesse" das alunas.

Aposto que conseguiu. Aquela voz: como Maggie Thatcher transformada numa irlandesa, empurrando o mundo para seu devido lugar, sem nenhum espaço para discussão. Ela fez com que eu sentisse vontade de pedir desculpas rapidinho, se conseguisse descobrir por que motivo. Seria necessário um pai com colhões de aço para enfrentar aquela voz.

– Por alguns meses, a situação esteve incerta. Mas o Santa Kilda sobreviveu a mais de um século de altos e baixos diversos. Sobreviveu a este também.

– Maravilha – disse Conway. – Enquanto o colégio estava sobrevivendo, surgiu alguma coisa que devêssemos saber?

– Se tivesse surgido, nós teríamos entrado em contato com vocês de imediato. Falando nisso, detetive, eu deveria lhe fazer a mesma pergunta.

– Sim? Por quê?

– Suponho – disse a srta. McKenna – que esta visita esteja relacionada ao fato de Holly Mackey ter saído do colégio sem permissão, hoje de manhã, para falar com o senhor.

Ela estava se dirigindo a mim.

– Não podemos entrar em detalhes – respondi.

– Nem eu esperaria que entrassem. Mas, exatamente como vocês têm o direito de saber qualquer coisa que tenha importância crucial para seu trabalho, de onde deriva o fato de eu sempre ter dado autorização para que falassem com as alunas, eu também tenho o direito, até mesmo a obrigação, de saber qualquer coisa que possa ter importância crucial para o meu.

A medida exata de ameaça.

– Entendo e agradeço. A senhora pode ter certeza de que a manterei informada se surgir algum fato pertinente.

Um reflexo nos óculos.

– Com o devido respeito, detetive, receio que eu tenha de ser a pessoa que julga o que é pertinente e o que não é. É impossível que o senhor tome essa decisão em relação a um colégio e a uma garota sobre os quais não conhece nada.

Aquela sensação de estar sendo testado, as vibrações chegando dos dois lados, dessa vez. A srta. McKenna debruçando-se para ver se conseguia me influenciar. Conway, observando, deixando-me à vontade, para ver a mesma coisa.

– Não é a resposta perfeita, de modo algum. Mas é o melhor que podemos fazer.

A srta. McKenna ficou me encarando mais um pouco. Concluiu que de nada adiantava fazer mais pressão. Preferiu sorrir para mim.

– Então vamos precisar confiar no melhor que vocês puderem fazer.

Conway se mexeu na cadeira, acomodando-se.

– O que acha de nos falar sobre o Canto dos Segredos?

Lá fora, a campainha estridente soou mais uma vez. Gritinhos ao longe, mais correria, portas de salas de aula se fechando. E então, o silêncio.

A cautela se espiralando como fumaça nos olhos da srta. McKenna, mas sua expressão não tinha mudado.

– O Canto dos Segredos é um quadro de avisos – disse ela, demorando-se, escolhendo bem as palavras. – Nós o criamos em dezembro, acho. As alunas prendem cartões nele, usando imagens e legendas para transmitir suas mensagens no anonimato. Muitos cartões são bem criativos. O quadro proporciona às alunas um lugar para expressar emoções que elas se sentiriam constrangidas se expressassem por outros meios.

– Um lugar onde elas podem arrasar com qualquer colega de quem não gostem, sem se preocupar com nenhuma encrenca por estarem submetendo a colega a bullying – disse Conway. – Podem espalhar os rumores que quiserem, sem que se descubra quem começou. Vai ver que sou burra demais para entender, vai ver que suas mocinhas jamais fariam alguma coisa tão vulgar, mas essa está me parecendo uma das piores ideias que já ouvi há muito tempo. – Sorriso de tubarão. – Sem querer ofender.

– Nós achamos que dos males era o menor – disse a srta. McKenna. – No outono do ano passado, um grupo de meninas criou um website destinado a essa mesma função. O tipo de comportamento que a senhora descreve era, na realidade, uma constante. Nós temos uma aluna cujo pai tirou a própria vida alguns anos atrás. Foi a mãe dessa aluna que trouxe esse site ao nosso conhecimento. Alguém tinha postado uma foto da menina em questão, com a legenda, "Se minha filha fosse feia desse jeito, eu também me mataria."

Os olhos de Conway em cima de mim. *Giletes no cabelo. Ainda uma beleza, agora?*

Ela estava certa. Aquilo me surpreendeu mais do que deveria, um choque, como o de uma lasca enfiada debaixo da unha. Aquilo não tinha vindo de fora, como Chris Harper. Tinha surgido dentro daquele recinto.

– É compreensível que tanto a mãe como a filha ficassem muito revoltadas – disse a srta. McKenna.

– E daí? – disse Conway. – Bloqueiem o site.

– E o novo 24 horas depois, e o seguinte, e o seguinte? As meninas precisam desabafar, detetive Conway. Está lembrada de que, mais ou menos uma semana depois do incidente – risinho desdenhoso de Conway: *incidente* –, um grupo de alunas alegou ter visto o fantasma de Christopher Harper?

– No banheiro das meninas – disse Conway de lado, para mim. – É justo. Primeiro lugar aonde um rapaz iria se fosse invisível, certo? Uma dúzia de garotas berrando a plenos pulmões, segurando-se umas às outras, tremendo de medo. Eu quase precisei recorrer ao velho tapa na cara para elas poderem me dizer o que estava acontecendo. Queriam que eu entrasse lá com minha arma e desse um tiro no fantasma. Quanto tempo levou para elas finalmente se acalmarem? Horas?

– Depois – disse a srta. McKenna, dirigindo-se a mim, mais uma vez –, é claro que poderíamos ter proibido qualquer menção ao nome de Christopher Harper. E o "fantasma" teria reaparecido a intervalos de alguns dias, possivelmente por meses a fio. Em vez disso, providenciamos atendimento psicológico em grupo para todas as meninas, com ênfase em técnicas de como lidar com a dor da perda. E montamos uma fotografia de Christopher Harper numa mesinha do lado de fora da quadra fechada, onde alunas poderiam fazer uma oração ou deixar uma flor ou um cartão. Onde pudessem expressar sua dor de uma forma adequada, controlada.

– A maioria delas nem mesmo o conhecia – disse-me Conway. – Elas não *tinham* nenhuma dor da perda para expressar. Só queriam uma desculpa para agir como loucas. Precisavam, sim, de um pontapé no traseiro, não de um tapinha na cabeça e um "coitadinha de você".

– É possível – disse a srta. McKenna. – Mas o "fantasma" nunca mais apareceu.

Ela sorriu. Satisfeita consigo mesma. Tudo de volta nos trilhos, bem organizadinho.

Nada tola. Pelo que Conway tinha dito, eu vinha esperando alguma esnobe apatetada, com o cabelo tingido daquele louro de uma certa idade, magra para caber nos modelitos, um sorriso congelado decorrente de alguma plástica, administrando a escola com papo furado e contatos do maridão. Essa mulher não era nenhuma apatetada.

– Por isso – disse ela –, seguimos a mesma abordagem com o quadro de avisos. Desviamos o impulso para uma válvula de escape controlada e controlável. E, mais uma vez, os resultados foram altamente satisfatórios.

Ela não tinha se mexido desde que se sentou. Costas retas, mãos cruzadas. Sólida.

– "Controlada" – repetiu Conway. Ela fez saltar de cima da escrivaninha uma caneta Montblanc, preta e ouro, e começou a brincar com ela. – De que modo?

– O quadro é monitorado, é claro. Nós verificamos se há algum material inadequado antes do primeiro tempo de aula, de novo na hora do intervalo, novamente na hora do almoço e mais uma vez quando as aulas do dia terminam.

– Já encontraram algum material inadequado?

– É claro que sim. Não muitas vezes, mas de vez em quando.

– De que tipo?

– Em geral alguma variante de "Eu odeio fulano de tal", sendo fulano de tal algum professor ou professora, ou alguma outra aluna. Há uma regra que proíbe o uso de nomes, ou de tornar a outra pessoa identificável, mas é claro que as regras acabam sendo desrespeitadas. Normalmente em termos inofensivos, como o nome de um garoto que a autora do cartão considera bonito, ou uma declaração de amizade eterna. Mas às vezes em termos mais cruéis. E pelo menos num caso, foi para ajudar, mais do que para ferir. Há alguns meses, encontramos um cartão com uma fotografia de um hematoma e a legenda "Acho que o pai de fulana de tal bate nela". É óbvio que retiramos o cartão imediatamente, mas levantamos a questão com a menina envolvida. Com discrição, é claro.

– É claro – repetiu Conway. Ela jogou a caneta para o alto e a apanhou com facilidade. – Com discrição.

– Por que o quadro de avisos físico? – perguntei. – Por que não criar simplesmente um website oficial próprio, com um professor para moderar as postagens? Qualquer coisa que pudesse magoar alguém nunca apareceria. Mais seguro.

A srta. McKenna me examinou, captando detalhes – casaco de boa qualidade, mas já com uns dois anos de uso, corte de cabelo correto, mas já com uma semana ou duas além da validade – e se perguntando exatamente que tipo de especialista eu era. Descruzou e recruzou as mãos. Não para tomar precaução contra mim, não chegava a isso, mas apenas tendo cuidado.

– Nós levamos em consideração essa possibilidade, sim. Alguns professores eram favoráveis, exatamente pela razão que o senhor menciona. Eu fui contra. Em parte porque ela teria excluído nossas alunas internas, que não têm acesso à internet sem supervisão. Mas basicamente porque as meninas mais jovens transitam entre mundos com muita facilidade, detetive. Elas perdem contato com a realidade. Não acredito que devam ser estimuladas a usar a internet mais do que o necessário, menos ainda que devam fazer da internet o foco dos seus segredos mais profundos. Acredito que elas devam ser mantidas firmemente enraizadas no mundo real tanto quanto possível.

A sobrancelha de Conway subiu direto: *O mundo real, isso aqui?*

A srta. McKenna não lhe deu atenção. Aquele sorriso novamente. Satisfeito.

– E eu estava certa. Não houve mais websites. As alunas de fato gostam das complicações do processo no mundo real: a necessidade de esperar por um momento em que ninguém as veja prendendo um cartão, de descobrir um pretexto para ir ao terceiro andar sem ser notada. Elas gostam de revelar seus segredos e gostam de escondê-los. O quadro fornece o equilíbrio perfeito.

– Vocês já tentaram descobrir quem pôs determinado cartão lá? Por exemplo, se houvesse um que dissesse "Eu uso drogas", vocês iam querer descobrir quem o escreveu. De que modo isso seria feito? Existe uma câmera de vigilância no quadro, alguma coisa desse tipo?

– Câmera de vigilância? – Pronunciadas lentamente como palavras estrangeiras. Um ar divertido, real ou simulado. – Isto aqui é uma escola, detetive. Não um presídio. E nossas alunas não costumam ser viciadas em heroína.

– Quantas alunas são? – perguntei.

– Quase 250. Do primeiro ao sexto ano, duas turmas de cada, mais ou menos vinte meninas por turma.

– O quadro está instalado há cerca de cinco meses. Em termos estatísticos, nesse período, algumas das suas 250 alunas teriam tido alguma coisa na vida que vocês gostariam de saber. Abuso, transtornos alimentares, depressão. – As palavras saíam estranhas da minha boca. Eu sabia que tinha razão, mas naquela sala elas faziam um barulho desagradável como se eu tivesse cuspido no carpete. – E, como a senhora disse, as garotas querem contar seus segredos. A senhora está nos dizendo que nunca encontrou nada mais grave do que "A aula de francês é um saco"?

A srta. McKenna olhou para as próprias mãos, escondendo-se por trás das pálpebras. Pensativa.

– Quando é necessário identificar quem escreveu alguma coisa – disse ela –, nós descobrimos que é possível, sim. Tivemos um cartão que mostrava um desenho a lápis da barriga de uma menina. O desenho tinha sido cortado numa série de lugares com uma gilete. A legenda dizia "Bem que eu queria cortar tudo isso fora". Era óbvio que precisávamos identificar a aluna. Nossa professora de artes apresentou sugestões com base no estilo do desenho; outros professores se basearam na caligrafia da legenda; e no mesmo dia nós chegamos ao nome.

– E ela estava se cortando? – perguntou Conway.

Os olhos se toldaram novamente. O que significava um sim.

– A situação foi solucionada.

Nenhum desenho no nosso cartão, nada escrito a mão. A mutiladora tinha querido que a descobrissem. Nossa garota não queria, ou não queria facilitar nosso trabalho.

A srta. McKenna dirigia-se agora a nós dois.

– Creio que isso deixa claro que o quadro de avisos é uma força positiva, não negativa. Mesmo os cartões do tipo "Odeio fulana de tal" são úteis: eles identificam as alunas que precisamos observar para a eventualidade de sinais de bullying, numa direção ou na outra. Esta é a nossa janela de acesso ao mundo particular das alunas, detetives. Se vocês têm qualquer conhecimento acerca de meninas dessa idade, hão de compreender que seu valor é inestimável.

– Parece totalmente sinistro – comentou Conway. Jogou a caneta para o alto mais uma vez, pegando-a no ar. – E o quadro inestimável foi verificado depois das aulas ontem?

– Depois do fim das aulas todos os dias, como eu lhe disse.

– Quem o verificou ontem?

– Será preciso perguntar aos professores. Eles decidem entre si.

– Nós vamos perguntar. As meninas sabem quando o quadro é verificado?

– Tenho certeza de que elas sabem que ele é monitorado. Elas veem professores olhando para o quadro. Nós não tentamos esconder isso. Mas não divulgamos a programação exata, se foi essa a sua pergunta.

O que quer dizer que nossa garota não teria como saber que poderíamos reduzir a lista de "suspeitas". Ela teria imaginado que poderia desaparecer na enxurrada de rostos animados que vinha descendo por aquele corredor.

– Alguma das meninas esteve no corpo principal do colégio depois que as aulas terminaram? – perguntou Conway.

Silêncio, mais uma vez.

— Como vocês talvez saibam, o Ano de Transição, o quarto ano, envolve grande quantidade de trabalho prático. Projetos em grupo. Experiências. E por aí vai. Com frequência, o "dever de casa" das alunas do quarto ano exige acesso aos recursos do colégio. A sala de artes, os computadores.

— O que quer dizer que houve alunas do quarto ano aqui ontem à noite — disse Conway. — Que alunas e a que horas?

O olhar direto da diretora. O olhar direto da policial, em resposta.

— Eu não quis dizer nada semelhante. Não tenho conhecimento de quem esteve no prédio principal ontem — disse a srta. McKenna. — A governanta, a srta. Arnold, tem uma chave da porta que liga o colégio à ala das internas e registra qualquer aluna que tenha permissão para entrar no prédio principal depois do expediente. Vocês precisariam perguntar a ela. Só estou lhes dizendo que, em qualquer noite, seria possível esperar que pelo menos algumas alunas do quarto ano estivessem aqui. Compreendo que precisem encontrar intenções malévolas por toda parte, mas, pode acreditar em mim, detetive Conway, não haverá nada de malévolo nos projetos de estudos sobre meios de comunicação de alguma pobre criança.

— É isso o que viemos aqui descobrir — disse Conway. Ela se esticou, arqueando as costas grandes, com os braços acima da cabeça, bem abertos. — Por ora, é só. Vamos precisar rápido de uma lista das meninas que tiveram acesso ontem depois das aulas. Enquanto isso, vamos dar uma olhada nesse quadro inestimável.

Ela jogou a caneta de volta sobre a escrivaninha, com um golpe rápido do pulso, como se estivesse atirando uma pedra para roçar na água. A caneta foi rolando pelo couro verde, parou a dois centímetros das mãos unidas da srta. McKenna, que permaneceu imóvel.

A escola tinha se aquietado, o tipo de quietude composto de centenas de burburinhos diferentes. Em algum lugar, meninas cantavam. Um madrigal: só trechos entrecortados, com camadas de harmonias agudas e suaves, interrompidas e recomeçadas a cada duas frases, quando a professora corrigia algum detalhe. *Estamos no mês de maio, quando os rapazes brincam felizes, fa la la la la...*

Conway sabia aonde queríamos ir. Último andar, seguindo pelo corredor, passando por portas fechadas de salas de aula *(Se alto domina baixo, então... Et si nous n'étions pas allés...*). Uma janela aberta no final do corredor, brisa agradável e um cheiro de verde entrando por ali.

– Cá estamos – disse Conway, fazendo uma curva para entrar num vão.

O quadro devia ter cerca de 1,80 m de largura por 0,90 m de altura, e saltava daquele vão, berrando direto no seu nariz. Como uma mente fora dos eixos, a enorme mente louca de alguém atirando bolas multicoloridas de fliperama a toda a velocidade, sem nenhum botão para interromper aquele fluxo. Cada centímetro dele estava coberto: fotos, desenhos, pinturas, todos apinhados uns por cima dos outros, brigando por espaço. Rostos excluídos por pincel atômico. Palavras por todos os lados, rabiscadas, impressas, recortadas.

Um som vindo de Conway, um sopro rápido pelo nariz que poderia ter sido de riso ou de choque.

No alto, de um lado a outro, letras pretas grandes, com arabescos de livros de fantasia. *O CANTO DOS SEGREDOS.*

Abaixo disso, com letras menores, sem sofisticação: *Bem-vindas ao Canto dos Segredos. Lembrem-se, por favor, de que o respeito pelos outros é um valor fundamental do colégio. Não alterem nem removam os cartões de outras alunas. Cartões que identificarem qualquer pessoa, bem como cartões ofensivos ou obscenos, serão removidos. Se você se sentir afetada de qualquer modo por algum cartão, fale com a professora de sua turma.*

Precisei fechar os olhos por um segundo para poder começar a separar aquele turbilhão em cartões individuais. Labrador preto: *Eu queria que o cachorro do meu irmão morresse para eu poder ter um gatinho.* Dedo indicador: *PARE DE ENFIAR O DEDO NO NARIZ DEPOIS QUE AS LUZES SÃO DESLIGADAS. DÁ PARA EU OUVIR!!!* Uma embalagem de Cornetto grudada com fita adesiva: *Foi aí que eu soube que amo você... e estou morrendo de medo de que você saiba também.* Emaranhado de equações de álgebra, recortadas e grudadas uma em cima da outra: *Minha amiga me deixa copiar porque eu nunca vou conseguir entender esse treco.* Desenho a lápis de cor de um bebê com chupeta: *Todo mundo culpou meu irmão, mas fui eu quem ensinou meu primo a dizer F***-se!*

– "O cartão estava pregado por cima de um que tinha metade de um cartão-postal da Flórida no alto e metade de um cartão-postal de Galway na parte de baixo. O texto: *Digo a todo mundo que esse é meu lugar prefe-*

rido porque é o que está na moda... Esse aqui é meu verdadeiro lugar preferido porque ninguém lá sabe que eu supostamente deveria estar na moda. Gosto de Galway também. Por isso, às vezes dou uma olhada quando passo por ali. Foi por isso que notei a foto do Chris."

Levei um segundo para sacar. O depoimento de Holly; ao pé da letra, até onde eu conseguisse me lembrar. Conway percebeu meu espanto; retribuiu com um ar sarcástico.

– Que foi? Achou que eu era burra?

– Não imaginei que você tivesse uma memória desse calibre.

– Vivendo e aprendendo. – Ela se afastou um pouco do quadro, para poder esquadrinhá-lo.

Uma boca grande, com batom vermelho, mostrando os dentes: *Minha mãe me odeia porque sou gorda.* Céu azul ao anoitecer, colinas verdes, uma janela com luz dourada: *Quero ir pra casa, quero ir pra casa, quero ir pra casa.* Lá embaixo a mesma curva delicada do madrigal, repetidamente.

– Ali – disse Conway. Ela deslocou para um lado uma foto de um homem limpando uma gaivota suja de petróleo – *Vocês podem não parar de dizer que tenho que ser advogada, mas o que eu vou fazer é ISSO!* – e apontou. Metade Flórida, metade Galway. Do lado esquerdo do quadro, perto da borda inferior.

Conway abaixou-se para olhar de perto.

– Marca da tachinha – disse ela. – Parece que sua amiguinha não inventou essa história toda.

Se tivesse inventado, não teria se esquecido do furo da tachinha. Não a Holly.

– Parece...

Não faz sentido procurar impressões digitais. Qualquer coisa não provaria nada.

Conway falou, mais uma vez citando o depoimento.

– "Não olhei para o cartão de Galway ontem de noite, quando estivemos na sala de artes. Não lembro quando foi a última vez que olhei para ele. Pode ser que tenha sido na semana passada."

– Se os professores no plantão de monitoramento cumpriram sua tarefa, vamos nos restringir a quem quer que tenha estado no prédio depois do horário das aulas. Em caso contrário...

– Em caso contrário, numa bagunça como essa, um cartão poderia passar dias sem ser percebido. Não haveria como reduzir nosso campo de atuação. – Conway deixou a gaivota voltar ao seu lugar, dando um passo atrás para ver o quadro inteiro mais uma vez. – Essa tal de McKenna pode repetir tanto quanto quiser essa história de válvulas de escape. Para mim, isso aqui é maluquice.

Difícil ter uma opinião diferente.

– Vamos precisar verificar todos.

Vi que ela estava pensando em me largar com o trabalho sacal, ficar com a parte boa só para si. Ela era a chefe, afinal.

– O mais rápido seria tirar todos os cartões do quadro à medida que formos avançando. Desse jeito, não vamos deixar passar nenhum.

– Nós nunca vamos conseguir pôr todos de volta na posição certa. Tudo bem com você se as alunas souberem que repassamos todos eles?

– Puta merda – disse Conway. – Esse caso inteiro foi desse jeito. Um pé no saco, todo mundo andando na ponta dos pés. Melhor seria deixar os cartões onde estão... Você começa daquele lado; eu, deste.

Demoramos quase meia hora. Não falávamos – se você se perdesse naquele tornado, estaria ferrado – mas, ainda assim, trabalhamos bem, juntos. Isso dá para ver. Os ritmos combinam. A outra pessoa não começa a irritar a gente só por existir. Eu estava completamente disposto a contribuir com o que fosse preciso, me certificar de que tudo corresse sem tropeços – eu voltaria direto para Casos Não Solucionados se atrapalhasse Conway ou ficasse respirando ofegante atrás dela – mas não houve necessidade. Foi tranquilo, sem esforço. Mais uma onda daquele sentimento de exultação que eu tinha tido ao subir a escada: *seu dia, sua sorte, agarre-a se puder.*

Quando estávamos terminando, a sensação boa já tinha sumido. Eu estava com um gosto na boca e uma revolta no estômago como sidra azeda, espumante, forte e estragada. Não porque os cartões ali fossem desagradáveis. Eles não eram. Cada uma a seu modo, Conway e McKenna tinham razão: nós estávamos a uma enorme distância da minha velha escola. Alguém tinha praticado furto numa loja (uma embalagem de rímel realçada numa foto, *roubei isso + não me arrependo!!*); alguém estava bastante emputecida com uma colega (foto de uma embalagem de laxante, *Queria que você pusesse isso nessa droga desse seu chá de ervas)*. Nada pior do que isso. Um monte chegava até a ser enternecedor. Um menininho só do sorriso para baixo, apertando um ursinho de pelúcia esfarrapado: *Que saudade do meu ursinho!!! Mas esse sorriso vale a pena.* Seis pedaços de fitas de cores diferentes torcidas num nó apertado, cada ponta grudada no cartão com um lacre de cera, marcado com digitais: *Amigas para sempre.* Alguns eram realmente criativos. Muito próximos do que seria arte; melhores do que aquilo que se vê em algumas galerias. Um cartão era recortado no formato do caixilho de uma janela, cheio de flocos de neve – delicados como renda, deve ter levado horas para ser feito; fragmentos do rosto de uma garota por trás da janela, com neve demais para permitir que se reconhecesse, berrando. Letras minúsculas recortadas na borda: *Vocês todos acham que veem quem eu sou por inteiro.*

Era isso o que estava me dando aquela sensação de sidra choca. Aquele ar dourado tão transparente que dava para beber, aqueles rostos nítidos, aquela maré feliz de tagarelice: eu tinha gostado daquilo tudo. Tinha adorado. E por baixo, bem escondido: isso. Não simplesmente uma exceção com problemas; não apenas um punhado. Todas elas.

Eu me perguntava, esperançoso, se a maioria daquilo não seria cascata. Garotas entediadas, querendo se divertir. Depois, pensei que isso seria tão ruim quanto a realidade. Então achei que não.

– Que proporção disso tudo você acha que é pra valer?

Conway olhou de relance para mim. Trabalhando a partir das bordas, nós tínhamos nos aproximado um do outro. Se ela estivesse usando perfume, eu poderia ter sentido. Tudo o que senti foi o cheiro de sabonete, sem fragrância.

– Alguns. A maioria. Por quê?

– Você disse que todas elas mentem.

– Mentem, sim, mas para se livrar de algum problema, para chamar atenção, para parecer mais legais do que são. Merda desse tipo? Não é grande a proporção, se ninguém souber que foi você.

– Mas você acha que parte é cascata, de qualquer maneira.

– Ah, é claro. – Com uma unha, ela deu um teco numa fotografia do cara do *Crepúsculo.* A legenda dizia, *Conheci esse cara nas férias. Nós nos beijamos e foi incrível. Vamos nos encontrar de novo no próximo verão.*

– E qual é a proporção nesse caso? – perguntei.

– Esse aí, eu diria que a garota não para de dar indiretas para as colegas todas as vezes que passam por aqui. Desse jeito, todas estão convencidas de que foi ela, mas ela não precisa aparecer com uma mentira total de cara, e assim ninguém pode lhe cobrar nada. Outras coisas... – Conway passeou os olhos pelo quadro. – Se alguém gostasse de criar problemas, alguns desses cartões poderiam dar bons resultados.

O madrigal tinha se organizado, seguindo em frente, límpido e perfeito. *A primavera, toda coberta de alegria, ri da tristeza do inverno, fa la la la la...*

– Mesmo com o monitoramento?

– Mesmo com isso. Os professores podem olhar o quanto quiserem. Eles não sabem o que precisam procurar. As garotas são espertas. Se quiserem criar uma encrenca, elas vão descobrir formas que os adultos não consigam detectar. Uma colega lhe conta um segredo; você o põe no quadro de avisos. Você não gosta de alguém, é só inventar alguma coisa e pregar no quadro como se tivesse sido ela. Esse aqui? – Conway deu uma batidinha na boca com batom. – Uma foto rápida do retrato da mamãe que alguém tem em cima da mesinha de cabeceira, e pronto, já se pode dizer a essa colega que a mãe a considera um monstro de gorda e a detesta por isso. E de quebra vem a possibilidade de todas as outras colegas reconhecerem a foto e acharem que foi um desabafo da própria menina.

– Legal – disse eu.

– Eu avisei.

Ora, por que ficar meditando, as delícias da juventude recusando, fa la la la la...

– O nosso cartão. Para você, qual é a probabilidade de que ele tenha algum fundo de verdade?

Eu tinha me perguntado desde o início. Não queria falar. Não queria pensar em que tudo isso fosse terminar depois de cerca de duas horas, com alguma aluna chorando e sendo suspensa; enquanto eu seria mandado de volta para Casos Não Solucionados, com um tapinha na cabeça.

– Cinquenta por cento – disse Conway. – Pode ser. Se alguém queria criar problemas, sem dúvida conseguiu seu objetivo. Mas, seja como for, nós vamos levar o nosso cartão a sério. Você está terminando aí? A qualquer instante, a porra da campainha vai tocar de novo, e vamos ter que enfrentar a turba.

— É — respondi. Eu queria me movimentar. Meus pés doíam de ficarem parados no mesmo lugar. — Terminei.

Havia dois cartões que precisavam ficar conosco. Uma foto da mão de uma menina debaixo d'água, descorada e fora de foco: *Eu sei o que você fez*. Uma foto de terra nua debaixo de um cipreste, um X riscado com força, marcando o lugar, sem legenda.

Conway colocou os cartões em envelopes de provas que tirou da bolsa, e os guardou.

— Vamos falar com quem quer que seja que deveria verificar o quadro ontem — disse ela. — Depois pegamos a tal lista das meninas que estiveram aqui, para bater um papo com elas. E é melhor essa lista estar pronta, ou vamos ter problemas.

Quando nos viramos para sair, o corredor parecia ter um quilômetro de comprimento, depois daquele canto apertado. Por trás do burburinho das salas de aula e dos trinados do *fa la la la la*, achei que pude ouvir o quadro fervendo às nossas costas.

6

Lá fora, por trás do Palácio, há um campo, ou uma espécie de campo. Pelo menos é assim que as pessoas chamam o lugar, o Campo, com um toque de deboche, por causa do que acontece lá. Era ali que mais uma ala do Palácio deveria ser construída – ia haver uma loja Abercrombie & Fitch –, mas aí veio a recessão. Em vez disso, há uma área com cerca de arame, com mato alto abandonado, com trechos de terra batida nua ainda aparecendo, como cicatrizes, onde as retroescavadeiras tinham começado a trabalhar; umas duas pilhas de blocos de concreto esquecidos, desfazendo-se em montes, porque as pessoas estão sempre subindo nelas; algum equipamento mecânico misterioso se enferrujando. Um canto da tela de arame foi solto do seu moirão. Basta afastar a tela um pouco e dá para passar por ali, desde que você não seja gordo, e os gordos em sua maioria não iriam ali de qualquer modo.

O Campo é o lado sombrio do Palácio, o lugar onde acontecem as coisas que não podem acontecer no shopping. Os caras do Columba e as garotas do Kilda saem como quem não quer nada pela lateral do Palácio, com um ar de inocência, quase assobiando, e entram sorrateiros no Campo. Seus frequentadores são principalmente emos, mas às vezes há outras pessoas também. Os emos, principalmente, se acham profundos demais para ir a um shopping center –, sempre há uma turma deles lá para os lados da cerca dos fundos, tocando Death Cab for Cutie nos alto-falantes dos seus iPods, mesmo quando faz um frio de congelar ou cai uma chuva torrencial – mas às vezes outras pessoas vêm também. Se você sem pestanejar conseguiu enganar sua idade para algum comerciante e comprou uma garrafa de vodca, ou se afanou meio maço de cigarros do seu pai; se conseguiu uns dois baseados ou um punhado de comprimidos da sua mãe, esse é o lugar para onde você os traz. O mato cresce tão alto que ninguém do lado de fora da cerca vê quem está ali dentro, não se você estiver no chão, sentado ou deitado, o que é provável que esteja.

À noite, outras coisas acontecem. Algumas tardes, as pessoas chegam e encontram tipo uma dúzia de camisinhas usadas, ou uma quantidade de seringas espalhadas. Uma vez alguém encontrou sangue, um longo rastro de respingos atravessando a terra nua e uma faca. Não abriram o bico. No dia seguinte, a faca tinha sumido.

Mais para fins de outubro, de repente uma tarde ensolarada, sorridente, se apresentou no meio de uma série de dias úmidos e arrepiantes. Ela despertou a ideia do Campo na cabeça das pessoas. Uma turma de alunos do quarto ano do Columba conseguiu que o irmão mais velho de alguém comprasse para eles algumas garrafas de dois litros de sidra e uns maços de cigarros. A notícia se espalhou, tanto que agora há talvez umas vinte pessoas esparramadas no emaranhado de erva-dos-passarinhos ou empoleiradas nos blocos de concreto. Sementes de dente-de-leão são levadas pelo ar; a tasneira pontiaguda está com suas flores amarelas. O sol se derrete sobre elas, finge que o vento não aumenta o frio.

O salão de maquiagem no Palácio está promovendo uma nova linha. Por isso todas as garotas conseguiram ser maquiadas. Estão com o rosto rígido e pesado – é o medo de sorrir, para que alguma coisa não rache ou escorra –, mas essa nova sensação vale a pena. Mesmo antes de tomar um primeiro gole da sidra ou dar uma primeira tragada, elas já estavam desfilando com atrevimento, seu novo e cuidadoso jeito de andar com a cabeça alta tornando-as arrogantes e inescrutáveis, poderosas. Em comparação com elas, os rapazes parecem nus e infantis. Para compensar, eles fazem mais barulho e se chamam uns aos outros de gay, com maior frequência. Alguns jogam pedras numa cara sorridente, com a língua de fora, que alguém pintou com spray na parede dos fundos do Palácio, urram e socam o ar quando alguém acerta. Mais um par deles está se empurrando de cima do equipamento enferrujado. As garotas, para deixar bem claro que não estão olhando, sacam seus celulares e tiram fotos umas das outras para registrar a nova aparência. As Daleks fazem caras e bocas e empinam o peito numa pilha de blocos de concreto. Julia, Holly, Selena e Becca estão no meio das ervas daninhas.

Chris Harper está atrás delas, de camiseta azul contra o pano de fundo do céu azul, enquanto se equilibra, de braços abertos, no alto de outra pilha de blocos de concreto, franzindo os olhos para Aileen Russell ali embaixo, enquanto ri de alguma coisa que ela disse. Pode ser que ele esteja a menos de dois metros de onde Holly e Selena estão abraçadas, forçando os lábios para mostrar o batom novo, prontas para uma exibição dramática de uma beijoca, Becca voltando os cílios pesados e sua boca de Fierce Foxxx para a câmera simulando estar escandalizada, Julia exagerando um pouco o papel de fotógrafa – "Ah, é isso, seeexy, quero mais" –, mas elas mal percebem que ele está ali. Sentem a presença de alguém, a efervescência verde e a força dele, do mesmo jeito que sentem trechos quentes de força pulsando pelo Campo inteiro; mas, se você fechasse os olhos delas e perguntasse quem era, nenhuma seria capaz de identificar Chris. Ainda lhe restam seis meses, três semanas e um dia de vida.

James Gillen chega de mansinho ao lado de Julia, trazendo uma garrafa de sidra.

– Ora, vamos – diz ele. – Sério?

James Gillen é um gato, num estilo nebuloso, pouco sincero, com uma curva na boca que deixa você na defensiva: ele sempre parece estar achando graça, mas nunca se sabe se está rindo de você. Muitas garotas estão a fim dele. Caroline O'Dowd está tão apaixonada que chegou a comprar uma lata de Lynx Excite e aplica um pouco no próprio cabelo todos os dias de manhã, para poder sentir o cheiro dele sempre que tiver vontade. Você dá uma olhada para o lado dela, na aula de matemática, e ela está ali, cheirando o cabelo, com a boca aberta, dando a impressão de ter um QI de vinte.

– Oi, para você também – diz Julia. – E o que foi?

Ele cutuca o celular dela.

– Você é bonita. Não precisa de uma foto para lhe dizer isso.

– É mesmo, Sherlock? Não preciso de você também.

James não dá atenção a isso.

– Eu sei do que eu queria umas fotos – diz ele, abrindo um sorriso para o busto de Julia.

Está óbvio que ele espera que ela fique vermelha e feche o zíper do casaco, ou que dê um gritinho, indignada. Qualquer uma dessas duas reações seria uma vitória para ele. Becca está enrubescendo por ela, mas Julia não está disposta a lhe dar essa satisfação.

– Pode acreditar em mim, colega – diz ela. – É muita areia pro seu caminhãozinho.

– Não são tão grandes assim.

– Nem as suas mãos. E você sabe o que dizem de caras de mãos pequenas.

Holly e Selena estão tendo um ataque de risinhos.

– Caramba – diz James, levantando as sobrancelhas. – Você é bem atrevida, não é, não?

– Melhor do que ser acanhada, cara – responde Julia. Ela fecha o celular e o guarda no bolso, pronta para o que for acontecer em seguida.

– Você me dá nojo – diz Joanne, de lá do seu bloco de concreto, franzindo o nariz de um jeito engraçadinho. E para James: – Sinceramente não dá para acreditar nas coisas que ela consegue dizer.

Mas Joanne não está com sorte. Pelo menos hoje, de algum modo, James está de olho em Julia, não nela. Ele abre para Joanne um sorriso que poderia significar qualquer coisa, e vira as costas para ela.

– E então – diz ele a Julia. – Quer um pouco? – E lhe oferece a garrafa de sidra.

Julia tem uma rápida sensação de triunfo. Ela dá um sorriso supersimpático para Joanne, por cima do ombro de James.

– É claro que quero – diz ela, aceitando a garrafa.

Julia não gosta de James Gillen, mas não é essa a questão, não aqui fora. No Palácio, lá dentro do Palácio, qualquer olhar que capte o seu olhar poderia ser o Amor, um Amor com o repicar de sinos e o estouro de fogos de artifício; tudo em meio à melodia delicada do fundo musical e aos prismas que criam arcos-íris a partir das luzes. Esse poderia ser aquele único mistério enorme que crepita em cada livro, filme e música; aquele único e exclusivo ombro no qual você poderia repousar a cabeça; com os dedos entrelaçados nos seus, lábios suaves no seu cabelo e Nossa Música se derramando de cada alto-falante. Esse poderia ser aquele único coração que se abrirá ao seu toque e lhe oferecerá seus segredos nunca pronunciados, aquele que tem espaços de formato perfeito para abrigar todos os seus.

Aqui fora no Campo, não vai se tratar de Amor. Não vai se tratar do mistério sobre o qual tudo fala. Vai se tratar daquele mistério imenso em torno do qual tudo gira. As músicas se esforçam tanto para jogá-lo na sua cara, mas elas apenas lançam as palavras certas no ar, na esperança de que pareçam obscenas o suficiente para confundir sua cabeça até você não poder mais fazer nenhuma pergunta. Elas não têm como dizer como vai ser, um dia, quando... Elas não têm como dizer o que é. Não está nas músicas. Está aqui fora, no Campo. No hálito de maçã e fumaça de todos eles, no cheiro desagradável da tasneira, no leite das hastes quebradas de dente-de-leão, grudento nos dedos. Na música dos emos, que se infiltra a partir do chão para bater na base da sua coluna. Dizem que a razão pela qual Leanne Naylor não voltou para o quinto ano foi o fato de ter engravidado no Campo e de nem saber com quem tinha sido.

Por isso, o fato de Julia não gostar de James Gillen não vem ao caso. A questão aqui é a curva bonita e forte da boca do rapaz, os salpicos de barba por fazer ao longo do maxilar; o arrepio que passa pelas veias do pulso de Julia quando os dedos dos dois se tocam na garrafa. Ela continua a encarar James e, com a ponta da língua, lambe uma gota que restou na boca da garrafa, abrindo um sorriso quando ele arregala os olhos.

— Será que vai ter para a gente? — pergunta Holly. Julia lhe passa a garrafa sem olhar para ela. Holly revira os olhos e toma um bom gole antes de passar a garrafa para Selena.

— Quer um cigarro? — pergunta James a Julia.

— Por que não?

— Puxa — diz James, sem nem mesmo se dar ao trabalho de apalpar os bolsos antes. — Acho que deixei cair meu cigarro logo ali. Foi mau. — Ele se levanta e estende a mão para Julia.

— Bem — diz Julia, com um mínimo de hesitação. — Então acho que vou ter que ajudar você a procurar. — E ela segura a mão de James e deixa que ele a levante. Julia pega a garrafa de sidra da mão de Becca e pisca um olho enquanto está de costas para James; e os dois saem andando, lado a lado, entrando no mato alto que dança com a brisa.

A luz do sol aparece para recebê-los e se fecha de novo depois que passam. Eles desaparecem no clarão ofuscante, sumidos. Alguma coisa mista de perda e puro pânico atravessa Becca. Ela quase grita para eles voltarem, antes que seja tarde demais.

— James Gillen — diz Holly, meio irônica, meio impressionada. — Quem diria?

— Se ela começar a sair com ele — diz Becca —, nunca mais a gente vai ver ela. Tipo Marian Maher: que nem mesmo fala mais com as amigas. Só fica ali sentada mandando mensagens de texto para o fulaninho.

— Jules não vai começar a sair com ele — diz Holly. — Com James *Gillen*? Você está brincando?

— Mas o quê...? E depois o quê...?

Holly encolhe só um ombro. É complicado demais para explicar.

— Não se preocupem. Ela só está dando uns amassos.

— Eu nunca vou fazer isso — diz Becca. — Não vou ficar com algum cara se não gostar dele de verdade.

Um silêncio. Depois, um grito estridente e uma explosão de risadas, mais adiante no Campo. E uma garota do quinto ano se levanta de um salto para perseguir um cara que está girando os óculos escuros dela acima da cabeça. Um uivo de vitória quando alguém acerta na mosca da cara grafitada na parede.

— Às vezes — diz Holly, de repente —, eu no fundo queria que tudo fosse como era uns cinquenta anos atrás. Tipo, ninguém transava com ninguém antes do casamento, e tinha uma importância enorme até mesmo dar um beijo num cara.

Selena está deitada de costas, usando a jaqueta como apoio para a cabeça, enquanto vai repassando suas fotos.

— E, se realmente transasse com um cara ou mesmo se só desse a impressão de que um dia talvez pensasse nisso — diz ela —, você podia acabar trancada num reformatório, trabalhando na lavanderia pelo resto da vida.

— Eu não disse que tudo era uma perfeição total. Só quis dizer que pelo menos todo mundo sabia o que devia fazer. Não precisava tentar descobrir.

— Então é só decidir que você não vai transar com ninguém até se casar — diz Becca. Geralmente ela gosta de sidra, mas dessa vez deixou sua língua com uma camada grossa e azeda. — Assim, você sabe e não precisa tentar descobrir.

– É o que eu quero dizer – diz Selena. – Pelo menos nós temos a escolha. Se você quiser ficar com alguém, pode ficar. Se não quiser, não precisa ficar.

– É – diz Holly, parecendo não estar convencida. – Acho que sim.

– Não acha, não.

– Certo. Só que, se você não quiser, hellooo, você é uma frígida anormal.

– Eu não sou uma frígida anormal – diz Becca.

– Eu sei que não é. E não disse que você era. – Holly está separando os lobos de uma folha de tasneira, com cuidado, um a um. – É só... por que *não* ir em frente, sabe? Quando é uma complicação se você não vai, e não existe nenhuma razão para não ir? Naquela época, as pessoas não faziam porque achavam que era errado. Eu não acho que seja errado. Só queria...

A folha de tasneira está se desfazendo. Ela a rasga ao meio e joga os pedaços no mato rasteiro.

– Deixa pra lá – diz ela. – E aquele sacana do James Gillen podia pelo menos ter deixado a sidra com a gente. Não parece que eles foram lá para ficar bebendo.

Selena e Becca não respondem. O silêncio se acomoda e se adensa.

– Duvido – vem o gritinho agudo e nervoso de Aileen Russell, por trás delas. – Duvido! – Mas ele desliza na superfície do silêncio e, com um chiado, desaparece no sol. Becca tem a sensação de que ainda permanece ali o cheiro de Lynx Sperminator ou seja lá como se chama o treco.

– Oi – diz uma voz ao seu lado. Ela olha ao redor.

Um garotinho sardento veio se aproximando dela pelo mato. Ele precisa cortar o cabelo e parece ter uns 11 anos, duas coisas que se aplicam a ela também; mas ela tem bastante certeza de que esse menino na realidade está no segundo ano, talvez até mesmo no primeiro. Ela conclui que tudo bem: supostamente ele não está em busca de uns amassos, e até pode ser que aceite a ideia de eles dois pegarem umas pedras e se juntarem aos caras que estão atirando coisas na cara grafitada.

– Oi – diz ele, de novo. Sua voz ainda é de criança.

– Oi – diz Becca.

– Seu pai era ladrão? – pergunta o menino.

– O quê? – diz Becca.

– Então quem roubou as estrelas para pôr nos seus olhos? – diz o garoto, numa fala atabalhoada.

Ele olha esperançoso para Becca. Ela olha para ele. Não consegue pensar em nada para dizer. O menino conclui que isso deve ser um incentivo e chega mais perto para tentar segurar a mão dela no meio do mato rasteiro. Becca recolhe a mão.

– Isso já funcionou alguma vez pra você?

– Funciona pro meu irmão – responde o menino, parecendo ofendido.

De repente ocorre a Becca: ele acha que ela é a única menina aqui fora que poderia estar desesperada o suficiente para lhe dar uns amassos. Ele concluiu que ela é a única no mesmo nível dele.

Becca sente vontade de se levantar de um salto e ficar de cabeça para baixo, apoiada nas mãos, ou conseguir alguém para disputar com ela uma corrida veloz e prolongada que arrase com os dois: qualquer coisa que faça seu corpo voltar a ser definido pelo que ele pode fazer, não pela aparência que tem. Ela é rápida, sempre foi. Sabe dar estrelas e saltos mortais; consegue escalar qualquer coisa. Antes isso era bom, mas agora tudo o que importa é que ela não tem seios. Suas pernas se estendem à sua frente, sem energia nem significado, compostas por um punhado de linhas que se somam para formar exatamente nada.

De repente, o garoto sardento se inclina mais para perto dela. Becca leva um segundo para perceber que ele está tentando lhe dar um beijo. Ela se vira bem a tempo de encher a boca do garoto de cabelo.

– Não – diz ela.

Ele volta a se afastar, parecendo abatido.

– Ahhh, por que não?

– Porque não.

– Desculpa – diz o menino, que ficou totalmente vermelho.

– Acho que seu irmão estava zoando com você – diz Holly, sem querer ser cruel. – Acho que essa cantada nunca funcionou pra ninguém. Não é culpa sua.

– Pode ser – diz o garoto, entristecido. Está óbvio que ele ainda está ali porque a vergonha de voltar para onde estão seus colegas é horrível demais para enfrentar. Becca sente vontade de se enroscar como um inseto e puxar o mato para se cobrir até desaparecer. A maquiagem lhe dá a impressão de que alguém a segurou a força e pintou HAHAHAHA de um lado ao outro do seu rosto.

– Olha só – diz Selena, entregando seu celular ao menino. – Tira uma foto da gente. Aí você pode voltar para ficar com seus amigos, e vai parecer que estava aqui só nos fazendo um favor. OK?

O menino lança na sua direção um olhar de pura gratidão animal.

– É – diz ele. – OK.

– Becs – diz Selena, estendendo um braço. – Vem cá.

Daí a um segundo, Becca se arrasta mais para perto. Lenie a enlaça num abraço apertado; Holly se encosta no seu outro ombro. Ela sente o calor da pele delas através das blusas e casacos, a solidez delas. Seu corpo absorve essa sensação como se fosse oxigênio.

– Sorrindo – diz o menino sardento, ficando de joelhos. Ele parece bem mais animado.

– Peraí – diz Becca. Ela arrasta o dorso da mão pela boca, com força, borrando o batom de alta duração, superfosco, Fierce Fox, numa faixa larga de pintura de guerra de um lado a outro do rosto. – Pronto – diz ela, com um enorme sorriso. E ouve o falso clique-chiado do celular, quando o menino aperta o botão.

Atrás delas, Chris Harper dá um grito.

– OK, lá vou eu! – Com o fundo musical dos guinchos de Aileen Russell, ele se endireita em cima dos blocos de concreto e se lança para o alto num salto mortal, contra o céu. Pousa cambaleando; seu impulso fazendo com que derrape pelas tasneiras, até cair de costas num trecho trêmulo de verde e dourado. Fica ali, esparramado e sem fôlego, olhando para o enganoso céu azul e rindo a valer.

7

O movimento entre as aulas estava diferente dessa vez. Grupinhos encostados nas paredes, cabeças lustrosas bem juntas. A vibração grave de centenas de sussurros simultâneos, à máxima velocidade. O burburinho entrecortado, e meninas fugindo apressadas quando olhavam para trás de repente e viam que estávamos chegando. A notícia tinha se espalhado.

Pegamos um punhado de professores no primeiro horário de almoço na sala dos professores – uma boa sala, com máquina de café espresso, pôsteres de Matisse, um pouco de elegância para manter um bom astral. A professora de educação física era quem estava encarregada de verificar o quadro de avisos no dia anterior e jurou que tinha olhado imediatamente depois das aulas, e olhado direito. Tinha detectado dois cartões novos, o do Labrador preto e um de uma menina que estava juntando dinheiro para fazer uma cirurgia plástica nos seios. Atividade normal para o período, disse ela. No início, assim que o quadro foi instalado, ele pululava com dezenas de cartões novos por dia, mas a febre tinha passado. Se tivesse havido um terceiro cartão, ela teria percebido.

Olhos desconfiados nos acompanharam quando saímos da sala dos professores. Olhos desconfiados, um agradável aroma de carne ensopada e só um pouco cedo demais, quando ainda faltava um passo para que não ouvíssemos nada, uma onda de vozes baixas e sopros pedindo silêncio.

– Ainda bem – disse Conway, sem dar atenção. – Isso reduz o número de suspeitas.

– Ela mesma poderia ter cravado o cartão – disse eu.

Conway subiu a escada de dois em dois degraus, voltando ao gabinete de McKenna.

— A professora? Só se for idiota. Por que ela ia querer entrar para a lista? Bastava pôr o cartão lá em qualquer dia em que não estivesse de plantão, para que outra pessoa o encontrasse, sem nenhuma ligação com ela. A professora está fora. Ou pelo menos é o que me parece.

A secretária de McKenna, com seus cachinhos, estava com a lista pronta para nós, digitada e impressa, atendimento cortês. *Orla Burgess; Gemma Harding; Joanne Heffernan; Alison Muldoon – receberam permissão de passar o primeiro período de estudo noturno na sala de artes (18:00- 19:15). Julia Harte, Holly Mackey, Rebecca O'Mara, Selena Wynne – receberam permissão de passar o segundo período de estudo noturno na sala de artes (19:45-21:00).*

— Ah — disse Conway, pegando a lista de volta das minhas mãos e apoiando uma coxa na mesa da secretária, para dar mais uma lida. — Quem teria imaginado? Vou precisar falar com as oito, separadamente. E quero que elas sejam tiradas da sala de aula neste momento e permaneçam sob supervisão ininterrupta, até eu terminar. — De nada adiantaria deixar que elas combinassem histórias ou mexessem em provas, na hipótese remota de que já não tivessem feito isso. — Vou querer a sala de artes e uma professora para nos acompanhar. Como é mesmo o nome dela? A que ensina francês: Houlihan.

A sala de artes estava disponível, e Houlihan estaria conosco dentro de instantes, assim que encontrassem alguém que pudesse assumir sua turma. McKenna tinha dado ordens: o que a polícia quiser, a polícia terá.

Nós não precisávamos de Houlihan. Se você quer interrogar um suspeito que seja menor, vai precisar da presença de um adulto responsável; se quer entrevistar uma testemunha que seja menor, fica a seu critério. Quando se pode deixar para lá a pessoa a mais, é o que se faz. Há coisas que adolescentes poderiam lhe contar que não diriam na frente da mamãe ou de um professor.

Quando se chama um adulto responsável, é por algum motivo. Eu chamei a assistente social para acompanhar Holly porque eu estava sozinho com uma adolescente e por causa do pai dela. Conway tinha seus motivos para querer Houlihan.

Também tinha seus motivos para querer a sala de artes.

– Aquilo ali – disse ela, à porta, mostrando com o queixo o Canto dos Segredos do outro lado do corredor.

– Quando nossa garota passar por aqui, ela vai olhar.

– A menos que ela tenha um autocontrole invejável – disse eu.

– Se tivesse, ela não teria pregado o cartão no quadro, para começo de conversa.

– Ela teve autocontrole suficiente para esperar um ano.

– Teve. E agora ele está desmoronando. – Com um empurrão, Conway abriu a porta da sala de artes.

A sala de artes tinha acabado de ser limpa, o quadro-negro e longas mesas verdes, tudo muito bem lavado. Pias reluzentes, dois tornos. Cavaletes, molduras de madeira empilhadas num canto; cheiro de tinta e de argila. Os fundos da sala eram de janelas altas, com vista para o gramado e os terrenos do colégio. Senti que Conway se lembrava das aulas de arte: um rolo de papel e um punhado de tintas cheias de cabelo.

Ela girou três cadeiras para formar um espaço mais ou menos circular. Tirou de uma gaveta um punhado de lápis de cera e os espalhou pelas mesas, empurrando as cadeiras com os quadris, para ficarem um pouco fora do lugar. O sol tornava o ar brilhante, parado com o calor.

Fiquei perto da porta, observando. Como se eu tivesse perguntado, ela falou.

– Me ferrei da última vez. As entrevistas foram no gabinete de McKenna, e McKenna foi o adulto responsável. Nós três sentados em linha por trás da mesa dela, como se fôssemos uma junta para conceder liberdade condicional, tentando intimidar alguma criança.

Uma última olhada pelas fileiras. Ela se voltou para o quadro-negro, encontrou um pedaço de giz amarelo e começou a rabiscar qualquer coisa.

– Ideia do Costello. Ambiente formal, disse ele. Faça parecer que elas foram chamadas ao gabinete da diretora, só que muito pior. Faça com que fiquem apavoradas, ele dizia. Parecia certo, fazia sentido: eram só crianças, só menininhas, acostumadas a obedecer, basta fazer uma pressão maior com autoridade que elas cedem, certo?

Ela jogou o giz na mesa do professor e apagou os rabiscos, deixando trechinhos isolados e marcas de apagador. Ciscos de pó de giz giravam no sol em torno dela.

— Mesmo naquela época, eu sabia que aquele procedimento estava errado. Eu ali sentada, toda reta, sabendo que a cada segundo um pouquinho mais das nossas chances estava escapando pela janela. Mas foi rápido. Não consegui identificar um jeito diferente de conduzir as coisas, e depois já era tarde. E Costello... mesmo que fosse o meu nome que respondia pelo caso, não tinha chance de eu poder mandar ele se catar.

Ela arrancou pedaços de um rolo de papel em branco, amassou-os e os atirou sem olhar onde caíam.

— Aqui dentro, elas estão no território delas. Tranquilinhas, sem formalidade alguma, sem necessidade de ficar na defensiva. E Houlihan é bem o tipo. As meninas passam a aula inteira perguntando para ela como se diz "testículo" em francês, só para ela ficar vermelha... isso, quando se dão ao trabalho de perceber que ela está dando aula. Não será ela que vai deixar nenhuma menina apavorada.

Conway abriu uma janela, com um baque surdo, deixou entrar uma brisa fresca e um cheiro de grama aparada.

— Desta vez – disse ela –, se eu me ferrar, vai ser do meu próprio modo.

Essa era a minha chance, prontinha para eu encaçapar.

— Se quiser que elas relaxem, deixa que eu fale.

Com isso, consegui que ela me encarasse. Não pestanejei.

Conway encostou o traseiro no peitoril da janela. Ela chupou as bochechas e me examinou da cabeça aos pés. Atrás dela, mal se ouviam os gritos insistentes do campo de esportes, o futebol a todo o vapor.

— OK – concordou. – Você fala. Eu abro a boca, você fecha a sua até eu terminar. Eu digo para você fechar a janela, isso significa que você para e eu assumo a partir dali. E você só diz a primeira palavra depois que eu autorizar. Entendido?

Clique, e a bola caiu direto na caçapa.

— Entendido – disse eu. Senti o ar suave e dourado subir pela minha nuca e me perguntei se era esse, se essa sala lotada de ecos e reluzente com madeira antiga, se esse era o lugar onde eu, finalmente, ia ter a oportunidade de mais uma vez lutar para destrancar aquela porta. Tive vontade de guardar de cor a sala. De prestar continência para alguém.

— Quero que elas deem relatos da noite de ontem. E depois quero que você mostre o cartão, de repente, sem explicações, para podermos ver a reação de cada uma. Se disserem, "não fui eu", quero saber quem elas acham que foi. Dá para você fazer isso?

– Eu diria que com esforço posso conseguir, sim.

– Putz – disse Conway, fazendo que não, como se não pudesse acreditar em si mesma. – Só tente não se atirar no chão e começar a lamber as botas de ninguém.

– Se a gente mostrar o cartão, o colégio inteiro saberá antes da hora de ir para casa.

– Você acha que eu não sei disso? Eu *quero* isso.

– Você não está preocupada?

– Com a possibilidade de nosso assassino ficar assustado e vir atrás da garota que escreveu o cartão?

– É.

Conway deu uma batidinha na beira da persiana, uma batida leve, com um único dedo, que fez um tremor e uma oscilação percorrer as lâminas por inteiro.

– Quero que alguma coisa aconteça. Isso vai fazer com que coisas aconteçam. – Ela se afastou do peitoril da janela. Foi até as três cadeiras no corredor, virou uma delas para a mesa. – Está preocupado com a garota que escreveu o cartão? Descubra quem ela é antes que outra pessoa descubra.

Houve uma batida leve à porta e, como era de esperar, Houlihan mostrou seu rosto preocupado, de coelho, e falou balbuciando.

– Detetives, vocês queriam me ver?

A turma de Joanne Heffernan tinha sido a primeira a passar pelo Canto dos Segredos. Nós começamos com elas. Nosso pontapé inicial foi com Orla Burgess.

– Isso vai deixar Joanne puta dentro da sua calcinha de marca – disse Conway, quando Houlihan foi chamar Orla. – O fato de não ser a primeira. Se ficar irritada o suficiente, pode ser que fique descuidada. E Orla tem a inteligência de um bichinho assustado diante de faróis. Se nós a pegamos desprevenida, fazemos pressão. Se ela souber qualquer coisa, vai contar. Que foi?

Conway tinha me flagrado tentando conter um sorriso.

– Achei que desta vez íamos adotar a descontração. Não a intimidação.

– Vai à merda – disse Conway, mas nela também havia uma sombra de sorriso, reprimido. – É verdade. Sou durona. Alegre-se. Se eu fosse um amorzinho, você não estaria nesse caso.

– Não estou me queixando.

– Melhor que não esteja mesmo – disse Conway –, porque posso apostar que tem algum caso perdido da década de 1970 que gostaria de receber suas técnicas de descontração. Se quer falar, pode se sentar. Vou assistir à entrada de Orla, para ver se ela olha para o cartão.

Eu me posicionei numa das cadeiras arrumadas, numa atitude bem informal. Conway foi até a porta.

Passos rápidos de duas pessoas vindo pelo corredor, e Orla apareceu no vão da porta, meio oscilante, tentando não dar risinhos. Não era bonita – não tinha altura, nem pescoço, nem cintura, bastante nariz para compensar –, mas se empenhava. Cabelo louro alisado, resultado de muito esforço, bronzeado artificial. Alguma coisa nas sobrancelhas.

Atrás dela, uma fração de movimento da cabeça de Conway me disse que Orla não tinha olhado para o Canto dos Segredos.

– Obrigada – disse ela a Houlihan. – Por que não se senta aqui? – E conduziu Houlihan para o fundo da sala, onde a posicionou num canto antes que Houlihan conseguisse sequer respirar.

– Orla – disse eu –, sou o detetive Stephen Moran. – Isso provocou a explosão de um risinho. Sou um gênio da comédia. – Sente-se. – Estendi a mão para a cadeira à minha frente.

Conway se apoiou numa mesa, perto do meu ombro, mas não perto demais. Orla, ao passar, lhe lançou um olhar sem expressão. Conway é do tipo que causa impacto, mas essa menina praticamente não a reconheceu.

Orla se sentou, ajeitando a saia para cobrir os joelhos.

– Isso tem a ver com Chris Harper de novo? Ai, meu Deus, vocês descobriram quem...? Sabe? Quem...?

Voz fanhosa. De tom agudo, pronta para um guincho estridente ou um gemido. O sotaque que se ouve hoje em dia, como um ator ruim fingindo ser americano.

– Por quê? – perguntei. – Tem alguma coisa que você quer nos contar sobre Chris Harper?

Orla quase caiu da cadeira, sobressaltada.

– Hã? Não! Nada mesmo.

– Porque, se você tiver alguma coisa a acrescentar, esta é a hora. Você sabe, não sabe?

– É. Sei, sim. Se soubesse de alguma coisa, eu lhe diria. Mas não sei. Juro por Deus.

Sorriso automático, involuntário, babando de esperança e medo.

Você quer se dar bem com uma testemunha? É só descobrir o que ela quer; e lhe dar isso, aos montes. Sou bom nisso.

Orla queria que as pessoas gostassem dela. Prestassem atenção a ela. Gostassem dela um pouco mais.

Parece idiota; e é. Mas fiquei decepcionado. Esparramado no chão, numa poça feia como vômito. Esse lugar tinha me levado a ter alguma expectativa, com esses pés-direitos altos, esse ar circulante que cheirava a sol e a jacintos. Expectativa de alguma coisa especial, de alguma coisa rara. De alguma coisa tremeluzente, malhada de luz e sombra, que eu nunca tinha visto antes.

Essa garota: igual a centenas de garotas com quem eu cresci e de quem sempre mantive distância. Exatamente a mesma mediocridade, só com um sotaque fingido e mais dinheiro gasto com os dentes. Ela não tinha nada de especial; nada.

Eu não quis olhar para Conway. Não conseguia me livrar da sensação de que ela sabia exatamente o que estava passando pela minha cabeça, e que estava rindo. Não de um jeito positivo.

Dei para Orla um sorrisão simpático, enrugando os olhos, e me inclinei um pouco para a frente.

– Não se preocupe. Eu estava só com alguma esperança. Na possibilidade remota, sabe como é?

Mantive o sorriso até Orla sorrir de volta.

– Sei. – Grata, com uma gratidão de dar pena. Alguém, provavelmente Joanne, descontava em Orla quando o mundo a deixava irritada.

– Nós temos só umas perguntas para você: coisa de rotina, nada de importante. Você poderia nos dar essas respostas? Me dar uma mãozinha?

– Posso. Claro.

Orla ainda estava sorrindo. Conway deslizou para trás, ficando sentada em cima da mesa. Sacou seu caderno.

– Você é um anjo – disse eu. – Vamos falar então sobre ontem à noite. No primeiro período de estudo, você esteve aqui na sala de artes?

Olhar defensivo na direção de Houlihan.

– Nós tínhamos permissão.

Sua única preocupação com a noite anterior: bronca de algum professor.

– Eu sei, é mesmo. Diga aí, como se faz para conseguir permissão?

– Pedimos à srta. Arnold. É a governanta.

– Quem pediu a ela? E quando?

– Não fui eu – disse ela, com uma expressão vazia.

– De quem foi a ideia de passar esse tempo a mais aqui em cima?

Novamente a expressão vazia.

– Também não fui eu. – Acreditei nela. Tive a impressão de que a maioria das ideias não seria de Orla.

– Nenhum problema – disse eu, com mais um sorriso. – Conta para mim como foi. Uma de vocês pegou a chave da porta de acesso com a srta. Arnold...

– Isso fui eu que fiz. Pouco antes do primeiro período de estudo. E depois viemos cá para cima. Eu, Joanne, Gemma e Alison.

– E então?

– Só ficamos trabalhando nesse nosso projeto. Tem que ser arte e alguma outra matéria, tipo, misturado. O nosso é arte e informática. É aquele ali.

Ela apontou. Apoiado num canto, com 1,50m de altura, um retrato de uma mulher – um pré-rafaelita que eu já tinha visto em algum lugar, mas não conseguia identificar. Estava só pela metade, feita de pequenos quadrados de papel cuchê colorido. A outra metade ainda era um quadriculado vazio, com um código minúsculo em cada quadrado para indicar a cor a ser colada ali. A mudança tinha deformado o ar sonhador da mulher, deixando-a com um olhar estrábico e contraído, perigoso.

– É sobre como as pessoas se veem de outro modo – disse Orla – por causa da mídia e da internet? Ou coisa parecida? A ideia não foi minha.

Nós transformamos o quadro em quadrados no computador, e agora estamos recortando fotos de revistas para colar nos quadrados. Leva um tempão. Foi por isso que precisamos usar o período de estudo. E depois, quando terminou o primeiro período, nós voltamos para a ala das internas e devolvemos a chave para a srta. Arnold.

— Alguma de vocês saiu da sala de artes, enquanto estavam aqui?

Orla tentou se lembrar, o que exigiu um tempo respirando de boca aberta.

— Eu fui ao banheiro — disse ela, pouco depois. — E Joanne também. E Gemma saiu para o corredor porque ligou para alguém e queria *privacidade* para conversar. — Risinho debochado. Um cara. — E Alison também saiu para um telefonema, só que o dela era da mãe.

Todas as quatro.

— Nessa ordem?

Expressão vazia.

— Como assim?

Minha nossa.

— Você lembra quem foi que saiu primeiro?

Pensa, pensa, respirando pela boca.

— Pode ser que tenha sido Gemma. Depois eu. E então Alison; e Joanne por último. Pode ser, não tenho certeza.

Conway se mexeu. Calei a boca, mas ela não abriu a dela. Só tirou do bolso uma foto do cartão-postal e me entregou. Voltou a se sentar em cima da mesa, com o pé numa cadeira, a atenção no caderno.

Fiquei estalando a borda da foto para lá e para cá com um dedo.

— No caminho para chegar aqui, você passou pelo Canto dos Segredos. Passou por ele de novo quando foi ao banheiro e quando voltou. E mais uma vez quando saiu no final da noite. Certo?

— Foi — disse Orla, fazendo que sim, praticamente sem olhar para a foto. Não tinha percebido nenhuma ligação.

— Você deu uma parada para olhar em alguma dessas passadas?

— Dei. Quando estava voltando do banheiro. Só pra ver se tinha alguma novidade. Não toquei em nada.

— E tinha? Tinha alguma novidade?

— Não. Nada.

O Labrador e a cirurgia plástica, de acordo com a professora de educação física. Se Orla não tinha percebido esses dois, poderia ter deixado de ver mais um.

– E você? Já pregou algum cartão no quadro?

Orla se remexeu, toda tímida.

– Pode ser que sim.

Sorri junto com ela.

– Eu sei que os cartões são sobre assuntos particulares. Não estou lhe pedindo detalhes. Só que me diga quando você postou o último.

– Tipo há um mês.

– Quer dizer que este aqui não é seu.

Eu já estava com a foto na mão de Orla, de frente para ela, antes que ela se desse conta do que estava por acontecer.

Torci para que não fosse dela.

Eu precisava mostrar a Conway do que eu era capaz. Cinco minutos e uma resposta fácil não iam conquistar nada para mim, a não ser talvez uma carona de volta para a Divisão de Casos Não Solucionados. Eu precisava de um desafio.

E, em algum cantinho escondido e trancado, os detetives pensam à moda antiga. Você derruba um predador; e fica impregnado com não importa o que seja que escorra dele. Mate um leopardo, e você se tornará mais valente e mais veloz. Depois de todo aquele brilho do Santa Kilda, de ter entrado por aquelas velhas portas de carvalho, como se estivesse no lugar certo, sem esforço, eu queria isso. Queria lamber tudo aquilo dos meus punhos escalavrados, junto com o sangue do inimigo.

Essa bobalhona, com seu cheiro de desodorante e suas fofocas sem valor, não era o que eu tinha tido em mente. Isso aqui seria como derrotar o hamster gorducho de alguma criança.

Orla olhou espantada, enquanto ia compreendendo a foto. Então soltou um guincho. Um uivo agudo, numa nota só, como o ar que escapa de um brinquedo de apito.

– Orla – disse eu. Rápido, antes que ela ficasse ainda mais nervosa. – Foi você que pôs esse cartão no Canto dos Segredos?

– Não! Ai, meu Deus, juro por Deus que *não*! Eu não sei nada do que aconteceu com o Chris. Juro por *Deus*!

Acreditei nela. O braço esticado segurando a foto bem longe, como se a foto pudesse feri-la. O olhar esbugalhado passando veloz, de mim para Conway e dela para Houlihan, em busca de ajuda. Não era a garota que estávamos procurando. Eram só os deuses dos detetives me oferecendo uma testemunha, para um aquecimento.

– Então foi uma das suas amigas – disse eu. – Qual delas?

– Eu não *sei!* Não sei de nada sobre isso. Eu *juro!*

– Alguma delas chegou a mencionar alguma ideia sobre o que aconteceu com ele?

– De jeito nenhum. Quer dizer, nós todas achamos que foi o tal jardineiro. Ele sorria para nós o tempo todo; era de assustar. E vocês o prenderam por causa de drogas, não foi? Mas nós não *sabemos* de nada. Ou pelo menos eu não sei. E, se alguma das outras souber, nunca me contou. Pode perguntar para elas.

– É o que vamos fazer – disse eu. Bem tranquilizador. Com um sorriso. – Não se preocupe. Ninguém está acusando você de nada.

Orla estava se acalmando. De queixo caído, olhando para a foto, começando a gostar de estar com ela na mão. Minha vontade era lhe arrancar a foto; mas deixei que ficasse um pouco com ela, que tivesse esse prazer.

Tratei de me lembrar: as testemunhas de que não gostamos são uma vantagem. Elas não têm como nos enganar com tanta facilidade quanto aquelas de quem gostamos.

De repente, uma lâmpada se acendeu na cabeça de Orla.

– Vai ver que nem foi nenhuma de nós. Julia Harte e o pessoal dela estiveram aqui logo depois da gente. Vai ver que foram elas.

– Você acha que elas sabem o que aconteceu com o Chris?

– Não mesmo. Quer dizer, pode ser, mas não. Sabe? Vai ver que elas só inventaram essa história.

– Por que elas inventariam?

– Porque sim. Meu Deus, elas são tão *esquisitas.*

– São? – Eu me inclinei para a frente, com as mãos unidas, todo sigiloso, pronto para uma fofoca. – Verdade?

– Bem, elas antes eram legais, tipo há *séculos*. Mas agora são do tipo "*Quem se importa?*" Sabe como é? – As mãos de Orla se abriram para o alto.

— Que tipo de esquisitas?

Pergunta difícil demais. Um olhar de curto-circuito, como se eu quisesse uma resposta para um problema de cálculo.

— Só esquisitas.

Fiquei esperando.

— Tipo elas acham que são muito especiais. — A primeira chispa de alguma coisa que conferia vida ao rosto de Orla. Despeito. — Como se achassem que podem fazer qualquer coisa que queiram.

Fiz minha cara de curioso. Esperei mais um pouco.

— Quer dizer, só por exemplo, OK? Precisava *ver* na festa do Dia dos Namorados. Pareciam umas perfeitas malucas. Rebecca estava usando jeans; e Selena, nem sei dizer o *que* ela estava usando. Parecia que estava numa *peça*! — Ela disparou aquele risinho agudo mais uma vez: um golpe no meu ouvido. — Todo mundo estava pensando tipo, helloo, *que é isso?* Quer dizer, tinha *caras* lá. O colégio de *Columba* inteiro estava lá. Todo mundo estava olhando espantado. E Julia e todas elas agiam como se não fizesse *diferença*. — Orla estava de queixo caído. — Foi aí que nós percebemos, hã, helloo, *esquisitas!*

Dei-lhe mais uma vez aquele sorriso, de olhos franzidos.

— E isso foi em fevereiro?

— Fevereiro do ano passado. — Portanto, antes de Chris. — E eu juro por Deus que elas só foram piorando *cada vez mais*. Este ano Rebecca nem mesmo *compareceu* à festa do Dia dos Namorados. Elas não usam maquiagem. Quer dizer, não temos permissão para usar no colégio — um olhar puritano na direção de Houlihan –, mas às vezes elas não usam maquiagem nem para ir até o Palácio, o shopping center. E teve uma vez, acho que faz só algumas semanas, um monte de nós estava por lá. E Julia diz que vai voltar para o colégio. E um dos caras pergunta "por quê?" E Julia diz, diz que está morrendo de dor porque...

Orla olhou para mim. Mordeu o lábio inferior e se encolheu como se estivesse querendo juntar os ombros e desaparecer.

— Ela estava com cólicas menstruais — disse Conway.

Orla desabou em risinhos, toda vermelha e bufando feito louca. Nós esperamos. Ela conseguiu se controlar.

– Mas o que eu quero dizer é que ela simplesmente *disse* isso. Sem disfarces. Todos os caras começaram, "Putz, eca!" "Para com isso?" E Julia só deu tchau e foi embora. Está entendendo o que eu quero dizer? Elas agem como se pudessem dizer qualquer coisa que quisessem. Nenhuma delas tem namorado. Também, não é nenhuma surpresa. E elas fingem que isso nem tem tanta importância assim. – Orla agora estava à vontade. O rosto iluminado, a boca encrespada. – E o *cabelo* da Selena? Não dá para acreditar. Sabe quando foi que ela cortou? Tipo, logo depois que mataram o Chris. Como uma pessoa consegue ser tão exibida?

Eu estava de novo totalmente desnorteado.

– Peraí. Cortar o cabelo é ser exibida? Em relação a quê?

O queixo de Orla desapareceu no lugar onde deveria estar seu pescoço. Uma nova expressão nela, dissimulada, cuidadosa.

– Em relação a ela estar saindo com o Chris. Tipo ela estar de *luto* ou coisa parecida. Nós todas dissemos, "Helloo, quem está se importando?"

– O que a faz pensar que ela estava saindo com o Chris?

Mais dissimulação. Mais cuidado.

– A gente simplesmente sabe.

– É? Você viu os dois se beijando? De mãos dadas?

– Hã? *Não.* Eles não iam querer *aparecer* tanto.

– Por que não?

Um lampejo de alguma coisa: medo. Orla tinha cometido um erro, ou achava que tinha.

– Eu não sei. Só estou dizendo que, se eles achassem legal que todos vissem que eles estavam juntos, não tinham mantido isso em segredo. É só isso que eu quero dizer.

– Mas, se eles guardavam segredo a tal ponto que na verdade nunca agiam como se estivessem juntos, como você chegou à conclusão de que eles estavam juntos, para começo de conversa?

Mais uma vez aquele ar sem noção.

– O quê?

Putz. Era de bater a cabeça na parede. Voltei a fita. Bem devagar.

– Por que você acha que o Chris e a Selena estavam juntos?

Olhar vazio. Encolhida de ombros. Orla não ia se arriscar mais.

– Por que eles guardariam segredo se estivessem juntos?

Olhar vazio. Encolhida de ombros.

– E você? – perguntou Conway. – Tem namorado?

Orla mordeu o lábio inferior e deixou escapar o sopro de um risinho.

– Tem?

Ela se contorceu.

– Mais ou menos. Puxa, é complicado.

– Quem é?

Risinho abafado.

– Eu lhe fiz uma pergunta.

– É só um cara do Columba. O nome dele é Graham, Graham Quinn. Mas nós não estamos exatamente *saindo* de verdade... Quer dizer, ai meu Deus, vocês não vão chegar e dizer para ele que ele é meu *namorado*! Tipo, ele mais ou menos é, mas...

– Entendi – disse Conway, com um tom autoritário o suficiente para atingir até mesmo Orla, que se calou. – Obrigada.

– Se você precisasse escolher uma coisa só, para me dizer a respeito de Chris Harper, o que seria?

O olhar fixo. Cada vez eu estava com menos disposição para aguentar aquele olhar.

– Como o quê?

– Qualquer coisa. Não importa o que seja que você ache mais importante.

– Hã, ele era lindo?

Risinho.

Apanhei a fotografia de volta.

– Obrigado – disse eu. – Você ajudou.

Deixei passar um segundo. Orla não disse nada. Conway não disse nada. Ela estava sentada, descontraída, em cima da mesa, escrevendo ou rabiscando; eu não saberia dizer qual dos dois, vendo com o canto do olho. Eu não ia me voltar para ela, como se estivesse procurando ajuda.

Houlihan pigarreou, um meio-termo entre perguntar e se manter de bico calado. Eu tinha me esquecido dela.

Conway fechou o caderno.

– Obrigado, Orla – disse eu. – Pode ser que precisemos voltar a falar com você. Enquanto isso, se lhe ocorrer qualquer coisa que possa nos ajudar, absolutamente qualquer coisa, fique com meu cartão. Pode me ligar a qualquer hora. Certo?

Orla olhou para o cartão como se eu fosse um tarado e a tivesse convidado para entrar na traseira do meu furgão branco.

– Obrigada. Vamos nos falar em breve – disse Conway. E para Houlihan, que se assustou: – Gemma Harding é a próxima.

Dei mais sorrisos para Orla. Acompanhei as duas até saírem pela porta.

– E aí, tipo, caraca? – disse Conway.

– Tipo, caraca, PQP.

Nós quase nos olhamos. Quase rimos.

– Não é a nossa garota – disse Conway.

– Não.

Fiquei esperando. Não perguntei, não quis lhe dar esse prazer, mas eu precisava saber.

– Correu tudo bem – disse ela.

Eu quase respirei fundo, mas me contive a tempo. Enfiei a fotografia no bolso, pronto para a próxima.

– Alguma coisa que você acha que eu deveria saber sobre Gemma?

Conway abriu um sorriso.

– Ela se acha a maior gata, não parava de se debruçar para mostrar os peitos para o Costello. O pobre coitado não sabia para onde olhar. – O sorriso sumiu. – Mas não é burra. Nem de longe.

Gemma era como olhar para Orla esticada. Alta, esguia, se esforçando para ser magra, só que sua estrutura não ajudava. Bonitinha, até mais que bonitinha, mas aquele queixo ia lhe dar um ar masculino antes que ela fizesse 30 anos. Cabelo louro alisado, resultado de muito esforço, bronzeado artificial, sobrancelhas finíssimas. Nenhuma olhada para o Canto dos Segredos, mas a verdade era que Conway tinha dito que ela não era burra.

Veio andando até a cadeira como numa passarela. Sentou e cruzou uma longa perna por cima da outra, com um movimento lento e apurado. Estendeu o pescoço.

Mesmo depois do que Conway tinha dito, eu levei um segundo para perceber. Apesar do uniforme escolar e dos 16 anos, Gemma queria que eu a desejasse. Não porque ela me desejasse. Isso nem mesmo lhe passava pela cabeça. Só porque eu existia.

Na escola conheci dezenas de garotas desse tipo, também. Eu não caía no joguinho delas.

O olhar de Conway era como um alfinete em brasa, atravessando as costas do meu paletó, penetrando na minha omoplata.

Repeti para mim mesmo. Nada de especial significa nada com que não se possa lidar.

Ofereci a Gemma um sorriso lento, preguiçoso. De aprovação.

– Gemma, certo? Sou o detetive Stephen Moran. É um *grande* prazer conhecê-la.

Ela absorveu a sensação. Um sorriso ínfimo nos cantos da boca, quase escondido, não totalmente.

– Temos só algumas perguntas de rotina para lhe fazer.

– Sem problema. Qualquer coisa que precise.

Um pouco de ênfase demais no "qualquer coisa". O sorriso cresceu. Fácil assim.

Gemma tinha a mesma história que Orla, no mesmo sotaque de americano de algum péssimo ator. Vagaroso, entediado, maneiro demais para estar na escola. Um pé balançando. Me observando para se certificar de que eu continuava observando-a. Se falar sobre a noite de ontem fazia subir sua adrenalina, ela não deixava transparecer.

– Você deu um telefonema enquanto estava aqui em cima – disse Conway.

– Dei. Liguei pro meu namorado. – Gemma lambeu a última palavra. Olhou de relance para Houlihan para ver se ela estava chocada. Era óbvio que telefonemas durante o período de estudo eram proibidos.

– Como ele se chama? – perguntou Conway.

– Phil McDowell. Estuda no Columba.

Claro que estudava. Conway se recostou.

– E você saiu da sala para falar com ele – disse eu.

– Saí para o corredor. A gente queria se falar. Assunto particular. – Um sorriso franzido, meio de esguelha para mim. Como se eu estivesse por dentro do segredo, ou pudesse estar.

Retribuí o sorriso.

— Você deu uma olhada no Canto dos Segredos, enquanto ficou lá fora?

— Não.

— Não? Você não curte o quadro?

Gemma deu de ombros.

— A maior parte é bobagem. Basicamente é só tipo "Ai, todo mundo é horrível comigo, e eu sou tão especial!" O que, hellooo, elas nunca são mesmo. Se alguma coisa interessante aparecer lá, todo mundo vai comentar de qualquer maneira. Eu não preciso ficar olhando.

— Alguma vez você pôs um cartão seu no quadro?

Outro dar de ombros.

— Na época em que foi instalado. Só pra gente se divertir. Nem me lembro de todos eles. Alguns a gente inventou. — Pequeno alvoroço de preocupação lá do canto de Houlihan. Gemma deu em si mesma um tapinha no pulso. — Menina *malcomportada*. — Achando graça.

— E o que me diz deste aqui? — perguntei, passando a foto para Gemma.

O pé de Gemma parou de balançar. As sobrancelhas subiram com o susto.

— Ai... meu... Deus... — disse ela, devagar, um segundo depois.

Uma reação verdadeira. Captada na aceleração da respiração, nos olhos escuros, que se toldaram, atravessando toda aquela atitude sexy construída com esmero. Alguma coisa verdadeira. Não era ela a garota que estávamos procurando. Duas estavam excluídas.

— Foi você quem postou esse cartão? — perguntei.

Gemma fez que não. Ainda examinando o cartão, procurando entender o sentido.

— Não? Nem mesmo só para se divertir?

— Não sou idiota. Meu pai é advogado. Sei que isso não tem nada a ver com diversão.

— Faz alguma ideia de quem poderia ter postado?

Outro não.

— Se você tivesse que dar um palpite...

— Não sei. Juro por Deus. Eu ficaria surpresa se tivesse sido Joanne, Orla ou Alison, mas não estou jurando que não foi, nem nada disso. Só estou dizendo que, se foi uma delas, elas nunca me disseram nada.

De duas entrevistadas, duas prontas para jogar as amigas na merda, para poderem se livrar sem um respingo. Lindo!

— Mas houve outras alunas aqui dentro, ontem de noite – disse Gemma. – Depois de nós.

— Holly Mackey e as amigas.

— É. Elas.

— Elas. Como elas são?

O olhar de Gemma sobre mim, desconfiado. Ela estendeu a foto.

— Não sei. Na verdade, nós não falamos com elas.

— Por que não?

Uma encolhida de ombros.

Dei-lhe um sorriso com uma chispa.

— Vou tentar adivinhar. Eu diria que a sua turma é bem popular com os caras. Holly e as outras estavam prejudicando o estilo de vocês?

— Elas simplesmente não são do nosso tipo. – Braços cruzados. Gemma não ia morder a isca.

Havia alguma coisa ali. Orla até podia acreditar, ou não, naquela história de Selena usar a roupa errada para ir à festa, mas Gemma não caiu nessa. Alguma outra coisa tinha se intrometido entre esses dois grupinhos.

Se Conway quisesse forçar a barra, ela que o fizesse por si mesma. Não era minha função. Eu, o Sr. Simpático, aquele com quem se pode falar. Se eu descartasse essa condição, Conway não teria nenhum motivo para me manter por perto.

Conway não disse nada.

— Muito bem – disse eu. – Vamos falar de Chris Harper. Você tem alguma ideia do que aconteceu com ele?

Encolhida de ombros.

— Algum psicopata. Como é o nome? O jardineiro, o cara que vocês prenderam. Ou algum desconhecido. Como eu poderia saber?

Os braços ainda cruzados. Inclinei-me para a frente, dei-lhe um sorriso típico de fim de noite.

— Gemma. Fale comigo. Vamos tentar o seguinte. Escolha uma coisa para me dizer sobre Chris Harper. Uma coisa importante.

Gemma pensou. Esticou a perna comprida, cruzada, passou a mão pela panturrilha. Estávamos de novo em sintonia. Fiquei olhando para ela poder me flagrar olhando. Estava louco para recuar minha cadeira uns palmos. Poderia ter dado um beijo em Conway, só por ela existir. Gemma era perigosa como ela só, e sabia que era.

– Chris era a última pessoa que se poderia imaginar que seria assassinada – disse ela.

– É mesmo? Por quê?

– Porque todo mundo gostava dele. O colégio inteiro estava a fim dele. Algumas pessoas diziam que não, mas isso era só porque queriam parecer diferentes, ou porque sabiam que não tinham a menor chance de conseguir ficar com ele. Além disso, toda a galera do Columba queria estar com ele. Foi por isso que eu disse que tinha que ser um desconhecido. Ninguém teria atacado o Chris de propósito.

– Você estava a fim dele? – perguntei.

Encolhida de ombros.

– Como eu disse, todo mundo estava. Não era nada de importante. Eu me interesso por um monte de caras. – Pequeno sorriso, discreto, insinuante.

Respondi com um igual.

– Alguma vez saiu com ele? Ficou com ele?

– Não. – Instantâneo, definitivo.

– Por que não? Se você estava a fim... – Uma leve ênfase no *você*. *Aposto que você consegue qualquer cara que você queira.*

– Nenhum motivo. Eu e o Chris, simplesmente nunca aconteceu. Só isso.

Gemma estava se fechando de novo. Ali havia alguma coisa também.

Conway não fez pressão. Eu não fiz pressão. Aqui o meu cartão, se você pensar em qualquer coisa, e tudo o mais. Conway disse a Houlihan para nos trazer Alison Muldoon. Dei a Gemma um sorriso que estava a um passo de uma piscada de olho, quando ela saiu majestosa pela porta e olhou para trás para ter certeza de que eu estava observando.

Soltei a respiração, limpei minha boca para apagar aquele sorriso forçado.

– Não é ela – comentei.

– Que história é essa de uma coisa a respeito do Chris?

Conway tinha tido um ano para conhecê-lo. Eu tinha tido algumas horas. Qualquer coisa que eu conseguisse tinha valor.

Também não havia nenhum motivo para eu querer saber sobre o Chris. O caso não era meu, a vítima não era minha. Eu estava aqui só para bater os cílios, abrir os sorrisos certos, fazer com que as meninas falassem.

– Que história é essa de namorados?

Conway saltou rápido da mesa, na minha cara.

– Você está me questionando?

– Estou perguntando.

– Aqui eu faço as perguntas. Não o contrário. Você vai ao banheiro, eu posso perguntar se você lavou as mãos, se eu quiser. Entendeu?

Aquele quase riso tinha sumido.

– Eu preciso saber quais eram os sentimentos delas em relação ao Chris – disse eu. – De nada adianta comentar como ele era legal e que um cara como ele merece justiça, se eu estiver falando com alguém que odeia até a sombra dele.

Conway ficou me encarando por um minuto inteiro. Me mantive firme, pensei nas seis garotas que restavam e em até onde Conway conseguiria chegar sem mim. Torci para que ela estivesse pensando na mesma coisa.

Ela voltou a se sentar em cima da mesa, descontraída.

– Alison – disse ela. – Alison tem um medo paralisante de quase tudo. De mim, inclusive. Vou me manter de boca fechada, a menos que você meta os pés pelas mãos. Não meta os pés pelas mãos!

Alison era como uma versão encolhida de Gemma. Menina baixa e pequena, magricela, os ombros curvados para a frente. Dedos nervosos, torcendo um pedaço da saia. Cabelo louro alisado, resultado de muito esforço, bronzeado artificial, sobrancelhas finíssimas. Nenhuma olhada para o Canto dos Segredos.

Essa reconheceu Conway, de qualquer modo. Conway saiu da frente à maior velocidade possível, tentando desaparecer, assim que Alison passou pela porta, mas Alison se desviou dela do mesmo jeito.

– Alison – disse eu, rápido e sem esforço, para distrair sua atenção. – Sou Stephen Moran. Obrigado por nos atender. – Um sorriso. Tranquilizador, dessa vez. – Sente-se.

Nenhum sorriso de volta. Alison equilibrou a beira do traseiro na borda da cadeira e ficou olhando fixo para mim. Feições miúdas, mirradas, como um gerbo; um camundongo branco. Tive vontade de estender meus dedos, fazer barulhinhos de estalo com a língua. Em vez disso, falei com delicadeza.

– Só umas perguntas de rotina. Não vai levar mais do que alguns minutos. Você pode me falar sobre a noite de ontem? Comece pelo seu primeiro período de estudo.

– Nós estávamos aqui, mas não *fizemos* nada. Se alguma coisa foi, sei lá, roubada, quebrada ou qualquer coisa parecida, não fui eu. Eu *juro*.

Uma vozinha espremida, para combinar, subindo rumo a um gemido. Conway estava certa. Alison tinha medo: medo de estar pisando na bola, medo de estar errada em tudo o que dissesse, fizesse e pensasse. Ela queria que eu lhe assegurasse que estava fazendo tudo certo. Tinha visto isso quando estudava, visto num milhão de testemunhas, dado um tapinha na cabeça e dito todas as palavras adequadas.

– Ah – disse eu, em tom tranquilizador – isso eu sei. Não está faltando nada. Nada desse tipo. Ninguém fez nada de errado. – Sorriso. – Só estamos verificando uma coisa. Tudo o que você precisa fazer é repassar sua noite inteira. Só isso. Poderia fazer isso para mim, hein?

– OK – disse ela, fazendo que sim.

– Beleza. Vai ser como um teste em que você sabe todas as respostas, e nada vai sair errado. O que acha?

Um sorrisinho de resposta. Um passinho rumo à descontração.

Eu precisava que Alison relaxasse, antes que eu lhe mostrasse de repente a foto. O que me fez conseguir as respostas de Orla e Gemma foi isso: a tranquilidade que eu tinha criado para elas, e o súbito empurrão para tirá-las dessa tranquilidade.

Alison me passou a mesma história, mais uma vez, mas aos pedacinhos, que eu precisava arrancar dela, como se estivesse jogando pega-varetas. Contar a história fez com que ela ficasse ainda mais tensa. Não havia como saber se havia algum motivo bom, algum motivo ruim, ou nenhum motivo.

Ela corroborou a versão de Orla sobre quem tinha saído da sala de artes e quando (Gemma, Orla, ela mesma, Joanne) e pareceu ter mais certeza do que Orla.

— Você é muito observadora — disse eu, em tom de aprovação. — É isso o que a gente gosta de ver. Entrei aqui rezando para vir alguém exatamente como você, sabia?

Mais um sorrisinho de nada. Mais um passo.

— Você quer me deixar feliz? Diga que deu uma olhada no Canto dos Segredos, em algum momento da noite.

— Olhei. Quando saí para ir ao... Quando estava voltando, dei uma olhada. — Uma rápida espiada na direção de Houlihan. — Quer dizer, foi só um segundo. Depois voltei direto para o projeto.

— Ah, maravilha. Era isso que eu estava esperando ouvir. Viu algum cartão novo por lá?

— Vi. Tinha um com um cachorro que era um amorzinho. E alguém fez um cartão de... — Um sorriso nervoso, de cabeça baixa. — *O senhor* sabe.

Fiquei esperando. Alison se contorcia.

— Só uma mulher... quer dizer, o peito de uma mulher. De *top*, é claro! Não... — Um risinho agudo e dolorido. — E dizia "Estou juntando dinheiro para, quando eu fizer 18 anos, poder comprar para mim um par de seios como esses!"

Observadora, mais uma vez. Isso acompanhava o medo. A presa, vigiando tudo para detectar uma ameaça.

— Só isso? Nenhum outro cartão novo?

Alison fez que não.

— Eram só esses dois.

Se ela estivesse dizendo a verdade, isso comprovava o que já achávamos: Orla e Gemma estavam excluídas.

— Muito bem — disse eu. — Perfeito. Diga aí: você alguma vez pregou algum cartão ali?

Olhos que não se fixavam em nada.

— Nada de errado se você pregou. É claro. É para isso que o quadro existe. Seria um desperdício se ninguém o usasse.

Aquela sombra de um sorriso, de novo.

— Bem... sim. Só umas duas vezes. Só... quando alguma coisa estava me incomodando e eu não podia falar sobre ela, às vezes eu... Mas parei com isso há séculos. Eu precisava ter muito cuidado, e depois sempre ficava morrendo de medo de alguém adivinhar que o cartão era meu e brigar comigo porque eu preferi pregar o cartão ali em vez de contar pra ela. Por isso parei. E tirei os meus do quadro.

Alguém. Alison morria de medo de alguém da sua própria turminha.

Ela estava tão descontraída quanto seria possível ficar. Ou seja, não muito.

– Esse aqui é um dos seus? – perguntei, tranquilo.

A foto. Alison arquejou. Tapou a boca com a outra mão. Um zumbido agudo saía através da mão.

Medo, mas não havia como interpretá-lo: medo de ter sido apanhada, de que houvesse um assassino à solta por lá, de que alguém soubesse quem ele era, uma reação de reflexo a qualquer tipo de surpresa, pode escolher. *Um medo paralisante de quase tudo*, Conway tinha dito. Como a chuva escorrendo sem parar num para-brisa, esse medo a deixava sem definição, apagada.

– Foi você quem postou esse? – perguntei.

– Não! Não, não, não... Não fui eu. Juro por Deus.

– Alison – disse eu, com a voz ritmada, reconfortante. Inclinei-me para a frente para pegar de volta a foto e permaneci nessa posição. – Alison, olha para mim. Se foi você, não há nada de errado nisso. Entendeu? Quem quer que tenha sido que pregou esse cartão agiu certo, e nós somos gratos a ela. Só precisamos ter uma conversa com ela.

– Não fui eu. Não fui. Não. Por favor...

Era só isso o que eu ia conseguir. Forçar a barra não adiantaria nada agora e ainda prejudicaria minha próxima chance com ela.

Conway, num canto distante, ainda se fazendo de invisível, me observando. Me avaliando.

– Alison – disse eu. – Acredito em você. Só preciso perguntar. É só rotina. Só isso. OK?

Por fim, consegui atrair de volta os olhos de Alison.

– Quer dizer que não foi você. Alguma ideia sobre quem pode ter sido? Alguém chegou a mencionar suspeitas sobre o que aconteceu com o Chris?

Um não de cabeça.

– Alguma possibilidade de ter sido uma das suas amigas?

– Acho que não. Não sei. Não. Pergunta para elas.

Alison estava escorregando de volta para o pânico.

— É só isso que eu precisava saber. Você está se saindo muito bem. Me diga uma coisa: você conhece Holly Mackey e as amigas, certo?

— Conheço.

— Fale sobre elas.

— Elas só são esquisitas. Esquisitas *de verdade*.

Os braços de Alison se apertando em torno da cintura. Surpresa: ela sentia medo da galera de Holly.

— Foi o que ouvimos dizer, mesmo. Mas ninguém conseguiu explicar que tipo de "esquisitas". Imagino que, se alguém conseguir identificar isso, esse alguém é você.

Os olhos dela me encarando, dilacerados.

— Alison — disse eu, com delicadeza. Pensei em forte, protetor; em pensamento, me transformei em tudo o que ela desejava. Sem piscar. — Qualquer coisa que você saiba, você precisa me contar. Elas nunca vão descobrir que veio de você. Ninguém vai saber. Eu juro.

Alison se curvou para a frente, um sussurro, encolhido para não chegar aos ouvidos de Houlihan.

— Elas são *bruxas*.

Agora, essa era uma novidade.

Eu podia ouvir *Que porra é essa?* dentro da cabeça de Conway.

— Certo — disse eu, fazendo que sim. — Como você descobriu?

No canto do meu olho, Houlihan estava se esticando, quase caindo da cadeira. Longe demais para ouvir. E não chegaria mais perto. Se tentasse, Conway a impediria.

Alison estava respirando mais rápido, com o choque de ter falado.

— Elas antes eram, tipo, normais. Depois, simplesmente ficaram *esquisitas*. Todo mundo percebeu.

— É mesmo? Quando?

— Mais ou menos no começo do ano passado? Faz um ano e meio. — Antes do Chris; antes daquele baile do Dia dos Namorados, quando até mesmo Orla tinha detectado alguma coisa. — As pessoas faziam todo tipo de comentário sobre elas...

— Como por exemplo...?

— Qualquer coisa. Tipo, que eram lésbicas. Ou que tinham sofrido abuso quando eram pequenas. Isso eu ouvi. Mas nós achávamos que elas eram bruxas. – Um olhar de relance para mim, temeroso.

— E por que achavam isso? – perguntei.

— Eu não sei. Porque sim. A gente só achava. – Alison se curvou ainda mais, por cima de não importa o que fosse que estava escondendo. – Vai ver que eu não devia ter lhe contado.

Sua voz estava reduzida a um sussurro. Conway tinha parado de escrever, para evitar que o ruído não a deixasse ouvir. Levei um segundo para sacar: Alison imaginava que acabava de atrair para si mesma uma tremenda maldição.

— Alison. Você está agindo certo, nos contando. Isso vai proteger você.

Alison não pareceu se convencer.

Senti que Conway mudava de posição. De boca calada, como combinado, mas conseguindo se fazer ouvir.

— Só mais duas perguntas. Você está saindo com alguém?

Uma onda de vermelhidão que quase afogou Alison. Uma confusão de palavras abafadas que não consegui ouvir.

— Pode repetir?

Ela fez que não. Totalmente encolhida, os olhos nos joelhos. Preparada para o pior. Alison achava que eu ia apontar para ela e debochar por ela não ter um namorado.

— Ainda não encontrou o cara certo, não é? – disse eu, com um sorriso. – Você faz bem em esperar. Vai ter muito tempo para isso.

Outra resposta abafada.

Conway, que se foda, pensei. Ela tinha a resposta que queria. Eu ia ter a minha.

— Se você precisasse escolher só uma coisa para me dizer sobre o Chris, o que seria?

— Hã?... Eu quase nem o conhecia. Não dá para perguntar às outras?

— É claro que vou perguntar. Mas você é a observadora. Eu adoraria saber do que você se lembra melhor.

Dessa vez, o sorriso foi automático, um espasmo de reflexo sem nenhum significado.

— As pessoas notavam o Chris – disse Alison. – Não só eu. Todo mundo notava ele.

— Como assim?

— Ele era... quer dizer, ele era *tão* bonito. E era bom em tudo: rúgbi, basquete, conversar com as pessoas, fazer todo mundo rir. E uma vez eu ouvi ele cantando, e ele era bom mesmo. Todo mundo vivia dizendo que ele devia fazer os testes para o *X Factor*... Mas não era só isso. Era... Ele era simplesmente mais do que todos os outros. *Mais presente.* Você podia entrar numa sala com mais de cinquenta pessoas ali dentro, e a única que se via era o Chris.

Um toque de melancolia na voz, nas pálpebras baixas. Gemma tinha razão: todo mundo estava a fim do Chris.

— O que você acha que aconteceu com ele?

Isso fez Alison se encolher.

— Não sei.

— Eu sei que você não sabe. Tudo bem. Só estou pedindo um palpite. Você é a minha observadora, lembra?

Uma leve sombra de sorriso.

— Todo mundo disse que foi o jardineiro.

Nenhum pensamento próprio, ou então um disfarce.

— Isso é o que você acha?

Ela deu de ombros, sem olhar para mim.

— Acho que sim.

Deixei o silêncio se alongar. Ela também deixou. Eu não ia conseguir mais do que aquilo.

Cartão, mensagem, sorriso. Alison saiu pela porta como se a sala estivesse pegando fogo. Houlihan foi atrás dela, estabanada.

— Essa aí ainda é candidata – disse Conway.

Olhando para a porta, não para mim. Eu não conseguia me situar com ela. Não saberia dizer se aquilo significava que eu tinha metido os pés pelas mãos.

— Forçar a barra – disse eu – não teria adiantado de nada. Consegui criar o início de uma comunicação. Se eu voltar a falar com ela, vou poder avançar, talvez conseguir uma resposta.

O olhar de Conway deslizando de lado na minha direção.

— Isso, se você voltar a falar com ela.

Aquele canto de sorriso sarcástico, como se o fato de eu ser tão óbvio iluminasse seu dia.

— É – disse eu. – Se.

Conway passou para uma página em branco do caderno.

— Joanne Heffernan – disse ela. – Joanne é uma víbora. Divirta-se.

Joanne era como olhar para uma média das outras três. Eu tinha esperado algo de impacto maior, com toda a propaganda. Nem alta, nem baixa. Nem magra, nem gorda. Nem bonita, nem feia. Cabelo louro alisado, resultado de muito esforço, bronzeado artificial, sobrancelhas finíssimas. Nem uma olhada de relance para o Canto dos Segredos.

Só sua postura – o quadril projetado para um lado, o queixo baixo, as sobrancelhas erguidas – tudo já dizia *"Trate de me impressionar"*. Dizia *"A Chefe"*.

Joanne queria que eu a considerasse importante. Não: que eu reconhecesse que ela era importante.

— Joanne – disse eu, levantando-me para ela. – Sou Stephen Moran. Obrigado por nos atender.

Meu sotaque. Com um chiado, o sistema de arquivo de Joanne me processou e me cuspiu para a gaveta mais baixa. Pálpebras piscando com desprezo.

— Eu não tive realmente escolha, certo? E, só por sinal, eu tinha mesmo coisas a *fazer* durante a última *hora*. Não precisava passar esse tempo todo sentada ali fora, morrendo de tédio e sem permissão nem mesmo para *falar*.

— Peço desculpas por isso. Não era nossa intenção manter vocês esperando. Se eu tivesse imaginado que as outras entrevistas fossem demorar tanto... – Arrumei a cadeira para ela. – Sente-se.

No caminho, ela franziu os lábios ao ver Conway: *Você*.

— Agora – disse eu, quando nos sentamos –, temos só algumas perguntas de rotina. Vamos perguntar a um monte de pessoas as mesmas coisas, mas eu realmente gostaria de saber sua opinião. Poderia fazer uma grande diferença.

Respeitoso. Mãos unidas. Como se ela fosse a Princesa do Universo, nos fazendo um favor.

Joanne me examinou. Olhos azul-claros, sem expressão, só um pouco arregalados. Sem piscar o suficiente.

Ela acabou concordando, em silêncio. Afável, me concedendo essa honra.

– Obrigado – disse eu. Sorriso largo de um humilde criado. Com o canto do olho vi Conway se mexer, um gesto abrupto. Provavelmente se esforçando para não vomitar. – Se não se importar, poderíamos começar pela noite de ontem? Você poderia repassar a noite para mim, desde o início do primeiro período de estudo?

Joanne contou a mesma história, ainda mais uma vez. Falava devagar e com nitidez, usando palavras curtas, para a ralé.

– Está conseguindo pegar tudo? – perguntou ela a Conway, que fazia anotações. – Ou preciso falar mais devagar?

Conway lhe deu um enorme sorriso forçado.

– Se eu precisar que faça qualquer coisa, você saberá. Acredite em mim.

– Obrigado, Joanne – disse eu. – É muita consideração sua. Diga-me: enquanto você estava aqui em cima, você olhou para o Canto dos Segredos?

– Dei uma olhadinha quando fui ao banheiro. Só para ver se havia alguma coisa boa.

– E havia?

Joanne deu de ombros.

– A mesma coisa de sempre. Um saco.

Nenhum Labrador, nem cirurgia nos seios.

– Algum daqueles cartões lá é seu?

Um olhar de relance na direção de Houlihan.

– Não.

– Tem certeza?

– Tenho, *por quê*?

– Estou só perguntando porque uma das suas amigas disse que você inventou alguns, no início.

– Quem disse isso? – O gelo tomou conta dos seus olhos.

Abri minhas mãos, com humildade.

– Desculpe, mas não posso divulgar essa informação.

Joanne mordia a boca por dentro, esmagando o rosto de lado. As outras iam todas pagar por isso.

— Se ela disse que fui só eu, é mentira. Fomos nós todas. E depois nós arrancamos os cartões. Quer dizer, puxa. Você faz parecer que foi alguma coisa importante. Nós só estávamos nos divertindo.

Conway estava certa: mentiras naquele quadro, além de segredos. McKenna o tinha instalado com seus objetivos; as garotas o usavam com os delas.

— E este aqui? — disse eu, pondo a foto na mão dela.

Joanne ficou de queixo caído. Ela se encolheu na cadeira. E deu um guincho.

— Ai, meu Deus! — E tapou a boca com a mão.

Falsa como ela só.

Aquilo não significava nada. Algumas pessoas são assim: tudo sai como uma mentira. Não que sejam grandes mentirosas; é só que não conseguem dizer a verdade. Você acaba sem poder distinguir o falso real do falso falso.

Esperamos que ela terminasse. Captei seu olhar de relance, entre gritinhos, para verificar se estávamos impressionados.

— Foi você que pregou esse cartão no Canto dos Segredos?

— Oi? *Não*... Quer dizer, vocês não percebem que eu estou literalmente em estado de *choque*?

A mão estava pressionando o peito. Ela tentou uma respiração entrecortada. Conway e eu assistíamos, interessados.

Houlihan começou a se mexer, quase saindo da cadeira. Meio alvoroçada.

— Pode ficar sentada — disse Conway, sem olhar. — Ela está ótima.

Joanne lançou um olhar de veneno para Conway e parou de arquejar.

— Nem para se divertir? — perguntei. — Não há nada de errado com isso. Não é como se vocês fossem forçadas por algum juramento a só postar segredos de verdade. Nós só precisamos saber.

— Já lhe disse que não. OK?

Recuar significava dar adeus à minha chance de excluir todas menos uma, de ouvir aquela tranca se abrir.

Joanne me olhava com uma cara de quem sentia cheiro de merda. Estava a um centímetro de me jogar na mesma lata de lixo de Conway.

– É claro – disse eu. Peguei a foto de volta, guardei-a, pronto, sumiu. – Só estou me certificando. Então, qual das suas amigas você acha que foi?

Alguma coisa que se inflamou e se incendiou no olhar de Joanne; alguma coisa verdadeira. Indignação. Fúria. Depois se apagou.

– Hã-hã. – Um dedo para lá e para cá. Sorrisinho. – Não foi nenhuma delas, nem pensar.

Cem por cento de certeza. *Elas não se atreveriam.*

– Então, quem foi?

– Bem, como é que isso é problema meu?

– Não é. Mas é óbvio que você toma conhecimento de tudo que acontece neste colégio. Se vale a pena ouvir o palpite de alguém, é o seu.

Sorriso satisfeito: Joanne aceitando o que era seu de direito. Ela estava de novo em sintonia comigo.

– Se foi alguém que esteve no colégio ontem de noite, foi quem veio para cá depois de nós. Julia, Holly, Selena e Fulaninha.

– É? Você acha que elas sabem alguma coisa sobre o que aconteceu com o Chris?

– Pode ser – disse ela, dando de ombros.

– Interessante – disse eu, fazendo que sim, com veemência, sério. – Alguma coisa específica leva você a achar isso?

– Não tenho *provas*. Isso cabe a vocês. Só estou dizendo.

– Vou pedir sua opinião sobre mais uma coisa. Qualquer ideia que você tenha poderia nos ajudar. Quem você acha que matou o Chris?

– Não ficou claro que foi o jardineiro Pinto? Quer dizer, eu não sei o *nome* dele. É só porque era assim que todo mundo o chamava, por causa de um boato de que ele ofereceu Ecstasy a uma garota se ela... – Olhar de relance para Houlihan, que estava começando a dar a impressão de que o dia de hoje estava sendo instrutivo, e não num bom sentido. – Quer dizer, *eu* não sei se ele era um tarado ou só um traficante, mas, seja como for, *eca!* Achei que vocês sabiam que tinha sido ele, mas só não tinham provas suficientes.

Mesma história que Alison: poderia ser o que ela realmente achava, poderia ser um disfarce inteligente.

— E você acha que Holly e suas amigas poderiam ter essa prova? Como?

Joanne puxou um fio de cabelo do rabo de cavalo, examinando-o para ver se estava com pontas duplas.

— Meu palpite é que vocês acham que todas elas são uns anjos, *nunca* se envolveriam com drogas. Quer dizer, putz, *Rebecca* é simplesmente *tão* inocente, não é mesmo?

— Ainda não a conheço. Será que elas se envolveriam com drogas, você acha?

Mais um olhar rápido na direção de Houlihan. Uma encolhida de ombros.

— Não estou dizendo que se envolveram. Não estou dizendo que elas teriam, hã, *feito* qualquer coisa com o jardineiro Pinto. — Um sorriso debochado encrespando os cantos da boca de Joanne. — Só estou dizendo que elas são piradas e que eu não sei *o que* elas fazem. Só isso.

Ela teria adorado passar o dia inteiro fazendo esse joguinho: soltando insinuações como peidos, para depois recuar do fedor.

— Escolha uma coisa para me dizer sobre Chris. Qualquer coisa que você considere mais importante.

Joanne pensou. Alguma coisa desagradável repuxando seu lábio superior. Como se fosse uma deixa, ela falou.

— Eu não me sentiria bem dizendo alguma coisa negativa sobre ele.

Um olhar para mim, por baixo dos cílios.

Inclinei-me para a frente. Sério, atento, sobrancelhas baixas, enquanto me concentrava na jovem magnânima que guardava o segredo que poderia salvar o mundo. Usei minha voz mais grave.

— Joanne. Sei que você não é o tipo de pessoa que fala mal dos mortos. Mas há ocasiões em que a verdade importa mais que a bondade. Esta é uma dessas ocasiões.

Eu quase podia ouvir minha própria trilha sonora crescendo. Senti Conway, junto do meu ombro, querendo rir.

Joanne respirou fundo. Preparando-se para ser corajosa, para sacrificar sua consciência no altar da justiça. A falsidade foi se espalhando. Toda a história parecia falsa. Chris Harper dava a impressão de ser alguém que eu tinha inventado.

— O Chris — disse ela, com um suspiro. Um pouco de tristeza. Um pouco de pena. — Coitado do Chris. Para um cara tão bonito, ele tinha um gosto realmente lamentável.

— Você está se referindo a Selena Wynne?

— Bem. Eu não ia mencionar nomes, mas, como vocês já sabem...

— A questão é que ninguém diz que viu o Chris e a Selena em qualquer atitude que fosse de um casal de namorados. Nada de beijos, mãos dadas, nem mesmo os dois juntos se afastando do grupo. Então o que a faz pensar que eles estavam saindo?

Ela bateu os cílios.

— Eu prefiro não dizer.

— Joanne, eu entendo que você está tentando agir certo e sou grato por isso. Mas preciso que você me diga o que viu ou ouviu. Tudo.

Joanne gostava de me ver batalhando. Gostava de saber que o que ela sabia valia todo aquele esforço. Ela fingiu pensar, passando a língua pelos dentes, o que não ajudou em nada sua aparência.

— OK — disse ela. — O Chris gostava que as garotas gostassem dele. Sabe do que estou falando? Tipo, ele estava sempre tentando fazer com que todas as garotas presentes ficassem a fim dele. E de repente, tipo *do dia para a noite*, ele passou a não dar atenção a ninguém, a não ser a Selena Wynne. Veja bem, não quero parecer uma víbora nem nada, mas só estou sendo franca porque é assim que eu sou, Selena não é exatamente alguém especial. Ela age como se fosse, mas me desculpa, a maior parte das pessoas não se interessa por... você sabe. — Joanne me deu um sorriso significativo, de desprezo, e com as duas mãos fez um gesto que queria dizer *gorda*. — Olha só, hellooo? Achei que era uma dessas coisas idiotas que acontecem em filmes, em que tudo é uma aposta para deixar alguém envergonhado. Porque, se não fosse, eu poderia ter realmente *morrido* de vergonha pelo Chris.

— Mas isso não quer dizer que eles estivessem namorando. Vai ver que ele estava a fim dela, mas ela não estava querendo saber.

— Hum, acho que não. Teria sido, tipo, uma sorte *enlouquecedora* para ela ficar com ele. E, de qualquer maneira, o Chris não era o tipo que dedica seu tempo a alguém se não estivesse conseguindo alguma coisa. Entendeu o que eu quero dizer?

— Por que eles manteriam o caso em segredo?

— É provável que ele não quisesse que as pessoas soubessem que ele estava saindo com *aquilo*. Eu não o culparia.

— É por isso que você não se dá com a galera da Selena? Porque ela e o Chris ficaram juntos?

Movimento errado. Aquela explosão nos olhos de Joanne mais uma vez, fria o suficiente e violenta o suficiente para eu quase me inclinar de volta para trás.

— Hã, *presta atenção*, OK? Pouco me importava se Chris Harper gostava de baleias. Eu achava ridículo, mas, fora isso, nem de longe era meu problema.

Fiz uma série de movimentos rápidos de cabeça, concordando, todo humilde: entendi, reconheço o meu lugar, não vou me atrever de novo.

— Certo. Faz sentido. Então por que você não se dá com elas?

— Porque não existe uma lei que diga que temos de *nos dar com todo mundo*. Porque na realidade sou exigente na escolha das pessoas com quem ando. E baleias e esquisitonas? Bem, não, obrigada.

Só mais uma viborazinha, exatamente igual às viborazinhas na minha escola, em todas as escolas. Vagabundas, ordinárias, fáceis de encontrar em qualquer lugar do mundo. Não havia nenhum motivo para essa aqui chegar a ser a que me causaria náuseas.

— Entendi — disse eu, com um sorriso forçado, como um ensandecido.

— Você tem namorado? — perguntou Conway.

Joanne não se apressou. Um intervalo – *Será que ouvi alguma coisa?* – e então uma lenta virada da cabeça na direção de Conway.

Conway sorriu. Sem nenhuma simpatia.

— Me desculpe, mas esse é um assunto pessoal.

— Achei que você só queria saber de ajudar a investigação — disse Conway.

— E quero. Só não vejo como minha vida *particular* tem algo a ver com a investigação. Quer me explicar isso?

— Não — disse Conway. — Ia dar muito trabalho. Especialmente porque posso ir até o Columba e descobrir.

Completei com uma dose dupla de preocupação.

— Não consigo imaginar que Joanne nos forçaria a fazer isso, detetive. Principalmente porque ela sabe que qualquer informação que ela tem poderia ser muito valiosa para nós.

Joanne refletiu sobre isso. Voltou a vestir a máscara de virtude.

— Estou saindo com Andrew Moore — disse ela, para mim, condescendente. — É filho de Bill Moore, pode ser que tenha ouvido falar. — Incorporador imobiliário, um daqueles que aparecem no noticiário por estarem falidos e serem bilionários, ao mesmo tempo. Fiz uma cara de devidamente impressionado.

Joanne olhou para o relógio.

— Vocês querem saber mais alguma coisa sobre a minha vida amorosa? Ou *terminamos*?

— Tchauzinho — disse Conway. E para Houlihan: — Rebecca O'Mara.

Acompanhei Joanne até a porta. Segurei a porta aberta para ela. Fiquei observando enquanto Houlihan se apressava atrás dela pelo corredor, sem que Joanne se desse ao trabalho de olhar.

— E mais uma ainda no páreo — disse Conway.

Sem nada na sua voz. Mais uma vez, nada que me dissesse se aquilo significava que *eu devia me esforçar mais*.

Fechei a porta.

— Tem coisas que ela está pensando em nos contar, mas está se segurando. Isso combina com a garota do cartão.

— É. Ou então ela só está tentando fazer a gente pensar que está escondendo alguma coisa. Fazer a gente pensar que ela sabe com certeza que o Chris e a Selena estavam juntos, ou sei lá o quê, quando na verdade ela não tem nada.

— Podemos chamá-la de volta. Fazer um pouco mais de pressão.

— Não. Agora não. — Conway ficou olhando enquanto eu voltava para minha cadeira e me sentava. Falou com aspereza: — Você se saiu bem com ela. Melhor do que eu.

— Toda aquela prática de puxa-saco. Acabou se revelando útil.

Um olhar irônico de Conway, mas bem rápido. Ela já estava arquivando Joanne para mais tarde, seguindo em frente.

— Rebecca é o elo fraco dessa turminha. Tímida como ela só. Ficou vermelha e praticamente se enroscou toda só de lhe perguntarmos seu nome. Nunca conseguiu falar mais alto do que um sussurro. Calce as luvas de pelica.

Campainha de novo, alvoroço de pés e vozes. Passava da hora do almoço. Eu poderia ter derrubado um hambúrguer enorme, ou qualquer coisa que o refeitório oferecesse, provavelmente bife de filé orgânico e salada de rúcula. Eu não ia dizer nada antes de Conway falar. Ela não ia dizer nada.

– E cuidado com essa galera, até você pegar o jeito – disse Conway. – Elas não são a mesma coisa.

8

Um anoitecer no início de novembro, o ar só começando a chispar com pequenas explosões gostosas de frio e de fumaça de turfa. Elas quatro estão na clareira dos ciprestes, aconchegadas naquele delicioso bolsão de tempo livre entre as aulas e o jantar. Do outro lado do muro e bem longe, Chris Harper não chega a ser um murmúrio de um pensamento na cabeça de nenhuma das quatro. Ele ainda tem seis meses, uma semana e quatro dias de vida.

Elas estão espalhadas na grama, deitadas de costas, pés balançando de joelhos dobrados. Estão usando casacos com capuz, cachecóis e botas Ugg, mas ainda evitam por mais alguns dias os casacos de inverno. Ao mesmo tempo, é dia e noite: um lado do céu refulge em tons de rosa e laranja; no outro lado, uma pálida lua cheia está suspensa no azul que vai escurecendo. O vento passa pelos ramos dos ciprestes, um sopro lento e tranquilizante. A última aula foi de educação física, voleibol. Seus músculos estão relaxados, com um cansaço confortável. Elas estão falando sobre o trabalho de casa.

– Vocês já fizeram seus sonetos de amor? – pergunta Selena.

Julia geme. Com uma esferográfica, ela desenhou uma linha de pontos de um lado a outro do pulso e está escrevendo logo abaixo EM CASO DE EMERGÊNCIA, CORTE AQUI.

– "E se vocês acharem que não têm, hum, *experiência* suficiente de, hum, *amor romântico*" – diz Holly, imitando a voz esganiçada e afetada do sr. Smythe – "então talvez o amor de um filho pela mãe, ou, hum, o amor a *Deus* talvez, hum, seja..."

Julia finge que enfia dois dedos na goela.

– Vou dedicar o meu à vodca.

– Vão despachar você pra irmã Ignatius para um aconselhamento – diz Becca, sem saber com certeza se Julia está falando sério.

– Ui!

– Não consigo avançar com o meu – diz Selena.

– Listas – diz Holly. Ela traz um pé para perto do rosto para examinar um arranhão na bota. – "O ar, o mar, o sol, a lua, o chão; O dia, a luz, o rio, o lar, o pão." Pentâmetro iâmbico instantâneo.

– Lixâmetro iâmbico instantâneo – diz Julia. – "Obrigado pelo soneto mais chato de todos os tempos, sua nota é F."

Holly e Selena trocam olhares de esguelha. Julia está de mau humor há semanas. Com todo mundo na mesma medida. Logo, não pode ter sido alguma coisa que uma delas tenha feito.

– Eu não *quero* falar para o Smythe sobre ninguém que eu amo – diz Selena, deixando aquilo passar. – Eca!

– Então escreve sobre um lugar ou alguma coisa – diz Holly. Ela lambe o dedo e o esfrega no arranhão da bota, que some. – Escrevi sobre o apartamento da minha avó. E nem mesmo disse que era da minha avó, só um apartamento.

– Eu simplesmente inventei o meu – diz Becca. – Foi sobre uma garota que tem um cavalo que chega debaixo da janela dela de noite, e ela sai pra cavalgar. – Ela está com os olhos desfocados, de modo que a lua se transformou em duas, translúcidas e sobrepostas.

– E o que isso tem a ver com o amor? – pergunta Holly.

– Ela ama o cavalo.

– Meio pervertido – diz Julia. Seu telefone apita. Ela o tira do bolso e o segura diante do rosto, espremendo os olhos para se proteger do pôr do sol.

Se tivesse sido uma hora antes, quando elas estavam tirando o uniforme no quarto e cantando Amy Winehouse, decidindo se iam ou não atravessar a rua para assistir à partida de rúgbi dos rapazes. Se tivesse sido uma hora mais tarde, quando estariam no refeitório, esparramadas sobre a mesa, pegando as últimas migalhas de bolo seco com um lambida na ponta dos dedos. Nenhuma delas teria jamais imaginado no que tinham roçado; que outros eus, outras vidas, outras mortes estavam se precipitando ferozes e incontroláveis, ao lado dos seus trilhos, apenas a um átimo de distância delas. Os terrenos do colégio estão marcados por grupos de garotas, todas resplandecentes e surpresas com o amor incipiente que sentem umas pelas outras e pela própria intimidade cada vez maior. Nenhuma das outras sentirá a força enorme daquele desvio, quando ocorre uma mudança nos trilhos e sua própria energia as leva em disparada para outra paisagem. Quando Holly pensar nisso muito tempo depois, quando as coisas por fim começarem a permanecer no lugar e a entrar em foco, vai lhe ocorrer que, sob certos aspectos, talvez seja possível dizer que Marcus Wiley matou Chris Harper.

– Pode ser que eu simplesmente escreva sobre flores bonitinhas – diz Selena. Ela estende uma mecha de cabelo de um lado ao outro do rosto... os últimos raios de sol a transformam numa teia de luz dourada... e olha para as árvores através dela. – Ou sobre gatinhos bem pequenos. Vocês acham que ele vai se importar?

– Aposto que alguém vai fazer o soneto sobre o One Direction – diz Holly.

– *Aah* – diz Julia, de repente e alto demais, zangada e enojada.

As outras se levantam, apoiadas nos cotovelos.

– Que foi? – pergunta Becca.

Julia enfia o celular de volta no bolso, junta as mãos atrás da cabeça e fica olhando para o céu. As narinas se abrem com a respiração acelerada. Ela está totalmente vermelha até a gola do pulôver. Julia nunca enrubesce.

As outras se entreolham. Holly encara Selena e inclina o queixo na direção de Julia: *Você viu o que foi?* Selena faz que não, mexendo a cabeça só um milímetro.

– Que foi? – pergunta Holly.

– Marcus Wiley é um escroto, só isso. Mais alguma pergunta?

– Dã, *isso* a gente sabia – diz Holly. Julia não faz caso dela.

– O que é um escroto? – pergunta Becca.

– Você não quer saber – responde Holly.

– Jules – diz Selena, delicada. Ela se vira para ficar de bruços ao lado de Julia. Seu cabelo está luminoso e despenteado, com fragmentos de grama e leques de cipreste enredados aqui e ali; e a parte de trás do capuz está toda vincada por ela ter se deitado sobre ele. – O que ele disse?

Julia vira a cabeça para longe de Selena, mas responde.

– Ele não *disse* nada. Me enviou uma foto do pinto. Porque ele é um puto de um escroto. OK? Agora podemos falar mais um pouco sobre os sonetos?

– Caraca – diz Holly.

Os olhos de Selena estão arregalados.

– Sério?

– Não, fui eu que inventei. É, sério.

A luz do pôr do sol provoca uma sensação diferente, um raspado lento como unhas sobre cada centímetro de pele nua.

– Mas – diz Becca, confusa –, você nem o conhece direito.

Julia levanta a cabeça de repente e olha fixo para ela, mostrando os dentes, pronta para morder, mas nesse instante Holly começa a rir. Depois de um segundo, Selena se junta a ela; e, por fim, até mesmo Julia, deixando a cabeça cair de volta na grama.

– Que foi? – Becca quer saber, mas as outras se entregaram ao riso, o corpo inteiro sacudido por ele, e Selena se enrodilhou para conseguir se conter.

– Foi seu jeito de falar!

– E a *cara* que você fez – diz Holly, recuperando o fôlego. – "Vocês praticamente não foram *apresentados*, como manda a etiqueta, querida, por que cargas d'água ele haveria de compartilhar com você seu amiguinho?" – e a imitação do sotaque inglês faz Becca ficar vermelha e dar risinhos também.

– Acho que nós nem sequer tomamos chá e... comemos sanduíches de pepino juntos – diz Julia, debochada, olhando para o céu.

– Pintos *somente* deveriam ser servidos *depois* dos sanduíches de pepino... – consegue Holly dizer.

– Puxa – diz Julia, enxugando os olhos quando as risadas vão terminando. – Ai, Becsie querida, que seria de nós sem você?

– Não foi *tão* engraçado assim – diz Becca, ainda vermelha, com um sorriso forçado e sem saber ao certo se devia se sentir envergonhada.

– Pode ser que não – diz Julia. – Mas essa não é a questão. – Ela volta a se apoiar no cotovelo e enfia a mão no bolso para pegar o celular.

– Vamos ver – diz Holly, sentando na grama e se aproximando de Julia.

– Vou deletar.

– Então, vamos ver antes.

– Você é uma tarada.

– Eu também – diz Selena, animada. – Se você ficou traumatizada para o resto da vida, nós também queremos ficar.

– Meu Deus, não dá para acreditar – diz Julia. – É uma foto de um pinto, não algum tipo de experiência de criação de laços. – Mas ela tecla botões e encontra a foto.

– Becs – diz Holly. – Você vem olhar?

– Eca. Não. – Becca vira a cabeça para outro lado, para não acabar vendo por acaso.

– Aqui está – diz Julia, pressionando Abrir.

Holly e Selena encostam nos seus ombros, uma de cada lado. Julia finge que olha, mas seus olhos passam direto pelo celular, indo parar nas sombras. Selena sente uma tensão na espinha e se apoia mais em Julia.

Elas não dão risinhos, nem gritam, como fizeram quando olharam on-line. Aqueles eram arrumados e artificiais como a Barbie. De modo algum seria possível imaginar que estavam presos a um garoto de verdade. Isso aqui é diferente: menor, empinado na direção delas como um dedo médio mais grosso, como uma ameaça, projetando-se a partir de um emaranhado de pelos escuros e grudentos. Dá para elas sentirem o cheiro.

– Se isso foi o melhor que ele conseguiu – diz Holly, com frieza, daí a um instante –, eu não me disporia a *divulgar* por aí.

Julia não olha para ela.

– Você deveria responder à mensagem de texto – diz Selena. – "Desculpa, não dá pra ver do que a foto é. Pequeno demais."

– E aí ele me manda um close? Não, obrigada. – Mas o canto da boca de Julia começa a esboçar um sorriso.

– Pode vir olhar, Becs – diz Holly. – Segurança total, a menos que você tenha um microscópio. – Becca sorri e ao mesmo tempo abaixa a cabeça e faz que não. A grama se contorce debaixo das pernas dela, espetando.

– Bem – diz Julia. – Se vocês, suas taradas, já viram o suficiente do minipinto para um dia... – Ela tecla Excluir com um floreio e acena com um dedo para o celular. – Tchauzinho.

Um bipe fraco, e sumiu. Julia guarda o celular e se deita de novo. Pouco depois, Holly e Selena vão voltando para seus lugares, olhando ao redor em busca de alguma coisa a dizer, sem nada encontrar. A lua está ficando mais intensa, à medida que o céu vai escurecendo.

Daí a um tempo, Holly fala:

– Ei, vocês sabem onde a Cliona está? Na biblioteca, procurando um soneto para copiar que o Smythe não conheça.

– Ela vai ser apanhada – diz Becca.

– É tão típico dela – diz Selena. – Não seria mais fácil simplesmente escrever o soneto?

– Bem, é claro que sim – diz Holly. – Isso acontece sempre. Ela acaba se esforçando muito mais para deixar de fazer o trabalho do que se simplesmente fizesse o que era para fazer.

Elas deixam espaço para Julia dizer alguma coisa. Como ela nada diz, o espaço vai aumentando. A conversa cai nesse abismo e desaparece.

É que a foto continua ali. O seu leve cheiro desagradável ainda contamina o ar. Becca faz uma respiração rasa, pela boca, mas mesmo assim sua língua fica áspera.

Julia fala para o céu de aquarela borrada.

– Por que os caras acham que eu sou uma piranha?

O vermelho está manchando de novo sua pele.

– Você não é uma piranha – diz Selena, com delicadeza.

– Dã... eu *sei* que não sou. Então, por que eles agem como se eu fosse?

– Eles querem que você seja – diz Holly.

– Isso eles querem que todas nós sejamos. Mas não vejo ninguém mandando fotos de pintos pra vocês, meninas.

Becca se mexe.

– Foi só nos últimos tempos – diz ela.

– Desde os amassos com o James Gillen.

– Não foi isso. Montes de garotas dão uns amassos, e os caras não se importam. Foi antes disso. Desde que você começou a brincar e rir com o Finn, o Chris e toda a turma. Porque você faz piadas, porque diz coisas...

Ela foi se calando.

– Porra, você está zoando comigo – diz Julia.

Mas Holly e Selena estão concordando, à medida que se dão conta e tudo vai se encaixando.

– Isso – diz Selena. – Você fala desse jeito.

– Então vocês acham que eles querem que eu seja uma vaquinha hipócrita como a Heffernan, que deixou o Bryan Hynes enfiar o dedo nela porque ele tinha bebida, mas se finge de totalmente indignada se alguém contar uma piada obscena. Desse jeito, eles vão me *respeitar*.

– Mais ou menos isso, sim – diz Holly.

– *Pode esquecer*. Quero que se fodam. Não vou fazer isso. Não vou ser assim. – Sua voz está grosseira e mais velha.

Nuvens finas passam diante da lua, de modo que a impressão é que a lua está se movimentando ou que o mundo está se inclinando por baixo delas.

– Então não seja – diz Selena.

– E continuo recebendo esse tipo de lixo? Parece maravilhoso. Alguém tem mais alguma ideia genial?

– Vai ver que não é esse o motivo – diz Becca, desejando não ter aberto a boca. – Vai ver que estou totalmente enganada. E se ele estivesse tentando mandar uma mensagem de texto para alguma outra garota com J, Joanne ou sei lá quem, e tivesse batido no contato errado...

– Quando fui dar uns amassos com o James Gillen...

A escuridão se condensa, à sombra dos ciprestes, com a voz dela.

– Ele tentou enfiar a mão na minha blusa, certo? O que eu já estava esperando. Juro. Não sei por que os caras têm essa fixação por peitos. Será que não mamaram tempo suficiente ou coisa semelhante?

Ela não está olhando para as outras. As nuvens se aceleram, pondo a lua a cruzar o céu em alta velocidade.

– Por isso, como realmente não estou interessada em que o James Gillen fique me apalpando e, vamos ser francas, estou com ele só porque ele é bonitinho e eu preciso de prática, eu digo, "Para por aí, acho que isso aqui te pertence", e lhe entrego a mão desagradável e pegajosa, certo? E o James, como é um perfeito cavalheiro, resolve que a atitude adequada nessa situação é me empurrar para trás contra a cerca, tipo um *empurrão* de verdade, não uma simples cutucada ou sei lá o quê, e taca a mão exatamente onde ela estava antes. E diz alguma coisa incrivelmente previsível mais ou menos como, "Você adora, não seja tão puritana, todo mundo sabe como você é" blá-blá-blá, não importa. É ou não é um Príncipe Encantado?

O ar está ao mesmo tempo gelado e causticante, febril.

Elas já ouviram isso bem explicadinho mais de uma dúzia de vezes, em aulas constrangedoras, em conversas constrangedoras com os pais: quando falar com um adulto. A ideia nunca chega a ocorrer a nenhuma delas. Essa coisa que se abre diante delas não tem nada a ver com aquelas palestras cuidadosas. Essa fusão de raiva enlouquecida com vergonha que mancha cada célula, essa compreensão vagarosa de que agora o corpo delas pertence aos olhos e mãos de outras pessoas, não a elas mesmas. Tudo isso é uma novidade.

– Que merdinha desprezível – diz Holly, enquanto sua pulsação e sua respiração estão descontroladas. – Que safado! Espero que morra de câncer.

Selena estica uma perna para que seu pé toque no de Julia. Dessa vez, Julia afasta o pé, de modo brusco.

– E o que você fez? – pergunta Becca. – Você..., ele...?

– Dei-lhe uma joelhada no saco. O que por sinal funciona, para a eventualidade de vocês precisarem saber. E então, quando voltamos para cá, eu tomei um belo banho de chuveiro até arrancar a pele. – Elas se lembram. Nunca pensaram em associar aquilo ao James Gillen (Julia em tom neutro, levantando um ombro, *Não devia ter me dado ao trabalho, como dar uns amassos num Labrador*). Agora, no espaço fervilhante dessa nova informação, tudo parece óbvio, como um tapa na cara.

– E não sei o que vocês acham, mas, sendo eu o gênio que sou, imagino que o James Gillen não tenha querido contar ao resto do colégio que tudo o que conseguiu naquela tarde foi uma pancada no saco, e tenha preferido dizer que eu era uma piranha que estava sempre querendo mais. E é por isso que o puto do Marcus Wiley acha que eu ia adorar receber uma foto do seu pinto. E isso não vai parar, certo?

– Eles vão esquecer. Em algumas semanas... – diz Selena, mas um fiapo de incerteza prejudica sua voz.

– Não vão, não.

Silêncio, e a lua vigilante. Holly pensa em descobrir algum segredo repugnante sobre James Gillen para espalhar, até todo mundo rir sempre que ele passa e ele acabar se matando. Becca tenta pensar em coisas para dar a Julia, chocolate, poemas cômicos. Selena visualiza algum livro amarelado, com letras cheias de arabescos, uma cantilena com rimas, em voz baixa, nós dados na grama e o cheiro de cabelo queimado; um tremeluzir se fechando em torno delas, tornando-as impermeáveis. Julia se concentra em descobrir animais nas nuvens e finca as unhas no chão, através das camadas de grama até grumos de terra penetrarem no sabugo.

Elas não têm armas para isso. O ar está inchado e arroxeado, pulsando em branco e preto, pronto para se partir ao meio.

— Não vou mais tocar em nenhum cara do Columba — diz Julia, num tom duro e definitivo, como uma porta que se fechou com violência. — Nunca mais.

— Isso é como dizer que você nunca mais vai chegar perto de qualquer cara — diz Holly. — Os caras do Columba são os únicos que a gente conhece.

— Então não vou chegar perto de nenhum cara até entrar pra faculdade. Não me importo. É melhor do que esses idiotas de merda contando para o colégio inteiro como são os meus peitos.

Becca fica vermelha.

Selena ouve aquilo como um único retinir de prata no cristal, fazendo tremer o ar. Ela se senta na grama.

— Eu também não — diz ela.

Julia lança um olhar feroz na direção dela.

— Eu não estou dizendo "Ai, estou tão magoadinha que vou desistir dos homens para sempre." Estou falando *sério*.

— Eu também — diz Selena, com segurança, sem se deixar perturbar.

À luz do dia, seria diferente. À luz do dia, da iluminação interna do colégio, isso nunca teria ocorrido a elas. Impotente e sufocada, a raiva teria ficado enrustida. A mancha na pele delas teria queimado mais fundo, deixando marcas.

As nuvens se foram, mas o luar está girando em torno delas, com mais ímpeto.

— Eu também — diz Becca.

Um tremor na sobrancelha de Julia, meio irônico. Becca não consegue descobrir um jeito de lhe dizer que aquilo ali significa alguma coisa e que ela quer que signifique mais. Se pudesse, ela traria a coisa mais importante do mundo para o meio do círculo delas e atearia fogo, para fazer por merecer esse momento. Mas é nessa hora que Julia lhe dá um pequeno sorriso e uma piscada só para ela.

Os olhos delas todas estão voltados para Holly. Ela tem alguma coisa do pai, o sorriso no instante em que ele escorrega de lado quando você tenta pressioná-lo por uma resposta. Nunca se comprometa, enquanto não tiver certeza absoluta, nem mesmo quando tiver certeza absoluta.

As outras, um clarão branco em contraste com as árvores escuras, as três, esperando. A curva delicada da sombra debaixo do queixo de Selena, a dobra estreita do pulso de Becca, onde ela está com a mão apoiada na grama, o movimento para baixo no canto da boca de Julia. Coisas que Holly saberá de cor quando estiver com 100 anos, quando todo o resto do mundo já tiver sido varrido da sua cabeça. Alguma coisa lateja na palma das suas mãos, puxando na direção delas. Alguma coisa que muda de posição, a espiral de fumaça de alguma dor parecida com uma sede, mas que não é sede, que fica presa na sua garganta e por trás do esterno. Alguma coisa está acontecendo.

– Eu também – diz Holly.

– Minha nossa – diz Julia. – Já estou ouvindo o que vão dizer. Vão dizer que nós somos algum tipo de seita de orgias lésbicas.

– E daí? – diz Selena. – Podem dizer o que quiserem. Nós não precisamos nos importar.

Um silêncio para recuperar o fôlego, enquanto vão absorvendo a ideia. Seus pensamentos seguem em disparada pelo rastro que ela deixa. Elas veem Joanne se remexendo, dando risinhos e debochando no Palácio para fazer com que os caras do Columba se interessem por ela. Veem Orla se lamuriando indefesa no travesseiro encharcado depois que Andrew Moore e seus amigos a estraçalharam. Veem a si mesmas tentando desesperadamente ter a postura certa, os trajes certos e dizer as coisas certas diante dos olhos vorazes dos caras. E pensam: *Nunca, nunca, nunca mais. Nunca, nunca, nunca mais. Destruir esse jeito de ser, como os super-heróis destroem algemas. Dar-lhe um soco e vê-lo explodir.*

Meu corpo, minha cabeça, o meu jeito de me vestir, o meu jeito de andar, o meu jeito de falar: meus, só meus.

A energia daquilo tudo, vibrando por dentro delas, para se soltar, faz com que seus ossos tremam.

– Vamos ser como as amazonas – diz Becca. – Elas não tocavam em caras, nunca, e não se importavam com o que as pessoas diziam. Se algum cara tentava alguma coisa com elas, ele acabava... – Um segundo que turbilhona com flechas e jatos de sangue.

– Peraí – diz Julia, mas o sorrisinho voltou, e é seu próprio sorriso, aquele que a maioria das pessoas não vê nunca. – Calma. Isso não é para sempre. É só até a gente sair do colégio e poder conhecer seres humanos de verdade.

Sair do colégio está a anos de distância e é inimaginável. Palavras que nunca podem se tornar realidade. Isso aqui é para sempre.

– Precisamos jurar, fazer um voto – diz Selena.

– Ora, que isso! – diz Julia. – Quem faz esse tipo de coisa... – mas ela só está falando por reflexo. As palavras vão se perdendo nas sombras, leves e tontas. Nenhuma das outras ouve.

Selena estende a mão, com a palma para baixo por cima da grama e das trilhas ocultas de insetos noturnos.

– Eu juro – diz ela.

Lá em cima na escuridão, morcegos gritam. Os ciprestes se aproximam inclinados para olhar, atentos, com aprovação. O farfalhar e os sussurros das árvores animam as garotas, as incentivam a seguir em frente.

– OK – diz Julia. Sua voz sai mais forte do que ela pretendia, tão forte que ela se espanta. Seus batimentos cardíacos parecem que vão levantá-la do chão. – OK. Vamos lá. – Ela deixa sua mão cair por cima da mão de Selena. O tapinha ecoa pela clareira. – Eu juro.

Becca, com a mão magra, leve como um dente-de-leão, sobre a de Julia, deseja loucamente e tarde demais ter olhado para a foto, ter visto o que as outras viram.

– Eu juro.

– Eu juro – disse Holly.

As quatro mãos se torcem num nó, envoltas pelo luar, dedos enredados, todas elas tentando se esticar ao máximo para apertar a mão de todas as outras ao mesmo tempo. Um pequeno riso ofegante.

Os ciprestes dão um suspiro, longo e saciado. A lua está imóvel.

9

Rebecca O'Mara, na entrada da sala de artes, parada num pé, com o outro enganchado no tornozelo. Cabelo castanho-escuro, comprido, preso num rabo de cavalo, fofo e desgrenhado, nada de alisamento ali. Talvez uns três centímetros mais alta que Holly; magra, não assustadoramente magra, mas sem dúvida bem que podia comer uma pizza. Não bonita – o rosto ainda precisando se acertar com as feições – mas isso logo viria. Olhos castanhos, arregalados, voltados para Conway, desconfiados. Nenhuma olhada de relance para o Canto dos Segredos.

Se Rebecca era insegura, com baixa autoestima, eu podia lidar com isso. Representar o simpático irmão mais velho, procurando ajudar com a aventura importante e a irmãzinha tímida sendo aquela pessoa especial que pode salvar a pátria.

– Rebecca, certo? – disse eu. Dei um sorriso, não largo demais, só natural e descontraído. – Obrigado por nos atender. Sente-se.

Ela não se mexeu. Houlihan precisou se desviar dela para ir apressada para seu canto.

– É sobre o Chris Harper, não é?

Não vermelha e toda enroscada dessa vez, mas sua voz mal passava de um sussurro.

– Sou Stephen Moran. Pode ser que Holly tenha mencionado meu nome em algum momento, certo? Ela me deu uma ajuda com umas coisas anos atrás.

Rebecca olhou direito para mim, pela primeira vez. E fez que sim.

Estendi a mão para a cadeira, e ela conseguiu se afastar da porta da sala e veio. Aquele meio desfile desconjuntado de adolescente, como se fossem só os sapatos pesados que levavam seus pés de volta ao chão. Ela se sentou, enrolou as pernas num nó. Envolveu as mãos na saia.

Uma sensação de vazio no meu peito, como água escorrendo: decepção. Por conhecer Holly, por Conway ter dito *Só alguma coisa*, por toda aquela bobajada de olhos arregalados sobre garotas esquisitas e bruxas, eu tinha esperado que essas fossem mais do que a última turminha. Mas essa aqui era só uma repetição de Alison, um monte de temores nervosos embrulhados numa saia maior do que a dona.

Relaxei minha coluna como a de um adolescente, deixei os joelhos soltos e dei mais um sorriso para Rebecca. Dessa vez, pesaroso.

— Estou precisando de ajuda de novo. Sou bom no que faço, juro, mas de vez em quando preciso de uma mãozinha, ou não vou conseguir chegar a lugar nenhum. Tenho uma sensação de que talvez você possa me dar essa ajuda. Está disposta a tentar, hein?

— É sobre o Chris? — perguntou Rebecca.

Não tímida demais para não fincar o pé um pouco. Fiz uma careta.

— Preciso lhe dizer uma coisa. Ainda estou tentando descobrir do que se trata. Por quê? Aconteceu alguma coisa relacionada ao Chris, foi?

Ela fez que não.

— Eu só... — Um gesto na direção de Conway, com a trouxa de mãos e saia. Conway, limpando as unhas com a tampa da esferográfica, nem levantou os olhos. — Quer dizer, porque ela está aqui, eu achei...

— Vamos tentar entender tudo juntos, OK?

Dei-lhe o sorriso simpático, cheio de rugas. Recebi em troca uma expressão vazia.

— Então, vamos começar pela noite de ontem. Primeiro período de estudo: onde você estava?

Rebecca respondeu depois de um instante.

— Na sala de convivência do quarto ano. Temos de ficar lá.

— E depois?

— Vem nosso intervalo. Minhas amigas e eu fomos lá para fora e ficamos um tempo sentadas na grama.

Sua voz era um fio esgarçado, mas ficou mais forte com isso. *Minhas amigas e eu.*

— Que amigas? Holly, Julia e Selena?

— É. E mais algumas. A maioria de nós saiu. Estava fazendo calor.

— E então veio o segundo período de estudo. Você esteve aqui na sala de artes?

— Estive. Com Holly, Julia e Selena.

— Como vocês fazem para ter permissão para passar um período de estudo aqui? Tipo, quem pede a quem e quando? Desculpa, estou um pouco... — Encolhi os ombros, baixei a cabeça, dei um sorriso tímido. — Sou novo nisso. Ainda não estou por dentro de tudo.

Mais cara de nada. Ótimo com jovens, eu. Consigo que relaxem, que falem... O simpático irmão mais velho estava atacando.

Conway estava examinando a unha do polegar contra a luz. Sem perder nada.

— Nós pedimos à srta. Arnold, que é a governanta. Julia foi e pediu a ela anteontem, na hora do lanche. Nós queríamos o primeiro período, mas alguém já ia usar a sala. Por isso, a srta. Arnold disse que devíamos vir no segundo período. Elas não gostam de gente demais no prédio da escola depois do expediente.

— Quer dizer que na hora do intervalo ontem à noite, vocês pegaram a chave da porta de ligação com as outras garotas que tinham estado aqui em cima?

— Não. Não temos permissão pra passar a chave entre nós. Quem tiver assinado pra apanhar a chave assina de novo quando devolve, na hora em que disse que ia devolver. Por isso, as outras garotas a devolveram à srta. Arnold, e então nós fomos e a pegamos com ela.

— Quem fez isso?

Vi o instante em que uma chispa de medo passou luminosa pelo rosto de Rebecca e ela pensou em mentir. Nenhum motivo pelo qual ela devesse mentir, não havia nisso nada que pudesse encrencá-la, até onde eu pudesse ver, mas foi naquele momento que ela mudou, assim mesmo. Conway estava certa a respeito dessa menina, de qualquer modo: ela mentia, pelo menos quando estava assustada; pelo menos quando alguma coisa a separava das amigas e a colocava debaixo do holofote, sozinha.

Mas não era burra, estivesse assustada ou não. Levou meio segundo para se dar conta de que não fazia sentido mentir.

— Eu — respondeu.

Concordei em silêncio, como se não tivesse percebido nada.

– E então vocês vieram para a sala de artes. Vocês quatro juntas, certo?

– Certo.

– E o que você fez?

– Nós temos um trabalho. – Ela soltou uma das mãos da saia e apontou para uma mesa junto das janelas: uma forma volumosa por baixo de uma lona respingada de tinta. – Selena estava fazendo a caligrafia; Holly estava moendo giz para fazer a neve; e Julia e eu estávamos principalmente criando objetos com fio de cobre. Estamos fazendo o colégio cem anos atrás. É arte e história juntos. É complicado.

– Parece mesmo. Quer dizer que vocês dedicam um tempo a mais – disse eu, em tom de aprovação. – De quem foi a ideia?

A aprovação não surtiu efeito algum em Rebecca.

– Todo mundo precisou usar tempo de estudo no trabalho. Na semana passada, nós viemos também.

Que poderia ter sido quando a lampadinha se acendeu na cabeça de alguém.

– É mesmo? De quem foi a ideia de voltar ontem de noite?

– Nem me lembro. Nós todas sabíamos que precisávamos vir.

– E vocês todas ficaram aqui o tempo todo, até as nove? Ou alguém saiu da sala?

Rebecca desenrolou as mãos da saia e as escondeu debaixo das coxas. Eu lançava as perguntas uma atrás da outra, e ela continuava toda tensa e desconfiada, ficando cada vez mais desconfiada, mas essa desconfiança era como proteção contra metralhadoras, uma proteção generalizada. Ela não conseguia identificar para onde apontar. A menos que fosse muito boa ou que eu estivesse sendo obtuso, ela não tinha conhecimento do cartão.

– Foi só por tipo um minuto.

– Quem foi aonde?

As sobrancelhas escuras e elegantes, abaixadas. Os olhos castanhos passando de um lado para o outro entre mim e Conway.

Conway acompanhava com sua esferográfica uns desenhos grafitados na mesa. Fiquei esperando.

– Por quê? – perguntou Rebecca. – Por que vocês precisam saber?

Continuei em silêncio. Rebecca acompanhou. Todos aqueles cotovelos e joelhos magros agora pareciam quinas pontiagudas: já não tão frágil assim.

Conway tinha se enganado muito a respeito dela, ou um ano tinha feito toda essa diferença. Rebecca não estava procurando um reforço para sua segurança. Não estava querendo que eu ou qualquer outra pessoa fizesse com que ela se sentisse especial. Ela não era Alison, não era Orla. Minha atitude estava errada.

Conway levantou a cabeça. Estava me observando.

Descartei a postura tranquila, empertiguei a coluna. Inclinei-me para a frente, com as mãos presas entre os joelhos. De um adulto para outro.

– Rebecca – disse eu. Com a voz diferente, séria e direta. – Vai haver coisas que não vou poder lhe dizer. E, mesmo assim, vou continuar sentado aqui, pedindo que você me diga tudo o que sabe. Sei que não é justo. Mas, se Holly algum dia lhe contou alguma coisa a meu respeito, espero que tenha sido que eu não vou tratar você como uma idiota ou um bebê. Se eu puder responder suas perguntas, responderei. Peço-lhe o mesmo respeito. Está bem assim?

Dá para perceber quando você acerta o tom, quando ouve a vibração. O queixo de Rebecca perdeu a inclinação de teimosia. Parte da desconfiança na sua coluna mudou para prontidão.

– Está – disse ela, daí a um instante. – Tudo bem.

Conway parou de brincar com a esferográfica. Ficou ali sentada, imóvel, pronta para escrever.

– Ótimo – disse eu. – Então, quem saiu da sala de artes?

– Julia voltou ao nosso quarto, para pegar uma das nossas fotos antigas que tínhamos esquecido lá. Eu fui ao banheiro. Acho que Selena também. Holly foi apanhar giz... tinha acabado o nosso branco, e ela foi pegar mais. Acho que no laboratório de ciências.

– Você se lembra das horas? Da ordem?

– Ficamos no prédio o tempo todo – disse Rebecca. – Nem mesmo saímos deste andar, com exceção de Julia, mas ela também só saiu por um minuto.

– Ninguém está dizendo – disse eu, com delicadeza – que vocês fizeram nada de errado. Só estou tentando descobrir o que vocês poderiam ter visto ou ouvido.

— Não vimos nem ouvimos nada. Nenhuma de nós. Estávamos com o rádio ligado. Só trabalhamos no nosso projeto e depois voltamos para a ala das internas. E nós todas saímos daqui juntas. Se é que ia perguntar.

Uma centelha de desafio ali dentro, no final, o queixo subindo de novo.

— E você devolveu a chave para a srta. Arnold.

— Devolvi. Às nove. Podem verificar. — Nós íamos verificar, sim, mas eu não disse.

Saquei a foto.

Os olhos de Rebecca se voltaram para ela como ímãs. Mantive a foto voltada para mim, estalando a ponta do dedo na sua borda como se fosse virá-la. Rebecca tentou esticar o pescoço sem se mexer.

— No caminho para entrar aqui, ontem de noite, você passou pelo Canto dos Segredos. Passou de novo por ali quando foi ao banheiro e voltou. E mais uma vez quando foi embora no final da noite. Certo?

Isso tirou seus olhos da foto, trazendo-os de volta para mim. Olhos arregalados, cautelosos, repassando palpites aleatórios.

— Certo.

— Você parou para dar uma olhada, em qualquer uma dessas vezes?

— Não.

Fiz minha cara de quem não está acreditando.

— Nós estávamos com pressa. No começo, estávamos trabalhando no projeto, e depois eu tinha de devolver a chave na hora certa. Não estávamos pensando no Canto dos Segredos. Por quê? — Uma das mãos veio saindo de debaixo da perna, se desenrolando na direção da foto. Dedos longos e finos: ela ia ser alta. — Isso aí...

— Os segredos ali no quadro. Algum deles é seu?

— Não.

Não pestanejou, não decidiu numa fração de segundo. Não era mentira.

— Por que não? Você não tem segredos? Ou gosta de guardar para si mesma?

— Eu tenho *amigas* — respondeu Rebecca. — Conto meus segredos para elas. Não preciso sair por aí contando para a escola inteira. Nem mesmo no anonimato.

A cabeça tinha subido. Sua voz tinha de repente ganhado corpo, reverberando pelo sol até os cantos da sala. Ela sentia orgulho.

– Você acha que suas amigas também lhe contam todos os segredos delas?

Uma hesitação aqui. Um quarto de segundo em que sua boca se abriu e nada saiu. Depois ela falou:

– Eu sei tudo sobre elas.

Ainda aquela vibração na voz, como de alegria. Uma expressão na boca que era quase um sorriso.

Senti que aquilo mudava minha respiração. Bem ali, um lampejo, como um sinal: aquela coisa a mais que eu vinha esperando. Queimando mais forte, lançando centelhas de cores estranhas.

Não era a mesma coisa, Conway tinha dito. Não era a mesma coisa que a turma de Joanne. De jeito nenhum.

– E vocês todas guardam os segredos umas das outras – disse eu. – Vocês nunca iam dedurar as outras.

– Não. Nenhuma de nós. Nunca.

– Então, isso aqui não é seu? – perguntei, pondo a foto na mão de Rebecca.

Um sopro e um gemido agudo vieram dela. Sua boca estava aberta.

– Alguém prendeu isso no Canto dos Segredos ontem de noite. Foi você?

Ela inteira tinha sido sugada pela foto. Levou um instante para minha pergunta ser entendida o suficiente para ela responder.

– Não.

Não estava mentindo: não sobrava atenção para ela poder mentir. Mais uma excluída.

– Sabe quem foi?

Rebecca fez um esforço para sair de dentro da foto.

– Não foi nenhuma de nós. Eu e as minhas amigas.

– Como você sabe?

– Nenhuma de nós sabe quem matou o Chris.

E pôs a foto de volta na minha mão. Ponto final. Estava toda empertigada, com a cabeça alta, me encarando nos olhos, sem piscar.

— Digamos que você precisasse dar um palpite. Que fosse obrigada a isso, sem poder se esquivar. O que diria?

— Palpite sobre o quê? Quem fez o cartão? Ou sobre o Chris?

— As duas coisas.

Rebecca me deu aquela encolhida de ombros, sem sentido, de adolescente, que deixa os pais malucos.

— Pelo jeito com que você fala das suas amigas, parece que elas significam muito para você. Estou certo?

— Está. Elas significam.

— As pessoas vão saber que vocês quatro poderiam ter tido alguma coisa a ver com esse cartão. Isso é um fato. Não há como evitar. Se eu tivesse amigas com quem me importasse, faria o que fosse necessário para me certificar de que não houvesse um assassino à solta acreditando que elas tinham alguma informação sobre ele. Mesmo que isso significasse responder perguntas que não me agradassem.

Rebecca pensou nisso. Com cuidado.

Ela apontou o queixo na direção da foto.

— Acho que alguém simplesmente inventou essa história.

— Você diz que não foi nenhuma das suas amigas. O que significa que tem de ter sido Joanne Heffernan ou uma das amigas dela. São as únicas pessoas que também estiveram no prédio na hora certa.

— Vocês dizem que foram elas. Eu não disse. Não faço a menor ideia.

— Elas fariam isso? Inventariam essa história?

— Pode ser.

— Por quê?

Ela deu de ombros.

— Vai ver que elas estavam entediadas. Queriam que alguma coisa acontecesse. E agora vocês estão aqui.

Narinas tensas: *elas.* Rebecca não tinha boa opinião da turma de Joanne. Menina boazinha, na aparência. Não tão boazinha por dentro.

— E no caso do Chris – disse eu. – Quem você acha que foi?

Rebecca respondeu, sem parar para pensar.

— Caras do Columba. Acho que um grupo deles entrou aqui escondido, talvez planejando algum tipo de brincadeira, como roubar alguma coisa ou pintar alguma coisa. Alguns anos atrás, um grupo deles entrou aqui durante a noite com sprays de tinta e fizeram um desenho de um lado a outro do nosso campo de esportes. – Uma mancha vermelha subindo pelas bochechas. Ela não ia nos dizer que desenho tinha sido. – Acho que eles entraram para alguma coisa desse tipo, mas depois tiveram uma briga. E...

As mãos dela se abrindo. Soltando a imagem, para que saísse por ali flutuando.

– E o Chris era o tipo de cara que faria uma coisa dessas? – perguntei. – Sair escondido do seu colégio, entrar aqui para uma brincadeira?

Alguma cena se desenrolou dentro da cabeça de Rebecca, levando-a para longe de nós. Ela ficou observando.

– É. Ele era.

Alguma coisa toldando sua voz, uma longa sombra. Rebecca tinha nutrido algum sentimento por Chris Harper. Se era bom ou ruim, eu não sabia dizer, mas era forte.

– Se você pudesse me dizer apenas uma coisa sobre ele, o que seria?

– Ele era generoso – foi a resposta inesperada de Rebecca.

– Generoso? Como?

– Teve uma vez... a gente estava à toa do lado de fora do shopping center, e o meu celular estava meio esquisito. Parecia que tinha perdido todas as minhas fotos. Dois caras estavam agindo como perfeitos imbecis, tipo, "Uuuui, o que você tinha aí, hein? Eram fotos de...?" – De novo a pele avermelhada. – Só coisas idiotas. Mas o Chris veio e disse, "Ei, deixa eu dar uma olhada". Ele pegou o telefone da minha mão e começou a tentar arrumar. Os patetas acharam aquilo *hilário*, mas o Chris não se importou. Ele simplesmente consertou o telefone e me entregou de volta.

Um pequeno suspiro. A cena na sua mente voltou a se fechar e foi guardada na sua gaveta. Rebecca estava olhando para nós de novo.

– Quando penso no Chris, é nisso que penso. Naquele dia.

Para uma garota como Rebecca, aquele dia podia ter significado muito. Ele podia ter se enraizado e crescido, dentro da sua mente.

Conway se mexeu.

– Você tem namorado? – perguntou.

– Não.

Instantânea. Quase desdenhosa, como se fosse uma pergunta idiota: *Você tem uma espaçonave?*

– Por que não?

– Eu tenho que ter?

– Muita gente tem.

– Eu não – disse Rebecca, categórica.

Ela estava se lixando para o que qualquer um de nós achasse. Não era Alison, nem Orla. O contrário.

– Nos vemos – disse Conway.

Rebecca saiu, enfiando meu cartão no bolso, já se esquecendo dele.

– Não é a que procuramos – disse Conway.

– Não.

Ela não fez nenhum comentário. Eu tive de fazer.

– Levei um tempo para me situar.

Conway concordou.

– É, mas não foi culpa sua. Eu o direcionei mal.

Ela pareceu distante, com os olhos semicerrados, concentrados em alguma coisa.

– Acho que acertei no final. Não prejudicou a entrevista, ao que eu pudesse ver.

– Pode ser que não – disse Conway. – É essa droga de lugar. Ele faz você tropeçar cada vez que dá meia-volta. Não importa o que você faça, acaba se revelando a escolha errada.

Julia Harte. Conway não me deu informações sobre ela, não depois de como tinha saído a entrevista com Rebecca, mas, assim que Julia entrou pela porta, eu soube que ela era a líder daquela galera. Baixa, com o cabelo escuro e cacheado, se rebelando num rabo de cavalo. Com um pouco mais de peso do que as outras, algumas curvas a mais, um jeito de andar que exibia essas curvas. Não era bonitinha – o rosto arredondado, nariz aquilino – mas o queixo legal, pequeno, com bastante ar de teimosia, e olhos bonitos, da cor de avelãs, cílios compridos, francos e inteligentes como só eles. Nenhuma olhada de relance para o Canto dos Segredos, mas não teria havido de qualquer forma, não com essa garota.

– Detetive Conway – disse ela. Voz agradável, mais grave do que a da maioria das garotas, mais controlada. Fazia com que parecesse mais velha. – Sentiu assim tanta falta de nós?

Espertinha. Isso pode ser bom para nós, pode funcionar muito bem. Os espertinhos falam quando não deviam, dizem qualquer coisa desde que pareça inteligente e afiada.

Conway apontou para a cadeira. Julia sentou e cruzou as pernas.

Olhou para mim. Da cabeça aos pés.

– Meu nome é Stephen Moran. Julia Harte, certo?

– A seu dispor. Em que posso lhe ser útil?

Os espertinhos querem uma oportunidade de se mostrarem espertos.

– Diga você. Alguma coisa que você acha que eu deva saber?

– Sobre o quê?

– A escolha é sua. – E sorri para ela, como se fôssemos velhos parceiros de debates que sentiam falta um do outro.

Julia retribuiu o sorriso.

– A neve amarela não é para pôr na boca. Nunca pule carniça com um unicórnio.

Em dez segundos, aquilo já era uma conversa, não uma entrevista. O cara aqui estava de novo em plena forma. Percebi que Conway relaxava em cima da mesa. Senti o sopro do alívio me percorrer.

– Vou anotar esses conselhos – disse eu. – Enquanto isso, por que não me diz o que fez ontem à noite? Comece pelo primeiro período de estudo.

Julia suspirou.

– E aqui estava eu com esperanças de podermos falar sobre alguma coisa interessante. Algum motivo para escolhermos, tipo, o assunto mais chato do mundo?

– Pode ser que você tenha suas informações assim que eu tiver as minhas – disse eu. – Até então, nada de jogar verde.

A boca franzida, com aprovação.

– Certo. Aí vamos: hora da chatice.

A mesma história de Rebecca: o projeto de arte, a chave, a foto esquecida, as saídas para ir ao banheiro, o giz, apressadas demais para olhar para o quadro. Nenhuma incongruência. Era verdade, ou elas eram boas.

Saquei a foto. Fiquei mexendo nela com a ponta do dedo.

– Você pregou algum cartão no Canto dos Segredos?

Julia bufou.

– Eu? Não. Não é minha praia.

– Não?

Os olhos fixos na foto.

– Tenho certeza total e absoluta: não.

– Quer dizer que você não pregou esse cartão.

– Há, como não preguei nenhum deles, continuo dizendo que não.

Estendi a foto para ela. Julia a pegou. Impassível, toda preparada para não deixar transparecer nada.

Ela virou a foto para si mesma e ficou imóvel. A sala inteira ficou imóvel.

Então deu de ombros. Entregou a foto de volta para mim, quase a atirando.

– Você já conhece Joanne Heffernan, certo? Se você descobrir alguma coisa que ela não faça para chamar atenção, eu adoraria saber. Pode ser que envolva o YouTube e um pastor alemão. – Um guinchinho de Houlihan. Os olhos de Julia se voltaram para ela e se afastaram de novo, num tédio instantâneo.

– Julia – disse eu –, deixando a brincadeira de lado, só por um segundo. Se tiver sido você, nós precisamos saber.

– Eu realmente sei reconhecer o que é sério. Isso aí não tem nada, absolutamente nada, a ver comigo.

Julia não estava excluída. Estava quase, mas não de todo.

– E você acha que Joanne está por trás disso?

Mais um dar de ombros.

– As únicas pessoas esperando ali fora éramos nós e as cachorrinhas obedientes da Joanne. Além disso, você está fazendo perguntas sobre a noite de ontem, o que quer dizer que tem que ter sido alguém que esteve no prédio da escola nessa hora. Não fomos nós; logo sobram elas. E as outras três não coçam a bunda sem que Joanne dê permissão. Desculpe a grosseria.

– Como você tem tanta certeza de que nenhuma das suas amigas pregou esse cartão? – perguntei.

– Porque sim. Porque eu as conheço.

Um eco daquela nota que tinha vibrado na voz de Rebecca. Aquele lampejo de novo, um sinal tão forte que quase feriu meus olhos. Alguma coisa diferente. Alguma coisa rara.

– Você não as conhece pelo avesso – disse eu, discordando. – Acredite em mim. Isso não acontece.

Julia olhou de novo para mim. Com uma sobrancelha erguida: *Essa é uma pergunta?*

Eu podia sentir Conway ansiosa. Se refreando.

– Diga aí. Você deve ter pensado em quem matou o Chris. Qual é seu palpite?

– Os caras do Columba. Amigos dele. São bem o tipo que acharia totalmente hilário invadir nosso colégio para alguma brincadeira: roubar alguma coisa, pintar "PIRANHAS" num muro, sei lá o quê. E também são o tipo que acharia uma ideia incrível começar a brincar no escuro com paus, pedras e qualquer outra coisa perigosa que encontrassem. Alguém se entusiasmou demais e...

Julia abriu as mãos. O mesmo gesto de Rebecca, quase as mesmas palavras. Elas tinham conversado sobre isso.

– É, nós ouvimos alguma coisa sobre garotos do Columba terem feito um desenho na grama com spray de tinta, há alguns anos. Será que foi o Chris com os colegas?

– Quem vai saber? Eles não foram apanhados, quem quer que tenha sido. Por mim, eu diria que não. Quando isso aconteceu, nós estávamos no primeiro ano, e o Chris estaria no segundo. Não acredito que um punhado de alunos do segundo ano tivesse peito para isso.

– Era um desenho do quê?

Mais um pequeno guincho de Houlihan. Julia sacudiu um dedo de advertência para ela.

– Em termos científicos, um desenho enorme de um pênis com testículos. São tão criativos esses garotos do Columba.

– Algum motivo para você achar que foi isso o que aconteceu com o Chris?

– Quem, eu? Só estou dando um palpite. Deixo que os profissionais façam as descobertas. – Ela piscou os olhos para mim, com o queixo baixo, esperando por uma reação. Não era sexy, não como Gemma. Zombando.

– Estou liberada?

– Você está um pouco apressada para voltar para a sala de aula. Estudiosa, é?

– Eu não lhe pareço ser uma belezinha de aluna?

Beicinho, fingindo ser provocante. Ainda cutucando para obter aquela reação.

– Diga-me uma coisa sobre o Chris – disse eu. – Uma coisa que fosse importante.

Julia parou com o beicinho. Pensou, com os olhos baixos. Pensou como uma adulta: demorando o tempo necessário, sem se preocupar em nos fazer esperar.

– O pai do Chris é banqueiro – disse ela, por fim. – É rico. Muito, muito rico.

– E daí?

– E é provável que essa seja a coisa mais importante que eu possa lhe dizer sobre o Chris.

– Ele era exibido por isso? Sempre tinha tudo do melhor, tirava vantagens do seu status?

Ela fez que não, devagar; estalou a língua.

– Nada desse tipo. Ele era muito menos exibido que a maioria dos amigos. Mas ele *tinha* de tudo. Sempre. E antes que os outros. Nada de esperar pelo Natal ou pelo aniversário. Ele queria, ele tinha.

Conway se mexeu.

– Parece que você conhecia muito bem a turma do Chris.

– Não tive muita escolha. O Columba fica a dois minutos daqui. Nós fazemos todos os tipos de atividades juntos. Nós nos vemos.

– Você saiu com algum deles?

– Puxa, achei que era digna de mais crédito. Não.

– Você tem namorado?

– Não.

– Por que não?

As sobrancelhas de Julia se arquearam.

– Já que sou tão gostosa? Nós só nos encontramos com os caras do Columba, e eu estou esperando por alguém que realmente consiga conversar usando palavras com mais de uma sílaba. Sou exigente demais!

– OK – disse Conway. – Está liberada. Se lhe ocorrer qualquer coisa, ligue para nós.

Passei meu cartão para Julia. Ela o pegou, mas não se levantou.

– Posso lhe pedir um pouco daquelas informações, agora que fui tão boazinha e lhe disse tudo o que sabia?

– Pode tentar – disse eu. – Não garanto que eu vá responder, mas pode perguntar.

– Como vocês tomaram conhecimento desse cartão?

– Como você acha que foi?

– Ah – disse Julia –, bem que você me avisou. Foi boa a conversa, detetives. A gente se vê.

Ela se levantou, automaticamente deu uma rápida enrolada na cintura da saia para ela ficar acima dos joelhos. Foi embora, sem esperar por Houlihan.

Depois que Houlihan seguiu apressada atrás dela, comentei:

– O cartão foi um choque.

– Isso, ou ela é boa – disse Conway. Ela ainda estava olhando para a porta, batendo com a caneta no caderno. – E ela é boa.

Selena Wynne.

Toda dourada e perfeita. Olhos azuis enormes e sonolentos, o rosto de pêssego, lábios cheios e macios. Cabelo louro – natural – se encaracolando em cachinhos curtos como os de um menininho. Nem um pouco gorda – Joanne tinha falado só por inveja – mas tinha curvas, delicadas e arredondadas, que a faziam parecer ter mais de 16 anos. Selena era linda; com aquele tipo de beleza que não poderia durar. Dava para ver que em algum momento neste verão, talvez nesta tarde mesmo, esse seria seu instante de maior beleza na vida.

Não se quer perceber esse tipo de coisa numa adolescente. Seu pensamento quer fugir desse assunto. Mas ele tem importância, da mesma forma que teria numa mulher adulta. Mudanças a cada dia da sua vida. De modo que você percebe. E expulsa essa sensação escorregadia da sua cabeça da maneira que for capaz.

Escola de garotas ricas: linda e protegida, eu teria imaginado, se tivesse imaginado. Bem melhor do que num conjunto habitacional aonde os ônibus se recusam a ir. Mas eu estava começando a perceber, só de esguelha: o tremor no ar que diz *perigo*. Não direcionado para mim, pessoalmente; não mais do que teria sido no tal conjunto, mas presente ali.

Selena ficou parada no vão da porta, balançando para lá e para cá como uma criancinha. Olhando para nós.

Atrás dela, Houlihan murmurou alguma coisa, tentando instigar Selena a avançar. Selena não se deu conta.

— Eu me lembro de você – disse ela a Conway.

— Eu também – disse Conway. O olhar de Conway para mim, quando voltava para seu lugar, me disse que Selena não tinha dado uma checada no Canto dos Segredos. Das sete, nenhuma tinha olhado. Nossa garota do cartão tinha autocontrole.

— Por que não se senta?

Selena avançou. Sentou-se, obediente e distraída. Me examinou como se eu fosse um quadro novo num dos cavaletes.

— Sou o detetive Stephen Moran. Selena Wynne, certo?

Ela fez que sim. Ainda aquele olhar, os lábios entreabertos. Nenhuma pergunta, nenhum ar de "do que se trata?", nenhuma desconfiança.

E não faria sentido tentar criar um vínculo com essa ali. Eu podia me matar de tentar e ia conseguir as mesmas respostas que ela daria se eu tivesse mandado uma lista de perguntas por e-mail. Selena não queria nada de mim. Ela mal percebia que eu existia.

Lenta, pensei. Lenta, doente ou ferida, ou quaisquer que fossem as palavras aprovadas para uso este ano. O primeiro indício dos motivos pelos quais a galera de Joanne considerava essas outras piradas.

— Você pode me dizer o que fez ontem à noite? – perguntei.

Mesma história que as outras duas, ou partes dela. Ela não sabia ao certo quem tinha pedido autorização, quem tinha saído da sala de artes. Olhou para mim com ar de quem não está entendendo quando lhe perguntei se tinha ido ao banheiro. Concordou que poderia ter ido, mas foi como se estivesse concordando só para me agradar, sendo gentil porque não fazia a menor diferença para ela se tinha ido ou não.

Ela não tinha olhado para o Canto dos Segredos em nenhum momento durante a noite.

— Você já pregou algum cartão ali? – perguntei.

Selena fez que não.

– Não? Nunca?

– Eu no fundo não entendo o Canto dos Segredos. Nem mesmo gosto de ler os cartões.

– Por que não? Você não gosta de segredos? Ou acha que eles deveriam continuar a ser isso mesmo, segredos?

Ela trançou os dedos e ficou olhando fascinada para eles, como os bebês costumam fazer. As sobrancelhas delicadas se unindo só um pouco.

– É só que não gosto do quadro. Ele me incomoda.

– Quer dizer que isso aqui não é seu – disse eu, pondo a foto direto nas suas mãos.

Seus dedos estavam tão relaxados que a foto caiu direto através deles, girando até o chão. Ela só ficou olhando a queda. Eu precisei apanhar a foto do chão para ela.

Dessa vez, a foto não produziu nada para nós. Selena a segurou e ficou olhando tanto tempo para ela, sem um movimento naquele rosto doce e tranquilo, que comecei a me perguntar se ela tinha entendido seu significado.

– Chris – disse ela, por fim. Senti Conway estremecer, *Não diga, Sherlock.*

– Alguém pregou esse cartão no Canto dos Segredos. Foi você?

Selena fez que não.

– Selena. Se tiver sido, você não vai ter nenhum tipo de problema. Nós estamos mais do que satisfeitos com o cartão. Mas precisamos saber.

Outro não de cabeça.

Ela era impalpável como um nevoeiro: a mão da gente a atravessava direto sem tocar nela. Nenhuma brecha a explorar, nenhum fio solto a puxar. Nenhum ponto de acesso.

– Então quem você acha que fez isso? – perguntei.

– Eu não sei. – Um ar confuso, como se eu fosse meio biruta por perguntar.

– Se você precisasse adivinhar...

Selena fez o possível para me dar alguma resposta. Mais uma vez, tentando me agradar.

– Vai ver que foi uma brincadeira?

— Alguma das suas amigas faria uma brincadeira dessas?

— Julia, Holly e Becca? Não.

— E Joanne Heffernan e as amigas dela? Fariam?

— Não sei. Eu não entendo a maior parte das coisas que elas fazem. — A menção a elas fez surgir um leve franzido na testa de Selena, mas um segundo depois ele tinha sumido.

— Quem você acha que matou Chris Harper?

Selena pensou nisso por um bom tempo. Às vezes, seus lábios se mexiam, como se ela estivesse prestes a começar uma frase, mas depois as palavras lhe escapassem. Conway ali atrás do meu ombro, chiando de impaciência.

— Acho — disse ela, por fim — que ninguém vai saber nunca.

Sua voz tinha se tornado nítida e forte. Pela primeira vez, ela olhava para nós como se estivesse nos vendo.

— Por que não? — perguntou Conway.

— Tem coisas que são assim. Ninguém jamais descobre o que aconteceu.

— Não nos subestime. Nós pretendemos descobrir exatamente o que aconteceu.

Selena voltou o olhar para ela.

— OK — disse, com a voz mansa, e me devolveu a foto.

— Se você precisasse escolher uma coisa para me contar a respeito do Chris, o que seria?

Selena voltou ao seu ar vazio. Ficou pairando ao sol como as partículas de poeira, com a boca entreaberta. Eu esperei.

Depois do que pareceu muito tempo, ela falou.

— Às vezes, eu o vejo.

Parecia triste. Não assustada, nem tentando nos assustar, nos impressionar, nada disso. Só muito triste.

Estremecimento de Houlihan. Som de Conway tentando não bufar.

— É mesmo? Onde?

— Lugares diferentes. No patamar do segundo andar, uma vez, sentado no peitoril da janela mandando uma mensagem de texto pelo celular. Correndo em volta da pista em torno do campo de esportes do Columba, durante um jogo. Uma vez na grama do lado de fora da nossa janela, tarde da noite, jogando uma bola para o alto. Ele sempre está fazendo alguma coisa. É como se estivesse tentando fazer tudo o que nunca vai ter a oportunidade de fazer, fazendo tudo o mais rápido que puder. Ou como se ele ainda estivesse tentando ser como todos nós, como se talvez não percebesse...

De repente, uma inspiração que ergueu o peito de Selena.

– Ah – disse ela, baixinho, ao suspirar. – Coitado do Chris.

Nem lenta, nem doente. Eu quase já tinha me esquecido de ter pensado isso. Selena fazia coisas com o ar. Ela o desacelerava, trazendo-o para o seu próprio ritmo; ela o tingia com suas cores peroladas. E levava você junto com ela, para lugares estranhos.

– Alguma ideia da razão pela qual você o vê? Vocês eram amigos, não eram?

Um lampejo no rosto de Selena, quando ela levantou a cabeça. Só esse único lampejo, num momento ali e num piscar de olhos tinha sumido, veloz demais para ser capturado e mantido. Alguma coisa afiada, cintilando através do nevoeiro, como prata.

– Não – disse ela.

Naquele segundo, eu teria jurado acreditar em duas coisas. Em algum ponto, ao longo de alguma pista emaranhada que nós talvez nunca acompanhássemos, Selena estava no âmago desse caso. E eu ia ter com o que lutar.

Fiz cara de quem não entendeu.

– Achei que você estivesse saindo com ele.

– Não.

Mais nada.

– Então, na sua opinião, por que você o vê? Se vocês nem eram íntimos?

– Isso eu ainda não descobri – disse Selena.

Conway voltou a se manifestar.

– Assim que você descobrir, trate de nos avisar.

Os olhos de Selena se voltaram para ela.

– OK – disse Selena, mansamente.

– Você tem namorado? – perguntou Conway.

Selena fez que não.

– Por que não?

– Eu não quero ter.

– Por que não?

Nada.

– O que aconteceu com seu cabelo? – perguntou Conway.

Selena levantou a mão até a cabeça, intrigada.

– Ah – disse ela. – Isso. Eu cortei.

– Por quê?

Ela pensou antes de responder.

– Pareceu que era a coisa certa a fazer.

– Por quê? – repetiu Conway.

Silêncio. A boca de Selena estava de novo entreaberta. Ela não estava fingindo não nos dar atenção. Era mais simples que isso. Tinha nos deixado para trás.

Tínhamos terminado. Entregamos nossos cartões para ela; vimos enquanto saía deslizando pela porta, com Houlihan, sem olhar para trás.

– Mais uma que não podemos excluir – disse Conway.

– É.

– O fantasma de Chris Harper – disse Conway, abanando a cabeça, revoltada. – *Pelo amor de Deus*. E lá está McKenna, dando tapinhas nas próprias costas porque ela e seu oratório conseguiram livrar o colégio de todo aquele alvoroço. Eu adoraria contar pra ela, só pra ver a cara que ia fazer.

E, por último, Holly.

Holly tinha mudado a atitude – para Conway ou para Houlihan, não havia como saber. Estava uma perfeita aluna boazinha, as costas empertigadas, as mãos cruzadas na frente. Quando entrou pela porta, quase fez uma reverência.

Ocorreu-me, um pouco tarde, que eu não fazia ideia do que Holly queria de mim.

– Holly – disse eu. – Você se lembra da detetive Conway. Nós dois realmente somos gratos por você ter trazido aquele cartão. – Holly anuiu em silêncio, circunspecta. – Nós só temos mais algumas perguntas a lhe fazer.

– Claro. Sem problema. – Ela se sentou, cruzou os calcanhares. Juro que seus olhos estavam maiores e mais azuis.

– Pode nos dizer o que você fez ontem à noite?

A mesma história que as outras três, só que mais fluente. Nenhum incentivo necessário aqui, nenhum retorno para se corrigir. Holly recitou a história como se tivesse ensaiado. E era provável que tivesse.

– Você alguma vez pregou algum segredo no quadro?

– Não.

– Nunca?

Uma chispa rápida, a Holly impaciente que eu conhecia, por trás de todo aquele recato.

– Os segredos são *secretos*. Esse é o espírito da coisa. E aquilo ali não é de modo algum totalmente anônimo. Não, se alguém realmente quiser descobrir quem escreveu. Metade dos cartões expostos, todo mundo sabe de quem são.

Tal pai, tal filha: tome cuidado, sempre.

– Então, quem você acha que pregou esse cartão?

– Vocês reduziram as possibilidades a nós e ao grupo da Joanne.

– Digamos que sim. Quem você diria que foi?

Ela refletiu ou fingiu refletir.

– Bem, está óbvio que não fui eu nem as minhas amigas, porque isso eu já teria lhe contado.

– Tem certeza de que saberia?

Chispa.

– *Tenho*. Tenho certeza, OK?

– Muito bem. Em qual das outras você apostaria?

– Não foi Joanne, porque ela teria feito um drama incrível dessa história toda. É provável que desmaiasse na reunião geral, e vocês teriam que ir conversar com ela no leito de hospital, ou sei lá onde. E Orla é burra demais para pensar nisso. O que nos deixa Gemma e Alison. Se eu tivesse que dar um palpite...

Quanto mais nós falávamos, mais ela se soltava. Conway estava ficando de fora, de cabeça baixa.

– Dê uma tentada – disse eu.

– Bem. OK. Gemma acha que ela e Joanne mandam no universo. Se ela soubesse de alguma coisa, provavelmente não contaria para vocês de modo algum. Mas, *se* contasse, seria direto. Com o pai junto... ele é advogado. Por isso, eu diria Alison. Ela tem pavor de basicamente tudo. Se soubesse de alguma coisa, ela nunca teria coragem de procurar vocês direto.

Holly deu uma olhada rápida para o lado de Conway, certificando-se de que ela estava anotando tudo.

– Ou então... – prosseguiu ela. – É provável que vocês tenham pensado nisso. Mas alguém poderia ter feito com que alguém da turma de Joanne pusesse o cartão ali para ela.

– E elas fariam isso?

– Joanne não faria. Nem Gemma. Orla seria perfeitamente capaz, mas contaria a Joanne antes de chegar a fazer. Alison talvez. Mas, se tiver sido ela – acrescentou Holly –, ela não vai contar para vocês.

– Por que não?

– Porque não. Joanne ia ficar totalmente emputecida se descobrisse que Alison tinha pregado esse cartão sem contar para ela. Por isso, ela não vai se abrir.

Eu estava ficando tonto, na tentativa de acompanhar direito quem faria o quê com quem se... Reconheço o valor dessas adolescentes. Eu nunca teria sido capaz.

– Se tiver sido ela, nós vamos descobrir – disse Conway.

Holly fez que sim, circunspecta. Toda cheia de fé em que os detetives adultos e admiráveis logo resolvessem tudo.

– E a morte do Chris? Quem você diria que seria responsável por isso?

Eu estava esperando pela história da brincadeira-que-deu-errado, recitada direitinho com os próprios adornos de Holly por cima. Mas não foi isso o que ela disse.

– Eu não *sei*.

O peso da frustração dizia que aquela era a verdade.

– Não foram os caras do Columba fazendo bagunça e alguma coisa deu errado?

– Sei que algumas pessoas têm essa opinião. Mas isso teria envolvido provavelmente um grupo inteiro deles. E sinto muito, mas no mínimo três ou quatro caras conseguindo ficar de bico calado, contar as histórias direitinho, sem cometer nenhum deslize, nem mesmo uma vez? Acho impossível. – Os olhos de Holly foram parar em Conway. Ela prosseguiu: – Não se vocês os interrogaram do mesmo jeito que nos interrogaram.

Ergui a foto.

– Alguém conseguiu manter a boca fechada todo esse tempo – disse eu.

Novamente aquela chispa de irritação.

– Todo mundo acha que as garotas deixam escapar tudo, tagarelando como idiotas. Isso não acontece. As garotas guardam segredos. São os caras que não conseguem manter a boca fechada.

– Tem um monte de garotas tagarelando no Canto dos Segredos.

– É; e se ele não estivesse ali, elas não abririam a boca. É para isso que ele existe: para fazer a gente dar com a língua nos dentes. – Um olhar de relance para Houlihan. Com ternura: – Tenho certeza de que ele tem um valor inestimável sob muitos aspectos.

– Escolha uma coisa para me contar sobre o Chris – disse eu. – Alguma coisa importante.

Vi a respiração fazer subir o peito de Holly, como se ela estivesse se preparando.

– Ele era um escroto – disse ela, num tom claro e frio.

Ruído de protesto da parte de Houlihan. Ninguém se importou.

– Você sabe que vou precisar de mais detalhes sobre essa sua avaliação – comentei.

– Ele só se importava com o que ele queria. A maior parte do tempo isso não era problema, porque o que ele queria era que todo mundo no mundo inteiro *gostasse* dele, por isso ele se dedicava tanto a ser legal. Mas às vezes, como quando conseguia fazer todo mundo rir ao debochar de uma pessoa que não era importante... Ou quando queria uma coisa e não conseguia... – Holly abanou a cabeça. – Já não era tão legal assim.

– Dê um exemplo.

Ela pensou, escolhendo.

– OK – disse ela, ainda com frieza, mas com uma raiva por trás da voz. – Uma vez, nós estávamos no Palácio, nós e alguns caras do Columba. Estamos na fila no café, e essa garota, Elaine, pede o último muffin de chocolate, certo? O Chris está atrás dela e diz, "Ei, é isso o que eu vou comer" e a Elaine diz, "Não mesmo, chegou tarde." E o Chris fala bem alto, para todo mundo ouvir: "Seu traseiro não está precisando de mais nenhum muffin." Todos os caras começam a rir. Elaine fica *vermelha*, e o Chris cutuca o traseiro dela e diz "Você tem uma quantidade suficiente de muffins aí, para abrir sua própria padaria. Posso dar uma mordida?" A Elaine só dá meia-volta e praticamente sai correndo dali. Com os caras gritando para ela, "Balança, garota! Trata de requebrar!" e todo mundo cai na risada.

Pelo que Conway tinha dito, essa era a primeira vez que alguém fazia um comentário desse tipo sobre Chris.

– Que beleza – disse eu.

– Não é? A Elaine passou semanas sem ir a nenhum lugar onde pudesse ver os caras do Columba. E acho que ela continua fazendo dieta até hoje. E, ainda por cima, ela nem mesmo estava gorda, para começo de conversa. E a questão é que o Chris não precisava fazer aquilo. Quer dizer, era só um muffin. Não eram as últimas entradas para a final do campeonato mundial de rúgbi. Mas o Chris achou que a Elaine devia ter recuado no instante em que ele quis. Como ela não cedeu – um repuxão na boca de Holly –, ele a castigou. Como se achasse que ela merecia.

– Elaine de quê? – perguntei.

Um segundo de hesitação, mas era fácil descobrir.

– Heaney.

– Mais alguém com quem o Chris tenha agido desse modo?

Ela deu de ombros.

– Não costumo ficar tomando nota. Pode ser que a maioria das pessoas não tivesse percebido, porque, como eu disse, era só algumas vezes, e principalmente ele fazia todo mundo rir. Ele dava a impressão de que era só brincadeira, só diversão. Mas a Elaine percebeu. E qualquer outra pessoa com quem ele agiu assim, aposto que percebeu também.

– No ano passado, você não disse que o Chris era um escroto. Você disse que mal o conhecia, mas que ele parecia ser OK.

Holly refletiu sobre isso. E falou escolhendo as palavras.

– Eu era mais nova. Todo mundo achava o Chris legal, e eu imaginei que ele fosse. Na verdade, só depois foi que saquei o que ele fazia.

Mentira: a mentira pela qual Conway estava esperando.

Conway apontou para a foto na minha mão.

– Então por que você nos trouxe isso? Se o Chris era tão escroto, por que você se importa se a pessoa que o matou seja presa ou não?

Olhar de boa menina.

– O meu pai é detetive. Ele ia querer que eu agisse certo. Quer eu gostasse do Chris, quer não.

Outra mentira. Conheço o pai de Holly. Agir como um bom menino sem nenhum outro motivo não faz parte da sua faixa de atuação. Ele nunca fez nada na vida sem objetivos pessoais.

Não consegui nada com ela, Conway tinha dito. *Como arrancar dentes.* No ano passado, Holly não queria que o assassino fosse apanhado, ou não tinha se importado o suficiente para se expor a qualquer risco. Este ano, ela estava se importando. Eu precisava descobrir por quê.

– Holly – disse eu, inclinando-me para a frente, mais perto, com os olhos fixos nos dela: *Sou eu, fale comigo.* – Existe uma razão para você estar tão decidida a resolver esse caso, tão de repente. Você precisa me dizer que razão é essa. Você tem que saber isso, por causa do seu pai. Qualquer coisa desse tipo poderia nos ajudar, mesmo que você não veja de que modo.

Holly respondeu direto, sem titubear.

– Não sei o que você quer dizer. Não existe nenhuma *razão*. Só estou tentando agir certo. – E para Conway: – Estou liberada?

– Você tem namorado? – perguntou Conway.

– Não.

– Por que não?

Carinha de anjo.

– É que vivo muito ocupada. Com a escola e tudo o mais.

– Uma aluna tão boazinha – disse Conway. – Você está liberada. – Para Houlihan: – Todas as oito juntas. Aqui dentro.

Quando elas saíram, Conway falou comigo.

– Se a Holly soubesse quem matou o Chris, ela procuraria você ou o pai dela? Contaria a alguém direto?

Ou criaria um cartão para levar para mim.

– Pode ser que não – disse eu. – Ela já foi testemunha, e a experiência não foi das melhores. Pode ser que ela não se dispusesse a passar por aquilo outra vez. Mas, se tivesse alguma coisa que quisesse nos entregar, ela se certificaria direitinho de que a receberíamos. Talvez uma carta anônima com todos os detalhes expostos com clareza. Não uma pista que não serve para nada como esse cartão.

Conway refletiu, virando a caneta entre dois dedos. Fez que sim.

– Muito bem. Vou lhe dizer o que percebi. A sua Holly fala como se quem pregou o cartão quisesse que ele chegasse às nossas mãos. Ela está supondo que esse cartão não foi só para alguém tirar dos ombros esse segredo. Essa garota queria nos dizer alguma coisa, e essa foi a melhor maneira que conseguiu encontrar.

Ela não era a minha Holly. Era o que estava ficando óbvio, pelo menos para mim, mas eu não disse isso.

– Holly podia estar com uma sensação ruim a respeito de me procurar. Nessa idade, contar alguma coisa a adultos tem muita importância. Faz de você um dedo-duro, e essa é praticamente a pior coisa que você pode ser. Por isso, ela está tentando se convencer de que a garota queria que ela fizesse isso.

– Pode ser. Ou pode ser que ela tenha certeza disso. – Conway batia com a caneta entre os dentes. – Se ela souber, qual é a probabilidade de conseguir arrancar isso dela?

Nenhuma, zero, nada. A menos que Holly quisesse contar para a gente e estivesse esperando por uma hora que não conseguíamos ver.

– Vou fazê-la falar.

As sobrancelhas de Conway disseram *veremos.*

– Quero ver todas elas juntas. Dessa vez, eu falo. Você só assiste.

Encostei no peitoril de uma janela, com o sol aquecendo minhas costas através do paletó. Conway ia de um lado para outro, pela frente da sala de artes, com seu jeito de caminhar tranquilo, de passos largos, com as mãos nos bolsos da calça, enquanto as garotas iam entrando em fila.

Elas se acomodaram como pássaros. A turma de Holly, perto da janela. A de Joanne perto da porta. Ninguém olhava para quem estava do outro lado.

Relaxadas e se remexendo nas cadeiras; olhos piscando, sobrancelhas erguidas, sussurros para lá e para cá. Elas achavam que nós tínhamos terminado. Já nos tinham descartado. Algumas delas, pelo menos.

– Pode esperar aí fora – disse Conway a Houlihan, sem se virar. – Obrigada pela ajuda.

Houlihan abriu e fechou a boca, fez um ruído como o de um pequeno animal e saiu apressada. As garotas tinham parado de sussurrar. A ausência de Houlihan significava que a falsa proteção do colégio tinha desaparecido. Elas estavam nas nossas mãos.

Pareciam diferentes, uma faixa borrada. Como o Canto dos Segredos, o lampejo dele: eu já não conseguia ver as garotas separadas, só todos aqueles brasões nos blazers, todos aqueles olhos. E me senti superado pela força dos números. Excluído.

– Quer dizer – disse Conway – que uma de vocês mentiu para nós hoje.

Elas ficaram imóveis.

– Pelo menos uma de vocês. – Ela parou de se movimentar. Sacou a foto do cartão e a exibiu. – Ontem à noite, uma de vocês pregou este cartão no quadro dos segredos. Depois sentou aqui e nos deu um "Ai, meu Deus, não fui eu, nunca vi isso antes na minha vida". Esse é um fato.

Alison piscava como se fosse um tique nervoso. Joanne, com os braços cruzados, balançava o pé da perna cruzada, lançando um olhar de relance para Gemma que dizia *Putz, não posso acreditar que a gente precise ouvir isso*. Orla mordia os lábios, tentando sufocar um risinho nervoso.

A turma de Holly estava imóvel. Sem se entreolhar. Cabeças inclinadas para o peito, como se estivessem escutando a si mesmas, não a nós. A curva dos ombros voltada para o centro, como se estivessem magnetizadas, como se fosse necessário o Super-Homem para afastar uma delas das outras.

Só alguma coisa.

– Estou me dirigindo a você – disse Conway. – À garota que pregou esse cartão. À garota que alega saber quem matou Chris Harper.

Um espasmo percorreu a sala. Um estremecimento.

Conway voltou a se movimentar, com a foto equilibrada entre a ponta dos dedos.

— Você acha que mentir para nós é igual a dizer para a professora que esqueceu o trabalho de casa no ônibus, ou dizer aos seus pais que você não tomou nenhum gole na discoteca. Está enganada. Não é nada parecido com isso. Não estamos falando de uma cascata insignificante que vai desaparecer quando você sair da escola. Isso aqui é a vida real.

Todos os olhos acompanhavam Conway. Atraídos por ela; famintos.

Conway era um mistério para elas. Não como eu, não como os rapazes, um mistério de fora, com o qual elas estavam aprendendo a negociar e pechinchar, algo que elas sabiam que queriam, mas não sabiam por quê. Conway não era de fora. Era uma mulher, adulta. Sabia das coisas. Usar o que lhe caía bem; fazer sexo direito ou se recusar; pagar as contas; andar equilibrada pelo mundo selvagem, lá fora dos muros do colégio. A água em que elas começavam a molhar os dedos, Conway já estava bem fundo nela e nadando.

Elas sentiam vontade de se aproximar dela, de tocar nas suas mangas. Também a estavam julgando com rigor, decidindo se ela estava à altura. Perguntando-se se, um dia, elas estariam. Tentando ver a trilha precária que levava delas até onde ela estava.

— Vou explicar em detalhes: se você sabe quem matou o Chris, você está correndo sério perigo. Perigo, tipo, você pode ser morta. — Ela fez a foto estalar no ar, um ruído cortante. — Você acha que esse cartão vai continuar a ser um segredo? Se as outras desse grupo aqui ainda não espalharam a notícia pelo colégio, elas terão feito isso antes do fim do dia de hoje. Quanto tempo vai levar para essa informação chegar ao assassino? Quanto tempo vai levar para ele ou ela sacar quem vai lhe causar problemas? E o que você acha que um assassino faz quando tem esse tipo de problema?

A voz dela estava perfeita. Direta, seca, atenta. De adulto para adulto: tinha prestado atenção ao que deu certo comigo.

— Você está correndo perigo. Hoje à noite. Amanhã. Cada segundo, até o momento em que nos contar o que sabe. Depois que fizer isso, o assassino não terá motivo para ir atrás de você. Mas até lá...

Um estremecimento de novo, uma ondulação. A galera de Joanne trocando olhares de relance, às escondidas. Julia raspando alguma coisa de uma junta, olhos baixos.

Conway, acelerando o passo.

— Se você inventou esse cartão para se divertir, está correndo exatamente o mesmo perigo. O assassino não sabe que você está brincando. Ele, ou ela, não está em condições de correr riscos. E no que diz respeito ao assassino, você é um risco.

Ela mais uma vez fez a foto estalar.

— Se este cartão for falso, é provável que você esteja preocupada, não querendo se abrir, para evitar problemas, conosco ou com o colégio. Esqueça isso. É verdade, eu e o detetive Moran vamos lhe dar uma bronca por desperdiçar o tempo da polícia. É bem provável que você acabe recebendo alguma punição do colégio. Isso é muito melhor do que acabar morta.

Joanne se inclinou para o lado de Gemma, sussurrou alguma coisa no ouvido da outra, sem nem mesmo tentar disfarçar. Abriu um sorriso de deboche.

Conway parou. Ficou olhando.

Joanne ainda com o tal sorriso. Gemma com cara de peixe, tentando decidir se sorria também ou não; descobrir de quem ela sentia mais medo.

Tinha de ser de Conway.

Conway chegou rápido diante da cadeira de Joanne e se debruçou. Parecia pronta para dar uma cabeçada.

— Estou falando com você?

Joanne a encarou de volta, com a boca relaxada de desdém.

— *Como assim?*

— Responda a pergunta.

Os olhos das outras garotas tinham se levantado. Aqueles olhos de espectadores de tourada, que surgem em salas de aula quando começa alguma encrenca, esperando para ver quem vai sangrar.

Joanne ergueu as sobrancelhas.

— Hã, eu realmente não tenho a menor pista do que ela significa.

— Estou falando somente com uma pessoa aqui. Se você for essa pessoa, precisa se calar e prestar atenção. Se não for você, precisa se calar porque ninguém está mesmo falando com você.

Lá para os cantos de barra-pesada de Conway, e nos meus também, se alguém trata você com desrespeito, você lhe dá um murro forte, rápido e direto na cara, antes que essa pessoa veja sua fraqueza e crave os dentes nela. Se a pessoa desistir, você saiu vitorioso. No resto do mundo, porém, as pessoas recuam diante desse murro também, mas isso não quer dizer que você venceu. Só quer dizer que elas classificaram você como Cretino, como Animal, como Alguém de quem se deve Manter Distância.

Conway tinha de saber isso, ou nunca teria chegado tão longe. Alguma coisa – essa garota, esse colégio, esse caso – a tinha afetado. Ela estava metendo os pés pelas mãos.

O problema não era meu. Jurei isso no dia em que fui aceito na Faculdade de Polícia: aquele tipo de barra-pesada não era mais meu problema, nunca mais ia ser, não do mesmo jeito. Era assunto meu para eu algemar e jogar no banco traseiro do carro; mas não era assunto meu eu me importar com a pessoa, como se a gente tivesse qualquer coisa em comum. Se Conway queria pisar na bola, que pisasse.

Joanne ainda estava com aquele sorrisinho debochado. As outras estavam atentas, esperando a hora do bote. O sol parecia um ferro de passar roupa grudado nas costas do meu paletó.

Eu me mexi, ali no peitoril. Conway deu meia-volta, enquanto respirava para acabar de arrancar o couro de Joanne. Percebeu meu olhar.

Uma ínfima inclinação do meu queixo, um quase nada. Cuidado.

Conway semicerrou os olhos. Voltou-se de novo para Joanne, mais devagar. Com os ombros se relaxando.

Sorriso. Voz firme e pegajosa, como se estivesse falando com um bebê idiota.

– Joanne. Sei que é difícil para você não ser o centro das atenções. Sei que você está louca para ter um ataque e gritar, "Todo mundo olhando para mim!" Mas aposto que, se você se esforçar, vai conseguir aguentar só mais alguns minutos. E, quando tivermos terminado aqui, suas amigas podem lhe explicar por que isso era importante, OK?

A cara de Joanne era veneno puro. Ela parecia ter 40 anos.

– Dá para você fazer isso por mim?

Joanne se recostou de volta na cadeira e revirou os olhos.

– *Tanto faz.*

– Boa *menina*.

O círculo de olhos demonstrou aprovação: tínhamos uma vencedora. Tanto Julia como Holly estavam sorrindo. Alison parecia apavorada e extasiada.

– Agora – disse Conway, voltando-se para as demais. Joanne estava dispensada, anulada. – Você, quem quer que você seja, sei que gostou de ver isso; mas a verdade é que você tem o mesmo problema. Você não está levando o assassino a sério. Pode ser porque na realidade você não sabe quem é, de modo que ele ou ela não lhe parece real. Pode ser porque você sabe, sim, quem é; e ele ou ela não parece representar tanto perigo assim.

Joanne estava com os olhos fixos na parede, os braços cruzados num nó de mau humor. As outras garotas estavam todas com Conway. Ela tinha conseguido: mostrado para elas que estava à altura.

Segurou a foto numa faixa de sol, Chris sorrindo, radiante.

– É provável que o Chris tenha pensado igual. Já vi muita gente que não levou assassinos a sério. Geralmente vi essas pessoas na hora da autópsia.

A voz dela estava firme e grave de novo. Quando parou de falar, ninguém respirou. A brisa que entrava pela janela aberta chocalhou as persianas.

– Eu e o detetive Moran vamos comer alguma coisa. Depois, vamos passar uma hora ou duas na ala das internas. – Isso provocou uma reação. Cotovelos se mexendo em carteiras, colunas se empertigando. – Depois, vamos estar em outros lugares. O que quero dizer é o seguinte: pode ser que você tenha umas três horas em que estará segura. O assassino não virá atrás de você enquanto estivermos no colégio. Depois que formos embora...

Silêncio. Orla estava de boca aberta.

– Se vocês tiverem alguma coisa para nos contar, podem vir nos procurar a qualquer hora hoje de tarde. Ou se ficarem preocupadas com a possibilidade de alguém perceber o que vão fazer, podem nos telefonar, até nos mandar mensagens de texto. Vocês todas têm nossos cartões.

Os olhos de Conway passando por todos os rostos, pousando em cada um como um selo.

– Você, com quem eu estive falando, esta é sua última chance. Trate de agarrá-la. E, até fazer isso, tome cuidado.

Ela enfiou a foto no bolso do paletó e o puxou para baixo, verificando se o caimento estava certo.

– Até logo – disse ela. E saiu pela porta, sem olhar para trás. Não me fez nenhum sinal, mas eu fui direto atrás dela do mesmo jeito.

Lá fora, Conway inclinou a cabeça na direção da porta, escutando o chiado urgente da conversa dos dois grupos ali atrás. Baixo demais para ouvir.

Houlihan, pairando ali.

– Pode entrar. Supervisione – disse Conway.

Quando a porta se fechou atrás de Houlihan, ela falou para mim.

– Viu o que eu queria dizer sobre a turma da Holly? Ali tem alguma coisa. – Sempre me observando.

– É. Eu vi.

Um rápido sim, com a cabeça, mas percebi que a nuca de Conway se relaxava: alívio.

– E então, o que é?

– Não tenho certeza. Ainda não. Eu precisaria passar mais tempo com elas.

Risada seca, soprada.

– Aposto que precisaria. – Ela foi seguindo pelo corredor, com aquele seu gingado ágil. – Vamos comer.

10

No meio do Palácio, o chafariz foi fechado para instalarem a enorme árvore de Natal, de alguns andares de altura, repleta de espirais de luz girando em vidro e fitilho dourado. Pelos alto-falantes, uma mulher com uma voz de criancinha está trinando "I Saw Mommy Kissing Santa Claus". O ar está com um cheiro tão bom, de canela, pinheiro e noz-moscada, que se tem vontade de dar uma mordida nele; dá para sentir o crocante delicado entre os dentes.

É a primeira semana de dezembro. Chris Harper – saindo da loja Jack Wills no terceiro andar, no meio de uma turma de colegas, trazendo no ombro uma bolsa de camisetas novas, discutindo sobre *Assassin's Creed II*, o cabelo lustroso como cetim debaixo daquela luz branca desagradável – ainda tem cinco meses e quase duas semanas de vida.

Selena, Holly, Julia e Becca estiveram fazendo compras de Natal. Agora estão sentadas na borda do chafariz, em torno da árvore de Natal, tomando chocolate quente e revirando as bolsas de compras.

– Eu ainda não tenho nada para o meu pai – diz Holly, procurando nas bolsas.

– Achei que ele ia ganhar aquele sapato de salto alto de chocolate – diz Julia mexendo, com uma bengalinha de açúcar-cande, seu chocolate, ao qual a cafeteria deu o nome de Pequeno Ajudante de Papai Noel.

– Ha, ha, *hashtag*: parecequeehhumormasnaumeh. O sapato é para minha tia Jackie. Meu pai é um chato.

– Putz – diz Julia, examinando seu chocolate, horrorizada. – Isso aqui tem gosto de bunda flavorizada com pasta de dente.

– Troca com o meu – diz Becca, oferecendo seu copo. – Eu gosto de menta.

— O seu qual é?

— Alguma coisa, com moca e biscoito de gengibre.

— Não, obrigada. Pelo menos eu sei do que o meu é.

— O meu está uma delícia – diz Holly. – O que realmente o deixaria feliz seria implantar um chip de GPS em mim, para ele poder me rastrear a cada segundo. Sei que os pais de todo mundo são paranoicos, mas juro que o meu é *ensandecido*.

— É por causa do trabalho dele – diz Selena. – Ele vê tudo quanto é coisa ruim que acontece e imagina que possa acontecer com você.

Holly revira os olhos.

— Helloo, ele trabalha a maior parte do tempo num *escritório*. O pior que ele vê são formulários. Mas ele é pirado das ideias. Na outra semana, quando veio me apanhar, sabem qual foi a primeira coisa que disse? Eu saio, e ele está olhando para a frente do colégio e diz, "Aquelas janelas não têm alarme. Eu estaria dentro desse colégio em menos de trinta segundos." Ele queria ir *procurar McKenna* pra lhe dizer que o colégio não era *seguro* e, sei lá, fazer ela instalar leitores biométricos em cada janela ou coisa semelhante. Eu disse, "Me mata logo de uma vez."

Selena ouve aquilo de novo: aquela nota única de prata no cristal, de bordas tão aguçadas que vem cortando a música melosa e a nuvem de ruído. A nota cai na mão dela: um presente, só para elas.

— Precisei implorar pra ele me levar pra casa. Eu disse, "Tem um vigia noturno, a ala das internas tem alarmes ligados a noite inteira, juro por Deus que eu não vou acabar no tráfico de escravas brancas; e, de qualquer maneira, se você for atormentar McKenna, eu nunca mais falo com você." Finalmente ele concordou, disse OK, deixa pra lá. E eu disse, "Você não para de perguntar por que eu sempre pego o ônibus, em vez de deixar que você me apanhe. *É por isso.*"

— Mudei de ideia – diz Julia para Becca, fazendo uma careta e limpando a boca. – Vamos trocar. O seu não pode ser pior que isso.

— Eu devia simplesmente comprar um isqueiro para ele – diz Holly. – Não aguento mais fingir que não sei que ele fuma.

— Estive pensando numa coisa – diz Selena.

— Eca – diz Becca para Julia. – Você tem razão. Isso aqui parece remédio para criancinha.

– Bunda mentolada. Joga fora. A gente pode dividir este aqui.

– Acho que a gente devia começar a sair de noite – diz Selena.

As outras viram a cabeça para ela.

– Sair tipo como? – pergunta Holly. – Sair do nosso quarto, até a sala de convivência? Ou sair, sair mesmo?

– Sair, sair mesmo.

– *Por quê?* – pergunta Julia, espantada.

Selena reflete sobre isso. Ela ouve todas as vozes de quando era criança, tranquilizadoras, fortalecedoras: *Não tenha medo, nem de monstros, nem de bruxas, nem de cachorros grandes.* E agora, gritinhos estridentes de todas as direções: *Tenha medo, você tem que ter medo*, dando ordens como se esse fosse seu único dever absoluto. Tenha medo de ser gorda, tenha medo de seus seios serem grandes demais, e tenha medo de eles serem pequenos demais. Tenha medo de andar sozinha, especialmente em algum lugar silencioso o suficiente para você poder ouvir seus próprios pensamentos. Tenha medo de usar a roupa errada, de dizer a coisa errada, de ter uma risada boba, de não ser legal. Tenha medo de caras não ficarem a fim de você; tenha medo de caras, eles são animais, selvagens, não conseguem se controlar. Tenha medo de garotas, todas elas são cruéis, elas vão destroçar você antes que você as destroce. Tenha medo de desconhecidos. Tenha medo de não se sair bem nos exames, tenha medo de se meter em alguma encrenca. Tenha medo, tenha um pavor paralisante, de que tudo que você é seja tudo o que pode existir de errado. Boa menina.

Ao mesmo tempo, numa parte fresca e intacta da sua mente, ela vê a lua. Sente o bruxuleio de como ela poderia se mostrar na própria meia-noite só delas.

– Nós agora estamos diferentes. Essa era toda a questão. Por isso, precisamos fazer alguma coisa diferente. Senão...

Ela não sabe como descrever o que vê. Aquele momento na clareira indo embora, se desfazendo. Elas lentamente se embotando de volta à normalidade.

– Senão, tudo se resume ao que a gente *não* faz, e nós vamos acabar voltando ao jeito que as coisas eram antes. Precisa haver alguma coisa que a gente realmente *faça*.

– Se formos apanhadas – diz Becca –, seremos expulsas.

– Eu sei – diz Selena. – Isso é parte do sentido da coisa. Nós somos boazinhas demais. Sempre nos *comportamos.*

– Fale por si mesma – diz Julia, e chupa alguma coisa com moca e biscoito de gengibre da sua mão, estalando a boca.

– Você também se comporta. É, Jules, se comporta, sim. Dar uns amassos em dois caras, tomar uma cerveja ou fumar um cigarro às vezes, isso não conta. Todo mundo faz isso. Todo mundo *espera* que a gente faça isso. Até mesmo os adultos ficariam mais preocupados conosco se nós *não* fizéssemos nada disso. Com exceção da irmã Cornelius, ninguém chega a considerar nada disso um problema; e ela é louca.

– E daí? Eu realmente não *quero* roubar bancos ou começar a usar heroína, muito obrigada. Se isso faz de mim uma menina boazinha, dá pra eu conviver com isso.

– E daí – diz Selena – que nós só fazemos o que se espera que façamos. Seja porque nossos pais ou os professores nos mandam, seja porque somos adolescentes e todos os adolescentes fazem isso mesmo. Eu quero fazer alguma coisa que não se espere de nós.

– Um pecado original – diz Holly, através de um marshmallow. – Gosto da ideia. Conte comigo.

– Ai, meu Deus, você também? De presente de Natal, quero amigas que não sejam piradas.

– Eu me sinto criticada – diz Holly, com a mão sobre o coração. – Devo recorrer à fórmula da autoajuda?

– Não fique na defensiva – entoa Becca, com a voz da irmã Ignatius. – Não se deixe abater. Respire fundo e se transforme numa panaca.

– Para você não é problema – diz Julia a Holly. – Se você for expulsa, o seu pai é bem capaz de lhe dar um *prêmio*. Os meus vão ter um treco. E como não vão conseguir saber quem foi a má influência sobre quem, eles vão optar pela segurança e *nunca* me deixar ver nenhuma de vocês de novo.

Becca está dobrando uma echarpe de seda que ela já sabe que a mãe nunca vai usar.

– Meus pais iam ter um treco também. Estou me lixando.

Julia bufa, com desdém.

– A sua mãe ficaria *encantada.* Se você conseguisse convencer sua mãe de que estava indo para uma suruba num antro de cheiradores de cocaína, ia deixar ela feliz por um *ano*! – Becca não é a filha que os pais tinham imaginado. Ela costuma se encolher toda quando eles aparecem.

– É, mas precisar procurar uma escola nova para mim ia ser uma tremenda amolação. Eles teriam que pegar um avião para vir aqui e tudo o mais. E eles detestam qualquer amolação. – Becca volta a enfiar a echarpe na bolsa. – Então, eles realmente iam surtar. E mesmo assim eu não me importo. Quero sair.

– Ora vejam só! – diz Julia, achando graça, apoiando-se numa das mãos para examinar Becca. – Olha quem de repente ganhou coragem. Parabéns, Becs. – Ela ergue o copo. Becca dá de ombros, embaraçada. – Veja bem: sou totalmente a favor de um pecado original. Mas será que a gente podia fazer com que fosse um pecado, tipo, bom? Podem me chamar de dondoca, mas ser expulsa em troca do quê, exatamente? Pegar um resfriado nos países baixos, sentada num gramado onde já posso sentar em qualquer dia que eu queira? Não é exatamente minha ideia de diversão.

Selena sabia que a mais difícil de convencer seria Julia.

– Olha – diz ela –, eu também tenho medo de ser apanhada. O meu pai não se importaria se eu fosse expulsa, mas a minha mãe ia *subir pelas paredes*. Só que estou de saco cheio de ter medo de tudo. A gente precisa fazer alguma coisa que nos cause medo.

– Eu não estou com *medo*. Só não sou *burra*. Será que não podemos simplesmente, tipo, tingir nosso cabelo de roxo ou...

– Muito original – diz Holly, levantando uma sobrancelha.

– É, vai à merda você também. A gente podia ter um tique cada vez que falasse com Houlihan...

Até mesmo Julia vê que isso não chega a impressionar.

– Isso não é assustador – diz Becca. – Quero alguma coisa assustadora.

– Eu gostava mais de você antes de você ficar toda valente. Ai, eu não sei, fazer um photoshop da cabeça de Menopausa McKenna para aplicar num still de *Gangnam Style* e pregar no...

– Nós já fizemos esse tipo de coisa – ressalta Selena. – Tem que ser *diferente*. Está vendo? É mais difícil do que parece.

– O que a gente vai chegar a *fazer* lá fora?

Selena dá de ombros.

– Ainda não sei. Pode ser que não seja nada de especial. Esse não é nem mesmo o sentido da coisa.

– Certo. "Pai, mãe, me perdoem por eu ter sido expulsa. No fundo, não faço ideia do que estava fazendo lá fora; mas tingir o cabelo de roxo não era *original* o suficiente..."

– Oi – diz Andrew Moore. Ele está sorrindo lá de cima para elas, entre dois colegas, como se elas estivessem esperando por ele, como se tivessem acenado para ele se aproximar. Becca se dá conta: é o jeito com que estão espalhadas por cima da borda do chafariz, descontraídas, com as pernas esticadas, inclinadas para trás, apoiadas nas mãos. Essa postura conta como um convite.

E Andrew Moore respondeu. Andrew Moore... Andrew Moore... com aqueles ombros de jogador de rúgbi, roupas da Abercrombie e aqueles olhos hiperazuis que são assunto entre todas as garotas. Primeiro vem a agitação, a onda de formigamento empolgante, como uma cascata doce e borbulhante caindo na língua. É tipo, *puxa, será, pode ser, é comigo?* percorrendo sua espinha numa explosão. São aquelas mãos grandes refulgindo agora que poderiam vir envolver as de cada garota. Aquela boca bem definida, energizada talvez com beijos. É você se endireitando para sentar do jeito certo, oferecendo peitos e pernas e tudo o mais, tranquila, despreocupada e com o coração batendo a mil. É você e o Andrew Moore passeando de mãos dadas pelos intermináveis corredores de neon, o rei e a rainha do Palácio, com todas as garotas se virando para abafar um grito e morrer de inveja.

– Oi – dizem elas, deslumbradas, para ele e estremecem quando ele se senta na borda do chafariz ao lado de Selena, quando seus companheiros cercam Julia e Holly. É isso aí. Esse é o toque da trombeta, com todas as bandeiras ao vento, que desde o primeiro instante do primeiro ano o Palácio vinha prometendo; essa é a magia finalmente revelada e à sua disposição.

E então ela some. Andrew Moore é só um cara de quem no fundo nenhuma delas chega a gostar.

– E então – diz ele, sorrindo, e se inclina um pouco para trás para curtir a adoração.

Holly fala, antes de saber o que vai dizer:

– Nós estamos no meio de uma conversa aqui. Dá pra esperar um pouco?

Andrew ri porque está óbvio que isso foi uma brincadeira. Seus colegas riem junto.

– Não, a gente está falando sério – diz Julia.

Os colegas ainda estão rindo, mas Andrew está começando a perceber que está diante de um experiência totalmente nova.

– Peraí – diz ele. – Vocês estão meio que dizendo pra gente cair fora?

– Podem voltar daqui a cinco minutos – propõe Selena. – Só precisamos resolver uma coisa.

Andrew ainda está sorrindo, mas aqueles olhos hiperazuis já não estão simpáticos.

– TPM grupal, é isso? – diz ele.

– Caraca, como isso é *estranho* – diz Holly. – Nós estávamos mesmo falando sobre originalidade. Vocês não curtem isso, não?

Julia dá um sopro de desdém dentro do chocolate de gengibre de Becca.

– E nós estávamos mesmo falando sobre como metade do Kilda é de sapatões – diz Andrew. – Vocês não curtem caras, não?

– A gente pode ficar olhando? – pergunta um dos colegas, com um sorriso interessado.

– Estou tão confusa – diz Julia. – Vocês, rapazes, nunca têm vontade de conversar de verdade uns com os outros? Ou só andam juntos para trocar boquetes?

– Ei, vá se foder – diz o outro colega.

– Putz, grande cantada! – diz, logo quem no mundo inteiro, Becca. – Agora é que estou totalmente a fim de você.

Julia, Holly e Selena olham espantadas para ela e começam a rir. Depois de um segundo de atordoamento, Becca também ri.

– Quem se importa se você está a fim de alguém? – pergunta o colega. – Sua vaca horrorosa.

– Que grosseria – diz Selena, fazendo tanto esforço para parecer séria, apesar dos risinhos, que torna as coisas ainda piores para as outras.

– Xô! – diz Julia, acenando. – Tchauzinho.

— Vocês são umas piradas – diz Andrew, categórico. Ele é seguro demais para ficar magoado, mas reprova profundamente o comportamento delas. – Vocês estão precisando seriamente corrigir essa atitude. Vamos, rapazes.

E ele e os colegas se levantam e saem pelo Palácio a passos largos, afastando rapazes e fazendo garotas acompanhá-los com os olhos. Até mesmo seus traseiros parecem irritados.

— Caraca – diz Selena, tapando a boca com a mão. – Você viu a *cara* dele?

— Isso quando nós finalmente conseguimos que ele entendesse – diz Julia. – Já expliquei coisas a *peixes* mais rápido que isso. – O que atinge a todas elas com mais um tornado de risadas. Becca está segurando um ramo da árvore de Natal para não cair da borda do chafariz.

— E o jeito de *andar* – consegue Holly dizer, apontando para os rapazes. – Olhem, vejam como eles andam. É como se estivessem dizendo, *Nossos bagos são simplesmente grandes demais para essas garotinhas. Eles nem mesmo cabem entre nossas pernas...*

Julia salta da borda e imita o andar dos rapazes, e Becca acaba caindo da mureta do chafariz. Elas riem tão alto que o segurança se aproxima, de cara amarrada. Holly diz para ele que Becca tem epilepsia e, se ele a expulsar do shopping, estará cometendo discriminação contra deficientes. Ele se afasta de novo, olhando para trás, ainda com a cara amarrada, sem demonstrar muita convicção.

Por fim, os risinhos se acalmam. Elas se entreolham, ainda sorrindo, espantadas consigo mesmas, abaladas por sua própria audácia.

— Agora, isso aí foi original – diz Julia a Selena. – Você tem que reconhecer. E, por que não dizer? Um pouco assustador também.

— Isso mesmo – diz Selena. – Você quer continuar a ser capaz de fazer isso? Ou quer voltar a quase se mijar se o Andrew Moore chegar a perceber que você existe?

A mulher de voz esganiçada está acabando "All I Want for Christmas Is My Two Front Teeth". No segundo antes que comece Santa Baby, Holly ouve um relance de outra música, só meia pincelada dela tocando em algum lugar distante, talvez do lado de fora do Palácio: *Ainda falta muito, ainda falta tanto...* e mais nada.

Julia dá um suspiro e estende a mão para pegar o tal chocolate com sabor de biscoito de gengibre.

— Se acha que vou descer por um lençol pendurado na janela, como alguma garota num filme de merda, está redondamente enganada.

— Não acho nada disso – diz Selena. – Você ouviu o que o pai da Hol disse. As janelas da frente não têm alarme.

É Becca quem se encarrega. As outras tinham certeza de que seria Holly ou Selena, para a eventualidade de a enfermeira perceber que a chave sumiu. Holly é a que mente melhor; e Selena nunca fez nada de errado, enquanto Julia é sempre uma das primeiras de quem os professores desconfiam, mesmo quando se trata de coisas que nunca passariam pela cabeça dela. Quando Becca diz que faz questão, elas ficam surpresas. E tentam convencê-la – Selena em tom manso, Holly com delicadeza, Julia sem rodeios – de que aquela é uma péssima ideia e de que ela deveria deixar a tarefa para as especialistas. Mas Becca finca o pé e salienta que é ainda menos provável que suspeitem dela do que de Selena, considerando-se que na realidade ela nunca fez nada pior do que emprestar o dever de casa; e que todo mundo acha que ela é uma tremenda de uma puxa-saco boazinha, e isso pelo menos uma vez poderia ser útil. No final, as outras entendem que ela não vai arredar o pé.

Elas lhe dão um treinamento, depois que as luzes se apagam.

— Você precisa estar mal o suficiente para ela segurar você na enfermaria por um tempo – diz Julia –, mas não tão mal que ela mande você ficar aqui no quarto. O que você precisa é de alguma coisa que faça ela querer ficar de olho em você.

— Mas não de olho demais – diz Selena. – Você não vai querer que ela fique em cima de você.

— Isso mesmo – diz Julia. – Pode ser que você ache que vai vomitar, mas não tenha muita certeza. E você acha provável que vai se sentir melhor se simplesmente ficar deitada, quieta, um pouquinho.

Elas deixaram as cortinas abertas. Lá fora está abaixo de zero, com a geada fazendo desenhos nas bordas da vidraça, o céu, uma fina camada de gelo encobrindo as estrelas. O golpe de ar gelado atinge Becca como se tivesse sido disparado direto através do vidro, a partir da imensidão lá fora, selvagem e mágica, com o cheiro forte de raposas e zimbro.

– Mas não tente parecer que está querendo vomitar – diz Holly. – Isso sempre parece falso. Tente aparentar que *não* quer vomitar. Pense no maior esforço possível para tentar segurar o vômito.

– Você tem certeza disso? – pergunta Selena. Ela está apoiada num cotovelo, tentando ver o rosto de Becca.

– Se não tiver – diz Holly –, nenhum problema. É só falar agora.

– Vou fazer isso. Parem de me perguntar – diz Becca.

Julia capta um olhar de relance e a ponta de um sorriso de Selena: *Está vendo, nossa Becca, tão tímida, é isso o que eu queria dizer...*

– Parabéns, Becsie – diz ela, estendendo a mão através do espaço entre as camas, para um "toca aqui". – Faça a gente ter orgulho de você.

No dia seguinte, deitada na maca superestreita da enfermaria, ouvindo a enfermeira cantarolar Michael Bublé enquanto organiza a papelada na mesa, Becca sente o frio vibrante da chave bater fundo na palma da sua mão, assim como o cheiro de raposas em disparada, de frutinhas e estrelas gélidas.

Antes que as luzes se apaguem, elas arrumam as roupas em cima das camas e começam a se vestir. Camadas de blusas. Do outro lado da janela, o céu noturno está limpo e gelado. Blusões de moletom, jeans pesados; pijamas por cima de tudo, até chegar a hora. Elas guardam os casacos dobrados debaixo das camas, para não precisarem fazer barulho com cabides, nem com o rangido das portas do guarda-roupa. E enfileiram suas botas Ugg junto da porta para não serem forçadas a ficar procurando.

Agora que a coisa está se realizando, tudo parece um jogo, algum jogo de interpretação de papéis em que alguém lhes entrega espadas de mentirinha e elas terão de sair correndo por aí destruindo *orcs* imaginários. Julia está cantando "Bad Romance", inclinando de lado os quadris e girando um pulôver pela manga, como uma stripper; Holly se une a ela com um par de leggings na cabeça; Selena faz o cabelo descrever círculos velozes. Elas se sentem bobas, e estão tentando se atordoar para evitar a sensação.

– Está bem assim? – pergunta Becca, abrindo os braços.

As outras três param de cantar e olham para ela: jeans azul-escuro, casaco com capuz azul-escuro, o capuz recheado com tantas camadas que se tornou esférico, e o cordão tão apertado que só aparece a ponta do nariz. Elas começam a rir.

– Que foi? – pergunta Becca.

– Você está parecendo o ladrão de bancos mais gordo do mundo – diz Holly, o que as faz rir ainda mais.

– Você dobrou de tamanho – consegue Selena dizer. – Será que vai poder se mexer com toda essa roupa?

– Ou *ver*? – diz Julia. – Era só o que nos faltava: você não conseguir andar pelo corredor sem colidir com as paredes.

Holly finge ser Becca, cambaleando às cegas e desajeitada. Os risinhos agora tomaram conta de todas as três, aquele tipo irresistível que continua mesmo depois que se perdeu o fôlego e os músculos da barriga começam a doer.

Becca ficou vermelha. Ela dá as costas às outras e tenta tirar o casaco de capuz, mas o zíper está preso.

– Becs – diz Selena. – A gente só está rindo.

– Tanto faz.

– Caramba – diz Julia, revirando os olhos para Holly. – Relaxa.

Becca força o zíper até ele machucar seus dedos.

– Se tudo não passa de uma enorme piada, então por que a gente está se dando esse trabalho?

Ninguém responde. O riso foi se dissolvendo em nada. Elas se entreolham de esguelha, evitando que os olhos se encontrem.

Elas estão procurando uma forma de descartar toda essa história. Querem jogar as roupas de volta dentro do armário, botar a chave no lixo e nunca mais tocar no assunto, envergonhando-se cada vez que se lembrarem de como quase chegaram a fazer papel de idiotas.

É então que uma das monitoras do segundo andar abre a porta delas com violência e fala, irritada:

– Parem de sacanagem e tratem de trocar de roupa. As luzes vão ser apagadas daqui a cinco segundos e eu vou denunciar vocês – e a porta é fechada com violência antes que qualquer uma delas consiga calar a boca.

Ela nem chegou a perceber todo o guarda-roupa delas espalhado em cima das camas, nem o fato de que Becca está parecida com um ladrão inflável. Todas as quatro se entreolham espantadas por um segundo e depois caem desmaiadas nas camas, abafando risos estridentes nos edredons. E se dando conta de que realmente vão sair.

Quando as luzes se apagam, elas estão nas camas como menininhas bem-comportadas. Se a monitora precisar voltar, pode ser que ela esteja mais observadora. Depois que a campainha toca, aquele atordoamento nervoso começa a sumir. Uma outra coisa começa a transparecer.

Até agora, elas nunca escutaram os sons do colégio adormecendo; não desse jeito, com as orelhas empinadas como as de animais. De início, os tremores são constantes: uma explosão de risinhos do outro lado da parede, um gritinho ao longe, o estalar de chinelos enquanto alguém corre até o banheiro. Depois, eles ficam mais distantes. Em seguida, vem o silêncio.

Quando o relógio nos fundos do prédio principal bate uma hora, Selena se senta na cama.

Elas não falam. Não acendem lanternas, nem abajures. Qualquer pessoa que passasse pelo corredor veria o bruxuleio pela vidraça da bandeira da porta. Na janela, a lua está enorme, mais do que o suficiente. Elas tiram os pijamas e enfiam os travesseiros debaixo dos lençóis, vestem os últimos pulôveres e casacos, ágeis e sincronizadas como se tivessem treinado. Quando estão prontas, param junto das camas, as botas penduradas nas mãos. Olham umas para as outras como exploradores no início de uma longa jornada, todas imobilizadas naquele momento antes que uma delas dê o primeiro passo.

– Se vocês, suas piradas, querem mesmo fazer isso – diz Julia –, vamos de uma vez.

Ninguém lhes dá um susto saltando de algum portal; nenhum degrau range na escada. No térreo, a governanta está roncando. Quando Becca enfia a chave na porta do prédio principal, ela gira como se a fechadura tivesse sido azeitada. Quando chegam à sala de matemática, e Julia estende a mão para alcançar o fecho da janela de guilhotina, elas já sabem que o vigia noturno está dormindo ou falando no celular e nunca vai olhar para o lado delas. Calçam as botas e saem pela janela, uma, duas, três, quatro, rápidas, sem tropeços, em silêncio. Estão em pé na grama, e aquilo ali já não é um jogo.

O terreno do colégio está quieto como um cenário de balé, à espera da primeira carreira de notas trêmulas de uma flauta; à espera de que as garotas leves entrem correndo e parem, numa postura perfeita e impossível, mal tocando na grama. A claridade branca vem de todos os lados. O frio ressoa agudo nos seus ouvidos.

Elas correm. A grande extensão de grama se desenrola para acolhê-las. Elas vão deslizando por ali, o ar estalando de frio, fluindo como água de nascente para dentro das bocas e soprando seus cabelos para trás quando os capuzes caem e nenhuma delas pode parar para puxá-los de novo para o lugar. Elas são invisíveis. Poderiam passar rindo pelo vigia noturno e lhe dar um puxão no boné, deixando-o tentando agarrar o ar e resmungando diante do desconhecido desenfreado que de repente está por toda parte. E não podem parar de correr.

Entram nas sombras e seguem pelas trilhas estreitas, fechadas por tramas escuras de galhos pontiagudos. Passam por troncos inclinados, envoltos em anos de heras, pelos cheiros da terra fria e de camadas de folhas úmidas. Quando irrompem daquele túnel, é para a clareira branca, à espera.

Nunca estiveram ali antes. O topo dos ciprestes arde com um fogo congelado, como enormes archotes. Há coisas em movimento nas sombras, coisas que, quando elas conseguem captar um relance ínfimo delas, têm a forma de cervos e lobos, mas poderiam ser qualquer outra criatura, circulando. Lá no alto da brilhante coluna de ar acima da clareira, aves volteiam, com as asas em arco, deixando para trás longas fieiras de grasnadas selvagens.

As quatro abrem os braços e rodopiam também. O fio da sua respiração é puxado delas, o mundo oscila ao seu redor, e elas continuam. Giram até sair de si mesmas, desfiadas até se transformarem em poeira prateada no ar. Não são mais do que um braço que se ergue ou a curva de um rosto entrando e saindo por faixas irregulares de luz branca. Elas dançam até cair.

Quando abrem os olhos, estão de novo na clareira que conhecem. Escuridão, um milhão de estrelas e silêncio.

O silêncio é grande demais para qualquer uma delas romper. Por isso, não falam. Ficam ali deitadas na grama e sentem sua própria respiração e seu próprio sangue em movimento. Alguma coisa branca e luminosa está percorrendo seus ossos, o frio ou o luar, talvez. Elas não sabem dizer ao certo. É algo que formiga, mas não dói. Elas deitam de costas e deixam que seu trabalho seja feito.

Selena tinha razão. Isso não tem nada de parecido com a emoção de beber vodca, debochar da irmã Ignatius, dar uns amassos no Campo ou falsificar a assinatura da sua mãe, para fazer um piercing na orelha. Isso não tem nada a ver com o que qualquer outra pessoa no mundo inteiro aprovaria ou proibiria. Isso é totalmente delas.

Depois de um bom tempo, elas voltam desgarradas para a escola, deslumbradas e despenteadas, com a cabeça a mil. *Vou me lembrar disso para sempre*, dizem elas, antes de entrar pela janela, com as botas nas mãos e o luar girando nos olhos. *É, para sempre. Sim, para sempre.*

De manhã, estão salpicadas de cortes e arranhões que não se lembram de ter sofrido. Nada que doa de verdade. Só pequenos lembretes travessos, piscando para elas das canelas e das articulações dos dedos, quando Joanne Heffernan lança um comentário mal-humorado para Holly por demorar demais na fila do café da manhã; ou quando a srta. Naughton tenta intimidar Becca por não prestar atenção. Elas levam um tempo para perceber que não são só as pessoas sendo irritantes; elas mesmas estão aéreas. Holly ficou de fato olhando para a torrada, tipo, horas; e nenhuma delas sabe do que Naughton estava falando. O ponto de apoio delas mudou de lugar. E elas estão levando um tempo para recuperar o equilíbrio.

– Vamos de novo, logo? – pergunta Selena, durante o intervalo, através do canudo do suco.

Por um segundo, elas têm medo de dizer que sim, para o caso de não ser a mesma coisa da próxima vez. Para a eventualidade de que aquilo só possa acontecer uma única vez, e elas, ao tentar retomar a experiência, acabem sentadas na clareira, resfriando o traseiro e se entreolhando como um bando de babacas.

Seja como for, elas dizem que sim. Alguma coisa teve início. É tarde demais para tentar detê-la. Becca tira uma lasca de graveto do cabelo de Julia e a enfia no bolso do blazer, para guardar de lembrança.

II

Já passava das três da tarde. Conway sabia onde era o refeitório, deu uma procurada até encontrar algum funcionário esfregando o aço impecável, disse para ele fazer alguma coisa para nós comermos. Ele tentou lançar um olhar mal-educado para ela, mas o de Conway o derrotou. Fiquei de olho enquanto ele preparava sanduíches mistos, para me certificar de que não ia cuspir neles. Conway foi até uma máquina de café, apertou uns botões. Pegou maçãs de um engradado.

Levamos o lanche para o lado de fora. Conway foi na frente, até chegarmos a um muro baixo mais para um lado dos terrenos, com vista para o campo de esportes e os jardins mais abaixo. No campo, meninas estavam correndo dando voltas, com bastões de hóquei nas mãos, enquanto a professora de educação física mantinha uma série de gritos de incentivo. As árvores lançavam sombras que as impediam de nos ver. Entre o listrado dos galhos, o sol aquecia meu cabelo.

– Coma rápido – disse Conway, acomodando-se no murinho. – Depois, vamos vasculhar os quartos delas em busca do livro de onde cortaram essas palavras.

Querendo dizer que ela não estava me despachando de volta para a Casos Não Solucionados, ainda não. E também não estava voltando para a base. *Uma olhada no quadro de avisos, falar com algumas pessoas*, era para isso que tínhamos vindo. Em algum ponto ao longo do caminho, tinha se tornado mais do que isso. Aqueles vislumbres de alguma coisa nos espiando de algum ponto por trás daquilo que nos diziam: nenhum de nós dois queria ir embora sem trazer aquilo para o primeiro plano, sem dar uma boa olhada.

Se nossa garota não fosse burra, o livro não estaria no seu quarto. Mas uma pista impalpável como essa – poderia não ser nada, poderia ser tudo – é como estar entre a cruz e a espada. Chame uma equipe completa, vasculhe todo o recinto, apresente como resultado nada ou a brincadeira de alguma aluna, e você será o alvo das piadas da divisão além de representar uma dor de cabeça para seu chefe por desperdiçar recursos do orçamento; não se pode confiar em você na hora em que é necessário tomar decisões com base no instinto. Atenha-se ao que você e um acompanhante podem fazer, deixe de ver a pista escondida por trás do aquecimento de uma sala de aula, perca a testemunha que podia levá-lo ao alvo, e você é o babaca que recebeu tudo de mão beijada e jogou fora, que achou que a morte de um rapaz não era um caso importante; não se pode confiar em você na hora em que é necessário tomar decisões com base no instinto.

Conway estava jogando com cuidado, sem deixar margens. Não que ela fosse se importar, mas concordei com seu estilo. Se nossa garota fosse esperta, e a probabilidade era que fosse, nós não íamos encontrar o livro nem de um jeito, nem de outro. Enfiado num arbusto a mais de um quilômetro dali, jogado numa lata de lixo no centro da cidade. Se ela fosse extraordinariamente esperta, teria feito o cartão semanas atrás, jogado o livro fora naquela ocasião, esperado até ele estar bem sumido antes de dar partida nessa história.

Apoiamos o lanche em cima do muro entre nós. Conway rasgou o filme plástico e atacou seu sanduíche. Comeu como se fosse combustível, sem paladar. O meu estava melhor do que eu tinha esperado. Com maionese de qualidade e tudo o mais.

– Você é bom – disse ela, enquanto mastigava. Não como se fosse um elogio. – Dê-lhes o que elas querem. Sob medida, especial para cada uma. Legal.

– Achei que essa era minha tarefa – disse eu. – Deixá-las à vontade.

– Isso elas ficaram, sim. Da próxima vez, quem sabe você não faz uma pedicure nelas, com direito a massagem, o que acha?

Tratei de me relembrar: *Só alguns dias, deixe-se notar pelo chefe, tchauzinho.*

– Achei que você talvez fosse intervir. Dar um empurrãozinho.

Conway me lançou um olhar com uma pergunta. *Você está me questionando?* Achei que essa ia ser minha resposta, mas daí a um instante ela falou, voltada para o campo de esportes.

– Eu espremi o que pude delas. Na última vez.

– Dessas oito?

– De todos os alunos. Essas oito. Todas as do mesmo ano. Todos os do mesmo ano do Chris. Todos os que poderiam ter sabido alguma coisa. Com uma semana, os tabloides estavam subindo pelas paredes, "Polícia pega leve com jovens ricos, alguém está mexendo os pauzinhos, é por isso que não houve nenhuma detenção". Dois deles praticamente disseram com todas as letras que houve um encobrimento dos fatos. Mas não houve nada disso. Enfrentei esses adolescentes como teria enfrentado um bando de vagabundos dos piores conjuntos habitacionais. Exatamente da mesma forma.

– Acredito que sim.

Ela virou a cabeça, veloz, com o queixo projetado, à procura de um tom de escárnio. Permaneci firme.

– O Costello – disse ela, assim que se descontraiu –, Costello ficou simplesmente horrorizado. A cara dele era como se eu estivesse mostrando a bunda para as freiras. Quase em todas as entrevistas, ele parava o interrogatório e me levava lá fora para me dar uma bronca, perguntar o que eu achava que estava fazendo, se eu queria acabar com minha carreira antes mesmo de começar.

Continuei com a boca cheia. Sem comentários.

– O'Kelly, nosso chefe, não era melhor que ele. Me convocou duas vezes à sua sala, para me passar um sermão: quem eu achava que essas crianças eram, eu achava que estava lidando com a mesma ralé com quem cresci, por que eu não dedicava meu tempo a investigar pessoas sem-teto e pacientes psiquiátricos, eu sabia quantos telefonemas o comissário tinha recebido de papais emputecidos? Ele ia comprar um dicionário para mim, para eu poder procurar a palavra "tato"...

Tato é comigo.

– Eles são de uma geração diferente – disse eu, em tom ameno. – São da velha guarda.

— Que se *foda* a velha guarda. Eles são da Homicídios. Estão tentando apanhar um assassino. Essa é a única coisa que importa. Ou era isso o que eu pensava naquela época. – Uma borra de rancor, sublinhando a sua voz.

— Àquela altura, eu já não tinha problema em mandar o Costello, ou até mesmo o O'Kelly, à merda. O caso inteiro estava indo por água abaixo, sujando o meu nome. Eu teria feito qualquer coisa. Mas já era tarde. Eu tinha deixado passar minha chance, onde quer que ela tivesse estado.

Fiz algum ruído do tipo, *já aconteceu comigo*. E me concentrei no meu sanduíche.

Alguns casos são assim: uns filhos da mãe. Todos nós temos nossa cota. Mas, se você pega um logo de cara, é isso o que as pessoas veem quando olham para você: um azar ambulante.

Qualquer um que chegasse perto demais de Conway, a contaminada, ficaria tão contaminado quanto ela. As pessoas se manteriam a distância dele também. O pessoal da Homicídios se manteria.

Só alguns dias.

— Então – disse Conway, acabando o café com um gole e equilibrando o copo no muro –, resumindo, fiquei com um histórico cheio de queixas de caras ricos, o Costello já não está ali para me dar apoio e, o melhor de tudo, depois de um ano ainda não consegui resolver o caso. O'Kelly só precisa de uma desculpinha – o indicador e o polegar separados por não mais que um fio de cabelo – para me dar um pontapé na bunda me tirando desse caso. Pode passar o caso para O'Gorman ou qualquer um daquela cambada de idiotas. A única razão pela qual ainda não fez isso é que ele detesta transferir casos: diz que a imprensa ou a defesa podem encarar isso como sinal de que a investigação inicial pisou na bola. Mas eles não largam do pé dele, o O'Gorman e o McCann, dando pequenas indiretas sobre um novo ponto de vista.

Era esse o motivo para a presença de Houlihan. Não para proteger as alunas. Para proteger Conway.

— Dessa vez, não vou recorrer a atalhos. Essas entrevistas não foram uma perda de tempo: nós conseguimos concentrar o foco. Joanne, Alison, Selena e Julia, com uma probabilidade menor. Já é um começo. É, pode ser que a gente tivesse avançado mais se eu tivesse começado a forçar a barra. Não posso correr esse risco.

Mais uma palavra áspera com Joanne, e pronto: telefonema para o papai, um pretexto para O'Kelly agir, e nós dois chutados para o olho da rua.

Percebi que Conway também tinha essa opinião. Não quis que ela agradecesse. Não que fosse provável que ela fosse agradecer, mas só por segurança.

– Rebecca mudou, desde a última vez que você esteve aqui – disse eu. – Não foi?

– Você quer dizer que eu lhe dei a orientação errada?

– Quero dizer que, com a galera de Joanne, o que você me disse acertou na mosca. Com Rebecca, estava desatualizado.

– É mesmo. Na última vez, Rebecca mal conseguia abrir a boca. Agia como se seu maior prazer fosse se encolher toda e morrer, se isso fizesse com que a deixássemos em paz. Os professores disseram que ela era assim, pura timidez, que isso passaria quando crescesse.

– Sem dúvida, agora já passou.

– É. Ela está com melhor aparência. No ano passado, era só ossos e aparelho nos dentes, parecia ter uns 10 anos. Agora ela está começando a ter sua própria personalidade. Isso pode ter ajudado a aumentar sua segurança.

Com a cabeça, indiquei o prédio do colégio.

– E as outras? Elas mudaram?

Conway olhou de relance para mim.

– Por quê? Você acha que, se alguma delas sabe de alguma coisa, isso vai transparecer?

Todo esse papo, tudo isso era um teste. Igual às entrevistas, igual às buscas. Metade de se trabalhar junto num caso se resume a isso, esse pingue-pongue. Se houver o estalo, maravilha. Os melhores parceiros ao jogar um caso para lá e para cá dão a impressão de ser metades da mesma cabeça. Não que eu estivesse almejando tanto aqui. Tudo indicava que ninguém jamais tinha tido esse tipo de parceria com Conway, mesmo que o tivesse desejado. Mas o estalo: se ele não ocorresse, eu ia me mandar.

– Elas são adolescentes. Não são duronas. Você acha que iam conseguir conviver com isso um ano inteiro, como se não fosse nada?

– Pode ser que sim, pode ser que não. Quando as crianças não conseguem lidar com alguma coisa, elas simplesmente enfiam aquilo num canto, como se nunca tivesse existido. E mesmo que tenham mudado, qual é o problema? Nessa idade, elas estão mudando mesmo.

– E elas mudaram? – perguntei.

Ela mastigou e pensou.

– A turma da Heffernan, não. Elas estão a mesma coisa, só que ainda mais. Ainda mais antipáticas, ainda mais parecidas. Cadelinha loura burra, cadelinha loura piranha, cadelinha loura nervosa, cadelinha loura insuportável, ponto final. E as três cadelinhas de colo têm ainda mais medo da Heffernan do que antes.

– Já dissemos que alguém estava com medo, ou não ia começar a brincar com cartões no quadro de avisos.

Conway concordou.

– É. E espero que ela agora esteja com mais medo ainda. – Ela tomou mais café, de olho no hóquei. Uma das garotinhas derrubou uma outra, com um golpe nas canelas, tão forte que nós ouvimos. – Já Holly e sua turma... Antes, havia alguma coisa nelas, sim. Elas eram excêntricas ou sei lá o quê, eram, sim. Mas agora, Orla é uma idiota mas está com a razão: elas estão *esquisitas*.

Foi só nessa hora que consegui identificar o que havia de diferente nelas, ou parte do que havia de diferente. Seguinte: Joanne e todas as do seu grupo eram o que achavam que eu queria que fossem. O que achavam que os caras queriam que elas fossem, o que os adultos queriam que fossem, o que o mundo queria que fossem.

Na turma da Holly, elas eram o que eram. Quando se faziam de burras, espertinhas ou recatadas, era isso o que queriam representar. Por seus próprios motivos, não pelos meus.

O perigo mais uma vez, tremeluzindo pelas minhas costas, de alto a baixo, com o sol.

Pensei em dizer isso a Conway. Não consegui descobrir como, sem parecer amalucado.

– Selena – disse Conway –, essa foi a que mudou mais. No ano passado, sem dúvida ela vivia num mundo de contos de fadas. Dava para ver que devia ter um desses filtros de sonhos acima da cama, ou alguma bobagem de unicórnio dizendo "Acredite em seus sonhos", mas não era nada que se percebesse de longe. E eu ainda atribuí metade daquele ar distante ao choque, especialmente se o Chris tivesse sido seu namorado. Agora... – Ela soprou, chiando entre os dentes. – Se eu a estivesse conhecendo agora, diria que ela só não está numa escola para deficientes porque o papai é rico.

– Eu não diria isso – atalhei.

Isso tirou os olhos de Conway do hóquei.

– Você acha que ela está fingindo?

– Não é isso. – Levei um segundo para acertar a descrição. – O distanciamento é real, sim. Mas acho que tem outra coisa por trás, e ela está usando o distanciamento para esconder isso.

– Hã – disse Conway. Pensou melhor. – O que Orla disse sobre o cabelo dela, de Selena? No ano passado, ele descia até o traseiro. Lindo de morrer, louro de verdade, ondulado, as outras teriam matado para ter um cabelo daqueles. Quantas meninas dessa idade usam o cabelo assim tão curto?

Não estou a par da moda para adolescentes.

– Poucas?

– Quando a gente voltar lá dentro, fique de olho. A menos que alguma aluna tenha tido câncer, aposto que Selena é a única.

Tomei meu café. Dos bons, teria sido melhor se Conway tivesse se dado ao trabalho de descobrir que nem todo mundo gosta de café preto.

– E a Julia?

– O que você acha dela? – perguntou Conway. – Uma pilantrinha da pesada, não é?

– Bem durona, para a idade. Esperta, também.

– Ela é as duas coisas, sim. – O canto da boca de Conway subindo, como se pelo menos uma parte dela aprovasse o jeito de Julia. – Mas tem um detalhe. No ano passado, ela era mais difícil. Dura como aço. Na entrevista preliminar, a metade das outras garotas está se debulhando, ou tentando se debulhar. Quer conhecessem o Chris, quer não. A Julia entra com uma cara, tipo, ela não pode acreditar que estamos fazendo ela perder seu tempo valioso com essa merda. Chegamos ao final da entrevista e eu lhe pergunto se ela tem alguma coisa que acha que nós devíamos saber, certo? E ela me responde (essas são as palavras dela, e lembre-se de que isso é na frente de McKenna) que não está nem aí para quem matou Chris Harper, ele era só mais um imbecil do Columba; e, ao que parece, imbecis por lá é o que não falta. McKenna começa um baita sermão hipócrita sobre respeito e compaixão. E a Julia boceja na cara dela.

— Fria — disse eu.

— Gelada. E eu poderia jurar que era real. Mas neste ano tem mais alguma coisa ali. Geralmente uma adolescente finge ser durona para começar, até se tornar durona de verdade. Mas a Julia... — Conway enfiou na boca o final do sanduíche. — A diferença é a seguinte — disse ela, quando pôde falar. — Você percebeu o jeito de olhar para nós da maioria delas? Praticamente não nos viam. No ano passado, a Julia era igual. No que lhe dissesse respeito, eu e o Costello não éramos gente; só adultos. Só esse ruído de fundo que você tem que tolerar, para uma hora poder voltar para as coisas que têm importância. Eu me lembro disso, nessa idade, só que eu não me dava ao trabalho de tolerar nada.

Eu acreditava.

— Eu costumava mudar de sintonia. Sorria, fazia que sim, continuava a fazer o que queria.

— É. Mas este ano a Julia está nos olhando como se fôssemos pessoas de verdade, você e eu. — Conway terminou o café com um gole prolongado. — Não consigo definir se isso vai ser positivo ou não.

— E a Holly?

— A Holly — disse Conway. — Na época em que vocês se conheceram, como ela era?

— Inteligente. Teimosa. Muito ativa.

Um toque irônico no canto da boca de Conway.

— Nisso pelo menos não houve mudança. A grande diferença, você já sacou. No ano passado, precisamos arrancar cada palavra dela. Este ano, ela está Senhorita Solícita, cartão numa das mãos, hipótese na outra, motivo escondido na manga. Tem alguma coisa acontecendo. — Ela amassou o filme plástico e o enfiou no copo de café. — O que você acha da hipótese dela? De que outra pessoa conseguiu que uma dessas oito pregasse o cartão em seu lugar?

— Não é grande coisa — respondi. — Você quer permanecer anônimo, então chama outra pessoa para participar? Alguém que nem mesmo chega a ser uma das suas melhores amigas?

– Não. A sua Holly está só querendo espalhar toda essa atenção. Quer que nós examinemos o colégio inteiro, não que nos concentremos na sua turminha. Você sabe o que isso me dá vontade de fazer?

– Concentrar-se na turminha dela.

– Acertou! Mesmo que, digamos que uma delas sabe alguma coisa e Holly não quer que nós a identifiquemos, então por que ela nos entregaria o cartão? Por que não jogar o cartão fora, dar à colega o número do disque-denúncia, manter tudo no anonimato? – Conway abanou a cabeça e repetiu: – Tem alguma coisa acontecendo.

O disque-denúncia é atendido por quem estiver de plantão. Com o cartão ela conseguiu falar comigo. Fiquei pensando.

– Se a gente ficar falando com a Holly e a galera dela, será que ela vai ligar pro papai?

A ideia me deu uma coceira nas costas. Frank Mackey é barra-pesada. Mesmo que esteja do seu lado, você precisa vigiá-lo de mais ângulos do que seus olhos são capazes. Ele era a última coisa que eu queria nessa salada.

– Duvido – disse eu. – Ela praticamente me disse que não quer o pai nisso. E a McKenna?

– Não. Você tá brincando? Ele é um pai. A McKenna está lá em cima rezando rosários para que nenhum dos responsáveis descubra que estamos aqui antes de termos ido embora.

A coceira não passou, mas desceu.

– Seria muita sorte dela – disse eu. – Basta uma aluna ligar para casa...

– Vira essa boca pra lá. Nisso a gente está com a McKenna. Pelo menos, dessa vez. – Conway empurrou o filme plástico mais para o fundo do copo. – E o que você acha da opinião de Julia e Rebecca? Uma turma de alunos do Columba entrou aqui, alguma coisa deu errado.

– Essa até poderia se firmar. Se os rapazes estivessem planejando algum tipo de vandalismo, talvez cavar na grama o desenho de um pau, eles poderiam ter surrupiado a enxada de lá das cocheiras. Estão zoando, brigando ou fingindo brigar (com rapazes dessa idade, metade do tempo não se vê a diferença) e alguém se empolga demais...

– É. Nesse caso, o cartão seria obra de Joanne, Gemma ou Orla. São elas que estão saindo com caras do Columba. – De repente, a pergunta sobre o namorado fazia sentido. O toque sardônico no olhar de Conway dizia que ela percebeu quando a ficha caiu para mim.

– Qualquer coisa que tenha acontecido com o Chris está incomodando um dos caras que estava presente. Ele não quer falar com um adulto, mas se abre com a namorada.

– Ou ele conta para ela porque acha que isso vai fazer com que ele pareça interessante, vai lhe dar mais chance de fazer sexo com ela. Ou ele simplesmente inventa a história toda.

– Nós excluímos Gemma e Orla. Resta Joanne.

– O namorado dela, Andrew Moore, era bem amigo do Chris. Um sacaninha arrogante. – Raiva na voz. Uma daquelas queixas tinha sido do pai de Andrew.

– Você descobriu como o Chris saiu do Columba?

– Descobri. A segurança por lá era ainda pior do que por aqui. Eles não precisavam se preocupar com a possibilidade de um dos seus principezinhos voltar grávido de uma noite na farra. Supostamente, a saída de incêndio da ala dos internos era provida de alarme, mas um aluno era um gênio em eletrônica e descobriu um jeito de desativar o alarme. Demorou um pouco para a gente conseguir que ele falasse, mas no final tivemos sucesso. – A sombra de um sorriso na voz de Conway, ao se lembrar. – Ele foi expulso.

– Quando o alarme foi desativado?

– Uns dois meses antes do assassinato. E o garoto, Finn Carroll, era grande amigo do Chris. Ele disse que o Chris tinha total conhecimento da porta, tinha saído escondido do colégio muitas vezes, mas não quis dar mais nenhum nome. Mas não há a menor chance de só terem sido eles dois. Julia e Rebecca poderiam ter sacado alguma coisa: se uma turma de alunos do Columba estivesse à solta, eles iam pensar neste lugar aqui. – Conway esfregou a maçã na perna da calça, até ela brilhar. – Mas, se o Chris sai para um pouco de vandalismo com os colegas, por que ele leva uma camisinha?

– No ano passado, você perguntou às meninas se elas eram sexualmente ativas?

– Claro que perguntei. Todas responderam que não. Com a diretora sentada bem ali, olhando para elas com ar severo, o que elas poderiam responder?

– Você acha que estavam mentindo?

– Como assim? Você acha que posso dizer só de olhar?

Mas havia um sorriso no canto da sua boca.

– Melhor do que eu, pelo menos – disse eu.

– É como estar de volta aos tempos de escola. "Você acha que ela já…?" Era só disso que a gente falava, quando eu tinha essa idade.

– O mesmo do meu lado – disse eu. – Pode acreditar.

O sorriso se endureceu.

– Acredito, sim. E para vocês, se uma garota já estava em atividade, ela era uma piranha. Se não estava, era frígida. De uma forma ou de outra, vocês tinham um motivo perfeito para tratá-la como lixo.

Em parte, ela estava certa. Não muito, não no que me dissesse respeito.

– Não. De uma forma ou de outra, ela só se tornava mais interessante. Se já estivesse em atividade, havia uma chance de que você pudesse fazer sexo; e, quando se é jovem, essa é a coisa mais importante do mundo. Se não estivesse, havia uma chance de talvez ela achar que você era especial o suficiente para ela fazer com você. Isso também é bem importante, quer você acredite, quer não. Que uma garota acredite que você é diferente.

– Bom de papo, hein? Aposto que a conversinha lhe deu acesso a um monte de peitinhos.

– Só estou lhe dizendo. Você perguntou.

Conway refletiu sobre isso, mastigando a maçã. Decidiu que acreditava em mim: o suficiente pelo menos.

– Se eu precisasse adivinhar – disse ela –, naquela época, eu diria que Julia e Gemma já tinham feito sexo. Rebecca nunca tinha nem mesmo dado uns amassos; e as outras estavam em algum ponto intermediário.

– Julia? Não Selena?

– Por quê? Como Selena tem peitos maiores, ela acaba sendo a piranha?

– Caramba! Não. Eu não estava notando os… Ora, puta merda!

Mas Conway estava sorrindo de novo: tinha me provocado e eu tinha caído.

– Que horror – disse eu –, você me dá nojo, dá, sim.

E ela riu. Tinha uma boa risada, franca, generosa.

Ela estava começando a gostar de mim, de bom grado ou não. Em sua maioria, as pessoas gostam. Não estou me vangloriando aqui. Só estou registrando. Neste nosso trabalho, você precisa conhecer seus pontos fortes.

A loucura era que uma parte de mim estava começando a gostar dela também.

— A questão é a seguinte — disse Conway, tendo parado de rir. — Se eu fosse dar um palpite agora, acho que diria a mesma coisa sobre a galera da Holly.

— E daí?

— As quatro. Bonitinhas, não?

— Caramba, Conway. O que você acha que eu sou?

— Não estou dizendo que você é um pedófilo. Estou me referindo a quando você tinha 16 anos. Teria ficado a fim delas? Convidado para sair, falado com elas pelo facebook, seja lá o que for que o pessoal faz hoje em dia?

Quando eu tinha 16 anos, teria visto essas meninas como objetos reluzentes em vitrines de museu: pode olhar quanto quiser, pode se embriagar de deslumbramento com elas; mas nada de tocar, a menos que você tenha o equipamento e a coragem para estilhaçar vidro blindado e evitar seguranças armados.

Elas pareciam diferentes, agora que eu tinha visto aquele quadro. Eu já não via a boniteza sem ver o perigo por trás. Estilhaços.

— Elas causam admiração. Holly e Selena são bonitas, sim. Eu diria que as duas são alvo de muita atenção, provavelmente não dos mesmos caras. Rebecca vai ter ótima aparência logo, logo; mas, quando eu tinha 16 anos, pode ser que não sacasse isso, e ela não parece ser boa de papo, de modo que eu teria passado batido. Julia: não é nenhuma supermodelo, mas não é feia; e tem uma atitude marcante. Eu teria dado uma segunda olhada. E diria que ela está em atividade, sim.

Conway fez que sim.

— É isso mais ou menos o que eu teria dito. Então, por que nenhum namorado? Se meu palpite está certo, por que nenhuma delas não fez nada nos últimos 12 meses?

— Rebecca vai desabrochar tarde. Ainda acha que os garotos são nojentos e toda essa história é embaraçosa.

— Tudo bem. E as outras três?

— Colégio interno. Nada de caras. Pouco tempo livre.

— O que não atrapalhou a turma da Heffernan. Dois sins, um não, um mais ou menos: isso é o que eu esperaria, com os devidos descontos. Mas a turma da Holly: não, não, não, não, direto, todas elas. Nenhuma levou um segundo para decidir o que responder, ninguém diz que é complicado, ninguém dá risinhos enquanto fica vermelha, nada. Só um não categórico.

— Você acha o quê? Que são lésbicas?

Encolhida de ombros.

— Todas as quatro? Poderia ser, mas a probabilidade é que não. Só que elas são muito amigas. Se alguma coisa fizesse uma delas ter medo dos caras, todas elas ficariam com medo.

— Você acha que alguém fez alguma coisa a uma delas – disse eu.

Conway atirou longe o resto da maçã. Tinha um bom jogo de braço. Ele seguiu baixo por entre as árvores até por fim entrar num arbusto, com um matraquear que fez um par de pequenos passarinhos sair voando em pânico.

— E acho que alguma coisa arrasou com a cabeça da Selena. E não acredito em coincidências.

Ela sacou o celular; mostrou minha maçã com o queixo.

— Acabe de comer isso. Vou ver minhas mensagens e depois vamos em frente.

Ainda dando as ordens, mas seu tom tinha mudado. Eu tinha passado no teste; ou *nós* tínhamos. O estalo tinha acontecido.

O parceiro dos seus sonhos surge no fundo da sua cabeça, em segredo, como a namorada dos seus sonhos. O meu teve aulas de violino, na infância, teve livros ocupando paredes inteiras de pé-direito alto, setters vermelhos, uma segurança à qual ele nem dava importância e um senso de humor irônico que ninguém capta, a não ser eu. O meu era tudo o que Conway não era. E eu teria apostado que o dela era tudo o que eu não era. Mas o estalo aconteceu. Podia ser que só por alguns dias nós pudéssemos ser bons o suficiente um para o outro.

Enfiei o que sobrou da maçã no meu copo de café e peguei meu celular também.

– É a Sophie – disse Conway, com o celular junto da orelha. – Nenhuma impressão digital em nada. O pessoal especializado da Documentos diz que as palavras são de um livro, de qualidade média, provavelmente com cinquenta a setenta anos de impressão, pelo que deduziram do tipo e do papel usado. Pelo foco da foto, o Chris não era o centro da atenção. Ele estava simplesmente no pano de fundo. Alguém recortou o resto. Nada ainda sobre o local, mas ela está fazendo comparações com fotos da investigação original.

Quando liguei meu celular, um bipe: mensagem de texto. A cabeça de Conway virou para o meu lado.

Um número que não reconheci. O texto era tão diferente de qualquer coisa que eu estivesse esperando que meus olhos levaram um segundo para captar o que dizia.

Joanne guardava a chave da porta de acesso entre a ala das internas e o prédio principal presa com fita adesiva dentro da Vida de Santa Teresa, estante da sala de convivência do terceiro ano. Pode não estar mais lá, mas estava um ano atrás.

Estendi o celular para ela. Seu rosto se concentrou. Ela pôs o celular dela ao lado do meu, clicando e fazendo a tela passar veloz.

– O número não é de nenhuma das nossas garotas, ou não era no ano passado. Também não é de nenhum amigo do Chris.

Todos os telefones ainda no celular dela um ano depois. Nenhum fio cortado, nem mesmo o mais fino.

– Vou responder. Perguntar quem é – disse eu.

Conway pensou e fez que sim.

Oi, obrigado pela informação. Desculpe, mas não tenho o número de todo mundo. Com quem estou falando?

Passei para Conway. Ela leu o texto três vezes, lambendo o suco grudento da maçã do seu polegar.

– Vai em frente – disse ela.

Teclei Enviar.

Nenhum de nós dois disse o que estava pensando. Não havia necessidade. Se a mensagem de texto se revelasse verdadeira, Joanne e pelo menos mais uma garota, provavelmente mais que uma, tinham tido como sair do colégio na noite em que Chris Harper foi morto. Uma delas poderia ter visto alguma coisa.

Uma delas poderia ter feito alguma coisa.

Se a mensagem de texto se revelasse verdadeira, o dia de hoje tinha se transformado em alguma coisa diferente. Não se tratava simplesmente de descobrir a garota que postou o cartão; não era mais só isso.

Esperamos. Lá embaixo no campo de esportes, os bastões de hóquei tinham perdido o ritmo. As meninas tinham nos avistado. Estavam perdendo jogadas fáceis, esticando o pescoço para tentar ver melhor no meio das sombras. Pequenos pássaros animados entrando e saindo das árvores acima de nós, com estalidos e farfalhar de asas. O sol se apagando e se acendendo com a movimentação de nuvens finas. Nada.

– Ligo para o número?

– Liga.

Ele tocou. Veio o correio de voz com sua saudação padrão, uma voz feminina mecânica dizendo para eu deixar uma mensagem. Desliguei.

– É uma das nossas oito – disse eu.

– É, sim. Qualquer outra possibilidade seria coincidência demais. E não é a sua Holly. Ela lhe trouxe o cartão. Também traria a chave.

Conway sacou de novo o celular. Ligou para um número depois do outro: Alô, aqui é a detetive Conway, só confirmando que ainda temos o número certo do seu celular, para o caso de precisarmos entrar em contato... Todas as vozes eram gravadas.

– Horário de aula – disse Conway, com uma batidinha. – Os celulares têm de estar desligados na sala. – Mas todos estavam certos. Nenhuma das nossas garotas tinha mudado o número.

– Você tem algum amigo em alguma operadora de celular? – perguntou Conway.

– Ainda não. – Ela também não tinha, ou não teria perguntado. Você vai acumulando amigos úteis, cria para si mesmo uma lista bem gorda, ao longo do tempo. Senti como que um baque: nós, dois novatos, no meio de uma coisa dessas.

– A Sophie tem. – Conway estava ligando novamente. – Ela vai conseguir para nós todo o histórico de ligações desse número. Antes do fim do dia, garantido.

— Ele não deve estar registrado — disse eu.

— É verdade. Mas eu quero saber para quem mais ele andou mandando mensagens de texto. Se o Chris estava se encontrando com alguém, de algum modo ele marcava os encontros. Nós nunca descobrimos como. — Ela se deixou escorregar de cima do muro, com o celular no ouvido. — Enquanto isso, vamos ver se a Senhorita Mensagem de Texto está brincando com a gente.

McKenna saiu do gabinete toda pronta para se despedir de nós. Não ficou feliz quando descobriu que não estávamos nos despedindo de modo algum. Àquela altura, nós já éramos manchete de primeira página no colégio inteiro. A qualquer instante, as meninas do externato iriam para casa e contariam aos pais que a polícia tinha voltado, e o telefone de McKenna começaria a tocar. Ela vinha contando com a possibilidade de dizer que esse pequeno aborrecimento tinha passado e estava encerrado: só algumas perguntas de acompanhamento, senhores, não se preocupem com isso, tudo já está terminado. Ela não perguntou quanto tempo ia demorar. Nós fingimos não perceber que ela queria saber.

Um sim de McKenna, e a secretária de cabelos cacheados nos deu a chave da ala das internas, nos deu o segredo para abertura das salas de convivência, nos deu autorização assinada para efetuar a busca. Ela nos deu tudo o que queríamos, mas o sorriso tinha sumido. Uma cara fechada, agora. Uma linha de tensão entre as sobrancelhas. Sem olhar para nós.

Aquela campainha soou mais uma vez, quando saíamos da sua sala.

— Vamos — disse Conway, alongando os passos. — Isso aí foi o fim das aulas. A governanta vai abrir a porta de acesso, e eu não quero ninguém entrando naquela sala de convivência antes de nós.

— Fechaduras com segredo nas salas de convivência. Elas já tinham essas fechaduras no ano passado?

— Tinham. Há anos que têm essas fechaduras.

— Como assim?

Por trás das portas fechadas, as salas de aula tinham explodido em tagarelice e cadeiras sendo arrastadas para trás. Conway desceu correndo a escada que levava ao térreo.

– As alunas deixam coisas lá. As portas dos quartos não são trancadas, para a eventualidade de incêndio ou lésbicas. As mesinhas de cabeceira têm chave, mas são muito pequenas. Por isso, muita coisa acaba ficando nas salas de convivência: CDs, livros, sei lá mais o quê. Com o segredo, se qualquer coisa for roubada, é só uma meia dúzia de pessoas que poderiam ser suspeitas. Bem fácil de resolver.

– Achei que aqui esse tipo de coisa não acontecia – disse eu.

Conway me deu um olhar de esguelha, irônico.

– "Nós não atraímos esse tipo de gente." Certo? Eu disse isso à McKenna, perguntei se tinha havido algum problema com furtos. Ela fez aquela cara, disse que não, de *modo algum*. Eu retruquei, não desde que foram instaladas as fechaduras com segredo, não é mesmo? Ela fez aquela cara um pouco mais, fingiu que não me ouviu.

Passamos pela porta de acesso, que estava aberta.

A ala das internas parecia diferente do prédio principal. Pintada de branco, mais fresca e silenciosa, um silêncio branco e luminoso que vinha descendo, flutuando, pelo poço da escada. Um toque de alguma fragrância, leve e floral. O ar me cutucava como se eu precisasse recuar, deixando Conway prosseguir sozinha. Aquilo ali era território de meninas.

Subimos pela escada – uma Virgem Maria em seu nicho no patamar me lançava um sorriso enigmático – e seguimos por um corredor comprido, passando por ladrilhos vermelhos desgastados, entre portas brancas fechadas.

– Quartos – disse Conway. – Terceiro e quarto anos.

– Alguma supervisão à noite?

– Não que desse para perceber. O quarto da governanta fica no térreo com os das alunas menores. Neste andar há duas alunas do sexto ano, monitoras, mas o que podem fazer enquanto dormem? Qualquer uma que não fosse uma tremenda desajeitada poderia sair sorrateira, sem problemas.

Duas portas de carvalho no fim do corredor, uma de cada lado. Conway dirigiu-se à da esquerda. Apertou botões na fechadura, sem precisar olhar para o papel da secretária.

Aconchegante à beça, a sala de convivência do terceiro ano. Tipo de livros de histórias. Eu sabia que não era bem assim, tinha visto no quadro de avisos em preto e branco e em todas as outras cores vivas, mas ainda não conseguia visualizar coisas ruins acontecendo ali. Alguma menina sendo excluída de uma conversa, mandada para um canto daquela sala; alguma outra toda enroscada num dos sofás, ansiando por se mutilar.

Sofás grandes e fofos em tons suaves de laranja e dourado, uma lareira a gás. Vaso de frésias no console da lareira. Velhas mesas de madeira, para o dever de casa. Bugigangas de meninas por toda parte, faixas de usar na cabeça, esmalte de unhas da cor de sorvete, garrafas de água, embalagens de balas pela metade. Uma echarpe verde-folha com margaridinhas brancas, pendurada no encosto de uma cadeira, fina como um véu de primeira comunhão, subindo com a brisa suave que entrava pela janela. A luz de um sensor de movimento se acendeu de repente como um aviso, não como boas-vindas. *Você. Estou vigiando você.*

Dois nichos de estantes embutidas. Até o teto, cada prateleira com muitas pilhas de livros.

— Puta merda — disse Conway. — Elas não podiam simplesmente ter uma tevê?

Vozes agudas chegaram até nós, vindo do corredor, e a porta se abriu de repente às nossas costas. Nós dois viramos nos calcanhares de imediato, mas aquelas meninas eram menores do que as nossas. Eram três, entaladas no vão da porta, olhando espantadas para mim. Uma abafou risinhos.

— Fora daqui — disse Conway.

— Preciso das minhas *Uggs!* — A menina estava apontando. Conway apanhou as botas e as jogou para a porta. — Fora.

Elas recuaram. Os cochichos começaram antes que eu tivesse fechado a porta.

— Uggs — disse Conway, apanhando as luvas. — Essas drogas deveriam ser proibidas.

Já de luvas. Se aquele livro e aquela chave existiam, as impressões digitais neles eram importantes.

Um nicho cada um. Dedo ao longo da lombada, exame superficial, a fileira de livros da frente passada para o chão, começo do trabalho na fileira de trás. Rápido, querendo ver alguma coisa sólida vir à tona. Querendo que fosse eu a encontrá-la.

Conway tinha detectado o olhar e os risinhos; ou tinha sentido o impulso no ar.

— Tome cuidado. Antes, eu estava zoando com você, mas você precisa ter cuidado com esse pessoal. Nessa idade, elas estão loucas para gostar de alguém. Vão praticar com qualquer cara razoável que consigam encontrar. Viu a sala dos professores? Você acha que é coincidência todos os professores serem uns ogros? — Ela fez que não. — O objetivo é manter baixo o nível de loucura. Algumas centenas de meninas, os hormônios a mil...

— Não sou nenhum Justin Bieber. Não vou provocar nenhum tumulto.

Minha resposta foi recebida com desdém.

— Não precisa ser o Justin Bieber. Você não é medonho e não está com 70 anos: é razoável. Se elas querem ficar a fim de você, ótimo, você pode fazer uso disso. Só nunca fique sozinho com nenhuma delas.

Pensei em Gemma, aquele cruzar de pernas da Sharon Stone.

— Não pretendo ficar — disse eu.

— Peraí — diz Conway, e a subida repentina na sua voz fez com que eu me pusesse de pé antes de pensar. — Pronto.

Na prateleira inferior, na fileira de trás, escondido por trás de belas cores vivas. Um velho livro encadernado, com a sobrecapa puída nas bordas. *Santa Teresa de Lisieux: A pequena flor e o pequeno caminho*.

Conway tirou-o do lugar, cuidadosa, com a ponta de um dedo. Veio poeira junto. Na frente, uma jovem em sépia, com um véu de freira, rosto rechonchudo, lábios finos, formando um sorriso que poderia ter sido tímido ou dissimulado. A capa de trás não fechava direito.

Pus dois dedos no livro, em cima e embaixo, mantendo-o firme enquanto Conway abria a capa com delicadeza. O canto da aba da sobrecapa tinha sido dobrado, preso com fita adesiva para formar um bolso triangular. Ali dentro, quando Conway o abriu com cuidado, estava uma chave Yale.

Nenhum de nós dois a tocou.

— Não vou passar o aviso ainda — disse Conway, como se eu tivesse perguntado. — Não temos nada de definitivo.

Esse era o momento de mandar chamar a cavalaria: a equipe inteira de buscas, vasculhando o colégio, os rapazes da Polícia Técnica colhendo impressões digitais para comparar, a assistente social no canto em cada entrevista. Isso aqui não era um pedaço de cartão, com 50% de chance de vir de uma adolescente entediada querendo chamar atenção para si. Isso aqui era uma garota, provavelmente quatro, talvez oito, com a oportunidade de estar na cena do crime. Isso era real.

Se Conway ligasse pedindo reforços, ela teria de mostrar a O'Kelly todas as descobertas novas e cintilantes que justificassem a destinação do seu orçamento para um caso para lá de enterrado. E *vapt*, com rapidez suficiente para fazer nossa cabeça girar, eu seria mandado de volta para casa; e ela receberia como parceiro alguém com anos de experiência, O'Gorman ou algum outro apreciador de indiretas, que encontraria um jeito de tacar seu nome na solução do caso, se houvesse uma solução. "Obrigado pela ajuda, detetive Moran, nos vemos na próxima vez que uma boa pista substanciosa for parar na sua mão."

— Não temos certeza se essa era de fato a chave da porta de acesso — disse eu.

— Isso mesmo. Tenho uma cópia da verdadeira lá na sede e posso comparar uma com a outra. Enquanto eu não fizer isso, não vou chamar metade da força policial para cá por causa da chave do armário de bebidas da mãe de alguém.

— E nós só temos a palavra de quem mandou a mensagem de texto, sobre quem pôs a chave aqui e quando. Pode ser que ela nem estivesse aqui em maio do ano passado.

— Pode ser que não. — Conway deixou que o bolsinho se fechasse. — Eu queria desmontar esse colégio inteiro, de cima a baixo. O chefe não deixou. Disse que não havia nenhuma prova do envolvimento de qualquer pessoa dentro do Kilda. O que ele queria dizer era que todos aqueles papais e mamães endinheirados teriam um ataque se algum detetive imundo fosse revirar as calcinhas de suas queridas filhinhas. Portanto, sim, ao que nos fosse dado saber, a chave não estava ali para ser encontrada.

— Por que a galera da Joanne deixou a chave ali todo esse tempo? Por que não a jogou no lixo, quando o Chris foi morto e as pessoas começaram a fazer perguntas?

Conway fechou o livro. Um toque delicado, quando necessário.

— Você devia ter visto este lugar, depois do assassinato. As alunas não ficavam sozinhas por um segundo que fosse, para serem protegidas da possibilidade de Hannibal Lecter pular de dentro de um guarda-roupa e devorar seus miolos. Nenhuma delas ia ao banheiro sem levar cinco coleguinhas a reboque. Nosso pessoal por toda parte, professores patrulhando os corredores, freiras panejando para lá e para cá, todo mundo disparando como alarmes de incêndio quando avistava qualquer coisa fora do comum. Essa – ela estalou um dedo para o livro, sem tocar nele – teria sido a decisão inteligente: abandonar a chave, não se arriscar a ser apanhada ao mudá-la de lugar. E apenas algumas semanas depois, o ano escolar terminou. Quando nossas meninas voltaram em setembro, elas já eram do quarto ano. Não tinham o segredo para entrar nesta sala, nenhuma boa razão para estar aqui. Vir atrás da chave teria sido mais arriscado do que deixar para lá. Com que frequência você acha que esse livro é lido? Qual é a probabilidade de qualquer pessoa encontrar a chave, ou mesmo de saber que chave era essa, caso a encontrasse?

– Se Joanne ou quem quer que seja não jogou a chave no lixo, aposto que também não limpou as digitais.

– É. Vamos ter digitais, sim. – Conway tirou um saco plástico de provas da pasta e o sacudiu para abri-lo, com um estalo. – Quem você imagina que mandou a mensagem de texto? Ninguém da galera de Holly é louca por Joanne.

Ela segurou o saco aberto enquanto eu, com dois dedos, ia deixando o livro entrar nele.

– "Quem" não é a parte que está me intrigando. Eu adoraria saber por quê.

Olhar irônico de Conway, enquanto guardava o saco dentro da pasta.

– Meu discurso assustador não foi bom o suficiente para você?

– Foi bom. Mas ele não teria feito com que ninguém sentisse tanto medo que nos mandasse a mensagem de texto sobre isso. Que medo essa chave pode provocar? Por que o assassino iria persegui-la por saber que essa chave estava aqui?

– A não ser... – disse Conway, tirando as luvas, meticulosamente, um dedo atrás do outro. – A não ser que o assassino seja Joanne.

Era a primeira vez que tínhamos um nome a mencionar. Isso fez o ar zunir, ondulando as mantas nos sofás, retorcendo as cortinas.

– Você é quem manda. Mas, se fosse eu, eu ainda não iria atrás dela.

Fiquei meio na expectativa de ela rejeitar o que eu disse. Mas ela não o fez.

— Eu também não. Se Joanne escondeu isso, suas coleguinhas sabiam. Com quem você quer tentar? Alison?

— Eu preferiria Orla. Alison é mais nervosa, sim, mas não é disso que precisamos. Uma forçada, e ela sai correndo para o papai. E nós nos ferramos. — O *nós* fez a sobrancelha de Conway tremelicar, mas ela não disse nada. — Orla é mais sólida. E é lerda o suficiente para nos dar condições de avançar. Eu experimentaria com ela.

— Hum — disse Conway. Ela estava começando a abrir a boca para dizer mais alguma coisa quando ouvimos o barulho.

Um som fino e estridente, que subia e baixava como um alarme. Antes que eu descobrisse o que era, Conway já estava correndo para a porta. O brilho selvagem da explosão no seu rosto quando ela passou por mim dizia *É isso aí*, dizia *Ação*, dizia *Até que enfim*.

Um aglomerado de garotas a meio caminho no corredor, uma dúzia, ou mais. Metade delas já sem uniforme, casacos com capuz e camisetas de cores vivas, balançando bijuterias baratas; algumas terminando de se vestir, segurando botões, enfiando braços nas mangas. Todas elas reunidas, falando nervosas, com a voz alta e veloz, *Que foi? Que foi? Que foi?* No meio do aglomerado, alguém berrava.

Nós éramos mais altos que elas. Por cima das cabeças reluzentes, vimos Joanne e sua turma, cercadas. Alison era a que estava aos berros, encostada na parede, as mãos abertas diante do rosto. Joanne estava tentando fazer alguma coisa, abraçá-la, ser seu anjo da guarda, vai lá saber. Alison estava descontrolada demais até mesmo para isso.

Entre as cabeças, a de Holly era a única que não estava olhando boquiaberta para Alison. Holly estava examinando rostos, com olhos como os do pai. Estava vigiando para ver se alguém ia deixar transparecer alguma coisa.

Conway segurou pelo braço a menina mais próxima, uma moreninha que se sobressaltou e gritou.

— O que houve?

— Alison viu um fantasma! Ela viu, ela disse, disse que viu Chris Harper, o fantasma dele, ela viu...

Os berros não paravam. A menina pulava e tremia com eles.

Conway falou, em voz alta, para que qualquer um que pudesse ouvir alguma coisa ouvisse o que dizia.

– Vocês sabem por que ele voltou, não sabem?

A menina ficou olhando espantada, de boca aberta. Outras meninas estavam começando a olhar para nós, sem entender, como que acompanhando um jogo de tênis, tentando descobrir, em meio àquele barulho enlouquecedor, por que esses adultos não intervinham, assumiam o controle da situação e faziam tudo voltar ao normal.

– Porque alguém aqui sabe quem o matou. Ele voltou para fazer essa pessoa falar. Nós vemos isso o tempo todo, em casos de homicídio, o tempo todo, não é mesmo?

Conway olhou para mim pedindo confirmação. Eu fiz que sim.

– Isso é só o começo. As coisas vão piorar.

– Elas sabem, as vítimas de assassinato sabem. E não gostam quando alguém impede que a justiça seja feita. O Chris não está satisfeito. Ele só vai conseguir descansar quando todo mundo tiver nos contado tudo o que sabe.

A menina abafou um gemido. Gritos sufocados ao nosso redor, uma garota segurando o braço da amiga.

– Ai, meu Deus... – Voz aguda, trêmula, bem à beira de um berro para ir se juntar aos de Alison. – Ai, meu Deus!

– Vítimas de assassinato têm muita raiva. É provável que o Chris fosse um cara simpático, quando estava vivo, mas agora ele não está como vocês se lembram dele. Agora ele está com raiva.

Um arrepio passou por elas. Elas viram dentes e estilhaços de ossos aguçados vindo rasgar sua carne macia.

– Ai, meu Deus.

McKenna chegou, sólida, abrindo caminho entre as garotas em ebulição. Conway largou o braço da menina como um ferro em brasa, recuou um passo, tranquila e rápida.

– Silêncio! – vociferou McKenna, e o burburinho foi se desfazendo até se calar. Só restavam os gritos estridentes de Alison, explodindo como fogos de artifício no ar escandalizado.

McKenna não olhou para nós. Segurou os ombros de Alison e a girou para encará-la.

– Alison! *Quieta!*

Alison sufocou um grito, engasgou com ele. Ficou olhando para McKenna, arquejando, com o rosto vermelho. Ela oscilava como se estivesse suspensa nas mãos avantajadas de McKenna.

– Gemma Harding – disse McKenna, sem tirar os olhos de cima de Alison. – Diga-me o que aconteceu.

Gemma conseguiu recuperar o controle.

– Diretora, nós só estávamos no nosso quarto, não estávamos fazendo nada...

Sua voz parecia a de alguém anos mais jovem; ela mesma parecia anos mais jovem: uma menininha abalada.

– Não estou interessada no que vocês não estavam fazendo – disse McKenna. – Conte-me exatamente o que aconteceu.

– A Alison só foi ao banheiro, e então nós a ouvimos gritando aqui fora. Nós todas saímos correndo. Ela estava...

Os olhos de Gemma passavam velozes pelas outras, à procura de Joanne, tentando obter algum sinal.

– Continue de uma vez – disse McKenna.

– Ela só estava... estava encostada na parede, gritando. Diretora, ela disse, disse que viu o Chris Harper.

A cabeça de Alison caiu para trás e ela deu um ganido agudo.

– Alison – disse McKenna, em tom áspero. – Fique olhando para mim.

– Ela disse que ele agarrou o braço dela. Diretora, tem, tem marcas no braço. Juro por Deus.

– Alison. Mostre-me seu braço.

Alison tentou agarrar a manga do casaco, com os dedos trêmulos. Por fim, conseguiu puxar a manga até o cotovelo. Conway tirou algumas garotas da nossa frente.

De início, parecia a marca de um agarrão, como se alguém tivesse segurado Alison e tentado arrastá-la. Marcas de um vermelho forte, em torno do antebraço: quatro dedos, uma palma, um polegar. Maiores do que a mão de uma garota.

Então, nós chegamos mais perto.

Não era marca de um agarrão. A pele vermelha estava inchada e empelotada, grossa com bolhas minúsculas. Uma queimadura de água fervente, uma queimadura com ácido, uma alergia a alguma planta venenosa.

O grupo de garotas se agitou, pescoços se esticando. Elas gemeram.

– Alguma de vocês desconhece que Alison sofre de alergias? – perguntou McKenna, em tom ácido. – Levante as mãos, por favor.

Todas imóveis.

– Alguma de vocês deixou de algum modo de ver o que aconteceu no semestre passado, quando Alison precisou de atendimento médico depois de pegar emprestado um produto de bronzeamento da marca errada?

Nada.

– Ninguém?

Garotas olhando para as mangas enroladas em torno dos polegares, olhando para o chão, olhando de esguelha umas para as outras. Estavam começando a se sentir bobas. McKenna as estava trazendo de volta ao controle.

– Alison foi exposta a uma substância que detonou suas alergias. Presume-se, já que ela acaba de sair do banheiro, que tenha sido um sabonete ou algum produto usado pelo pessoal da limpeza. Vamos investigar isso e nos certificarmos de que o irritante seja retirado de uso.

McKenna ainda não tinha olhado para nós. Crianças atrevidas não recebem atenção. Mas ela estava falando conosco também, ou para nós.

– Alison vai tomar um anti-histamínico e estará perfeitamente recuperada daqui a uma hora ou duas. Todas as demais voltarão para as salas de convivência e escreverão para mim uma redação de trezentas palavras sobre desencadeadores de alergias, a ser entregue amanhã antes do início das aulas. Estou decepcionada com todas vocês. Vocês têm idade e inteligência suficientes para lidar com esse tipo de situação com bom senso em vez de tolice e histeria.

McKenna tirou a mão do ombro de Alison. Alison largou o corpo encostado na parede.

– Podem ir agora – disse McKenna, apontando para o corredor. – A menos que alguma de vocês tenha algo de *útil* a contar.

– Diretora – disse Joanne. – Uma de nós deveria ficar com ela. Para o caso...

– Não, obrigada. Para as salas de convivência, por favor.

Foram bem juntas em grupinhos, de braços dados, cochichando, olhando de relance para trás. McKenna ficou olhando até elas sumirem de vista.

– Suponho que vocês se deem conta do que provocou tudo isso – disse ela para nós.

– Não faço ideia – disse Conway. Ela se encaixou entre McKenna e Alison, até McKenna desistir. – Alison. Alguém chegou a dizer alguma coisa sobre o fantasma de Chris Harper, antes de você ir ao banheiro?

Alison estava branca, com sombras roxas.

– Ele estava – disse ela, baixinho – no vão daquela porta. Se pendurando do alto da moldura. Com as pernas balançando.

Sempre fazendo alguma coisa, Selena tinha dito. Não acredito em fantasmas. Senti um arrepio subir entre minhas omoplatas do mesmo jeito.

– Acho que devo ter gritado. Seja como for, ele me viu. Pulou dali de cima e veio correndo pelo corredor, muito depressa, e me agarrou. Deu uma risada bem na minha cara. Eu gritei mais e lhe dei um chute, e ele desapareceu.

Ela parecia quase tranquila. Estava esgotada, como uma criancinha depois de vomitar.

– Isso basta – disse McKenna, com uma voz que poderia ter assustado ursos ferozes. – Não importa o que você tenha tocado que desencadeou a reação alérgica, ele causou uma breve alucinação. Fantasmas não existem.

– Seu braço está doendo? – perguntei.

Alison olhou para o braço.

– Está – respondeu ela. – Está doendo de verdade.

– O que não surpreende – disse McKenna, com frieza. – E vai continuar a doer até que ela seja medicada. Por esse motivo, detetives, queiram nos dar licença.

– Ele tinha cheiro de Vick – disse-me Alison, para trás, enquanto McKenna a afastava dali. – Não sei se antes ele tinha cheiro de Vick.

Conway ficou olhando as duas ir embora.

– Quer apostar que as meninas das Uggs espalharam a notícia de que nós estávamos na sala de convivência delas?

– Não vou me arriscar. E o rumor teve bastante tempo para circular.

– Até Joanne. Que precisou adivinhar o que nós estaríamos procurando.

Fiz um gesto de cabeça por trás de Alison. Passos ecoando ruidosos no poço da escada. Ela e McKenna estavam seguindo pela escada num ritmo apressado.

– Aquilo não foi teatro.

– Não. Mas a Alison é sugestionável. E ela já estava meio histérica para começar, depois da entrevista e tudo o mais. – Conway mantinha a voz baixa; estava com a cabeça inclinada para trás para tentar escutar o pipocar das vozes que vinha das salas de convivência. – Ela está indo ao banheiro. Joanne não para de dizer que o fantasma do Chris está todo perturbado. Lembre-se de que ela conhece Alison pelo avesso, sabe exatamente o que fazer para mexer com a amiga. Depois ela passa creme de bronzeamento artificial na mão e dá um aperto no braço de Alison. É uma aposta razoável que Alison vai perder o controle por uma coisa ou outra. Joanne tem esperança de que haja um caos suficiente para nós sairmos correndo da sala de convivência, que deixemos a porta aberta e que ela tenha uma chance de entrar ali rapidinho para surrupiar o livro.

Uma adolescente de 16 anos, eu quase disse. *Ela seria capaz de uma coisa dessas?* Consegui me conter a tempo.

– Alison está usando mangas compridas – preferi dizer.

– Quer dizer que Joanne segurou nela antes de Alison vestir o casaco.

Poderia funcionar. Talvez, mal conseguisse funcionar, mesmo com muita sorte.

– Mas Joanne nem tentou ir à sala de convivência. Ela permaneceu bem aqui, no meio da confusão.

– Vai ver que ela estava apostando que levaríamos Alison embora, que não precisava se apressar.

– Ou Joanne não teve nada a ver com isso. O fantasma foi fruto da imaginação de Alison, e o braço, um acidente, como McKenna disse.

– Poderia ser. Pode ser.

Os passos tinham sumido do poço da escada. Aquele silêncio branco estava voltando a cair, se infiltrando, preenchendo o ar com formas só vistas com o canto do olho, tornando difícil acreditar que qualquer coisa aqui fosse tão simples quanto a imaginação e o acidente.

– McKenna mora aqui? – perguntei.

– Não. Ela tem juízo. Mas não vai voltar para casa enquanto nós estivermos por aqui.

Nós.

– Espero que ela goste da comida do refeitório.

Conway abriu a bolsa com um gesto rápido, verificou o livro bem guardado ali dentro.

– Coisas acontecendo – disse ela, sem nem mesmo tentar esconder o lampejo de satisfação. – Bem que eu disse.

12

De certo modo, elas estavam certas: não foi a mesma coisa na segunda vez que escapuliram, nem na terceira. Acaba se revelando que não faz diferença. A clareira onde se deitam e conversam sempre tem aquela outra por trás, uma promessa à espera do momento exato para se cumprir. Isso empresta um colorido a tudo.

Nunca pensei que eu fosse ter amigas como vocês, diz Becca, bem no meio da terceira noite. *Nunca. Vocês são meus milagres.*

Nem mesmo Julia rebate essa declaração. As quatro mãos estão entrelaçadas na grama, soltas e aquecidas.

Fins de janeiro, dez e meia da noite. Faltam 15 minutos para as luzes serem apagadas, para os alunos do terceiro e do quarto ano no Kilda e no Columba. Chris Harper – escovando os dentes, em parte pensando no frio que se infiltra pelos seus pés a partir do piso de cerâmica do banheiro, em parte ouvindo dois caras atormentando um aluno do primeiro ano num reservado e se perguntando se poderia se dar ao trabalho de fazer com que parem – tem pouco menos de quatro meses de vida pela frente.

À distância de uma faixa de escuridão no Kilda, a neve roça na janela do quarto, com pequenos flocos inconstantes, que não grudam. O inverno tem sido rigoroso: o sol se pondo cedo, a mistura irritante de chuva com neve e o frio incessante que vem prevalecendo. Tudo isso significa que faz uma semana que Julia, Holly, Selena e Becca não saem ao ar livre; e elas estão desassossegadas com esse confinamento e restos de resfriados. Estão discutindo sobre a festa do Dia dos Namorados.

– Eu não vou – diz Becca.

Holly está deitada de pijama na cama, copiando o dever de matemática de Julia, à maior velocidade possível, inserindo um ou outro erro insignificante para dar um tom de autenticidade.

– Por que não vai?

– Porque eu preferia queimar minhas próprias unhas com um isqueiro a me enfiar em alguma roupa idiota, com uma microssaia idiota e um top decotado idiota, mesmo que eu tivesse esse tipo de lixo, que não tenho e nunca vou ter. É por isso.

– Você tem que ir – diz Julia, da cama, onde está lendo de bruços.

– Não tenho, não.

– Se você não for, vão mandar você conversar com a irmã Ignatius, e ela vai lhe perguntar se você não quer ir porque foi abusada quando era pequena; e, quando você lhe disser que não foi, ela vai dizer que você precisa aprender a ter autoestima.

Becca está sentada na cama, os braços em volta dos joelhos, tensos num furioso nó vermelho.

– Eu *tenho* autoestima. Tenho autoestima suficiente para não usar alguma roupa idiota só porque todo mundo está usando.

– Bem, valeu pela delicadeza. Meu vestido não é idiota. – Julia vai usar um vestidinho de nada, preto com bolinhas vermelhas, que ela comprou numa liquidação apenas duas semanas atrás, depois de passar meses juntando dinheiro. É a roupa mais justa que ela já teve, e ela realmente gosta da sua aparência nele.

– O seu vestido não é idiota. Eu no seu vestido ficaria sendo. Porque eu ia *odiar* estar com ele.

– Por que você não usa a roupa que mais lhe agrada? – pergunta Selena, através da blusa do pijama que está vestindo pela cabeça.

– O que mais me agrada é uma calça jeans.

– Então vai de jeans.

– É, *ótimo*. Você também vai?

– Vou usar aquele vestido azul que foi da minha avó. Aquele que eu já mostrei pra vocês. – É um minivestido azul-celeste que a avó de Selena usou na década de 1960, quando trabalhava em lojas maneiras em Londres. Ele está apertado no busto de Selena, mas ela vai usá-lo assim mesmo.

– Como eu imaginava – diz Becca. – Hol, você vai de jeans?

– Ai, droga – diz Holly, apagando um erro que se revelou maior do que o esperado. – Minha mãe comprou pra mim um vestido roxo para o Natal. Até que é legal. Pode ser que eu vá com ele.

– Quer dizer que eu vou ser a única fracassada de jeans, ou então vou precisar comprar algum vestido idiota que eu detesto e que vai fazer de mim uma mentirosa covarde, que só sabe fazer concessões. Não, obrigada, prefiro não ir.

– Compra o vestido – diz Julia, virando uma página. – Dá um motivo pra gente rir.

Becca faz para ela um gesto obsceno. Julia abre um sorriso e retribui da mesma forma. Ela gosta dessa nova Becca agressiva.

– Não é engraçado. Vocês vão me deixar ficar aqui sozinha na tal noite, fazendo os ridículos exercícios da irmã Ignatius para trabalhar a autoestima, enquanto vocês todas vão estar se rebolando em vestidos idiotas por...

– Caramba, então *vem com a gente*.

– Eu não *quero*!

– Então o que você quer? Que todas nós fiquemos no quarto só porque você não está a fim de usar um vestido? – Julia largou o livro e agora está sentada na cama. Por causa da irritação na voz dela, Holly e Selena pararam o que estavam fazendo. – Porque, se é isso, não. Foda-se!

– Achei que tudo isso tem a ver com a gente não ter que fazer coisas só porque todo mundo faz...

– Eu não vou só porque todo mundo vai, cara-pálida. Vou porque realmente *quero ir*. Porque vai ser *legal*. Você já ouviu falar nisso, certo? Se prefere ficar sentada aqui fazendo exercícios de autoestima, divirta-se. Eu vou à festa.

– Ah, valeu... valeu mesmo. Supostamente você é minha *amiga*...

– Certo, o que não quer dizer que eu seja seu pau-mandado...

Becca está ajoelhada em cima da cama, os punhos cerrados e o cabelo estalando de raiva.

– Eu nunca lhe pedi pra...

A lâmpada dá um chiado furioso, um estalo e se apaga. As quatro gritam.

– Calem a boca! – berram as monitoras do segundo andar, de mais adiante no corredor. Ouvem-se um "Putz..." ofegante de Julia, um baque e um

"Ai!" quando Selena dá uma canelada em alguma coisa, e então a luz volta a se acender.

– Caraca! – diz Holly. – O que aconteceu?

A lâmpada está acesa, com total inocência, sem um tremor.

– É um sinal, Becs – diz Julia, com aquele tom ofegante quase sob controle. – O universo quer que você pare de choramingar e vá à festa.

– Ha, ha, muito engraçado mesmo – diz Becca. Ela perdeu o controle da voz, que está parecendo com a voz de uma criança, aguda e trêmula. – Ou vai ver que o universo não quer que *vocês* vão e está contrariado porque disseram que iriam.

– Foi você que fez isso – pergunta Selena a Becca.

– Vocês estão de brincadeira – diz Julia. – Certo?

– Becsie?

– Ai, *por favor* – diz Julia. – Me poupem. Nem pensem numa coisa dessas.

Selena ainda está olhando para Becca. Holly também.

– Eu não sei – diz Becca, finalmente.

– Caramba – diz Julia. – Eu não posso nem mesmo... – Ela se deixa cair direto de bruços na cama e cobre a cabeça com o travesseiro.

– Faz de novo – diz Selena.

– Como?

– Do mesmo jeito que antes.

Becca está olhando espantada para a lâmpada, como se a lâmpada fosse saltar em cima dela.

– Não fui eu. Acho que não. Não sei.

Por baixo do travesseiro, Julia geme.

– Melhor fazer isso rápido – diz Holly –, antes que ela morra sufocada.

– Eu só... – Becca exibe uma palma da mão fina, hesitante. – Eu estava chateada. Por causa do... E eu só... – Ela fecha o punho. A luz se apaga.

Dessa vez ninguém grita.

– Acende ela de novo – diz a voz de Selena, baixinho, no escuro.

A luz volta a se acender. Julia tirou o travesseiro de cima da cabeça e está sentada na cama.

– Ah – diz Becca. Ela está com as costas grudadas na parede e a articulação de um dedo na boca. – Será que eu...?

– Não foi você porra nenhuma – diz Julia. – Foi algum tipo de problema elétrico. Provavelmente a neve.

– Faz de novo – diz Selena.

Becca faz de novo.

Dessa vez, Julia fica calada. Em volta delas todas, o ar estremece, curvando a luz.

– Ontem de manhã – diz Selena –, quando a gente estava se arrumando e eu fui pegar alguma coisa na minha mesinha de cabeceira, minha mão bateu na minha lâmpada de leitura e ela se acendeu. Quando eu parei de tocar nela, ela desligou.

– Falha no funcionamento de equipamento vagabundo – diz Julia. – Noticiário das nove.

– Eu repeti algumas vezes. Para verificar.

Todas se lembram da luz de Selena piscando. O mau tempo já estava atrapalhando tudo: um céu embaçado em contraste com as lâmpadas elétricas criando uma sensação tensa, sufocante. Elas acharam que era só isso, se chegaram a pensar no assunto.

– Então, por que você não disse nada?

– Nós estávamos com pressa. E eu queria pensar melhor. Queria esperar para ver...

Se acontecia com mais alguém. Becca se lembra de soltar a respiração, num sopro rápido.

– Hoje de tarde – diz Holly, quase a contragosto. – Quando fui ao banheiro, no meio da aula de matemática... As lâmpadas no corredor se apagavam quando eu passava debaixo delas e depois se acendiam de novo depois que eu tinha passado. Tipo, todas elas. Achei que era só sei lá o quê. A neve, ou qualquer coisa.

Selena levanta as sobrancelhas para Holly e olha de relance para a lâmpada lá no alto.

– Ai, me poupa – diz Julia.

– Não vai funcionar – diz Holly.

Ninguém responde. O ar ainda tem aquele tipo de tremulação: calor acima da areia, pronto para miragens.

Holly ergue a palma da mão e fecha um punho como Becca. A luz se apaga.

– Cruzes! – diz ela, com um gritinho, e a luz se acende novamente. Silêncio e o ar vibrando. Elas não têm como falar sobre isso.

– Eu não sou paranormal – diz Holly, alto demais. – Ou seja lá o que for. Eu não sou. Aquela coisa em ciências, lembram, adivinhar formas nos cartões? Eu era um lixo.

– Eu também – diz Becca. – Isso aqui é por causa da... vocês sabem. Da clareira. Foi isso o que mudou.

Julia se deixa cair de volta na cama e bate com a cabeça no travesseiro algumas vezes.

– OK, então o que você acha que acabou de acontecer, espertinha?

– Eu já disse. Entrou neve em algum equipamento maluco nos cafundós do judas. Agora a gente pode voltar a brigar sobre como eu não sou sua amiga de verdade? Por favor?

Selena faz o treco com a lâmpada.

– Para! – diz Julia, irritada. – Estou tentando ler.

– Achei que você achava que era neve... – diz Selena, abrindo um sorriso. – Por que está me dizendo pra parar com a coisa?

– Cala a boca. Estou lendo.

– Experimenta você.

– Hã-hã, vou mesmo.

– Duvido que você tente.

Julia lança um olhar fulminante para Selena.

– Está com medo? – pergunta Selena.

– Não há nada do que ter medo. É isso o que estou *dizendo*.

– E então...?

Julia não consegue rejeitar um desafio. Ela volta a se sentar, relutante.

– Não dá pra acreditar que estou fazendo isso – diz ela. Com um suspiro ruidoso, ela levanta a mão e a fecha. Nada acontece.

– Hã-hã – diz Julia. Para sua enorme irritação, uma parte dela está terrivelmente, dolorosamente decepcionada.

– Não valeu – diz Selena. – Você não estava concentrada.

– Hoje de tarde, quando aconteceu com as lâmpadas no corredor – diz Holly –, Naughton estava me espinafrando, lembram? Cliona estava falando, e ela achou que fosse eu. Fiquei emputecida. E...

— Puta *merda* – diz Julia. Ela concentra a atenção na azucrinação de Becca por não querer ir à festa e tenta de novo. Funciona.

Silêncio, novamente. Parece estranho o toque da realidade na pele delas. A realidade está se ondulando e borbulhando ao redor delas; está formando pequenos remoinhos e fazendo jorrar gêiseres em lugares inesperados só por prazer. Elas não querem se mexer, para evitar que ela reaja de algum modo que não estejam prevendo.

— Pena que não seja alguma coisa de útil – diz Holly, com a maior descontração possível. Ela acha que dar muita importância a isso não seria uma boa ideia. Poderia atrair atenção, sem que ela saiba ao certo de *quem* seria essa atenção. – Com a visão de raios X, por exemplo. Nós poderíamos ler as provas na noite anterior.

— Ou nem mesmo nos importar com isso – diz Becca. Ela está com vontade de dar risinhos. Tudo lhe dá a sensação de que estão fazendo cócegas nela. – Se nós ao menos pudéssemos mudar a nota quando os resultados chegassem... Tipo, puxa, tiramos A em tudo! *Isso* seria útil.

— Acho que não é bem assim – diz Selena. Ela está aconchegada na cama, com um enorme sorriso satisfeito. Tem vontade de abraçar todas as três. – Isso não é *para* nada. Simplesmente é algo que existe. Tipo, estava aí o tempo todo; nós só não sabíamos como ter acesso. Até agora.

— Bem – diz Julia. Ela ainda não está nem um pouco satisfeita com isso. Por algum motivo, tem a impressão de que elas deveriam ter reagido com mais vigor, em termos coletivos: saído correndo aos berros, se recusado a acreditar que isso estivesse acontecendo, mudado de assunto sem voltar a mencioná-lo. Só não queria que tivessem agido como se isso fosse alguma coisa para a qual pudessem olhar, dizer *Puxa, uau, que loucura!* e continuar em frente todas animadinhas. Mesmo que não fizesse nenhuma diferença a longo prazo, uma reação daquelas teria dito que elas não eram umas moscas-mortas. – Pelo menos, isso resolve a bobajada da festa do Dia dos Namorados. Não é possível que uma pessoa com superpoderes não tenha coragem suficiente para ir de jeans.

Becca começa a responder, mas é atingida por uma avalanche de risinhos. Ela cai para trás na cama, com os braços abertos, e deixa que o riso sacuda seu corpo inteiro, como se pipocas estivessem estourando dentro dela.

— Legal ver que você parou de reclamar — diz Julia. — E então vai à festa?

— Claro que vou — diz Becca. — Quer que eu vá de maiô? Porque, se quiser, eu vou.

— Apaguem a luz! — berra uma das monitoras, batendo com a mão na porta. Todas elas desligam a luz ao mesmo tempo.

Elas praticam na clareira. Selena leva sua pequena lâmpada de leitura, a pilha. Holly está com uma lanterna. Julia leva um isqueiro. A noite está fria e encoberta com nuvens. Elas precisam ir tateando pelas trilhas que levam à clareira, encolhendo-se a cada vez que um galho dá um zunido ou que um monte de folhas é esmagado com ruído sob seus pés. Mesmo quando chegam à clareira, elas não são nada mais que contornos de sombras, deformadas e não identificáveis. Sentam-se em círculo na grama, com as pernas cruzadas, e passam as luzes de uma para outra.

E funciona. De início, com alguma incerteza: só pequenos bruxuleios hesitantes, com meio segundo de duração, desaparecendo quando elas se espantam. À medida que elas se aprimoram, os bruxuleios se fortalecem e saltam, arrancando seus rostos da escuridão, como máscaras douradas — com um pequeno som de assombro, um misto de risada e arquejo, de alguém — para então voltar a soltá-las. Aos poucos, elas deixam de ser qualquer tipo de bruxuleio; raios de luz sobem como flechas para o alto dos ciprestes, dão a volta e adejam em meio aos ramos, como vaga-lumes. Becca juraria que vê seus rastros rabiscados de um lado a outro das nuvens.

— E para comemorar... — diz Julia, tirando um maço de cigarros do bolso do casaco. Faz anos que ninguém pergunta a Julia se ela tem 16 anos. — Quem disse que isso não teria utilidade? — Ela segura o isqueiro entre o polegar e o indicador, faz surgir uma chama alta e constante, e se aproxima de lado para acender um cigarro sem chamuscar as sobrancelhas.

Elas se acomodam e fumam, mais ou menos. Selena deixou acesa sua luz de leitura, que faz um círculo nítido de grama de inverno subir pela penumbra, com o clarão ricocheteando para pegar dobras de jeans e fragmentos de rostos. Holly termina o cigarro e se deita de bruços com outro, apagado, na palma da mão, concentrando o foco.

— O que você está fazendo? — pergunta Becca, arrastando-se mais para perto para olhar.

– Tentando acendê-lo. Psiu.

– Acho que não funciona desse jeito – diz Becca. – Nós não podemos atear fogo a coisas aleatórias. Podemos?

– Cala a boca ou vou tacar fogo em você. Estou tentando me *concentrar*.

Holly ouve o que disse e se retesa, achando que exagerou, mas Becca rola de lado e cutuca suas costelas com a ponta de um pé.

– Concentre-se nisso – diz ela.

Holly larga o cigarro e agarra o pé dela. A bota de Becca se solta, e Holly se levanta de qualquer maneira para sair correndo com ela. Becca corre mancando atrás de Holly, rindo sem conseguir se controlar e abafando gritinhos quando sua meia pisa em alguma coisa gelada.

Selena e Julia ficam olhando. No escuro, as outras são só um rastro de risos e farfalhadas, descrevendo um círculo em torno da borda da clareira.

– Você ainda está bolada com essa história? – pergunta Selena.

– Não – responde Julia, soprando uma carreira de anéis de fumaça; eles saem atravessando faixas de luz e sombra, desaparecendo e reaparecendo como estranhas criaturinhas noturnas. Ela não consegue se lembrar do exato motivo pelo qual aquilo a incomodou de início. – Eu só estava sendo uma bundona. Está tudo bem.

– Está – diz Selena. – Juro por Deus que está. Mas você não é uma bundona.

Julia vira a cabeça na direção dela, a faixa que ela pode ver, uma sobrancelha suave, uma mecha macia de cabelo e o brilho sonhador de um olho.

– Achei que você estava achando que eu era. Tipo, *Está acontecendo esse troço hipermaneiro; por que ela está mergulhando nessa lama emocional e estragando tudo?*

– Não – diz Selena. – Eu entendi a razão: aquilo podia parecer perigoso. Quer dizer, não me parece. Mas eu entendo que isso seria possível.

– Eu não estava com medo.

– Eu sei.

– Eu não estava.

– Eu sei – diz Selena. – Simplesmente estou feliz por você ter decidido experimentar. Não sei o que nós teríamos feito se você não tivesse experimentado.

– Teriam ido em frente do mesmo jeito.

– Não teríamos, não sem você. Não faria sentido.

Becca conseguiu recuperar a bota e está pulando num pé só, tentando calçá-la antes que Holly a desequilibre com um empurrão. As duas estão rindo, ofegantes. Julia encosta o ombro no de Selena – Julia não é dada a carinhos, mas só de vez em quando ela apoia o cotovelo no ombro de Selena, enquanto elas estão olhando alguma coisa, ou fica com as costas encostadas nas dela na borda do chafariz no Palácio.

– Tola. Tolinha. Cai na real – diz Julia, sentindo que Selena vem ao encontro do seu peso, de modo que as duas se equilibram, sólidas e aquecidas, uma na outra.

Elas estão seguindo pelo corredor, na direção do quarto, levando as botas nas mãos, quando uma voz cantarola nas sombras:

– Ui, ui. Vocês estão na maior *encrenca*.

Elas se sobressaltam e giram, o coração retumbando no peito. Selena está apertando a chave com força, mas as sombras são profundas e elas só veem de quem se trata quando ela sai do esconderijo para o corredor. Joanne Heffernan, monocromática à iluminação fraca deixada ligada para o caso de alguém precisar ir ao banheiro, simplesmente de braços cruzados, um ar de deboche e um baby-doll todo estampado com bocas.

– Puta que pariu – diz Julia, chiando. Joanne troca o deboche por sua cara de santinha, para mostrar que não aprova palavrões. – O que você está fazendo, tentando causar ataques cardíacos na gente?

Joanne aumenta o tom da santidade.

– Fiquei preocupada com vocês. Orla estava indo ao banheiro e viu vocês descendo a escada. Ela achou que podiam estar indo fazer alguma coisa perigosa. Tipo, que envolvesse drogas, bebida ou sei lá o quê.

Becca deixa escapar um bufo de riso. O ar santarrão de Joanne fica congelado por um segundo, mas ela o recupera.

– Nós estávamos na sala de trabalhos manuais – explica Holly. – Costurando cobertores para órfãos na África.

Holly sempre dá a impressão de que está dizendo a verdade. Por um segundo, os olhos de Joanne se arregalam.

– Tive uma visão de são Fodardo – diz Julia – me dizendo que os órfãos precisavam da nossa ajuda.

E o rosto de Joanne volta a assumir um ar devoto, como se estivesse chupando limão.

– Se vocês estavam dentro do colégio – diz ela, avançando –, então o que é isso aqui? – Ela tenta agarrar o cabelo de Selena, que dá um grito e recua com um pulo. Joanne exibe alguma coisa na palma da mão. É um galhinho de cipreste, de um verde intenso, ainda envolto no ar gelado lá de fora.

– É um milagre! – diz Julia. – Louvado seja são Fodardo, padroeiro da jardinagem de interiores.

Joanne larga o galhinho e limpa a mão no baby-doll.

– Eca – diz ela, franzindo o nariz. – Vocês estão cheirando a *cigarro*.

– Emanações das máquinas de costura – diz Holly. – Letais.

Joanne não lhe dá atenção.

– Quer dizer que vocês têm uma chave da porta da entrada.

– Não temos, não. A porta da entrada tem alarme durante a noite – diz Julia. – Você é um gênio...

O que pode ser que Joanne não seja, mas ela também não é burra.

– Então, da porta de acesso ao colégio, e vocês saíram por uma janela. Dá no mesmo.

– E daí? – Holly quer saber. – Se nós tivéssemos saído, o que não aconteceu, por que você se importaria?

Joanne ainda está com cara de santinha – alguma freira em algum momento deve ter lhe dito que ela é parecida com alguma santa –, o que faz com que seus olhos fiquem ligeiramente esbugalhados.

– Isso é perigoso. Alguma coisa poderia acontecer com vocês lá fora. Vocês poderiam ser *atacadas*.

Isso força Becca a abafar mais uma explosão de riso.

– Como se você se importasse – diz Julia. Elas todas se aproximaram, para poder falar sussurrando. A proximidade forçada dá um formigamento, como se estivessem prestes a brigar. – Passe para a parte em que você nos diz o que quer.

Joanne para de se fazer de santa.

– Se vocês se deixam ser apanhadas com tanta facilidade – diz ela –, está óbvio que são burras demais para ficar com a chave. Deveriam entregá-la a alguém que tenha a inteligência necessária para usá-la.

— Então, isso exclui você – diz Becca.

Joanne olha espantada para ela como se ela fosse um cachorro falante que tivesse dito alguma coisa nojenta.

— E você realmente devia voltar a ser aquela pessoa coitadinha demais para abrir a boca – diz ela. – Pelo menos, naquela época, as pessoas sentiam pena de você. — E, falando com Julia e Holly: — Dá para vocês explicarem a essa mocreia por que ela precisa controlar essa sua boca nojenta?

— Deixa que eu me encarrego disso – diz Julia a Becca.

— Para que se dar ao trabalho? – Becca quer saber. – Vamos dormir.

— Ai... Meu... Deus... – diz Joanne, batendo com a mão na testa. — Como vocês conseguem não matar essa aí? Hellooo, acompanha o pensamento: vocês precisam se dar ao trabalho porque se eu chamar a governanta e ela vir vocês vestidas desse jeito, ela vai saber que vocês estiveram lá fora. É isso o que vocês querem?

— Não – diz Julia, pisando no pé de Becca. – Nós todas adoraríamos se você simplesmente voltasse para a cama e se esquecesse de que nos viu.

— Claro. Então, se vocês querem que eu lhes faça um tremendo favor como esse, na realidade deveriam ser gentis comigo.

— Podemos ser gentis.

— Ótimo. A chave, por favor – diz Joanne. – Muuuito obrigada. – E ela estende a mão.

— Vamos fazer uma cópia para você amanhã – diz Julia.

Joanne nem se dispõe a responder. Simplesmente fica ali parada, com a mão estendida, o olhar parado em nenhuma delas em especial.

— Ora, *vamos*. Caramba.

Joanne arregala os olhos só um pouco. Mais nada.

O silêncio vai se apertando mais.

— Tudo bem. OK – diz Julia, depois de um bom tempo.

— *Nós* é que talvez um dia façamos uma cópia para *vocês* – diz Joanne, generosa, quando a mão de Selena vem se aproximando dela. – Se vocês se lembrarem de ser gentis e se conseguirem ensinar à Mocinha Espertinha ali o que gentil significa. Acham que vão conseguir isso?

Significa semanas, meses, anos, de sorrisos submissos quando Joanne lançar comentários maldosos na direção delas, de ficar pedindo por favor, queridinha, de joelhos, se agora podemos pegar nossa chave, de assistir enquanto ela inclina a cabeça para o lado, reflete para saber se elas merecem a chave ou não e decide que infelizmente elas não merecem. Significa o fim dessas noites; o fim de tudo. Elas sentem vontade de enrolar o ar da noite em volta do pescoço de Joanne e puxar. Os dedos de Selena se abrem.

Joanne toca na chave, e sua mão recua num movimento brusco. A chave escorrega e cai girando no chão do corredor; enquanto Joanne guincha, como se não tivesse fôlego para dar um berro.

– Ai, meu Deus, ela me *queimou*. Ai, ai, ai, ela queimou. O que vocês *fizeram*...?

Holly e Julia estão bem na sua cara, chiando com violência.

– Cala a boca, *cala a boca*!

Mas sua reação não foi rápida o suficiente.

– O que vocês querem? – vem do fim do corredor a voz das monitoras, sonolentas e irritadas.

Joanne gira de repente para chamar a monitora.

– Não! – sussurra Julia, agarrando o seu braço. – Anda. Vai para seu quarto. Nós lhe damos a chave amanhã. Eu juro.

– Me larga – rosna Joanne, simplesmente furiosa, de tão aterrorizada. – Vocês vão se *arrepender* de verdade por isso. Olhem para minha mão. Vejam o que *fizeram*...

A mão dela está perfeitamente bem, não há sequer uma marca, mas a luz é fraca e Joanne está se mexendo. Elas não podem ter certeza. Lá do fim do corredor, menos sonolenta e mais irritada, vem a voz:

– Se eu precisar ir aí fora, juro por Deus...

A boca de Joanne vai se abrindo de novo.

– Presta atenção! – diz Julia, chiando, com toda a força que consegue acumular. – Se nós formos apanhadas, ninguém vai ficar com a chave. Entendeu? Vai dormir. Amanhã, a gente resolve tudo. *Vai* de uma vez.

– Vocês são umas piradas – diz Joanne, com desprezo. – Pessoas normais não deveriam estar na mesma escola que vocês. Se eu ficar com uma cicatriz na mão, vou *processar* vocês. – Ela gira para entrar no quarto, fazendo esvoaçar o baby-doll de marcas de bocas abertas.

Julia agarra o braço de Becca e corre para a porta do quarto delas, sentindo que as outras estão ali atrás, velozes e caladas, como quando seguem pelas trilhas até a clareira, Selena mal perturbando o ritmo para apanhar a chave do chão. Já ali dentro, com a porta fechada, Holly gruda a orelha na porta. Mas a monitora não quis se dar ao trabalho de sair da cama, agora que os ruídos pararam. Elas estão a salvo.

Selena e Becca estão abafando, nas mangas das roupas, risinhos, ofegantes e descontrolados.

– A *cara* dela... caraca, você viu a *cara* dela? Eu quase morri...

– Deixa eu tocar na chave – sussurra Becca. – Vem cá, deixa eu sentir...

– Não está quente agora – diz Selena. – Está perfeita.

Elas encontram Selena no escuro e estendem os dedos para tocar na chave na sua mão aberta. Está com o calor da palma da mão, nada mais que isso.

– Você viu ela *pular*? – diz Becca, quase tonta de prazer. – Zunindo pelo corredor afora, para longe daquela vaca...

– Ou a chave quicou – diz Julia. – Porque Joanne a deixou cair.

– Ela *pulou*. A *cara* da Joanne, foi incrível. Eu daria qualquer coisa por uma foto...

– E quem foi que fez aquilo? – Holly quer saber. Ela acende sua lâmpada de leitura, meio escondida debaixo do travesseiro, para elas poderem se trocar sem derrubar nada. – Foi você, Becs?

– Acho que fui eu – diz Selena. – Ela joga para Julia a chave, que reluz como um ínfimo meteoro riscando o ar entre elas. – Mas no fundo não faz diferença. Se eu posso fazer uma coisa dessas, vocês também podem.

– Ah, *legal* – diz Becca, se contorcendo para tirar todas as camadas de roupa ao mesmo tempo e as chutando para debaixo da cama. Ela veste o pijama de qualquer maneira e volta para a cama, onde equilibra a tampa da sua garrafa de água na beira da sua mesinha de cabeceira e começa a tentar derrubá-la sem tocar nela.

Julia está malocando a chave de volta na capa do seu celular.

– Da próxima vez, você podia deixar para fazer esse tipo de coisa numa hora em que isso não fosse nos meter numa tremenda encrenca? Tipo, por favor?

– Não fiz de propósito – responde Selena, a voz abafada pelo casaco de capuz que está tirando pela cabeça. – Simplesmente aconteceu, porque eu estava ficando toda tensa. E, se não tivesse acontecido, Joanne teria ficado com a chave.

– Bem, não me parece que ela vá esquecer essa história toda. Vamos precisar lidar com a situação amanhã, só isso. E agora ela está morrendo de raiva de nós.

Isso esfria o ambiente.

– A mão dela está bem – diz Selena. – Ela só está fazendo drama.

– Certo. Ela é só uma vaca com ódio da gente e fazendo drama. Como isso melhora nossa situação?

– O que a gente vai fazer? – pergunta Becca, desviando os olhos da tampa da garrafa.

– O que você acha que a gente deve fazer? – diz Holly, enfiando pulôveres no guarda-roupa. – Fazemos uma cópia da chave para ela. A menos que vocês queiram mesmo ser expulsas.

– Por que seríamos expulsas? Ela não pode provar que fizemos nada.

– OK: a menos que vocês nunca mais queiram sair. Porque, se sairmos, Joanne pode ir correndo avisar à governanta, "Ai, governanta, por acaso acabei de ver todas elas descendo a escada e estou muito *preocupada* com elas", e aí a governanta fica esperando e nos apanha na volta. E *então* nós somos expulsas.

– Deixem comigo – diz Julia, vestindo a calça do pijama. – Eu converso com ela. Acho que a loja de ferragens do lado do Palácio faz chaves.

– Ela vai estar insuportável – diz Holly.

– É, vai mesmo. Vou precisar pedir desculpas pelo que você disse, espertinha. – Julia está se dirigindo a Becca. – Você acha que estou ansiosa por me humilhar diante daquela bundona?

– Você não vai precisar fazer isso – diz Becca. – Agora ela está com medo da gente.

– Está com medo pelos próximos dez segundos. Depois disso, ela vai transformar toda a história em algum tipo de drama na cabeça dela, em que ela é a heroína e nós, as bruxas do mal que tentaram matá-la com o fogo, mas ela era simplesmente boa demais. E eu vou precisar pedir desculpas por isso também. E ainda convencê-la de que a chave só parecia quente porque era Lenie quem a estava segurando e a mão dela estava quente de correr ou sei lá do quê. – Julia sobe na cama e se joga com força no travesseiro. – Vai ser muito, muito legal.

– Pelo menos, assim nós ficamos com a nossa chave – diz Selena.

– Nós teríamos ficado de qualquer maneira. Teríamos feito Joanne mudar de ideia, ou simplesmente teríamos roubado outra chave. Você não precisava dar uma de *poltergeist* pra cima dela.

– Melhor do que ficar *sim, Joanne, não, Joanne, como você quiser, Joanne*, deixar aquela vaca idiota mandar na gente... – diz Becca, com a voz cada vez mais tensa.

A tampa da garrafa dá um pulinho na mesinha de cabeceira e cai no chão.

– Olhem! – diz Becca, com um gritinho e tampa a boca com a mão quando as outras fazem "psiu" para ela. – Não, olhem! Eu consegui.

– Maravilha – diz Holly. – Vou tentar de manhã.

– O que a gente está fazendo? – pergunta Julia de repente, com veemência. – Toda essa merda: isso e as lâmpadas. No que estamos nos metendo?

As outras olham para ela. Àquela luz, ela volta a ser a silhueta indecifrável da clareira, apoiada nos cotovelos, um arco retesado.

– Eu estou ficando feliz – diz Becca. – É nisso que estou me metendo.

– Nós não estamos *explodindo* coisas – diz Holly. – Não é como se de repente tudo fosse se tornar horrível.

– Você não sabe. Não estou dizendo, puta merda, vamos liberar espíritos demoníacos. Só estou dizendo que esse troço é esquisito. Se só funcionasse na clareira, tudo bem. É uma coisa isolada, com seu próprio lugar isolado. Mas está funcionando *aqui*.

– E daí? – pergunta Holly. – Se ficar esquisito demais, é só a gente parar. Qual é o problema?

– Ah, é? Só parar? Lenie, você nem mesmo queria que a chave ficasse quente. *Simplesmente aconteceu*, porque você estava ficando estressada. Foi o mesmo com a Becs. Na primeira vez que ela desligou a luz, aconteceu porque nós estávamos brigando. Quer dizer que, se a irmã Cornelius me aporrinhar por algum motivo, é só eu ir em frente e zunir um livro naquela sua cara gorda, o que, tudo bem, seria muito engraçado, mas provavelmente não seria a melhor ideia neste mundo? Ou será que vou precisar me vigiar o tempo todo para me certificar de sempre estar totalmente zen, cara, para poder viver como uma pessoa normal?

– Fale por si mesma – diz Holly, bocejando, enquanto vai se enfiando nas cobertas. – Quanto a mim, eu sou normal.

– Eu não sou – diz Becca. – E não quero ser.

– Só precisa a gente se acostumar – diz Selena, com delicadeza. – No começo, você não gostou da história das lâmpadas, não foi? E hoje de noite você disse que tudo bem.

– É – diz Julia, daí a um instante. A clareira de repente surge na sua mente como uma chama. Se não fosse o problema com Joanne, ela vestiria de novo todos os pulôveres e voltaria para lá, onde tudo dá a impressão de ser límpido e fácil de compreender, nada apresenta contornos indefinidos nem está marcado com avisos de perigo. – Vai ver que é isso.

– Vamos sair de novo amanhã de noite. Você vai ver. Vai dar tudo certo.

– Ai, meu Deus – diz Julia, com um gemido, deixando-se cair para trás. – Se quisermos fazer isso amanhã, vou precisar me entender com aquela tal da Heffernan. Eu estava tentando me esquecer dela.

– Se ela criar qualquer encrenca – diz Holly –, é só fazer que ela se dê um tapa na cara com a própria mão. O que ela vai poder fazer? Dedurar você? – E elas adormecem antes de parar de rir.

Quando as outras estão dormindo, Becca estende um braço para fora da cama, no ar frio, e abre sem esforço sua mesinha de cabeceira. Tira dali, um de cada vez, seu celular, um vidrinho de nanquim azul, uma borracha com um alfinete fincado e um lenço de papel.

Ela roubou o nanquim e o alfinete da sala de artes, no dia seguinte ao juramento. Por baixo das cobertas, ela levanta a blusa do pijama e põe o celular num ângulo para iluminar a pele pálida logo abaixo das costelas. Prende a respiração – para se certificar de que não vai se mexer, não para se preparar para a dor; a dor não a incomoda –, enquanto faz um furinho na pele, só com a profundidade suficiente, e esfrega a tinta para ela penetrar. Becca está se aprimorando nisso. Agora, são seis pontos, que formam um arco para baixo e para dentro a partir da extremidade inferior direita da sua caixa torácica, pequenos demais para serem notados a menos que alguém chegasse mais perto do que qualquer pessoa vai conseguir chegar. Um para cada momento perfeito. O juramento; as três primeiras escapulidas; às lâmpadas; e a noite de hoje.

O que vem ocorrendo a Becca, desde que tudo isso começou, é o seguinte: o real não é o que eles tentam lhe dizer que é. O tempo não é real. Os adultos martelam todos esses sinais, campainhas, horários, intervalos, para demarcar o tempo, para que você comece a acreditar que ele é alguma coisa pequena e cruel, alguma coisa que vai descamando aos poucos tudo que você ama até não restar nada; para prender você ao chão de modo que não levante voo e saia por aí, dando saltos mortais através de sorvedouros de meses, roçando por redemoinhos de segundos cintilantes, derramando punhados de horas sobre o rosto voltado para cima.

Ela seca o excesso de tinta em torno do ponto, cospe no lenço e dá mais uma secada. O ponto lateja, uma dor morna, gratificante.

Essas noites no arvoredo não são degradáveis; não podem ser esfoliadas. Elas sempre existirão, se ao menos Becca e as outras puderem encontrar o caminho de volta. Elas quatro, sustentadas pelo juramento que fizeram, são mais fortes que os ridículos horários e campainhas de qualquer um. Daqui a dez, vinte, cinquenta anos, elas poderão passar sorrateiras por esses marcos e se encontrar na clareira, nessas noites.

Os pontos da tatuagem têm essa finalidade: são marcos indicadores, caso um dia ela precise deles, para guiá-la de volta ao lar.

13

A sala de convivência do quarto ano parecia menor que a do terceiro, mais escura. Não eram só as cores, verdes frios em vez dos laranjas; nesse lado, o prédio não deixa entrar o sol da tarde, conferindo à sala uma penumbra subaquática que as lâmpadas no teto não conseguiam derrotar.

As garotas estavam todas reunidas em grupos, tagarelando baixinho. A turma de Holly era a única em silêncio: Holly sentada num peitoril; Julia encostada nela, puxando e soltando um elástico de cabelo em torno do pulso; Rebecca e Selena de costas uma para a outra no chão ali embaixo. Todas com os olhos concentrados e distantes, como se estivessem lendo a mesma história escrita no ar. Joanne, Gemma e Orla estavam amontoadas num dos sofás, Joanne sussurrando rápida e furiosa.

Isso foi só por um instante. Então todas se viraram para a porta. Frases partidas no meio de uma palavra, rostos inexpressivos, só olhando.

– Orla – disse Conway. – Precisamos falar com você.

Orla deu a impressão de que talvez fosse empalidecer, ao que eu pudesse discernir, por trás do bronzeado laranja.

– Comigo? Por que eu?

Conway manteve a porta aberta até Orla se levantar e vir, arregalando os olhos para trás para suas amigas. Joanne lhe lançou um olhar como uma ameaça.

– Vamos conversar no seu quarto – disse Conway, examinando o corredor. – Qual é ele?

Orla indicou, mais para a outra ponta.

Dessa vez, nada de Houlihan. Conway estava contando comigo para protegê-la. Tinha de ser um bom sinal.

O quarto era grande, arejado. Quatro camas, acolchoados com cores vivas. Cheiro de calefação e de quatro desodorantes corporais de perfumes conflitantes tornando o ar mais denso. Pôsteres de jovens cantoras agressivas e caras tranquilos, que eu mais ou menos reconhecia, todos eles com lábios carnudos e cabelos que exigiram o trabalho de três pessoas durante uma hora. Mesinhas de cabeceira meio abertas, peças do uniforme jogadas nas camas, no chão: quando os gritos começaram, Orla, Joanne e Gemma estavam trocando o uniforme por roupas comuns, se aprontando para fosse lá o que fosse que elas faziam no pequeno período de liberdade antes do chá.

As roupas espalhadas mais uma vez me deram aquele tranco, mais forte: *Fora daqui*. Sem nenhum bom motivo, nenhum sutiã à vista, nem nada. Mas eu ainda me sentia um tarado, como se tivesse invadido o quarto quando as quatro estavam se trocando e não me dispusesse a sair dali.

– Legal – disse Conway, olhando ao redor. – Melhor do que o que nós tínhamos na escola de formação, não é mesmo?

– Melhor do que o que eu tenho agora – disse eu. Era só uma parte da verdade. Gosto da minha casa: um apartamento pequeno, ainda meio vazio porque prefiro juntar dinheiro para comprar uma coisa boa a comprar logo de cara quatro peças de carregação. Mas o pé-direito alto, as molduras ornamentadas, a luz e o espaço verde bem ali, do lado de fora da janela: não tenho como poupar para isso. Meu apartamento dá direto para um prédio igual de apartamentos, perto demais para que qualquer luz consiga entrar.

Nada dizia qual parte do quarto pertencia a quem. Tudo parecia igual. A única pista eram as fotos nas mesinhas de cabeceira. Alison tinha um irmãozinho; Orla, um punhado de irmãs grandalhonas. Gemma andava a cavalo. A mãe de Joanne era a cara da filha, com o acréscimo de algum preenchimento.

– Hum – disse Orla, parada junto da porta. Tinha trocado seu uniforme por um pulôver rosa-claro com capuz e short de jeans rosa por cima de uma malha. Parecia um marshmallow num palito. – Tudo bem com a Alison?

Nós nos entreolhamos, Conway e eu. Demos de ombros.

– Pode levar um tempo – disse eu. – Depois daquilo.

– Mas... quer dizer, a srta. McKenna não disse? Que ela só precisava do remédio para alergia?

Nós nos entreolhamos de novo. Orla tentava vigiar a nós dois ao mesmo tempo.

– Acho que Alison sabe muito bem o que viu, melhor do que McKenna – disse Conway.

Orla ficou boquiaberta.

– Vocês acreditam em fantasmas? – Não era o que ela tinha esperado, nem o que estava procurando.

– Quem disse alguma coisa sobre acreditar? – Conway folheou uma revista que estava em cima da mesinha de cabeceira de Gemma; viu quais eram as celebridades. – Não. Nós não acreditamos. Nós sabemos. – E para mim: – Se lembra do caso O'Farrell?

Eu nunca tinha ouvido falar no caso O'Farrell. Mas soube o que Conway pretendia, como se ela me tivesse passado uma cola durante alguma aula. Conway queria que Orla ficasse apavorada.

Fiz para ela uma careta de aviso, com os olhos arregalados, abanando a cabeça.

– Que foi?

– No caso O'Farrell, eu e o detetive Moran trabalhamos juntos. O cara, bem, ele costumava encher a mulher de pancada...

– *Conway.* – Apontei para Orla, virando o queixo bruscamente para ela.

– *Que foi?*

– Ela é só uma criança.

Conway jogou a revista na cama de Alison.

– Bobagem. Você é só uma criança?

– Hã? – Orla entendeu. – Hum, não?

– Viu? – disse Conway para mim. – Então, um dia o O'Farrell está dando uns tabefes na mulher, e o cachorrinho dela o ataca, tentando proteger sua dona, certo? O cara põe o cachorro para fora da sala e volta ao que estava fazendo...

Dei um suspiro exasperado, esfreguei minha cabeça até ficar todo despenteado. Comecei a andar pelo quarto, para ver o que pudesse ver. Punhado de lenços de papel no lixo, manchados com aquele rosa-alaranjado que só existe no mundo da maquiagem. Uma esferográfica estragada. Nenhum fragmento de livro.

– Mas o cachorro está arranhando a porta, ganindo, latindo. O'Farrell não consegue se concentrar. Ele abre a porta, agarra o cachorro, atira o bichinho no muro, esmagando seu crânio. Então volta e acaba com a mulher.

– Ai meu Deus. Que horror!

O celular de Gemma estava na mesinha de cabeceira; o de Alison, em cima da cama. Não pude ver os outros dois, mas a mesinha de Joanne estava um pouco aberta.

– Tudo bem se eu der uma olhadinha por aqui? – perguntei a Orla. Não uma busca adequada, isso poderia esperar. Só queria dar uma olhada e perturbar Orla um pouquinho mais enquanto fazia isso.

– Hum, você precisa...? Tipo, precisa mesmo? – Ela tentou encontrar uma forma de dizer não, mas minha mão já estava a meio caminho da porta da mesinha, e a cabeça dela estava meio ocupada com o conto de fadas de Conway. – Acho que tudo bem. Quer dizer...

– Obrigado. – Não que eu precisasse da permissão dela. Só estava me mantendo no papel do policial bonzinho. Dei-lhe um sorriso animado e comecei a mexer na mesinha. Orla abriu a boca para voltar atrás, mas Conway já estava avançando.

– Nós aparecemos. – Conway fez um gesto mostrando nós dois. – O O'Farrell jura que foi um ladrão. Ele era bom. Quase caímos na conversa. Mas então nós o fizemos sentar na cozinha e começamos a fazer perguntas. Cada vez que O'Farrell diz alguma mentira sobre o ladrão imaginário, ou sobre como ele amava a mulher, vem um barulho esquisito do lado de fora da porta.

A mesinha de Joanne: alisante para cabelo, maquiagem, bronzeador artificial, iPod, porta-joias. Nenhum livro, nem velho, nem novo. Nada de celular. Devia estar com ela.

– Esse barulho, é tipo... – Conway arranhou as unhas na parede perto da cabeça de Orla, de repente e com força. Orla se sobressaltou. – É exatamente como um cachorro arranhando uma porta. E aquilo está deixando o O'Farrell pra lá de nervoso. Cada vez que ouve o ruído, ele se vira assustado e perde sua linha de pensamento. Ele olha pra nós como se perguntasse, *Vocês ouviram isso?*

– Está suando – digo eu. – Escorrendo. Branco como papel. Parecia que ia vomitar.

Foi tão fácil que me surpreendeu. Dava a impressão de que tínhamos treinado meses a fio, Conway e eu, ziguezagueando pelas curvas e reviravoltas da história, um ao lado do outro. Sem tropeços. Macio como veludo.

Parecia uma alegria, só que uma alegria que não se procurou e não se quer. Aquele meu parceiro dos sonhos, aquele das aulas de violino e dos setters vermelhos: era assim que nós éramos juntos, ele e eu.

A mesinha de Orla: alisante de cabelo, maquiagem, bronzeador artificial, iPod, porta-joias. Celular. Nenhum livro. Deixei a porta aberta.

Orla nem notou o que eu estava fazendo. Estava de queixo caído.

– O cachorro não tinha morrido? – ela quis saber.

Conway conseguiu não revirar os olhos.

– Tinha. Ele estava morto, mesmo. A Polícia Técnica já o tinha levado embora e tudo o mais. É essa a questão. O detetive Moran pergunta ao O'Farrell, "Você tem outro cachorro?" O O'Farrell nem consegue falar, mas só faz que não.

A mesinha de Alison: alisante, maquiagem, blá-blá-blá, nada de livro, nenhum celular a mais. A de Gemma: mesma história, além de um frasco com cápsulas de algum produto de ervas com a garantia de deixá-la magra.

– Nós voltamos ao interrogatório, mas o barulho não para. Não conseguimos nos concentrar, sabe? Por fim, o detetive Moran se irrita. Levanta-se de um salto e vai na direção da porta. O'Farrell praticamente cai da cadeira, aos urros, "Pelo amor de Deus, *não abra aquela porta*."

Conway era boa. O quarto tinha mudado: movimentação em lugares escuros, pulsação em lugares iluminados. Orla estava hipnotizada.

– Mas é tarde demais. O Moran já está abrindo a porta. Até onde a gente possa ver, eu e ele, a entrada está vazia. Não tem nada ali. E então o O'Farrell começa a berrar.

Um guarda-roupa espaçoso, ao longo de toda uma lateral do quarto. Dentro, ele era dividido em quatro. Um emaranhado de coisas coloridas se derramando.

– Nós olhamos em volta. O'Farrell está fugindo para trás da cadeira, agarrando o pescoço. Uivando como se alguém o estivesse matando. Primeiro, a gente acha que ele está fingindo, certo? Para se livrar das perguntas? E então a gente vê o sangue.

Orla deixa escapar um ganido ofegante. Tentei verificar as gavetas sem tocar em nada íntimo das meninas. Bem que eu queria que Conway estivesse fazendo essa parte. Havia absorventes ali dentro.

– Está escorrendo entre os dedos dele. O cara está no chão, se debatendo, uivando. "Tira ele de cima de mim! Tira ele de cima de mim!" Moran e eu estamos nos perguntando o que pode estar acontecendo. Nós o arrastamos lá para fora. Não sabemos que outra coisa fazer, achamos que o ar livre pode ajudar. Ele para de berrar, mas ainda está gemendo, segurando o pescoço. Nós afastamos as mãos dele. E juro por Deus – Conway estava bem perto, com os olhos fixos nos de Orla – eu conheço mordidas de cachorro. Aquilo no pescoço do O'Farrell, aquilo era mordida de cachorro.

– Ele morreu? – perguntou Orla, com a voz fraca.

– Não. Só levou uns pontos.

– O cachorro era bem pequeno – disse eu, me desviando dos sutiãs de alguém. – Não tinha como causar muito estrago.

– Depois que os médicos cuidaram dele – disse Conway –, O'Farrell desembuchou. Confessou tudo. Quando nós o levamos, já algemado, ele ainda berrava: "Não deixem ele chegar perto de mim! Não deixem ele me pegar!" Um adulto, implorando como uma criancinha.

– Nem chegou a ser julgado – disse eu. – Foi parar no manicômio. E ainda está lá.

– Ai, meu Deus – disse Orla, do fundo do coração.

– Por isso – diz Conway –, quando McKenna diz que fantasmas não existem, desculpe se nós damos uma risada.

Nas gavetas do guarda-roupa não havia nada que não devesse estar ali, não numa verificação rápida. Mas havia muita coisa: aquelas quatro poderiam ter aberto sua própria filial da Abercrombie & Fitch. Nada nos bolsos das roupas penduradas.

— Nós não estamos dizendo que Alison realmente viu o fantasma do Chris Harper – disse eu, em tom tranquilizador. – Não em termos definitivos.

— Claro que não – concordou Conway. – Ela poderia ter imaginado tudo aquilo.

— Bem – disse eu, remexendo nos sapatos. – Ela não imaginou aquilo no braço. – Nada no piso do guarda-roupa.

— Não, aquilo não. Acho que poderia ter sido talvez uma alergia, ou sei lá o quê. Quem vai saber? – Ela encolheu os ombros, sem demonstrar convicção. – O que eu quero dizer é só que, se eu soubesse de qualquer coisa que estivesse relacionada ao Chris e estivesse guardando segredo, não ia gostar de pensar na hora em que as luzes forem apagadas hoje de noite.

Liguei para o número que tinha me mandado a mensagem de texto. Todos os celulares continuaram escuros. Nenhum toque vindo de algum lugar debaixo de uma cama, de uma pilha de roupas que eu tivesse examinado superficialmente.

— Detesto admitir isso – disse eu. Olhei para trás por cima do ombro, fiz que estremeci. – Eu também não.

Os olhos de Orla percorrendo o quarto, batendo nos cantos, nas sombras. Medo de verdade.

A história de Conway tinha acertado o alvo. E ela não estava mirando só em Orla. A história do fantasma, ou a parte dela de que Orla conseguisse se lembrar, estaria circulando entre as alunas do quarto ano dentro de meia hora.

— Por falar nisso... – Conway apanhou a pasta e se deixou cair sentada, bem acomodada na cama de Joanne, bem em cima do uniforme da garota. Os olhos de Orla se arregalaram, como se Conway tivesse feito alguma coisa audaciosa. – Pode ser que você queira dar uma olhada nisso.

Orla foi se aproximando.

— Sente-se – disse Conway, dando um tapinha na cama. Um segundo depois, Orla afastou a saia de Joanne para um lado, com cuidado, e se sentou.

Fechei a porta do guarda-roupa, encostei-me nela. Saquei meu caderno. Fiquei de olho na porta, para ver qualquer movimentação de sombra por trás dela, lá fora no corredor.

Conway abriu a pasta, tirou de dentro o saco de provas e o deixou cair direto no colo de Orla, tudo antes que a garota tivesse a oportunidade de calcular o que estava acontecendo.

— Você já viu isso antes.

Orla deu uma olhada no livro de Teresa e mordeu os lábios, com força. Respirou chiando, pelo nariz.

— Faça-nos um favor – disse Conway. – Não tente nos dizer que você não sabe o que está aí dentro.

Orla tentou fazer que não, dar de ombros e parecer inocente, tudo ao mesmo tempo. Acabou parecendo algum tipo de espasmo.

— Orla. Preste atenção. Não estou lhe perguntando se isso era seu. Estou lhe dizendo que nós já sabemos. Se você tentar mentir sobre isso, tudo o que vai conseguir é que nós fiquemos irritados e que o Chris fique irritado. É isso o que você quer?

Encurralada entre a falta de inteligência e o pavor, Orla enveredou pela única saída que pôde ver.

— É da Joanne!

— O que é dela?

— A chave. Era da Joanne. Não era minha.

Na mosca. Direto, a nossa Orla entregava as amigas com a maior rapidez possível. As narinas retesadas de Conway mostravam que ela também sentia o cheiro.

— Tanto faz. Foi você que a roubou da enfermaria.

— Não! Juro por Deus. Nós nunca roubamos nada.

— Então me diga como ela foi parar nas suas mãos. Está querendo dizer que a enfermeira lhes deu a chave porque não conseguiu resistir aos seus rostinhos lindos?

O rosto de Orla se iluminou com aquele rancor sutil.

— Ela era de Julia Harte. Vai ver que foi ela que roubou, ou uma delas. Nós pegamos uma cópia com ela. Quer dizer, Joanne pegou. Não fui eu.

Não acertamos no alvo. Todas as oito, suspeitas de postar o cartão. Agora todas as oito, com a possibilidade de serem testemunhas do crime.

E todas as oito, desde que a oportunidade se encaixasse, suspeitas do crime em si.

Conway levantou a sobrancelha.

– Ah, bom. Joanne pediu com educação. Julia respondeu: "Sem problema. O que você quiser, querida." Foi assim? Porque vocês todas são grandes amigas?

Orla deu de ombros.

– Quer dizer, eu não sei. Não estava lá.

Eu também não tinha estado lá, mas eu sabia. Chantagem: Joanne tinha avistado Julia entrando ou saindo, *Nos dê a chave ou vamos falar.*

– Quando foi isso?

– Tipo, há séculos.

– Quando foi há séculos?

– Depois do Natal, do *outro* Natal. Eu nem mesmo *pensei* nisso o ano inteiro.

– Quantas vezes você usou a chave?

Orla se lembrou de que poderia se encrencar nesse caso.

– Eu não. Eu juro. *Juro* por Deus.

– Você vai continuar jurando quando a gente encontrar suas impressões digitais na chave toda?

– Eu peguei a chave algumas vezes ou a devolvi no lugar. Mas foi para a Joanne e para a Gemma. Não para mim.

– Você nunca escapuliu? Nem uma vez?

Orla ficou desconfiada. Abaixou ainda mais a cabeça.

– Orla – disse Conway, bem de perto, ali acima dela. – Você precisa que eu explique de novo por que ficar de boca calada não é uma boa ideia?

Mais um lampejo daquele medo.

– Quer dizer, eu saí uma única vez – disse Orla. – Nós quatro fomos. Íamos nos encontrar com uns caras do Columba nos terrenos do colégio, só para a gente se divertir. – E tomar cerveja... e um baseado... e uns amassos. – Mas era tudo tão *assustador* lá fora. Quer dizer, era realmente escuro; eu não tinha imaginado que seria tão escuro assim. E tinha todos aqueles barulhos nos arbustos, como bichos. Os caras não paravam de dizer que eram ratos. *Eca.* E nós teríamos sido expulsas se fôssemos apanhadas. E os caras... – Um meneio do corpo, desconfortável. – Quer dizer, eles estavam estranhos naquela noite. Maus. Eles estavam, eles não paravam...

Os caras tinham tentado forçar as garotas. Bêbados, talvez. Talvez não. Nenhum jeito de saber como aquilo tinha terminado. Não era nosso problema.

– Por isso, não, obrigada. Eu não quis saber de sair de novo. E nunca saí sozinha.

– Mas Joanne saía. E Gemma também.

Orla mordeu o lábio inferior e reprimiu um risinho. Aquele medo foi esquecido com a maior facilidade. Sumiu no instante em que fofocas de ordem sexual entraram em cena.

– É. Só algumas vezes.

– Elas iam se encontrar com caras. Quem eram eles?

Um dar de ombros, meio encurvado.

– Chris? Não, peraí... – O dedo de Conway subiu, como advertência. – Lembre-se: você não vai querer mentir nesse caso.

– Hã-hã – foi a pronta resposta. – O Chris não. E elas teriam dito se fosse ele.

– Ele estava lá na noite em que vocês todas foram?

Ela fez que não.

– Foi assim que vocês souberam que a Selena e o Chris estavam juntos, certo? – perguntei. – Vocês viram os dois lá fora uma noite?

Orla se inclinou para a frente, na minha direção, abrindo a boca úmida num sorriso de deboche, adorando seu momento.

– Gemma viu os dois. Bem aqui no terreno do colégio. Eles estavam no maior amasso. Ela disse que se tivesse ficado olhando mais uns cinco minutos, eles estariam... – Um risinho resfolegante. – Viram? Eles *estavam* juntos. Vocês só ficaram achando que a gente tinha inventado a história. Era claro que não podíamos contar como descobrimos, mas viram? Nós sabíamos, sim.

Parece que aquilo ali era algum tipo de vitória.

– Parabéns – disse eu.

– Quando foi isso? – perguntou Conway.

Olhar sem expressão.

– Mais ou menos, na primavera? Pode ser que tenha sido em março ou abril. Antes que o Chris... vocês sabem.

Meu olhar cruzou com o de Conway por um segundo.

– É, isso aí nós calculamos – disse ela. – Vocês contaram a alguém que tinham visto os dois?

– Falamos com a Julia. Dissemos: "Hum, desculpe, mas hellooo, é preciso resolver isso."

– E então? Ela resolveu?

– Acho que sim.

– Por quê? – perguntei, todo fascinado. – Por que vocês não queriam que a Selena saísse com o Chris?

A boca de Orla se abriu de repente; se fechou de repente.

– Porque a gente não queria. Simplesmente não queria.

– Alguma de vocês estava a fim dele, hein? Nada de errado com isso.

Aquele recuo de novo, fazendo com que ela se enfiasse nos próprios ombros. Alguma coisa estava lhe dando mais medo do que nós e o Chris juntos. Tinha de ser Joanne. Joanne tinha querido o Chris.

Conway deu uma batidinha no caderno.

– Quando foi a última vez que alguma de vocês escapuliu?

– Gemma saiu mais ou menos uma semana antes do que aconteceu com o Chris. Quer dizer, alguma coisa pode ser mais apavorante? Nós todas estávamos pensando: "Caraca, se havia tipo um assassino em série espreitando o colégio, ele poderia muito bem ter acabado com ela!"

– Depois disso, vocês nunca mais saíram? Nenhuma de vocês? Ah... – o dedo se erguendo de novo –, pense bem antes de mentir para nós.

Orla fez que não com tanta veemência que seu cabelo atingiu seu rosto como um chicote.

– Não. Eu juro. Nenhuma de nós. Depois do Chris, nós não estávamos exatamente interessadas em ir perambular lá fora. Joanne chegou a me mandar apanhar a chave para jogar no lixo ou qualquer coisa. E eu *tentei*, mas eu estava só tirando os livros da estante e puxa vida! Não é que uma das monitoras invadiu a sala? E ela só ficou dizendo, "O que você está fazendo aqui dentro?" Porque isso foi depois da hora de dormir. É claro que eu não podia fazer aquilo enquanto todo mundo estava na sala, certo? Eu quase morri do coração. E depois disso, nem morta eu ia tentar de novo.

Conway ergueu uma sobrancelha.

– E Joanne concordou com isso?

– Ai, meu Deus, ela teria ficado com muita *raiva*! Eu lhe disse... – Um risinho reprimido de Orla, a mão tapando a boca. – Eu disse a ela que tinha conseguido. Quer dizer, de qualquer maneira, achei que ninguém poderia dizer que a chave era nossa, ou mesmo que chave ela era... – Ela começou a perceber alguma coisa. – Como vocês sabem?

– DNA – disse Conway. – Pode voltar para a sala de convivência.

– Selena e Chris – disse Conway, olhando pelo corredor quando a porta da sala de convivência se fechou depois que Orla entrou. – No final das contas, não era cascata.

Ela não parecia feliz com aquilo. Eu sabia por quê. Conway achava que devia ter chegado a isso um ano atrás.

– A menos que Orla esteja mentindo. Ou que Gemma tenha mentido para ela.

– É, mas acho que não. – Eu também achava que não. – Vamos ver o que Selena tem a dizer.

Não íamos conseguir arrancar nada de Selena. Eu tinha essa sensação, junto com a sensação de que ela estava no âmago desse mistério; estava envolta em camadas tão profundas dele que nós nunca íamos conseguir atravessar todas elas para chegar a ela.

– Selena, não – disse eu. – Julia.

Conway ia começando a me dar um olhar de raiva. Mudou de ideia. Eu tinha acertado com Orla. Preferiu concordar.

– OK. Julia.

Orla estava no centro da tagarelice da sala de convivência, jogada num sofá com a mão no peito como se estivesse tendo um colapso nervoso, absorvendo toda a atenção. Joanne parecia pronta para matar: Orla tinha contado a verdade sobre não ter jogado a chave no lixo. A turma de Holly não tinha se mexido, mas seus olhos estavam voltados para Orla.

Uma freira – sem o hábito, mas com a touca e uma queixada severa de um cão pug – supervisionava de um canto, deixando as garotas conversar, mas mantendo uma atenção implacável no rumo que o papo ia tomando.

Por um segundo, fiquei surpreso com McKenna, por delegar isso, mas então saquei. As alunas do externato tinham ido para casa; as internas tinham ligado para casa. O telefone de McKenna devia estar a mil. Estava assoberbada só tentando controlar os estragos.

Logo, logo, antes que se passasse muito tempo, algum papai emputecido, detentor de alguma influência, ia ligar para a chefia. A chefia ia ligar para O'Kelly. O'Kelly ia ligar para Conway e lhe arrancar as orelhas.

– Julia – disse Conway, passando pela freira. – Vamos.

Um átimo, e então Julia se levantou e veio. Não lançou nem um olhar para as amigas.

O quarto delas era duas portas adiante do de Orla. Dava a mesma impressão, de ter sido deixado às pressas: portas de mesinhas abertas, roupas largadas na correria. Dessa vez, porém, eu soube de cara o que pertencia a quem, nenhuma necessidade de verificar as fotografias das cabeceiras. Roupa de cama de um vermelho vivo, pôster antiguinho do Max's Kansas City: Julia. Colcha de retalhos acolchoada, com aparência de velha, poema copiado em formato de pôster numa cuidadosa caligrafia de projeto de arte: Rebecca. Móbile suspenso feito de garfos e colheres de prata, entortados, uma boa foto em preto e branco, que parecia uma rocha contra um pano de fundo de um céu carregado, até você olhar melhor e ver que era o perfil de um velho: Holly. E Conway tinha acertado na mosca no que dizia respeito a Selena: nenhum filtro de sonhos, mas acima da sua cama havia uma boa gravura de alguma pintura a óleo, antiga, de qualidade mediana, um unicórnio curvando-se para beber num lago escuro ao luar. Conway percebeu também. Seus olhos encontraram os meus, e a sombra de um sorriso particular passou entre nós. Antes que eu me desse conta, a sensação foi boa.

Julia se jogou na cama, apoiando-se no travesseiro, com as mãos atrás da cabeça. Estendeu as pernas. Usava jeans, uma camiseta laranja forte com Patti Smith na frente, cabelos soltos. E cruzou os tornozelos. Bem à vontade.

– Manda ver – disse ela.

Conway não perdeu tempo com historinhas dessa vez. Pegou o saco de provas, segurou-o entre o indicador e o polegar diante do nariz de Julia. Ficou ali em pé, observando. Apanhei meu caderno.

Julia não se apressou. Deixou que Conway ficasse segurando o saco enquanto lia o título do livro.

— Isso é uma insinuação de que eu deveria ser mais virtuosa?

— Nós vamos encontrar suas digitais nele? — perguntou Conway.

Julia apontou para o livro.

— Você acha que eu leio esse tipo de coisa antes de dormir? Fala sério.

— Bonitinha. Não faça isso de novo. Nós perguntamos, você responde.

Suspiro.

— Não, vocês não vão encontrar minhas digitais aí, OK? Obrigada por perguntar. A única maneira de eu ler alguma coisa sobre santos é quando sou forçada a isso para algum trabalho. E mesmo nesse caso, prefiro, tipo, Joana d'Arc. Não alguma bobalhona de sorriso afetado.

— Desconheço a diferença — disse Conway. — Numa outra hora, você pode me explicar. Dentro desse livro, tem uma chave da porta de acesso entre a ala das internas e o prédio principal do colégio. Pertencia a Joanne e à turma dela, no ano passado.

Uma sobrancelha de Julia estremeceu. Só isso.

— Caramba. Estou totalmente chocada.

— É. A Orla diz que essa é uma cópia de uma chave que estava com você. Julia deu um suspiro.

— Ah, Orla — disse ela, para ninguém. — Quem é uma menininha previsível? Você é! É, você!

— Você está dizendo que a Orla está mentindo?

— Hum, dã? Eu nunca tive uma chave daquela porta. Mas a Joanne não é burra. Ela sabe que qualquer uma que tivesse essa chave poderia ter estado lá fora na noite em que o Chris morreu. Além disso, qualquer uma que tivesse essa chave estaria numa encrenca *enorme* com McKenna, tipo uma possível *expulsão* do colégio. É claro que ela ia querer compartilhar toda essa atenção.

— Não foi a Joanne que nos contou. Foi a Orla.

— Certo. Com a mão da Joanne por trás.

— Por que a Joanne ia querer causar problemas para vocês?

Sobrancelha.

— Vocês não perceberam que a Joanne não é exatamente nossa maior admiradora?

– Sim, percebemos – respondeu Conway. – Mais uma vez, por quê?

– Quem se importa? – disse Julia, dando de ombros.

– Nós nos importamos.

– Então perguntem pra Joanne. Porque eu não me importo.

– Se alguém estivesse emputecido comigo o suficiente para tentar fazer com que eu fosse expulsa e detida pela polícia, eu me importaria em descobrir por quê.

– É esse o motivo. Porque nós estamos nos lixando para o que a Joanne acha. Naquela cabecinha dela, isso é um pecado mortal.

– Não porque a Selena estava saindo com o Chris? – disse Conway.

Julia fez o teatro de bater na testa com a palma da mão.

– Puxa vida, se eu tiver que ouvir isso mais uma vez, vou enfiar canetas nos tímpanos. É um *boato*. Tipo, alunas do *primeiro ano* sabem que não devem acreditar em tudo que ouvem a menos que existam *provas* concretas. Vocês não sabem isso?

– Gemma viu os dois. Nuns amassos.

Uma chispa de alguma coisa, a única. Essa tinha pegado Julia desprevenida. Então ela agitou um dedo.

– Calma aí, a Orla *diz* que a Gemma *diz* que viu os dois. O que não é a mesma coisa.

Conway se encostou na parede ao lado da cama de Julia. Segurou o saco no alto, bateu nele com um dedo e ficou olhando enquanto ele girava.

– O que a Selena vai dizer, se eu desistir de você e for perguntar a ela? Você sabe que não sou delicada quando pergunto.

O rosto de Julia se fechou.

– Ela vai dizer o mesmo que disse quando você perguntou no ano passado.

– Eu não apostaria nisso – disse Conway. – Não é possível que você não tenha notado: a Selena não é a mesma que era no ano passado.

Isso surtiu efeito. Vi Julia refletir sobre alguma coisa, ponderando. Vi quando tomou a decisão.

– Não era a Selena que estava saindo com o Chris. Era a Joanne.

– Certo – disse Conway. – Você diz que era ela, ela diz que era a Selena. Eu e o detetive Moran ficamos dando voltas feito tontos até amanhã.

Julia deu de ombros.

— Podem acreditar ou não, não me importo. Mas a Joanne esteve saindo com o Chris por uns dois meses, antes daquele Natal. Depois ele lhe deu um pontapé na bunda. Ela não gostou disso nem um pouco.

Conway e eu não nos entreolhamos. Não era necessário. Ali havia um motivo.

Se fosse verdade. Esse caso estava atulhado de mentiras. Qualquer perspectiva que se adotasse, o que se conseguia era um punhado de mentiras.

— Como foi que ninguém disse nada a respeito disso no ano passado? — perguntou Conway, retesando o queixo.

Julia deu de ombros.

— Puta que pariu. — Conway não se mexeu, mas a linha da sua coluna dizia que ela estava pronta para sair voando pelo teto. — Não se tratava de alguém fumando no banheiro. Era uma investigação de um *homicídio*. Todas simplesmente decidiram não tocar nesse assunto? Vocês são todas imbecis ou o quê?

Os olhos de Julia e a palma das suas mãos se viraram para o teto.

— Helloo? Vocês perceberam onde a gente está? Vocês descobriram a história da chave de Joanne, e a primeira coisa que ela faz é virar o dedo para mim. Se qualquer uma tivesse falado para você sobre ela e o Chris, ela teria feito exatamente a mesma coisa: teria revidado arrastando quem quer que fosse para a lama junto com ela. Quem quer isso?

— Então, por que você agora está nos contando?

Julia lançou para Conway aquele olhar preguiçoso de adolescente.

— É que, este ano, nós estudamos responsabilidade cívica.

Conway tinha recuperado o controle. Estava concentrada em Julia do mesmo jeito que tinha se concentrado naquele sanduíche.

— Como você sabe que eles estavam juntos?

— Ouvi dizer por aí.

— De quem?

— Ah, puxa, não me lembro. Supostamente era um segredo enorme, mas é isso aí, certo?

— Boatos — disse Conway. — Achei que até mesmo alunas do primeiro ano sabiam que não deviam acreditar em tudo que ouvem. Tem alguma prova?

Julia raspou alguma coisa da moldura do seu pôster do Max. Mais uma vez sopesando as coisas na cabeça.

– É, na verdade. Mais ou menos.

– Diga aí qual é.

– Eu soube que o Chris deu à Joanne um celular. Um especial, pra eles poderem trocar mensagens de texto sem que mais ninguém descobrisse.

– Por quê?

Outro dar de ombros.

– Pergunta pra Joanne. Não era meu problema. Depois, quando ele desmanchou com ela, eu soube que ela fez a Alison comprar dela o celular. Não estou jurando pela vida da minha mãe, nem nada, mas a Alison estava, sim, com um celular novo depois do outro Natal. E tenho bastante certeza de que não trocou de celular desde então.

– Alison está com um celular novo? Essa é a sua prova?

– A Alison está com um telefone que a Joanne estava usando para fazer não importa o que fosse que ela e o Chris faziam por celular, um assunto em que não quero nem mesmo pensar. Posso apostar que ela apagou todas as mensagens de texto depois que o Chris morreu, mas será que vocês não podem fazer alguma coisa a respeito? Recuperar as mensagens?

– Claro que sim – disse Conway. – Por que não? Igualzinho ao que acontece no *CSI*. As aulas de responsabilidade cívica fizeram com que você se lembrasse de mais alguma coisa que deveria compartilhar conosco?

Julia pôs um dedo no queixo, ficou com um olhar vazio.

– Sabe? Juro por Deus que não consigo pensar em nada.

– É – disse Conway. – Foi o que imaginei. Nos avise se lembrar de alguma coisa. – E abriu a porta.

Julia se esticou e deslizou de cima da cama.

– Até logo – disse ela para mim, com um pequeno sorriso e um aceno de despedida.

Ficamos observando Julia seguir pelo corredor e entrar na sala de convivência. Ela não olhou para trás, mas seu jeito de andar dizia que sentia nosso olhar. Seu traseiro estava zombando de nós.

— Joanne — disse Conway. O nome afundou no silêncio. O quarto o cuspiu de volta e se fechou bem fechado depois disso.

— Meios, oportunidade, motivo — disse eu. — Pode ser.

— É, pode ser. Se tudo se comprovar. Se o Chris dispensou a Joanne, isso explicaria por que ela ficou com tanta raiva por ele gostar da Selena.

— Especialmente se ele a trocou pela Selena.

— Explicaria também por que a galera da Joanne detesta a galera da Julia.

— Elas estão nos usando. As duas turmas — disse eu.

— É. Uma para atingir a outra — disse Conway, com as mãos enfiadas nos bolsos traseiros, ainda com os olhos fixos no lugar onde Julia tinha estado. — Não gosto de servir de marionete para umas riquinhas.

Encolhi os ombros.

— Desde que elas nos deem o que procuramos, não vejo problema em lhes dar um pouco do que elas querem também.

— Eu também não veria, se tivesse certeza de que tinha uma noção do que elas querem; do motivo pelo qual elas querem. — Conway se empertigou, tirou as mãos dos bolsos. — Onde está o celular da Alison?

— Na cama dela.

— Vou confirmar com a Alison onde ela o comprou. Você faz uma busca aqui.

A ideia me causou calafrios: ser deixado sozinho ali, cercado de adolescentes e calcinhas com as palavras QUEM SABE? no traseiro. Mas Conway estava certa: não podíamos deixar o celular de Alison para lá, para alguém se livrar dele; não podíamos sair daquele quarto sem ter feito uma busca, e Conway era quem sabia se movimentar por lá para ir atrás de Alison.

— Nos vemos daqui a cinco minutos — disse eu.

— Se qualquer uma delas entrar aqui, você vai direto para a sala de convivência, onde estará a salvo.

Ela não estava brincando. Eu sabia que ela estava com a razão, mas a sala de convivência também não me parecia um lugar assim tão seguro.

A porta se fechou atrás dela. Por uma idiota de uma fração de segundo, tive a sensação de que meu parceiro tinha me abandonado na pior. Mas fiz questão de me lembrar: Conway não era minha parceira.

Voltei a calçar as luvas e iniciei a busca. O celular de Selena saindo do bolso do blazer para cima da cama, o de Julia na mesinha de cabeceira, o de Rebecca em cima da cama. O de Holly não estava ali.

Comecei pelas mesinhas de cabeceira. Alguma coisa na entrevista com Julia estava me incomodando. Estava enfiada num canto no fundo da minha cabeça, onde eu não conseguia ter acesso a ela. Alguma coisa que Julia tinha dito, que nós tínhamos deixado passar, quando deveríamos ter dado o bote.

Julia balançando informações diante da gente como algum pingente brilhante, para nos impedir de interrogar Selena. Eu me perguntava até onde ela iria para proteger Selena ou o que Selena sabia.

Nenhum celular a mais nas mesinhas. Essa turma tinha livros, além dos iPods, escovas de cabelo e tudo o mais, mas nada que fosse velho e nada com partes recortadas. Julia gostava de romances policiais; Holly estava lendo *Jogos vorazes*; Selena estava na metade de *Alice no País das Maravilhas;* Rebecca gostava de mitologia grega.

Gostava de coisas antigas. Eu não conhecia o poema acima da sua cabeceira. Não conheço poesia como gostaria de conhecer: só aquilo que eles tinham lá na biblioteca quando eu era criança, qualquer coisa que eu aprenda quando tenho uma oportunidade ou outra. Mas o poema parecia antigo, antigo como Shakespeare.

Uma amizade reclusa

Sentemo-nos aqui e os astros abençoemos,
Por nos darem uma calma tão feliz,
Pois, uma no coração da outra vivemos,
Longe do ruído de batalhas hostis.

Por que deveríamos algum temor sentir?
Não importa ao amor como o mundo irá girar.
Se uma multidão de perigos surgir,
Ainda pode a amizade não se importar.

> *Em tanto encanto, procuramos nos envolver,*
> *Que não pode nos ferir nenhuma violência;*
> *Pois o mal em si não tem como ofender*
> *Nem a amizade, nem a inocência.*

Katherine Philips

Bonita caligrafia de adolescente, árvores e cervos entrelaçados nas maiúsculas; necessidade de adolescente de gritar seu amor nas paredes, contar ao mundo inteiro. Não deveria ter comovido a mim, um homem adulto.

Se eu fizesse um cartão para prender no Canto dos Segredos: seria eu, com um largo sorriso, no meio dos meus colegas. Braços em torno dos seus ombros, cabeças se aproximando, contornos fundindo-se num só. Íntimos como Holly e sua turminha, inseparáveis. A legenda: *Eu e meus amigos.*

Eles seriam buracos no papel. Recortados com tesouras minúsculas, cortes ínfimos, delicados, perfeitos até o último fio de cabelo. A cabeça desse cara jogada para trás numa risada; o cotovelo desse outro em torno do meu pescoço, na bagunça; o braço daquele outro se projetando quando ele perdeu o equilíbrio... e não estariam ali.

Já disse que em sua maioria as pessoas gostam de mim. É verdade; gostam, sempre gostaram. Muita gente disposta a fazer amizade comigo, sempre. Isso não quer dizer que eu queira fazer amizade com eles. Umas canecas, um pouco de sinuca, assistir a um jogo juntos, ótimo, contem comigo. Mais do que isso, a amizade de verdade? Não. Não é minha praia.

Mas era a praia dessas garotas, direitinho. Elas mergulhavam a uma profundidade incrível e nadavam como golfinhos, sem a menor preocupação. *Por que deveríamos algum temor sentir?* Nada poderia feri-las, não de nenhuma forma que tivesse importância, enquanto elas tivessem umas às outras.

A brisa criava sons suaves nas cortinas. Peguei meu celular e liguei para o número que tinha me mandado a mensagem de texto. Ninguém atendeu; nenhum celular tocou. Eles estavam ali inertes, escuros.

Uma meia debaixo da cama de Holly; um estojo de violino debaixo da de Rebecca, nada mais. Comecei pelo guarda-roupa. Estava com as mãos enfiadas até o pulso em camisetas macias quando senti alguma coisa: um movimento, por trás do meu ombro, lá fora no corredor. Uma mudança na textura da imobilidade, uma piscada atravessando a luz que passava pela fresta da porta.

Parei de me mexer. Silêncio.

Tirei as mãos do guarda-roupa e me voltei, bem descontraído, só dando mais uma lida no poema de Rebecca; sem olhar para a porta nem nada. A fresta da porta estava no canto do meu olho. A metade de cima iluminada, a metade de baixo escura. Alguém estava atrás da porta.

Peguei meu celular, andei para lá e para cá mexendo nele, com a cabeça em outras coisas. Encostei-me na parede ao lado da porta, fora do campo visual. Esperei.

Lá fora no corredor, nada se mexeu.

Agarrei a maçaneta e abri a porta com violência num único movimento veloz. Não havia ninguém ali.

14

A festa do Dia dos Namorados. Duzentos alunos do terceiro e do quarto ano do Kilda e do Columba, com a barba feita, a depilação em dia, as sobrancelhas desenhadas, meticulosamente ungidos com dezenas de substâncias de todas as cores e texturas, vestidos nas suas melhores roupas, escolhidas depois de dúvidas excruciantes, com os hormônios a mil e cheirando a duzentos frascos de desodorantes diferentes, apinhados na quadra fechada do Kilda. Telas de celulares saltitam e bruxuleiam em azul e branco por toda a multidão, como vaga-lumes, à medida que os jovens se fotografam, fotografando uns aos outros. Chris Harper – lá no meio do aglomerado, aquele de camisa vermelha, dando ombradas e risadas com os amigos para atrair a atenção das garotas – ainda tem três meses, uma semana e um dia de vida.

São só oito e meia, e Julia já está entediada. Ela e as outras três estão numa roda fechada na pista de dança, tentando não fazer caso de todos os CARACAS e KKKKK que a galera de Joanne está extraindo do jeans de Becca. Tanto Holly como Becca gostam de dançar, e estão adorando a festa; Selena parece estar bem, mas Julia está prestes a fingir umas terríveis cólicas menstruais para sair dali. O sistema de som está retumbando acima das cabeças com alguma música romântica que foi retrabalhada com ferramentas de afinação digital até atingir um brilho perfeito e pretensioso, Justin Bieber ou possivelmente Miley Cyrus, alguém de aparência tranquila mas que simula todas as contorções do que seria sexy. As luzes piscam em tons de vermelho e rosa. O comitê organizador – garotas do tipo de cabelos reluzentes e notas máximas, já preparando seus currículos – decorou o salão com corações, guirlandas e sei lá mais o quê de papel rendado, em cores previsíveis. O ambiente inteiro está meloso com a sugestão de romance, mas há dois professores de guarda à porta, para o caso de algum casal decidir sair de mansinho para fazer coisas impensáveis numa sala de aula. E se alguém for rebelde e maluco o suficiente para dançar de rosto colado, como, por exemplo, quando está tocando alguma música lenta, nesse caso a enlouquecida da irmã Cornelius faz uma investida e praticamente os ataca com uma mangueira de incêndio cheia de água benta.

A maioria das alunas que não fazem parte do comitê está mantendo as portas do salão sob uma vigilância cuidadosa. Na tarde antes de um baile, os caras do Columba vão até a rua nos fundos do Kilda e jogam bebida por cima do canto do muro, direto nos arbustos, de onde mais tarde eles a recolhem, se conseguirem se esgueirar da festa. No dia seguinte, as garotas do Kilda recuperam qualquer coisa que não tenha sido recolhida e se embebedam nos quartos do dormitório. Essa tradição é tão antiga que Julia não consegue acreditar que os adultos não a tenham descoberto, principalmente porque duas professoras na verdade frequentaram o Kilda e supostamente fizeram a mesma coisa. A srta. Long e a srta. Naughton parecem já ter nascido professoras irlandesas de 40 anos em 1952, sem ter mudado nada desde então, nem mesmo suas repugnantes meias de cor bronzeada. Por isso, pode ser que, se elas de fato um dia foram adolescentes, tudo foi apagado da sua memória, mas há bem pouco tempo Julia começou a se perguntar se não seria mais complicado que isso: se a srta. Long e a srta. Naughton não poderiam ser cada uma 99% professora enfadonha e ainda de algum modo 1% garota de 15 anos, abafando risinhos de uísque, e leais a isso. Será que esse é um dos segredos que os adultos não mencionam: quanto tempo as coisas perduram, invisíveis, dentro da gente. Ou é isso, ou elas eram tão excluídas quando estavam no colégio que nunca ouviram falar nos arbustos cheios de bebidas.

Julia dança no piloto automático e verifica discretamente se está com manchas de transpiração quando levanta os braços. No ano passado, ela gostou da festa do Dia dos Namorados. Ou talvez "gostou" não seja o termo exato; mas a festa deu a impressão de que tinha importância. Parecia uma faca amolada, no ano passado, de tirar o fôlego, pronta para transbordar com sua própria magnitude. Ela estava esperando que neste ano a sensação fosse a mesma; mas, em vez disso, a festa parece ter bem menos importância do que uma sessão normal de tirar meleca do nariz. Isso está deixando Julia emputecida. A maior parte das coisas que ela faz todos os dias é enlouquecedoramente sem sentido, mas pelo menos ninguém espera que ela goste delas.

– Já volto – grita ela para as outras, fazendo que vai beber alguma coisa, e sai da dança. Ela começa a se espremer para atravessar a multidão e chegar à beira. As lâmpadas, a dança e a aglomeração de corpos deixaram todos suando. A maquiagem de Joanne Heffernan já está derretendo, o que não surpreende Julia, considerando-se a quantidade que ela aplicou, e não parece incomodar Oisín O'Donovan, que está tentando arranjar um jeito de enfiar a mão dentro do vestido de Joanne, mas fica frustrado porque o vestido é complicado e Oisín é burro como ele só.

– Ai meu Deus, não toque em mim, sua sapatona – diz Joanne para trás por cima do ombro, enquanto Julia tenta passar por ali sem roçar numa molécula que seja do traseiro de Joanne, envolto em sua roupa de marca.

– Continua sonhando – diz Julia, pisando no calcanhar de Joanne. – Ui, desculpa.

Nos fundos do salão, está instalada uma longa mesa com copos de papel estampado com cupidos, arrumados em carreiras em torno de uma grande tigela de ponche de plástico imitando vidro. O ponche tem um apavorante tom de rosa, de remédio infantil. Julia pega um copo. É refresco com corante artificial.

Finn Carroll está encostado à parede junto da mesa. Finn e Julia se conhecem, mais ou menos, dos grupos de debates. Quando a vê, ele ergue uma sobrancelha, levanta o copo na direção dela e grita alguma coisa que ela não consegue ouvir. Finn tem o cabelo ruivo, comprido o suficiente para cair em cachos soltos na nuca, e é inteligente. Essas características bastariam para significar a morte em termos sociais para a maioria dos rapazes, mas Finn tem o mínimo de sardas que combinam com o cabelo, é um jogador razoável de rúgbi e está ganhando altura e envergadura mais rápido que a maior parte da sua turma, de modo que ele acaba saindo impune.

– Que foi? – berra Julia.

Finn se inclina até a altura dela.

– Não tome o ponche – grita ele. – É uma merda.

– Para combinar com a música – responde Julia, aos gritos.

– É simplesmente uma *afronta*. "Eles são adolescentes. Devem gostar do lixo das paradas de sucessos." Nunca passa pela cabeça deles que alguns de nós possam ter bom gosto.

– Você devia ter feito uma ligação direta no sistema de som – grita Julia. Finn entende de eletrônica. No semestre passado, ele preparou um sapo para a aula de biologia, de tal modo que, quando Graham Quinn foi dissecá-lo, o bicho saltou. Tanto Graham como o banco em que estava caíram para trás. Julia respeita esse tipo de coisa. – Ou pelo menos podia ter trazido alguma coisa pontuda para a gente perfurar os tímpanos.

– Quer ver se a gente consegue sair? – pergunta Finn, tão perto que pode parar de gritar.

Na realidade, Finn é bastante confiável, para um aluno do Columba. Julia gosta da ideia de ter uma conversa de verdade com ele. Acha que existe uma chance razoável de ele ser capaz de conseguir isso sem gastar muito tempo tentando enfiar a língua na garganta dela. E Julia não consegue vê-lo se gabando com todos os colegas idiotas de ter feito sexo selvagem com ela no meio dos arbustos. Mas alguém vai perceber que eles saíram; e os boatos do sexo selvagem vão circular de qualquer maneira.

– Não – diz ela.

– Tenho uma garrafinha de uísque lá nos fundos.

– Detesto uísque.

– Então, a gente rouba alguma outra coisa. Tem todo um estoque lá atrás nos arbustos. Você pode escolher.

As luzes coloridas deslizam pelo rosto de Finn, de boca aberta rindo. Ocorre a Julia, num onda vertiginosa, que ela não precisa dar a mínima para boatos sobre sexo selvagem.

Ela dá uma olhada lá para as outras três: ainda dançando. Becca está de braços abertos, girando com a cabeça para trás como uma criancinha, rindo. A qualquer instante, vai ficar tonta e tropeçar nos próprios pés.

– Fica do meu lado – diz Julia para Finn, e começa a andar tranquilamente na direção da porta do salão. – Quando eu disser "agora", você sai rápido.

A irmã Cornelius está de cara amarrada, parecendo um cuboide diante da porta. A srta. Long partiu para a outra ponta do salão, para desgrudar Marcus Wiley de Cliona, que aparenta não saber ao certo se odeia mais o rapaz ou a professora. A irmã Cornelius lança um olhar desconfiado para Julia e Finn. Julia retribui com um sorriso.

— O ponche está uma delícia — grita ela, levantando o copo. A irmã Cornelius parece ainda mais desconfiada.

Julia põe o copo no peitoril de uma janela. Com o canto do olho, ela vê Finn, que aparentemente aprende rápido, fazer a mesma coisa.

Becca desaba. A irmã Cornelius assume um ar de missionária louca e dispara pelo salão, afastando os dançarinos a empurrões a torto e a direito, para interrogar Becca, submetê-la a um bafômetro e fazer testes para descobrir o uso de drogas típicas de jovens. Holly vai lidar com ela, sem nenhum problema. Os adultos acreditam em Holly, talvez por causa do trabalho do pai dela, talvez por causa da dedicação profunda e sincera com que ela mente.

— Agora — diz Julia e sai zunindo pela porta, ouvindo quando ela se fecha com violência daí a uma fração de segundo, mas só se vira para olhar quando já está bem adiante no corredor e entra na sala de matemática às escuras. E os passos que ecoam atrás dela revelam ser de Finn fazendo a curva para entrar ali.

O luar risca listras na sala, emaranhando-se confuso em encostos de cadeiras e pernas de mesas. A música se transformou num som distante e histérico de batuques e gritos estridentes, como se alguém tivesse uma Rihanna minúscula, trancada numa caixa.

— Legal — diz Julia. — Fecha a porta.

— Cacete — diz Finn, ao bater com a canela numa cadeira.

— Psiu. Alguém viu a gente sair?

— Acho que não.

Julia está desatarraxando o pino da janela, com o luar se derramando sobre suas mãos ágeis.

— Eles devem ter alguém patrulhando a área — diz Finn. — Pelo menos nos nossos bailes, eles têm.

— Eu sei. Cala a boca. E fica mais para trás. Quer que vejam você?

Eles esperam, encostados à parede, escutando os gritinhos metálicos, com um olho no gramado deserto e o outro na porta da sala de aula. Alguém esqueceu um pulôver do uniforme debaixo de um assento. Julia pega o pulôver e o veste, por cima do vestido de bolinhas. No fundo não lhe cai bem: é grande demais e tem marcas no lugar dos seios. Mas é quentinho, e eles já podem sentir o frio de lá de fora que atravessa a vidraça e os atinge. Finn fecha seu casaco de capuz.

As sombras aparecem primeiro, deslizando pela esquina da ala das internas, longas em sua projeção no chão. A irmã Veronica e o padre Niall do Columba, andando um ao lado do outro, cabeças ágeis para lá e para cá, enquanto esquadrinham cada centímetro de possíveis esconderijos.

Quando seus passos pesados saem do campo visual, Julia conta vinte para que eles dobrem a esquina da ala das freiras, mais dez para o caso de terem parado para olhar alguma coisa, mais dez só por segurança. Ela então empurra a janela para cima, encosta as costas no caixilho, balança os pés para o lado de fora e se deixa escorregar para cair na grama. Um único movimento, que, se Finn não estivesse com a cabeça ocupada com outras coisas, o teria levado a sacar que aquela não era a primeira vez que fazia aquilo. Quando o ouve pousar na grama atrás dela, Julia sai em disparada, correndo veloz e sem esforço para o abrigo das árvores, com a música ainda ressoando nos ouvidos, as estrelas retinindo lá no alto, no compasso de suas pisadas.

Luzes vermelhas, brancas, cor-de-rosa, girando em estranhos desenhos cruzados como sinais codificados, velozes demais para captar. A batida no piso, nas paredes e em todos os ossos deles, percorrendo-os como uma corrente elétrica, saltando de uma mão que se ergue para a mão seguinte pelo salão inteiro, sem parar, mais, mais, mais.

Selena já está dançando há muito tempo. As luzes ondulantes começam a parecer seres vivos, atordoados e desesperadamente perdidos. Selena está se liquefazendo nas bordas, começando a perder a noção da linha limítrofe onde ela termina e outras coisas começam. Lá junto da mesa do ponche, Chris Harper inclina a cabeça para trás para beber, e Selena sente o gosto; alguém dá um encontrão no seu quadril, e ela não sabe dizer se a dor é dela ou da outra pessoa; os braços de Becca sobem e dão a impressão de ser dela, Selena. Ela sabe que deve parar de dançar.

– Você está bem? – grita Holly, sem interromper o ritmo.

— Sede — grita Selena em resposta, apontando para a mesa do ponche. Holly faz que sim e volta para os esforços de uma manobra complicada de pés e quadril. Becca está dando pulos. Julia sumiu, conseguiu escapulir de algum modo. Selena sente a lacuna no salão onde Julia deveria estar. Isso desequilibra ainda mais as coisas. Ela põe os pés no chão com cuidado, tentando senti-los. Lembra a si mesma: *é a festa do Dia dos Namorados*.

O gosto do ponche não tem nada a ver. É para tardes distantes de verão, com o frescor da grama nos pés, entrar e sair correndo descalça por portas abertas. Ele não combina com esse emaranhado escuro, retumbante e suarento. Selena se encosta à parede e pensa em coisas com muito peso e nenhuma elasticidade. A tabela periódica. As conjugações dos verbos irlandeses. A música baixou um pouquinho, mas ainda a está atrapalhando. Bem que ela queria poder pôr os dedos nos ouvidos por um segundo, mas está com a sensação de que suas mãos não lhe pertencem, e fazer com que cheguem às suas orelhas parece complicado demais.

— Oi — diz alguém, ao seu lado.

É Chris Harper. Há algum tempo, isso teria deixado Selena surpresa. Chris Harper é o máximo, e ela não é. Ela acha que nunca chegou a ter uma conversa de verdade com ele. Mas os últimos meses vêm sendo diferentes, exuberantes e acenando com possibilidades espantosas que Selena sabe que não precisa compreender. A essa altura, ela espera por elas.

— Oi — diz ela.

— Gostei do seu vestido — comenta Chris.

— Obrigada — diz Selena, olhando para baixo para se lembrar. O vestido lhe causa confusão. Ela diz a si mesma: *2013*.

— Hein? — diz Chris.

Droga.

— Nada.

Chris olha para ela.

— Você está bem? — pergunta ele. E, como se achasse que ela está tonta, antes que ela se afaste, ele estende a mão e apoia o braço nu de Selena.

De repente tudo entra em foco, cores vivas dentro de contornos nítidos. Selena consegue sentir seus pés de novo, formigando com violência como se tivessem estado dormentes. O zíper está pinicando suas costas numa linha fina e precisa. Ela está olhando bem nos olhos de Chris, que são da cor de avelã mesmo na penumbra, mas de algum modo ela também consegue ver o salão, e as luzes não são sinais nem criaturas perdidas, são luzes, e ela nunca soube que nada pudesse ser tão vermelho, tão cor-de-rosa e tão branco. O salão inteiro é concreto, cheio de vida e vibra com sua própria claridade. Chris – com a luz fazendo brilhar seu cabelo, aquecendo sua camisa vermelha, realçando a pequena ruga de perplexidade entre suas sobrancelhas – é a coisa mais verdadeira que ela viu na vida.

– É – diz ela. – Estou bem.

– Tem certeza?

– Total.

Chris afasta a mão do braço de Selena. No mesmo instante, aquela claridade se apaga. O salão volta a se apresentar convulsivo e bagunçado. Mas ela ainda se sente totalmente sólida e aquecida, e Chris ainda parece verdadeiro.

– Achei... – diz ele, olhando para ela como se nunca a tivesse visto antes, como se alguma sombra do que acabou de acontecer tivesse conseguido penetrar nele também. – Parecia que você...

Selena sorri para ele.

– Eu me senti estranha só um instante. Já estou OK.

– Alguma garota desmaiou mais cedo, você viu? Está um forno aqui.

– É por isso que você não está dançando?

– Eu estava, antes. Só tive vontade de ficar olhando um pouco. – Chris toma um gole do seu ponche e faz uma careta para o copo.

Selena não sai dali. A marca da mão no seu braço está brilhando num dourado vermelho, flutuando no ar escuro. Ela quer continuar conversando com ele.

– Você é amiga dela, não é? – pergunta Chris, apontando para Becca.

Becca está dançando como uma criança de 8 anos, mas o tipo de criança de 8 anos que praticamente não existia nem mesmo quando eles tinham 8 anos, o tipo que nunca viu um vídeo de música: nada de sacudir o bumbum até o chão, nada de se requebrar, nada de projetar o peito, só dançando, como se ninguém nunca tivesse lhe ensinado que existe um jeito certo de dançar. Como se ela estivesse dançando simplesmente para seu próprio prazer.

– Sou – diz Selena. Ver Becca faz com que ela sorria. Becca está totalmente feliz. Holly não está. Marcus Wiley está dançando atrás dela, tentando se esfregar no seu traseiro.

– Por que ela está vestida daquele jeito?

Becca está usando jeans e uma bata branca com renda nas bordas. O cabelo está preso numa trança comprida.

– Porque ela gosta – explica Selena. – No fundo, ela não curte vestidos.

– O quê, ela é lésbica?

Selena pensa antes de responder.

– Acho que não.

Marcus Wiley ainda está tentando se esfregar em Holly. Holly para de dançar, dá meia-volta e diz alguma coisa em palavras curtas. Marcus fica de boca aberta, ali parado, piscando, até Holly agitar um dedo para ele cair fora. Ele então sai dali mais ou menos dançando, tentando dar a impressão de que só por acaso está se afastando, enquanto verifica, nervoso, se alguém viu o que acabou de acontecer. Holly estende as mãos para Becca, e elas começam a girar. Dessa vez, as duas parecem felizes. Selena quase dá uma risada.

– Você devia ter falado com ela – diz Chris. – Conseguido que ela usasse alguma coisa normal. Ou até mesmo alguma roupa parecida com a que você está usando.

– Por quê? – pergunta Selena.

– Porque olha só. – Ele aponta com o queixo para Joanne, que está se requebrando com a música, ao mesmo tempo em que diz alguma coisa no ouvido de Orla. As duas estão com risinhos de deboche, olhando direto para Becca e Holly. – Estão debochando dela.

– Por que você se importa? – pergunta Selena.

Ela não está irritada, só está querendo saber. Não teria imaginado que Chris sequer soubesse da existência de Becca. Mas Chris vira o rosto para ela, brusco.

– Caramba! Não estou *a fim* dela!

– Tudo bem – diz Selena.

Chris volta a observar a pista de dança. Diz alguma coisa, mas o DJ está aumentando o volume de uma música com uma percussão pesadona, e Selena não consegue ouvir.

– O quê? – grita ela.

– Eu disse que ela me lembra minha irmã. – O DJ aumenta o som para o nível de terremoto.

– Puta merda! – berra Chris, com uma irritação súbita sacudindo sua cabeça para trás. – Esse *barulho* infernal!

Joanne acabou de avistá-los. Seus olhos se desviam rápido quando ela vê que Selena está olhando, mas o franzido no seu lábio superior denuncia que ela não está satisfeita.

– Vamos lá pra fora – grita Selena.

Chris olha espantado, tentando descobrir se ela quer dizer o que a maioria das garotas ia querer dizer. Selena não consegue pensar num jeito certo de explicar, e não tenta.

– Como? – ele berra, por fim.

– Vamos simplesmente pedir.

Ele olha para ela como se ela fosse pirada, mas não de modo desagradável.

– Como a gente não vai ficar se agarrando – explica Selena –, não vamos precisar de privacidade, só de um lugar menos barulhento. Podemos nos sentar logo ali do lado de fora da porta. Pode ser que eles concordem com isso.

Chris parece perplexo, de cinco modos diferentes. Selena espera; mas, como ele não apresenta nenhuma outra ideia, ela toma a decisão.

– Vamos – diz ela, se encaminhando para as portas.

Na maior parte do tempo, os outros estariam acompanhando com atenção a movimentação deles, mas Fergus Mahon acaba de despejar ponche por cima da gola da camisa de Garret Neligan, o que fez Garret Neligan investir contra ele, e os dois caíram em cima de Barbara O'Malley, que passou as duas últimas semanas contando a todo mundo que seu vestido é de Roksanda Sei lá do quê e que está berrando a plenos pulmões. Chris e Selena estão invisíveis.

Alguma coisa está a favor deles, tirando obstáculos do caminho. Até mesmo junto às portas. Se a irmã Cornelius estivesse ali, eles não teriam a menor chance. Mesmo que a irmã Cornelius não fosse louca, este ano as freiras dão uma olhada em Selena e sentem o impulso de trancafiá-la, para o bem dos rapazes, para o bem dela ou da moralidade em geral. É provável que nem mesmo elas saibam ao certo. Mas quem está de guarda é a srta. Long, enquanto a irmã Cornelius saiu dali para gritar com Fergus e Garret.

– Srta. Long – grita Selena –, nós podemos nos sentar na escada?

– É claro que não – diz a srta. Long, ocupada vigiando Annalise Fitzpatrick e Ken O'Reilly aconchegados num canto, com uma das mãos de Ken invisível.

– Nós só vamos ficar logo ali. Na parte baixa da escada, onde a senhorita possa nos ver. Só queremos conversar.

– Vocês podem conversar aqui.

– Não podemos. Está barulhento demais e... – Selena abre as mãos para as luzes, o pessoal dançando e tudo o mais. – A gente quer conversar *direito*.

A srta. Long tira os olhos de cima de Annalise e Ken por um segundo. Examina Selena e Chris com ar cético.

– "Direito" – diz ela.

Alguma coisa faz Selena sorrir para ela, um sorriso espontâneo, verdadeiro, radiante. Não foi proposital. Foi espontâneo, sem nenhum motivo, porque há uma rodinha girando no fundo do seu peito, dizendo que alguma coisa espantosa está acontecendo.

Por uma fração de segundo, a srta. Long quase retribui o sorriso. Ela crispa os lábios, e o sorriso some.

– Está bem – diz ela. – Na parte baixa da escada. Vou dar uma olhada em vocês de meio em meio minuto; e, se não estiverem lá, ou se estiverem mesmo que só de mãos dadas, os dois vão estar numa *tremenda encrenca*. Uma encrenca maior do que vocês podem imaginar. Entenderam?

Selena e Chris fazem que sim, depositando no gesto até a última gota de sinceridade que conseguem encontrar.

– Melhor que tenham entendido – diz a srta. Long, com um olho na irmã Cornelius. – Agora podem ir. Vão.

Quando ela vira o rosto, seus olhos abrangem o salão como se, durante aquele minuto, ele tivesse se tornado diferente; tivesse saltado para vir ao seu encontro, cintilante, doce como morangos e vibrando com possibilidades. Selena, saindo de mansinho pela porta, entende que a permissão não foi concedida a ela e Chris; mas a um rapaz perdido há décadas, em algum baile já meio esquecido, ao seu rosto sincero e luminoso, à sua risada.

15

Conway abriu a porta com tanta força que eu dei um pulo daqueles, minhas mãos saltando para fora do guarda-roupa como se eu estivesse fazendo alguma coisa errada. A sombra de um sorriso malicioso denunciou que ela não tinha deixado de perceber.

Ela largou a bolsa na cama de Rebecca.

– Como foi por aqui?

– Nada – disse eu, fazendo que não. – Julia tem meio maço de cigarros e um isqueiro enrolados numa echarpe nos fundos do seu pedaço do guarda-roupa. Só isso.

– Boas menininhas – disse Conway, em tom nada elogioso. Movimentava-se pelo quarto, apressada, inclinando os porta-retratos nas mesinhas de cabeceira para dar uma olhada nas fotos; ou para se certificar de que o cômodo tinha sido bem revistado. – Alguma delas veio procurar por você? Querendo conversar, transar, sei lá o quê?

Fiquei de bico calado quanto à tira de sombra na porta. Talvez tenha sido aquele sorriso, talvez o fato de eu não poder garantir que tinha havido alguma coisa ali.

– Não.

– Elas virão. Quanto mais tempo as deixarmos em paz, mais tensas vão ficar. Dei uma escutada do lado de fora da sala de convivência: elas estão a mil, o lugar parece um ninho de vespas. Basta lhes dar tempo suficiente, e alguém vai perder o controle.

Enfiei a flauta de Selena de volta no guarda-roupa e fechei a porta.

– Como vai a Alison?

Conway bufou.

— Toda agasalhada na enfermaria, como se estivesse morrendo no episódio final da temporada. Uma vozinha quase se apagando e tudo o mais. Está adorando. O braço está ótimo, quase. A marca ainda está lá, mas as bolhas baixaram. Eu diria que a esta hora ela já estaria de volta, à sala de convivência, só que McKenna está esperando que a marca desapareça. Não quer que as outras fiquem olhando de queixo caído.

Ela tirou o livro de Holly da mesinha, passou uma unha pelas folhas e o devolveu ao lugar.

— Tentei descobrir se Joanne plantara a armação na cabeça de Alison, mas, no instante em que Alison ouviu o nome de Chris, ela se fechou e me deu aquele olhar de coelho apavorado. Eu não a culpo. McKenna e Arnold estavam bem ali, morrendo de vontade de se agarrar a qualquer coisa que não lhes agradasse. Por isso, deixei para lá.

— E o celular?

O ar de triunfo ergueu o queixo de Conway. A vitória lhe caía bem. Ela abriu a pasta e mostrou um saquinho de provas. O celular que eu tinha visto na cama de Alison: um celular de abrir, bonitinho, de um rosa perolado, pequeno o suficiente para caber na palma da mão, com um pingente prateado. Chris tinha escolhido com cuidado.

— Alison comprou de Joanne. Ela não queria admitir. Tentou desconversar, fingiu que estava tonta. Não caí nessa; fui insistindo. No final, ela contou tudo. Joanne lhe vendeu o telefone logo depois do Natal, há pouco mais de um ano. Sessenta libras, foi quanto ela cobrou. Que ladra!

Conway jogou o celular de volta na pasta. Recomeçou a andar para lá e para cá. A sensação de triunfo tinha se desgastado depressa.

— Mas foi só isso que Alison me disse. Quando comecei a perguntar sobre onde Joanne obteve o celular, por que ela o estava vendendo, Alison deu uma de choramingona pra cima de mim: "Eu não sei, não sei. Meu braço está doendo. Estou ficando tonta. Posso beber água?" Aquela voz esganiçada que as meninas fazem. Cacete, o que é aquilo? Será que os caras acham sexy?

— Nunca pensei no assunto — disse eu. Conway continuava a se movimentar. Alguma coisa a deixara tensa. Fiquei grudado à parede, para não atrapalhar. — Seja como for, não funciona comigo.

– Me faz querer lhes dar um soco na boca. O telefone não tem nada anterior àquele Natal, nenhuma mensagem de texto, nenhum registro de chamadas. Joanne limpou tudo antes de vendê-lo. Mas agora vem a parte boa. Alison não transferiu seu cartão SIM velho para o telefone de Joanne. Quando o comprou de Joanne, seu celular velho estava sem crédito, e o de Joanne ainda tinha umas vinte libras. Por isso, Alison simplesmente jogou fora o velho e passou a usar o número de Joanne. O que significa que não precisamos rastrear aquele número, implorar o histórico à operadora, toda essa merda. Nós já temos tudo isso. Eu e o Costello conseguimos todos os históricos de metade da escola, no ano passado, o de Alison inclusive. Liguei para Sophie; ela vai mandá-los por e-mail para mim a qualquer instante.

– Peraí – disse eu. – Achei que você tinha dito que o número de nenhuma das garotas estava associado ao do Chris.

– E não estavam. Mas, se o Chris deu à Joanne esse celular – Conway deu um tapinha na bolsa, ao passar por ela – para manter o relacionamento em segredo, isso significa que ele achava que as pessoas poderiam verificar seus celulares normais. Certo?

– Adolescentes xeretas.

– Adolescentes, pais, professores, seja lá quem for. As pessoas xeretam. Se o Chris não queria isso, e ele era cheio da grana, como a Julia disse, garanto que ele tinha um celular exclusivo para suas próprias garotas. A gente repassa o histórico do celular que foi da Joanne – mais um tapa na bolsa, mais forte –, qual é a probabilidade de encontrarmos um número aparecendo por uns dois meses antes daquele Natal, um monte de contatos pra lá e pra cá?

– E aí a gente verifica esse número, o do celular secreto do Chris, em busca de alguma ligação com o número que me mandou a mensagem de texto hoje. Se ele fez isso com uma garota, é provável que tenha feito com algumas. Se Selena realmente ficou com ele, ela pode ter seu próprio celular extra em algum lugar por aí.

– Vamos verificar o número secreto do Chris em busca de ligações com *todo mundo*. Já no ano passado, eu sabia. Eu *sabia* que era estranho ele não estar com o celular. Essa garotada não vai ao banheiro sem levar o celular. Eu deveria... Puta merda! – Um chute furioso no pé da cama de

Rebecca. Só podia ter doído, mas Conway não parou de andar, como se não tivesse sentido nada. – Caramba! Eu devia ter sabido.

E era isso. Se eu dissesse qualquer coisa reconfortante, tipo *Não havia como você saber, ninguém poderia ter...*, ela teria feito picadinho de mim.

– Se a Joanne for a suspeita – disse eu –, ela teria bons motivos para tirar o celular do Chris do corpo dele. O aparelho a teria associado a ele.

Conway abriu uma gaveta, revirou as pilhas arrumadinhas de calcinhas.

– É mesmo. E é provável que ele a esta altura esteja no aterro sanitário. Não há como provar que o Chris sequer chegou a ter esse celular. Se mostrarmos o histórico para a Joanne, ela vai dizer que estava mandando mensagens de texto para alguém que conheceu online, ou só Deus sabe o que ela vai inventar. E não há nada que se possa fazer.

– A menos que a gente descubra mais alguém com quem o Chris entrou em contato pelo telefone secreto, e faça essa garota se abrir.

Conway deu uma risada curta e áspera.

– Certo. Fazer essa garota se abrir. Fácil, fácil. Porque é assim que este caso se desenrola.

– Vale a pena tentar.

Ela bateu a gaveta deixando a bagunça que tinha feito.

– Meu Deus, você é uma raiozinho de sol, não é, não? É como trabalhar com a porra da Pollyanna...

– O que você quer que eu diga? "Ah, que se foda, não vai dar certo nunca, vam'bora"?

– Estou dando a impressão de que vou largar isso aqui? Não vou a lugar nenhum. Mas, se eu tiver que ficar escutando toda essa sua *animação*, juro por Deus...

Nós dois com ódio nos olhos; Conway empurrando o rosto e o dedo perto demais, e eu ainda encostado à parede, de modo que não poderia ter recuado, se quisesse. Estávamos à beira de uma briga pra valer.

Eu não discuto, não com pessoas que tenham a minha carreira nas mãos. Nem mesmo quando deveria discutir. Decididamente, nunca discuto se não existe motivo algum.

– Então você preferia o Costello, não é? Um cara deprimente como ele só? Como é que foi com ele?

– Você cale essa...

Um zumbido vindo do blazer de Conway. Mensagem.

Ela girou imediatamente, tentando enfiar a mão no bolso.

– É Sophie. O histórico do celular de Joanne. Já não era sem tempo. – Ela pressionou botões e ficou olhando o arquivo ser baixado, balançando o joelho.

Me mantive bem afastado. Com o coração a mil, esperei pelo *Pode cair fora.*

Conway olhou para mim, impaciente.

– O que você está fazendo? Vem olhar.

Levei um segundo para sacar: a briga tinha terminado, sumido.

Respirei fundo e me aproximei do seu ombro. Ela inclinou o telefone para eu poder ver a tela.

Lá estava. Outubro, novembro, um ano e meio atrás: um número em contato com o celular que tinha sido de Joanne, repetidamente.

Nenhuma ligação, só mensagens. Texto do número novo, texto para o número novo, mensagem de mídia do número novo, texto do número novo três vezes, texto para o número novo. Chris atrás de Joanne; Joanne, fazendo seu jogo.

Na primeira semana de dezembro, o padrão mudou: texto para o número novo, cinco vezes. Chris sem dar resposta. Joanne insistindo. Chris sem dar a menor atenção. E então, quando ela por fim desistiu, mais nada.

No corredor ali fora, o matraquear de um carrinho, retinir de pratos, aroma agradável de frango com cogumelos, me dando água na boca. Alguém – eu imaginei um avental com babados – estava levando o jantar para as alunas do quarto ano. McKenna não ia permitir que elas descessem para o refeitório, espalhando histórias e pânico como se espalha gripe, tagarelando à vontade sem nenhuma freira para escutar. Ia mantê-las presas em segurança na sala de convivência. Tudo sob controle.

O histórico do celular de Joanne ficou em branco até meados de janeiro. Depois disso, surgiu uma variedade de outros números, ligações e mensagens, recebidas e efetuadas. Nenhum sinal do número de Chris. Exatamente o que se esperaria de uma celular normal de uma garota, de Alison.

– Sophie, você é a *maior* – disse Conway. – Vamos pôr o número na operadora, ver se ele se associa a...

Percebi que ela ficou imóvel.

– Peraí um segundo. Dois nove três... – Ela estalou os dedos para mim, de olhos fixos na tela. – Seu celular. Me mostra aquela mensagem.

Peguei meu celular.

Aquele ar de triunfo levantando a cabeça de Conway de novo, transformando seu perfil em alguma coisa tirada de uma estátua.

– Pronto. Eu sabia que tinha visto aquele número. – Ela segurou os dois aparelhos, lado a lado. – Dá uma olhada.

Aquela memória. Ela estava certa. O número que tinha me informado onde encontrar a chave era o mesmo número que tinha estado flertando pelo celular com Joanne.

– Caraca – disse eu. – Por essa eu não esperava.

– Nem eu.

– Quer dizer que ou o romance secreto de Joanne não era com Chris, de modo algum, mas com uma das nossas sete outras...

– Não – disse Conway, abanando a cabeça. – Um rompimento explicaria, sim, por que as duas galeras não se topam, mas você não vai conseguir me convencer de que não teríamos recebido uma pista de algum lado. Fofoca pura e simples, ou Joanne não parando de dizer que "Fulana é uma tremenda sapata. Ela tentou comer este meu corpinho sexy", só para encrencar a vida da ex. Não.

– ... ou então alguém acabou de me mandar uma mensagem de texto do telefone secreto de Chris Harper.

Um instante de silêncio.

– Parece que foi isso – disse Conway. Alguma coisa na sua voz, mas eu não poderia dizer se era exultação, raiva ou a sensação do cheiro de sangue. Nem sabia se havia diferença para ela.

O dia tinha mudado de novo, tinha se transformado diante dos nossos olhos em alguma coisa nova. Nós não estávamos procurando uma testemunha, naquela sala cheia de cabelos lustrosos, pés irrequietos e olhos atentos. Estávamos procurando uma assassina.

– A meu ver – disse eu –, há três possibilidades para isso ter acontecido. A primeira: Joanne matou Chris, pegou o telefone, usou-o para nos mandar a mensagem de texto sobre a chave, porque quer ser apanhada...

Conway bufou, desdenhosa.

– Nem morta ela ia fazer isso.

— É, também não acredito. A segunda: a assassina (Joanne ou outra aluna) pegou o telefone e o passou para uma terceira pessoa.

— Do mesmo modo que Joanne vendeu o dela para Alison. Combinaria com ela.

— A terceira – disse eu. – Outra pessoa matou Chris, pegou o celular, ainda está com ele.

Conway começou a andar para lá e para cá de novo, mas dessa vez com firmeza; sem nada daquela procura nervosa por alguma coisa para destroçar. Ela estava se concentrando.

— Mas por quê? Ela tem que saber que o celular é uma prova. Ficar com ele é perigoso. Por que não o jogou fora, um ano atrás?

— Não sei. Mas pode ser que ela não tenha ficado com o celular propriamente dito. Ela pode ter jogado fora o aparelho e só ficado com o cartão SIM. É muito mais seguro. E então hoje ela precisa de um número anônimo para nos mandar uma mensagem de texto, põe o SIM de Chris no seu próprio celular...

— Por que ficar com qualquer parte dele?

— Digamos que seja a segunda hipótese, a assassina passou o celular para outra pessoa. Pode ser que a outra garota tenha tido uma impressão de que havia alguma coisa suspeita no aparelho, alguma coisa a ver com Chris; ela ficou com o aparelho, ou só com o cartão SIM, para a eventualidade de um dia ter vontade de nos entregar essa prova. Ou pode ser que não tenha sacado que havia uma ligação: simplesmente gostou da ideia de ter guardado um aparelho anônimo. Ou vai ver que ele simplesmente tinha saldo de créditos, como o que Joanne vendeu para Alison.

Conway concordou.

— OK. Isso funciona com a segunda hipótese. Não vejo como poderia funcionar com a primeira ou com a terceira. O que significa que a garota que lhe enviou a mensagem de texto não é a assassina.

— Significa que a assassina tem muito sangue-frio. Passar o celular do Chris para outra pessoa, em vez de jogá-lo no lixo, quando o aparelho poderia levá-la para a cadeia.

— Muito sangue-frio, muita arrogância, muita burrice, a escolha é sua. Ou ela não o entregou de propósito. Ela o jogou fora em algum lugar, e quem lhe enviou o texto o encontrou.

Vozes, se infiltrando pelo corredor com o aroma de frango e cogumelos: as alunas do quarto ano conversando durante o jantar. Não era uma tagarelice alegre de meninas. Era um zumbido baixo, nivelado, que entrava no seu ouvido e deixava você nervoso.

– Sophie disse quando vamos ter o histórico desse aparelho?

– Logo. O contato dela está trabalhando nisso. Vou mandar um e-mail para ela agora, dizer que precisamos do texto real das mensagens, não só dos números. Podemos não ter sorte. Algumas operadoras descartam esse tipo de coisa depois de um ano, mas vamos tentar. – Conway estava digitando rápido. – Enquanto isso... – disse ela.

Passava das cinco da tarde. *Enquanto isso, voltamos para a base, organizamos a papelada, batemos o ponto. Enquanto isso, vamos comer alguma coisa, tirar uma soneca, foi bom o trabalho hoje, detetive Moran. Nos vemos amanhã cedinho.*

Não havia como sair do Kilda, não agora. Ali dentro, todas aquelas garotas, loucas para começar a trocar histórias e combinar mentiras no instante em que nossas sombras sumissem. Lá fora, os caras da Homicídios, com os maxilares prontos para abocanhar o caso no instante em que O'Kelly soubesse que ele estava sendo reativado. No meio, nós.

Se saíssemos do Kilda de mãos abanando, nunca voltaríamos ou voltaríamos para dar de cara com um muro.

Mesmo assim...

– Se ficarmos muito mais tempo – disse eu –, McKenna vai ligar para o seu chefe.

Conway não tirou os olhos do celular.

– Eu sei. Ela me disse isso, lá no escritório da Arnold. Nem mesmo tentou ser sutil. Disse que, se não tivéssemos saído até a hora do jantar, ela ia ligar para O'Kelly e lhe dizer que nós tínhamos intimidado suas alunas, levando-as a ter ataques.

– Já está na hora do jantar.

– Fica frio. Eu também não fui sutil. Disse para ela que, se tentar nos expulsar daqui antes que tenhamos terminado, eu ligo para um amigo meu jornalista e digo que passamos o dia entrevistando alunas do Kilda a respeito de Chris Harper. – Conway enfiou o telefone no bolso. – Não vamos a lugar nenhum.

Eu poderia ter lhe dado uns tapinhas nas costas, um abraço, alguma coisa, mas não queria levar um chute nos bagos.

– Parabéns – preferi dizer.

– O quê? Você achou que McKenna ia me fazer de capacho? Obrigada, viu? – Mas o meu sorriso largo fez com que ela também sorrisse. – Portanto, enquanto isso...

– Joanne? – disse eu.

Conway respirou. Por trás dela, as cortinas se mexeram; o móbile de talheres emitiu um leve tilintar, agudo e distante.

Ela fez que sim, uma vez.

– Joanne – disse ela.

– Testemunha ou suspeita? – disse eu.

Sendo ela uma suspeita, é preciso que seja avisada dos seus direitos, que assine atestando ter sido informada dos seus direitos, antes que se comece a fazer perguntas. Sendo ela uma suspeita, o procedimento é levá-la à base, registrar tudo em vídeo. Se uma suspeita quiser um advogado, ela o terá. Para uma suspeita menor de idade, é preciso que um adulto adequado esteja presente. Nem se pensa em escapar disso.

Só de vez em quando, a gente deixa o procedimento de lado. Ninguém pode provar o que você está pensando dentro da sua própria cabeça. Muito raramente, você mantém a conversa informal, só um bate-papo com uma testemunha, até o suspeito se enredar demais para você, ou para ele mesmo, negar.

Se você for apanhado, se o juiz lhe lançar um olhar fulminante e disser que qualquer policial provido de meio cérebro teria suspeitado daquela pessoa, aí você está ferrado. Tudo o que conseguiu será descartado.

Nós estávamos no limiar. Um monte de razões para acreditar que pudesse ter sido Joanne; mas não o suficiente para acreditar que tivesse sido ela.

– Testemunha – disse Conway. – Tome cuidado.

– Você também – disse eu. – Joanne não vai se esquecer de que você abaixou a crista dela na frente das outras.

– Ai, cacete. – Conway jogou a cabeça para trás, irritada. Tinha se esquecido. – Isso quer dizer que vou de novo ficar em segundo plano. Da próxima vez que precisarmos emputecer alguém, vou fazer você se encarregar disso.

— Ah, não — retruquei. — Essa tarefa é sua. É um talento que você tem. — A cara que ela fez para mim parecia a de uma amiga.

Na sala de convivência, as garotas estavam bem organizadas em torno de mesas, cabeças baixas sobre os pratos, um ritmo familiar de tilintar de talheres. A freira estava com um olho na comida e o outro nas alunas.

Cena encantadora e tranquila, até se olhar melhor. Então dava para ver. Tênis irrequietos debaixo das mesas, dentes expostos roendo a borda de um copo de suco. Orla toda encolhida, tentando não ocupar espaço. Uma garota pesada, de costas para mim, atacar a comida para valer, mas por cima do ombro vi um prato cheio de torta de frango picada em quadradinhos perfeitos, cada vez menores a cada corte feroz.

— Joanne — disse Conway.

Joanne, revoltada, lançou um estalo de língua e uma revirada de olhos para o teto, mas veio. Estava usando o mesmo traje que Orla, mais ou menos: short curto de jeans, malha justa, casaco rosa de capuz, tênis Converse. Em Orla, a roupa dava a impressão de que alguém que não gostava dela a vestira daquele jeito. Em Joanne, parecia que ela havia sido feita assim, tudo num único molde.

Voltamos para o quarto dela.

— Sente-se — disse eu, com a mão estendida para a cama dela. — Desculpe por não termos cadeiras, mas só vamos levar uns minutos.

Joanne ficou em pé, de braços cruzados.

— Vocês sabem que eu estou jantando?

Nossa Joanne estava furiosa. Orla estava em maus lençóis.

— Eu sei — disse eu, todo humilde. — Não vou demorar com você. E devo lhe dizer que tenho umas perguntas que podem não ser do seu agrado. Mas preciso de respostas, e não sei ao certo se alguém mais sabe essas respostas.

Isso atraiu sua curiosidade ou sua vaidade. Um suspiro de longo sofrimento, e ela se deixou cair na cama.

— Está bem. Acho.

— Agradeço — disse eu. Sentei-me na cama de Gemma, de frente para Joanne, me mantendo bem longe das roupas jogadas. Conway se fundiu com o pano de fundo, encostada à porta. — Para começar, e sei que Orla já lhe contou isso: nós encontramos sua chave da porta de acesso entre esta ala e o prédio principal. Vocês andaram escapulindo de noite.

Joanne já estava com a boca entreaberta para negar aquilo e meio que assumindo sua cara de indignação, em piloto automático, quando Conway exibiu o livro de Teresa.

— Montes de impressões digitais – disse ela.

Joanne guardou a cara de indignação para mais tarde.

— E daí? – perguntou.

— Isso aqui é sigiloso – disse eu. – Não significa que vamos passar a informação para McKenna, arrumar encrenca para o seu lado. Só estamos separando o que é importante do que não é. OK?

— Tanto faz.

— Beleza. Então, o que vocês faziam, quando escapuliam?

Um sorrisinho de reminiscências, relaxando a boca de Joanne. Daí a um instante, ela falou.

— Alguns dos rapazes do externato do Columba entravam aqui pulando o muro dos fundos. Normalmente, não ando com o pessoal do externato, mas Garret Neligan sabia onde os pais guardavam bebida e... outras coisas, então, tudo bem. Fizemos isso umas duas vezes, mas aí a mãe do Garret descobriu e começou a trancar as coisas, e nós não nos demos mais ao trabalho de sair.

Coisas. Garret estivera mexendo nos remédios da mamãe.

— Quando foi isso?

— Março do ano passado, pode ser? Depois disso, não chegamos a usar a chave tanto assim. Na Páscoa, Gemma conheceu um universitário numa boate, e saiu para ficar com ele algumas vezes. Achava que era a maioral porque tinha conquistado alguém que, ai meu Deus, estava na *faculdade*, mas é claro que ele lhe deu um chute no instante em que descobriu a idade dela de verdade. E depois do Chris, é óbvio que eles trocaram a fechadura, e a chave já não tinha nenhuma utilidade.

— Você deve perceber que isso faz com que você e suas amigas sejam as principais suspeitas de ter pregado aquele cartão no Canto dos Segredos. Qualquer uma de vocês poderia ter estado lá fora quando o Chris foi morto. Qualquer uma de vocês poderia ter visto alguma coisa. Até mesmo ter visto o que aconteceu.

Joanne lançou as mãos para o alto.

– Peraí, me desculpe. Podemos dar uma freada aqui? Nós não éramos as únicas que tinham uma chave. Conseguimos a nossa com a Julia Harte.

Fiz cara de dúvida.

– É mesmo?

– É.

– Então onde é que encontraríamos a delas?

– Como eu ia saber? Mesmo que eu fizesse alguma ideia do lugar onde elas a guardavam, e no fundo eu não presto atenção ao que aquelas piradas fazem, isso já faz um *ano*. É bem provável que elas a tenham jogado fora quando a fechadura foi trocada. Foi isso o que eu *mandei* a Orla fazer, só que ela é tão inútil que nem isso conseguiu fazer direito.

– Julia diz que elas nunca tiveram chave nenhuma!

O rosto de Joanne estava começando a se contrair, numa expressão maldosa.

– Oi? É o que seria de esperar que ela dissesse, não é? É uma mentira deslavada.

– Poderia ser – admiti, dando de ombros. – Mas não temos como provar. Temos prova de que você e suas amigas tinham uma; e nenhuma prova de que a Julia e as amigas dela também tinham. Quando se trata da palavra de uma pessoa contra a palavra de outra, somos obrigados a seguir as provas.

– O mesmo vale para o Chris e a Selena – disse Conway. – Vocês dizem que eles estavam saindo, elas dizem que eles não estavam. Não há o menor indício de que eles sequer chegaram perto um do outro. Você espera que acreditemos em quê?

A expressão maldosa foi se solidificando, tornou-se uma decisão.

– OK. Está bem.

Joanne apanhou o celular, apertou umas teclas. Empurrou-o para mim, com o braço esticado.

– Isso aqui é *prova*?

Peguei o celular. Estava quente do calor da mão dela, pegajoso.

Um vídeo. Escuro; o farfalhar e os baques de passos pela grama. Alguém cochichando; uma pequena risada abafada, um *Cala a boca*, chiado.

– Quem está com você? – perguntei.

— Gemma. — Joanne estava sentada, de braços cruzados, balançando um pé e nos observando. Na expectativa.

Vultos cinzentos, indistintos, oscilando quando a movimentação de Joanne sacudia o celular. Arbustos ao luar. Moitas de pequenas flores esbranquiçadas, fechadas para a noite.

Mais um sussurro. Os passos cessaram. O celular ficou imóvel. Vultos entraram em foco.

Árvores altas, negras, em torno da penumbra mortiça de uma clareira. Mesmo na escuridão indefinida, reconheci o lugar. O bosque de ciprestes onde Chris Harper tinha morrido.

No centro enluarado da clareira, duas figuras, tão grudadas que pareciam ser só uma. Pulôveres escuros, jeans escuros. Uma cabeça de cabelos castanhos debruçada sobre uma cascata de cabelos louros.

Um galho balançou de um lado a outro da tela. Joanne mudou a posição do celular para o galho não atrapalhar e aumentou o zoom.

A noite borrava os rostos. Olhei de relance para Conway: um leve sim com seu queixo. Eram Chris e Selena.

Eles se afastaram como se mal conseguissem se mexer. Grudaram a palma das mãos, os ombros subindo e descendo ao ritmo da respiração acelerada. Estavam assombrados um com o outro, mudos de atordoamento, bem ali no círculo de ciprestes ondulantes e do vento noturno. O mundo lá fora tinha sumido, era nada. Dentro do círculo, o ar estava se desdobrando em novas cores. Estava se transformando em alguma coisa que cascateava e jorrava puro ouro e deslumbramento, e cada respiração também os transformava.

Eu sonhava com isso, quando era jovem. Mas nunca experimentei. Quando estava com 16 anos e 90% de mim era sexo, eu mantinha distância das garotas na minha escola. Morria de medo de ir além de uns amassos e agarrões e acordar no dia seguinte já papai, numa moradia fornecida pelo governo, grudado para sempre ao linóleo pegajoso. Mas sonhava com isso. Sonhos cujo sabor ainda consigo sentir.

Quando saí de lá e conheci outras garotas, já era tarde. Passada a adolescência, perde-se a única chance de vivenciar aquele ouro frágil demais para ser tocado, aquele tudo de tirar o fôlego e para sempre. Uma vez que você comece a se tornar adulto e a ganhar juízo, o mundo externo se torna real, e seu próprio mundo pessoal nunca mais é o tudo.

Chris trançou os dedos no cabelo de Selena, levantando-o para que caísse, um fio atrás do outro. Ela virou a cabeça para tocar no braço dele com os lábios. Eles pareciam bailarinos subaquáticos, como se o tempo tivesse parado só para eles, e como se cada minuto lhes desse um milhão de anos. Eram deslumbrantes.

Junto do celular, Joanne ou Gemma deu um risinho debochado. A outra fez um ruído mínimo de que ia vomitar. Uma coisa daquelas acontecendo diante dos seus olhos, a poucos metros delas, de verdade, e elas nem mesmo conseguiam vê-la.

Selena levou os dedos ao rosto de Chris, e ele fechou os olhos. O luar escorria pelo braço dela como água. Eles se aproximaram mais, os rostos se inclinando juntos, as bocas se abrindo.

Bipe, fim do vídeo.

– Então – disse Joanne –, será que *isso é prova* suficiente de que a Selena e todas elas tinham uma chave? E de que ela estava fazendo sexo com o Chris?

Conway pegou o celular da minha mão e começou a mexer nele, pressionando teclas. Joanne estendeu a palma da mão.

– Ei, isso aí me pertence.

– Você vai tê-lo de volta quando eu tiver terminado. – Joanne estalou a língua e se jogou de novo contra a parede. Conway não fez caso dela. Disse para mim: – Vinte e três de abril. Dez para uma da manhã.

Três semanas e meia antes da morte de Chris.

– Quer dizer que você e Gemma viram Selena sair do quarto e foram atrás dela?

– Gemma viu os dois lá fora por acaso, na primeira vez. Ela estava se encontrando com algum cara. Nem me lembro quem era. Depois disso, nós nos revezamos para vigiar o corredor de noite. – Joanne estava com a voz de uma gerente de projetos, implacável. Eu podia imaginá-la voando na jugular de uma das outras que tivesse a audácia de cochilar no seu turno. – Nessa noite, Alison viu Selena sair de mansinho do quarto. Ela me acordou e eu fui atrás de Selena.

– Você levou Gemma junto?

— Bem, eu não estava exatamente disposta a sair *sozinha*. De qualquer modo, eu precisava que Gemma me mostrasse onde eles estavam tendo suas sessõezinhas de beijação. Quando consegui me vestir, Selena já tinha se mandado. Mal podia esperar para entrar em ação. Algumas pessoas não passam de piranhas.

Mais movimentados à meia-noite do que uma estação ferroviária, os terrenos desse colégio. McKenna ia enfartar se soubesse disso.

— Quer dizer que você conseguiu ir atrás deles e fez esse vídeo – disse eu. – Esse foi o único?

— Foi. Não é suficiente para vocês?

— O que aconteceu depois que vocês pararam de filmar?

Joanne contraiu a boca.

— Voltamos para cá. Eu não ia ficar parada ali, olhando enquanto eles *faziam sexo*. Não sou tarada.

O celular de Conway zumbiu.

— Enviei o vídeo para o meu celular – disse ela para mim. E para Joanne: — Pronto. – E jogou o celular para ela.

Joanne fez questão de limpar meticulosamente os germes da classe operária, esfregando o celular no edredom.

— O que você pretendia fazer com esse vídeo? – perguntei.

— Eu ainda não tinha decidido – disse ela, dando de ombros.

— Um palpite – disse Conway. – Você o usou para chantagear Selena para ela desmanchar com o Chris. "Cai fora, ou McKenna vai ver esse vídeo."

O lábio superior de Joanne se encrespou, mostrando os dentes quase como num rosnado.

— Oi? Peraí, não fiz nada disso.

Eu me inclinei para a frente, afastando sua atenção de Conway.

— Teria sido para o próprio bem de Selena, se você tivesse feito isso – disse eu. – Aquilo ali não era a maneira mais saudável de passar as noites.

Joanne refletiu sobre o assunto, concluiu que gostava da ideia. Exibiu determinada expressão, com a intenção de parecer santinha, mas o resultado foi o de parecer estar de boca cheia.

— Eu teria feito isso, se precisasse. Mas não fiz.

— Por que não?

— Aquilo ali — Joanne apontou um dedo para o celular —, essa foi a última vez em que a Selena e o Chris se encontraram. Eu já tinha batido um papo com a Julia, e depois disso ela resolveu tudo. Ponto final.

— Como você soube?

— Bem, eu não aceitei simplesmente a *palavra* da Julia, se é isso o que você está querendo dizer. Não sou idiota. Foi por isso que fiz o vídeo: só para o caso de ela precisar levar uma pequena cutucada. Depois, ficamos vigiando o corredor semanas a fio, e a Selena nunca mais saiu sozinha. As quatro ainda saíam juntas, para fazer sei lá o quê que elas faziam lá fora. Ouvi dizer que são bruxas. Vai ver que estavam, tipo, sacrificando um gato ou coisa parecida. Eu realmente nem mesmo quero *saber*. — Um tremor exagerado de repugnância. — E a Julia saiu umas duas vezes. Ela tinha alguma coisa com o Finn Carroll. Quer dizer, no fundo ninguém *quer* ficar com um ruivo, mas acho que, se você tem a cara da Julia, fica com o que conseguir apanhar. Mas a Selena parou de sair. Quer dizer, estava claro que ela e o Chris tinham terminado. Alguma surpresa?

— Alguma ideia de quem foi que terminou?

Ela deu de ombros.

— Eu dou a impressão de que me importo? Quer dizer, é claro que eu esperava, pelo bem do Chris, que ele tivesse de repente melhorado de *padrão*, mas... Os caras: eles só se interessam por uma coisa. Se o Chris estava conseguindo isso com a Selena, e ele não precisava, tipo, ser *visto* com ela, por que ele se livraria dela? Por isso, calculei que devia ter sido a Selena. Ou a Julia conseguiu botar algum juízo na cabeça dela, ou a Selena sacou que, helloo, o Chris só a estava usando para uma transa fácil e que uma gorda como ela nunca ia ser a *namorada dele* de verdade.

O rosto de Chris debruçado sobre o de Selena, num puro deslumbramento. Ele era bom com as garotas, mas tão bom assim?

— Por que você não queria que eles saíssem? — perguntei.

— Eu não gosto dela, OK? — disse Joanne, em tom neutro. — Não gosto de nenhuma delas. São um bando de piradas, e agem como se isso fosse perfeitamente normal. Como se fossem tão especiais que podem fazer o que bem entenderem. Achei que a Selena devia descobrir que as coisas não funcionam desse jeito. Como você disse, eu no fundo estava fazendo um favor para ela.

Fiz minha cara de intrigado.

– Mas você não viu nada de mais na Julia com o Finn. Algum motivo específico para a Selena e o Chris serem um problema?

– Tudo bem com o Finn – disse ela, dando de ombros –, se você não se importar com esse tipo de coisa, mas ele não era importante. O Chris era. Todo mundo estava a fim dele. Eu não ia deixar a Selena achar que alguém como ela tinha o direito de ficar com alguém como ele. Helloo, Terra chamando baleia: não é porque você fez sei lá que coisa repugnante para conseguir que o Chris *olhasse* para você que isso vai significar que você pode ficar com ele.

– Não foi porque você esteve saindo com o Chris, só uns meses antes?

Joanne não perdeu um segundo. Um suspiro forte, uma virada de olhos.

– Helloo, a gente já não repassou isso? Estou imaginando coisas? Estou ficando maluca? Eu nunca saí com o Chris. Só se ele estivesse sonhando.

Conway ergueu o saquinho de provas, com o celular de Alison dentro. Sacudiu-o diante de Joanne.

– Tenta de novo.

Um meio segundo em que Joanne enrijeceu. Virou então a cabeça para não encarar Conway e cruzou os braços, decidida.

– Ah, puxa – disse Conway, levando a mão ao coração. – Isso me ensinou o meu lugar.

– Joanne – disse eu, me inclinando. – Sei que não é da minha conta ou de qualquer maneira não seria normalmente. Mas, se você foi tão amiga do Chris que ele possa ter lhe contado qualquer coisa importante, nós precisamos saber. Faz sentido?

Joanne pensou. Pude ver que ela experimentava o papel de testemunha principal, e gostava da sensação.

– Esse celular que está com a minha parceira foi seu até você vendê-lo para a Alison. E nós temos registros de um milhão de mensagens de texto para lá e para cá entre esse número e o celular secreto do Chris.

Joanne deu um suspiro.

– OK – disse ela. – Tudo bem.

Ela se ajeitou melhor na beirada da cama. Mãos unidas, pernas juntas, cruzadas na altura dos tornozelos, olhos baixos. Estava entrando na personagem: namorada que perdeu o ente amado.

– O Chris e eu estivemos juntos. Por uns dois meses, no outono do outro ano.

Aquilo saiu dela praticamente como uma explosão. Fazia um ano agora que ela estava louca para contar. Tinha guardado o segredo porque ele poderia torná-la uma suspeita; porque não queria admitir que tinha sido descartada; porque nós éramos adultos, portanto, o inimigo; quem ia saber? Por fim, nós lhe havíamos dado um pretexto para falar.

– Mas ele nunca me disse nada sobre ter um *inimigo* ou coisa semelhante. E ele teria me contado. Como você disse, nós éramos muito amigos.

– Era para isso que você usava a chave? – perguntei. – Para sair à noite e se encontrar com o Chris?

Joanne fez que não.

– Só peguei a chave depois que a gente terminou. E, de qualquer maneira, ele também não tinha como sair de noite. Quer dizer, é claro que ele descobriu algum jeito mais tarde, porque estava se encontrando com aquela vaca gorda, mas quando a gente estava junto, ele não podia sair.

– E ele também tinha um celular secreto, exclusivo para mandar mensagens para você?

– Tinha. Ele dizia que os caras no Columba olhavam os celulares uns dos outros o tempo todo, à procura de mensagens de sexo ou fotos... sabe, *fotos*? De garotas? – Um olhar significativo. Fiz que sim. – O Chris disse que os padres também faziam isso. Alguns deles são uns tarados. Simplesmente *eca*. Eu disse, "*Acorda*, se você acha que vai receber fotos da minha 'queridinha', sinto muito, mas vai precisar se esforçar um pouco mais." Mas não era assim. O Chris simplesmente não queria que ninguém lesse minhas mensagens de texto. Qualquer coisa que eu dizia significava muito para ele para que algum sacana ficasse se excitando com ela.

Peguei um olhar de Conway, de esguelha. O Chris era bom, sim.

– De que tipo era o celular dele? – perguntei. – Você chegou a vê-lo?

Um sorriso enevoado, relembrando.

– Igualzinho ao meu, só que vermelho. "Um par perfeito", foi o que o Chris disse. "Como nós."

O olhar de Conway dizia *Vou vomitar*.

– Por que todo esse segredo? – perguntei. – Por que não dizer simplesmente a todo mundo que vocês estavam juntos?

Isso fez Joanne se mexer: um sobressalto defensivo. O segredo não tinha sido ideia dela. Ela respirou fundo e voltou a encarnar a personagem.

– Quer dizer, aquilo ali não era coisa boba e artificial de adolescente. O Chris e eu tínhamos uma relação especial. Era tão forte, puxa, era como alguma coisa numa *música*, sabe? Ninguém teria entendido. Ninguém teria sido capaz de entender. Quer dizer, seja como for, é claro que a gente ia contar daí a um tempo. Só que ainda não.

Uma fala toda organizada e quebradiça, aprendida de cor. As frases que Chris tinha passado para ela, que ela repetira para si mesma inúmeras vezes para fazer parecer aceitável.

– Não era porque havia alguma pessoa específica que o Chris não queria que soubesse? Uma ex-namorada ciumenta, alguma coisa desse tipo?

– Não. Quer dizer... – Joanne refletiu sobre isso, gostou da ideia. – Podia ter havido. Um monte de gente teria ficado com muita inveja, se tivesse sabido. Mas ele nunca disse o nome de ninguém.

– Como vocês conseguiam se encontrar em segredo, se você não podia sair à noite?

– Principalmente nos fins de semana. Às vezes de tarde, entre as aulas e o período do estudo, mas era difícil encontrar um lugar onde não nos vissem. Teve uma vez, conhece o parquinho logo depois do Palácio? Foi em novembro, portanto escureceu cedo e o parque estava fechado, mas eu e o Chris pulamos a grade. Ali tem um gira-gira, para crianças. A gente sentou nele e...

Joanne estava com um meio sorriso, lembrando-se, distraída.

– Eu disse, "Puxa, não acredito que estou fazendo isso, pulando cerca no escuro como uma vagabunda qualquer; é bom você me comprar alguma coisa legal depois dessa", mas eu estava só brincando. No fundo foi... divertido. Rimos muito. Nos divertimos, naquele dia.

Um sopro de risada. Frágil, perdida, à deriva entre os pôsteres vistosos e os lenços de papel borrados com maquiagem. Não uma risada que ela tivesse aprendido com alguma estrela de reality show e tivesse ensaiado. Só ela, com saudade daquele dia.

Era por isso que Joanne tinha precisado ver Selena e Chris através de um sorrisinho sórdido e um ruído de vômito. Essa era a única forma para ela suportar olhar.

– Então, o que aconteceu? – perguntei. – Vocês ficaram juntos uns dois meses, pelo que você disse. Por que se separaram?

Isso fez com que Joanne se fechasse de novo. Um olhar falso se instalou com violência. Um filete de mágoa desapareceu por trás dele.

– Eu desmanchei com ele. Agora me sinto tão mal por isso...

– Hã-hã – disse Conway, agitando a bolsa de novo. – Não é o que isso aqui diz.

– Você continuou a lhe mandar mensagens de texto e a ligar para ele depois que ele parou de responder – expliquei. Joanne contraiu a boca. – O que aconteceu?

Essa ela dominou mais rápido do que eu esperava.

– Bem – disse ela, com mais um suspiro. – O Chris ficou assustado com os sentimentos dele. Quer dizer, como eu já lhe disse, o que houve entre nós era totalmente diferente. Tipo, profundo. – Olhos arregalados, sinceros, voz mais aguda. Ela estava bancando alguém que viu na televisão. Eu não fazia ideia de quem; não assisto aos programas certos. – E um monte de caras não consegue lidar com isso. Acho que o Chris era só um pouco imaturo. Se ele estivesse vivo, é provável que a esta altura nós já... – Mais um suspiro. O olhar se desviando, num ângulo pitoresco, para o território do que poderia ter sido.

– Você deve ter ficado bem irritada com ele – disse eu.

Joanne sacudiu o cabelo.

– Hum – respondeu com uma voz cortante. – Não liguei a mínima.

Fiz cara de intrigado.

– É mesmo? Eu não teria imaginado que você estivesse acostumada a ser dispensada. Será que está?

Um ar mais cortante. A cara de olhos arregalados estava se desfazendo depressa.

– Não estou, não. Ninguém nunca me dispensou.

– Com exceção do Chris.

– Bem, eu estava pronta para mandar ele passear, de qualquer modo. Foi por isso que eu disse...

– Como assim? Achei que a relação de vocês fosse fantástica, que ele só ficou aflito por ser imaturo. Mas você não é imatura, certo?

– Não. É só que eu... – Joanne estava pensando depressa. A mão foi até o coração. – Eu sabia que aquilo era mais do que o que ele podia enfrentar. Eu ia lhe dar a liberdade. "Se você ama alguma criatura..."

– Então por que você insistiu em mandar mensagens pra ele depois que ele parou de mandar mensagens pra você?

– Eu só estava dizendo pra ele que eu entendia, sabe? Como aquilo tudo era forte. Quer dizer, que eu não ia ficar esperando por ele, nem nada, mas que torcia pra nós podermos ser amigos. Esse tipo de coisa. Não consigo me lembrar.

– Não estava dando bronca nele, não? Porque nós temos uma pessoa recuperando as mensagens. A qualquer instante vamos poder ler todas elas.

– Não me lembro. Acho que podia ser que eu estivesse só um pouquinho *espantada*, mas não estava com *raiva*, nem nada.

Conway ajeitou as costas na parede. Um aviso para mim: se eu insistisse mais um nada que fosse, já teríamos ultrapassado aquela linha, tornando tudo inadmissível.

– Entendo – disse eu, me inclinando mais para perto, com as mãos unidas. – Joanne. Escute o que vou dizer. – Impostei a voz com um tom épico: uma fala para inspirar a heroína jovem e valente. – Você tinha a chave. Acreditava que seu relacionamento com o Chris não estava terminado. Você ficava de olho no Chris quando ele entrava no terreno do colégio à noite. Você vê aonde estou chegando com esse raciocínio?

Aquele olhar neutro tornou-se desconfiado. Joanne deu de ombros.

– Acho que você estava lá fora na noite em que ele morreu e acho que você viu alguma coisa. Não... – ergui a mão, com autoridade –, deixe-me terminar. Pode ser que você esteja protegendo alguém. Pode ser que esteja com medo. Pode ser que não queira acreditar no que viu. Tenho certeza de que você tem um bom motivo para dizer que não estava lá.

Conway, no canto do meu olho, fazendo um sim imperceptível para mim. Estávamos de volta em terreno seguro. Se Joanne um dia repetisse aquela fala para seu advogado, ela dizia *testemunha*, em alto e bom som. Mas se funcionasse, se admitisse que tinha estado no local, ela mesma cruzaria a linha entre testemunha e suspeita, sem deixar nenhum espaço para manobra.

– Mas eu também tenho certeza, Joanne, tenho a mesma certeza de que você viu ou ouviu alguma coisa. *Você sabe quem matou o Chris Harper*. – Deixei minha voz subir. – Chegou a hora de parar de esconder isso. Você ouviu o que a detetive Conway disse, mais cedo. Está na hora de nos contar, antes que nós descubramos sozinhos, ou que alguma outra pessoa descubra. Agora.

– Mas eu *não sei!* – disse Joanne, em tom queixoso. – Juro por Deus que não saí naquela noite! Fazia semanas que eu não saía.

– Você está tentando me dizer que não tinha ninguém com quem se encontrar? Quase seis meses depois que o Chris rompeu com você, você ainda estava sozinha?

– Não *ainda*! Eu saí com Oisín O'Donovan por um tempo. Pode perguntar a quem quiser, mas terminei com ele *semanas* antes do que aconteceu com o Chris! Pergunte a ele. Eu não saí naquela noite. Não sei de nada. *Juro!*

De olhos arregalados, torcendo as mãos, todos os detalhes: como tinha aprendido que era a aparência dos inocentes, na televisão ou sabe-se lá onde. Fosse verdade, fosse mentira, o aspecto seria exatamente o mesmo.

Mais um minuto, e ela estaria espremendo o rosto, tentando chorar. O olhar de Conway me disse *Fim de papo*.

Voltei à minha posição descontraída, no conforto macio e íntimo da cama de Gemma. Joanne respirou fundo, trêmula, olhando de esguelha para mim para se certificar de eu ter entendido.

– OK – disse eu. – OK, Joanne. Obrigado.

Joanne e seu short voltaram para a sala de convivência. Seu traseiro ficou observando enquanto nós a observávamos, do mesmo modo que o de Julia, só que nem um pouco parecido.

– Essa aí é uma babaquinha emputecida – disse Conway, com um toque de prazer. Estava com um ombro encostado à parede do corredor, as mãos nos bolsos. – Ela pode contar a história que quiser, mas a verdade é que se ferrou com o Chris Harper.

– Ferrada o suficiente para matá-lo?

– É claro. Ela teria adorado. Mas...

Silêncio. Nenhum de nós dois queria dizer o que estava pensando.

– Se ela pudesse ter apertado um botão – disse eu. – Fincado um alfinete num boneco de vodu, aí, sim.

– É. Num piscar de olhos. – Conway estalou os dedos. – Mas ir lá para fora no escuro, acertar a cabeça dele com uma enxada... Não consigo ver Joanne correndo esse tipo de risco. Ela nem mesmo quis ir atrás de Selena, sem arrastar Gemma junto. Muito cuidadosa consigo mesma, a nossa Joanne. E ela não dá um passo fora da sua zona de conforto. *Cacete!*

– O cartão ainda poderia ser dela. – Ouvi o tom de otimismo na minha voz. Fiquei esperando mais um golpe contra Pollyanna. Ele não veio.

– Se for, ela está tentando nos direcionar para Selena. Agora, isso é que é vingança. Você roubou meu cara; vou armar para você ser condenada por homicídio.

– Ou para Julia – disse eu. – Ela fez questão de nos dizer que Julia estava escapulindo direto até pouco antes do homicídio, você percebeu?

– Julia e Finn – disse Conway, com um tapa na testa. – Eu sabia que tinha que haver uma razão para o Finn de repente decidir fazer uma ligação direta na saída de emergência. Ele não quis falar. Eu devia ter sabido. Como todo o resto das informações de hoje.

– Mas por que todo mundo estava mantendo em segredo sua vida amorosa? Quando eu era rapaz, se você tinha namorada, contava para o mundo inteiro. As garotas mantinham esse tipo de coisa por baixo do pano quando você tinha essa idade?

– Claro que não. Pra começo de conversa, essa era metade da razão para sair com alguém: mostrar a todos que você tinha um cara. Queria dizer que você era bem-sucedida, não alguma fracassada de dar pena. Era motivo para se anunciar aos quatro ventos.

– E essa geração liga muito menos pra privacidade do que nós ligávamos. Tudo é posto online, a menos que seja vergonhoso ou que crie algum problema para a própria pessoa.

Uma aluna saiu da sala de convivência do terceiro ano e se encaminhou para o banheiro, se esforçando loucamente para ver como nós éramos sem olhar para nós. Conway voltou para dentro do quarto de Joanne & Companhia, fechando a porta com um chute.

— Mesmo assim. A filha da minha prima levou um susto achando que estava grávida. Qual foi a primeira coisa que fez? Postou no facebook. Depois ficou puta com a mãe, quando ela descobriu.

— E elas não demonstraram timidez ao nos dizer com quem estão saindo agora — disse eu. — Joanne nos deu um pouquinho de trabalho, mas aquilo foi só para ser do contra com você, não porque ela de fato quisesse manter o namoro em segredo. Então o que era diferente no ano passado?

Conway tinha começado a andar em círculos pelo quarto de novo. Quem quer que fosse o pobre coitado que acabasse sendo parceiro dela, ele ia passar uma boa parte do tempo tonto.

— Aquela bobagem que a Joanne nos disse, sobre ela e o Chris guardarem segredo porque a relação era muito forte, ou sei lá o quê. Você acreditou?

— Não. Pura cascata. — Eu me encostei à parede, com um ombro só, para poder ficar de olho naquela linha de luz em torno da porta. — Não sei de nada a respeito de Julia e Finn, mas as outras? Era o Chris que queria manter as coisas escondidas. Aposto que era pra ele poder ter algumas garotas à mão ao mesmo tempo. Joanne começou a pressionar pra eles divulgarem a relação, e ele lhe deu um chute.

Ela fez que sim. Seu jeito de fazer que sim era de lado, torcendo o pescoço, como alguém conversando na rua.

— Parece que a sua Holly talvez estivesse certa a respeito do Chris. Ele não era o amorzinho que todas diziam.

Ele só se importava com o que ele queria, era o que Holly tinha dito.

A expressão no rosto de Chris, olhando para Selena. Mas nessa idade? É tão fácil o desejo vencer a lealdade. Não quer dizer que a lealdade não seja real. Você sabe o que já tem, mas sabe também o que quer. Portanto, vai atrás do que quer. Você vê sua oportunidade e se agarra a ela. Diz a si mesmo que no final tudo vai dar certo.

— Se ele continuou a ter mais de uma namorada, e uma das garotas descobriu... — disse eu.

— Você quer dizer, se Selena descobriu.

— Provavelmente não ela. Selena e Chris tinham terminado, semanas antes da morte dele. Se você vai esmagar a cabeça do seu cara por passá-la para trás, você faz isso quando descobre, não semanas depois. Mas poderia ter sido esse o motivo para o rompimento.

– Pode ser. – Conway chutou da sua frente o sapato pesadão do uniforme de alguém. Ela não estava convencida. – Seja como for, a história não aconteceu do jeito que a Joanne contou. Ela mandou a Julia separar a Selena do Chris, e a Julia fez, "Sim, senhora, imediatamente, senhora" e saiu correndo para fazer o que ela mandou? Você acha que a Julia aceita ordens da Joanne com relação à vida amorosa das amigas?

– A Julia ia mandar a outra se foder. A não ser que a Joanne a coagisse com alguma coisa importante.

– Aquele vídeo é importante o suficiente. Ele poderia ter provocado a expulsão da Julia e de todas as amigas. Mas a Joanne não precisou recorrer a ele. O Chris e a Selena terminaram antes.

– Você acredita nela?

– Nesse ponto, acredito.

Tentei me lembrar. Percebi que eu já tinha me esquecido do rosto de Joanne. Era difícil saber.

– É, acho que eu também acredito.

– Certo. Logo, pode ser que Selena tenha realmente terminado com ele porque ela o pegou pulando a cerca. – Na passagem, Conway pegou o alisante de cabelo de Gemma, fez uma careta de "puta merda", jogou-o na cama de Orla. – Ou pode ser que tenha sido alguma outra coisa.

– Que a chama simplesmente se apagou? – Eu não acreditava nisso, não depois daquele vídeo. Mas, só para testar a hipótese: – Nessa idade, até mesmo um mês ou dois já é muito tempo para estar com alguém. Foi a essa altura que o Chris se cansou da Joanne. Pode ser que ele tivesse começado a se sentir inquieto de novo, com a impressão de que era compromisso demais. Ou a Selena quis tornar a relação pública, do mesmo jeito que a Joanne.

Conway tinha parado de se movimentar. O sol estava baixando. Entrava pela janela reto como uma flecha, horizontal, transformando seu rosto numa máscara de luz e sombra.

– Vou lhe dizer o que mais acontece com um mês ou dois de relacionamento, nessa idade. É aí que os caras começam a fazer pressão. Dá ou desce.

Esperei. Silêncio, e o cheiro da química forte dos desodorantes florais fazia arder minhas narinas.

– Alguém fez alguma coisa com a Selena – disse Conway –, que ferrou com a cabeça dela e afastou as quatro dos rapazes. E mais ou menos na mesma época, a Selena e o Chris terminaram.

– Você acha que o Chris a estuprou? – perguntei.

– Acho que precisamos verificar a possibilidade, sim.

– Cair em tentação e passar para trás uma garota de quem você realmente gosta é uma coisa. Estuprar essa garota é outra. Naquele vídeo, ele parece... – Conway estava me fulminando. De qualquer maneira, acabei de dizer o que pensava. – Parece que ele estava louco por ela.

– Claro que parece. É a aparência de qualquer adolescente que acha que tem uma chance de dar uma trepada. Eles se transformam em qualquer coisa que achem que a garota quer ver. E continuam até perceber que isso não a está fazendo abrir as pernas.

– Aquilo me pareceu verdadeiro.

– Você é algum expert no assunto?

– E você é?

Conway levantou os olhos para me encarar. Duas horas antes, eu teria piscado. Mas a encarei direto.

Ela deixou para lá.

– Mesmo que fosse verdadeiro – disse ela. – Mesmo que estivesse de fato louco por ela, ele ainda poderia tê-la estuprado. Adultos não fazem coisas que obviamente possam ferir alguém que amam. Não, se puderem evitar. Mas naquela idade? Você se lembra dessa idade? Eles não são a mesma coisa. Não calculam as consequências. É por isso que metade do que eles fazem dá a impressão de vir de algum louco varrido, aos meus olhos, aos seus ou aos de qualquer adulto são. Quando se está com essa idade, nada faz sentido. Você não faz sentido. E deixa de esperar fazer.

Um segundo de silêncio. Ela, com a razão; eu, querendo que ela esteja enganada.

Quando queria uma coisa e não conseguia, Holly tinha dito. *Não tão legal assim.*

– Aquela noite – disse eu. – A noite em que a Joanne fez o vídeo. Aquela foi a última vez que o Chris e a Selena se encontraram. Se ele fez alguma coisa com ela...

– É. Foi naquela noite.

Silêncio, de novo. Por baixo do cheiro de desodorante, achei que senti um sopro de jacintos.

– E agora? – perguntei.

– Agora a gente espera que a Sophie mande os registros do celular. Não vou falar com mais ninguém enquanto não tiver visto o que ele estava aprontando na primavera passada. Nesse meio-tempo, fazemos uma busca meticulosa aqui.

No canto do meu olho: o movimento de uma sombra, por trás da fresta da porta.

Antes de me dar conta de que estava me movimentando, eu já tinha aberto a porta com violência. Alison soltou um grito e pulou para trás, com as mãos se agitando feito loucas. No pano de fundo, McKenna deu um passo adiante, protetora.

– Alguma coisa em que eu possa ajudar? – perguntei. Meu coração estava mais acelerado do que deveria. Conway afastou-se tranquila da parede do outro lado do vão da porta. Eu nem tinha visto sua movimentação. Mesmo sem a menor pista do que eu estava fazendo, ela estava ali, direto, pronta para me dar apoio.

Alison olhava, espantada. Falou como se alguém lhe tivesse ensinado aquela frase.

– Por favor, preciso pegar meus livros pra fazer meu trabalho de casa.

– Sem problema – disse eu, sentindo-me um idiota. – Fique à vontade.

Ela entrou se espremendo como se nós fôssemos bater nela, e começou a tirar coisas da bolsa. Suas mãos pareciam frágeis como aranhas-de-água, mal roçando os livros. McKenna estava parada no vão da porta, demonstrando sua solidez. Sem gostar de nós nem um pouco.

– E como está o braço? – perguntei.

Alison afastou-se um pouco de mim.

– Está bem. Obrigada.

– Vamos dar uma olhada – disse Conway.

Alison lançou um olhar na direção de McKenna: tinha recebido ordens de não mostrá-lo a ninguém. McKenna fez que sim, relutante.

Alison arregaçou a manga. As bolhas sumiram, mas a pele onde tinham estado ainda apresentava um aspecto encalombado. A marca da mão tinha desbotado para um tom de rosa. Alison estava com a cabeça virada para outro lado.

— Feio, hein? — disse eu, solidário. — Minha irmã costumava ter alergias. Uma vez, subiram pelo rosto e tudo o mais. Acabou que era o sabão em pó que nossa mãe estava usando. Você descobriu o que provocou isso, não?

— O pessoal da limpeza deve ter trocado de marca de sabonete. — Mais um olhar para McKenna. Mais uma frase bem decorada.

— É — disse eu. — Deve ter sido.

Troquei um olhar com Conway, deixando que Alison visse.

Alison puxou a manga para baixo e começou a recolher os livros. Deu uma olhada em torno do quarto, com os olhos arregalados, como se nós o tivéssemos transformado num lugar estranho e indigno de confiança, antes de sair, apressada.

— Detetives — disse McKenna —, se quiserem falar comigo ou com mais alguma aluna do quarto ano, poderão nos encontrar na sala de convivência.

O que significava que a freira nos tinha dedurado. McKenna estava assumindo as alunas do quarto ano, independentemente do controle de estragos, e nós não íamos conseguir mais nenhuma entrevista sem a presença de um adulto adequado.

— Srta. McKenna — disse eu, estendendo a mão para mantê-la ali, enquanto Alison seguia pelo corredor na direção da sala de convivência. Mesmo sozinha, a garota andava como se estivesse acompanhando alguém. — Vamos precisar falar com algumas das garotas sem a presença de um professor. Há elementos neste caso com os quais elas não se sentiriam à vontade se fossem debatidos diante de funcionários do colégio. São fatos que formam apenas o pano de fundo da investigação, mas precisamos falar abertamente sobre eles.

McKenna estava abrindo a boca para dizer que não permitiria *de modo algum*.

— Se entrevistas não supervisionadas forem um problema — disse eu —, é claro que podemos pedir a presença dos pais das meninas. — Dando início mais uma vez ao alvoroço do ano passado, pais indignados, em pânico, ameaçando tirar as filhas do Kilda. McKenna engoliu o *Não*. Ainda por cima, acrescentei: — Isso significaria que teríamos que esperar até os pais chegarem aqui, mas talvez seja uma boa solução. Para falar sobre o desrespeito às normas do colégio, é provável que as meninas se sintam mais à vontade diante dos pais do que diante de uma professora.

McKenna me lançou um olhar que dizia, *Você não me engana, seu sacana.*

– Muito bem – disse ela, recuperando-se. – Permitirei entrevistas sem supervisão, desde que razoáveis. Se qualquer aluna ficar aflita, porém, ou se vocês receberem qualquer informação que afete o colégio de qualquer modo, espero ser informada de imediato.

– Naturalmente – concordei. – Muito obrigado.

Quando ela nos deu as costas, ouvi o aumento das vozes da sala de convivência, martelando em torno de Alison.

– Aquele braço baixou um pouco mais – disse Conway. Ela deu uma batidinha na mesa de cabeceira de Joanne. – Bronzeador artificial aqui dentro.

– Joanne não tinha nenhum motivo para criar uma situação que nos tirasse da sala de convivência. Ela achava que Orla tinha jogado a chave no lixo um ano atrás.

Só tinha me dado conta disso quando olhei de novo para o braço.

– Há – disse Conway, refletindo sobre o assunto. – Coincidência e imaginação, no final das contas. – Ela não estava tão satisfeita quanto deveria ter se sentido. Eu também não.

Ser detetive faz esse tipo de coisa com você. Você olha para um espaço vazio e vê engrenagens girando, motivos e esperteza. Nada parece inocente, não mais. Na maioria das vezes, quando as provas excluem as engrenagens, o espaço em branco parece encantador, cheio de paz. Mas aquele braço: mesmo inocente, parecia simplesmente tão perigoso quanto antes.

16

Quando Julia e Finn conseguem chegar aos fundos do terreno, a música que escapa da festa já sumiu há muito tempo, lá para trás. A lua bate em lampejos de luz e fragmentos de cor espalhados pelos arbustos, como uma colheita de doces no jardim de uma bruxa. Finn apanha o mais próximo e o segura à luz: uma garrafa de bebida energética, cheia de algum líquido da cor de âmbar escuro. Ele abre a tampa e sente o cheiro.

– Acho que é rum. Está bom pra você?

Sempre há rumores sobre um cara que pôs alguma droga na bebida em algum ano e estuprou uma garota. Julia decide correr o risco.

– Minha bebida preferida – diz ela.

– Onde vamos ficar? Muita gente vai passar por aqui, isso se conseguirem sair.

Julia nem pensa em levá-lo à clareira. Há uma pequena encosta entre cerejeiras, escondida num dos lados do terreno. As cerejeiras estão em flor, o que torna o lugar mais romântico do que o que Julia pretendia, mas ele é bem abrigado e tem uma vista perfeita do gramado dos fundos.

– Por aqui – diz ela.

Ninguém chegou lá antes deles. A encosta está tranquila. Quando uma brisa sopra por ali, flores de cerejeira caem como uma rajada de neve na grama desbotada.

– Pronto – diz Julia, mostrando o lugar com um gesto abrangente. – Serve?

– Por mim, tudo bem – diz Finn. Ele olha em volta, com a garrafa balançando numa das mãos, a outra enfiada no bolso do casaco azul-marinho de capuz. Está frio, mas quase não venta, de modo que é um frio limpo e suave, que eles podem deixar para lá. – Eu nunca soube que esse lugar existia. Muito bonito.

– Pode ser que esteja coberto de titica de passarinho – diz Julia, para desfazer qualquer clima. Ele não parece estar se fazendo de Cara Sensível para aumentar a chance de uns amassos, mas nunca se sabe.

– O elemento do risco. Gosto disso. – Finn aponta para um trecho de grama limpa entre as cerejeiras. – Aqui?

Julia deixa que ele se sente primeiro, para ela poder determinar a distância certa. Ele abre a garrafa e a passa para ela.

– Tim-tim – diz ele.

Ela toma um gole e percebe que detesta o rum tanto quanto o uísque. Julia não faz ideia de como a espécie humana descobriu que era de fato possível beber esse troço. Ela espera não detestar simplesmente todos os tipos de bebida. Na sua opinião, já excluiu uma quantidade suficiente de maus costumes. A bebida é um que ela pretendia curtir.

– É bom – diz ela, devolvendo a garrafa.

Finn toma um gole e consegue evitar uma careta.

– De qualquer modo, é melhor que o ponche.

– Verdade. Não que isso fosse difícil, mas é verdade.

Faz-se um silêncio, como uma pergunta muda, mas não desagradável. O zumbido nos ouvidos de Julia está começando a sumir. Lá no alto, morcegos estão caçando. Bem longe, talvez no bosque, uma coruja grita.

Finn deita-se na grama, levantando o capuz para não pegar sereno ou titica de passarinho no cabelo.

– Ouvi dizer que o terreno do colégio é mal-assombrado – diz ele.

Julia não está disposta a se aconchegar a ele em busca de proteção.

– É mesmo? Ouvi dizer que sua mãe é mal-assombrada.

– Sério – diz ele, abrindo um sorriso. – Você nunca ouviu dizer isso?

– Claro que ouvi – diz Julia. – O fantasma da freira. Foi por isso que você me convidou para vir aqui fora? Para cuidar de você enquanto pegava a bebida?

– Eu morria de medo dela. Os alunos mais velhos faziam questão de que todos nós morrêssemos de medo, logo no primeiro ano.

– Aqui também. Umas vacas sádicas.

Finn passa a garrafa para ela.

– A última coisa que faziam antes que as luzes fossem apagadas era entrar no nosso dormitório e nos contar as histórias. A ideia era que, se nos apavorassem o suficiente, algum pobre coitado não teria coragem de ir ao banheiro e acabaria urinando na cama.

– Conseguiram pegar você?

– Não! – Só que ele está com um largo sorriso. – Mas pegaram um monte.

– Verdade? O que eles diziam? Que ela perseguia os garotos com uma tesoura de jardinagem?

– Não. Eles diziam que ela... – Finn olha de esguelha para Julia. – Quer dizer, do jeito que eu ouvi a história, ela era uma espécie de piranha.

A palavra sai quase radioativa de tanto constrangimento.

– Você está querendo ver se eu vou ficar toda escandalizada porque você disse "piranha"? – indaga Julia.

As sobrancelhas de Finn sobem, e ele olha espantado para ela; ele mesmo, meio escandalizado. Ela o observa, tranquila, achando graça.

– Bem – ele acaba dizendo. – Acho que foi mais ou menos isso.

– Você estava torcendo pra eu me escandalizar ou não?

Ele faz que não. Está começando a sorrir, de si mesmo, apanhado na armadilha.

– Não sei.

– Quer experimentar me escandalizar com alguma outra palavra? Poderia ser com "merda". Ou mesmo "foda-se", se estiver se sentindo realmente maluco.

– Acho que chega. Mas valeu.

Julia resolve tirá-lo da situação embaraçosa. Ela se recosta na grama ao lado dele e desenrosca a tampa da garrafa.

– Na nossa versão da história – diz ela –, a freira estava transando com metade dos padres do Columba. E então algum aluno descobriu e a dedurou para o Superior de lá. O Superior de lá e a Madre Superiora daqui estrangularam a freira e esconderam o corpo dela em algum lugar no terreno. Ninguém sabe com certeza onde foi. Por isso, ela assombra os dois colégios até o dia em que lhe derem um enterro decente. E, se ela pega alguém, ela acha que pegou o aluno que a dedurou. E tenta estrangular o aluno, que então enlouquece. Isso mais ou menos bate com o que lhe contaram?

– Bem. Sim. Mais ou menos.

— Poupei você de um pouco de trabalho, com isso – diz Julia. – Acho que fiz por merecer. – Ela toma mais um gole. Esse realmente tem um gosto razoável. Com alívio, ela conclui que no fundo não detesta rum.

Finn estende a mão para pegar a garrafa, e Julia a entrega para ele. Os dedos dele roçam nos dela, hesitantes, de leve. Pelo dorso da mão de Julia, até seu pulso.

— Hã-hã – diz Julia, empurrando a garrafa para ele, sem dar atenção ao salto de alguma coisa dentro do seu estômago.

Finn recolhe a mão.

— Por que não? – pergunta ele, daí a um segundo, sem olhar para ela.

— Você tem um cigarro aí? – diz Julia.

Finn apoia-se num cotovelo e esquadrinha o gramado dos fundos. Em algum lugar bem longe, um grito agudo se dissolve num risinho, mas não há nada parecido com freiras à caça de fujões. Ele enfia a mão no bolso do jeans e tira um maço muito amassado de Marlboro Lights. Julia acende o cigarro – tem bastante certeza de que fez isso com perícia – e lhe devolve o isqueiro.

— E então...? – diz Finn, esperando.

— Nada de pessoal – diz Julia. – Pode acreditar em mim. Eu e um cara do Columba é uma coisa que não vai acontecer nunca, só isso. Não importa o que seja provável que você tenha ouvido. – Finn tenta uma expressão neutra, mas o tremor na pálpebra diz que ele já ouviu muita coisa. – É. Por isso, se você quiser voltar lá pra dentro e procurar alguém que passe a noite deixando que você enfie a mão por baixo da blusa dela, fique à vontade. Juro que não vou ficar magoadinha.

Ela tem certeza total, sem a menor dúvida, de que ele vai embora. Lá dentro há pelo menos umas vinte garotas que se jogariam para agarrar a chance de um beijo de língua com Finn Carroll; e, para começo de conversa, a maioria delas é mais bonitinha do que Julia. Em vez de ir embora, ele dá de ombros e pega um cigarro.

— Estou aqui agora.

— Não estou brincando.

— Eu sei.

— Pior pra você – diz Julia. Ela se deita de costas na grama, sentindo a umidade fazer cócegas na sua nuca, e sopra fumaça para o céu. O rum está começando a fazer efeito, deixando seus braços despreocupadamente bambos. Ela reflete sobre a possibilidade de ter subestimado Finn Carroll.

Finn abre a garrafa e toma um gole.

– E o fantasma da freira – diz ele. – Você acredita nesse tipo de coisa?

– É, acredito – responde Julia. – Em parte. Pode ser que não no fantasma da freira. Aposto que os professores simplesmente inventaram essa história para impedir que a gente fizesse isso aqui. Mas em algumas coisas, sim. E você?

Finn toma outro gole.

– Não sei – diz ele. – Quer dizer, não acredito, porque não há comprovação científica, mas no fundo acho provável que eu esteja errado. Sabe?

– Mais rum – diz Julia, estendendo a mão livre. – Acho que estou ficando para trás.

Finn passa a garrafa para ela.

– Tipo, OK. Todo mundo ao longo da história achou que a sua época era finalmente aquela que sabia tudo. No Renascimento, por exemplo, eles tinham certeza de que sabiam exatamente como o universo funcionava, até que chegou o novo conjunto de caras e provou que eles tinham deixado de perceber um monte de coisas importantes. E depois foi a vez de *esse* conjunto de caras ter certeza de que eles tinham compreendido tudo, até chegar outro grupo para lhes mostrar partes que eles não tinham visto.

Ele olha de relance para Julia, para ver se ela está rindo dele, o que ela não está; e se ela está prestando atenção. O que ela está: totalmente atenta.

– Por isso – diz ele – é bastante improvável, em termos puramente matemáticos, que nós estejamos vivendo na única era da história que finalmente conseguiu compreender tudo. O que significa que há uma possibilidade razoável de que o motivo pelo qual não conseguimos explicar como espíritos e coisas semelhantes podem existir seja porque ainda não descobrimos isso, não porque eles não existam. E é bastante arrogante da nossa parte acreditar de modo definitivo que tenha que ser o contrário.

Finn dá uma tragada no cigarro e olha com os olhos semicerrados para a fumaça soprada, como se ela tivesse se tornado fascinante. Mesmo ao luar, Julia pode ver que o rosto dele está mais vermelho.

– Bem – diz ele. – É provável que tudo isso pareça totalmente idiota. Você pode me mandar calar a boca agora.

Julia percebe uma coisa que ela nunca teve espaço para detectar antes, em meio ao redemoinho de *Ele está a fim de mim, eu estou a fim dele, será que ele vai tentar, eu deixaria, até que ponto eu deixaria*. Ela realmente gosta de Finn.

– Pra ser sincera – diz ela –, já que você tocou no assunto, essa é uma das ideias menos idiotas que ouvi já faz um bom tempo.

Ele lhe lança um olhar rápido, de esguelha.

– É mesmo?

Com todas as suas forças, Julia adoraria mostrar para ele. Erguer a mão, fazer a garrafa de energético subir lentamente pelo luar intenso. Virá-la de cabeça para baixo, fazer com que as gotículas de rum em queda formassem espirais, como uma minúscula galáxia da cor de âmbar, em contraste com o céu apinhado de estrelas. Ver a pura alegria iluminar aos poucos todo o rosto dele. A ideia do que aconteceria com ela faz formigar sua nuca.

– OK – diz ela. – Uma coisa que nunca contei a ninguém. – Finn vira a cabeça para olhar direito para ela.

– Esse tipo de troço, percepção extrassensorial, espíritos e tudo o mais? Eu costumava dizer que não passava de cascata. E eu era fanática nessa atitude. Uma vez, caí em cima da Selena, só porque ela estava falando sobre uma matéria que saiu em alguma revista sobre a clarividência. Eu disse pra ela provar o que estava dizendo ou calar a boca. Como ela não pôde provar nada, porque era *óbvio* que não poderia, chamei-a de idiota e lhe disse que deveria tentar ler *Just Seventeen* porque pelo menos seria um pequeno avanço em comparação com aquele lixo.

Surpreso, Finn levanta as sobrancelhas.

– É, eu sei. Fui uma víbora. Pedi desculpas. Mas tudo isso foi porque eu *queria* que ela provasse que aquilo era verdadeiro. Queria *muito* que fosse real. Se não tivesse me importado, eu teria dito, "É, sei lá, vai ver que existe uma pequena possibilidade de a clarividência acontecer, não muito provável." Mas eu não podia suportar a ideia de chegar a acreditar em todos esses troços misteriosos e fantásticos, pra depois descobrir que eu era uma tremenda babaca tapada e que nada daquilo existia.

É verdade: Julia nunca disse isso, nem mesmo para as outras. Com elas, ela é sempre a que tem certeza de tudo. Julia acha que Selena sabe que a coisa é mais complicada, mas elas não conversam sobre isso. Alguma coisa circula por ela, irrefreável como o rum: a noite de hoje é importante, afinal de contas.

– Então o que aconteceu? – pergunta Finn.

A cautela dá um salto dentro de Julia.

– Oi?

– Faz um minuto você disse que agora acredita, sim, em parte desses troços. Então, o que mudou?

A droga da sua língua, sempre deixando escapar uma frase a mais.

– Então – diz ela, despreocupada, rolando para ficar de bruços e apagar o cigarro na grama. – Você não acredita no fantasma da freira, mas acha que ela poderia estar aqui fora de qualquer modo. E eu acredito mais ou menos no fantasma, mas acho que na verdade a freira não está aqui.

Finn tem inteligência suficiente para não insistir.

– Quer dizer que entre nós dois, é praticamente garantido que vamos ver assombrações.

– É por isso que você ainda está por aqui? Para o caso de ela me dar um susto e meu coração não aguentar?

– Você não tem medo?

Julia levanta uma sobrancelha.

– Medo? Porque sou uma garota?

– Não. Porque você acredita. Mais ou menos.

– Venho aqui *todos os dias*. O fantasma ainda não me pegou.

– Você vem aqui fora de dia. Não de noite.

Finn está testando: descobrindo novas formas de chegar a uma conclusão sobre o que acha dela, agora que as formas normais se revelaram inúteis. Eles estão em território não mapeado. Julia percebe que gosta das coisas por aqui.

– Isso aqui não é noite fechada – diz ela. – Não passa de nove horas. *Criancinhas* ainda estão brincando por aí. Se fosse no verão, ainda não teria anoitecido.

– Quer dizer que, se eu me levantasse agora e fosse lá para dentro, você ficaria perfeitamente bem aqui, sozinha.

Ocorre a Julia que na verdade ela talvez devesse estar com medo, aqui sozinha com um cara que já fez uma tentativa. Ocorre-lhe que alguns meses atrás, depois do que aconteceu com o James Gillen, ela teria ficado apavorada. Teria sido ela que iria embora.

— Desde que você deixasse o rum comigo — diz ela.

Finn levanta-se da grama, sentando e dando um pulo. Ele espana o jeans e levanta uma sobrancelha para Julia.

Ela acena para ele, do seu ninho.

— Vá andando e trate de arrumar um peitinho gostoso. Curta a festa.

Finn finge que começa a se afastar. Ela ri dele. Depois de um minuto ele ri também e se deixa cair de volta na grama.

— Apavorante demais? — pergunta Julia. — Todo esse caminho de volta, sozinho, na escuridão sinistra?

— Não passa das nove. Como você disse. Se realmente fosse noite fechada, aposto que você ficaria com medo.

— Eu sou fodona, querido. Sei lidar com fantasmas de freiras.

Finn deita-se e passa a garrafa para Julia.

— OK. Quero ver você aqui fora à meia-noite.

— Manda ver.

— É. Tá bom...

Aquele sorriso, como um desafio. Julia nunca foi boa em recusar desafios. Sente que está brincando com fogo, mas o rum está dançando nela; e de qualquer modo, não é como se ela fosse contar nada para ele.

— Quando vai ser o próximo evento?

— O quê?

— Logo. Em março?

— Acho que em abril. E daí?

Ela aponta para o relógio de ponteiros trabalhados nos fundos da escola.

— Daí que no próximo evento, eu terei uma foto daquele relógio indicando a meia-noite.

— Quer dizer que você vai trabalhar no Photoshop. Parabéns.

Julia dá de ombros.

— Pode confiar em mim ou não. É... eu quero te derrubar, mas não tanto assim. Vou tirar a foto direto.

Finn vira a cabeça na grama. Seus rostos estão a centímetros de distância, e Julia pensa *Puta merda, não*, porque ele tentar lhe dar um beijo agora seria mais deprimente do que ela quer admitir, seria um pontapé na canela, mas Finn abriu um sorriso, um sorriso largo e brincalhão, como o de um moleque.

– Aposto dez libras que você não vai conseguir – diz ele.

Julia retribui o sorriso, do mesmo jeito que ela sorri para Holly quando uma ideia ocorreu a elas duas.

– Aposto dez libras que vou conseguir – diz ela.

Suas mãos sobem ao mesmo tempo, batem uma na outra e eles dão um aperto de mãos. A de Finn parece sólida, forte, condizente com a de Julia.

Ela pega a garrafa e a segura acima do rosto, para as estrelas.

– Um brinde às minhas dez libras – diz ela. – Vou gastá-las em equipamentos para caçar fantasmas.

No saguão de entrada, o enorme lustre está desligado, mas as lâmpadas das arandelas nas paredes deixam o ambiente num dourado antiquado e aconchegante. Acima do alcance da sua claridade, andares de escuridão estendem-se para o alto, intactos, reverberando os passos de Chris e Selena.

Selena senta na escada. Os degraus são de pedra branca com veios cinza. No passado remoto, eles eram polidos. Ainda há traços entre os balaústres, mas milhares de pés os desgastaram até essa textura áspera, de veludo, afundados no centro.

Chris senta ao lado dela. Selena nunca esteve tão perto dele antes, perto o suficiente para ver as poucas sardas espalhadas no alto dos malares, a sombra levíssima da barba nascendo no queixo; para sentir seu cheiro, de especiarias e um toque de alguma coisa selvagem e almiscarada que a faz pensar no ar livre à noite. Ele lhe provoca uma sensação diferente da de qualquer outra pessoa que ela tenha conhecido um dia: mais energizado, elétrico e faiscante, com o equivalente à vida de três pessoas acumulada dentro da sua pele.

Selena tem vontade de tocar nele de novo. Ela esconde as mãos debaixo das coxas para não estender uma e encostar a palma no pescoço dele. Com um sobressalto repentino de advertência, ela se pergunta se está a fim dele. Mas já esteve a fim de caras no passado, antes de tudo isso. Até já deu uns amassos com alguns deles. Isso aqui não é a mesma coisa.

Ela não deveria ter deixado que ele a tocasse nem mesmo aquela única vez, lá no salão. Isso ela compreende.

E quer que o mundo volte a ser real daquele jeito.

– Suas amigas vão querer saber onde você está? – pergunta Chris.

Vão. Selena sente mais uma fisgada de inquietação: ela nem mesmo pensou em falar com elas.

– Vou mandar uma mensagem de texto – diz ela, procurando o bolso no vestido pouco conhecido. – E os seus amigos?

– Não. – O meio sorriso de Chris diz que os amigos já esperam que ele desapareça mesmo.

Para Holly: *Estou aqui fora bem perto, quis sair um pouco, volto logo.*

– Pronto – diz Selena, enviando a mensagem.

A porta do salão se abre, deixando sair uma rajada de batidas fortes, gritos e ar quente, e a srta. Long estica o pescoço para olhar. Quando ela vê Chris e Selena, faz um gesto de aprovação com a cabeça e aponta um dedo ameaçador: *Fiquem aí*. Alguém dá um grito estridente atrás dela. Ela se vira de repente, e a porta se fecha com violência.

– Lá dentro – diz Chris – eu não estava querendo lhe dizer que roupa vocês deveriam usar.

– Estava, sim – diz Selena. – Mas tudo bem. Não estou com raiva.

– Eu só queria dizer uma coisa. Se você usa jeans para ir a um baile e arruma o cabelo daquele jeito, as pessoas vão rir da sua cara, ponto final. Sua amiga Becca... sei que ela deve ter a mesma idade que nós, mas parece uma criança. Ela não entende. Vocês não podem simplesmente deixar ela sair por aí para a Joanne Heffernan arrasar com ela.

– Joanne ia falar de qualquer maneira – ressalta Selena –, não importa o que a Becca esteja usando.

– Claro, porque ela é uma víbora furiosa. Por isso, não lhe dê pretextos a mais.

– Achei que você gostava da Joanne – diz Selena.

– Estive com ela algumas vezes. Não é a mesma coisa.

Selena pensa um pouco. Chris está dobrado sobre o sapato, amarrando e reamarrando o cadarço. Seu rosto está corado. Dá para Selena sentir o calor dele, bem fundo na palma da sua mão.

– Acho que pode ser que Becca não queira ser assim – diz ela.

– E daí? Não é como se só houvesse duas opções: ser uma víbora ou ser uma pirada. A pessoa pode simplesmente ser *normal*.

– Acho que ela também não quer ser isso.

Chris franze as sobrancelhas.

– O quê? Tipo ela acha que não pode porque não é...? Quer dizer, com o aparelho e os... – Ele abaixa o queixo para mostrar. – Você sabe? Ela é reta como uma tábua. E está preocupada por causa disso? Meu Deus, isso não tem importância. Não significa que ela seja uma baranga. Ela só precisa fazer um *esforcinho* de nada, vai ficar ótima.

Ele estava dizendo a verdade sobre não estar a fim de Becca. Não quer nada com ela. Sua atitude está toda errada, mas tudo o que ele quer é construir um castelo em torno dela, para ela ficar em segurança.

– Sua irmã – diz Selena. – Aquela de quem você estava falando. Como ela se chama?

– Caroline. Carly. – Isso traz ao rosto de Chris um sorriso, mas a preocupação se intromete, e o sorriso se desfaz.

– Quantos anos ela tem?

– Dez. Daqui a dois anos, vai vir para cá, para o Kilda. Se eu estivesse em casa, podia conversar com ela, sabe? Dar uma preparada ou coisa parecida. Mas só nos vemos por algumas horas de 15 em 15 dias. Não é suficiente.

– Você se preocupa por achar que ela não vai gostar daqui? – pergunta Selena.

Chris dá um suspiro e esfrega a mão no lado do maxilar.

– É – diz ele. – Eu me preocupo muito com isso. Ela não vai... Ela faz coisas como a Becca: como se realmente estivesse *tentando* ser esquisita. Usar jeans para ir à festa do Dia dos Namorados, ela seria perfeitamente capaz disso. Tipo, no ano passado, todo mundo na sua turma usava umas pulseiras idiotas, certo? Aquelas com elos de cores diferentes, e vocês todas usam as cores umas das outras para mostrar que são amigas. Não sei direito. E a Carly ficou uma fera porque umas garotas zombaram dela por não ter uma pulseira. Aí eu disse, "Compra uma, eu compro pra você se sua mesada acabou", certo? E a Carly vira para mim e me diz que preferia cortar fora o braço a usar uma dessas pulseiras, porque aquelas meninas não mandam nela, ela não é escrava de ninguém e não precisa fazer nada só porque elas querem.

Selena sorri.

– É, isso aí parece com a Becca. É mais ou menos por isso que ela está usando jeans.

– Ora pipocas! – Chris joga as mãos para o alto, frustrado. – Não estou lhe *pedindo* que corte fora um braço. Estou dizendo: quem se importa se você realmente quer uma pulseira idiota? Você *decididamente* não quer ser aquela garota de quem ninguém chega perto, e todo mundo fica circulando mensagens sobre como ela come meleca e faz xixi na calça durante a aula. Então, é só fazer uma coisinha mínima que todas as outras estão fazendo.

– E ela fez?

– Não. Eu comprei pra ela a droga da pulseira, e ela jogou no lixo. E, se ela aprontar uma dessas no Kilda? Pessoas como a Joanne, se a Carly entrar aqui toda majestosa, como se não importasse o que qualquer uma delas pensa, elas vão... Meu Deus. – Ele passa os dedos pelo cabelo. – E a essa altura eu já vou estar na faculdade. Nem mesmo vou estar por perto para fazer qualquer coisa. Só quero que ela seja feliz. Só isso.

– Ela tem amigas? – pergunta Selena.

– Tem. É claro que não é muito popular, nem nada parecido, mas tem duas garotas que são suas melhores amigas desde que ela estava no pré-escolar. Elas também vêm para o Kilda. Ainda bem.

– Então vai dar tudo certo.

– Você acha? Elas são duas meninas. E todas as outras? E todas as alunas? – Num movimento brusco, Chris vira o queixo para as portas do salão, a confusão abafada da percussão e de gritos. – Carly não pode simplesmente fingir que elas não existem e esperar que a deixem em paz. Não vai ser assim.

Pelo seu jeito de falar, parece que elas são uma enorme criatura, com espinhos nas costas e olhos de laser, babando por pescoços para rasgar, nunca saciada. Selena percebe que Chris tem medo. Pela irmã, por Becca, mas é mais que isso. É medo, puro e simples.

Há coisas mais fortes que essa criatura. Há coisas que poderiam esquartejar essa criatura, se quisessem, fincar sua cabeça a trinta metros de altura no alto de um cipreste e usar seus tendões como cordas para seus arcos. Por um segundo, Selena vê a curva branca de um toque de caça faiscar de um lado a outro do céu.

– Não é fingir que elas não existem – diz ela. – Só... não deixar que seja importante.

Chris faz que não.

– Não é assim que funciona – diz ele. Por um segundo, as curvas carnudas da sua boca se endurecem. Ele parece mais velho.

– Becca está feliz lá dentro, certo? – diz Selena. – De jeans.

– Ela no fundo não pode ficar feliz com aquelas vacas falando mal dela.

– E não fica. É só que... como eu disse, não tem importância.

Chris olha para ela espantado.

– Se fosse você. Se elas estivessem debochando do seu vestido. Tudo bem pelo seu lado?

– Aposto que estão debochando, sim – diz Selena. – Não me importo com isso.

Ele se voltou para ela na escada. Os olhos dele são da cor de avelã, um tom legal de avelã, salpicado de dourado. Selena sabe que, se pudesse só tocar nele, extrairia todo o medo como algum veneno de cobra, formaria com ele uma bola preta e reluzente, e a jogaria fora.

Ele pergunta, como uma pergunta de verdade, como se ele precisasse saber:

– Como? Como você consegue não se importar?

As pessoas falam com Selena. Sempre falaram. Ela não fala com elas, com exceção de Julia, Holly e Becca. Ela quase nunca chega a tentar.

– Você precisa ter alguma outra coisa – diz ela, devagar – com que se importe mais. Alguma coisa para você saber que o deboche de alguma vaca não é o que há de mais importante. Nem mesmo *você* é o que há de mais importante. Alguma coisa descomunal.

São só palavras, sons, nem chegam perto do que ela quer dizer. Não se trata de uma coisa que se possa dizer.

– Que coisa? Tipo *Deus*? – pergunta Chris.

Selena reflete sobre isso.

– É provável que servisse, sim.

Ele fica de queixo caído.

– Vocês vão ser, tipo, *freiras*?

Selena dá uma risada forte.

– Não! Você consegue imaginar a Julia freira?

– Então do que você está falando?

Quanto mais ela tentar, mais errado vai sair.

– Só estou querendo dizer que, dependendo das circunstâncias, pode ser que a Carly esteja muito bem do jeito que ela é. Melhor do que muito bem.

Chris está olhando para ela, muito de perto e com muita atenção, com carinho no olhar.

– Você não existe – diz ele. – Sabia?

Selena não quer dizer nada. A coisa que está encontrando sua forma no espaço entre eles é tão nova, tão preciosa, que um toque errado poderia estourá-la como uma bolha.

– Não sou nada de especial – diz ela. – Só acabou funcionando assim.

– Você é, sim. Nunca falo com as pessoas sobre esse tipo de coisa. Mas isso, conversar com você, isso é... Gostei que a gente veio aqui para fora. Gostei mesmo.

Selena sabe, como se ele tivesse estendido a mão e deixado cair esse conhecimento no colo dela, que ele vai tentar segurar sua mão. A marca da mão dele no seu braço ainda arde, um fogo dourado, sem dor. Ela envolve com os dedos a borda fria de pedra do degrau.

A porta do salão se abre de repente, e a srta. Long aponta para eles.

– Seu tempo terminou. Voltem para dentro. Não me façam sair aí para pegar os dois. – E ela bate a porta.

– Quero isso de novo – diz Chris.

Selena ainda está se esforçando para respirar. Ela não sabe dizer se sente gratidão ou alguma outra coisa em relação ao que quer que seja que mandou a srta. Long.

– Eu também – diz ela.

– Quando?

– Na semana que vem, depois das aulas. Podemos nos encontrar no Palácio e dar uma caminhada.

Chris muda de posição no degrau, como se a pedra o machucasse. Ele enfia a unha do polegar na madeira do corrimão.

– Todo mundo ia ver a gente.

– Sem problema.

— Eles iam... você sabe. Tipo, iam debochar da gente. De nós dois. Iam achar que a gente estava indo...

— Não me importo – diz Selena.

— Eu sei – diz Chris, e sua voz tem um quê de ironia, como se o feitiço tivesse virado contra o feiticeiro. – Sei que você não se importa. Mas eu me importo. Não quero que as pessoas fiquem pensando isso. – Ele ouve o que acaba de dizer. – Não, quer dizer, droga! Não estou dizendo que não quero que as pessoas achem que nós estamos juntos. Não seria nenhum problema para mim. Não é como se eu me sentisse embaraçado ou... Quer dizer, não é só que não seria problema, seria melhor do que simplesmente...

Ele está se enrolando todo. Selena ri dele.

— Tudo bem. Sei o que você quer dizer.

Chris respira.

— Não quero que seja desse jeito – diz ele, simplesmente. – Como eu e Joanne entrando no Campo para... não importa. Quero que seja assim.

A mão dele sobe. O saguão, de um dourado enfumaçado. As pequenas agitações do ar na escuridão, lá no alto acima deles.

— Se a gente se encontrar em frente ao Palácio depois da aula, vou pisar na bola. Vou dizer alguma coisa idiota pra fazer os caras dar risada; ou então nós vamos a algum lugar pra conversar e todo mundo fica olhando pra nós, e eu não encontro nem uma palavra pra dizer. Ou ainda os caras vão zoar comigo, depois, e eu vou dizer alguma coisa... sabe? Alguma coisa suja. Bem que eu queria não dizer, mas sei que vou.

— Você consegue sair do colégio de noite? – pergunta Selena.

Ela ouve o chiado da respiração presa no ar ao seu redor. Quer responder, *Está tudo bem, sei o que estou fazendo*, mas ela sabe que essa não seria a verdade.

As sobrancelhas de Chris sobem.

— De noite? Nem pensar. Você consegue? Sério?

— Vou lhe dar meu número – diz Selena. – Se você descobrir um jeito, me mande uma mensagem.

— Não – diz ele, no mesmo instante. – Pode ser que aqui seja diferente, mas lá os caras vasculham os celulares uns dos outros o tempo todo, procurando... bem... coisas. Os frades também fazem isso. Vou descobrir um jeito de entrar em contato. Só que não desse modo, OK?

Selena faz que sim.

– Quanto a sair do colégio – diz Chris –, um dos meus colegas pode conseguir descobrir um jeito.

– Pede para ele.

– Vou *fazer* ele descobrir um jeito – diz Chris.

– Não diga a ele o motivo. E até essa hora, não fale comigo. Se nos virmos lá pelo Palácio, ou em qualquer lugar, vamos agir como se nem mesmo nos conhecêssemos, como antes. Senão, tudo pode desmoronar.

Chris concorda.

– Valeu – diz ele, de modo obscuro, para o saguão, mas Selena entende.

A srta. Long abre a porta com estrondo.

– Selena! Você, como-é-mesmo-seu-nome! Para dentro. *Agora*. – Dessa vez ela fica lá parada, olhando firme.

Chris se levanta de um salto e estende a mão para Selena. Ela não a segura. Põe-se de pé, sentindo seu movimento fazer girar pequenos redemoinhos até a escuridão lá no alto. Ela sorri para Chris.

– A gente se vê – diz ela. Depois, passa em torno dele, com cuidado para que nem mesmo a bainha do seu vestido roce nele, e entra de volta na quadra. A marca da mão, em volta do seu braço, ainda reluz.

17

— Hora da busca – disse Conway. – E se vamos ficar presos aqui dentro... – Ela levantou a janela de guilhotina.

Uma brisa entrou, em turbilhão, levando embora a confusão de cheiros de desodorantes. Lá fora, a luz estava mais fria; e o céu, desbotando. Estava quase anoitecendo.

— Mais um segundo daquele cheiro – disse Conway –, e eu ia virar pelo avesso.

A sensação de claustrofobia começava a cutucá-la. Eu sentia a mesma coisa. Já tínhamos passado tempo demais naqueles quartos.

Conway abriu o guarda-roupa.

— Puta merda – disse ela, diante da quantidade de etiquetas. Começou a passar as mãos por vestidos pendurados. Fui para as camas, a de Gemma primeiro. Tirei as cobertas, sacudi, apalpei o colchão. Não estávamos procurando calombos grandes de um celular ou de um livro velho, como tinha sido na primeira vez. Agora, estávamos atrás de alguma coisa que poderia ser do tamanho de um cartão SIM de memória.

— A porta – disse Conway. – O que houve ali?

Eu teria adorado deixar isso para lá. Mas o jeito de Conway de reagir direto, proteger minha retaguarda contra qualquer coisa que eu nem tinha comentado com ela... Eu só me ouvi falando.

— Quando você saiu para falar com a Alison, tive a impressão de ver alguém atrás da porta. Achei que podia ser alguém tentando ganhar coragem para falar com a gente; mas quando abri a porta, já não havia ninguém lá. Por isso, quando vi alguma coisa ali atrás de novo...

— Você investiu contra ela. – Fiquei esperando o deboche: *E foi pra valer, parabéns, você estava preparado para salvar a pátria, mesmo se uma garota tivesse construído uma bomba atômica na aula de física.* Mas ela disse: – Na primeira vez, enquanto eu estava fora, você tem certeza de que havia alguém lá?

Virei o colchão para verificar o lado de baixo.

– Não.

Conway espremeu um jaqueta acolchoada de alto a baixo.

– É. Nós tivemos a mesma situação no ano passado, algumas vezes. Achávamos que víamos alguma coisa, não havia nada. Tem a ver com este lugar, não sei. O Costello tinha uma hipótese sobre as janelas serem diferentes em prédios antigos: elas não têm os mesmos formatos e tamanhos das que estão à venda agora; não são colocadas do mesmo jeito. De modo que a luz entra em ângulos diferentes; e, se você vê alguma coisa com o canto do olho, essa coisa vai parecer errada. – Ela deu de ombros. – Quem vai saber?

– Se for isso – disse eu –, esse poderia ser o motivo para as pessoas não pararem de ver o fantasma do Chris.

– As alunas estão acostumadas com essa iluminação. É um fantasma de verdade? Foi isso que você viu?

– Não. Só um pouco de sombra.

– Isso mesmo. Elas estão vendo o Chris porque querem. Alimentando umas às outras, tentando impressionar umas às outras, dando umas às outras alguma coisa interessante. – Ela empurrou a jaqueta de volta para dentro do armário. – Esse pessoal precisa sair mais. Elas passam tempo demais juntas.

Nada por baixo da mesinha de cabeceira de Gemma, nada debaixo da gaveta.

– Na idade delas, é disso que se trata.

– É, mas não vão ficar nessa idade para sempre. Quando descobrirem que existe um mundo enorme lá fora, vão ter o maior choque da vida.

A satisfação áspera na sua voz era algo que eu não sentia. Em vez disso, eu sentia o vento que bateria em você de todos os lados, arenoso e cortante, com cheiro de temperos e gasolina, girando em espirais quentes no cabelo, quando se saía de um lugar como este e a porta batia com violência às suas costas.

– Eu diria que o assassinato do Chris tornou o grande mundo lá fora meio difícil de deixar de perceber.

– Você acha? Para essas meninas, até mesmo isso só girava em torno delas. "Viu, eu chorei mais do que ela, por isso sou uma pessoa melhor." "Nós todas vimos o fantasma dele juntas. Para você ver como somos amigas."

Passei para a cama de Orla.

– Eu me lembro de você da escola de formação – disse Conway.

A cabeça dela estava no guarda-roupa. Eu não podia ver seu rosto.

– É mesmo? Lembranças boas ou ruins?

– Você não se lembra, não?

Se eu tivesse dito mais do que "Oi" para ela nos corredores, já tinha me esquecido.

– Me diz que eu não te forcei a fazer flexões.

– Você se lembraria se tivesse feito?

– Puta merda! O que foi que eu fiz?

– Fica calminho. Só estou bagunçando com a sua cabeça. – Dava para eu ouvir o sorriso na voz de Conway. – Você nunca fez nada comigo.

– Ainda bem. Fiquei preocupado.

– Não, nenhum problema com você. Acho que nem mesmo chegamos a conversar. Para começar, só registrei você por causa do cabelo. – Conway tirou alguma coisa de um bolso de casaco e fez uma careta: um maço de lenços de papel. – Mas depois disso não parei de perceber porque você era muito centrado. Tinha amigos, mas não dependia de ninguém. O resto dos caras, Deus me livre! Eles passavam o tempo todo puxando o saco uns dos outros. Metade deles tentando formar *redes*, como os sacaninhas no Columba. Se eu ficar amiguinho do filho do comissário, nunca vou precisar trabalhar no trânsito e chegarei a inspetor antes dos 30. A outra metade tentando criar *vínculos*, como esse pessoalzinho daqui: ah, estes são os melhores dias da nossa vida, seremos as melhores amigas para sempre e contaremos essas histórias no jantar da nossa aposentadoria. Eu pensava, que porra é essa? Vocês são adultas; estão aqui para aprender o trabalho, não para trocar pulseirinhas de macramê e aplicar sombra nos olhos umas das outras. – Ela empurrou roupas para um lado no cabideiro lotado. – Gostei de você não se deixar sugar para aquele lado também.

Não lhe disse: uma parte de mim via meus colegas de turma criando vínculos feito loucos e só ficava no desejo. Exatamente como Conway disse, foi por minha própria escolha que eu não estava lá trocando pulseiras de macramê com os melhores deles. Na maior parte do tempo, isso tornava as coisas razoáveis.

– Se você tentar se lembrar, nós éramos quase crianças. Só uns dois anos mais velhos do que essa galera. As pessoas queriam sentir que faziam parte de algo maior. Não há nada de estranho nisso.

Conway pensou enquanto desenrolava meias-calças.

– Vou lhe dizer uma coisa – disse ela. – Não é o ato de fazer amizades que me deixa irritada. Todo mundo precisa de amigos. Mas eu já tinha os meus amigos, em casa. E ainda tenho. – Uma olhada para mim.

– Certo – disse eu.

– Certo. Portanto, você não precisava sair procurando outros. Quando faz amigos dentro de algum tipo de bolha que vai estourar em cima de você dentro de dois anos, como a escola de formação ou como este colégio aqui, você está sendo idiota. Você começa a achar que isso aqui é o mundo inteiro, que nenhum outro lugar existe, e no final fica com toda essa baboseira histérica. Melhores amigas para sempre; guerras de ela-disse-que-você-disse-que-eu-disse; todo mundo tendo ataques sem nem saber sobre o quê. Nada é simplesmente normal. Tudo fica *por aqui* o tempo todo.

Ela pôs a mão acima do nível da cabeça. Pensei na sala dos detetives da Homicídios. Me perguntei se Conway também estaria pensando nela.

– E aí você sai para o grande mundo mau lá fora – disse ela. – De repente tudo está diferente, e você se ferrou.

Passei a mão por baixo do estrado da cama de Joanne.

– Quer dizer que você está falando da Orla e da Alison? Nenhuma chance de a Joanne continuar a andar com elas na faculdade.

Conway bufou com desprezo.

– É, nem uma chancezinha. Aqui elas são úteis. Lá fora, vão sumir. E ficarão arrasadas. Mas eu não estava pensando nelas. Estava me referindo aos grupinhos de garotas que realmente se importam umas com as outras. Como a sua Holly e as amiguinhas dela.

— Eu diria que elas ainda serão amigas lá fora. — Era o que eu esperava. Aquele algo mais em especial, que dourava o ar. Tem-se a vontade de acreditar que vai durar para sempre.

— Poderia ser. É até mesmo possível. Mas essa não é a questão. A questão é que, neste exato momento, elas não dão a mínima para mais ninguém, a não ser umas para as outras. Ótimo, é uma fofura. Aposto que estão encantadas consigo mesmas. — Conway atirou um punhado de sutiãs de volta para dentro de uma gaveta e a fechou com violência. — Mas, quando elas saírem daqui? Essa opção vai deixar de existir. Elas não vão poder depender umas das outras as 24 horas do dia, sete dias na semana, deixando para lá todas as outras pessoas. Outras pessoas vão começar a ter importância, quer essas quatro gostem disso, quer não. O resto do mundo estará *presente*. E vai ser de verdade. E isso vai destroçar a cabecinha delas como elas nem chegam a imaginar.

Conway puxou mais uma gaveta, com tanta força que ela quase caiu em cima do seu pé.

— Não gosto de bolhas.

Atrás da cabeceira da cama de Joanne: poeira e nada.

— E a divisão? — perguntei.

— O que tem a divisão?

— A Homicídios é uma bolha.

Conway abriu uma camiseta com um estalo.

— É — disse ela. O jeito do maxilar dizia que ela via discussões pela frente. — A Homicídios é muito parecida com isso aqui. A diferença é que estou lá para sempre.

Pensei em perguntar se isso queria dizer que ela pretendia fazer amizade na divisão. Decidi que eu tinha mais juízo que isso.

Conway falou como se tivesse me ouvido, de qualquer maneira.

— E mesmo assim, não vou ficar toda amiguinha dos caras da divisão. Não quero me *enturmar*. Só quero fazer a droga do meu *trabalho*.

Eu fiz a droga do meu trabalho. Passei a mão por pôsteres brilhantes: nada. E refleti sobre Conway. Tentei descobrir se eu a invejava, se sentia pena dela ou se achava que aquilo era só da boca pra fora.

Estávamos terminando quando o celular de Conway vibrou. Mensagem.

– Sophie – disse ela, batendo a porta do guarda-roupa. – Lá vamos nós. – Dessa vez, fui para junto do seu ombro sem esperar que ela me convidasse.

O e-mail dizia, *Registros do número que mandou a mensagem para o celular de Moran. Meu contato está levantando os textos reais, diz que deveriam ainda estar no sistema, mas que pode demorar uma hora ou duas. Provavelmente vai ser tudo "MDS KKK PQP BUAAAAA!!!"; mas se você quer os textos, você vai tê-los. Bom proveito. S.*

O anexo se estendia por páginas. Chris fez bastante uso do seu telefone especial. Ele o tinha ativado em fins de agosto, pouco antes da volta às aulas: bom escoteiro, veio bem preparado. Em meados de setembro, dois números apareciam. Nenhuma ligação, mas muitas mensagens de texto e de mídia, para lá e para cá, com os dois celulares, todos os dias, algumas vezes por dia.

– Você estava certo – disse Conway, encrespada. Senti o que ela estava pensando: testemunhas que ela devia ter descoberto.

– Mulherengo, o nosso Chris.

– Além de esperto. Está vendo todas essas mensagens com fotos? Não eram fotos de gatinhos fofinhos. Se uma das garotas começasse a ameaçar contar a todo mundo, as fotos iam mantê-la bem quietinha.

– Deve ser por isso – disse eu – que nenhuma delas deu com a língua nos dentes no ano passado. Elas estavam esperando que, se não abrissem a boca, ninguém faria a associação entre essas mensagens e elas.

Conway virou a cabeça para mim, desconfiada, pronta para me mandar enfiar meu papo consolador naquele lugar. Mantive os olhos fixos na tela até ela voltar para o celular.

Outubro, as duas garotas do Chris foram dispensadas – com o mesmo *modus operandi* que tínhamos visto no histórico do celular de Joanne: ele não fez caso das mensagens de texto das garotas, da enxurrada de ligações de uma delas, até que elas desistiram. Quando elas foram se apagando, o celular de Joanne entrou em cena. Em meados de novembro, Chris já a estava traindo. Depois que Joanne sumiu do mapa em dezembro, a outra garota continuou por mais umas duas semanas; mas, quando chegou o Natal, ela já era. Em janeiro, um número novo trocou um punhado de mensagens e desapareceu: alguma coisa que não chegou a se concretizar.

– O tempo todo eu me perguntava – disse Conway. – Por que o Chris não tinha tido uma namorada durante um ano inteiro? Um cara popular como ele, bonito, antes sempre se dava bem com as garotas. Aquilo não batia. Eu devia ter... – Um movimento brusco da cabeça, com raiva. Ela não se deu ao trabalho de terminar a frase.

Na última semana de fevereiro, começou a série seguinte de mensagens de texto. Uma por dia, depois duas, depois meia dúzia. Todas com o mesmo número. Conway foi baixando: março, abril, as mensagens de texto não paravam de chegar.

Ela bateu na tela.

– Essa deve ser Selena.

– E ele não a estava passando para trás – disse eu.

Deixamos um segundo de silêncio para o que isso significava. Minha suposição, a da garota que descobriu a traição de Chris, estava excluída. A hipótese de Conway estava ficando mais forte.

– Está vendo? – disse Conway. – Nada de mensagem de mídia. Só textos. Nenhuma foto de peitinhos aqui. Selena não estava dando ao Chris o que ele queria.

– Vai ver que ele lhe deu um chute por isso.

– Vai ver.

Segunda-feira, 22 de abril, as duas habituais mensagens de texto durante o dia – provavelmente marcando o encontro. Naquela noite, Joanne tinha feito o vídeo.

Cedo no dia 23 de abril, Chris mandou uma mensagem para Selena. Ela respondeu antes das aulas; ele mandou outra mensagem na mesma hora. Sem resposta. Chris enviou outro texto para ela depois das aulas: nada.

No dia seguinte, ele tentou mais três vezes. Selena não respondeu.

– De qualquer modo, alguma coisa deu errado naquela noite – disse Conway. – Depois que Joanne e Gemma voltaram para o colégio.

– E é *ela* que está dispensando ele – disse eu. A hipótese de Conway crescia cada vez mais.

Foi na quinta-feira, dia 25, que Selena por fim deu uma resposta a Chris. Uma única mensagem de texto. Sem resposta.

Ao longo das semanas seguintes, ela lhe mandou seis mensagens de texto. Ele não respondeu a nenhuma. As sobrancelhas de Conway estavam franzidas.

Bem cedo na manhã de 16 de maio, quinta-feira, uma mensagem de texto de Selena para Chris e, finalmente, uma resposta. Naquela noite, Chris foi assassinado.

Depois disso, nada entrou nem saiu desse número, por um ano inteiro. E então, hoje, a mensagem de texto para mim.

Abaixo da janela, uma algazarra de vozes agudas: meninas lá fora, respirando ar puro no intervalo entre o jantar e o período de estudo. Nada no nosso corredor. McKenna estava mantendo esse grupo onde estava, sob seu controle.

– Tudo azedou na noite do dia 22 – diz Conway. – No dia seguinte, Chris tenta pedir desculpas, Selena diz para ele esquecer que ela existe. Ele continua tentando; ela não lhe dá atenção.

– Depois de alguns dias – digo eu –, ela se recupera do choque, começa a ficar com raiva. Resolve que vai enfrentar o Chris. Mas a essa altura ele já está puto porque ela não aceitou suas desculpas. Ele resolve seguir adiante. Como naquela história que a Holly nos contou, sobre o muffin: ele não gostava de não conseguir o que queria.

– Ou ele começou a se dar conta de que a encrenca é séria, e fica com medo de a Selena falar. Ele imagina que a atitude mais segura é interromper o contato. Se ela abrir a boca, ele diz que ela está mentindo, alega que a pessoa com quem ela trocava mensagens de texto não era ele, que ele nunca teve nada a ver com ela.

– Por fim – disse eu –, no dia 16 de maio, a Selena descobre uma forma de fazer com que os dois se encontrem. Pode ser que ele imagine que precise tirar o celular das mãos dela, para a eventualidade de ser possível provar que o celular pertencia a ele.

O resto ficou girando no ar entre nós. No gramado, abaixo da janela, um aglomerado de menininhas tagarelava, indignadas como passarinhos: *Ela sabia muito bem que era aquilo que eu queria. Viu que eu ia pegar e se meteu direto na minha frente...*

– Eu lhe disse no carro que não me parecia que tivesse sido a Selena – disse Conway. – Achei que ela não seria capaz da tarefa. Ainda tenho essa opinião.

– A Julia é muito protetora para com a Selena.

— Você percebeu isso, foi? Basta eu fazer menção de interrogar a Selena, dizer que não sou delicada, que a Julia logo apresenta a informação sobre a Joanne e o Chris, como que jogando mais uma bola para eu sair correndo atrás.

— É. E eu diria que não é só a Julia: todas as quatro cuidam umas das outras. Se o Chris fez ou tentou fazer alguma coisa com a Selena, e as outras descobriram...

— Vingança – disse Conway. – Ou elas perceberam que a Selena estava pirando, acharam que ela voltaria ao normal se o Chris sumisse e ela se sentisse em segurança de novo. E eu diria que qualquer uma daquelas três poderia muito bem cumprir a tarefa.

— Rebecca? – Mas eu me lembrei daquela levantada do queixo, daquele relance que tinha me dito *Já não tão frágil assim.* Pensei no poema na parede, no que suas amigas representavam para ela.

— É. Até ela. – Depois de um segundo, com cuidado para não olhar para mim. – Até mesmo a Holly.

— Foi Holly quem me trouxe aquele cartão, que ela poderia simplesmente ter jogado no lixo.

— Não estou dizendo que ela fez alguma coisa. Só estou dizendo que ainda não estou disposta a deixá-la de lado.

Todo esse cuidado me deixou encrespado; como se Conway achasse que eu fosse ter um ataque daqueles, exigir que ela tirasse a *minha Holly* da lista, começar a fazer ligações para meu queridão Mackey. Comecei a me perguntar de novo o que Conway teria ouvido falar de mim.

— Ou poderiam ter sido todas as três – disse eu.

— Ou todas as quatro – disse Conway. Ela apertou o nariz com os dedos, abrindo-os para esfregar os malares. – *Puta merda.*

Ela dava a impressão de que o dia de hoje estava começando a pesar na sua cabeça. Estava querendo ir embora: voltar para a Homicídios, dar entrada na papelada, sentar no bar com uma amiga até a cabeça se esvaziar totalmente, para estar renovada de manhã.

— A droga desse lugar – disse ela.

— Um dia que não acaba – disse eu.

— Quer ir, pode ir.

— Para fazer o quê?

– O que você costuma fazer. Voltar pra casa. Pôr uma roupa transada e sair pra balada. Tem um ponto de ônibus mais adiante, ou você pode chamar um táxi. Me mande o recibo que eu incluo nas despesas.

– Se eu tiver escolha – disse eu –, prefiro ficar.

– Vou me demorar por aqui. Não sei por quanto tempo.

– Nenhum problema.

Conway olhou para mim, de olhos cansados para olhos cansados. A exaustão tinha arrancado o brilho acobreado da sua pele, deixando-a nua, dura e empoeirada.

– Sacaninha ambicioso que você é, não é mesmo? – disse ela.

Isso me atingiu, em lugares onde não deveria ter atingido, porque era verdade e porque não era toda a verdade.

– O caso é seu – disse eu. – Não importa o que eu faça, é o seu nome que estará na solução do caso. Só quero trabalhar nele. – Um segundo de silêncio enquanto Conway olhava para mim...

– Se conseguirmos uma suspeita – disse ela – e a levarmos para a sede, os rapazes vão cair na minha pele. Por causa do caso, por sua causa, não importa. Posso lidar com isso. Se você aumentar a pressão só para mostrar que é um dos rapazes, fim de papo. Fui clara?

O que eu tinha sentido no ar da sala dos detetives naquela manhã: não era simplesmente a aspereza normal da divisão de Homicídios, o pulso acelerado da divisão de Homicídios. Era algo mais, mais veloz e mais afiado em torno de Conway. E não simplesmente hoje. Cada dia dela tinha de ser uma batalha.

– Já ignorei idiotas. Posso fazer isso de novo – disse ela.

Pedi a Deus que a sala dos detetives estivesse vazia na hora em que entrássemos lá. A última coisa que eu queria era escolher entre emputecer Conway e emputecer os caras da Homicídios.

Conway manteve o olhar fixo por mais um instante.

– Certo – disse ela, então. – Trate de mostrar que é bom. – Ela apagou a tela do celular e o enfiou de volta no bolso. – Hora de falar com Selena.

Olhei de relance pelas camas. Empurrei a mesinha de Alison de volta para o lugar, endireitei o acolchoado de Joanne.

– Onde?

– No quarto dela. Tudo informal, para ela ficar descontraída. Se ela mencionar...

Se Selena dissesse a palavra *estupro*, seria necessário chamar pais ou responsáveis, profissional de apoio, câmeras de vídeo, toda a parafernália.

– Quem vai falar?

– Eu falo. Por que essa cara? Posso ser sensível. E acha que ela vai falar com você sobre estupro? Você vai se manter em segundo plano e tentar desaparecer.

Conway fechou a janela com força. Antes que saíssemos do quarto, o cheiro de desodorante e de cabelo queimado na chapinha já estava nos envolvendo de novo.

Para manter as garotas ocupadas, que Deus as ajude, McKenna tinha começado uma cantoria. As vozes das garotas vieram pelo corredor ao nosso encontro, agudas e frágeis. *Ó Maria, nós te coroamos hoje com flores...*

A sala de convivência estava quente demais, mesmo com as janelas abertas. Os pratos do jantar estavam espalhados, em sua maioria quase intactos. O cheiro de torta de frango fria me deixou ao mesmo tempo faminto e enjoado. Os olhos das meninas estavam vidrados e ricocheteavam uns nos outros, nas janelas, em Alison toda aconchegada numa poltrona debaixo de uma pilha de casacos.

Metade delas mal mexia os lábios. *Rainha dos anjos e rainha do mês de maio...* Elas levaram um segundo para perceber nossa presença. Então as vozes titubearam e se calaram.

– Selena – disse Conway, mal fazendo um cumprimento de cabeça para McKenna. – Tem um minuto pra nós?

Selena tinha estado cantando com as outras, meio distraída, com o olhar perdido. Ela olhou para nós como se estivesse tentando descobrir quem nós éramos, antes de se levantar e vir.

– Lembre-se, Selena – disse-lhe McKenna, quando Selena passou por ela –, se a qualquer momento sentir necessidade de apoio, você pode simplesmente interromper a entrevista e pedir a minha presença ou a de outra professora. Os detetives têm conhecimento disso.

Selena sorriu para ela.

– Estou bem – disse, em tom tranquilizador.

– É claro que ela está bem – disse Conway animada. – Espere por nós só um pouquinho no seu quarto, OK, Selena?

Enquanto Selena seguia sem pressa pelo corredor, Conway acenou para Julia.

– Julia, venha aqui um minutinho.

Julia estava de costas para nós; não tinha se mexido quando nós entramos. No instante em que se virou, parecia arrasada: cinzenta e tensa, com todo o seu brilho apagado. Quando chegou aonde nós estávamos, ela já tinha encontrado um pouco de vivacidade em algum canto e nos deu um olhar esperto.

– E aí?

Conway fechou a porta atrás dela.

– Como foi que você nunca me disse que tinha alguma coisa com Finn Carroll? – perguntou ela, baixinho, para o som não chegar a Selena. O queixo de Julia se retesou.

– Só pode ter sido Joanne. Certo?

– Não importa. No ano passado, eu lhe perguntei sobre relacionamentos com caras do Columba. Como foi que você não disse nada?

– Não havia nada a *dizer*. Nem era um *relacionamento*. Finn e eu nunca tocamos um no outro. Nós simplesmente *gostávamos* um do outro. Como seres humanos de verdade. E é exatamente por isso que não contamos a ninguém que estávamos saindo, que na realidade nem mesmo isso a gente estava fazendo, só por tipo dois segundos. Mas nós sabíamos que todo o mundo ia dizer, "Caramba, kkkkk, Finn e Julia estão juntinhos..." E a gente não queria ter de aguentar esse tipo de babaquice. OK?

Pensei em Joanne e Gemma, debochando escondidas na escuridão, e acreditei nela. Conway também acreditou.

– Tudo bem – disse Conway. – Faz sentido. – E quando Julia se virou: – O que o Finn anda fazendo ultimamente? Tudo bem com ele?

Só por um segundo, um lampejo de tristeza tornou o rosto de Julia no rosto de uma adulta.

– Eu não teria como saber – disse ela, voltando a entrar na sala de convivência e fechando a porta.

* * *

Selena estava esperando do lado de fora do quarto. O sol baixo que atravessava a janela no final do corredor fazia sua sombra se alongar na nossa direção, flutuando acima do fulgor dos ladrilhos vermelhos. A cantoria tinha recomeçado. *Ó Virgem da maior ternura, nós te louvamos...*

– Está na hora do intervalo – disse Selena. – Nós deveríamos estar lá fora. As meninas estão ficando irrequietas.

– Eu sei, é mesmo – disse Conway, passando por ela e se acomodando na cama de Julia. Dessa vez, sentada de um jeito diferente, com um pé por baixo, uma adolescente pronta para um papinho. – Vou lhe dizer uma coisa. Quando terminarmos aqui, vou perguntar a McKenna se ela deixaria vocês saírem para um intervalo fora de hora. O que acha?

Selena deu uma olhada pelo corredor, sem acreditar.

– Pode ser.

No perigo, nossa defesa; na dor, nossa amiga... Meio esfarrapado, desfazendo-se nas bordas. Achei que vi aquele lampejo de prata, de um alerta total, no rosto de Selena de novo. Vi que ela via alguma coisa que nós não deveríamos deixar passar.

Se estava ali, Conway não detectou.

– Ótimo. Sente-se. – Selena sentou na beira da sua cama. Eu fechei a porta. A cantoria desapareceu. E fui me dissolver num canto, pegando meu caderno para me esconder por trás dele.

– Maravilha. – Conway sacou o celular, deu uma batidinha na tela. – Dá uma olhada nisso aqui – disse ela, passando o celular para Selena.

Foi um choque para ela. Mesmo que eu não pudesse ouvir o som – batidas de passos, farfalhar de galhos –, teria sabido do que se tratava, pela reação de Selena.

Ela empalideceu, em vez de ficar vermelha. Esticou a cabeça para trás, para longe da tela, e sua expressão tinha uma dignidade terrível, violada. O cabelo muito curto, nada que permitisse que ela se escondesse, dava a impressão de que estava nua. Senti que eu deveria desviar meu olhar.

– Quem? – disse ela. Ela apertou a outra mão por cima do celular, com a palma cobrindo a tela. – Como?

– Joanne – disse Conway. – Ela e Gemma foram atrás de você. Desculpa por fazer isso com você, foi um golpe baixo. Mas parece que é o único jeito de fazer você parar de dizer que não estava saindo com o Chris. E eu não posso perder mais tempo com isso. OK?

Selena esperou, como se não estivesse ouvindo mais nada, até acabarem os sons abafados por baixo da palma da sua mão. Ela então soltou as mãos – o que exigiu um esforço – e devolveu o telefone para Conway.

– OK – disse ela. Sua respiração ainda estava pesada, mas ela já conseguira dominar a voz. – Eu estava me encontrando com o Chris.

– Obrigada – disse Conway. – Sou grata por isso. E ele lhe deu um telefone secreto, que você usava para se manter em contato com ele. Por que isso?

– Estávamos mantendo tudo em segredo.

– Essa ideia foi de quem?

– Do Chris.

Conway moveu uma sobrancelha.

– Você não se importou?

Selena fez que não. A cor começava a voltar ao seu rosto.

– Não? Se fosse comigo, eu teria me importado. Teria imaginado, ou esse cara acha que não sou boa o suficiente para ele aparecer comigo em público, ou ele quer manter sua liberdade de escolha. De um modo ou do outro, eu não gostaria.

– Eu não pensei assim – respondeu Selena, simplesmente.

Conway não falou, deixando um silêncio, mas Selena não prosseguiu.

– Muito bem – disse Conway. – Você diria que era um relacionamento bom?

Selena tinha voltado ao comando de si mesma. Ela falou devagar, examinando as palavras antes de pronunciá-las.

– Foi uma das coisas mais maravilhosas que eu tive nesta vida. Isso e minhas amigas. Nunca mais vou ter nada parecido.

As palavras se dissolveram e se espalharam no ar, transformando-o em blues imóveis, em contraluz. Ela estava certa; claro que estava. Não se consegue ter uma segunda primeira vez. Parecia que ela não deveria ter sido forçada a saber disso, ainda não. Como se ela devesse ter tido a oportunidade de deixar para trás aquela clareira, antes de se dar conta de que nunca poderia voltar lá.

Conway mostrou seu celular.

— Então, por que você deu o fora nele depois dessa noite?

Selena tornou-se distante, mas eu tive de novo aquela sensação: ela estava se envolvendo no distanciamento.

— Eu não dei o fora nele.

Conway bateu na sua telinha, rápida e ágil.

— Aqui – disse ela, estendendo o celular. – Esses são registros das mensagens de texto entre você e o Chris. Está vendo aqui? Isso se refere aos dois dias depois daquela noite do vídeo. Ele está tentando entrar em contato, mas você o está ignorando. Você nunca tinha feito isso antes. Por que agiu assim depois daquela noite?

Selena nem mesmo pensou em negar que o número fosse dela. Ela olhava para o celular como se estivesse vivo e fosse estranho, talvez perigoso.

— Eu só precisava pensar – disse ela.

— É? Pensar em quê?

— No Chris e em mim.

— É, isso eu imaginei. Eu quis dizer em termos específicos. Ele fez alguma coisa naquela noite, alguma coisa que fez você repensar o relacionamento?

Os olhos de Selena se afastaram para algum lugar, de verdade dessa vez.

— Aquela foi a primeira vez que nos beijamos – disse ela, baixinho.

Conway fez uma cara de quem não estava acreditando.

— Isso não bate com a informação que a gente tem. Vocês tinham sido vistos se beijando pelo menos uma vez antes.

— Não – disse Selena, negando também com a cabeça.

— Não mesmo? Isso não bate com nada que a gente tenha ouvido falar do Chris. Vocês tinham se encontrado quantas vezes?

— Sete.

— E nunca puseram a mão um no outro. Tudo puro e inocente, nenhum mau pensamento, nunca nada que as freiras não pudessem ter visto? Sério?

Um rosa fraco surgiu no rosto de Selena. Conway era boa. Toda vez que Selena tentava ir à deriva para sua nuvem particular, Conway arrumava um gancho para prendê-la.

– Eu não disse isso. Tínhamos ficado de mãos dadas; tínhamos ficado sentados lá abraçados; nós... Mas nunca tínhamos nos beijado. Por isso, eu precisava pensar. Se aquilo devia acontecer novamente. Esse tipo de coisa.

Eu não poderia dizer se ela estava mentindo. Tão difícil de avaliar quanto Joanne, não pelas mesmas razões. Conway ficou fazendo que sim, revirando o celular entre os dedos, pensando.

– Certo – disse ela. – Quer dizer, então, que você e o Chris não estavam fazendo sexo?

– Não. Não estávamos. – Sem contorções, sem risinhos, nenhuma palhaçada desse tipo. Parecia ser a verdade. Ponto para os instintos de Conway.

– E o Chris aceitava isso bem?

– Aceitava.

– É mesmo? Um monte de caras da idade dele já estaria fazendo pressão. Ele não fez?

– Não.

– O caso é o seguinte – disse Conway. Seu tom era perfeito: delicado, porém direto, nada de falar do alto com uma criancinha. Simplesmente um papo de mulher com mulher, tentando resolver juntas um assunto difícil. – Muitas vezes, pessoas que sofrem uma agressão sexual não querem apresentar queixa porque as consequências disso são uma encrenca só. Exames médicos, depoimentos no tribunal, responder às perguntas da defesa, talvez ver o agressor ser liberado sem nenhum problema. Essas mulheres não querem lidar com nenhuma parte dessa porcaria toda. Elas só querem esquecer a história toda e seguir em frente. Não dá para culpá-las por isso, certo?

Uma pausa para deixar Selena concordar, o que ela não fez. Mas estava prestando atenção, com as sobrancelhas franzidas. Parecia confusa.

Conway prosseguiu, falando um pouco mais devagar.

– Mas, veja bem, isso aqui é diferente. Não vai haver nenhum exame médico, já que isso aconteceu há um ano; e não vai haver nenhum julgamento, já que o agressor morreu. No fundo, você pode me contar o que houve, e isso não vai adquirir proporções enormes. Se você quiser, vai poder conversar com alguém com muita prática em ajudar as pessoas a lidar com esse tipo de coisa. Só isso. Ponto final.

– Peraí – disse Selena. Sua confusão tinha aumentado. – Você está falando de mim? Você acha que o Chris me *estuprou*?

– Foi o que aconteceu?

– Não! Meu Deus, nada disso!

A reação pareceu verdadeira.

– OK – disse Conway. – Ele alguma vez a forçou a fazer alguma coisa que você não quisesse fazer? – A gente sempre pergunta usando outros termos, insiste no assunto a partir de ângulos diferentes. É assustador quantas garotas acham que só é estupro se for um desconhecido num beco, com uma faca; quantos caras têm a mesma opinião.

Selena continuava a fazer que não.

– Não. Nunca.

– Continuou a tocar em você depois que você disse para ele parar?

Ainda fazendo que não, com firmeza e veemência.

– Não. Chris não teria feito uma coisa dessas comigo. Nunca.

– Selena, nós sabemos que o Chris não era um anjo. Ele magoou um monte de garotas. Falando mal delas, tendo duas namoradas ao mesmo tempo, tratando-as com grosseria e depois apagando-as da sua vida quando elas o entediavam.

– Eu sei. Ele me contou. Ele não devia ter agido desse modo.

– É fácil idealizar alguém que já morreu, especialmente alguém que significou muito para você. O fato é que o Chris tinha um lado cruel, especialmente quando não conseguia o que queria.

– É. Eu sei disso. Não estou idealizando.

– Então, por que você está me dizendo que ele não a teria magoado?

Selena respondeu, não na defensiva; apenas com paciência.

– Era diferente.

– Era isso o que todas as outras garotas pensavam também – disse Conway. – Cada uma delas achava que tinha um relacionamento especial com o Chris.

– Pode ser que elas tivessem, sim. As pessoas são complicadas. Quando se é criancinha, não se percebe isso. A gente acha que cada pessoa é só de um jeito. Mas depois que se cresce, dá para notar que não é tão simples assim. O Chris não era tão simples assim. Ele era cruel e era gentil. E não gostava de se dar conta disso. Ele se sentia incomodado com o fato de não ser só de um jeito. Acho que isso fazia com que se sentisse...

Ela pareceu devanear por tanto tempo que eu me perguntei se teria deixado a frase pra trás, mas Conway continuou esperando. Selena acabou falando.

— Fazia com que ele se sentisse fragilizado. Como se fosse se espatifar a qualquer instante, por não saber se manter todo unido. Era por isso que ele agia daquele modo com aquelas outras garotas, saía com elas e mantinha tudo em segredo: para poder experimentar ser de jeitos diferentes e ver como ele se sentiria, mantendo-se em segurança. Ele poderia ser tão adorável quanto quisesse ou tão horrível quanto quisesse, e não faria diferença, porque mais ninguém chegaria a saber. No início, achei que talvez eu pudesse ensinar o Chris a manter todos os pedacinhos diferentes unidos; como isso poderia dar certo para ele. Mas não foi assim que funcionou.

— Certo — disse Conway. Nenhum interesse pelos significados profundos, mas pude ver que ela registrou que eu tinha acertado: Selena não era nenhuma deficiente mental. Conway passou o dedo pelo telefone e o mostrou de novo a Selena. — Está vendo aqui? Depois daquela noite do vídeo, você ignorou o Chris por uns dias, mas então parou com isso. Essas aqui, essas são mensagens de texto de você para ele. O que fez você mudar de ideia?

Selena estava com a cabeça virada para longe do celular, como se não conseguisse olhar. Falou para a luz preguiçosa do lado de fora da janela.

— Eu sabia que o certo era acabar de uma vez. Nunca mais entrar em contato com ele. Eu sabia. Mas... você viu... o vídeo. — Um leve sinal de cabeça na direção do telefone. — Não era só que eu sentisse falta dele. Era porque aquilo ali foi diferente. Nós juntos criamos aquele momento, eu e o Chris; aquilo nunca ia existir em nenhum outro lugar neste mundo, e foi lindo. Destruir uma coisa daquelas, esmagar tudo até não ser nada e jogar esse nada fora: isso é o mal. É isso o que o mal é. Não é?

Nenhum de nós dois respondeu.

— Parecia uma decisão terrível. Como se fosse a pior coisa que eu tinha feito na vida... Eu não saberia dizer com certeza. Por isso, pensei, quem sabe eu não conseguia salvar só uma parte daquilo? Se não íamos ficar juntos, era possível que a gente ainda pudesse...

Todo mundo já achou isso: *pode ser, mesmo que, vai ver que ainda podíamos*, talvez pequenos fragmentos de coisas preciosas possam ser salvos do desastre. Ninguém com capacidade de raciocínio pensa assim depois da primeira tentativa. Mas a voz de Selena, baixa e triste, fazendo com que o ar tremeluzisse em cores peroladas: por um instante, acreditei naquilo tudo mais uma vez.

– Nunca teria dado certo desse jeito – disse Selena. – Vai ver que eu sabia. Acho que poderia ter sabido. Mas precisava tentar. Por isso, mandei mensagens de texto para o Chris umas duas vezes. Dizendo para a gente continuar amigos. Dizendo que sentia falta dele, que não queria perdê-lo... Esse tipo de coisa.

– Não foram umas duas vezes – disse Conway. – Foram sete.

As sobrancelhas de Selena se franziram.

– Não foram tantas assim. Duas? Ou três?

– Você lhe enviava mensagens de textos de tantos em tantos dias. Inclusive no dia em que ele morreu.

Selena fez que não.

– Não. – Qualquer um teria dito isso, qualquer um com meio cérebro funcionando. Mas, e o ar confuso? Eu teria jurado que era verdadeiro.

– Está tudo aqui em preto no branco. – O tom de Conway estava se transformando. Não estava duro, ainda não, mas firme. – Olhe. Mensagem sua, sem resposta. Mensagem sua, sem resposta. Mensagem sua, sem resposta. Dessa vez era o Chris que a estava ignorando.

Coisas estavam se movimentando no rosto de Selena. Ela olhava a tela do celular como se fosse uma televisão, como se pudesse ver tudo acontecendo de novo à sua frente.

– Isso deve ter doído – disse Conway. – Não doeu?

– É. Doeu.

– Quer dizer que afinal de contas o Chris estava disposto a ferir você, certo?

– Como eu falei – disse Selena. – Ele não era só de um jeito.

– Certo. Quer dizer que foi por isso que você desmanchou com ele? Porque ele fez alguma coisa que a feriu?

– Não. Isso aí, quando ele não respondeu às minhas mensagens de texto, essa foi a primeira vez que o Chris me magoou.

– Deve ter deixado você com muita raiva.

– Raiva – disse Selena, examinando a palavra. – Não. Fiquei triste. Fiquei muito triste. Eu não conseguia entender por que ele faria uma coisa dessas. Não no começo. Mas raiva... – Ela fez que não. – Não.

Conway esperou, mas Selena tinha terminado.

– E depois? No final, você conseguiu entender?

– Só depois. Depois que ele morreu.

– Certo – disse Conway. – Então qual foi sua conclusão?

– Eu me salvei – disse Selena, simplesmente.

As sobrancelhas de Conway se ergueram com a surpresa.

– Você quer dizer... o quê? Você encontrou Deus? O Chris rompeu com você porque...

Selena riu. A risada me espantou: cascateando pelo ar, plena e doce, como o riso de garotas brincando num rio turbulento, sem ninguém olhando.

– Não "me salvei" nesse sentido! Putz, dá para imaginar? Acho que meus pais iam ter um ataque.

Conway sorriu junto.

– Mas as freiras teriam adorado. Então em que sentido você se salvou?

– Me salvei de voltar com o Chris.

– Hã? Você disse que estar com o Chris era incrível. Por que ia precisar ser salva disso?

Selena refletiu sobre a questão.

– Não era uma boa ideia.

Aquele lampejo de novo. Envolta naquela névoa perolada, havia alguém alerta e cautelosa, alguém que nós mal conhecíamos.

– Por que não era?

– Como você disse. Ele fez gato e sapato de todas as outras garotas com quem saiu. Sair com alguém fazia brotar o pior lado dele.

Conway tentando encurralar Selena, Selena fazendo Conway dar voltas, sem chegar a lugar nenhum.

– Mas você disse que ele nunca fez nada de ruim com você enquanto vocês estavam juntos. Estar com você fez brotar nele que lado pior?

– Ainda não tinha tido tempo para acontecer. Você disse que teria acontecido, mais cedo ou mais tarde.

Conway largou de mão.

— É provável que tivesse — disse ela. — Quer dizer que alguém salvou você.

— É.

— Quem?

Tão tranquilo e fácil que foi como se tivesse escapulido.

Selena pensou. Ela pensava sem se mexer: nada de tornozelos se torcendo nem dedos se cruzando, nem mesmo um piscar nervoso de olhos. Só ali, imóvel, olhando, uma mão relaxada dentro da outra.

— Não faz diferença — disse ela.

— Para nós faz.

Selena concordou em silêncio.

— Eu não sei.

— Sabe, sim.

Selena encarou Conway direto.

— Não, eu não sei. E não preciso saber.

— Mas você tem um palpite.

Ela fez que não. Devagar e inabalável: ponto final.

— Muito bem — disse Conway. Se estava enfurecida, não deu sinal. — OK. O celular que o Chris lhe deu: onde ele está agora? — Alguma coisa. Cautela, culpa, preocupação. Eu não saberia dizer.

— Eu o perdi.

— Perdeu? Quando?

— Há séculos. No ano passado.

— Antes da morte do Chris, ou depois?

Selena pensou um pouco.

— Mais ou menos naquela época — disse, solícita.

— Certo — disse Conway. — Vamos tentar uma coisa. Onde você o guardava?

— Eu tinha feito um corte no lado do meu colchão. O lado que ficava encostado na parede.

— Ótimo. Então pense bem, Selena. Quando foi a última vez que você o tirou dali?

— No final, eu já sabia que ele não ia me mandar nenhuma mensagem de texto. Por isso, alguns dias eu só olhava na hora de dormir. Só para ter certeza. Eu fazia um esforço para não olhar.

– Na noite em que ele morreu. Você olhou?

A lembrança daquela noite fez os olhos de Selena perderem o rumo.

– Não me lembro. Como eu disse, eu me esforçava para não olhar.

– Mas você tinha enviado uma mensagem para ele naquele dia. Não quis ver se ele tinha respondido?

– Eu não enviei nada. Quer dizer, acho que não enviei. Pode ser que eu tivesse, mas...

– E depois que você soube que ele tinha morrido? Você foi procurar o celular, para ver se ele tinha lhe mandado uma última mensagem de texto?

– Não me lembro. Eu não estava... – Selena recuperou o fôlego. – Eu não estava pensando direito. Grande parte daquela semana não... no fundo não está na minha cabeça.

– Faça um esforço.

– Estou me esforçando. Simplesmente não está registrado.

– OK – disse Conway. – Você continua tentando; e, se a lembrança lhe voltar, me avise. Por sinal, como era o celular?

– Era bem pequeno, desse tamanho mais ou menos. Rosa-claro. Dobrável.

O olhar de Conway encontrou o meu. O mesmo aparelho que o Chris tinha dado à Joanne; ele deve ter comprado vários.

– Alguém sabia que você tinha esse celular? – perguntou Conway.

– Não – disse Selena, e estremeceu. As outras, com a certeza total de que não havia segredos no seu círculo sagrado. Na escuridão da noite ela escapulia daquele círculo, as deixava dormindo, confiantes. – Nenhuma delas sabia.

– Tem certeza? Morando assim tão confinadas, não é fácil guardar um segredo. Especialmente, um segredo de tanta importância.

– Eu tomava um cuidado enorme.

– Mas elas sabiam que você estava com o Chris, certo? Era só do celular que elas não sabiam?

– Não. Elas não sabiam do Chris. – Um estremecimento. – Eu só saía pra me encontrar com ele uma vez por semana, e esperava até ter certeza total de que as outras estavam dormindo. Às vezes, elas demoram séculos, principalmente a Holly; mas, uma vez que estejam dormindo, não acordam por nada. Eu sempre tive dificuldade pra dormir. Por isso eu sabia.

— Achei que vocês eram muito amigas. Que contavam tudo umas para as outras. Por que você não contou para elas?

Mais um tremor. Conway estava ferindo Selena de propósito.

— Nós somos. Foi só que eu não contei.

— Para elas, teria sido algum problema você estar com o Chris?

Olhar perdido. A dor já a estava afastando dali de novo, para se abrigar no meio do seu nevoeiro. Outra garota teria mudado de posição à medida que a pressão fosse aumentando, olhado de relance para a porta, perguntado se podia ir embora. Selena não precisava disso.

— Acho que não.

— Quer dizer que não foi por isso que você deu o fora nele? O fato de alguém ter descoberto que vocês dois estavam se encontrando, de não ter gostado disso?

— Ninguém descobriu.

— Tem certeza? Nada chegou a deixar você preocupada por ter levantado alguma suspeita? Tipo, uma das outras dizendo alguma coisa que lhe parecesse uma insinuação; ou talvez você ter encontrado o celular na posição errada numa noite?

Uma tentativa de Conway ir atrás de Selena, fisgá-la de volta. Um bruxuleio nos olhos de Selena, e achei que Conway tinha conseguido; mas aí a cortina se fechou de novo.

— Acho que não.

— E depois que ele morreu? Você contou para elas, certo?

Selena fez que não. Já estava longe: olhando tranquila para Conway, do jeito que as pessoas olham para um peixe nadando para lá e para cá num aquário, todas aquelas cores bonitinhas.

Conway pareceu estar confusa.

— Por que não? Não é como se contar pudesse ter provocado algum mal a alguém. Era o Chris que tinha querido privacidade, e ele não estava por aqui para se importar. E você tinha perdido alguém que significava muito para você. Estava precisando do apoio das amigas. Teria feito sentido contar para elas.

— Eu não quis contar.

Conway esperou.

– Hã – disse ela, quando viu que não viria mais nada. – Muito bem. Mas acho que elas devem ter sacado que alguma coisa estava acontecendo. Eu diria que você estava destroçada. Qualquer uma teria ficado. Mesmo antes da morte do Chris: você disse que estava perturbada por ele não responder suas mensagens. Suas amigas não podem ter deixado de notar isso.

Selena com o olhar tranquilo, à espera da pergunta.

– Alguma delas chegou a dizer isso para você? A perguntar o que estava acontecendo?

– Não.

– Se vocês são tão amigas, como elas deixariam de perceber?

Silêncio e aqueles olhos mansos.

– OK – disse Conway, por fim. – Obrigada, Selena. Se você se lembrar da última vez que viu aquele celular, trate de me avisar.

– OK – disse Selena, cordata. Ela levou um segundo para pensar que devia se levantar.

– Quando tudo isso estiver resolvido – disse Conway enquanto Selena ia se encaminhando para a porta –, eu lhe mando um e-mail com esse vídeo.

Isso fez Selena se virar de repente, com a respiração acelerada. Por um segundo, ela esteve cheia de vida, resplandecente no centro do quarto.

E então ela desligou o brilho, deliberadamente.

– Não, obrigada – disse ela.

– Não? Achei que tinha dito que nada de ruim aconteceu naquela noite. Por que não ia querer o vídeo? A não ser que ele lhe traga lembranças desagradáveis?

– Não preciso ter o que Joanne Heffernan viu – disse Selena. – Eu estava lá.

E saiu, fechando a porta com delicadeza ao passar.

18

No Palácio, sumiram as vitrines do Dia dos Namorados, em tons de rosa e vermelho, todas as criaturas peludas de olhos enormes, segurando corações, sedutoras e farpadas: *Para você ou não para você, você quer, você não quer, você ousa ter esperança?* No seu lugar, ovos de Páscoa estão começando a surgir, cercados por papel verde cortado em tiras para fazer a gente se lembrar de que, do outro lado dessa garoa irritante, vai chegar a primavera. Lá fora, no Campo, começaram a aparecer crocos nos cantos, e pessoas que ficaram entre quatro paredes durante o inverno abotoaram o casaco até o alto e saíram para ver o que conseguem encontrar.

Chris Harper está sentado numa pilha de entulho coberta de mato, longe dos outros, olhando do alto para o Campo árido. Seus cotovelos estão apoiados nos joelhos e uma embalagem de balas sortidas está esquecida, pendurada numa das mãos. Alguma coisa no jeito dos seus ombros faz com que ele pareça mais velho do que os outros, barulhentos como filhotes de cachorros. Selena sente fisgadas na palma das mãos e no peito, como se estivesse sendo esvaziada, com o quanto ela quer ter o direito de ir até ele: sentar ao seu lado no entulho, segurar firme sua mão, encostar a cabeça na dele e sentir que ele descontrai o corpo junto dela. Pelo lampejo de um segundo, ela se pergunta o que aconteceria se fizesse isso.

Ela, Julia, Holly e Becca estão ali há meia hora, sentadas entre as ervas daninhas, compartilhando uns cigarros; e ele não lhe disse uma palavra que fosse; nem mesmo olhou para ela. Ou ele está agindo exatamente como os dois planejaram, ou ele mudou de ideia sobre essa história toda: ele deseja nunca ter saído da festa com ela. *Vou descobrir um jeito de entrar em contato*, disse ele. Isso foi semanas atrás.

Selena sabe que é bom, de um modo ou de outro. Quando elas entraram no Campo pela abertura na cerca e ela viu Chris ali sentado, Selena torceu para ele não se aproximar. Mas não estava preparada para o quanto ia doer; como, cada vez que os olhos dele passassem direto, ela teria a sensação de que o ar estava sendo arrancado dos seus pulmões. Harry Bailey não para de falar com ela sobre os simulados, e ela não para de responder, mas não tem a menor ideia do que já disse. O mundo inteiro está carregado, escorregando na direção de Chris.

Ainda lhe restam dois meses e três semanas de vida.

— Minhas *fotos*! — Becca explode, com um agudo crescente que é quase um uivo. Nos últimos minutos, Selena sentiu que Becca está ficando cada vez mais tensa ali ao seu lado, fazendo alguma coisa cada vez mais acelerada com seu celular, mas a presença de Chris empurrou isso para a periferia do seu pensamento.

— Oi? — diz Holly.

— Elas *sumiram*! Ai, meu Deus, todas elas...

— Calma, Becs. Elas estão aí.

— Não estão, não, eu olhei em todos os cantos... Nunca fiz cópia de segurança delas! Todas as minhas fotos de *nós*, tipo tudo do *ano inteiro*... Ai, meu Deus...

Ela está em pânico.

— Ei — diz Marcus Wiley, relaxado entre os amigos, levantando os olhos, querendo saber o que houve com Becca. — O que você tem aí que é tão importante assim?

— Só podem ser fotos de peitos — diz Finbar Wright.

— Vai ver que ela mandou as fotos para todos os seus contatos — diz outro garoto. — Vamos checar, rápido.

— Corta essa, cara — diz Marcus Wiley. — Quem vai querer ver aquilo ali?

Gritos e gargalhadas, explodindo como minas. Becca está vermelha: de ódio, não de vergonha; mas a risadaria fez com que se calasse do mesmo jeito.

— Ninguém quer ver seu minipau também — salienta Julia, com frieza —, mas isso não impede você.

Vaias, ainda mais altas. Marcus abre um sorriso.

— Então você gostou da foto?
— Deu para a gente rir, depois de descobrir o que devia ser.
— Achei que era uma salsicha coquetel – diz Holly. – Só que menor.

Ela olha de relance para Selena rebatendo a bola – *Sua vez* – mas Selena desvia o olhar. Ela se lembra daquele dia no Palácio com Andrew Moore e seus amigos, só há alguns meses, o tremendo vendaval de uma força nova roubando todo o seu fôlego: *Nós podemos fazer isso; nós podemos dizer isso, quer eles queiram que digamos, quer não*. Agora parece uma tolice, como passar a tarde inteira batendo nas mãos de uma criancinha levada que nem mesmo é seu filho. A velocidade com que as coisas mudam a deixa tonta.

— Era do seu irmãozinho menor? – pergunta Julia. – Porque pornografia infantil é ilegal.

— Cara – diz Finbar, com um sorriso, dando um empurrão em Marcus. – Você nos disse que ela ficou toda molhada com a foto.

Parece que todos eles estão choramingando por nada. Chris não se mexeu. Selena quer voltar para a escola e se trancar num cubículo do banheiro para chorar.

— Vai ver que ele quis dizer que ela se molhou de tanto rir – diz Holly, generosa. – O que quase aconteceu mesmo.

Marcus não consegue pensar em nada que possa fazer contra Julia e Holly. Por isso, ele investe contra Finbar. Eles lutam aos grunhidos no meio do mato ralo, meio se exibindo, meio a sério de qualquer maneira.

Becca, apertando botões feito louca, está à beira de um ataque de choro.

— Você olhou para ver se elas não estão no seu cartão SIM? – pergunta Selena.

— Eu olhei *em todos os cantos*!

— Ei – diz alguém, e Selena sente o tranco que a atravessa mesmo antes de virar a cabeça. Chris se deixa cair ali para sentar ao lado de Becca e estende a mão. – Deixa eu dar uma olhada.

Becca tira o celular do alcance dele e olha para Chris com ódio e suspeita. *Tudo bem*, Selena quer dizer, *pode entregar o celular pra ele. Não tenha medo*. Mas, por um monte de motivos diferentes, ela sabe que o melhor é ficar calada.

– Epa, saca só! – Alguém da galera de Marcus, gritando do outro lado de Marcus e Finbar, que ainda estão rolando no mato ralo. – O Harper gosta de barangas!

– Está perdendo seu tempo – diz Holly a Chris. – Na realidade, ela não tem fotos de peitos.

– Na realidade, ela não tem *peitos*...

Chris não faz caso de nenhum dos dois. Fala com Becca, com delicadeza, como se tentando atrair um gato assustado:

– Pode ser que eu consiga recuperar suas fotos. Eu tinha esse tipo de celular. Ele faz umas coisas estranhas às vezes.

Becca hesita. O rosto dele, franco e com o olhar firme. Selena sabe como ele faz você se abrir. A mão de Becca aparece, seus dedos vão se abrindo para mostrar o celular.

– Puta *merda*! – Marcus berra, sentando-se no chão com uma mão no rosto, e o sangue saindo por entre os dedos. – A droga do meu *nariz*!

– É. Puxa. – Finbar espana a poeira das roupas, meio assustado, meio orgulhoso, olhando de relance para as garotas. – Você me atacou, cara.

– Você estava pedindo!

– Fui eu quem começou – ressalta Julia. – Está pensando em me dar um soco também? Ou só em continuar a me mandar fotos de minipaus?

Marcus não faz caso dela. Ele se levanta e vai na direção da cerca, com a cabeça inclinada para trás e a mão ainda cobrindo o nariz.

– Ah – diz Julia com satisfação, ficando de costas para os garotos. – Sabem de uma coisa? Eu estava precisando disso.

– Pronto – diz Chris, estendendo o celular para Becca. – São essas?

– Ai meu Deus! – Becca dá um gritinho, numa onda incrível de alívio. – É, são elas. São elas. Como você...?

– Você só moveu as fotos para a pasta errada. Eu devolvi para o lugar certo.

– Obrigada – diz Becca. – Valeu. – Ela lhe dá um sorriso que normalmente não dá para ninguém a não ser para elas três, o rosto todo enrugado e luminoso. Selena sabe por quê. É porque, se o Chris pode fazer uma coisa daquelas, só por ser gentil, isso quer dizer que nem todos os rapazes são como Marcus Wiley ou James Gillen. Chris tem esse jeito especial de transformar o mundo num lugar diferente, um lugar que faz você ter vontade de tirar distância, correr e mergulhar bem no meio dele.

Chris retribui o sorriso de Becca.

— Não se preocupe – diz ele. – Qualquer problema com ele, pode me procurar que eu dou uma olhada, OK?

— OK – diz Becca, fascinada, com o rosto voltado para cima, para ele, radiante à luz que ele lança.

Chris lhe dá uma piscadinha e se vira. E por um segundo Selena não consegue respirar, mas os olhos dele passam direto pelos dela como se ela não estivesse ali.

— Gostei do seu novo bichinho de estimação – diz ele a Julia, indicando com o queixo a frente do pulôver dela, na qual foi tricotada uma raposa com cara de chapada.

— Ela não suja dentro de casa?

— Ela é muito bem-comportada – diz Julia. – Senta! Fica! Viu? Muito bem!

— Acho que ela está com algum problema – diz Chris. – Não está se mexendo. Quando foi a última vez que você lhe deu comida? – Ele joga na raposa um marshmallow, que tirou da sua embalagem de balas sortidas.

Julia pega o marshmallow e o joga na boca.

— Ela é exigente. Tente com chocolate.

— Ah, tá bom. Ela que compre se quiser comer.

— Ui, ui – diz Julia. – Acho que você a deixou furiosa. – Julia enfia a mão por dentro do pulôver para fazer a raposa dar um salto para pegar Chris; e ele pula para ficar em pé, com um grito fingido. E então, de algum modo, ele está ao lado de Selena, e o ar se transformou em alguma coisa que se consegue sentir em cada centímetro da pele, que levanta você do chão, irresistível. Selena tem a sensação de que conhece de cor o sorriso dele desde sempre.

— Quer uma? – diz ele, oferecendo-lhe o saquinho de balas.

Alguma coisa nos olhos dele diz a Selena para prestar atenção.

— Quero. – Ela olha dentro do saquinho, e ali com os bombons farelentos e o doce de leite ressecado está um pequeno celular cor-de-rosa.

— Pensando bem – diz-lhe Chris –, pode ficar com elas. Já comi doces demais. – E ele deixa o saquinho na mão dela, antes de se virar para perguntar a Holly o que ela vai fazer na Páscoa.

Selena põe na boca uma bala dura de limão, fecha o saquinho, enrolando a ponta, e o enfia no fundo do bolso do casaco. Harry desistiu de falar com ela e está contando a Becca como seu simulado de economia foi um pesadelo total: ele finge que está tendo um ataque daqueles, até com os olhos vesgos, no meio da sala do exame; e Becca está rindo. Selena olha para o alto para as longas pinceladas de luz que se precipitam entre as nuvens e caem direto sobre eles todos. Ela sente o sabor do limão que explode na sua boca e percebe que a parte interna dos seus pulsos está formigando.

Durante o primeiro período de estudo, Selena vai ao banheiro. No caminho, ela entra sorrateira no quarto, tira o saquinho de balas sortidas do seu casaco e o enfia no bolso do blusão de capuz.

O celular está coberto com uma leve camada de açúcar e está vazio. Nada na pasta de contatos, nada no álbum de fotos, nem mesmo a hora e a data foram configuradas. A única coisa nele é uma única mensagem de texto, enviada por um número que ela não reconhece. A mensagem é *Oi*.

Selena senta na tampa do vaso, sentindo o cheiro do frio, de desinfetante e de açúcar de confeiteiro. A chuva bate suave na vidraça e muda de direção novamente. Passos chegam ruidosos pelo corredor, e alguém entra correndo no banheiro, pega um punhado de papel higiênico, assoa o nariz e sai correndo de novo, batendo a porta do cubículo ao passar. No andar superior, onde as alunas do quinto e do sexto ano têm permissão para estudar nos próprios quartos, se quiserem, alguém está tocando uma música com um *riff* rápido e gostoso que se engancha nas batidas do seu coração e o puxa enquanto segue veloz: *Nunca vi você olhando, mas descobri o que você estava procurando; nunca vi você chegar, mas vejo você voltando para pegar mais...* Depois de muito tempo, Selena manda um texto em resposta, *Oi*.

Na primeira noite em que se encontram, a chuva já parou. Nenhum vento chocalha a janela do quarto para acordar as outras, quando Selena sai de mansinho da cama e, milímetro a milímetro, tira a chave da capa do celular de Julia. Nenhuma nuvem esconde a lua, quando ela levanta a janela de guilhotina e sai, deslizando, para o gramado.

Selena mal deu dois passos quando começa a perceber: nesta noite o mundo ali fora é um lugar diferente. Os pontos sombrios estão pululando com criaturas que ela quase consegue ouvir, fugas precipitadas e rosnados que vão aumentando de volume lentamente. Os trechos enluarados a denunciam ao vigia noturno, à galera de Joanne, a qualquer pessoa ou qualquer animal que por acaso esteja à espreita. Ocorre-lhe a nítida sensação de que as proteções costumeiras não estão instaladas nesta noite, de que qualquer um que tenha vontade poderia se aproximar dela e agarrá-la. Faz tanto tempo desde a última vez que sentiu isso, que ela leva um instante para entender do que se trata: é medo.

Ela começa a correr. Quando sai do gramado para mergulhar nas árvores, compreende que ela também está diferente hoje. Agora não está sem peso, mal roçando a grama e se desviando das árvores, ágil como uma sombra. Seus pés quebram grandes aglomerados de gravetos, seus braços se engancham em galhos que ricocheteiam com violência em meio aos arbustos farfalhantes. A cada movimento seu, ela está lançando convites aos gritos para cada predador ali fora; e nessa noite ela é a presa. Criaturas pisam e farejam atrás dela, desaparecendo quando ela se vira de repente. Quando ela chega ao portão dos fundos, seu sangue já é puro pavor.

O portão dos fundos é velho, de ferro batido, protegido por uma feia chapa metálica para impedir que alguém tenha a ideia de fazer uma escalada, mas o tempo maltratou o muro de pedra, deixando-o com apoios para as mãos e para os pés por toda parte. No primeiro ano, Selena e Becca costumavam subir nele e se equilibrar no alto, a uma altura tal que às vezes transeuntes no beco ali fora andavam bem abaixo delas sem chegar a perceber que elas estavam ali. Becca caiu de lá e quebrou o pulso, mas isso não fez com que parassem.

Chris não está ali.

Selena se gruda na sombra do muro e espera, tentando abafar sua respiração ao máximo. Um novo tipo de medo está crescendo dentro dela, num turbilhão horrível: *E se nenhuma daquelas mensagens de texto tivesse sido dele, e se ele estivesse armando para eu me encontrar com algum amigo dele e esse cara aparecer, e se toda essa história for uma pegadinha enorme e eles todos estiverem esperando para sair pulando de algum lugar, morrendo de rir? Nunca vou me recuperar, nunca – bem feito para mim.* Os sons no escuro ainda estão circulando, a lua lá no alto está com as bordas afiadas o suficiente para fatiar suas mãos e separar os ossos se você ousasse levantá-las. Selena tem vontade de fugir. Não consegue se mexer.

Quando o vulto surge acima do topo do muro, negro em contraste com o céu estrelado, erguendo-se para se debruçar acima dela, Selena não consegue gritar. Não consegue nem mesmo tentar compreender o que é. Só sabe que alguma coisa se tornou sólida e finalmente veio apanhá-la.

E então o vulto sussurra: – Oi – com a voz de Chris. O som faz uma faísca branca cruzar seus olhos. Ela então se lembra do motivo pelo qual está ali.

– Oi – ela sussurra em resposta, trêmula e esperançosa. O vulto negro fica em pé em cima do muro, com quilômetros de altura, fica ali em pé, alto, por um segundo, e então voa. Ele cai com um baque.

– Puxa, que bom que é você! Eu não estava enxergando direito; achei que era um vigia, uma freira ou...

Ele está rindo baixinho, espanando o jeans, onde o salto o fez cair de joelhos. Selena achava que se lembrava de como ele era, como na presença dele o mundo entra num foco quase real demais para suportar, mas ele a atinge como um holofote na cara ainda mais uma vez. A energia dele faz com que as criaturas que os cercam fujam apressadas para a escuridão. Ela também está rindo, ofegante e tonta de alívio.

– Não! Mas tem um vigia que verifica esse portão quando faz a ronda... nós já vimos. Precisamos sair daqui. Vamos.

Ela já está se movimentando, indo de ré pelo caminho e acenando para Chris, que a acompanha aos saltos. Agora que o pavor passou, ela sente o cheiro do ar, perfumado e pulsando com mil sinais da primavera.

Ao longo dos caminhos, há bancos; e Selena tem em mente um deles, o que é sombreado por um carvalho copado, entre dois trechos de gramado aberto, de modo que é possível ver a aproximação de alguém antes que essa pessoa veja você. O melhor seria um dos cantos mais escondidos do terreno, aqueles em que é preciso lutar para atravessar os arbustos e arrumar um jeito de passar por cima do mato baixo, que atrapalha o avanço, para encontrar um trecho minúsculo de grama onde sentar – ela conhece todos eles – mas seria preciso sentar muito perto um do outro, já quase se tocando. Os bancos são largos o suficiente para deixar a distância de um braço entre os dois. *Viu*, diz ela em pensamento, *viu, estou tendo cuidado.* Nenhuma resposta.

Quando eles passam pela subida até a clareira, Chris vira a cabeça.

– Ei – diz ele. – Vamos subir ali.

Aquele formigamento sinistro percorre as costas de Selena, mais uma vez.

– Tem um lugar aqui embaixo mesmo que é bem legal.

– Só um instante. Aquilo ali me lembra um lugar.

Ela não consegue pensar numa razão para dizer não. Sobe a encosta ao lado dele e diz a si mesma que talvez isso seja para ajudá-la, talvez a clareira faça com que ela não se sinta tentada. Mas ela sabe que não vai receber ajuda nenhuma nessa noite. Quando eles entram na clareira, os galhos dos ciprestes chiam e fervilham. Essa é uma péssima ideia.

No centro da clareira, Chris se vira, com o rosto voltado para as estrelas. Ele sorri, um sorriso pequeno, pessoal.

– Aqui é bom – diz ele.

– Faz você pensar em que lugar? – pergunta Selena.

– É só um lugar. Perto da minha casa. – Ele ainda está girando, olhando para o alto, para as árvores. Isso toca Selena, o jeito dele de olhar para elas como se elas fossem importantes, como se ele quisesse se lembrar de cada detalhe. – É só uma casa velha, vitoriana ou coisa parecida. Não sei. Eu descobri quando era menino, com uns 7 anos. Ela estava vazia, tipo, dava para ver que tinha sido abandonada fazia séculos: buracos no telhado, as janelas todas quebradas, tapadas com tábuas... Ela tem um jardim grande; e bem num canto um círculo de árvores. Não as mesmas daqui. Não sei que árvores são. Não conheço essas coisas, mas mesmo assim. Foi o que me fez lembrar.

Ele capta o olhar dela e se encolhe, dando de ombros com um meio sorriso. Nas mensagens de textos, eles conversaram sobre assuntos que Selena nem mesmo comenta com as outras; mas isso aqui é diferente. Eles estão tão próximos que fazem vibrar a pele um do outro.

– Quer dizer, agora não vou lá. Alguém comprou a casa há uns dois anos. Começaram a trancar os portões. Uma vez escalei o muro e olhei por cima, e havia dois carros na entrada. Não sei se as pessoas realmente moram ali, ou se reformaram a casa, ou sei lá o quê. Não importa. – Ele se

dirige para a beira da clareira e começa a cutucar o mato baixo com um pé.
– Será que tem animais aqui? Como coelhos ou raposas?

– Você ia lá quando queria ficar sozinho? – pergunta Selena.

Chris se vira e olha para ela.

– É – diz ele, depois de um instante. – Quando as coisas não estavam legais em casa. Às vezes eu me levantava bem cedo, tipo às cinco da manhã, ia lá e ficava por lá umas duas horas. Só ficava lá sentado. Lá fora no jardim, se não estivesse chovendo; ou dentro, se estivesse. Depois, eu voltava pra casa, antes que alguém acordasse, e me enfiava na cama de novo. Eles nunca chegaram a saber que eu tinha saído.

Nesse instante, ele é ele, o mesmo cara cujas mensagens de texto ela abrigou nas mãos em concha, como vaga-lumes.

– Nunca disse isso para ninguém. – Ele está sorrindo para ela, meio espantado, meio tímido.

Selena quer sorrir de volta e lhe dizer que ela e as outras vêm à clareira, como uma troca de confidências, mas não pode. Não, enquanto não tiver esclarecido uma coisa que a está incomodando.

– O celular. Esse que você me deu.

– Gostou dele? – Mas Chris está olhando de novo para outro lado. Está tentando ver por baixo dos ciprestes, apesar de não haver a menor chance de conseguir enxergar naquela escuridão. – Podia até mesmo haver texugos ali dentro.

– Alison Muldoon tem um exatamente igual. Aileen Russell, do quarto ano, também. E Claire McIntyre também.

Chris dá uma risada, mas ela parece agressiva, e ele já não parece ser o cara que ela conhece.

– E daí? Você não pode ter o mesmo telefone que qualquer outra garota? Caramba, achei que você não era desse tipo.

Selena estremece. Não consegue pensar em nada para dizer que não piore as coisas. Não diz nada.

Ele começa a se movimentar de novo, voltas rápidas de cachorro feroz pela clareira.

– OK. Dei telefones como esse a algumas outras garotas. Não Alison não sei de quê. Mas às outras, sim. Mais umas duas também. E daí? Você não manda em mim. Nós nem mesmo estamos saindo. Por que ia se importar em saber para quem mais eu mando mensagens?

Selena fica muito parada. Ela se pergunta se esse é seu castigo: isso aqui, como ser açoitada, e depois ele vai embora, e ela pode se arrastar de volta para o quarto, através da escuridão, rezando para que nenhuma criatura venha farejando o cheiro de sangue que emana dela. E tudo isso estará terminado.

Um momento depois, Chris para de dar voltas. Ele faz que não, quase com violência.

– Desculpa – diz ele. – Eu não devia ter... Mas essas outras garotas, tudo isso foi há meses. Não estou mais em contato com nenhuma delas. Eu juro. OK?

– Não foi isso o que eu quis dizer – diz Selena. – Não me importo com isso. – Ela acha que está falando a verdade. – É só que, quando você diz que nunca contou alguma coisa a ninguém, eu não quero ficar me perguntando se na verdade você contou a mesma história para umas dez garotas, dizendo todas as vezes, "Eu nunca contei isso para ninguém".

Ele abre a boca, e ela sabe que ele vai destroçá-la, destroçar isso aqui em farrapos que nunca mais poderão ser reunidos direito. Ele então empurra as mãos com força pelos lados da mandíbula e as une por trás da cabeça.

– Acho que não sei como lidar com isso – diz ele.

Selena espera. Ela não sabe que esperança pode ter.

– Eu devia ir embora. Nós podemos continuar a trocar mensagens de texto. Prefiro isso a tentar um encontro e ver tudo dar errado.

– Não é como se *tivesse* que dar errado – diz Selena, antes de saber que vai dizer isso.

– Hein? Estamos aqui há dois segundos, e olha só. Eu não deveria ter vindo.

– Você só está sendo dramático. Nós estávamos muito bem do lado de fora da festa. Só precisamos conversar um com o outro. Direito.

Chris olha fixo para ela.

– OK – diz ele, pouco depois. – Eu estava falando sério. Nunca falei da tal casa com ninguém.

Selena faz que sim.

– Viu? – diz ela. – Foi tão difícil assim? – Ela sorri para ele e recebe uma meia risada espantada. Chris solta o ar longamente e se descontrai.

– Sobrevivi.

– E você não precisa ir embora. Nada vai dar errado.

– Eu devia ter contado para você a verdade sobre o telefone. Em vez de...

– É, devia.

– ... agir como um canalha, e tudo o mais. Foi uma sujeira. Desculpa.

– Tudo bem – diz Selena.

– É mesmo? Tudo bem com a gente?

– Tudo bem com a gente.

– Putz. Ufa. – Chris faz um gesto exagerado de quem limpa a testa, mas está aliviado, sim. Ele se agacha para tocar na grama. – Está seca – diz ele, deixando-se cair e tocando num ponto ao seu lado.

– Eu não vou... – diz ele, quando vê que Selena não se mexe. – Quer dizer, não se preocupe, sei que você não... ou que nós não... *Caramba*. Não sei mais *falar*. Não vou tentar nada, OK?

Selena está rindo.

– Relaxa – diz ela. – Sei o que você está querendo dizer. – Ela se aproxima e senta ao lado dele.

Os dois ficam ali um tempo, sem falar, sem sequer olhar um para o outro, só se acostumando às suas formas na forma da clareira. Selena sente que as coisas ocultas vão se afastando, se raleando até não passarem de véus negros que você poderia furar com a ponta de um dedo, deixando no chão uma poça de sono inofensivo. Ela está a mais de um palmo de Chris, mas esse lado dela tem uma sensação agradável com o calor que emana dele. Chris está com as mãos unidas em torno dos joelhos – são como as mãos de um homem, largas, com os nós dos dedos fortes – e com a cabeça inclinada para trás para olhar o céu.

– Vou lhe contar mais uma coisa que nunca contei a ninguém – diz ele, baixinho, depois de um tempo. – Sabe o que eu vou fazer? Quando tiver idade suficiente, vou comprar aquela casa. Vou arrumar a casa inteira e convidar todos os meus amigos. Vou dar uma festa que dure uma semana. Música fantástica, muita bebida, haxixe e Ecstasy. E a casa tem tamanho suficiente para que as pessoas, quando ficarem cansadas, possam simplesmente entrar num dos quartos, dormir ali um pouco e depois voltar para a festa, certo? Ou se alguém quiser um pouco de privacidade ou só um pouco de silêncio, tem um monte de quartos vazios e o jardim inteiro. Não importa como você esteja se sentindo, não importa o que precise naquele momento, esse lugar vai ter para oferecer.

O rosto de Chris está luminoso. A casa brota no ar acima da clareira, com cada detalhe esculpido e tremeluzindo, cada canto vibrando e jorrando com a música e o riso de um dia futuro. Ela é tão real quanto eles.

– E nós todos vamos nos lembrar dessa festa pelo resto da nossa vida. Tipo, quando a gente estiver com 40 anos, com emprego e filhos, e a coisa mais empolgante que a gente fizer for jogar *golfe*, é nessa festa que a gente vai pensar quando precisar relembrar como é que a gente era.

Ocorre a Selena que Chris nem uma vez pensou que isso possa não acontecer. E se, quando ele tiver idade suficiente, os proprietários da casa não quiserem vender? E se ela tiver sido demolida para construírem um edifício de apartamentos? E se ele não tiver o dinheiro necessário? Nada disso passou pela cabeça dele. Chris quer a casa. Isso torna a compra tão simples e garantida quanto a grama por baixo das suas pernas. Selena sente uma sombra, como a de uma ave enorme, passar veloz pelas suas costas.

– Parece incrível – diz ela.

Ele se volta para ela, sorrindo.

– Vou convidar você – diz ele. – Não importa o que aconteça.

– E eu vou aceitar o convite – diz ela, esperando com todo o seu ser que os dois estejam certos.

– Fechado? – pergunta Chris, estendendo a mão para fechar o acordo.

– Fechado – diz Selena. E, como ela não tem como não fazer isso, estende a mão e aperta a dele.

Quando chega a hora de voltar, ele quer acompanhar Selena até o prédio do colégio, ver que ela entre em segurança pela janela, mas ela não permite. No instante em que eles começaram a falar na separação, ela sentiu que as criaturas nas sombras se mexiam e se levantavam, famintas. Sentiu que o vigia ficava inquieto: as pernas pedindo por uma caminhada no ar agradável da primavera. Se eles se arriscarem, vão ser apanhados.

Em vez disso, ela o deixa ficar olhando enquanto segue pelo caminho na direção da escola até não ser mais do que um borrão na paisagem mosqueada. Ela então dá meia-volta e fica imóvel sentindo as sombras se adensando às suas costas.

Ele está vibrando no centro da clareira, a ponto de explodir. Quando dá um salto, é com a cabeça jogada para trás e com um soco para o alto. E ela ouve o sopro da respiração dele, baixo e exultante. Ele volta ao chão com um sorriso largo, e Selena percebe que está retribuindo o sorriso. Ela assiste enquanto ele desce da encosta para o caminho, em grandes passadas, para não esmagar os jacintos que estão brotando, e segue na direção do portão dos fundos, correndo como se não conseguisse manter os pés no chão.

Na última vez, foi ele que tocou nela, antes que ela percebesse que ia acontecer. Dessa vez, ela estendeu a mão para tocar nele.

Selena está pronta para o castigo. Ela imagina que as outras estejam bem acordadas, sentadas na cama quando ela entrar sorrateira no quarto, três pares de olhos jogando-a de volta contra a porta; mas elas estão num sono tão profundo que mal se mexeram desde que ela saiu... o que parece ter sido noites atrás. Ela passa o dia seguinte inteiro esperando ser chamada ao gabinete de McKenna, para que o vigia noturno possa dizer, *É, é essa aí*, mas a única vez que vê a diretora, McKenna está passando por um corredor com seu meio sorriso majestoso, de uso geral. Num cubículo do banheiro, ela tenta ver se ainda consegue fazer bruxulear as luzes; se seu anel de prata ainda gira acima da palma da mão. Isso ela faz sozinha, para que as outras não vejam seu insucesso e adivinhem o motivo; mas tudo funciona perfeitamente.

Depois, ela se dá conta de que vai ser menos óbvio do que isso, mais indireto: um golpe vindo de lado, quando ela não estiver preparada. Um telefonema para lhe dizer que a família de algum modo perdeu todo o dinheiro e que ela terá de sair do Kilda. Seu padrasto perde o emprego, e todos eles precisam emigrar para a Austrália.

Ela tenta sentir culpa, por qualquer que seja o motivo, mas não sobra espaço em sua cabeça. Chris está iluminando cada canto. Seu riso, ficando mais agudo do que se esperaria de alguém com a voz tão grave, de repente faz com que ele pareça jovem e travesso. O toque de dor (*Quando as coisas não estavam legais em casa*) arrancando um pedaço de toda a sua cuidadosa máscara de alegria, tornando seu rosto tenso e fechado. Os olhos dele semicerrados diante do luar, o movimento dos seus ombros quando ele se inclina para a frente, o cheiro dele, Chris está em todos os momentos. Ela não consegue acreditar que as outras não sentem nela esse sabor ardido, de canela; não veem que ele se espalha a partir dela como uma poeira dourada cada vez que ela se mexe.

Não há nenhum telefonema. Ela não é atropelada por um caminhão. Chris está lhe mandando uma mensagem de texto: *Quando?* Na vez seguinte que Selena e as outras vão à clareira, ela lança um pensamento para a lua: *Por favor, faça alguma coisa comigo. Ou eu vou me encontrar com ele de novo.*

Silêncio, frio. Ela entende que Chris é uma luta sua. Ninguém vai resolver o assunto por ela.

Vou lhe dizer que não podemos mais nos encontrar. Vou lhe dizer que ele estava certo e que nós devíamos só trocar mensagens de texto. Só pensar nisso já tira o fôlego de Selena, como água gelada. *Se ele não concordar com isso, vou parar de mandar mensagens de texto para ele.*

No seu encontro seguinte, num silêncio relvoso e sem luar, entre dois segredos, ela segura a mão dele.

19

Fomos até a porta do quarto e ficamos olhando Selena seguir pelo corredor e chegar em segurança aonde ela deveria estar. A cantoria tinha terminado. Quando Selena abriu a porta da sala de convivência, o silêncio saiu por ali, denso e quebradiço, vibrante.

Conway ficou olhando a porta se fechar.

— E aí – disse ela –, você acha que o Chris a estuprou?

— Não tenho certeza. Se me forçassem a responder, eu diria que não.

— Eu também. Mas houve mais alguma coisa no rompimento do que o que ela está dizendo. Quem dá o fora num cara porque eles se beijaram? Que tipo de razão é essa?

— Quando conseguirmos esses textos, pode ser que eles nos digam alguma coisa.

— Se o cara da Sophie foi pra casa jantar, juro que vou pegar o endereço dele e ir atrás do sacana. – Duas horas antes, isso teria dado a impressão de que ela estava falando sério. Agora era só um pitbull automático, exausto demais para morder de verdade. Ela olhou no relógio: quinze para as sete. – Caramba. *Vamos.*

— Mesmo que o Chris não tenha estuprado a Selena, alguém poderia ter achado que isso aconteceu – cometei.

— É. Eles desmancham, ela fica toda perturbada, chorando lá com seus unicórnios. Uma das amigas sabe que ela estava se encontrando com o Chris, imagina que ele fez alguma coisa com ela...

— Ela acha que uma das amigas matou o Chris – disse eu.

— É. Ela não tem certeza, mas acha, sim. – Dessa vez, Conway não estava andando para lá e para cá. Em vez disso, deixou-se encostar na parede do corredor, com a cabeça para trás, tentando massagear o pescoço para expulsar a tensão do dia. – O que significa que ela está de fora. Não oficialmente, mas de fora.

– Mas ela não está *do lado de fora* – disse eu. – Ela está... – Aquela força de sorvedouro de Selena, coisas girando em torno do seu eixo, eu não sabia como pôr isso em palavras. – Quando tivermos a história, ela vai estar nela.

Falando como um idiota e bem diante de um membro da divisão de Homicídios, mas Conway não estava debochando. Estava concordando em silêncio.

– Se ela estiver certa e tiver sido uma das amigas que cometeu o crime, foi por causa de Chris e Selena. De um modo ou de outro.

– É o que ela pensa também. Pelo menos uma das amigas tomou conhecimento do que estava rolando entre ela e o Chris, e não gostou. E a Selena sabia que as outras não gostariam; foi por isso que ela não lhes contou nada, pra começo de conversa. – Encostei à parede ao lado de Conway. A exaustão dando sinais em mim também: a parede parecia oscilar. – Vai ver que elas sabiam que ele era um galinha e acharam que acabaria magoando Selena. Vai ver que ele fez alguma sujeira com uma delas... só por acaso, como a história que Holly nos contou... e com isso ele se tornou o inimigo. Vai ver que uma delas estava a fim dele. Vai ver que uma delas já tinha estado com ele antes naquele ano.

– OK – disse Conway. Virou o pescoço e se encolheu de dor. – E se a gente as chamar de novo, uma a uma. Dizemos que achamos que foi Selena, que estamos nos preparando para prendê-la. Isso deveria abalar as outras.

– Você acha que, se uma delas for a culpada, ela vai confessar só para tirar a Selena do sufoco?

– É até possível. Nessa idade, a autopreservação não é a maior prioridade. Como estávamos dizendo antes: nada importa tanto quanto seus amigos. Nem mesmo sua vida. Você praticamente está *à procura de* uma boa razão para se sacrificar.

Uma pulsação dolorida na base do meu pescoço e na dobra dos cotovelos, lugares onde as veias passam bem junto da superfície.

– Isso vale para os dois lados. Se uma confessar, não quer dizer que foi ela.

— Se elas todas quiserem dar uma de Espártaco, juro que vou levar a sério. Prendo a galera inteira. Os promotores que descubram a verdade. – Conway pressionou os globos oculares com a base dos polegares, como se não quisesse mais ver o corredor. Já estávamos ali havia tempo suficiente para o lugar começar a parecer familiar, de um jeito meio falho, como alguma coisa que se viu num DVD defeituoso ou quando se estava chapado demais para enxergar direito. – Vamos falar com as três assim que tivermos esses textos completos. Quero alguma pista do que aconteceu entre o Chris e a Selena: o rompimento e depois. Viu a cara dela quando leu aqueles registros de mensagens? Aqueles, pouco antes do assassinato?

— Espantada – disse eu. – Me pareceu um espanto real.

— Você acha que tudo parece real. Como conseguiu chegar até aqui... – Ela não tinha energia para continuar. – Mas pareceu mesmo. A Selena não esperava ver todas aquelas mensagens de texto. Ela poderia ter pirado e se esquecido delas. É sonhadora o suficiente para isso, e ela mesma diz que não tem lembranças muito claras daquelas duas semanas. Ou então...

— Ou então alguma outra pessoa sabia desse celular e o usou para enviar algumas daquelas mensagens de texto.

— É – disse Conway. – Joanne deve ter concluído que Selena tinha um celular especial para o Chris, como ela também tinha tido. Julia deve ter sacado, também, já que ela sabia do celular de Joanne. E você viu Selena se fechar quando eu perguntei se tinha encontrado o celular na posição errada? Alguém estava sabendo, sem dúvida.

— Precisamos do texto dessas mensagens – disse eu. – Mesmo que não estejam assinadas...

— E não estarão.

— É provável que não. Mas pode ser que alguma coisa nos dê uma pista de quem as escreveu.

— É. E eu quero identificar as outras garotas com quem Chris trocava mensagens de texto, antes de se ligar em Selena. Se alguma outra das nossas oito estiver na lista, as coisas vão ficar interessantes, principalmente se foi com ela que ele andou enganando Joanne. Posso apostar que os celulares especiais nunca foram registrados, mas a gente pode ter sorte, descobrir um nome em algum lugar nos textos, ou poderia haver alguma coisa nas fotos que elas enviavam, se for possível recuperar as fotos. Qualquer garota com o cérebro de uma ameba teria recortado o rosto da foto, mas vou apostar que pelo menos uma tenha sido idiota. E alguém poderia ter um sinal no peito, uma cicatriz, alguma coisa que a identificasse.

– Tudo bem se eu deixar essa parte com você? – disse eu.

Conway ainda estava com as mãos nos olhos, mas eu vi sua boca se contrair no que poderia ter sido um sorriso, se ela estivesse menos exausta.

– Eu olho as fotos das meninas; você olha as do Chris. Ninguém vai precisar apagar essas imagens do próprio cérebro.

– Tomara.

– É. – O sorriso tinha sumido. – OK. Vou pedir a McKenna para deixar essa turma sair ao ar livre um pouco. Já que prometi à Selena. – Eu tinha me esquecido. – Depois vamos até o refeitório ver se conseguimos alguma coisa para comer, enquanto esperamos o cara da Sophie resolver meter a mão na massa. Bem que eu podia derrubar um hambúrguer gigante.

– Eu, dois.

– Dois, com fritas.

Nós estávamos nos endireitando, alisando a roupa, quando ele chegou: um zumbido do bolso de Conway.

Ela agarrou o celular de pronto.

– Os textos. – Ela estava com as costas eretas, alerta como de manhã, toda a exaustão jogada para longe como um casaco molhado. – Ah, isso mesmo. Vamos em frente. Juro por Deus que eu me casaria com a Sophie.

Esse anexo era ainda mais longo que o anterior.

– Sente-se para isso – disse Conway. – Logo ali. – Ela mostrou com o queixo o nicho na janela na outra ponta do corredor, entre as duas salas de convivência. A janela estava num tom luminoso de roxo, um crepúsculo que dava a impressão de trovões. Nuvens ralas passavam, inquietas.

Subimos no peitoril e nos sentamos bem juntos. Começamos no início do anexo, rolando rápido, tentando prestar atenção às primeiras mensagens. Crianças na manhã de Natal, sem conseguir pensar em mais nada, a não ser no embrulho grande e reluzente que estávamos deixando para o final. O silêncio retumbando diante de nós, a partir das portas dos dois lados.

Muita paquera. Chris elogiando, *Vi vc no Palácio hj, vc tava linda;* a garota se fazendo de tímida, *Ai MDS não acrdito q vc me viu tão horrível,* meu cbelo tava 1 lixo, kkk; Chris respondendo na lata, *Não tava olhndo pro cbelo, não cm seu peito nquele top :-D*. Quase dava para ouvir o grito estridente da garota: *Vc é tão imundo!*

Um pouco de drama: alguma garota arrogante e nervosa, *Não escute o q outros dissrem sbre sexta de noite. Eles não estvm lá! Qquer 1 pde invntar o q qser ms só nós 4 estavmos lá. Se qser sber a vrdade, PERGUNTA PRA MIM!!!* Montes de mensagens marcando encontros, mas todos adequados, em sua maioria depois da escola, no shopping center ou no parque; ninguém saía escondido de noite, não naquela época. Uma mensagem de corrente: *Se você ama sua mãe, reenvie esta mensagem para 20 pessoas. Uma garota ignorou o aviso, e 30 dias depois sua mãe morreu. Desculpa, mas não posso deixar pra lá porque amo minha mãe!*

Você se esquece de como era. Você juraria por tudo neste mundo que nunca vai se esquecer, mas ano após ano as lembranças vão se afastando. Como sua temperatura estourava o termômetro, seu coração disparava a toda a velocidade e nunca precisava descansar, tudo estava afinado num tom quase capaz de estilhaçar o vidro. Como querer alguma coisa era como morrer de sede. Como sua pele era fina demais para manter lá fora qualquer uma das milhões de coisas que passavam em enxurrada; como todas as cores entravam em ebulição forte o suficiente para escaldar você. Como qualquer segundo de qualquer dia podia levar você às alturas ou destroçá-lo em farrapos ensanguentados.

Foi nessa hora que eu realmente acreditei, não como uma hipótese sólida de detetive, mas bem nas minhas entranhas: uma adolescente poderia ter matado Chris Harper. Tinha matado Chris Harper.

Conway tinha captado também.

– Puta merda. Quanta *energia*.

– Você chega a sentir falta disso? – perguntei antes de perceber que ia falar.

– De ser adolescente? – Ela olhou para mim, as sobrancelhas se unindo. – Não mesmo. Todo esse drama, deixar sua cabeça se arrasar por alguma coisa que você nem vai lembrar daqui a um mês? Que desperdício!

– Mas tem alguma coisa ali – disse eu. – Alguma beleza.

Conway ainda estava olhando para mim. O penteado apertado daquela manhã já estava se afrouxando, mechas lustrosas se soltando do coque para cair na frente da orelha, e o terno bem cortado estava enrugado. Deveria tê-la deixado mais agradável, mais feminina, mas não deixava. Aquilo fazia com que ela parecesse uma caçadora, uma lutadora, desarrumada depois de um round de uma briga de rua.

— Você gosta da beleza — disse ela.

— Gosto, sim. — Como ela não disse nada: — E?

— E nada. Boa sorte. — Ela voltou para o celular.

Fragmentos de papo de namoradinhos, pra lá e pra cá: *Não dá pra esprar pra ver vc d novo. Ontm cm vc FOI DEMAIS. Vc é diferente, sabia?*

— Eca — disse Conway. — Que descanse em paz e tudo o mais, mas como ele era asqueroso.

— Ou ele queria acreditar no que dizia — disse eu. — Queria encontrar alguém por quem tivesse aquele tipo de sentimento.

Conway bufou.

— Certo. Um carinha sensível, o nosso Chris. Está vendo essas?

Uma garota, já em outubro, tinha ficado arrasada quando Chris lhe deu o fora. A outra entendeu a mensagem rapidinho, respondeu depressa com um *Vá se foder* e seguiu adiante. Mas a tal arrasada? Uma avalanche de mensagens, implorando por respostas. *É pr causa dqla vez no parqe???... É prq seus amgos não gstm de mim?... Alguém andou esplhndo ffocas sbre mim?... Pr fvr, pr fvr, dxo vc em paz, ms só prciso saber...*

Chris nunca respondeu.

— É — disse Conway. — Só um pobre coração solitário, à procura de amor.

Nenhum nome, mas seria necessário identificar a garota. Nenhum nome em canto nenhum. *Ai MDS vc viu Amy cair do skt de bnda no chão? Achei que ia mrrer de tnto rir!* E foi só esse nome.

Conway estava certa quanto às fotos: nada de gatinhos fofinhos.

Chris: *Me manda uma foto :-D*

Outra garota que precisávamos encontrar: *Vc já sabe como eu sou kkk*

Chris: *Vc sabe o q qro dzer :-D Preu ter 1 csa boa pra pnsar até a gnt c vr d novo*

Nm pnsar!!! E a foto pssar pelo Columba inteiro?? Helloo! Não qro não.

Chris: *Ei, eu NUNCA ia fzer isso. Achei q vc me cnhecia mlhor. Se acha q sou tão crtino, vai vr q devíamos parar pr aki.*

Ai MDS eu tava só brcndo! Dsclpa, tá? Foi mau. Não foi isso o q eu quis dzer. Sei q vc não é 1 crtino :-(

Chris: *OK só achei q logo vc dvia saber q não sou dsse jeito. Achei q vc cnfiava em mim.*

E cnfio ttalmente!! [anexo: arquivo .jpg]

– É isso aí, Chris – disse Conway. Irônica, mas a emoção subjacente me fez olhar para ela. – Ele não só consegue suas fotos de peitinhos; também recebe um pedido de desculpas da garota por não mandar as fotos mais rápido.

– É, o cara era bom, mesmo.

– Sempre conseguia o que queria, foi o que a Julia disse.

– Mesmo assim – disse eu –, ele podia estar dizendo a verdade para essa garota. Pelo menos, acerca de guardar as fotos para si. Algum dos amigos mencionou essas fotos, no ano passado?

– Não. Até parece. Na frente do padre Fulaninho? "É, o Chris estava repassando fotos de peitinhos de menores de idade. Agora, por favor, me expulse e mande me prender por pornografia infantil, muito obrigado..."

– Eles poderiam ter feito isso, se tivessem sacado que uma das garotas poderia tê-lo matado por esse motivo. Chris era amigo deles. Pode ser que eles não dissessem isso na frente do padre Fulaninho, mas bastava uma mensagem anônima para você, um e-mail, sei lá o quê. E você disse que o Finn Carroll não era nada bobo.

– E não é. – Conway estalou a língua nos dentes da frente. – E ele e Chris eram íntimos o suficiente. Se o Chris estivesse compartilhando as fotos, o Finn as teria visto. Por que o Chris ia guardar as fotos só para si?

– Selena disse que ele era complicado – comentei.

– É, as garotas sempre acham que os canalhas são *muito* complicados. Surpresa, meninas, eles são só canalhas. – Conway estava trabalhando na tela de novo. – Se ele não compartilhou as fotos, não foi porque bem no fundo ele era realmente um cavaleiro protetor de donzelas. Foi porque concluiu que as garotas poderiam descobrir, e com isso ele perderia acesso ao seu estoque de material para punhetas. – Ela segurou o celular entre nós dois. – Chegamos. Joanne.

Joanne começou exatamente como todas as outras. Chris fazendo-se de atrevido, vendo até onde podia chegar, Joanne cortando seu barato e adorando tudo aquilo. Montes de encontros. Ele recebeu fotos dela, mas ela o fez se esforçar por elas: *Diz pr fvor. Agora diz mto, mto pr fvor. Bom menino kkkk agora me mnda 1 foto de 1 csa legal q vc quer cmprar pra mim. Agora me mnda 1 foto do lgar onde vc gstaria d me lvar nas férias...* Dava para ver Joanne reunida com as amigas, dando risinhos, enquanto resolvia qual seria a exigência seguinte.

– Caramba – disse Conway, encolhendo os lábios. – Que vaquinha mais mandona. Por que ele não lhe deu um chute logo nessa hora? Tinha muitos outros peitinhos à solta por aí.

– Talvez ele gostasse de um desafio – disse eu. – Ou talvez Joanne estivesse certa, e ele estava realmente a fim dela.

– Certo. O Chris mais uma vez com toda a sua complexidade. Ele não estava tão a fim dela assim. Olha só.

Fotos, mais paqueras, mais encontros, papo meloso ficando ainda mais meloso. E então Joanne começou a forçar a barra para tornar público o namoro – *Mal psso esperar pla fsta de Natal!!! Pdemos pedir ao DJ q toque nssa msica... Não me imprto se irmã Cornelius nos explsar da psta de dnça kkk <3 <3 <3* – e o Chris sumiu.

Joanne: *Ei, onde vc estva hj d trde? Nós íamos nos encntrar!*

Joanne de novo: *Vc viu mnha msg?*

Hello?? Chris, o q tá acntcendo??

Só procê saber q eu tnha plnejado 1 csa espcial pro finde... Se qser saber, me mnda 1 msg rapdinho ;-)

Se alguém disse algma csa procê, trate de se prgntar POR QUÊ... Mta gnte morre de invja de mim... achei q vc não era burro de cair numa dessas

Me dsculpe, ms não deixo nnguem me trtar assim... Não sou 1 piranha idiota q vc pd trtar d qqer jeito... Se vc não me rspnder até as 9, tudo ACABADO entre nós!!!

Qr q eu cnte pra td mndo q vc é gay?? Vou fzer isso.

Surpresa! Eu ia lhe dar 1 chute na bnda msmo. Vc não sabe beijar... e eu não transo com caras de pau pqnininho!!! Vc me dá vntde d vmtar. Tomara q pegue aids d alguma vagaba.

Chris, se vc não rspnder e pedir dsclpas VAI SE ARREPENDER. Espero q estja lndo isso cm atnção prq vc cmeteu 1 erro ENORME... Não me imprto qnto tmpo leve, VC VAI SE ARREPENDER.

OK, foi vc q pediu. Tchau.

– Agora isso é que é um ataque de pelanca – disse Conway.

Joanne mais uma vez. Motivo, oportunidade e agora disposição mental.

– Isso foi cinco meses antes que o Chris fosse assassinado. Você acha que ela ia guardar rancor tanto tempo?

– "Não me importo quanto tempo leve"... – disse Conway, dando de ombros. – Pode ser que não. Pode ser que sim. Você ouviu Joanne: a história ainda incomoda, e já faz um ano e meio.

Eu ainda não via Joanne num arvoredo à meia-noite com uma enxada na mão. Pela expressão no seu rosto, Conway também não.

– Alguma possibilidade de ela conseguir que outra pessoa se incumbisse da tarefa para ela? – perguntei.

Conway fez que não, entristecida.

– Eu estava pensando a mesma coisa. Somos uns gênios... Mas duvido. Teria de ser uma das amigas. Se ela tivesse transado com um cara para ele cometer o crime, ele nunca teria conseguido ficar de bico calado todo esse tempo. E quem? Alison teria se enrolado toda. Orla, idem. E mesmo que de algum modo elas tivessem conseguido fazer o que era necessário sem serem apanhadas no dia seguinte, a esta altura já teriam deixado escapulir alguma coisa. Gemma poderia ter cometido o crime e mantido a boca fechada, mas Gemma é muito esperta e tem uma noção saudável de autopreservação. Ela não toparia, pra começo de conversa.

– Alguma da galera da Holly poderia topar – disse eu.

– Chantagem – disse Conway, com as sobrancelhas subindo.

– É. Joanne tinha aquele vídeo. Poderia ter provocado a expulsão de Selena, provavelmente das outras três, também.

– Não sem ser expulsa ela também.

– Claro que poderia. Bastava pôr o vídeo num cartão de memória e enviá-lo para McKenna. Ou postá-lo no YouTube em algum fim de semana e mandar um e-mail para o colégio com o link. McKenna poderia ter um palpite sobre quem filmou o vídeo, mas não poderia provar nada.

Conway concordava em silêncio, pensando rápido.

– OK. Então Joanne pega o vídeo e leva para... quem? Não para Selena. Joanne é esperta o suficiente para não passar uma tarefa dessas para uma sonhadora como ela.

– E Selena não teria feito nada, de qualquer maneira – disse eu. – Ela estava louca pelo Chris; teria aceitado perfeitamente ser expulsa por causa dele.

– Certo. *Romeu e Julieta*, versão classe média. – Conway estava se concentrando demais para acertar o tom de indireta. – Se eu fosse Joanne, também não escolheria Rebecca.

– Não mesmo. Imprevisível demais; parece toda mansa, mas eu diria que ela teria maior probabilidade de perder a cabeça e mandar Joanne se foder do que aceitar ordens dela. E Joanne sabe avaliar as pessoas muito bem, ou não seria a chefona. Rebecca, não.

Silêncio, enquanto todo o resto pairava no ar, à espera. Conway falou, quando viu que era preciso:

– Joanne disse que teve um papo com Julia e lhe disse para fazer Selena desistir. Pode ser que não tenha sido só isso que ela lhe disse para fazer.

Julia. Aqueles seus olhos, vigilantes. Seu jeito de pular para proteger Selena. A violência da sua imobilidade quando ela viu aquele cartão-postal.

– Julia sabia do celular secreto de Joanne – disse Conway. – Não vejo motivo para Joanne lhe passar essa informação. A não ser que fosse para lhe mostrar o que procurar.

O silêncio voltou maior e mais forte. Ele falava por nós: nenhum de nós dois queria que fosse ela.

– Julia não ia cair nessa. Ser expulsa não é o fim do mundo.

– Pode ser que não fosse lá de onde a gente vem. Mas é para a maioria desse pessoal. Você precisava ver a expressão no rosto dos caras do Columba quando souberam que Finn Carroll foi expulso. Parecia que ele tinha *desaparecido*, desaparecido como se nunca mais eles fossem vê-lo. Praticamente ficaram tão chateados com o que houve com ele quanto com o que aconteceu ao Chris. Sabe o que eles acham? Colégios como este são o mundo civilizado inteiro. Lá fora, é a selva. Adolescentes drogados, mutantes de vagabundos, vendendo os rins da gente no mercado negro.

Eu podia entender isso. Não disse a Conway, mas dava para entender com perfeita clareza. Ser expulso de um lugar desses daria a sensação de ser jogado por cima de um muro para um monte de entulho enegrecido e um ar só de fuligem. Tudo perdido. Tudo o que era dourado e iluminado, tudo o que era sedoso, tudo o que era entalhado em arabescos delicados para acolher a ponta dos seus dedos, tudo o que era feito para soar em harmonias suaves, espaçosas: tudo perdido. E uma espada flamejante posta ali para impedir sua volta para sempre.

Conway encostada à parede, olhando para mim de esguelha, através das mechas soltas do cabelo de guerreira. Um olhar sombrio, por trás de pálpebras semicerradas.

– Vamos ver o resto – sugeri.

As mensagens de texto entre Chris e Selena começaram no dia 25 de fevereiro, e eram diferentes. Nada de paquera, nem de conversa sexy, nenhuma engambelação com pedidos de fotos. Nada daquela sensação veloz e febril.

Oi.

Oi.

Foi só isso, a primeira conversa entre eles. Só um sentindo a presença do outro.

Ao longo dos dois dias seguintes, eles começaram a contar coisas um para o outro. A turma de Chris tinha criado algum tipo de dispositivo que emitia um bipe a intervalos aleatórios, colaram o troço debaixo de uma carteira e ficaram olhando o professor de irlandês se enfurecer. A turma de Selena, para bagunçar a cabeça de Houlihan, tinha avançado as carteiras aos centímetros, de modo tão gradual que não daria para perceber, até a professora ficar praticamente presa encostada ao quadro-negro. Histórias sem importância, para fazer o outro rir.

E então – com cuidado, passo a passo, como se tivessem todo o tempo do mundo – passaram para assuntos pessoais.

Chris: *E nsse fds fui pra casa e mnha irmã tnha cortdo o cabelo nma dssas frnjas d emo. Q q eu faço?*

Selena: *Dpende, fcou lgal?*

Chris: *No fndo, não fcou feio... ou não fcaria se ela tvsse ido ao cblreiro em X de cortar sznha cm tsourinha d unha :-0*

Selena: *KKKK! Então leva ela ao cblreiro pra crtarem direito!*
Chris: *Eu até pdia fzer isso msmo :-D*

Mensagens trocadas a altas horas da noite, com erros de digitação, às pressas no banheiro ou às cegas debaixo das cobertas. A irmã de Chris adorou o corte profissional. Ele e os amigos beberam demais na festa do irmão de alguém, gritaram insultos para alguma garota no caminho de volta para casa. De manhã Chris se sentiu culpado por isso (*Tãããão complicado*, dizia o revirar de olhos de Conway, *que criatura mais sensível*). Selena queria que seu pai e sua mãe se falassem quando um a deixava na casa do outro. Chris queria que os dele parassem de falar, porque sempre acabavam aos berros. Chris e Selena estavam se aproximando.

Aprendendo a se aproximar mais.

Chris: *Nda d intlgnte a dzer, só tva pnsndo em vc*
Selena: *Loucura, eu ia cmçar um txto pra dzer q tva pnsndo em vc*
Chris: *Pra ser frnco, não é 1 coincdncia tão grnde pq pnso mto em vc*
Selena: *Não fala dsse jto*
Chris: *Eu sei, dsclpa. Ms tou falando srio. É só q sai parecndo falso.*
Selena: *Então não diz nda. Vc sabe q não prcisa dzer csas pra mim, certo?*
Chris: *Sei. Não qro q vc pnse q isso não tm imprtncia pra mim*
Selena: *Não vou pnsar. Prmeto.*

Nada de parecido com as paqueras de Chris, palavras desgastadas de roteiros de televisão, com um espaço vazio por trás. Isso aqui era outra coisa: a vida real, confusa, emocionante, com o roteiro jogado fora. Texto meloso, coisas que só se dizem uma vez na vida, coisas que fazem você se encolher de medo e que partem seu coração.

— Você acha que ele está fingindo? — perguntei. Recebi aquele olhar semicerrado e sombrio mais uma vez, e nenhuma resposta.

Então, de Chris: *Qria pder cnvrsar cm vc direito. Isso aqi é ridículo.*
Selena: *Eu tmbm qria*
Chris: *A gnte pdia se encntrar dpois ds aulas no cmpo ou no parqe?*
Selena: *Não ia ser a msma coisa. Cmo a gnte já falou. E alguém podia nos ver*
Chris: *Então em outro lgar. A gnte pd prcurar um café pro outro lado*
Selena: *Não. Mnhas amigs iam qrer saber aond estou indo. Não vou mntir pra elas. Isso aqi já tá errado.*

— Esse papo não é igual ao papo com Joanne e com as outras, em que Chris quer manter tudo por baixo do pano, e elas estão insistindo com ele para escancarar a relação. Selena também quer manter as coisas discretas.

— Como nós dissemos: ela sabe que pelo menos uma da sua galera não ficaria feliz.

— Julia sabia que o Chris era safado. E Holly também não gostava nem um pouco dele.

Na segunda semana de março, Chris encontrou a solução. *Advnha só. Finn dscbriu 1 jto pra gnt sair d noite. Se vc inda puder sair, tá a fim d 1 encntro? Não qro arrumar prblma pra vc, ms ia adorar ver vc*

Um dia de silêncio enquanto Selena tentava decidir. E então:

Eu tmbm ia adorar. Tem q ser tarde tipo 00:30. Nos encntrmos no prtão ds fdos do Kilda e pdmos prcurar 1 lgar pra cnvrsar.

Chris, rápido e esfuziante: *Bleza!!! Quinta?*

Selena: *OK quinta. Te mndo 1 msg se não puder sair. Se não mndar, nos vemos lá*

Tou louco pra chegar a quinta :-)

Eu tmbm :-)

Os encontros começaram, e as mensagens mudaram. Ficaram mais curtas, em menor quantidade e com menos conteúdo. Nada de histórias, nada de família e amigos, sentimentos profundos e devaneios: *Oi :-) – Hoje msma hora msmo lgar? – Não psso, quinta? – Crto, nos vemos então.* Só isso. A emoção de verdade tinha se tornado grande demais e poderosa demais para caber em pequenos retângulos iluminados. Tinha adquirido vida.

Barulho da sala de convivência do quarto ano, sequência de baques como uma pilha de livros desmoronando. Conway e eu nos viramos rápido, preparados, mas o ruído acabou sumindo por trás de uma explosão de risadas, que se espalhou como salpicos de tinta colorida, jogada forte demais.

E então o trecho pelo qual estávamos esperando.

22 de abril, Chris e Selena combinam um encontro, exatamente como achávamos que seria. *Msma hora msmo lgar. Mal posso esperar.*

Naquela noite, o vídeo. O beijo.

No início da manhã de 23 de abril, Chris enviou um texto para Selena. *Vou me encrencar pq não cnsigo parar de sorrir :-)*

Antes das aulas, Selena respondeu. Texto homérico. *Chris prciso parar de me encntrar cm vc. Juro q não foi nda q vc fez. Pra cmeçar eu nunca dvia ter me encntrdo cm vc, mas achei msmo q a gnte pdia ser só amigos. Foi mta mta burrice mnha. Sinto mto mesmo. Sei q vc não vai entnder pq, mas se isso doer pra vc, pode ser q ajude vc sber q doi mto pra mim tmbm. Te amo (outra coisa q eu nunca dvia ter dito).*

— Que merda é essa que ela está dizendo? — perguntou Conway.

— Não me parece uma vítima de estupro — comentei.

Ela afastou o cabelo solto da frente do rosto com a base da mão, com força.

— Parece uma pirada das ideias. Estou começando a achar que Joanne e as outras estão com a razão a respeito dessa galera.

— E não parece que Selena queria um tempo para pensar, como nos disse. Do jeito que a mensagem seguiu, ela já tinha pensado em tudo.

— Por que cargas-d'água ela não devia sair com o Chris? Vocês estão tão apaixonados que começam a sair. A contar pro mundo inteiro. Simples. Qual é o *problema* com esse pessoal?

Chris respondeu depressa e enlouquecido. *PQP?!!!!? Selena o q tá acntcnedo??? Se não for Selena q está ai, CAI FORA. Se for, Selena, a gnte prcisa cnvresar. Msma hora msmo lgar??*

Nada.

Depois das aulas: *Selena se vc qer ser só mnha amiga, tdo bem. Achei q vc qria ou nem teria tntado, vc sabe. Pr fvor, pdemos nos ver hoje? Juro que nem toco em vc. Msma hora msmo lgar. Vou estar lá.*

Nada.

No dia seguinte ele estava de volta. *Esperei por vc cmo 1 idiota até as 3. Juro pr Deus q eu tria apstado mnha vida q vc iria. Ainda não cnsigo acrdtar que vc não foi.*

Umas duas horas depois: *Selena vc está decidida? Não tou entndndo. O q ACNTCEU? Se eu agi errado, faço o q vc quiser pra me dsclpar. Só me diz o q está acntcendo.*

Naquela noite: *Selena, vc tem que me rspnder.*

Nada.

Na quinta, 25 de abril, Selena finalmente manda uma mensagem para Chris. *1 da manhã. Lgar de cstume. NÃO rsponda. Só venha.*

— Essa — disse Conway, com uma batidinha na tela —, essa não é Selena.

— Não. Selena teria dito, "Msma hora msmo lgar", como sempre. E não há motivo para ela não querer que ele responda.

— Certo. Outra pessoa não queria que ele respondesse, para a eventualidade de Selena ver a mensagem.

— Ela não se preocupou com a possibilidade de Selena descobrir o texto? Uma noite Selena fica com um pouco de saudade, dá uma olhada nas velhas trocas de mensagens com Chris, e de repente pensa *Peraí, não me lembro de ter escrito isso.*

— Nossa Garota Misteriosa não deixa a mensagem no celular. Espera que ela seja enviada. Entra na pasta Enviadas e a exclui.

— Quer dizer — disse eu — que as mensagens da Selena depois do rompimento... o Chris não as estava ignorando porque estava emputecido com ela. Ele só estava fazendo o que mandavam.

— Parte do tempo, estava — disse Conway. — Mas não o tempo todo. Veja essa aqui.

Cinco dias mais tarde, 30 de abril, do celular de Selena para o de Chris: *Tou cm saudade. Tnho me esfrçado pra não escrver e não culpo vc se vc estver cm raiva d mim, mas queria q vc soubesse q tou cm saudade.*

— Essa é a Selena de verdade, de novo — disse eu. — Como ela nos disse, ela não conseguiu suportar a ideia de cortar relações de uma vez.

— Só que ele não tem nenhum problema para cortar relações de uma vez — disse Conway, secamente. — Ele não respondeu. Estava ignorando a Selena direitinho. O Chris não tinha conseguido o que queria, pelo menos dessa vez, e não estava feliz.

— Tem mais uma coisa nessa mensagem — disse eu. — Ela nos diz que a Garota Misteriosa não chegou a surrupiar o celular. Ela o usava quando precisava e depois o devolvia para o lugar no colchão de Selena.

Conway fez que sim.

— Joanne e sua turma não tinham esse tipo de acesso, mesmo que soubessem onde Selena guardava o celular. E como saberiam? Quem quer que tenha marcado aquele encontro dormia naquele quarto.

Quase uma semana depois, 6 de maio, alguém usando o celular de Selena enviou uma mensagem para Chris: *Estarei lá.* Sem resposta.

– Eles já tinham marcado o encontro – disse eu. – A Garota Misteriosa está só confirmando. Chris deve ter aparecido na semana anterior.

– É, mas daquela vez ele foi porque achou que ia se encontrar com Selena. Dessa vez, ele sabe que não vai. E está concordando do mesmo jeito.

– Por quê?

Conway deu de ombros, encostada à vidraça.

– Pode ser que a Garota Misteriosa diga que vai resolver as coisas entre ele e Selena, ou pode ser que ele ache que trepar com a amiga da Selena seria uma vingança maravilhosa. Ou pode ser que ele só ache que tem uma boa chance de obter mais fotos de peitos. Chris gostava de garotas, qualquer garota. Por esse lado, não há nenhum "porquê". A questão é por que essa garota está se encontrando com ele.

O longo dia de trabalho estava fazendo minha cabeça se movimentar como mingau, com fragmentos de pensamento levando uma eternidade para se encontrarem. O corredor que se estendia diante de nós parecia irreal, os ladrilhos vermelhos demais, as linhas compridas demais, alguma coisa que nunca íamos conseguir parar de ver.

– Se ela ia matá-lo – disse eu – por que não fazer isso de uma vez? Para que os encontros a mais?

– Para ganhar coragem. Ou tem alguma coisa que ela quer descobrir, antes de resolver se vai fazer o que se propõe: pode ser descobrir se ele de fato estuprou Selena. Ou ela não planeja matar o Chris, não de início. Está se encontrando com ele por algum outro motivo. E então alguma coisa acontece.

De Selena para Chris, 8 de maio, tarde da noite: *Não quero que a gente fique assim pra sempre. Pode ser que seja 1 burrice total, mas tem que haver 1 jeito de sermos amigos. Só contar 1 com o outro até quem sabe, se vc não estiver com muita raiva de mim, a gente poder tentar de novo 1 dia. Não suporto pensar em nos perdermos 1 do outro totalmente.*

– Ela está louca para voltar para ele – disse Conway. – Pode falar o que quiser em relação a serem apenas amigos. O que ela quer mesmo é voltar.

– Ela disse que foi salva disso – comentei. – Era isso o que ela queria dizer. Se o Chris tivesse respondido, ela não teria a menor condição de manter a linha dura e não se encontrar com ele. Eles teriam voltado a se ver dentro de umas duas semanas. Vai ver que esse era o plano da Garota Misteriosa: manter os dois separados.

— Se você fosse uma adolescente — disse Conway — e quisesse manter o Chris afastado da Selena, não importa por que motivo; e você tivesse bastante certeza de que ela não tinha transado com ele; e você soubesse como o Chris era...

Silêncio, e o longo trecho vermelho do corredor, com os ladrilhos oscilando, causando náuseas.

— Ele trazia um preservativo.

— Não era Rebecca. Ela não teria essa ideia.

— Não.

Julia teria pensado nisso.

13 de maio: *Estarei lá.*

14 de maio, Selena mais uma vez. *Não se preocupe. Sei que vc não vai responder. É só que gosto de falar com vc de qualquer maneira. Se quiser que eu pare, me diz que eu paro. Se não, vou continuar a escrever. Hoje tivemos uma substituta na aula de matemática. Quando ela sorria, parecia Chucky o brinquedo assassino. Cliona se enrolou e chamou a professora de sra Chucky, e nós quase morremos de rir :-D*

Rebobinando o filme, de volta às pequenas histórias contadas só para rir, tentando trazer o Chris com ela para um lugar seguro.

— Por um tempo — disse eu —, a Garota Misteriosa consegue convencer o Chris a se manter afastado da Selena. Não seria difícil: ele está puto com ela, de qualquer maneira e, se a Garota Misteriosa está lhe dando alguma coisa que Selena não estava... Mas Selena não para de mandar mensagens de texto para ele. Se ele gostava dela, se aquilo era para valer, esses textos tinham que mexer com ele. Depois de um tempo, não faz diferença o que a Garota Misteriosa está lhe proporcionando. O Chris quer a Selena de volta.

— E a Garota Misteriosa tem que criar um novo plano.

16 de maio, 9:12. A manhã antes da morte do Chris.

Do celular de Selena para o de Chris: *Vc pode vir hj d noite? Uma, na clareira dos ciprestes?*

16:00 — ele deve ter olhado as mensagens depois das aulas. Do celular de Chris para o de Selena: *OK.*

Quem tinha marcado aquele encontro tinha matado Chris Harper. Nós tínhamos espaço para uma dúvida ínfima: comunicação interceptada, coincidência. Não mais que isso.

— Adoraria saber com quem ele acha que vai se encontrar — disse Conway.

— É. Não é o dia habitual da Garota Misteriosa; também não é seu modo de agir. Dessa vez, ela pede uma resposta.

— Não é Selena. "Clareira dos ciprestes", Selena não teria dito isso. Aquele era o lugar deles. "Mesma hora mesmo lugar" é o que ela teria dito.

Selena estava mais uma vez excluída.

— Mas o Chris podia ter pensado que era ela — disse eu.

— Pode ser o que a Garota Misteriosa queria que ele pensasse. A essa altura, ela está planejando. Ela rompe a rotina para deixar o Chris intrigado, para se certificar de que ele irá. Corre o risco de que ele envie uma mensagem de resposta. Pode ser que ela tenha surrupiado mesmo o celular, dessa vez. Ela sabe que ninguém vai usá-lo de agora em diante.

A voz de Conway estava grave e controlada, áspera com o cansaço. Pequenos redemoinhos de ar farejavam em torno dela, curiosos, levando-a pelo corredor afora.

— Vai ver que Joanne está pondo pressão. Vai ver que ela está fazendo isso por iniciativa própria, por qualquer motivo que seja. Nessa noite, ela sai de mansinho, cedo, tira a enxada do galpão. Está usando luvas, logo nenhuma impressão digital. Vai para o arvoredo, se esconde por entre as árvores até Chris chegar. Quando ele está ali à toa na clareira, esperando que seu amorzão apareça, nossa garota o golpeia com a enxada. Ele cai.

O zumbido preguiçoso das abelhas hoje de manhã, há tanto tempo. Pompons de sementes em torno dos meus tornozelos, perfume de jacintos. Sol.

— Ela espera até ter certeza. Depois limpa a enxada e devolve ao lugar de onde a tirou. Tira o celular secreto do corpo de Chris e se livra dele. Também se livra do celular de Selena. Pode ser que faça isso naquela noite mesmo, pule o muro e os jogue numa lata de lixo; pode ser que os esconda em algum lugar na escola até a poeira baixar. Agora não resta nada que associe o crime a ela ou a suas amigas, talvez com exceção de Joanne, e Joanne tem cabeça suficiente para ficar de bico calado. Nossa garota volta para dentro do colégio. Vai dormir. Espera pela manhã. Preparada para gritar e chorar.

— Com 15 anos de idade — disse eu. — Você acha que qualquer uma delas teria esse sangue-frio? O assassinato, tudo bem. Mas a espera? Esse último ano inteiro?

— Ela fez o que fez pela amiga — disse Conway. — De uma forma ou de outra. Pelo bem da amiga. Isso significa poder. Você faz uma coisa dessas e se torna Joana d'Arc. Você passou pelo fogo. Nada pode derrubar você.

Um calafrio crescendo sombrio na minha espinha, como acontece quando o poder está por perto. Aquela pulsação de dor mais uma vez, no fundo da palma das mãos.

— Só que tem mais uma pessoa que sabe. E essa pessoa não passou pelo fogo pela amiga. Ela não tem esse tipo de coragem. Ela se agarra ao segredo o maior tempo possível, mas ele acaba sendo pesado demais. Ela não aguenta, faz o cartão-postal. É provável que ela realmente ache que ele não vá além daquele quadro de avisos, fofocas de corredor. A bolha de novo: se você está dentro dela, o que está do lado de fora não parece real. Mas a sua Holly já esteve do lado de fora. Ela sabe que ele existe.

Som vindo da sala de convivência do quarto ano, forte e súbito. O baque de alguma coisa pesada caindo no chão. Um berro.

Eu já estava me levantando do peitoril quando a mão de Conway me prendeu pelo bíceps. Ela fez que não.

— Mas...

— Espere.

Murmúrios como abelhas, crescendo e se eriçando.

— Elas vão...

— Deixe acontecer.

Um lamento, mais alto que o murmúrio, agudo e trêmulo. A mão de Conway apertou mais.

Palavras, um grito apavorado, truncado demais para se entender do outro lado da porta espessa. E então começaram os berros.

Conway já tinha descido e estava batendo o segredo na fechadura antes que eu me desse conta de que ela havia soltado meu braço. A porta se abriu para um mundo diferente.

O barulho foi um soco na minha cara, fez minha visão perder o prumo. Garotas já em pé, com as mãos e o cabelo voando. Eu as tinha visto através de mensagens de texto por tanto tempo, só tirinhas de pensamento atravessando a escuridão, que pareceu uma surpresa vê-las agora, reais e concretas. E nem um pouco parecidas com o que eu tinha visto antes, nem um pouco. Aquelas pérolas lustrosas, que nos espiavam e nos avaliavam com seu olhar frio e as pernas perfeitamente cruzadas, tinham desaparecido. Essas aqui estavam brancas e vermelhas, de boca aberta, procurando se agarrar umas às outras, essas eram criaturas selvagens.

McKenna estava gritando alguma coisa, mas nenhuma delas a ouvia. Guinchos estridentes eram lançados por elas como pássaros, que se batiam contra as paredes. Captei palavras, aqui e ali, *Estou vendo ele, ai meu Deus, meu Deus, estou vendo, é o Chris, o Chris, o Chris...*

Era na janela alta de guilhotina que seus olhares estavam fixos, aquela janela onde Holly e suas amigas estiveram sentadas uma hora ou duas antes. Agora vazia, voltada para um crepúsculo inexpressivo. As cabeças para trás, braços abertos para aquele retângulo, elas gritavam como se fosse uma alegria, um prazer físico. Como se fosse aquela única coisa que tinham estado morrendo de vontade de fazer, havia anos e anos, e agora tinha chegado a hora.

É ele, é ele, olha, meu Deus, olha... a história de fantasmas de Conway tinha surtido efeito.

Conway entrou direto. Seu alvo eram Holly e as amigas, bem juntas, encostadas num canto distante. Não estavam aos berros, não tinham perdido o controle, mas estavam de olhos arregalados. Holly, com os dentes fincados no antebraço; Rebecca encolhida numa poltrona, ofegante, com as mãos tampando os ouvidos. Se as pegássemos agora, poderíamos conseguir que falassem.

Fiquei onde estava. Para vigiar a porta, disse a mim mesmo. Para a eventualidade de alguém tentar sair dali correndo. No estado em que aquelas garotas se encontravam, uma delas podia fazer alguma bobagem, no poço da escada, antes que se percebesse, e aí nós teríamos um problemão...

Tudo cascata. Eu estava era com medo. A divisão de Casos Não Solucionados leva você a uns safados cruéis. Essas ali eram só menininhas, mas eram elas que me deixavam paralisado. Eram essas as que me farejariam cruzando a soleira da porta e se virariam, com as mãos para cima, vindo na minha direção numa onda de cabelos ondulantes e silêncio, para me despedaçar em milhares de nacos sangrentos, um para cada motivo que tivessem.

Ai, meu Deus, meu Deus...

A lâmpada do teto explodiu. Uma penumbra repentina; e lascas de vidro disparadas como flechas douradas, passando pela luz dos abajures de pé, mais uma rajada de gritos; uma garota grudando a mão no rosto, escuro como sangue nas sombras. Pela janela, uma claridade baça iluminava os rostos voltados para o alto, como o de adoradoras num culto.

De pé no assento de um sofá estava Alison, magricela e instável. Um braço descarnado esticado, com o dedo apontando. Não para a janela. Para as quatro da turma de Holly: Rebecca, com a cabeça para trás e os olhos arregalados; Holly e Julia tentando segurar os braços dela; Selena, de olhos vidrados, oscilando. Alison não parava de berrar, berros altos o suficiente para serem ouvidos acima de todos os outros:

– *Ela, foi ela. Eu vi. Eu vi. Eu vi...*

Conway virou a cabeça. Detectou Alison e procurou por mim feito louca. Nossos olhos se encontraram, e ela fez um gesto por cima do turbilhão de cabeças, berrando alguma coisa que não pude ouvir, mas pude ver: *Vem de uma vez!*

Respirei fundo e mergulhei no tumulto.

Cabelo açoitava minha bochecha, um cotovelo atingiu minhas costelas, uma mão tentou agarrar minha manga, e eu me livrei dela com um safanão. Minha pele saltava a cada toque. Unhas, ou por um segundo achei que fossem dentes, arranhavam minha nuca, mas eu estava me movimentando com rapidez, e nada se fincou em mim. E então o ombro de Conway estava encostado no meu como uma proteção.

Pegamos Alison por baixo dos braços e a tiramos de cima do sofá. Seus braços estavam rígidos, quebradiços, como pedaços de giz; ela não resistiu. Passamos com ela de volta através da confusão borbulhante e saímos pela porta antes que McKenna pudesse fazer qualquer coisa a não ser nos ver sair. Conway bateu a porta com um pé, depois que passamos.

O súbito silêncio e claridade quase me deixaram tonto.

Levamos Alison pelo corredor tão depressa que seus pés mal tocavam no chão e a largamos no patamar na outra ponta do corredor. Ela se deixou cair, numa pilha de braços e pernas, ainda aos gritos.

Rostos no poço branco da escada, se esticando pelas balaustradas circulares acima e abaixo de nós, boquiabertos. Anunciei numa voz grave e oficial.

– Atenção, por favor. Todas voltem para suas salas de convivência. Ninguém se feriu. Está tudo certo. Voltem para suas salas de convivência imediatamente. – Insisti até que os rostos se afastaram devagar e sumiram. Atrás de nós, McKenna ainda gritava. O nível do barulho estava aos poucos diminuindo, gritos começando a se desfazer em soluços.

Conway ajoelhou-se, bem junto do rosto de Alison. Agressiva como um tapa.

– Alison. Olhe para mim. – Estalando os dedos repetidamente, diante dos olhos de Alison. – Ei! Aqui mesmo. Em nenhum outro lugar.

– Ele está lá. Não deixem ele, por favor... não não não...

– Alison. Atenção. Quando eu disser "Já", você vai prender a respiração enquanto eu conto até dez. Pronta? *Já.*

Alison se interrompeu no meio de um berro, um ruído como um arroto. Quase me fez começar a rir. Foi aí que percebi que, se eu começasse, talvez não parasse. Os arranhões descendo pela minha nuca latejavam.

– Um. Dois. Três. Quatro. – Conway mantinha o ritmo com uma regularidade implacável, não fazendo caso do barulho que ainda vinha borbulhando pelo corredor. Alison olhava firme para ela, a boca fechada com força. – Cinco. Seis... – Uma onda de gritinhos na sala de convivência. Os olhos de Alison ziguezaguearam. – Ei. Atenção. Sete. Oito. Nove. Dez. Agora respire. Devagar.

A boca de Alison se abriu. Sua respiração era rasa e ruidosa, como se ela estivesse meio hipnotizada, mas os berros tinham sumido.

– Ótimo – disse Conway, tranquila. – Muito bem. – Seus olhos passaram por cima do ombro de Alison, na minha direção.

Simulei uma surpresa de desenho animado. *Eu?*

Chispa nos olhos de Conway. *Trate de se mexer.*

Foi minha conversa que tinha funcionado com Alison antes. Era eu quem tinha a melhor chance. A entrevista mais importante do caso, ou poderia ser, se eu não metesse os pés pelas mãos.

– Oi – disse eu, descendo suavemente para me sentar de pernas cruzadas no chão. Fiquei feliz com o pretexto: meus joelhos ainda estavam tremendo. Por trás de Alison, Conway foi se afastando de mansinho para um canto, alta, escura e destoando da parede branca e lisa. – Está se sentindo melhor?

Alison fez que sim. Estava com os olhos injetados, mais do que nunca com cara de camundongo branco. Suas pernas se projetavam em ângulos estranhos, como se alguém a tivesse deixado cair de um lugar muito alto.

Dei-lhe meu sorriso largo e tranquilizador.

– Isso é bom. Está se sentindo bem para falar, certo? Você não precisa da governanta, de mais antialérgico, nada desse tipo?

Ela fez que não. O caos no fundo do corredor tinha se reduzido a nada; McKenna finalmente estava com as alunas do quarto ano sob controle. A qualquer instante agora, ela ia sair à nossa procura.

– Beleza – disse eu. – Lá dentro, você disse que viu alguém da galera da Selena Wynne fazer alguma coisa. Você estava apontando para uma delas. Para qual?

Nós nos preparamos e esperamos, eu e Conway, para ouvir *Julia*.

Alison deu um pequeno suspiro.

– Holly – disse ela.

Fácil assim. Nos corredores acima e abaixo de nós, as garotas mais velhas e as mais novas tinham voltado para suas salas de convivência e fechado as portas. Não vinha o menor som de parte alguma, absolutamente nenhum. Aquele silêncio caiu delicado sobre nós, como neve, empilhando-se nos cantos, escorregando pelas nossas costas para se amontoar nas dobras das nossas roupas.

Holly era filha de policial. Holly era minha testemunha principal. Foi ela que me trouxe aquele cartão. Mesmo depois de eu tê-la visto aqui, imersa no seu próprio mundo, de algum modo eu ainda tinha achado que ela estava do meu lado.

– Certo – disse eu. Tranquilo e descontraído, como se não fosse nada, nada mesmo. Senti o olhar de Conway em mim; não em Alison. – O que você viu?

– Depois da reunião geral da manhã. A reunião em que nos falaram sobre o Chris. Eu estava...

Alison estava ficando com aquele ar de novo, aquele ar de mais cedo: mortiço e atordoado, como o de alguém depois de um ataque epiléptico.

— Presta atenção — disse eu, sem relaxar o sorriso. — Você está se saindo muito bem. O que aconteceu depois da reunião?

— Nós estávamos saindo da quadra fechada, para o saguão. Eu estava bem ao lado da Holly. Ela olhou ao redor, rapidinho, como se estivesse verificando se alguém a estava vigiando. Por isso eu percebi, sabe?

Observadora, exatamente como eu lhe tinha dito naquele dia de manhã. Os olhos rápidos da presa.

— E então ela enfiou a mão por dentro da saia, tipo na cintura da meiacalça... — Um risinho, automático, desanimado. — E tirou dali uma *coisa*. Enrolada num lenço de papel.

Certificando-se de não deixar impressões digitais. Exatamente como a Garota Misteriosa tinha feito com a enxada. Continuei concordando, todo interessado.

— Isso sem dúvida teria chamado sua atenção.

— Foi só esquisito, sabe? Tipo, o que se guardaria dentro da *meia-calça*? Quer dizer, eca? E eu continuei olhando porque um pedaço estava aparecendo, fora do lenço, e eu achei que era o meu celular. Era idêntico ao meu. Mas chequei no meu bolso, e o meu celular estava no lugar.

— O que a Holly fez em seguida?

— O depósito de achados e perdidos fica no saguão, bem junto da porta de entrada. É uma lata de lixo grande e preta, com uma abertura no alto, de modo que você possa pôr coisas lá dentro, mas não possa tirar nada, sabe? É preciso pedir à srta. O'Dowd ou à srta. Arnold, e elas têm a chave. Nós estávamos passando pela recepção, e a Holly como que passou a mão pela lata, como se estivesse fazendo aquilo sem nenhum motivo. Ela nem mesmo olhou para a lata, mas depois disso o celular já não estava na mão dela. Só o lenço de papel.

Vi Conway fechar os olhos por um segundo, pensando, *Devia ter feito uma busca*.

— Como foi que você não me disse isso no ano passado? — disse Conway, lá do seu canto. Alison se retraiu.

— Eu não sabia que tinha alguma coisa a ver com o Chris! Eu nunca imaginei...

— É claro que não imaginou – disse eu, em tom apaziguador. – Você está indo muito bem. Quando foi que você começou a pensar no assunto?

— Foi só há uns dois meses. Joanne estava... Eu tinha feito alguma coisa de que ela não gostou, e ela disse "Eu devia ligar para a polícia e contar que esse seu celular trocava mensagens com o do Chris Harper. Você ia estar numa encrenca *daquelas.*" Quer dizer, ela só estava falando, não quer dizer que ela fosse *fazer* isso de verdade.

Alison parecia ansiosa.

— É claro que não – disse eu, todo compreensivo. Joanne teria enfiado Alison, numa máquina trituradora, começando pelos pés, se tivesse sido do seu interesse.

— Mas eu comecei a pensar. Tipo, "Ai, meu Deus, se eles realmente examinassem meu celular, iam achar que eu tinha saído com o Chris!" E aí me lembrei daquele celular que eu tinha visto com a Holly. E pensei, "E se ela quis se livrar do celular porque teve medo da mesma coisa?" E então pensei, "Ai, meu Deus, e se ela realmente *estava* saindo com o Chris?"

— Você tocou nesse assunto com a Holly? Ou com qualquer outra pessoa?

— Ai, meu Deus, nem pensar, não com a Holly! Comentei com a Gemma. Achei que ela ia saber o que fazer.

— Gemma sabe das coisas, mesmo. – O que era verdade. Alison não tinha calculado que o celular pudesse ter sido de Selena. Gemma teria. – O que ela disse?

Alison se contorceu.

— Ela disse que não era da nossa conta – disse Alison, com a cabeça baixa, olhando para o colo. – Me mandou calar a boca e esquecer essa história toda.

Conway, com o queixo contraído, não podendo acreditar.

— E você tentou – disse eu. – Mas não conseguiu.

Alison fez que não.

— Por isso você fez aquele cartão. E prendeu no Canto dos Segredos.

Alison pareceu espantada, confusa. Fez que não novamente.

— Não há nada de errado com isso. Foi uma boa ideia.

— Mas não fui eu. Juro por Deus, não fui eu!

Acreditei nela. Nenhum motivo para ela mentir, não agora.

– OK – disse eu. – Tudo bem.

– Muito bem, Alison – disse Conway. – É provável que você estivesse com a razão desde o início, e isso não tenha nada a ver com o Chris, mas o detetive Moran e eu vamos ter um bate-papo com a Holly, esclarecer as coisas. Antes nós vamos levar você até a srta. Arnold. Você está um pouco pálida.

Manter Alison isolada, para ela não espalhar a história. Eu me levantei, com meu sorriso bem pregado no lugar. Um dos meus pés estava dormente.

Alison se levantou segurando o corrimão da balaustrada, mas ficou ali parada, agarrando-se a ele com as mãos magras. Naquele ambiente branco, seu rosto parecia esverdeado. Ela se dirigiu a Conway.

– Orla contou pra gente a história daquele caso. O do... – Um tremor fez com que se contorcesse. – O do cachorro. Do fantasma do cachorro.

– É – disse Conway. Mais cabelo tinha se soltado do seu coque. – Aquele foi bem desagradável.

– Depois que o cara confessou. O cachorro... o cachorro continuou a vir atrás dele?

Conway ficou olhando para ela.

– Por quê?

O rosto de Alison estava mais ossudo, mais encovado.

– O Chris – disse ela. – Lá dentro, na sala de convivência. Ele estava lá. Na janela.

A certeza de Alison me fisgou na espinha, me causou um calafrio. A histeria crescendo de novo, em algum lugar por trás do ar: sumida por enquanto, não para sempre.

– É – disse Conway. – Eu saquei.

– É, mas... ele estava lá por minha causa. Mais cedo, também, aqui fora no corredor. Ele veio me pegar, porque eu não tinha contado pra vocês a história da Holly com o celular. Na sala de convivência – ela engoliu em seco – ele estava olhando direto pra mim. Com um sorrisão... – Mais um tremor, mais forte, lutando com sua respiração. – Se vocês não tivessem entrado ali naquela hora, se vocês não tivessem... Ele... será que ele vai voltar pra me perseguir?

– Você nos contou tudo? Absolutamente tudo o que sabe? – perguntou Conway, séria.

– Eu juro. Eu *juro*.

– Então o Chris não vai voltar para atormentar você. Ele até pode continuar aparecendo no colégio, sim, porque tem um monte de outras pessoas guardando segredos que ele quer que nos contem. Mas ele não vai voltar atrás de *você*. É até provável que você não consiga mais vê-lo.

A boca de Alison se abriu, e deixou escapar um pequeno sopro. Ela parecia aliviada, até os ossos. E parecia decepcionada.

De muito longe no corredor, veio um uivo baixo e prolongado. Por um segundo, achei que fosse de uma garota, ou de coisa pior, mas era só o rangido da porta da sala de convivência se abrindo.

McKenna começou, e só pela voz eu conheço uma mulher profundamente emputecida.

– Detetives. Se não for muito incômodo, eu gostaria de falar com vocês. Agora.

– Estaremos aí em dez minutos – disse Conway para McKenna, mas olhando para mim. Aqueles olhos escuros, e o silêncio caindo como neve entre nós, tão denso que não consegui ver o que queriam dizer. Para mim:

– Chegou nossa hora.

20

Tarde de abril, encerrando o voleibol depois das aulas. É primavera. Em cada canto do terreno estão explodindo campânulas e narcisos, mas o céu está pesado e cinzento, e o ar abafado sem que esteja realmente fazendo calor. O suor não seca na pele. Julia levanta o rabo de cavalo para refrescar a nuca. Chris Harper tem pouco menos de um mês de vida.

Elas recolhem as bolas de vôlei, se demorando porque os chuveiros vão estar lotados de qualquer modo quando acabarem entrando. Atrás delas, as Daleks desarmam as redes, devagar, reclamando de alguma coisa.

– ... coxas parecendo duas morsas transando, *um nojo*... – grita Gemma, mas não está claro se está falando de alguma outra pessoa ou de si mesma.

– Na noite de sábado – diz Julia, bem alto. – Nós vamos, não vamos? É o evento do Columba.

– Não vou poder – responde Holly, gritando, de um canto da quadra. – Até pedi. Tempo para estar com a família, blá-blá-blá.

– O mesmo comigo – diz Becca, jogando uma bola no saco. – Minha mãe vai estar aqui. Embora ela realmente ficasse encantada se eu gastasse todo o estoque do balcão de maquiagem, vestisse uma minissaia e saísse.

– Faz a vontade dela – diz Julia. – Volta pra casa bêbada, cheia de Ecstasy e grávida.

– Isso estou guardando pro aniversário dela.

– Lenie?

– Vou estar com meu pai.

– Droga – diz Julia. – Finn Carroll me deve dez libras, e estou precisando da grana. Vou levar meus protetores de ouvido.

– Posso ir no seu lugar – diz Holly, tentando lançar a última bola para dentro do saco e errando. – De qualquer modo, não vou mesmo conseguir fazer compras nesse fim de semana.

– É que eu quero tripudiar, sabe? Aquele filho da mãe, metido. – Julia acaba de perceber o quanto está querendo se encontrar com Finn.

– Ele vai estar nos debates na semana que vem.

Por um segundo, Julia pensa em ir sozinha ao evento, mas não.

– É mesmo, eu sei. Então vou falar com ele nos debates.

Elas dão mais uma repassada na quadra e vão embora.

– Água – diz Julia, quando elas passam pela torneira junto do portão, e se afasta das outras três.

– Rapidinho, meninas – grita a sra. Waldron lá adiante. – Agora, dois, três, quatro, marchem! – As outras vão avançando. Becca, rodopiando enquanto balança o saco de bolas de vôlei, deixando Julia para trás.

Ela bebe da mão em concha; joga água no rosto e no pescoço. A água está fria, por vir de dentro da terra, e lhe dá um calafrio rápido, agradável. Uma linha de gansos passa lá no alto, grasnando, e Julia espreme os olhos para vê-los em contraste com as nuvens.

Ela está dando as costas para a torneira, quando as Daleks se aproximam. Joanne para bem diante de Julia, cruza os braços e a encara. As outras três, numa formação em leque, param um passo atrás de Joanne, cruzam os braços e encaram Julia.

Elas a estão impedindo de sair dali. Nenhuma delas diz nada.

– Nós vamos fazer alguma coisa? Ou é só isso? – pergunta Julia.

Joanne faz um beicinho de desdém. Julia imagina que Joanne acha que isso lhe dá um ar de superioridade; mas, se ela ensaiasse a expressão diante do espelho, uma vez que fosse, nunca mais voltaria a fazê-la.

– Não seja exibida – diz Joanne.

– Já estou no maior tédio – diz Julia.

O olhar descorado e inexpressivo de Joanne fica ainda mais descorado e inexpressivo. Achando graça, como se estivesse pensando numa pessoa diferente, em alguma priminha boba, Julia se lembra de como alguns meses atrás aquele olhar fixo teria feito disparar sua adrenalina.

– Nós queremos falar com você – diz Joanne, em tom de ameaça.

— Elas falam? – indaga Julia, indicando as outras com um gesto de cabeça. – Achei que eram robôs que funcionavam como suas guarda-costas.

Orla emite um ruído de indignação, e Gemma lança um olhar de esguelha para Joanne. O rosto de Joanne se contrai. Ela fala, a boca crispada como se estivesse cuspindo.

— Trate de dizer àquela piranha gorda da Selena para se *afastar* do Chris Harper.

Que não era o que Julia estava esperando.

— Como assim, cara-pálida?

— Não se faça de inocente. Nós sabemos de tudo. – Os robôs fazem que sim.

Julia se encosta na cerca de tela e seca a água do rosto com a gola da camiseta. Ela está começando a gostar da situação. É esse o problema com pessoas que sugam fofocas como se fossem aspiradores de pó, como as Daleks fazem: de vez em quando, você acaba tendo um ataque por conta de alguma coisa totalmente imaginária.

— Desde quando você liga para o que a Selena faz?

— Isso não é problema seu. O que é problema *seu*, sim, é se certificar de que ela desista, antes que se descubra numa encrenca sem tamanho.

Está óbvio que essas palavras têm a intenção de apavorar. Mais gestos de concordância, impressionantes. Alison até chega a dizer: – Isso mesmo – e depois se encolhe.

— Você está a fim do Chris Harper – diz Julia, abrindo um sorriso.

O queixo de Joanne se projeta num ângulo enfurecido.

— *Me desculpe*, mas, se eu estivesse a fim dele, estaria saindo com ele, certo? Não que isso seja da sua conta.

— Então por que você se importa com o que Selena faz com ele?

— Porque sim. Todo mundo sabe que o Chris Harper nem mesmo olharia para ela se ela não estivesse deixando ele *transar* com ela. Ele está *muito* acima do nível dela. Ela precisa ir procurar algum sardentinho de merda como o Fintan Sei lá de quê, que está sempre babando pro lado dela.

Julia ri, uma risada de verdade, espontânea, que sai borbulhando na direção do nublado cinzento pairando lá no alto.

— Quer dizer que isso tudo é porque ela está se achando e precisa ser posta de volta no seu devido lugar? Fala sério.

Quanto maior a raiva que Joanne sente, mais partes dela se projetam — cotovelos, seios, traseiro — e mais feia ela fica.

— Acorda, pateta! Nós estamos lhe fazendo um favor. Você realmente acha que um cara como o Chris vai mesmo *sair* com um *troço* como a Selena? Helloo? No instante em que se cansar, ele vai largar ela e aquela sua bunda gorda, e vai enviar fotos obscenas para todos os caras. Diga a ela para deixá-lo em paz ou vai se arrepender.

Julia toma um gole de água e enxuga gotas do seu queixo. Ela adoraria brincar um pouco com Joanne e depois ir embora. É quase fácil demais brincar com Joanne, assim que você percebe que não tem medo dela. Mas, se essa história não for cortada pela raiz antes de crescer, as Daleks vão ficar pegando no pé delas por semanas, talvez meses, talvez anos, picando sem parar como uma nuvem de mosquitos até a cabeça de Julia estourar com a sobrecarga de burrice.

— Calma aí — diz ela. — Você está precisando de fofoqueiras de melhor qualidade. Selena não chegaria perto daquele sacana, nem que você lhe pagasse.

— Ai, meu Deus — retruca Joanne, irritada. Sua voz está ficando estridente... — Você é *tão mentirosa*. Você acha que nós somos burras?

Julia levanta os olhos para o céu, que está ficando mais carregado.

— O quê? Você acha que estou dizendo isso só pra lhe agradar? Últimas notícias: estou me lixando se você está satisfeita ou não. Só estou lhe dizendo: Selena nem mesmo gosta do Chris. Ela praticamente nunca falou com ele. Não importa o que tenham lhe dito, é mentira.

— Hã, é que a Gemma *viu* mesmo os dois. Totalmente grudados um no outro. Logo, a menos que você queira tentar me convencer de que a Gemma é no fundo *cega*...

E então Joanne vê alguma coisa no rosto de Julia.

Joanne poderia detectar uma gota de poder num oceano. Ela relaxa.

— Ca-ram-ba — diz ela, prolongando a sensação doce e pegajosa, deixando que encharque Julia por inteiro. — Você realmente não *sabia*?

Julia já reassumiu uma expressão neutra, mas sabe que é tarde demais. Se viesse de qualquer outra das Daleks, teria sido só papo furado; nunca teria lhe ocorrido acreditar. Mas vindo de Gemma... No primeiro ano, quando não eram mais que crianças, Julia e Gemma tinham sido amigas.

Um largo sorriso de deboche invade o rosto de Joanne.

– Foi mau – diz ela.

– *Embaraçoso* – diz Orla, abafando o riso.

Julia olha para Gemma.

– Ontem de noite, eu dei uma saída – diz Gemma, com um pequeno sorriso, sugestivo. As outras Daleks dão risinhos reprimidos. – Eu estava seguindo pelo caminho até o muro dos fundos, e eles dois estavam naquele lugar assustador, de árvores grandes, onde vocês costumam ficar. Eu quase tive um treco. Achei que eram freiras, fantasmas ou alguma coisa, mas então vi quem era. E eles também não estavam ali para falar sobre o tempo; estavam totalmente concentrados um no outro. Eu diria que, se tivesse ficado olhando mais alguns minutos...

Risinhos esparsos, caindo como uma chuva encardida.

Gemma enxerga muito bem; e no colégio ninguém tem o cabelo como o de Selena. Por outro lado... Julia quer se agarrar a esse outro lado... Gemma mente como respira. Julia a examina para detectar alguma cascata. Examina e examina. Não consegue saber. Ela mal consegue ver Gemma, a garota sólida, de humor sarcástico com quem dividia batatas fritas e canetas; muito menos entendê-la.

O coração de Julia está disparado. Ela responde com frieza.

– Seja lá o que for que você e seu pequeno garanhão estavam fumando, pode me ceder um pouco?

Gemma dá de ombros.

– Não importa. Eu estava lá. Você não estava.

– Trate de resolver isso – diz Joanne. Agora que sabe que está no comando, todos aqueles seus pedaços retorcidos voltaram para o devido lugar. Ela está tranquilizada, angelical, com exceção do beicinho de desdém. – Nós só nos demos ao trabalho de avisar dessa única vez porque somos legais. Não vamos avisar de novo.

Ela dá meia-volta, ágil. Não chega a estalar os dedos para as outras Daleks, mas de algum modo parece que fez isso. E sai toda empertigada das quadras de tênis para subir pelo caminho que leva ao colégio. As outras se apressam para alcançá-la.

Julia abre de novo a torneira e faz a mão subir e descer entre a água e a boca, para a eventualidade de que elas olhem para trás, mas não consegue beber. As batidas do coração estão presas na garganta. Sua camiseta está grudada na pele como alguma criatura grudenta com ventosas nos pés, arrastando. O céu faz pressão sobre sua cabeça.

Selena está no quarto delas, sozinha. As outras ainda devem estar no chuveiro. Está sentada de pernas cruzadas na cama, escovando o cabelo molhado e cantarolando. Quando Julia entra, ela levanta os olhos e sorri. Selena parece a mesma. Só vê-la já acalma o coração de Julia. Basta uma respirada, e a camada de sujeira que as Daleks deixaram para trás se dissipa. De um modo tão repentino e avassalador que Julia quase perde o fôlego, ela tem vontade de tocar em Selena, de se encostar com firmeza na curva familiar do seu ombro, no calor sólido do seu braço.

– Você podia mandar uma mensagem para o Finn se encontrar com você – diz Selena.

A mente de Julia leva um minuto para sacar do que ela está falando.

– É – diz ela. – Pode ser.

– Você tem o número dele?

– Tenho. Não importa. Vejo ele quando der.

Julia senta no chão, começa a desamarrar os tênis e luta com seus pensamentos. Se Selena estivesse com o Chris, ela teria encontrado um jeito de ir ao evento no sábado, para o caso de ele ficar com alguma outra garota. Se Selena tivesse saído ontem de noite, as outras três teriam acordado. Se Selena tivesse estado com o Chris, ela não seria a primeira a voltar do chuveiro. Teria querido mais tempo para lavar de si o cheiro dele, da grama da noite, da culpa. Se Selena tivesse estado com um cara, daria para ver, com a clareza de marcas de chupões no pescoço. Se Selena tivesse feito uma coisa dessas, estaria toda elétrica, precisaria falar, precisaria contar, precisaria de algum modo tornar o assunto todo...

– Lenie.

– Hum?

Selena olha para ela. Olhos azuis cristalinos, tranquilos.

– Nada.

Selena faz que sim, calmamente, e volta a escovar o cabelo.

Toda aquela história do juramento foi ideia de Selena, para começar. Se ela não tivesse querido fazer aquilo, bastava manter a boca fechada. Mas conseguir a chave, descobrir um jeito de sair de noite, também foi ideia de Selena...

Um nó no cadarço do tênis. Ela crava as unhas nele.

Ela sente os olhos de Selena no alto da sua cabeça; ouve quando ela para de cantarolar. Ouve Selena inspirar rápido enquanto se prepara para dizer alguma coisa.

Julia não olha para cima. Puxa o nó até lascar uma unha.

Silêncio. Depois o longo chiado da escova de novo, e Selena cantarolando.

Tem de ser cascata. Se os caras do Columba tivessem como sair do colégio, todo mundo saberia. Mas, se eles não têm como sair, com quem Gemma estava se encontrando, a menos que Gemma estivesse inventando aquela história toda...

— Essa música! — Holly berra, entrando saltitante, cheirando a morangos, com sua braçada de uniforme de educação física voando para todos os cantos e o cabelo num turbante listrado como uma espiral de sorvete. — Que música é essa? A que você está cantarolando? — Mas nenhuma das duas consegue se lembrar.

Julia recebe uma mensagem de texto de Finn durante o primeiro período de estudo. *Nos vemos sbd d noite? Tnho 1 srprsa procê.*

— Desliguem os celulares — diz a monitora que as supervisiona, sem nem olhar.

A sala de convivência parece escura e encardida, as lâmpadas lutando contra a escuridão de lá de fora e perdendo a batalha.

— Desculpa, me esqueci. — Julia põe o celular por baixo do livro de matemática e digita às cegas: *Não vou no sbd.* Daí a um instante, ela acrescenta: *Amnhã dpois da aula? Tenho 1 coisa procê tbm.*

Ela põe seu celular em modo silencioso, guarda-o no bolso e volta a fingir que se importa com a matemática. Menos de um minuto depois, sente a vibração na sua perna. *No cmpo, tpo 4:15?*

A ideia de Finn esperando no Campo causa em Julia uma pontada de remorso que é boba demais até mesmo para ser imaginada. *Nos vemos lá,* ela responde e desliga o celular. Do outro lado da mesa, Selena resolve equações de segundo grau num ritmo tranquilo e constante. Quando sente os olhos de Julia sobre ela, olha de relance para a amiga.

Antes que possa evitar, Julia aponta com a cabeça para a lâmpada ali no alto. As sobrancelhas de Selena se franzem: *Por quê?* Julia pronuncia sem voz, *Vamos, anda.*

A mão de Selena se fecha em torno do lápis. A lâmpada brilha forte. A sala de convivência ganha vida, por um instante tornando-se enorme, com ondulações coloridas. Em torno das mesas, as alunas olham para o alto, espantadas e douradas, mas já terminou. O ar volta àquele aspecto turvo; e os rostos afundam novamente na penumbra.

Selena sorri para Julia, como se tivesse lhe dado um presentinho carinhoso. Julia sorri também. Ela sabe que deveria estar se sentindo melhor, e está; mas de algum modo não tanto quanto esperava.

Quando elas passam pela cerca de tela na tarde do dia seguinte, as Daleks já estão empoleiradas na sua pilha de blocos de concreto, dando gritinhos agudos para chamar a atenção de um punhado de caras do Columba que estão na máquina enferrujada, empurrando uns aos outros para atrair a atenção das Daleks. Finn está sentado em outra pilha de blocos, desenhando no lado do tênis. O dia está cinzento, úmido e um pouco frio. Em contraste com a cobertura de nuvens compactas do céu, o cabelo de Finn dá a impressão de que se poderia aquecer as mãos nele. Ver o garoto dá uma sensação ainda melhor do que Julia esperava.

— Volto num segundo — diz ela às outras, e começa a acelerar. Parece totalmente errado querer se afastar das amigas que não desgrudam dela, para se aproximar de Finn, onde tudo é seguro e tranquilo.

— Cuidado — diz Holly para ela depois que ela passa. Julia revira os olhos e não olha para trás. Pode sentir que Holly a observa o tempo todo enquanto ela atravessa o Campo.

— Oi — diz ela, dando um impulso para se sentar nos blocos de concreto ao lado de Finn. O rosto dele se ilumina. Ele para de desenhar e se endireita.

— Oi. Que história é essa de que você não vai no sábado? — Finn quer saber.

— Coisa de família. — As Daleks explodiram num pequeno turbilhão alvoroçado de sorrisinhos e olhares. Julia acena e manda um beijinho para elas.

— Cara — diz Finn, guardando a caneta num bolso do jeans. — Elas não gostam de você, né?

— Sem brincadeira — diz Julia. — Nem eu gosto delas, então tudo bem entre nós. O que você me trouxe?

— Você primeiro.

Faz semanas que Julia vem esperando por isso.

— Tã... tã... — diz ela, exibindo o celular, sem conseguir apagar o sorriso do rosto.

A foto mostra Julia no gramado dos fundos, o que foi uma tolice porque qualquer uma das freiras poderia ter dado uma olhada pela janela do quarto. Mas Julia estava a fim de um desafio. Boca de beijinho, mão no quadril projetado, outra mão num floreio acima da cabeça apontando para o relógio. Meia-noite, em ponto.

(— Você tem certeza? — perguntou Holly, com o celular de Julia na mão.

— Claro que tenho — disse Julia, olhando para o relógio para se certificar de que ele caberia na imagem. — Por que não?

— Porque ele vai saber que a gente sai escondido. É por isso que não. — Atrás da cabeça de Holly, Selena e Becca observavam, por baixo das árvores, rostos pálidos, bamboleando, à espera.

— Nós nunca dissemos nada sobre não confiar em caras — disse Julia. — Só sobre não tocar neles.

— É, e nunca dissemos nada sobre sair por aí contando pra todo mundo quem foi bom de papo.

— O Finn não vai nos dedurar — disse Julia. — Eu juro, OK?

Holly deu de ombros. Julia fez uma pose e apontou a cabeça para o relógio.

— Agora — disse ela.

O flash riscou nos seus olhos linhas brancas de árvores como raios, e Holly e Julia correram para se esconder, abaixando a cabeça, ofegantes de tanto rir.)

– Vou querer minhas dez libras agora – diz Julia. – E um pedido de desculpas, de preferência com uma dose extra de humilhação.

– Nada mais justo – diz Finn. – Quer que eu me ajoelhe?

– A ideia é tentadora, mas não. Só um bom pedido de desculpas.

Finn leva a mão ao coração.

– Peço desculpas por ter dito que você teria medo de qualquer coisa no universo. Você é uma super-heroína destemida que daria um chute no meu traseiro, no traseiro do Wolverine ou no de um gorila enlouquecido.

– Sou mesmo – diz Julia. – Está perdoado. Adorei.

– Boa foto – diz Finn, dando mais uma olhada. – Quem tirou? Uma das suas amigas, foi?

– O fantasma da freira. Eu disse que eu era foda. – Julia pega de volta o celular. – As dez libras.

– Calma aí – diz Finn, pegando seu próprio celular. – Tenho uma surpresa pra você, lembra?

Vai ser uma foto do pau dele? Julia pensa. Eu mato o sacana.

– Mal posso esperar – diz ela.

Finn lhe entrega o celular e abre um sorriso, aquele mesmo sorriso franco de criança levada, e Julia sente uma onda de alívio, culpa e carinho. Tem vontade de tocar nele, de fazê-lo cair da pilha de blocos de concreto com um empurrão no quadril, de lhe dar uma chave de pescoço ou qualquer coisa para pedir desculpas por subestimá-lo ainda mais uma vez.

– Somos uns gênios – diz Finn, mostrando o celular.

Ele, no gramado dos fundos, quase exatamente no mesmo lugar. Casaco de capuz cobrindo o cabelo ruivo – ele foi mais esperto do que ela – e a mão acima da cabeça, exatamente como ela, apontando para o relógio lá no alto. Meia-noite.

A primeira coisa que Julia sente é indignação: *Nosso lugar, de noite esse lugar é nosso, será que não podemos nem mesmo ter...* E então ela se dá conta.

– Ainda quer suas dez libras? – pergunta Finn. Está todo sorridente, como um labrador que traz para casa alguma coisa podre, querendo afagos e elogios. – Ou vamos dizer que estamos quites?

– Como você saiu do colégio? – pergunta Julia.

Finn não percebe a mudança no tom da voz dela. Está satisfeito demais com sua grande surpresa.

– Segredo do ofício.

Julia consegue se controlar.

– Uau! – Olhos arregalados de admiração, leve inclinação mais para perto de Finn. – Eu não sabia que vocês podiam fazer esse tipo de coisa.

E dessa vez ela não está subestimando. Ele está encantado consigo mesmo, com sua inteligência, louco para impressioná-la ainda mais.

– Desliguei o alarme da porta contra incêndio. Peguei as instruções na internet. Levei tipo cinco minutos. É claro que não posso abrir a porta vindo de fora, mas finquei um pedaço de pau para ela ficar aberta enquanto eu estava fora.

– Caramba – diz Julia, com a mão tapando a boca. Como é fácil. – Se alguém tivesse passado por ali e visto, você estaria na maior encrenca. Poderia ter sido *expulso*.

Finn encolheu os ombros, fingindo não dar importância, recostando-se com um pé no alto e as mãos nos bolsos do jeans.

– Valeu a pena mesmo.

– Quando foi que você tirou a foto? A gente podia ter topado um com o outro. – Ela dá um risinho.

– Foi há séculos. Umas duas semanas depois da festa.

Tempo suficiente para o Chris marcar um encontro com Selena, uma dúzia de encontros, se ele soubesse.

– Você foi sozinho? Essa foto foi uma selfie? Puxa, você não tem medo da freira, mesmo?

– Das vivas, tenho, sim. Tenho pavor. Das mortas, não.

Julia ri junto com ele.

– Quer dizer que você foi lá sozinho? Sério?

– Levei dois colegas, para a gente se divertir. Mas eu teria ido sozinho. – Finn muda os pés de posição e fica olhando para o que estava desenhando no tênis, como se fosse alguma coisa fascinante. – E então, já que nós dois podemos sair, e nenhum de nós tem medo, vamos nos encontrar uma noite dessas? Só pra ficar de bobeira. Ver se a gente acaba vendo o fantasma da freira.

Dessa vez, Julia perde a oportunidade de rir junto. A uma distância discreta dali, em meio a tasneiras e dentes-de-leão, que estão crescendo ainda mais altos e densos neste ano, Selena, Holly e Becca estão todas, ao mesmo tempo, tentando escutar alguma coisa no iPod de Becca; Selena e Holly estão se acotovelando para ficar mais perto do fone de ouvido, rindo, com o cabelo de uma no rosto da outra, como se tudo ainda fosse assim tão simples. Elas fazem Julia ter vontade de se atirar dos blocos de concreto e explodir. A qualquer segundo agora, algum colega de Finn vai aparecer e se aproximar pulando. Antes que isso aconteça, ela já precisa saber. Se Gemma não estava mentindo, só nessa hipótese, Julia precisa do fim de semana para decidir o que fazer.

– Você é amigo do Chris Harper, não é?

Finn amarra a cara.

– Sou – diz ele, estendendo a mão para pegar o celular e o enfiando no bolso. – E daí?

– Ele sabe que você desligou o alarme?

A boca de Finn está se contraindo de um jeito cínico.

– Sabe. A ideia foi dele. Foi ele que tirou a foto.

Gemma não estava mentindo.

– E se era com ele que você estava querendo ficar o tempo todo, poderia simplesmente ter dito isso logo no início.

Finn acha que foi usado.

– Não era com ele – diz Julia.

– Cacete, eu devia ter imaginado.

– Se o Chris desaparecesse da face da terra num bafo de fumaça sórdida, eu daria uma festa. Acredite em mim.

– Tá bom. Não importa. – As cores em Finn mudaram; os olhos tornaram-se escuros, um vermelho forte ardia junto dos malares. Se Julia fosse um garoto, ele lhe daria um murro. Como não é, só resta a Finn ficar ali formigando e sem saber o que fazer. – Você não é fácil, sabia?

Julia entende que, se não consertar esse assunto agora, ela terá perdido a oportunidade e ele nunca vai perdoá-la. Se eles toparem um com o outro, quando estiverem com 40 anos, o rosto de Finn ainda vai mostrar aquele ar ardido e ele vai continuar andando, sem lhe dar atenção.

Julia não tem espaço para tentar descobrir como corrigir isso. A outra coisa está se espalhando branca e ofuscante de um lado a outro da sua mente, empurrando Finn para as bordas.

– Acredite no que quiser – diz ela. – Preciso ir. – Ela se deixa escorregar dos blocos de concreto e vai na direção das outras, sentindo os olhos das Daleks arranhando sua pele como agulhas; desejando ser um cara para Finn poder lhe dar um murro e superar o assunto; para ela então poder procurar Chris Harper e destruir a cara dele.

Os olhos de Holly encontram os de Julia por um segundo, mas o que ela vê, seja lá o que for, lhe dá um aviso ou a deixa satisfeita, ou as duas coisas. Becca olha para o alto e começa a fazer alguma pergunta, mas Selena toca no seu braço, e as duas voltam para o iPod. Algum jogo está fazendo com que pequenos dardos laranja passem velozes pela tela. Balões brancos explodem em câmera lenta, com fragmentos silenciosos caindo lentamente. Julia senta no mato baixo e fica olhando Finn ir embora.

21

Não falamos sobre Holly, Conway e eu. Mantivemos o nome dela entre nós, como se fosse nitroglicerina, e não nos entreolhamos enquanto fazíamos o que era necessário: entregamos Alison à srta. Arnold, dissemos que ela deveria ficar com a menina até o dia seguinte. Pedimos a chave do "achados e perdidos"; e quisemos saber quanto tempo as coisas ficavam ali dentro antes de serem descartadas em definitivo. Objetos de baixo valor eram doados a obras de caridade no final de cada semestre, mas peças mais valiosas – MP3 players, celulares – eram deixadas ali sem um prazo determinado.

No período da noite, o prédio do colégio tinha uma iluminação fraca.

– Que foi? – perguntou Conway, quando o rangido de um degrau da escada me fez recuar de lado.

– Não foi nada. – Quando vi que a explicação não era suficiente: – Só um pouco nervoso.

– Por quê?

Nem morto eu ia dizer *Frank Mackey*.

– Aquela história da lâmpada foi meio esquisita. Só isso.

– Não foi *esquisita*, porra nenhuma. A fiação desse lugar está com uns 100 anos de idade. Esse tipo de coisa deve acontecer o tempo todo. O que isso tem de *esquisito*?

– Nada. Foi só a hora em que aconteceu.

– A *hora* tem a ver com o fato de que houve gente naquela sala de convivência a noite toda. O sensor de movimento estava fazendo hora extra, alguma coisa superaqueceu, e a lâmpada estourou. Ponto final.

Eu não ia brigar com ela por isso, não quando eu concordava com ela e era provável que ela soubesse disso.

– É. Eu diria que você está com a razão.

– Estou, sim.

Mesmo discutindo, nós dois mantínhamos a voz baixa. O lugar dava a sensação de que alguém podia estar escutando, se preparando para dar um bote. Cada som que fazíamos ia subindo esvoaçante pela enorme curva do poço da escada, indo se acomodar nas sombras em algum lugar lá no alto. Acima da porta da frente, a bandeira semicircular refulgia azul, delicada como ossos de asas.

O recipiente era de metal preto, velho, disposto num canto do saguão. Encaixei a chave, com o menor ruído possível, sentindo-me como uma criança passando por lugares proibidos, ouriçada com adrenalina, e a porta na parte inferior se abriu. Coisas vieram tombando na minha direção: um cardigã com cheiro de perfume velho, um gato de pelúcia, um livro de bolso, uma sandália, um transferidor.

O celular rosa perolado, de abrir, estava no fundo. Tínhamos passado por ele quando entramos no colégio aquele dia de manhã.

Calcei as luvas e o tirei dali, com cuidado, entre a ponta de dois dedos, como se fôssemos conseguir impressões digitais. Não íamos. Nem do lado de fora, nem do lado interno da capa, nem mesmo da bateria ou do cartão SIM. Tudo estaria perfeitamente limpo.

– Maravilha – disse Conway, de mau humor. – Uma filha de policial. Beleza.

– Isso não significa definitivamente que foi Holly – disse eu, por fim.

Minha voz saiu esganiçada e idiota, fraca demais para convencer até a mim mesmo. Um leve movimento da sobrancelha de Conway.

– Você acha que não?

– Ela poderia estar acobertando Julia ou Rebecca.

– Podia ter estado, mas não temos nada que nos diga que estava. Tudo o mais poderia acusar qualquer uma delas. Essa é a única coisa específica que temos, e aponta direto para Holly. Ela não suportava o Chris. E pelo que tenho visto dela, a menina é determinada, independente, tem cérebro, tem coragem. Teria como ser uma grande assassina.

A frieza de Holly, naquele dia de manhã na Casos Não Solucionados. Conduzindo a entrevista, toda lustrosa e inteligente, jogando um elogio para eu ir apanhar no final. Assumindo o controle.

— Se eu estiver deixando de ver alguma coisa — disse Conway —, fique à vontade para me mostrar qual é.

— Por que levar o cartão para mim? — perguntei.

— Essa eu não deixei de ver. — Conway sacudiu mais um envelope de provas, esticou-o no alto da lata e começou a escrever a identificação. — Ela tem sangue-frio também. Sabia que mais cedo ou mais tarde alguém nos procuraria. Concluiu que, se ela mesma nos procurasse, isso a tiraria da lista de suspeitas... e funcionou, também. Se houver alguma encrenca à sua espera, é melhor sair e ir enfrentá-la de cara; não enfiar a cabeça na areia e esperar que a encrenca não a alcance. Eu faria a mesma coisa.

A expressão de Holly, naquela tarde no corredor, quando Alison se descontrolou. Examinando rostos. Em busca de uma assassina, eu tinha pensado na hora. Nunca tinha me ocorrido que ela estivesse em busca de uma dedo-duro.

— É muito sangue-frio para uma menina de 16 anos — disse eu.

— E daí? Você acha que ela não tem esse sangue-frio?

Não respondi. Aquilo me atingiu como um punhado de gelo: Conway tinha estado com Holly na mira o tempo todo. No segundo em que apareci na sala da sua divisão, todo sério, com meu cartãozinho e minha pequena história, ela começou a se perguntar.

— Não estou dizendo que tenha sido ela quem fez tudo sozinha — disse Conway. — Como já conversamos, poderiam ter sido ela, Julia e Rebecca juntas. Poderiam ter sido todas as quatro. Mas, não importa o que tenha acontecido, Holly estava enrolada até o pescoço.

— E eu não estou *dizendo* que ela não estava. Só estou mantendo a mente aberta.

Conway tinha terminado de identificar o envelope e se endireitou, me observando.

— Você acha a mesma coisa — disse ela. — Só não gosta que a sua Holly o tenha enganado.

— Ela não é *a minha* Holly.

Conway não respondeu. Ela estendeu o envelope para eu deixar o celular cair nele. Ficou com o envelope oscilando entre os dedos.

— Se essa entrevista for um problema pra você — disse ela —, preciso saber agora.

– Por que seria? – perguntei, mantendo a voz equilibrada.

– Vamos precisar trazer o pai dela aqui.

Não havia como fingir que não era uma suspeita. O detetive mais burro do mundo não engoliria essa. O pai de Holly não é nem um pouco burro.

– É mesmo. E daí?

– Dizem por aí que Mackey já lhe fez alguns favores. Não estou criticando você por isso. A gente faz o que precisa fazer. Mas se vocês dois são camaradinhas, ou se você deve alguma coisa a ele, nesse caso você não é o cara certo para interrogar a filha dele num caso de assassinato.

– Não devo nada a Mackey. E ele não é meu camaradinha.

Conway estava me observando.

– Faz anos que nem falo com ele. Fui útil para ele no passado. Ele fez questão de me ajudar desde então. Porque quer que todo mundo saiba que é compensador ajudá-lo. Só isso. Ponto final.

– OK – disse Conway. Pode ser que ela tivesse ficado satisfeita. Pode ser que ela só tivesse decidido que talvez Mackey ficasse mais descontraído, com um aliado no recinto. Ela lacrou o envelope, enfiou-o na pasta com o resto. – Não conheço Mackey. Ele vai nos dar trabalho?

– Vai – respondi. – Vai, sim. Eu não diria que ele arrancaria Holly daqui, direto para casa, mandando que ligássemos para seu advogado. Ele não é assim. Ele vai querer nos derrubar, mas vai fazer isso de esguelha. E não vai sair daqui enquanto não parecer que estamos chegando a algum lugar. Ele vai querer que nós não paremos de falar até ele conseguir descobrir nossa hipótese, o que nós temos.

Conway fez que sim.

– Tem o número dele?

– Tenho.

No instante seguinte, desejei ter dito que não. Mas tudo o que Conway disse foi: – Ligue pra ele.

Mackey atendeu rápido.

– Stephen, meu garoto! Quanto tempo!

– Estou no Santa Kilda – disse eu.

O ar se aguçou, no mesmo instante, até ficar como uma ponta de faca.

– O que houve?

— Holly está bem — disse eu, depressa. — Perfeitamente bem. Só precisamos bater um papo com ela e achamos que você gostaria de estar presente.

Silêncio. E então Mackey falou:

— Você, não diga uma única palavra para ela enquanto eu não chegar. Nem uma única palavra. Entendeu?

— Entendi.

— Não se esqueça. Estou por perto. Estarei aí em vinte minutos. — Ele desligou. Eu guardei meu celular.

— Ele estará aqui em 15 minutos — disse eu. — Precisamos estar prontos.

Conway bateu com força a porta do depósito de achados e perdidos. O forte ruído metálico disparou para o meio das sombras, demorou para se dissipar.

— Estaremos prontos — disse ela, em voz alta, para a penumbra.

No mesmo instante em que Conway bateu, McKenna saiu da sala de convivência, como se tivesse estado esperando atrás da porta. O longo dia de trabalho e a luz branca do corredor não a favoreciam. Seu penteado ainda estava sólido, e o costume caríssimo não apresentava nenhum amassado, mas a maquiagem discreta estava desmoronando, aos pedaços. Suas rugas tinham ficado mais fundas desde aquela manhã. Seus poros pareciam do tamanho de cicatrizes de catapora. Ela estava com o celular na mão: ainda controlando os estragos, tentando consertar vazamentos. Estava furiosa.

— Não é possível que seus procedimentos normais incluam levar testemunhas à histeria...

— Não fomos nós que deixamos uma dúzia de adolescentes confinadas o dia inteiro — disse Conway, dando um tapinha na porta da sala de convivência. — É uma sala simpática e tudo o mais, mas depois de algumas horas nem mesmo a decoração mais refinada do mundo consegue impedir que meninas fiquem loucas para se mexer. Se eu estivesse no seu lugar, me certificaria de que elas tenham uma oportunidade de esticar as pernas antes de ir dormir, a menos que queira que elas tenham outra crise à meia-noite.

Os olhos de McKenna se fecharam um segundo enquanto ela pensava.

— Obrigada pelo conselho, detetive, mas creio que já fizeram bastante. As alunas ficaram *confinadas* para a eventualidade de vocês precisarem falar com elas, e essa questão já está encerrada. Gostaria que vocês fossem embora agora.

– Não vai ser possível – disse Conway. – Desculpe. Precisamos ter uma palavrinha com Holly Mackey. Só estamos esperando que o pai dela chegue.

Isso fez aumentar a irritação de McKenna.

– Dei-lhes permissão para falar com nossas alunas especificamente para vocês *não* precisarem pedir autorização dos responsáveis. Envolver os pais é totalmente desnecessário. Só vai complicar a situação tanto para vocês como para a escola...

– O pai da Holly vai saber de tudo sobre o assunto de qualquer maneira, assim que aparecer no trabalho de manhã. Não se preocupe. Eu diria que ele não vai correr para o telefone para passar a fofoca para a rede das mamães.

– Existe algum motivo razoável pelo qual isso precise ser feito hoje à noite? Como você salientou com tanta habilidade, as alunas já sofreram pressão mais que suficiente para um dia. Amanhã de manhã...

– Podemos falar com Holly no prédio principal do colégio – disse Conway. – Com isso paramos de perturbar vocês. As outras meninas podem voltar à rotina normal. O que acha da sala de artes?

McKenna estava toda rígida, com seu peito de pombo, a boca crispada.

– As luzes se apagam às 10:45. A essa hora, espero que Holly e todas as outras alunas estejam em seus quartos, na cama. Se vocês tiverem mais perguntas para qualquer uma delas, suponho que possam esperar para amanhã de manhã. – E a porta da sala de convivência se fechou na nossa cara.

– Você não pode deixar de adorar a atitude – disse Conway. – Está se lixando para a possibilidade de nós a prendermos por obstrução da investigação. Esse é seu castelo. Ela é quem manda.

– Por que a sala de artes? – perguntei.

– Para mantê-la pensando naquele cartão-postal, lembrando-se de que alguém por aí sabe. – Conway puxou o elástico do que restava do seu coque. O cabelo caiu até os ombros, liso e pesado. – Você vai começar. Como o policial bonzinho, simpático e delicado. Não a assuste e não assuste o papai. Só estabeleça os fatos: ela estava saindo do colégio de noite; tinha conhecimento da relação do Chris com a Selena; não gostava do Chris. Tente descobrir os detalhes: por que ela não gostava dele, se ela conversou com as outras sobre o relacionamento deles. Quando precisar de alguma pressão, eu entro na história.

Duas torcidas rápidas com os pulsos, um estalo do elástico, e o coque estava no lugar, liso e lustroso como mármore. Seus ombros estavam empertigados. Até mesmo o ar exausto tinha sumido do seu rosto. Conway estava pronta.

A porta da sala de convivência se abriu. Holly ali no vão, com McKenna atrás dela. Rabo de cavalo, jeans, um blusão de capuz turquesa, com mangas que escondiam suas mãos.

Eu vinha pensando nela toda atrevida e reluzente, mas isso tinha sumido. Ela estava pálida e 10 anos mais velha, com um olhar atordoado, como se alguém tivesse sacudido seu mundinho como um globo de neve, e nada estivesse descendo para os mesmos lugares. Como se ela tivesse se sentido tão confiante de que estava fazendo tudo certo, e de repente nada parecesse mais tão simples assim.

Senti um gelo por dentro. Eu não podia olhar para Conway. Nem precisava. Sabia que ela também tinha visto.

— O que está acontecendo? — perguntou Holly.

Lembrei-me dela com 9 anos, tão cheia de coragem que era de partir o coração.

— Seu pai está vindo. Eu diria que ele prefere que não conversemos enquanto ele não tiver chegado.

Isso dissolveu o atordoamento. Holly jogou a cabeça para trás, exasperada.

— Você ligou pro meu *pai*? *Fala sério!*

Não respondi. Holly viu a expressão no meu rosto e fechou a boca. Desapareceu por trás da tranquilidade do seu rosto, ao mesmo tempo inocente e cheia de segredos.

— Obrigada — disse Conway a McKenna. Para mim e Holly: — Vamos.

Aquele corredor comprido pelo qual tínhamos seguido de manhã, para encontrar o Canto dos Segredos. Naquela hora, ele tinha estado vibrando com sol e movimentação. Agora – Conway passou pelo interruptor sem nem olhar – ele estava iluminado pelo crepúsculo e parecia sem tamanho. Através da janela, o pôr do sol atrás de nós nos dava sombras apagadas, eu e Conway ainda mais altos, de cada lado do fiapo reto que era Holly, como guardas com um refém. Nossos passos ecoavam como botas em marcha.

O Canto dos Segredos. Àquela luz ele dava a impressão de estar ondulando, logo ali fora do alcance da sua visão, mas tinha perdido toda aquela ebulição e tagarelice. Tudo o que quase se conseguia ouvir dele era um longo murmúrio composto de mil sussurros abafados, todos implorando para você escutar. Um cartão-postal novo tinha uma fotografia de uma daquelas estátuas vivas douradas que a gente vê em Grafton Street; a legenda dizia, ELAS ME APAVORAM!

A sala de artes. Agora sem o frescor da manhã e a animação do sol. As lâmpadas no teto deixavam cantos escurecidos; as mesas verdes estavam borradas com restos de argila; as bolas de papel de Conway ainda estavam jogadas debaixo das cadeiras. McKenna devia ter cancelado a limpeza. Protegendo a escola com o máximo de cuidado: tudo sob controle.

Do lado de fora das janelas altas, a lua estava subindo, cheia e madura em contraste com um azul que ia escurecendo. Na mesa junto da janela, o tecido de cobertura daquela manhã tinha sido afastado, sem ter sido posto de volta no lugar. No lugar onde ele estivera, estava a escola inteira em miniatura, num conto de fadas, nos arabescos mais delicados feitos com fio de cobre.

– Aquele ali é o projeto no qual vocês estavam trabalhando ontem de noite?

– É – respondeu Holly.

De perto, parecia delicado demais para conseguir ficar em pé. As paredes mal estavam esboçadas, só um ou outro fio de cobre. Através delas, era possível ver carteiras de fio de cobre, quadros-negros feitos de retalhos de pano com palavras escritas, pequenas demais para se poder ler; poltronas de fio de cobre de espaldar alto, aconchegadas em torno de uma lareira com brasas feitas de papel de seda. Era inverno. A neve se acumulava nos frontões, em torno da base das pilastras e das curvas de ânfora da balaustrada. Atrás do prédio, um gramado coberto de neve amontoada ia sumindo na direção da borda do suporte.

– Isso é aqui, certo? – perguntei.

Holly tinha se aproximado, pairando, como se eu fosse destruir o projeto.

– É o Kilda cem anos atrás. Nós pesquisamos como ele devia ser. Pegamos fotos antigas e tudo o mais. E depois nós o construímos.

Os quartos: camas minúsculas de fio de cobre, fragmentos de papel de seda como lençóis. Na ala das internas e na das freiras, rolos de pergaminho, do tamanho de uma unha, estavam pendurados nas janelas, com linhas finas como as de teias de aranhas.

– O que são os papeizinhos? – perguntei. Minha respiração fez com que girassem.

– Os nomes de pessoas que foram registradas como residentes no censo de 1911. Na realidade, não sabemos quem tinha qual quarto, é claro. Mas nos baseamos na idade e na ordem em que aparecem na lista do censo. É provável que amigas estariam uma depois da outra na lista, porque estariam sentadas juntas. Uma menina se chamava Hepzibah Cloade.

Conway estava girando cadeiras para o lugar em torno de uma das mesas compridas. Uma para Holly. Uma a quase dois metros da primeira: Mackey. Ela as largava no chão com força, baques sólidos no linóleo.

– A ideia foi de quem? – perguntei.

Holly deu de ombros.

– De todas nós. A gente estava falando sobre as garotas que estudavam aqui cem anos atrás: se elas chegavam a pensar nas mesmas coisas que a gente, esse tipo de coisa; o que elas foram fazer quando cresceram. Se algum fantasma delas voltou um dia. Depois pensamos nisso.

Uma cadeira do outro lado da mesa, diante de Holly, para mim. Bangue. Uma cadeira diante da de Mackey, para Conway. Bangue.

Quatro rolinhos de papel, suspensos no ar, acima da escada principal.

– Quem são essas? – perguntei.

– Hepzibah e suas amigas. Elizabeth Brennan. Bridget Marley. Lillian O'Hara.

– Aonde elas estão indo?

Holly estendeu a mão entre os arames e tocou nos rolinhos com a ponta do dedo mindinho, fazendo com que girassem.

— Nós nem mesmo temos certeza de que elas eram amigas. Pode ser que se odiassem.

— É muito bonito – disse eu.

— É – disse Conway. Como um aviso. – É mesmo.

— Imagine encontrar vocês aqui! – disse uma voz atrás de nós.

Mackey, no vão da porta. Com os calcanhares fincados no chão, os olhos de um azul forte esquadrinhando o ambiente, mãos nos bolsos da jaqueta marrom de couro. Quase não tinha mudado desde a primeira vez que o vi. As lâmpadas fluorescentes compridas ressaltavam rugas mais fundas no canto dos olhos, um pouco mais de cabelos grisalhos misturados nos castanhos, mas só isso.

— Oi, amorzinho – disse ele. – E aí?

— Tudo certo – disse Holly. Ela pareceu pelo menos um pouco feliz de vê-lo, o que é bastante bom para um pai de uma garota de 16 anos. Mais uma coisa que não tinha mudado muito: Mackey e Holly formavam uma boa equipe.

— Sobre o que vocês estavam conversando?

— Sobre nosso projeto de arte. Não se *preocupe*, papai.

— Só quis me certificar de que você não fez picadinho dessas pessoas amáveis enquanto eu não estava aqui para protegê-las. – Mackey passou para mim. – Stephen. Muito tempo que não nos vemos. – Ele se aproximou, com a mão estendida. Um aperto de mãos firme, um sorriso simpático. Pelo menos para começar, nós íamos conduzir aquilo ali como se tudo estivesse às mil maravilhas, todos amigos juntos, todos do mesmo lado.

— Obrigado por vir – disse eu. – Vamos tentar não demorar muito.

— E detetive Conway. É um prazer conhecê-la, depois de todos os elogios que ouvi. Frank Mackey. – Um sorriso que estava acostumado a obter uma resposta. Dela, não obteve nenhuma. – Vamos dar uma saidinha para vocês me porem a par do assunto.

— Você não está aqui na qualidade de detetive – disse Conway. – Isso nós já cobrimos. Obrigada.

Mackey lançou para cima de mim uma sobrancelha levantada e um sorrisão: *Quem mijou nos cornflakes dela?* Fui apanhado, sem saber se sorria de volta ou não. Com Mackey, nunca se sabe o que ele poderia transformar em munição. Minha expressão paralisada, de queixo caído, só alargou o sorriso dele.

– Então, já que estou aqui só como pai, gostaria de dar uma palavrinha com minha filha.

– Precisamos começar. Você pode dar sua palavrinha quando fizermos um intervalo.

Mackey não questionou. É provável que Conway tenha pensado que saiu ganhando. Ele foi se afastando pela sala, passou pela cadeira que tínhamos preparado para ele, dando uma olhada nos projetos de artes. No caminho, fez um afago no cabelo de Holly.

– Faça um favor, meu benzinho. Antes de responder a qualquer pergunta dos amáveis detetives, me dê um resumo rápido do que estamos fazendo aqui.

Fazer Holly se calar arrasaria com a boa vibração de uma vez. O olhar de Conway deu a entender que ela estava começando a ver o que eu tinha querido dizer sobre Mackey.

– Hoje de manhã, encontrei um cartão no Canto dos Segredos. Ele mostrava uma fotografia do Chris Harper e dizia, "Sei quem matou". Levei o cartão ao Stephen, e eles passaram o dia inteiro aqui no colégio. Não param de entrevistar todas nós e todas as idiotas da Joanne Heffernan. Por isso, acho que concluíram que uma de nós oito deve ter posto o cartão lá.

– Interessante – disse Mackey. Debruçou-se, examinou a escola de fio de cobre a partir de ângulos diferentes. – Isso está saindo muito bem. Os pais de mais alguém foram chamados?

Holly fez que não.

– Cortesia profissional – disse Conway.

– Fiquei todo grato e comovido – disse Mackey. Ele se içou para cima de um peitoril, com um pé balançando. – Você lembra como as coisas são aqui, querida, não lembra? Responda o que quiser. Deixe de fora o que não quiser responder. Se precisar conversar sobre alguma coisa comigo antes de responder, vamos fazer isso. Se qualquer coisa a deixar irritada ou constrangida, me diga, e nós nos mandamos daqui. Tudo certo?

– Papai – disse Holly –, eu estou *bem*.

– Sei que está. Só estou expondo as regras básicas para ficar claro para todos. – Ele piscou um olho para mim. – Mantém tudo nos conformes, certo?

Conway passou uma perna por cima da cadeira.

– Você não é obrigada a dizer nada, a não ser que *queira* dizer, mas qualquer coisa que disser será registrada por escrito e poderá ser usada como prova. Entendeu?

A gente tenta não dar importância à informação dos direitos, mas ela muda o ambiente. O rosto de Mackey não deixava transparecer nada. As sobrancelhas de Holly se unindo: aquilo ali era uma novidade.

– Por quê...?

– Você não se abriu totalmente. Isso faz com que nós tomemos cuidado – disse Conway.

Eu me sentei, diante de Holly. Estendi a mão para Conway. Ela fez o celular dos achados e perdidos, dentro do saquinho de provas, vir em disparada pelo tampo da mesa. Passei-o para Holly.

– Você já tinha visto esse celular?

Um segundo de desorientação. E então o rosto de Holly se desanuviou.

– Tinha. É da Alison.

– Não. Ela tem um igual, mas não é esse.

– Então não sei de quem é – disse Holly, dando de ombros.

– Não é isso o que preciso saber. Estou perguntando se você o viu antes.

Um ar perplexo, mais demorado; um não vagaroso.

– Acho que não.

– Nós temos uma testemunha que viu você largar esse celular no recipiente de achados e perdidos, no dia seguinte ao da morte de Chris Harper.

Um branco total; e depois, aos poucos, a compreensão foi aparecendo no rosto de Holly.

– Ai, meu Deus, aquele! Eu tinha me esquecido dele. É. Nós tivemos uma reunião geral especial naquele dia de manhã, para McKenna poder fazer um discurso importante sobre uma tragédia, ajudar a polícia e sei lá mais o quê. – Com a mão, ela fez um sinal de blá-blá-blá. – No final, nós estávamos todas saindo da quadra para o saguão, e esse celular estava no chão. Achei que era da Alison, mas não pude ver onde ela estava. Tudo estava uma confusão. Todo mundo falando, chorando e se abraçando; os professores estavam todos tentando fazer a gente se calar e voltar para as salas de aula... Eu só enfiei o telefone na lata de achados e perdidos. Achei que Alison depois o pegaria. Não era meu problema. Se não era dela, de quem era então?

Impecável, até mesmo melhor do que a verdade. E – que garota mais esperta! – sua história mantinha todas as alunas do colégio na mira de ter sido a usuária do celular. O ar calejado de Conway dizia que ela havia percebido a mesma coisa.

Peguei o telefone de volta. Deixei-o de lado, para mais tarde. Não respondi à pergunta de Holly, mas ela não forçou.

– Julia e Selena devem ter contado para você. Nós sabemos que vocês saíam de noite no ano passado.

Holly olhou de relance para Mackey.

– Não se preocupe comigo, amorzinho – disse ele, com um sorriso simpático. – Quanto a isso, meu prazo já prescreveu. Tudo bem.

– E daí? – disse Holly, para mim.

– O que vocês faziam lá fora?

Ela estava com o queixo projetado.

– Por que você quer saber?

– Ora, Holly. Você sabe que eu preciso perguntar.

– A gente só ficava de bobeira. Batendo papo, OK? Não estávamos usando "sais de banho", nem fazendo sexo grupal, nem sei lá o quê vocês acham que os jovens fazem hoje em dia. Umas duas vezes tomamos cerveja ou fumamos um cigarro. Caramba! Que horror!

– Não fume – disse Mackey, em tom severo, apontando um dedo. – O que eu lhe disse sobre o fumo? – Conway deu-lhe um olhar de advertência, e ele levantou as mãos, todo mil perdões, todo pai responsável que nunca atrapalharia uma entrevista.

Não fiz caso de nenhum dos dois.

– Alguma vez vocês se encontraram com alguém? Caras do Columba, quem sabe?

– Meu Deus, não! Já vemos esses imbecis o suficiente.

— Quer dizer — disse eu, intrigado — que vocês faziam basicamente o que poderiam ter feito dentro do colégio, ou durante o dia. Por que se dar a todo esse trabalho? Correndo o risco de serem expulsas?

— Você não entenderia — disse Holly.

— Experimente.

Daí a um instante, ela deu um suspiro ruidoso.

— É que lá fora no escuro era um lugar melhor para falar, é por isso. E porque você provavelmente nunca, jamais, desrespeitou nenhuma regra da escola, mas nem todo mundo sempre tem vontade de fazer tudo exatamente como se espera que faça. OK?

— OK — disse eu. — Isso faz sentido. Entendi.

Polegares para cima.

— Viva! Parabéns!

Ainda faltam quase quatro anos de adolescência. Não tive inveja de Mackey.

— Você sabe que Selena estava saindo às escondidas para se encontrar com o Chris Harper. Certo?

Holly fez aquele olhar vazio de adolescente, o lábio inferior caído. Ficou com uma cara de idiota total, mas eu não ia me deixar enganar.

— Temos provas.

— Você leu na sua revista de fofocas preferida? Logo embaixo de "R-Patz e K-Stew rompem mais uma vez"?

— Comporte-se — disse Mackey, sem se dar ao trabalho de olhar. Holly revirou os olhos.

Ela estava sendo desagradável porque, por um motivo ou outro, estava com medo. Inclinei-me bem para a frente, até que, a contragosto, ela foi obrigada a olhar nos meus olhos.

— Holly — eu disse com delicadeza. — Hoje de manhã, você foi me procurar por um motivo. Porque eu nunca fui tolo a ponto de tratar você com condescendência, e porque você achou que havia uma chance de que eu entendesse mais do que a maioria das pessoas. Certo?

Um tremor no seu ombro.

— Pode ser.

— Você vai acabar falando com alguém sobre essa história toda. Acho que você adoraria voltar para suas amigas e fingir que nada disso aconteceu, e não a culpo por isso, mas você não tem essa opção.

Holly estava jogada na cadeira, de braços cruzados, os olhos no teto, como se eu a estivesse pondo num verdadeiro coma de tanto tédio. Ela não se deu ao trabalho de responder.

— Você sabe disso tanto quanto eu. Pode falar comigo ou pode falar com outra pessoa. Se quiser continuar comigo, vou me esforçar ao máximo para estar à altura da sua boa opinião sobre mim. Acho que ainda não a decepcionei.

Encolhida de ombros.

— E então? Vai ficar comigo, ou quer outra pessoa?

Mackey estava me observando, com as pálpebras semicerradas, mas mantendo a boca fechada, o que não podia ser um elogio. Holly deu de ombros mais uma vez.

— Tanto faz. Fico com você, acho. Não me importo.

— Ótimo — disse eu e lhe dei um sorriso: *estamos juntos nessa*. Puxei minha cadeira mais para junto da mesa, pronto para trabalhar. — Então, a história é a seguinte. Selena já nos contou que estava saindo com Chris Harper. Ela nos contou que tinha um celular que se encaixa nessa descrição, que ela usava para trocar mensagens de texto com ele. Nós temos os registros dos contatos entre eles dois. Temos de fato os textos em que eles marcavam encontros no meio da noite. — Um rápido olhar de relance de Holly, antes que ela conseguisse se controlar. Holly não sabia que nós tínhamos como fazer isso. — Não é como se eu lhe estivesse pedindo que nos conte alguma coisa que nós ainda não sabemos. Estou só pedindo sua confirmação. Por isso, mais uma vez: você sabia que a Selena estava se encontrando com o Chris?

Holly olhou para Mackey. Ele fez que sim.

— Sabia — disse ela. Toda aquela atitude de adolescente malcriada tinha sumido, num piscar de olhos. Ela parecia mais velha. Mais complexa, mais cuidadosa. — Eu sabia.

— Quando você descobriu?

— Na primavera do ano passado. Umas duas semanas antes da morte do Chris, acho. Mas já tinha terminado. Eles não estavam mais se encontrando.

— Como você descobriu?

Holly agora estava me encarando, fria e controlada. Estava com as mãos unidas em cima da mesa.

– Às vezes, quando está quente, eu não consigo dormir. Nessa noite, estava demais. Eu estava ficando louca tentando encontrar um pedacinho mais fresco na cama. Mas então pensei, *OK, se eu ficar totalmente imóvel, pode ser que durma*, certo? Então me forcei a ficar parada. Não funcionou, mas a Selena deve ter pensado que eu tinha dormido. Eu a ouvi se mexendo e pensei, *Vai ver que ela está acordada também, e a gente pode conversar.* Por isso, abri os olhos. Ela estava segurando um celular... deu pra eu ver a tela acesa... e estava como que debruçada por cima dele, como se não quisesse que ninguém visse. Não estava enviando mensagens de texto, nem lendo mensagens. Só estava segurando o celular. Como se estivesse esperando que ele fizesse alguma coisa.

– E isso a deixou curiosa.

– Alguma coisa estava andando errada com a Lenie. Ela é sempre muito calma, não importa o que aconteça. Tranquila. Mas nos últimos tempos antes daquela noite, ela andava... – Alguma coisa estava agitando sua frieza, enquanto ela se lembrava. – Parecia que alguma coisa horrível tinha acontecido com ela. Metade do tempo, ela dava a impressão de que tinha estado chorando, ou que estava prestes a chorar. Nós estávamos falando com ela, e um minuto depois ela dizia "O quê?" como se nem mesmo tivesse ouvido o que dizíamos. Ela não estava bem.

Eu fazia que sim, acompanhando a história.

– E você estava preocupada com ela.

– Eu estava *louca* de preocupação. Achei que nada de terrível poderia ter acontecido no colégio, porque nós andávamos juntas o tempo todo, nós teríamos sabido. Certo? – Uma expressão irônica na boca de Holly. – Mas em casa, nos fins de semana... Os pais da Selena são separados, e os dois são meio esquisitos. A mãe e o padrasto dão umas festas, e o pai dela de verdade deixa uns hippies estranhos dormir no sofá... Achei que alguma coisa podia ter acontecido num desses lugares.

– Você falou com alguém sobre isso? Para ver se, quem sabe, Julia ou Rebecca tinham alguma ideia?

– Falei. Tentei conversar com Julia, mas ela só disse, "Caramba, para com esse drama. Todo mundo muda de humor. Como se você não mudasse. Deixa passar uma semana ou duas, e ela vai fioar bem." E então eu tentei Becca, mas no fundo Becca não consegue lidar com esse tipo de coisa: qualquer coisa que esteja errada com qualquer uma de nós. Ela ficou tão desesperada que no final eu lhe disse que tudo tinha brotado da minha imaginação, só para ela se acalmar.

Tentando fazer parecer que não era nada. Mas alguma coisa estava passando pelo rosto de Holly, só um sopro. Alguma coisa da cor da chuva, com um sabor de tristeza e de saudade pelo que se perdeu há muito tempo. Aquilo me espantou. Fez com que ela parecesse mais velha, de novo; fez com que parecesse que entendia as coisas.

– E ela acreditou em você? – perguntei. – Ela não tinha percebido nada de diferente com a Selena?

– Não. A Becca é... Ela é inocente. Ela acha que, desde que estejamos juntas, estaremos automaticamente bem. Nunca teria ocorrido a ela que talvez a Selena não estivesse.

– Logo, Julia e Rebecca não foram de nenhuma ajuda – disse eu, observando aquele sopro bruxulear outra vez. – Você falou com Selena?

Holly fez que não.

– Bem que tentei. Mas a Lenie é insuperável em não ter uma conversa quando não está a fim. Ela só faz um ar sonhador, e pronto: a conversa terminou. Eu mal cheguei a lhe perguntar o que havia de errado.

– Então o que você fez?

Lampejo de impaciência.

– Nada. Fiquei esperando, de olho nela. O que você acha que eu devia ter feito?

– Não faço a menor ideia – disse eu, conciliador. – E aí, quando você viu aquele celular, calculou que ele tinha a ver com não importava o que fosse que estava perturbando a Selena?

– Bem, eu não precisava ser exatamente uma detetive brilhante para isso. Fiquei com os olhos assim – semicerrados – e vigiei até ela guardar o celular. Não deu pra eu ver o lugar exato, mas foi em algum canto no lado da cama dela. E aí, no dia seguinte, inventei uma desculpa para ir ao nosso quarto durante as aulas e encontrei o aparelho.

– E leu as mensagens.

Holly estava de pernas cruzadas, balançando um joelho. Eu a estava irritando.

— Li. E daí? Você teria feito o mesmo, se um amigo seu estivesse naquele estado.

— Deve ter sido um choque – disse eu.

Revirada de olhos.

— Você acha?

— Chris não seria o namorado que eu escolheria para minha melhor amiga.

— É claro que não. A menos que sua melhor amiga gostasse de menores de idade.

Mackey estava sorrindo, sem se dar ao trabalho de disfarçar.

— E então o que você resolveu fazer?

Ela projetou o queixo.

— Oi? O mesmo que antes: o que se esperava que eu fizesse? Comprasse pra ela um bonequinho de vodu e uns alfinetes? Eu na verdade não sou *mágica*. Eu não tinha como agitar minha varinha de condão e fazer com que ela se sentisse melhor.

Eu tinha pisado no seu calo. Fiz pressão.

— Você poderia ter mandado uma mensagem de texto para ele deixar a Selena em paz. Ou combinado de se encontrar com ele, para lhe dizer isso, olhos nos olhos.

Holly bufou.

— Como se fosse adiantar! Chris nem mesmo gostava de mim. Ele sabia que eu não caía naquela história dele de cachorrinho fofinho, o que significava que ele nunca ia pôr as mãos debaixo da minha blusa, o que significava que eu era uma vaca desagradável; e por que ele ia sequer se dar ao trabalho de chegar a falar comigo? Menos ainda fazer qualquer coisa que eu lhe pedisse?

— Ei, menina. Ninguém põe as mãos debaixo da sua blusa. Só depois que você se casar. – Mackey, de lá do peitoril da janela.

— Eu só não consigo aceitar a ideia de que você não fez nada. Esse cara está provocando uma tristeza enorme na sua melhor amiga, e você só pensou, "Ah, bem, é a vida. Ela vai sair mais forte dessa"? Fala sério.

— Eu não *sabia* o que fazer! Isso já faz com que eu me sinta um lixo, muito obrigada. Não preciso que você me diga que merda de amiga eu fui.

— Você podia ter conversado com Julia e Rebecca, ver se vocês três conseguiam bolar um plano juntas. É o que eu teria esperado de você. Se vocês são tão amigas, como você diz.

— Eu já tinha tentado. Lembra? A Becca ficou abalada. A Julia não quis ouvir falar. Eu até teria contado a Jules se a Selena estivesse pior, mas eu não achava que ela ia se *matar* por causa daquele sacana. Ela só estava... infeliz. Não havia nada que nenhuma de nós pudesse fazer para mudar isso. — Alguma coisa voltou a passar pelo rosto de Holly. — E estava óbvio que ela no fundo, no fundo *mesmo*, não queria que nenhuma de nós soubesse. Se ela tivesse descoberto que eu sabia, isso só a teria deixado pior. Por isso, fingi que não sabia.

A questão era que aquilo não era a verdade, a historiazinha da insônia, ou pelo menos não a verdade inteira. Eu não podia arriscar uma olhada na direção de Conway para ver se ela teria detectado a mentira. Não havia nenhum nome associado ao número de Chris no celular de Selena; nenhum nome nas mensagens de texto. Não havia como uma olhada rápida pelo celular pudesse ter feito Holly saber com quem Selena estava trocando mensagens de texto.

Talvez a mentira fosse o reflexo Mackey: sempre guarde alguma pepita de informação para o caso de ela se revelar útil mais adiante. Talvez não.

Holly se mexeu como se sentisse aquela coisa da chuva fria tateando sua nuca, se espalhando pelos seus ombros.

— Eu não estava deixando a história toda para lá. Naquela época, achei o mesmo que Becca: tudo vai dar certo desde que nós possamos contar umas com as outras. Pensei, se nós simplesmente conseguíssemos ficar junto da Lenie...

— E funcionou? Ela deu a impressão de estar superando a fase?

— Não — respondeu Holly, baixinho.

— Isso deve ter sido assustador. Você está acostumada a lidar com tudo, junto com as amigas, vocês quatro, sem segredos. De repente, você é forçada a lidar com isso sozinha.

— Eu sobrevivi — disse Holly, dando de ombros.

Fazendo um grande esforço para demonstrar frieza total, mas aquele véu estava todo enrolado nela. Aqueles poucos dias na primavera do ano passado tinham mudado as coisas de lugar, como o mundo lhe parecia.

Eles a deixaram perdida, totalmente nua no vento gelado, sem a mão de ninguém procurando a sua.

Foi nessa hora que eu soube: Conway não era a única que tinha Holly na mira. Não mais.

– Claro que sobreviveu – disse eu. – Você é perfeitamente capaz. Sei disso desde aquela outra vez. Mas isso não quer dizer que você não sinta medo. E estar sozinha numa situação em que suas amigas não podem ajudar, essa é uma das coisas mais assustadoras na vida.

Ela levantou os olhos bem devagar, encontrando os meus. Uma nítida expressão de surpresa, como se isso fosse mais do que tinha esperado de mim. Deu um pequeno sim, de cabeça.

– Detesto interromper o papinho, quando tudo está indo tão bem – disse Mackey, preguiçoso, se lançando do peitoril –, mas estou morrendo por um cigarro.

– Você disse à mamãe que tinha parado – protestou Holly.

– Faz muito tempo que não consigo enganar sua mãe em nada. Já volto, amorzinho. Se esses detetives simpáticos lhe disserem uma palavra, você simplesmente enfia os dedos nos ouvidos e canta alguma música bonitinha para eles. – E ele saiu, deixando a porta aberta ao passar. Nós ouvimos seus passos seguindo pelo corredor, com ele assoviando uma melodia animada.

Conway e eu nos entreolhamos. Holly nos vigiava, por trás daquelas curvas enigmáticas das suas pálpebras.

– Bem que eu gostaria de um pouco de ar puro – disse eu.

No saguão, a pesada porta de madeira estava escancarada. O retângulo de luz fria que se derramava pelo piso quadriculado estava marcado por uma sombra que se mexeu, com um único movimento rápido, quando meus passos ecoaram. Era Mackey.

Ele estava no alto da escadaria, encostado numa coluna, com o cigarro por acender entre os dedos. Estava de costas para mim e não se virou. Acima dele, o céu estava de um azul voltado para a noite; passava das oito e quinze. Fracos e delicados, dispersando-se em algum lugar dos grandes espaços de penumbra lá fora, gritos atentos de morcegos e tagarelice atenta de meninas.

Quando me aproximei de Mackey, ele levou o cigarro à boca e olhou de relance para mim por cima do clique do isqueiro.

– Desde quando você fuma?

– Só precisava de um pouco de ar. – Afrouxei o colarinho, respirei fundo. O ar estava doce e aconchegante, flores noturnas se abrindo.

– E de um papo.

– A gente não se vê faz tempo.

– Garoto. Você vai precisar me perdoar, mas não estou no estado de espírito adequado para jogar conversa fora.

– Não, eu sei. Eu só queria dizer... – O constrangimento era real, assim como o vermelho no rosto. – Eu sei que você andou... você sabe... dizendo coisas positivas sobre mim, de tempos em tempos. Só queria uma oportunidade para agradecer.

– Não me agradeça. Só não meta os pés pelas mãos. Não gosto de parecer idiota.

– Não pretendo meter os pés pelas mãos.

Mackey fez que sim e me virou as costas. Fumava como se o cigarro fosse um combustível e ele estivesse decidido a aproveitar até a última gota.

Eu me encostei à parede, não muito perto. Fiquei olhando para o céu, só relaxando.

– Estou louco para saber, cara. Como você escolheu o Santa Kilda?

– Você imaginou que eu fosse querer Holly estudando na escola pública mais próxima?

– Alguma coisa desse tipo, sim.

– A quadra de tênis estava abaixo dos meus critérios.

Espremendo os olhos, para se proteger da fumaça. Só um cantinho da sua cabeça estava ali comigo.

– Mas esse lugar? Quando eu o vi... – Deixei escapar uma risada contida. – Puta merda.

– Ele é demais, mesmo. Você achava que eu não gostava de boa arquitetura?

– Só achei que não combinava com você. Crianças ricas. Holly passando a maior parte da semana fora de casa.

Esperei. Nada, só a subida e a descida do cigarro.

— Você quis tirar Holly de dentro de casa, foi isso? Um exagero de drama de adolescência? Ou não gostava dos amigos dela?

Um canto da mente de Mackey era mais que suficiente. Um franzido de lobo na sua boca; um estalo vagaroso da língua.

— Stephen, Stephen, Stephen. Cá estava você se saindo tão bem. Todo esse papo de trabalhador para trabalhador, era isso mesmo que eu já estava sentindo. E aí você pegou e ficou impaciente, e voltou direto para a atitude de policial. A sua filha é uma adolescente problema, senhor? A sua filha tem colegas inconvenientes, senhor? Em algum momento, o senhor percebeu algum sinal de que sua filha estivesse se preparando para se tornar uma assassina desalmada, senhor? E num instante, aquela ligação simpática que estávamos construindo sumiu. Erro de novato, garoto. Você precisa praticar a paciência.

Ele estava relaxado, encostado à pilastra, sorrindo para mim, esperando para ver o que eu ia apresentar em seguida. Seus olhos estavam espertos. Eu agora tinha sua atenção.

— A escola, eu posso entender, quase. Pode ser que a mãe de Holly tenha estudado aqui, ou pode ser que sua escola pública mais próxima seja um lixo, que Holly fosse alvo de bullying, ou que lhe oferecessem drogas. Os princípios da maioria das pessoas são deixados para trás quando se está falando da vida de um filho. Mas ficar interna? Não. Não entendo.

— Sempre derrube as expectativas das pessoas, garoto. Faz bem à circulação delas.

— Na última vez em que trabalhamos juntos, você e a mãe da Holly estavam separados. Já fazia tempo, ao que eu pudesse deduzir. Você já perdeu anos da vida da Holly, e agora a despacha para o colégio interno, para poder perder ainda mais? Isso não combina.

Mackey apontou o cigarro para mim.

— Bonitinho isso de "última vez em que trabalhamos juntos". Como se agora estivéssemos trabalhando juntos. Gostei.

— Você e a mãe da Holly estão juntos de novo. Essa é sua chance de voltar a ser uma família. Você não ia renunciar a isso se não fosse por uma boa razão. Ou a Holly estava aprontando e você precisou que ela fosse para um lugar rigoroso que a pusesse na linha, ou ela estava andando com más companhias e você quis deixá-la bem longe daquilo tudo.

Ele estava concordando sem parar, com uma expressão pensativa.

— Até razoável. Como suposição, funciona. Ou pode ser, simplesmente pode ser que minha mulher e eu tenhamos sentido necessidade de um tempo para refazermos os laços, depois de toda aquela separação desagradável. Para acender de novo a chama. *Um tempo para nós*, não é assim que se deve dizer?

— Você adora essa menina até os ossos. Você nunca quis menos tempo com ela desde que ela nasceu.

— Minha atitude para com a família é um pouco peculiar, garoto. Achei que você tinha percebido isso, na última vez em que *trabalhamos juntos*. — Mackey jogou o cigarro no gramado. — Talvez a chance de ser uma adorável família nuclear não signifique a mesma coisa para mim que significaria para você. Vai me denunciar?

— Se Holly estava arrumando encrenca em casa, nós vamos descobrir — comentei.

— Muito bem. Eu não esperaria menos que isso.

— Só estou lhe pedindo que nos poupe tempo e trabalho.

— Nenhum problema. A maior encrenca em que Holly chegou a se meter foi ficar de castigo por não arrumar o quarto. Espero que isso ajude.

Nós íamos verificar. Mackey sabia.

— Obrigado — disse eu, fazendo que sim.

Ele ia entrando. Antes que sua mão chegasse à maçaneta da porta, eu falei.

— Eu ainda queria saber. Sobre o colégio interno. Por quê? Não sai barato. Alguém quis muito que chegasse a isso.

Ele me observando, achando graça, como costumava me olhar sete anos antes, o cachorrão observando o filhotinho animado. Sete anos é muito tempo.

— Sei que não tem nada a ver com nosso caso, mas não vou parar de pensar nisso. É por esse motivo que estou perguntando.

— Por curiosidade. De homem para homem — disse Mackey.

— É.

— Não me venha com essa. Você está perguntando como detetive ao pai de uma suspeita.

Sem piscar, me desafiando a negar: *Meu Deus, não, ela não é uma suspeita...*

– Só estou perguntando – retruquei.

Mackey ficou me examinando. Fez algum tipo de conta por trás dos olhos. Procurou de novo os cigarros. Pegou um com o canto da boca.

– Deixe-me lhe fazer uma pergunta – disse ele, através do cigarro. Protegendo a chama com a mão. – Só um palpite. Quanto tempo você diria que Holly passa com o meu lado da família?

– Não muito.

– Bom chute. Ela vê uma das minhas irmãs umas duas vezes por ano. No lado de Olivia, tem um casal de primos só do período natalino; e tem a mãe de Olivia, que compra porcarias de marca para Holly e a leva a restaurantes sofisticados. E, como Olivia e eu passamos separados ou nos separando a maior parte do período pertinente, Holly é filha única.

Ele se encostou no umbral, acionou o isqueiro e ficou olhando a chama. Esse ele estava fumando de um jeito diferente, se demorando a cada tragada.

– Você acertou o motivo pelo qual escolhemos o Santa Kilda, parabéns. Foi aqui que a Olivia estudou. E acertou ao dizer que eu não aprovava a ideia do internato. Holly pediu no início do segundo ano. Eu disse que só passando por cima do meu cadáver. Ela continuou a implorar. Eu continuei a dizer que não. Mas acabei perguntando por que ela queria isso tanto assim. Holly disse que era por causa das suas amigas. Becca e Selena já eram internas. Julia estava fazendo a mesma campanha com os pais. As quatro queriam ficar juntas.

Jogou o isqueiro girando para o alto e o apanhou de volta.

– Ela é esperta, essa minha garota. Nos meses seguintes, todas as vezes em que uma das amigas ficava lá em casa, ela era um anjinho: ajudava com as tarefas domésticas, fazia o trabalho de casa, sem se queixar nunca de nada, toda feliz e alegrinha. Quando não estava com alguma amiga, ela era um perfeito pé no saco. Andando pela casa como uma personagem de uma ópera italiana, nos lançando olhares de acusação, com a boca trêmula. Bastava você pedir para ela fazer qualquer coisa, e ela explodia em lágrimas e se trancava no quarto. Não fique animadinho com isso, detetive, todas elas fazem drama; não é um sinal de delinquência juvenil. Mas depois de um tempo, Liv e eu sentíamos pavor dos dias em que ficaríamos só nós três. Holly nos treinou como um casal de pastores-alemães.

– Teimosa – disse eu. – Deve ter herdado da sua mulher.

Um olhar irônico, de esguelha.

– A teimosia não teria tido nenhum efeito. Se fosse só isso, eu teria continuado a aguentar o mau humor dela até ela se cansar. Teria sido um prazer. Mas um dia de noite Holly está tendo um ataque de pelanca. Nem mesmo me lembro do motivo. Acho que foi porque nós dissemos que ela não podia ir à casa da Julia. E ela berra: "Elas são as únicas pessoas em quem eu confio. Sei que posso contar com elas não importa o que aconteça. São como minhas irmãs! Por causa de vocês dois, elas são as únicas irmãs que eu vou chegar a ter! E vocês estão me mantendo longe delas!" E subiu correndo pela escada, para bater a porta do quarto com violência e chorar no travesseiro sobre como tudo era injusto nesta vida.

Mais uma longa tragada. Ele inclinou a cabeça para trás, ficou olhando a pluma de fumaça sair em espiral por entre os dentes e subir pelo ar limpo.

– A questão era que a menina tinha alguma razão. É uma droga quando isso acontece. A família é importante. E Liv e eu não fizemos exatamente um belo trabalho para proporcionar uma para Holly. Se ela está tendo mais sucesso em criar seus próprios laços, quem sou eu para atrapalhar?

Puta merda. Eu teria apostado algumas cervejas em que Frank Mackey só conhecia o significado da palavra culpa pelo lado de fora: alguma coisa que podia ser útil para torcer o braço dos outros até eles fazerem o que se quer. Holly tinha conseguido dar um nó na cabeça dele direitinho.

– Então você decidiu deixar que ela fosse em frente – disse eu.

– Então nós decidimos que ela poderia experimentar o internato, durante a semana, por um semestre, para ver como se sairia. Agora nós precisaríamos contratar um guincho para arrastá-la de lá. Por princípio, não gosto disso, e sinto uma falta danada da mocinha, mas, como você disse: quando se está falando da vida de um filho, tudo o mais é deixado para trás.

Mackey guardou o isqueiro no bolso do jeans.

– E é isso aí. Uma conversa franca com o tio Frankie. Foi legal?

Era verdade. Talvez a verdade inteira, talvez não, mas verdadeira.

– Respondi a todas as suas perguntas?

– Restou uma. Não entendo por que você me contaria tudo isso.

– Estou estabelecendo a cooperação interdepartamental, detetive. Demonstrando boas intenções, de um modo profissional, por assim dizer. – Mackey deu um teco no cigarro, que foi parar no chão. Esmagou-o com uma torcida de calcanhar. – Afinal de contas – disse ele, para trás, por cima do ombro, com um largo sorriso, enquanto abria a porta –, nós estamos trabalhando juntos.

Holly estava sentada onde a deixamos. Conway estava junto da janela, com as mãos nos bolsos, olhando para os jardins lá embaixo. Elas não tinham conversado. O ar na sala, a virada rápida das duas, quando entramos, tudo indica que as duas tinham, sim, ficado tentando escutar uma à outra.

Mackey mudou de lugar, para nos manter alertas. Sentou em cima de uma mesa atrás de Holly, pegou um pedaço qualquer de argila de modelagem para ocupar as mãos. Eu puxei o celular de Selena na minha direção. Girei o saquinho de provas em cima da mesa, entre a ponta dos dedos.

– Então, vamos voltar a este celular. Você diz que o encontrou no chão do saguão, na manhã seguinte à morte do Chris. Por enquanto, vamos partir dessa versão. Você tinha visto o celular secreto da Selena. Sabia como ele era. Você tinha que saber que era esse.

Holly fez que não.

– Achei que era o da Alison. Selena guardava o dela escondido no lado da cama. Como ele ia parar no saguão?

– Você nem mesmo perguntou para ela?

– Nem pensar. Como eu disse, eu não queria tocar no assunto com ela. Se eu tivesse pensado nisso, e não me lembro se pensei, eu teria concluído que, se de algum modo aquele celular fosse da Selena, ela ia preferir retirá-lo dos achados e perdidos a ter que falar sobre como eu sabia que era dela e todo esse lixo.

Perfeita, sem tropeços. Ninguém, nem mesmo a filha de Frank Mackey, inventa esse tipo de história fluente assim, do nada. Holly tinha estado pensando naquilo tudo, presa naquela sala de convivência com coisas descontroladas ziguezagueando pelo ar. Metodicamente, ela repassou tudo o que nós podíamos saber e elaborou as respostas.

Algumas pessoas inocentes conseguiriam fazer uma coisa dessas. Não muitas.

– Faz sentido – disse eu. Atrás de Holly, Mackey tinha achatado a argila na forma de um disco e tentava fazê-lo girar na ponta do dedo. – Mas tem um probleminha. Do jeito que nossa testemunha conta a história, você não encontrou o celular no saguão. Você estava com ele enfiado na cintura, enrolado num lenço de papel.

Holly franziu as sobrancelhas. Desconcertada.

– Não, eu não estava. Quer dizer, eu até podia estar com um lenço de papel na mão; todo mundo estava chorando...

– Você não gostava do Chris. E você não é do tipo que finge chorar por alguém de quem não gosta.

– Eu não disse que *eu* estava chorando. Eu não estava. O que estou dizendo é que é *possível* que eu estivesse entregando um lenço de papel a alguém, eu não me lembro. Mas sei que o celular estava no chão.

– Pois eu acho – disse eu – que você pegou o celular de Selena de lá de trás da cama dela e descobriu uma boa maneira de se livrar dele. O recipiente de achados e perdidos. Escolha inteligente. Funcionou direitinho. Quase funcionou para sempre.

A boca de Holly se abriu, mas eu ergui a mão.

– Espere só mais um pouquinho. Deixe-me terminar, antes de me dizer se estou certo ou errado. Você sabia que havia uma chance de nós fazermos uma busca na escola. Você sabia que, se encontrássemos o celular, iríamos conversar com Selena. Você sabia como são os interrogatórios da polícia. Vamos encarar os fatos: há formas melhores de se passar o dia. Você não queria que Selena fosse exposta a tudo isso, não quando ela já estava traumatizada com a morte do Chris. Por isso, jogou fora o celular. Está mais ou menos parecido com o que aconteceu?

Era uma saída: uma razão inocente pela qual ela teria querido se livrar do celular. Nunca aceite uma saída. Ela pode parecer segura como casas de tijolos. Ela leva você um passo mais para perto de onde nós queremos que você esteja.

— Você não precisa responder a essa pergunta — disse Mackey, sem tirar os olhos do seu novo brinquedo.

— Não há motivo para você não responder — disse eu. — Você acha que nós vamos acusar uma menor por esconder alguma coisa que talvez nem seja uma prova? Nós temos muito mais com que nos preocuparmos. Seu pai pode lhe dizer isso também, Holly. Quando você está atrás de alguma coisa importante, não se incomoda de deixar passar o que for insignificante. Isso aqui é insignificante. Mas precisamos deixar esclarecido.

Holly olhou para mim, não para o pai. Pensou, ou eu achei que pensou, naquele momento em que ela viu que eu compreendia.

— A Selena não matou o Chris — disse ela. — Nem pensar. Eu nunca me preocupei achando que tivesse sido ela, nem mesmo por um segundo. Não é assim que ela funciona. — Costas eretas, olhar direto, tentando enfiar isso na minha cabeça. — Sei que você está pensando, *Ah, tá bom...* Mas não estou sendo simplesmente ingênua. Eu *sei* que, com a maioria das pessoas, não se tem como saber do que elas são capazes. Isso eu sei.

O pedaço de argila de Mackey tinha ficado parado. Era verdade: isso Holly sabia, sim.

— Mas com Selena eu sei. Ela não teria ferido o Chris. Nunca. Juro por Deus. É totalmente impossível.

— É provável que você tivesse jurado por Deus que ela também nunca sairia com o Chris.

Uma contração de impaciência. Eu estava perdendo crédito de novo.

— Como se fosse a mesma coisa? *Me poupa.* Seja como for, não espero que você simplesmente aceite minha palavra sobre o tipo de pessoa que ela é. Em termos físicos, ela realmente não teria conseguido. Como eu lhe disse, às vezes não consigo dormir. Na noite em que o Chris morreu, eu tive dificuldade para dormir. Se a Selena tivesse saído, eu teria sabido.

Era mentira, mas deixei para lá.

— Por isso, você se livrou do celular — disse eu.

Holly nem chegou a enrubescer enquanto abandonava a história que tinha me contado, com toda a sinceridade, cerca de cinco minutos antes. Sem pestanejar. Tal pai, tal filha.

— Me livrei. E daí? Se você soubesse que uma amiga sua ia ficar encrencada por alguma coisa que ela absolutamente não tinha *feito*, você não tentaria resolver o problema?

– Eu tentaria, sim. É natural – disse eu.

– Exato. É o que faria qualquer um que tivesse algum tipo de *lealdade*. Por isso, sim, foi o que eu fiz.

– Obrigado – disse eu. – Esse ponto está esclarecido. Só falta um detalhe. Quando foi que você tirou o celular do quarto?

O rosto de Holly ficou paralisado.

– Como assim?

– A única coisa que está me deixando confuso. O corpo do Chris foi encontrado a que horas?

– Pouco depois das sete e meia da manhã – disse Conway. Em voz baixa, continuando invisível. Eu estava me saindo bem.

– E a reunião geral foi a que horas?

Holly encolheu os ombros.

– Não me lembro. Antes do almoço. Ao meio-dia?

– Vocês tiveram aulas de manhã? Ou foram mandadas de volta para os quartos?

– Tivemos aulas. Bem. Mais ou menos. Ninguém prestava nenhuma atenção, nem mesmo os professores, mas nós ainda assim precisávamos ficar sentadas nas salas de aula, fingindo que nos importávamos.

– Quer dizer que pode ser que vocês tenham começado a ouvir rumores por volta do café da manhã – disse eu. – Àquela altura, teriam sido só suposições gerais, polícia no recinto. É provável que todo mundo tenha achado que estava ligado ao jardineiro que traficava. Talvez um pouco mais tarde, se alguém viu o furgão do necrotério chegando e reconheceu o que era, pode ter havido algum boato sobre uma pessoa morta, mas não havia como vocês terem sabido quem era. A que horas o Chris foi identificado?

– Por volta das oito e meia – disse Conway. – McKenna achou que ele parecia conhecido, ligou para o Columba para ver se tinham percebido a falta de alguém.

Equilibrei o saquinho de provas sobre uma extremidade. Segurei-o quando ele caiu.

– Quer dizer que antes do meio-dia, a família imediata do Chris já teria sido notificada, mas nós não teríamos divulgado seu nome para a imprensa. Isso só seria feito depois que a família tivesse a oportunidade de informar todas as pessoas que precisavam saber. Você não poderia ter ouvido no rádio. Na reunião geral deve ter sido a primeira vez que você soube o que tinha acontecido e quem era a vítima.

– É. E daí?

– Então como você sabia que esse celular podia complicar a vida da Selena, a tempo de ir buscá-lo antes da reunião geral?

Holly não ficou para trás.

– Nós todas estávamos espiando pelas janelas, a cada oportunidade que tínhamos. Os professores não paravam de nos dizer para não olhar, mas ah, é isso aí. Vimos policiais fardados, caras da Polícia Técnica. E eu soube que tinha havido um crime. Depois vimos o padre Niall do Columba. Ele tem uns dois metros e meio de altura, parece o Voldemort e usa batina. É difícil de ser confundido com qualquer outra pessoa. Então ficou óbvio que alguma coisa tinha que ter acontecido a um aluno do Columba. E o Chris era o único que eu sabia que tinha perambulado por aqui de noite. Por isso, imaginei que tinha que ser ele.

Uma pequena levantada de sobrancelha para mim, quando acabou de falar. Como se tivesse me mostrado o dedo.

– Mas você achava que ele e a Selena tinham terminado. E você disse que sabia que ela não tinha saído naquela noite. Portanto, não é como se você achasse que eles tinham voltado. O que o Chris estaria fazendo no Kilda?

– Ele podia estar com alguma outra garota. Ele não era exatamente o tipo emotivo que passaria meses entristecido pela perda do seu verdadeiro amor. Ele e a Selena podiam estar separados por *no máximo* uns dez minutos, e eu ficaria surpresa se ele já *não tivesse* encontrado outra garota. E, como eu disse, ele era o único que eu sabia que conseguia sair do Columba. Eu não ia ficar esperando de braços cruzados até a gente descobrir com certeza. Disse que precisava de alguma coisa que tinha deixado no quarto, nem me lembro o que foi, e peguei o celular.

– O que você imaginou que ia acontecer quando Selena percebesse que ele tinha sumido? Especialmente se ficasse provado que você estava enganada, e que o Chris no final das contas não tinha morrido?

Holly deu de ombros.

– Imaginei que saberia lidar com isso se acontecesse.

— Àquela altura, você só estava se concentrando em proteger sua amiga.

— Isso mesmo.

— Até onde você iria para proteger suas amigas?

Mackey se mexeu.

— Isso é baboseira – disse ele. – Ela só pode responder a uma pergunta que tenha algum significado.

— A Holly está sendo entrevistada. Não você – disse Conway, abandonando a invisibilidade.

— Vocês estão ficando com dois pelo preço de um. Se não gostarem, que pena! Ninguém foi detido. Basta irritar qualquer um de nós dois, e nós vamos embora.

— Papai – disse Holly. – Está tudo bem comigo.

— Sei que está. É por isso que ainda estamos aqui. Detetive Moran, se você tiver uma pergunta específica a fazer, faça-a. Se tudo o que tem for a chamada para algum filminho de verão para pré-adolescentes histéricas, passemos adiante.

— Especificamente, Holly: Selena não contou para vocês que ela estava saindo com o Chris. Por que você acha que ela agiu assim?

— Porque nós não gostávamos dele – respondeu Holly, tranquila. – Quer dizer, era provável que Becca até aprovasse. Ela achava o Chris OK. Como eu disse, ela é inocente. Mas a Julia e eu teríamos dito, "Fala *sério*!!! Ele é um mala sem tamanho. Acha que é demais. Vai ver que está te traindo com mais duas. Qual é o *problema* com você?" A Selena não gosta de discussões, especialmente não com a Julia, porque a Julia nunca, jamais, recua. Dá para eu entender muito bem como Lenie podia pensar, "Ah, vou contar pra elas daqui a pouco, quando eu tiver certeza de que vai significar alguma coisa. Por enquanto, vou só tentar fazer com que vejam que ele não é um sacana total; tudo vai dar certo no final..." Ela ainda estaria fazendo isso agora, se eles não tivessem terminado. E se ele não tivesse morrido, é claro.

Alguma coisa não estava batendo, por um quase nada. Como eu não era uma das melhores amigas de Selena, o que eu podia saber? Mas mesmo assim, aquele estremecimento quando ela se lembrou de como deixava as melhores amigas para trás, dormindo, sem saber a verdade... aquilo tinha doído. Ela não parecia ser o tipo que faria uma coisa daquelas sem uma razão forte. Ela aguentaria a discussão e esperaria, numa contemplação tranquila, deixando que Holly revirasse os olhos e que a tempestade de Julia se amainasse. Não combinava com ela se esforçar para sair às escondidas, excluir as outras desse pedaço crucial da sua vida, só porque elas não gostavam muito daquele seu namorado.

Por que mentir a esse respeito?

– Quer dizer que você acha que ela não contou pra vocês porque sabia que vocês iam querer protegê-la? – perguntei.

– Se são essas as palavras que você quer usar, tanto faz.

Mackey, ainda apertando aquela argila para lá e para cá, ainda relaxado, mas me vigiando agora, com os olhos semicerrados.

– Mas ela estava enganada. Quando realmente descobriu, você não sentiu nenhuma necessidade de protegê-la no final das contas, certo?

Holly deu de ombros.

– Protegê-la de quê? Eles tinham terminado. Final feliz.

– Final feliz – disse eu. – Só que então o Chris morreu. E ainda assim você não contou pra Selena que sabia. Por que não? Você tinha que imaginar que ela estava arrasada. Não achou que seria bom pra ela um pouco de proteção? Um ombro amigo, quem sabe?

Holly se jogou para trás na cadeira, os punhos cerrados, tão de repente que me sobressaltei.

– Ai, meu Deus, eu não *sabia* do que ela precisava! Achei que podia ser que só quisesse ser deixada em paz. Achei que, se eu dissesse alguma coisa, ela ficaria com ódio de mim. Eu pensava nisso o tempo *todo* e não conseguia descobrir o que podia fazer por ela. Porque eu sou um lixo ou sei lá o que você está tentando dizer, isso mesmo, você tem razão. OK? Só *me deixa em paz*.

Vi a menininha de que eu me lembrava, enlouquecida de frustração, com o rosto vermelho, dando chutes na mesa. Atrás dela, os olhos de Mackey se fecharam por um segundo: ela não o tinha procurado. Depois, se abriram outra vez. Ficaram fixos em mim.

– A amizade de vocês: isso significa muito pra você. Manter laços fortes significa muito. Não estou certo?

— *Dã*. E daí?

— E daí que aquele sacaninha do Chris estava destruindo esses laços. Vocês quatro não estavam agindo como amigas. Caramba, Holly, não estavam, não. Selena está apaixonada e nem mesmo conta para as outras. Você está espionando o que ela faz, mas também não menciona o assunto com as outras duas. Selena é descartada como lixo, seu primeiro amor é *morto*, e você nem dá um *abraço* que seja na pobre coitada. É assim que você acha que amigas agem? Sério?

Eu era o bonzinho, Conway tinha determinado. Com o canto do olho, eu a vi se recostando à cadeira, numa simulação de tranquilidade, pronta. Holly respondeu, em tom áspero.

— Não é da sua conta o que eu e minhas amigas fazemos. Você não sabe nada sobre a gente.

— Eu sei que elas têm a maior importância para você. Você fez de tudo para conseguir que seus pais a deixassem entrar para o internato aqui, por causa das suas três amigas. Toda a sua *vida* gira em torno das suas amigas. — Minha voz procurava atingi-la cada vez mais. Eu não saberia dizer por quê. Para provar a Conway que eu não era capacho dos Mackey; para provar isso aos Mackey; para me vingar de Holly por ter achado que podia chegar dançando com um cartão-postal na mão e me usar para fazer um origami; me vingar dela por ela ter acertado... — E então o Chris entrou em cena, e vocês quatro se despedaçaram. Se desfizeram, esmigalhadas, com a maior facilidade...

Holly estava lançando faíscas como uma solda elétrica.

— Nós *não nos desfizemos*. Estamos *ótimas*.

— Se alguém ferrasse comigo e com meus amigos desse jeito, eu ia odiar até a sombra dele. Qualquer um odiaria, menos um santo anjo do Senhor. Você é uma boa menina, mas, a menos que tenha mudado muito nos últimos anos, não é nenhum anjo. É?

— Eu nunca disse que era.

— Então, até que ponto você odiava o Chris?

— Eeeee corta. Intervalo para um cigarro — disse Mackey.

Mackey nunca se incomodou em ser óbvio, desde que você não pudesse impedi-lo.

— Hábito nojento esse — disse ele, deslizando de cima da mesa e nos dando um largo sorrisão. — Precisando de um pouco de ar puro, meu jovem Stephen?

— Você acabou de fumar — disse Conway.

A sobrancelha de Mackey subiu, com surpresa. Na hierarquia, ele estava mais alto que nós dois juntos.

— Quero falar com o detetive Moran pelas suas costas, detetive Conway. Achei que isso estava bem claro, não?

— Percebi, sim. Vai poder fazer isso daqui a um instante.

Mackey fez uma bola com a argila e a jogou para Holly.

— Pronto, amorzinho. Brinque com isso. Não me vá fazer nada que escandalize a detetive. Ela parece ser do tipo puritano. — E para mim: — Vamos? — E saiu tranquilo.

Com a base do polegar, Holly esmagou a bola de argila no tampo da mesa.

Olhei para Conway. Ela olhou para mim. Eu fui.

Mackey não esperou por mim. Fiquei olhando enquanto ele descia a escada, um lance à minha frente, todo o tempo por aquelas curvas alongadas. Vi quando atravessou o saguão. Àquela penumbra, àquele ângulo, ele parecia sinistro, alguém que eu não conhecia e que não devia estar acompanhando, não àquela velocidade.

Quando cheguei à porta, ele estava encostado na parede com as mãos nos bolsos. Não tinha se dado ao trabalho de acender um cigarro.

— Estou cansado dessa brincadeirinha. Você e Conway não me fizeram vir aqui por cortesia profissional. Vocês me fizeram vir porque precisam de um adulto responsável. Porque Holly é suspeita no caso do homicídio de Christopher Harper.

— Se você preferir voltar para a base, gravar tudo isso em vídeo, podemos fazer isso.

— Se eu quisesse estar em algum outro lugar, nós estaríamos. O que eu quero é que você pare de palhaçada pra cima de mim.

— Nós achamos possível — disse eu — que a Holly esteja envolvida de algum modo.

Mackey espremeu os olhos para olhar para além de mim, para o contorno das árvores que cercavam aquele gramado.

— Estou um pouco surpreso por ter que salientar esse ponto para você, garoto, mas tudo bem, vamos supor que sim. Você está me descrevendo alguém tão burro que não consegue acertar que sapato vai em qual pé. Holly pode ser um monte de coisas, mas burra ela não é.

— Eu sei que não é.

— Sabe? Então vamos só nos certificar de que entendi direito a hipótese. Na sua opinião, Holly cometeu homicídio e saiu impune. Os caras da Homicídios fizeram o que puderam, não chegaram a nada, se mandaram. E agora, um ano depois, quando todo mundo já desistiu e seguiu adiante, Holly leva aquele cartão para você. Ela *deliberadamente* traz de volta para cá o pessoal da Homicídios. *Deliberadamente* direciona os holofotes para si mesma. *Deliberadamente* vira os holofotes para uma testemunha que pode fazer com que vá para trás das grades. — Mackey não tinha se afastado da parede, mas estava olhando direto para mim, sim. Aqueles olhos azuis, quentes o suficiente para deixar uma marca de ferro em brasa. — Fale comigo, detetive. Diga-me como isso pode funcionar, a menos que ela seja o tipo de imbecil que faria o próprio Menino Jesus dizer um palavrão. Será que deixei de ver alguma coisa aqui? Você está só mexendo com a minha cabeça para provar que agora é um garotão e eu não sou mais seu chefe? Ou você jura por Deus que está aí parado, com a cara limpa, tentando me dizer que tudo isso chega a fazer algum sentido?

— Nem por um segundo acho a Holly burra — afirmei. — Acho que está nos usando para fazer um trabalho sujo para ela.

— Sou todo ouvidos.

— Ela encontrou aquele cartão e precisa saber quem o fez. Por exclusão, chegou às mesmas pessoas que nós, mas foi aí que não conseguiu avançar. Então, ela nos chama para cá para revirar as coisas um pouco, ver quem sobe à superfície.

Mackey fingiu refletir sobre a história.

— Gostei. Não muito, mas gostei. Ela não vê problema com a ideia de que nós realmente encontremos a testemunha e consigamos a informação, certo? Ir parar na cadeia seria só um pequeno aborrecimento?

– Ela acha que não vai parar na cadeia. Isso quer dizer que ela sabe que a garota do cartão não vai dedurá-la. Seja porque sabe que é uma da sua própria galera, e a turma da Joanne Heffernan só acabou se intrometendo ao longo do caminho, por acaso; seja porque Holly imagina que o melhor é descobrir se elas têm qualquer informação, já que está com a mão na massa e as outras estavam saindo de noite também; seja porque ela simplesmente gosta da ideia de lhes dar um susto. Pode ser também que ela tenha algum poder sobre a galera da Heffernan.

A sobrancelha de Mackey estava lá no alto.

– Eu disse que ela não é burra, garoto. Não disse que ela era a porra do professor Moriarty.

– Me diga que isso não parece com alguma coisa que você faria – disse eu.

– Eu bem que poderia. Sou um profissional. Não sou uma adolescente ingênua, cuja experiência com o comportamento criminoso se resume a um único encontro infeliz, sete anos atrás. Fico lisonjeado por você achar que criei algum tipo de gênio do mal, mas talvez fosse bom você guardar um pouco dessa imaginação para seus jogos de guerra online.

– E Holly é uma profissional. Como todas elas são. Se aprendi uma coisa hoje, foi que meninas adolescentes fazem Moriarty parecer um bebê ingênuo e desamparado.

Mackey concordou comigo, com uma inclinação do queixo. Ficou pensando.

– Portanto – disse ele –, nesta bela historiazinha, Holly sabe que a garota do cartão não vai dedurá-la, mas ainda se dispõe a correr grandes riscos para descobrir de quem se trata. Por quê?

– Se fosse você – disse eu. – Começar a pensar em deixar o colégio. Começar a perceber que você e suas amigas vão sair para o grande mundo lá fora. Que isso, que se tem agora, não vai durar para sempre, que vocês nem sempre vão continuar a ser as melhores amigas que prefeririam morrer a uma entregar a outra. Você ia querer deixar uma testemunha por aí?

Esperei levar um murro, talvez. Recebi uma risada espantada que até pareceu real.

– Caramba, garoto! Agora ela é uma assassina em série? Você quer verificar o álibi dela para o caso do OJ também?

Eu não sabia como pôr em palavras, o que eu tinha visto em Holly. Coisas se tornando sólidas, o mundo se alargando diante dos seus olhos. Sonhos que se transformavam em realidade, e vice-versa, como um desenho que passasse do carvão para a pintura a óleo bem diante do seu nariz. Palavras mudando de forma; significados escorregadios.

– Não uma assassina em série – disse eu. – Só alguém que não se deu conta do que estava começando.

– Ela não é a única. Você já tem uma reputação de... como dizem isso?... de não gostar de *trabalhar em equipe*. Eu por mim acho que isso não é necessariamente um traço indesejável, mas nem todos concordam comigo. Se você der mais um passo por esse caminho, muita gente mesmo nem vai querer conhecer você. E acredite em mim, companheiro: prender a filha de um policial não conta para mostrar que você sabe trabalhar em equipe. Faça isso, e pode dar adeus às suas chances de entrar para a Homicídios ou para as Operações Especiais. Para sempre.

Ele não estava se esforçando para ser sutil.

– Só se eu estiver enganado – disse eu.

– Você acha?

– Acho, sim. Se nós resolvermos esse caso, eu fico em primeiro na fila para entrar para a Homicídios. Todo mundo pode detestar a minha sombra, mas eu vou ter a minha chance.

– De trabalhar lá, pode ser. Por algum tempo. Mas não de fazer parte da turma.

Mackey me observando. Ele é bom, o Mackey; é o melhor. Dedo direto na ferida, fazendo só a pressão suficiente.

– Já fico satisfeito em trabalhar lá. Tenho amigos de sobra.

– É mesmo?

– É mesmo.

– Bem – disse Mackey, ajeitando os punhos da camisa, dando uma olhada no relógio. – Melhor não deixar a detetive Conway esperando ainda mais. Ela já não gosta muito quando você sai para papos particulares comigo.

– Ela está muito bem.

– Chega aqui – disse Mackey. Ele acenou. Esperou.

Acabei me aproximando.

Ele pôs a mão em torno da minha nuca. Sem força. Os olhos azuis veementes, a centímetros dos meus.

– Se você estiver certo – disse ele, sem nenhum tom de ameaça, sem querer me assustar, só me dizendo –, eu mato você.

Ele deu um tapinha duplo na parte de trás da minha cabeça. Sorriu. E foi se afastando, entrando na escuridão da abóbada alta do saguão.

Foi nesse instante que me dei conta: Mackey achava que aquilo tudo era culpa dele. Achava que ele tinha posto o dia de hoje no sangue de Holly. Mackey achava que eu estava com a razão.

22

Segunda de manhã, cedo, o ônibus vai se arrastando no trânsito, aos trancos. Chris Harper ainda tem três semanas e menos que quatro dias de vida.

Julia está na parte traseira do piso superior, meio vazio, com os tornozelos em torno da bolsa de ginástica, em ângulos desconfortáveis, e o trabalho de casa de ciências no colo. Ela passou o fim de semana quebrando a cabeça sobre o que fazer a respeito de Chris e Selena. Seu instinto mais forte é o de pegar Selena, provavelmente segurando-a pelo braço, e lhe perguntar que merda é essa que ela acha que está fazendo; mas algum outro instinto, mais escondido e se remexendo inquieto, lhe avisa que, no instante em que disser isso em voz alta – para Selena, para Holly ou para Becca – nada voltará a ser como antes. Ela consegue sentir o cheiro da fumaça venenosa à medida que tudo o que elas têm é consumido pelas chamas. Por isso, acabou não chegando a nenhuma conclusão por esse lado e também não fez o trabalho de casa; e a semana está começando bem que é uma beleza. A chuva escorre pelas janelas do ônibus, o motorista aumentou a temperatura ao máximo, e tudo está coberto com uma película pegajosa de condensação.

Julia está escrevendo rápido, alguma coisa sobre fotossíntese, com um olho no livro e o outro na página praticamente copiada no caderno, quando sente alguém em pé no corredor olhando de cima para ela. É Gemma Harding.

Gemma mora a quatro casas da parada do ônibus, mas nas manhãs de segunda o papai sempre a deixa no colégio, em seu Porsche preto que leva meia hora para manobrar na estreita entrada de carros do colégio. Tudo faz diferença na hierarquia: um Porsche derrota a maioria dos carros, qualquer carro derrota o ônibus. Caramba, se Gemma está usando o *transporte público*, existe um motivo.

Julia revira os olhos.

— Selena não chegou perto do Chris. OK, valeu, tchau. — E enfia a cara no livro.

Gemma joga a bolsa de fim de semana em outro banco e se senta ao lado de Julia. Está molhada, com gotas de chuva cintilando no casaco.

— Esse ônibus fede — diz ela, franzindo o nariz.

E fede mesmo: capas de chuva marinadas em suor, fumegando.

— Então salte e chame o papai para vir salvar você. Por favor.

Gemma finge que não ouviu.

— Você sabia que a Joanne saía com o Chris?

Julia levanta a sobrancelha para ela.

— É mesmo? Até parece.

— Saiu, sim. Por uns dois meses. Antes do Natal.

— Se ela tivesse conseguido fisgar o Chris Harper, teria mandado fazer uma tatuagem na testa.

— Ele não queria que ninguém soubesse. O que devia ter sido uma dica para a Joanne. Tipo, helloo! Mas o Chris não parava de jogar cascata pra cima dela, como estava assustado porque nunca tinha sentido nada parecido nem tão forte por ninguém...

Julia bufa, debochando.

— Eu sei, certo? Não sei que tipo de programa de televisão ele vê, mas, como assim, *eca!* Eu falei com a Joanne: o único motivo para um cara não querer contar pras pessoas é porque você é uma monstruosidade e ele tem vergonha de estar com você, o que obviamente não se aplica à Joanne, ou então é porque ele quer manter abertas suas opções.

Julia fecha o livro, mas o mantém no colo.

— E daí? — diz ela.

— Daí que a Joanne ficou dizendo, "Ai, meu Deus, Gemma, você é tão cínica. Qual é o *problema* com você? Está com inveja ou sei lá o quê?" O Chris a deixou totalmente convencida de que aquilo era algum romance fenomenal.

Julia finge que vomita. Dois caras do Columba, lá mais para a frente do ônibus, estão se virando para olhar para elas, forçando sorrisos, falando mais alto e se dando ombradas. Gemma não sorri para eles, nem faz aquela coisa irritante em que finge que não lhes dá atenção, mas se endireita, projetando os seios. Em vez disso, ela revira os olhos e abaixa a voz.

– Como se ela estivesse começando a se perguntar se ele era o amor da *vida* dela. Ela não parava de falar sobre como um dia poderia contar aos *filhos* como os dois costumavam sair às escondidas para esses pequenos encontros secretos.

– Fascinante – diz Julia. – Então como é que ela não está exibindo o anel de noivado?

– Ela não estava transando com ele – diz Gemma, em tom neutro. – E ele terminou com ela. Nem foi pessoalmente. Um fim de tarde eles tinham marcado de se encontrar no parque, e o Chris não apareceu, nem atendeu o celular. Ela lhe mandou umas dez mensagens de texto, tentando entender o que tinha acontecido. No início, achou que ele tinha que estar no *hospital* ou coisa parecida. Uns dois dias depois, nós estávamos lá no Palácio e ele passou direto por nós. Nos viu e olhou pro outro lado.

Julia arquiva a imagem do rosto de Joanne, para curtir mais tarde.

– Isso foi sujeira.

– É, você acha?

– Como foi que ela não quis transar com ele? – Julia nunca achou que Joanne fosse do tipo que se guarda para o casamento.

– Bem, ela *ia transar*. Não é que seja frígida ou coisa semelhante. Só estava adiando para ele não achar que ela era uma piranha, e também para ele ficar mais a fim dela. Na verdade, já tinha decidido ir em frente. Só estava esperando que um dos dois tivesse a casa livre no fim de semana. Não estava disposta a fazer sexo no Campo como alguma vagaba qualquer. Só que ela não tinha dito isso pro Chris, porque queria que ele ficasse ligadão. E ele se encheu de esperar e desistiu dela.

– Quer dizer que a moral da história – diz Julia – é que no fundo a Joanne ainda está louca pelo Chris, o que o transforma em propriedade dela, e todo o resto do planeta deve se recolher. Deixei de perceber alguma coisa?

– Na verdade, deixou – diz Gemma, com um olhar de peixe morto. – Deixou, sim.

Ela espera até Julia perguntar, com um suspiro ruidoso.

– OK. O que foi?

– A Joanne é durona.

– A Joanne é uma víbora.

Gemma dá de ombros.

– Não importa. Ela não é mole. Mas o que o Chris fez arrasou com a cabeça dela. Depois, ela precisou fingir que estava doente uma semana inteira, para poder ficar no nosso quarto.

Julia se lembra disso. Na época, ela chegou a pensar em dizer às pessoas que tinham aparecido no rosto de Joanne uns furúnculos enormes cheios de pus, mas não se interessou o suficiente para dedicar a isso o esforço necessário.

– O que ela estava fazendo? Chorando?

– Ela não conseguia *parar* de chorar. Estava horrível e não queria que ninguém a visse daquele jeito. Além disso, morria de medo de começar a chorar no meio, digamos, da aula de francês, e de que as pessoas adivinhassem. Mas principalmente foi porque, se ela visse o Chris ou qualquer amigo dele, ia simplesmente morrer de vergonha. Ela só dizia, "Nunca mais vou poder sair de novo. Vou precisar fazer meus pais me transferirem para um colégio em Londres ou em algum outro lugar..." Levei uma semana para conseguir que ela entendesse que *precisava* sair, ver o Chris e agir como se mal se lembrasse do nome dele, ou ele ficaria sabendo como ela estava abalada, o que o faria pensar que ela era de dar pena. É assim que os caras funcionam. Se você se importar mais com eles do que eles com você, eles odeiam você por isso.

Julia daria tudo o que nunca pensou em dar, por uma chance de quebrar os dentes do Chris com um murro. Não porque ele tivesse ferido os admiráveis sentimentos de Joanne, o que, do ponto de vista de Julia, é o único ponto positivo nessa história nojenta; mas porque tudo isso está acontecendo por causa de um merdinha. Selena destruindo tudo, a expressão no rosto de Finn no Campo: tudo por causa de algum sacana de quinta categoria que nunca teve um pensamento na cabeça a não ser QUERO XOXOTA.

– E daí? Por que isso seria um problema meu? – diz Julia.

– Porque Selena não é durona.

— Mais dura do que você pensa.

— É mesmo? Tão dura que, quando o Chris aprontar o mesmo com ela, ela vai se sentir perfeitamente bem? O que ele sem a menor dúvida vai fazer. Garanto que ele já está jogando pra cima dela a mesma baboseira de pombinhos amorosos que jogou pra cima da Joanne. E se a Jo caiu na conversa, a Selena vai cair também. Dentro de umas duas semanas, ela terá certeza de que eles vão se casar. E, mesmo que ela esteja transando com ele...

— E ela não está.

Gemma lança para Julia um olhar de ceticismo.

— Ela não está transando com ele – diz Julia. – E não é por ser *frígida*.

— Bem – diz Gemma –, mesmo que ela esteja transando com ele, e ainda mais se ela não estiver, mais cedo ou mais tarde, ele vai ficar de saco cheio. E vai desaparecer do celular dela e passar por ela como se ela não existisse. Até que ponto ela vai ficar destroçada? Especialmente quando ouvir o que a Jo vai espalhar sobre o *motivo* para ela ter sido largada. Porque você sabe que a história vai ser boa. Você acha que a Selena vai se recuperar em uma semana? Ou acha que ela vai ter um colapso nervoso de verdade?

Julia não responde.

— Selena já é... quer dizer, não estou querendo ser cruel, mas vamos encarar os fatos: ela dá a impressão de que não seria preciso muita coisa para perder o equilíbrio.

— Eu examinei o celular da Selena – diz Julia. – Nele não tem nada do Chris. Nem mesmo nada que pudesse vir dele.

Gemma ri, bufando.

— Claro que não. Quando ele estava saindo com a Joanne, ele lhe *deu* um celular secreto especial, só para troca de mensagens de texto. Sabe o celular da Alison? O cor-de-rosa? Foi esse. Depois que eles desmancharam, a Joanne fez a Alison aceitar comprar o tal celular. Nem mesmo me lembro qual foi a desculpa que ele deu, mas basicamente, se quer minha opinião, ele estava com medo de que os pais dela, as freiras ou uma de nós fossem olhar no celular dela de verdade e descobrissem. Ele disse para ela manter o celular escondido.

Quando é óbvio que a primeira coisa que Joanne fez foi mostrar o celular para todas as amigas. Ele não era só um sacana de quinta categoria; era um sacana de quinta categoria burro como ele só.

– Por isso, aposto que a Selena também tem um celular supersecreto malocado em algum canto – disse Gemma.

– Caramba – diz Julia. – Quanto ele ganha de mesada?

– Quanto ele quiser. Foi o que ouvi dizer. – Um sorriso passa pelo canto da boca de Gemma. Ela não vai revelar onde foi que ouviu isso. – Ele também tem um celular exclusivo, só para as garotas com quem anda. Sabe o nome que os outros caras deram a esse celular dele? Tele-xoxotas do Chris.

É exatamente esse tipo de merda que as levou a fazer aquele juramento, para começo de conversa. Julia quer pegar uma raquete de tênis de mesa e bater com ela na cabeça de Selena para ver se ela cria juízo.

– Classudo.

– Ele é esperto – diz Gemma. – Você precisa consertar essa história antes que a Selena tenha tempo para se apaixonar de verdade.

– Isso, se ela estivesse saindo com ele – diz Julia, depois de um instante –, nesse caso, sim. Pode ser que eu fizesse alguma coisa.

Elas ficam ali sentadas num silêncio que dá uma estranha sensação de companheirismo. O ônibus passa por buracos, sacolejando.

– Não conheço o Chris – diz Julia. – Nunca cheguei a conversar com ele. Se você quisesse que ele largasse alguém rápido, como faria?

– Você ia precisar de muita sorte. O Chris... – Gemma faz uma mímica, com uma mão descendo de lado para apontar direto para a frente: obstinado. – Ele sabe o que quer e vai atrás. Deixe ele pra lá. Trabalhe na Selena, faça com que ela o largue. Não o contrário.

– A Selena não está com ele. Está lembrada? Estou só perguntando *se*. Para me divertir. *Se* estivesse excluída a possibilidade de convencer a garota, como você abordaria o Chris?

Gemma tira da bolsa de fim de semana o brilho rosa e um espelho; e o aplica, vagarosamente, como se ele a ajudasse a pensar.

– Joanne me mandou dizer pra ele que a Selena tem gonorreia. O que provavelmente resolveria o caso.

Julia muda de ideia: com ou sem ponto positivo, ela deseja que Joanne e Chris tivessem ficado juntos. Eles são perfeitos um para o outro.

– Faça isso, e eu conto pro pai da Holly que você compra anfetamina com o jardineiro, pra perder peso.

– Tanto faz. – Gemma comprime os lábios um no outro e os examina no espelho. – Você acredita mesmo que Selena não está transando com ele?

– Acredito mesmo. E ela não vai transar.

– Bem – diz Gemma, fechando o brilho e o deixando cair dentro da bolsa. – Você podia tentar falar isso pra ele. É provável que ele não acredite em você, porque se acha simplesmente tão irresistível que só uma maluca chegaria a lhe dizer não. Mas, se você conseguir convencê-lo, ele vai largar a Selena pela primeira garota que aceitar. *Rapidinho.*

– Então por que a Joanne não avança? Diz pra ele que deseja aquele seu corpo sexy, mas só se ele romper com a Selena?

– Eu disse isso pra ela. Ela respondeu que nem morta. Ele teve sua chance e deixou passar.

Em outras palavras, Joanne morre de medo de ser rejeitada pelo Chris.

– Você não é camaradinha da Joanne? – pergunta Julia. – Não quer fazer o serviço sujo por ela?

Um sorriso lento e úmido se forma na boca de Gemma, mas ela faz que não.

– Hum, é, não!

– Como se você não achasse ele um gato? Achei que você nem ia precisar de um pretexto.

– Ele é totalmente gato. Não é essa a questão. A Joanne teria um ataque.

– Se você tem tanto medo dela – diz Julia, de repente –, por que anda com ela?

Gemma inspeciona a boca no espelho, limpa um borrão com a ponta do dedo mindinho.

– Não tenho *medo* dela. Só não quero que ela se emputeça.

– Ela ficaria *muito* emputecida se descobrisse que você me contou como o Chris terminou com ela.

– É mesmo. Eu prefiro que ela não saiba isso. É óbvio.

Julia está virada no banco, olhando direto para Gemma.

— Então por que você me contou? Não parece que se importaria se Selena sofresse uma desilusão daquelas.

Gemma levanta um ombro.

— Não me importo muito, não.

— Então?

— Porque quero que ele se foda. Vai ver que você está certa e a Joanne é uma víbora, mas ela é minha amiga. E você não viu o estado em que ela ficou depois. – Gemma fecha o espelho e o enfia de volta na bolsa. – Nós começamos um boato de que ela terminou com ele porque ele queria usar fralda e que ela a trocasse para ele...

— Eca – diz Julia, impressionada.

Gemma dá de ombros.

— É uma coisa real. Tem caras que curtem isso. Mas não funcionou. Ninguém acreditou. Nós devíamos ter dito simplesmente que ele não conseguia transar, que tinha um pintinho minúsculo ou coisa semelhante.

— Quer dizer – conclui Julia – que, como vocês não conseguiram arrasar com ele, querem que eu faça isso. Eu consigo que a Selena largue ele de uma vez, e vocês tratam de fazer todo mundo saber que ele foi dispensado, pra ele ficar constrangido assim como deixou a Joanne constrangida.

— Basicamente é isso aí – responde Gemma, impassível.

— OK – diz Julia. – Trato feito. Vou separar os dois. Rápido. – Ela não faz ideia de como. – Mas você se certifique de que a Joanne e as fulaninhas não digam a ninguém que ele um dia esteve com a Selena. Vocês podem dizer que a Joanne o dispensou ou qualquer coisa, se quiserem que ele fique constrangido. Mas a Selena não entra na história. *Nunca*. Nada de palhaçada de gonorreia, nada. Trato feito?

Gemma fica pensando.

— Ou eu posso contar pra Joanne – diz Julia – que você me contou que ela achava que ia se casar com o Chris e ter lindos filhinhos com ele.

Gemma faz uma careta de nojo.

— OK – diz ela. – Combinado.

Julia faz que sim.

— Combinado – diz ela, quase só para si mesma. E se pergunta se há alguma chance de Gemma ficar por ali, sem falar, só mantendo sua presença sólida e o perfume do seu brilho pegajoso, até elas chegarem ao colégio.

O ônibus para num ponto, balança com a invasão de pés que embarcam. Vozes agudas, animadas: "Caramba, você *não* disse isso, não disse..."

– Nos vemos – diz Gemma. Ela fica em pé e levanta no ombro a bolsa pesada de fim de semana. Lá na frente, os caras do Columba veem que ela está em pé e fazem mais barulho. Um instante antes de Gemma balançar os quadris pelo corredor na direção deles, ela sorri para Julia e ergue a mão num pequeno aceno.

23

A sala de artes estava ficando fria. Conway tinha arrastado a cadeira até o lado da minha. O Policial Malvado ia entrar em ação.

Dessa vez, ela não se virou quando Mackey e eu entramos. Holly também não se virou, só continuou a fincar as unhas na bola de argila deixando marcas curvas e fundas, pensando em seus próprios assuntos. Elas não tinham ficado atentas uma à outra, não dessa vez. Tinham, sim, verificado sua armadura, suas armas, preparando-se para o momento em que nós voltássemos. Lá junto da janela, a escola de arame de cobre tremeluzia fria. A lua alta entrava ali, olhando para todos nós.

Mackey voltou a se encostar na sua mesa. Cada vez que ele se mexia, eu estremecia. Só conseguia pensar numa coisa: o que ele estava esperando para fazer. Seu ar frio e de quem estava achando graça dizia que ele não tinha deixado de perceber.

Conway olhou nos meus olhos quando me sentei ao seu lado. O dela dizia: *Pronto. Firme. Agora.*

Ela não voltou ao ponto onde tínhamos estado: como Holly tinha de ter odiado Chris. Não faria sentido. Mackey tinha destruído e arrasado aquele momento.

– Você está certa – preferiu ela dizer. – Nós realmente reduzimos a probabilidade do cartão a vocês oito. Uma das outras sete sabe quem matou o Chris.

Holly rolou a argila pela mesa, de uma mão para a outra.

– É, bem, pelo menos ela diz que sabe.

– Como você se sente a respeito disso?

Cara de incredulidade.

– Como *eu me sinto*? O que é isso aqui? Orientação psicológica? Você quer que eu faça um desenho dos meus sentimentos a lápis de cor?

– Você está preocupada?

– Se eu estivesse preocupada, não teria *levado* o cartão pra vocês, pra começo de conversa. Dã...

Atrevida demais, aquela jogada do cabelo. Holly estava representando.

De manhã, o cartão não a afetava. Desde então, alguma coisa tinha acontecido.

– Isso só quer dizer que hoje de manhã você não estava preocupada – disse eu. – E agora?

– Com que eu iria me preocupar?

– Com a possibilidade de uma das suas amigas saber alguma coisa que poderia expor essa amiga a algum risco – disse Conway. – Ou com alguém saber alguma coisa que talvez você não queira que nós descubramos.

Holly se jogou para trás na cadeira, lançando as mãos para o alto.

– Meu Deus, *olha só*. Ninguém no colégio sabe o que aconteceu com o Chris. Joanne inventou o cartão porque estava procurando chamar a atenção. OK?

Conway levantou uma sobrancelha.

– Por que você não disse isso para o detetive Moran quando lhe entregou o cartão? "Aqui está, e por sinal é tudo uma cascata que uma garota chamada Joanne Heffernan inventou." Ou aconteceu alguma coisa desde hoje de manhã cedo, que transformou Joanne em sua hipótese preferida?

– Joanne não para de tentar nos meter em encrenca, foi isso o que aconteceu. Quando vocês apareceram, é óbvio que ela pirou de vez. Vai ver que não estava esperando a polícia *de verdade*, porque é uma idiota de verdade. Por isso ela passou o dia inteiro enlouquecida tentando fazer vocês olharem pra nós, só pra vocês não descobrirem o que ela fez e ela não ter problemas por desperdiçar o tempo de vocês. Por que ela ia ter todo esse trabalho, a menos que tivesse alguma coisa que não quisesse que vocês percebessem?

– Se ela queria direcionar nosso olhar para você e suas amigas – disse Conway –, ela fez um belo trabalho.

– É, é claro. Se não, eu não estaria sentada aqui. Nunca ocorreu a vocês que ela pudesse ser uma tremenda mentirosa?

— Eu até diria que ela é, sim. Mas não precisamos aceitar a palavra dela para nada. Os encontros entre a Selena e o Chris, por exemplo: quando tudo o que tínhamos era a palavra de Joanne, não nos impressionamos muito. Mas aí ela nos mostrou um vídeo. Dos dois juntos.

Alguma coisa passou deslizando pelo rosto de Holly. Não foi surpresa.

Aquele vídeo foi como Holly tomou conhecimento dos encontros entre Chris e Selena.

— Que cabeça mais doente! — disse ela, com frieza. — Isso nem mesmo me surpreende.

Conway perguntou, e eu senti que seu raciocínio estava ali bem ao lado do meu.

— Ela lhe mostrou o vídeo?

Holly bufou.

— É, não. Joanne e eu não compartilhamos nada.

— Não pensei em vocês duas compartilhando e se importando — disse Conway, com um gesto negativo. — Estava pensando em chantagem.

Expressão neutra.

— De que tipo?

— A Joanne saiu com o Chris por um tempo. Antes de ele ficar com a Selena.

Holly levantou as sobrancelhas.

— É mesmo? Pena que não deu certo.

Ainda nenhuma surpresa.

— Você acha que a Joanne ficou feliz quando ele a dispensou pela Selena? — perguntei.

— Duvido. Espero que tenha lhe causado um aneurisma cerebral.

— Por pouco — disse Conway. — Você conhece a Joanne melhor do que eu. Acha que ela ficaria emputecida o suficiente para querer que ele morresse?

— Acho, sim. Tenho certeza. Posso ir agora, para vocês poderem importunar a Joanne, no meu lugar?

— A questão é que temos quase certeza de que de fato não foi a Joanne que matou o Chris. Estamos nos perguntando se ela conseguiu outra pessoa para fazer isso por ela.

— Orla — disse Holly, de imediato. — Qualquer serviço sujo que a Joanne queira que seja feito, ela manda a Orla fazer.

Conway estava fazendo que não.

— Não. Nós temos provas concretas de que foi uma das suas quatro.

Ainda nada vindo de Mackey, ainda não, mas seus olhos estavam fixos em Conway. Holly estava com o mesmo olhar. Nada de ficar brincando com a argila. Isso tinha terminado. Ela sabia. Esse momento era crucial.

— Provas de que tipo?

— Vamos chegar lá. Achamos que talvez a Joanne tenha mostrado aquele vídeo a uma de vocês quatro. E que tenha dito "Livre-se do Chris para mim, ou isso aqui vai para a McKenna e vocês todas vão ser expulsas."

Conway estava inclinada para a frente, pegando o ritmo. Eu relaxei, baixei a cabeça por cima do caderno. Deixei que seguisse sozinha.

Holly levantou as sobrancelhas.

— E nós simplesmente dissemos "Uuui, OK, o que você quiser"? Fala sério. Se tivéssemos tanto pavor de uma expulsão, não teríamos nem saído às escondidas, para começar. Teríamos ficado entre quatro paredes, como boas menininhas.

— Não só porque vocês tivessem medo de serem expulsas. Joanne escolheu com cuidado. Escolheu alguém que faria muita coisa para proteger as amigas, alguém que já estivesse aflita com todo o estrago que o Chris estava fazendo, alguém que já odiava a sombra dele...

Conway estava contando num dedo atrás do outro, implacável. Holly a interrompeu, brusca.

— Não sou *idiota*. Papai, me deixa em paz, eu quero dizer isso! Se eu fosse matar alguém, o que eu não fiz, nem morta eu ia fazer isso numa espécie de conspiração com a Joanne *Heffernan*. Para passar o resto da minha vida com aquela víbora segurando uma espada em cima da minha cabeça? Eu dou a impressão de que meu cérebro não funciona? Nem pensar. Não importa que *porra* ela tivesse gravado em vídeo.

— Olha esse palavreado — disse Mackey, com a voz preguiçosa. Os olhos ainda cintilavam, alertas, mas havia uma curva no canto da sua boca. Sua filha sabia se defender.

— Não importa. E antes que vocês comecem a dizer, ai, então poderia ter sido a Julia, a Selena ou a Becca, exatamente a mesma coisa vale para elas. Nós fizemos alguma coisa que os fez pensar que somos as maiores idiotas que vocês já conheceram? Ou o quê?

Conway estava dando corda a Holly, deixando que ela desabafasse.

– E já que estamos falando nisso – disse Mackey –, podem me ignorar se quiserem, mas vocês estão fazendo com que essa Joanne também pareça ela mesma uma grande idiota. Ela quer que um homicídio seja cometido, e vai pedir à filha de um policial? A pessoa com maior probabilidade de mandá-la para a prisão, direto, sem escala. Holly: essa Joanne, ela sofreu alguma lesão cerebral?

– Não. Ela é uma víbora, mas não é burra.

Mackey abriu as mãos para nós: *É isso aí.*

– Nós não estamos acorrentados ao motivo da chantagem. Existem muitas outras possibilidades.

Ela deixou um silêncio até Holly revirar os olhos.

– Como por exemplo?

– Você disse ao detetive Moran que, quando descobriu qual era o problema com a Selena, você simplesmente enfiou a cabeça na areia e esperou que o problema sumisse. Isso faz soar meu alarme para cascatas. Não vejo você assim tão medrosinha. Você é medrosinha?

– Não. Eu só não sabia o que fazer. Desculpe se não sou algum tipo de *gênio*.

Eu tinha atingido Holly antes, a partir desse ângulo. Conway estava apostando em conseguir atingi-la de novo. Mackey prestava atenção.

– Mas, como você acabou de dizer, você também não é algum tipo de idiota. Não ia ficar paralisada só porque tinha que lidar com alguma coisa totalmente sozinha. Você não é uma criancinha. Ou é? – Estava funcionando. Holly estava com os braços cruzados, começando a se transformar numa bola de raiva. – Acho que você falou com a Selena e lhe disse que sabia dela com o Chris. Acho que ela lhe disse que estava pretendendo voltar com ele. E acho que você pensou, *Puta merda, não*. Arrumou um jeito de pegar o celular da Selena, mandou uma mensagem de texto para o Chris para se encontrarem. É provável que você só quisesse que ele deixasse a Selena em paz, não é?

Holly não estava olhando para Conway, olhando lá para fora pela janela.

– Como você tentou convencê-lo? Você disse antes que o Chris não gostava da ideia de que nunca ia conseguir nada com você. Você lhe ofereceu uma troca: deixe a Selena em paz, que eu faço valer a pena?

Isso quase a fez saltar da cadeira.

– Eu preferia ser esfolada viva a ter alguma coisa com o Chris. *Caramba!*

Nada de lá do Mackey. Holly nem mesmo tinha olhado para ele, e ela teria olhado, se tivesse transado com o Chris: falar sobre sua vida sexual na frente do papai, isso tinha de provocar alguma reação. Ela estava dizendo a verdade: nunca tinha tocado no Chris.

– Então que abordagem você tentou? – perguntou Conway.

Holly mordeu o lábio inferior, zangada consigo mesma: estava sem saída. Virou o rosto para o outro lado novamente; e começou a ignorar Conway, do zero.

– Não importa o que você tenha tentado, você fez algumas tentativas. Nada funcionou. Por fim, você marcou mais um encontro com ele. Para o dia 16 de maio.

Holly mordendo com mais força o lábio, evitando responder. Mackey não se mexia, mas estava retesado como uma besta, no instante em que vai ser disparada.

– Dessa vez, você não estava planejando tentar persuadi-lo. Você saiu cedo, preparou sua arma e, quando o Chris apareceu...

Holly se voltou de repente contra Conway.

– Você é *tapada*? Eu *não matei o Chris*. Nós podemos ficar aqui a noite inteira, e você pode me apresentar quatro milhões de razões diferentes pelas quais eu poderia tê-lo matado, e mesmo assim não terá sido eu quem *cometeu o crime*. Você acha que eu vou acabar ficando tão confusa que no final só vou dizer, "Ah, é mesmo, sabe de uma coisa? Pode ser que eu tenha mesmo subido numa árvore e jogado um piano na cabeça dele só porque detestava aquele seu corte de cabelo metido a sofisticado"?

– Ótima colocação – disse-lhe Mackey, com um largo sorriso.

Holly e Conway nem mesmo o ouviram, tamanha era a concentração de uma na outra.

– Se não foi você – disse Conway –, você sabe quem foi. Por que escondeu aquele celular?

— Já lhe disse. Eu não queria que a Selena...

— Você disse que ela já não estava em contato com o Chris semanas antes da morte dele. O celular teria provado isso. Em que isso poderia ser incriminador?

— Eu não disse que ele era *incriminador*. Eu disse que vocês teriam perturbado a vida dela. O que vocês teriam feito, sim.

— Você é filha de um policial. Você sabe que não se deve esconder provas num caso de homicídio, mas resolve fazer isso para poupar sua amiga de um pouco de *perturbação*? Não. De modo algum. — Holly tentou dizer alguma coisa, mas a voz de Conway passou por cima do que ela disse. — Uma de vocês quatro vinha mandando mensagens de texto para o Chris a partir daquele telefone, depois que ele se separou da Selena. Marcando encontros com ele. Uma de vocês quatro tinha combinado de se encontrar com ele *na noite em que ele morreu*. Ora, isso é incriminador, não estou certa? Isso sim é algo que você ia querer encobrir.

— Ei, ei, ei — disse Mackey, erguendo a mão. — Vamos parar um minutinho aqui. *Essa* é a sua prova? Mensagens de texto enviadas do celular de uma outra pessoa?

— Um celular escondido — disse Conway, dirigindo-se a Holly —, ao qual você tinha acesso. Você e mais ninguém, ao que saibamos, com exceção de Selena, e nós estamos convencidos de que não foi Selena quem enviou as mensagens.

— Um celular guardado num quarto compartilhado por quatro garotas — disse Mackey. — Os textos estão assinados com a letra de Holly, estão? Eles estão com as impressões digitais dela?

Finalmente saquei por que Mackey tinha me contado aquela historiazinha comovente sobre como Holly foi parar no colégio interno. Ele tinha querido me dizer como ela adorava suas amigas. Qualquer coisa que conseguíssemos com ela, ali estava como ele ia derrubar a suposição: *Holly está protegendo as amigas. Provem que ela não está.*

É sempre difícil ter certeza de qualquer coisa com Mackey. Mas uma coisa eu sabia: ele empurraria uma inocente de 16 anos na frente de um ônibus, sem pensar duas vezes, se isso salvasse sua filha.

Eu tinha também 100% de certeza do seguinte: ele empurraria a mim e a Conway.

Conway continuava a não fazer caso dele.

— Você foi a única que soube que o celular precisava desaparecer – disse ela a Holly. — Nenhuma das outras, só você. E a assassina vinha apagando as mensagens dos encontros à medida que avançava. Você nunca teria sabido da existência das mensagens, a menos que tivessem sido enviadas por você mesma.

— Ou a menos que alguém tenha contado pra ela. Ou a menos que ela tenha adivinhado. Ou a menos que ela tenha tido uma reação exagerada ao que já sabia... Imagine uma adolescente ter uma reação exagerada. Certo?

Conway olhou então para ele.

— Não vou mais entrevistá-lo — disse ela. — Uma resposta a mais que você dê, e nós vamos querer outro responsável.

Mackey ficou refletindo sobre ela. Um brilho no olhar devassador. Teria me deixado incomodado. Conway não percebeu ou não se importou. Só ficou esperando que ele terminasse e lhe desse uma resposta.

— Me parece — disse ele, pondo-se em pé — que você e eu estamos precisando de um momento para desanuviar a cabeça. Vou sair para fumar. Acho que deveria vir comigo.

— Eu não fumo.

— Não estou procurando uma oportunidade para lhe dar uma bronca sobre sua atitude, detetive. Isso eu poderia fazer aqui mesmo. Estou sugerindo que uma boa respirada e um pouco de ar puro poderiam nos fazer bem. Fazer com que acertássemos o passo. Quando voltarmos, prometo que não responderei nenhuma pergunta no lugar de Holly. O que acha?

Eu me mexi. Era o fim. Eu não saberia dizer o quê, nem como, mas dava para eu sentir a coisa, berrando avisos. Conway olhou de relance para mim. Pensei *Cuidado*, o mais alto que pude. Ela olhou para o sorriso de Mackey — franco, direto, só com um toque certo de timidez.

— Fume rápido — disse ela.

— Você é quem manda.

Eu os acompanhei até a porta. Quando Mackey olhou para mim, curioso, levantando uma sobrancelha, falei.

— Vou esperar aqui fora.

O sorriso dele dizia *Garoto esperto, trate de se proteger da garotinha assustadora*. Não mordi a isca. Ele acompanhou o ritmo de Conway pelo corredor afora, tanto que os passos dos dois se afastando pareciam ser de uma só pessoa. Ombro a ombro, como parceiros.

Holly não observou a saída deles. Cada músculo seu ainda estava retesado. Havia uma ruga feroz entre suas sobrancelhas.

– Você acha mesmo que eu matei o Chris?

Permaneci na soleira da porta.

– O que você acharia, se estivesse no meu lugar?

– *Espero* que eu fosse boa o suficiente no meu trabalho para poder saber quando alguém é um assassino. *Meu Deus!*

Sua adrenalina estava a mil. O choque elétrico faria disparar para o outro lado da sala quem tocasse nela.

– Você está escondendo alguma coisa – disse eu. – É só o que sei. Não sou tão bom assim em telepatia para adivinhar do que se trata. Você vai precisar nos dizer.

Holly me lançou um olhar que não consegui interpretar; talvez de desdém. Apertou bem o rabo de cavalo, com força suficiente para machucar. Depois, empurrou a cadeira para trás e foi até a escola em miniatura. Com habilidade, desenrolou um pedaço do rolo de arame fino de cobre; cortou-o com um pequeno alicate de cortar arame, um pique no ar descorado.

Encostou um quadril na mesa, tirou uma pinça de um quarto vazio. Girou o arame com perícia em torno de um lápis fino, ajeitou com a ponta de uma unha quando ele deslizou da posição certa. Seus dedos se movimentavam como os de uma bailarina, franzindo, girando, tecendo, como os de alguém que sabe enfeitiçar. O ritmo e a concentração a acalmaram, varrendo da testa aquela ruga. Acabaram me acalmando também, até que parte de mim se esqueceu até mesmo de ficar tensa por conta do que Mackey estivesse tentando fazer com Conway.

No final, Holly estendeu o lápis na minha direção. Bem no alto dele, um chapéu, de abas largas, de um tamanho que mal se encaixaria na ponta de um dedo, decorado com uma rosa de arame de cobre.

– Lindo – comentei.

Holly sorriu, um pequeno sorriso distante, para o chapéu. E o girou no lápis.

– Queria nunca ter levado aquela droga de cartão-postal pra você – disse ela, sem raiva, não querendo encontrar uma desculpa para me dar um chute no saco, não mais. Eram coisas que iam fundo demais para deixar espaço para isso.

– Por quê? – perguntei. – Você sabia que ia haver encrenca. Você tinha que prever tudo isso. O que mudou?

– Não tenho permissão pra falar com você enquanto meu pai não voltar. – Ela fez o chapéu deslizar do lápis, conseguiu enfiá-lo entre arames e o pendurou num minúsculo pé de cama. Voltou então para sua cadeira e se sentou. Puxou para baixo as mangas do seu blusão de capuz, para cobrir as mãos, e ficou olhando a lua.

Passos rápidos na escada: Conway, surgindo das camadas de sombra pelo corredor, o anoitecer fresco refletido nas roupas.

– Mackey vai ficar por lá para mais um cigarro, para a eventualidade de demorar um pouco até a próxima oportunidade. Ele diz que você pode ir ter com ele, se quiser. Acho bom você ir, porque ele não vai entrar enquanto você não for.

Ela não estava olhando para mim. Isso me deu uma sensação ruim, que não consegui identificar. Esperei um segundo, tentando olhar nos seus olhos, mas tudo o que consegui foi ver Holly alerta, examinando nós dois, tentando captar alguma coisa. Saí.

A silhueta das árvores tinha se tornado negra, mergulhando e se precipitando como a trajetória de voo de um pássaro em contraste com o céu azul-escuro. Eu nunca a tinha visto àquela luz antes, mas me pareceu familiar do mesmo jeito. O colégio estava começando a dar a impressão de que eu tinha estado ali desde sempre, como se eu pertencesse ao lugar.

Mackey estava encostado à parede. Acendeu o cigarro e o agitou na minha direção: *Olhe, está vendo? Eu realmente precisava de um!*

– E então – disse ele. – Interessante a estratégia que você adotou aqui, jovem Stephen. Há quem possa dizer que é totalmente enlouquecida, mas estou disposto a lhe dar algum crédito.

– Que estratégia?

Surpreso, achando graça.

– Helloo? Lembra de mim? Nós nos conhecemos. Nós *já trabalhamos juntos*. Esse seu teatrinho de ai-puxa-sou-só-eu não vai colar aqui.

– De que estratégia estamos falando? – perguntei.

Mackey deu um suspiro.

— OK. Vou entrar no seu jogo. Isso de trabalhar junto com a Antoinette Conway. Eu adoraria saber: qual é o seu plano nesse caso?

— Nenhum plano. Tive a oportunidade de trabalhar num homicídio e a aproveitei.

As sobrancelhas de Mackey se ergueram.

— Pelo seu bem, espero que ainda esteja se fingindo de inocente, garoto. O que você sabe de Conway?

— É uma boa detetive. Trabalha muito. Está fazendo carreira, rápido.

Ele ficou esperando. Quando percebeu que eu tinha terminado, perguntou:

— Só isso? Isso é tudo o que sabe?

Dei de ombros. Sete anos depois e o olhar de Mackey ainda conseguia me deixar desconcertado, ainda me transformava num garoto que tem um branco numa prova oral.

— Até o dia de hoje, não passei muito tempo pensando nela.

— Mas existe a rede de fofocas. Sempre há mexericos. Você está acima desse tipo de coisa?

— Não acima. É só que nunca ouvi nada acerca de Conway.

Mackey suspirou, com os ombros caídos. Passou a mão pelo cabelo, fazendo que não.

— Stephen, garoto. — A voz dele estava suave. — Neste trabalho, você precisa fazer amigos. Tem que fazer amigos. Se não fizer, não vai durar.

— Estou durando direitinho. E tenho amigos.

— Não do tipo de que estou falando. Você precisa de amigos *de verdade*, garoto. Amigos que o protejam. Que lhe digam o que você precisa saber. Que não o deixem entrar de cara num furacão de merda sem nem mesmo lhe dar um aviso.

— Como você?

— Fui legal com você até agora, não fui?

— Eu agradeci.

— E eu gostaria de acreditar que você não falou só por falar. Mas não sei, Stephen. Não estou sentindo a vibração.

— Se você é meu melhor amigo — disse eu —, vá em frente e me diga o que acha que eu preciso saber sobre Conway.

Mackey voltou a se encostar à parede. Não estava se incomodando de fumar o cigarro. Ele tinha cumprido sua função.

— Conway é uma pária, garoto. Ela não mencionou isso?

— Não tocamos nesse assunto. — Não perguntei por que ela era uma pária. Ele ia me contar de qualquer maneira.

— Bem, pelo menos, ela não é de ficar se queixando. Suponho que seja um ponto positivo. — Ele descartou um pouco da cinza. — Você não é nenhum bronco. Deve ter tido alguma pista de que Conway nunca vai ganhar o concurso de Miss Simpatia. Não se importou de se associar a uma pessoa assim?

— Como eu disse. Não estou procurando uma nova grande amiga.

— E eu não estou falando da sua vida social. Conway: na sua primeira semana na Homicídios, ela está meio curvada escrevendo no quadro-branco, e um idiota chamado Roche lhe dá uma palmada na bunda. Conway se vira veloz, agarra a mão dele, dobra um dedo pra trás até os olhos dele quase saltarem da cara. Diz que a próxima vez que ele tocar nela, ela lhe quebrará o dedo. Roche a chama de despeitada. Conway dá mais um puxão no dedo dele. Roche berra. Conway o solta e volta para o quadro-branco.

— Dá para eu ver como isso tornaria o Roche um pária. Não a Conway.

Mackey deu uma risada sonora.

— Senti sua falta, garoto. Senti mesmo. Eu tinha me esquecido de como você é uma graça. Você tem razão: numa divisão ideal, é assim que deveria funcionar. E, em algumas divisões, dentro de alguns anos, de fato funcionaria. Mas a Homicídios não é um lugar aconchegante neste exato momento. A seu próprio modo, eles não são de má índole, em sua maioria. São só um pouco machistas, um pouco grupo fechado, um pouco de cabeça enterrada nos ombros. Se Conway tivesse dado alguma resposta espertinha, rido junto ou agarrado a bunda do Roche na primeira vez que ela o visse se curvando, teria sido ótimo para ela. Se ela tivesse feito só *um pouquinho* de esforço para se enturmar. Mas não fez, e agora o resto da divisão acha que ela é uma desagradável, metida, desprovida de humor, determinada a arrasar com os homens.

— Parece simpático o ambiente por lá. Você está tentando fazer com que eu desista da Homicídios?

Ele mostrou a palma das mãos.

— Não estou dizendo que aprovo o que eles fazem. Só estou lhe passando a vida como ela é. Não que você precise disso. Aquele seu pequeno comentário sobre culpar o agressor e não a vítima foi bonitinho, mas me diga a verdade: imagine que você entre amanhã na Homicídios, e alguém o chame de ruivo parasita e diga para você se mandar de volta para o seguro-desemprego, que é o seu lugar. Você vai quebrar o dedo do cara? Ou você vai entrar na brincadeira? Dar uma risada, chamá-lo de roceiro comedor de ovelhas, fazer o que for preciso para conseguir o que quer dessa situação? A verdade, agora.

Os olhos de Mackey nos meus, opacos e experientes, naquele fim de luz do dia, até eu desviar os olhos.

— Vou entrar na brincadeira.

— É, vai, sim. Mas não diga isso como se fosse uma coisa negativa, menino. Eu agiria exatamente da mesma forma. Esse tipo de acomodação, é isso que mantém o mundo girando. Um pouco de jogo de cintura. Quando alguém como Conway resolve que não precisa dançar conforme a música, é aí que tudo se complica.

Ouvi as palavras de Joanne. *Elas agem como se pudessem fazer o que bem entendessem. As coisas não funcionam desse jeito.* Eu me perguntei o que Mackey achava da sua Holly e das amigas dela mandando o mundo se foder.

— O chefe deles não é um idiota. Quando o ambiente na sala dos investigadores se tornou venenoso, ele percebeu. Ele chama pessoas ao gabinete e pergunta o que está havendo. Todos eles se fecham. Dizem que está tudo às mil maravilhas e que todos são grandes amigos. A Homicídios é assim: um bando de escolares, ninguém quer ser o dedo-duro. O chefe não acredita neles, mas sabe que nunca vai saber a verdade. E ele sabe que o dia em que as coisas começaram a degringolar foi o dia em que a Conway chegou. No que diz respeito a ele, ela é o problema.

— Por isso vai se livrar dela — disse eu. — Com a primeira desculpa que encontrar.

— Não. Não vão chutá-la da Homicídios, porque ela é o tipo que entraria com um processo por discriminação, e eles não querem essa publicidade. Mas eles podem fazer de tudo para que ela se mande. Ela nunca vai ter um parceiro. Nunca vai ser promovida. Nunca vai ser chamada para uma cerveja com os colegas depois do trabalho. Nunca vai receber outro caso importante. Assim que ela desistir desse caso, não vai aparecer nada na mesa dela além de traficantes de quinta categoria, até o dia em que ela der entrada no pedido de aposentadoria. – A fumaça espiralava entre nós a partir da mão dele, uma mancha de advertência no ar ameno. – Depois de um tempo, isso vai deixar você esgotado. Conway tem fibra. Vai aguentar mais do que a maioria, mas vai acabar fraquejando.

– A carreira de Conway é problema dela. Estou aqui pela minha. Essa é minha chance de mostrar à Homicídios o que sei fazer.

Mackey estava fazendo que não.

– Não é, não. Isso aqui é uma roleta-russa com seis balas no tambor. Se você não se acertar com Conway, volta para a Casos Não Solucionados: tchauzinho, nos vemos, todo mundo se lembra de que Moran não conseguiu se criar nas primeiras divisões nem por um dia. Se você realmente se acertar com ela, nesse caso você é o pau-mandado dela. Ninguém mais na Homicídios, e isso inclui o chefe, vai querer chegar nem a três metros de distância de você. O troço é contagioso, garoto. Se você realmente não tem uma estratégia, sugiro que arrume uma. Depressa.

– Você está tentando perturbar as coisas. Se conseguir que eu e Conway fiquemos olhando por cima do ombro pra saber o que o outro está fazendo, isso significa que nós vamos parar de nos concentrar no alvo. Quando percebermos, nosso caso estará fora do nosso controle.

– Bem que poderia ser. Parece mesmo alguma coisa que eu faria. Mas faça uma pergunta a si mesmo: isso significa que estou errado?

Aquelas bordas de urtiga no ar na sala da Divisão de Homicídios, finas e venenosas, quando Conway entrou. Pelos minúsculos, grudentos, irritando fundo.

– O que você andou dizendo a Conway sobre mim? – perguntei.

Mackey abriu um sorriso.

– O mesmo que disse a você, menino: só a verdade. E nada além da verdade. Que Deus o ajude!

Era isso aí. Eu poderia ter me dado uns chutes por ter feito a pergunta. Eu já sabia o que Mackey tinha contado para Conway. Não precisei ouvir, nem dele, nem dela.

Interessante a estratégia de deixar o jovem Stephen ajudar. Há quem possa dizer que é totalmente enlouquecida, mas estou disposto a lhe dar algum crédito...

— Ahhh — disse Mackey, se espreguiçando. Olhou para o cigarro, que tinha se consumido deixando uma cinza comprida. Jogou-o no chão. — Estava precisando disso. Vamos?

Conway estava encostada do lado de fora da porta, com as mãos nos bolsos da calça, sem se mexer. À nossa espera. Naquele instante, eu soube.

Você não é nenhuma idiota, detetive Conway; aposto que sabe a história de como Holly e eu conhecemos Moran. Parte dela, pelo menos. Quer saber o resto?

Ela se empertigou quando nos aproximamos. Abriu a porta, segurou-a aberta para Mackey. Olhou nos meus olhos. Enquanto ela fechava a porta atrás de Mackey, ele me lançou um sorriso de vitória por cima do ombro.

— Eu assumo a partir daqui — disse Conway.

Moran acabava de sair do serviço fardado e estava na reserva de pessoal num caso de homicídio. O detetive encarregado se chamava Kennedy. Kennedy foi bom com o jovem Stephen. Muito bom. Tirou-o lá do fundo da reserva de pessoal e lhe deu uma chance num caso importante. A maioria dos detetives não teria feito isso. A maioria teria preferido recorrer a pessoal de confiança, já experiente; novatos nem precisavam se candidatar. Aposto que Kennedy até hoje deseja que...

Naquela época, só fiz o que Mackey quis que eu fizesse. Nunca me ocorreu, e deveria ter me ocorrido, que ele manteria a informação bem guardada lá no fundo: alguma coisa que ele poderia usar contra mim um dia, se fosse necessário.

Falei, com a voz baixíssima. Ele estava com a orelha grudada do outro lado daquela porta.

— Mackey está tentando nos enrolar.

— Não existe nenhum *nós*. Só eu e o meu caso. E também um cara que foi útil pelo dia de hoje e já não é. Não se preocupe. Vou escrever uma nota simpática para seu chefe sobre como você se comportou bem.

Como um murro no queixo. Não deveria ter me atingido. Ela estava certa: tinha sido só um dia. Me derrubou de verdade.

Deve ter ficado óbvio. A cara que eu fiz extraiu de Conway algum resquício de culpa.

— Eu lhe dou uma carona de volta à base. Me dê o número do seu celular, e eu lhe mando uma mensagem quando tiver terminado aqui. Até então, vá comer um sanduíche. Dê um bom passeio por aí, admire o terreno do colégio. Veja se consegue fazer o fantasma do Chris aparecer pra você. Qualquer coisa.

No segundo em que o garoto Moran viu a oportunidade, ele comeu o rabo do Kennedy sem vaselina. A lealdade que se foda; a gratidão que se foda; a correção que se foda. Tudo o que importava para o jovem Stephen era sua maravilhosa carreira.

Respondi, já não me importando em manter a voz baixa.

— Você está fazendo exatamente o que Mackey quer que você faça. Ele quer que eu suma porque morre de medo de Holly se abrir comigo. Não dá pra você ver? — O rosto de Conway não revelava nada. — Ele tentou comigo também. Falou mal de você, na esperança de que eu fosse embora. Acha que dei a menor atenção?

— Claro que não. Você só quer se exibir pro O'Kelly; pra você não faz diferença em que caso pegue carona pra chegar lá. Já eu tenho alguma coisa a perder aqui. E não vou deixar que você perca para mim.

O Kennedy nem percebeu o que ia acontecer. Pelo menos, você não está desavisada como ele estava. Se você realmente não tem uma estratégia, talvez seja bom arrumar uma depressa...

Dei a Conway meu celular. Ela fechou a porta na minha cara.

24

Um dos talentos mais impressionantes de Julia sempre foi sua capacidade de vomitar quando quisesse. Era mais legal no ensino fundamental antes que se percebesse que vomitar em público talvez não ficasse muito bem. Ela até ganhou uma graninha razoável com isso, de uma forma ou de outra, mas esse talento não perdeu totalmente sua utilidade desde então. Atualmente ela o reserva para ocasiões especiais.

É manhã de terça-feira, 23 de abril. Restam a Chris Harper pouco mais de três semanas de vida. Julia toma o café da manhã maior e mais variado que consegue, porque uma artista se orgulha do que faz, e então espera até o meio da aula de economia doméstica para vomitar espetacularmente por todo o chão da sala de aula. Orla Burgess está ao seu alcance, mas Julia resiste à tentação: seu plano não inclui Orla sendo mandada de volta para a ala das internas para mudar de roupa. Enquanto a srta. Rooney a enxota na direção da enfermaria, Julia – apertando a barriga – vê um relance de Holly e Becca desnorteadas, Selena olhando pela janela como se não tivesse notado nada; o sorriso debochado, de olhos impassíveis, de Joanne, pensando em como espalhar a notícia de que a piranha da Julia Harte está grávida; e Gemma lhe lançando um olhar como uma piscada de olho, aprovando e achando graça.

Ela finge que as pernas estão bambas e simula umas leves ânsias de vômito para a enfermeira; responde às perguntas de praxe sobre sua menstruação. Você poderia quebrar uma perna, e a enfermeira ainda ia querer saber quando tinha sido sua última menstruação. Julia suspeita que um dia de atraso faça com que você seja denunciada às freiras para um interrogatório. Alguns minutos depois, ela está toda arrumadinha na cama com um copo de ginger ale choco e um ar de dar dó. E a enfermeira a deixa em paz.

Julia trabalha rápido. Ela planejou tudo: começa pela parte de Selena do guarda-roupa; depois passa para a cama. Se não tiver sorte, ela vai tirar do lugar o fundo da mesinha de cabeceira de Selena. Elas descobriram um jeito de fazer isso no semestre passado, quando Becca perdeu sua chave. E se ainda assim não encontrar nada, ela não sabe o que fazer.

A busca não chega até lá. Quando ela passa a mão pelo lado do colchão de Selena, entre a cama e a parede, encontra um calombo. Uma fendinha perfeita na capa do colchão; e ali dentro, surpresa, surpresa, um celular. Uma gracinha de celular cor-de-rosa, igualzinho ao que Alison comprou de Joanne. Chris devia ter um baita estoque deles, um para cada uma das sortudas que ele planejava honrar com seu pau maravilhoso. Até o instante em que viu o celular na sua mão, Julia ainda achava possível que Gemma tivesse mentido.

Selena não configurou uma senha para ativar o celular, o que poderia ter causado uma chispa de culpa em Julia, se ela tivesse espaço para tanto. Em vez disso, ela entra em Mensagens e começa a ler.

Ainda pnsndo na fsta. Adoraria ver vc d novo... O golpe faz com que sua respiração saia num sopro. Ela vem se perguntando quando e como o Chris esteve com a Selena. Repassou todas as idas ao Palácio, procurando por dez minutos que fossem em que Lenie estivesse desprotegida, mas na verdade chega a ser esquisito como elas quatro estão sempre juntas. Julia não conseguiu identificar uma única vez em que qualquer uma delas tivesse sequer ido ao banheiro sozinha. E todo o tempo, tinha sido na droga da festa do Dia dos Namorados. Enquanto Julia estava lá fora, perdendo a prudência com o rum, o sorriso de Finn e a novidade faiscante do ar gelado a cada respiração, Selena desbravava um pequeno território novo, só dela. E alguma coisa observava e – sem nenhuma raiva, nem nenhuma compaixão – começava a refletir sobre qual teria de ser a punição para elas.

Ela continua a ler. Chris é excelente. Julia quase fica impressionada. Ele tinha sacado como Selena era, desde o início. Bastaria uma mensagem de sexo, até mesmo uma insinuação de ligação romântica, e ela teria desaparecido. Por isso, o espertinho do Chris nunca chegava perto disso. Ele preferia mandar textos longos sobre os problemas da sua irmã emo; ou sobre como seus pais não o entendiam; ou como ele se sentia mal por não poder mostrar seu verdadeiro eu sensível aos amigos superficiais. Julia fica feliz por já ter vomitado o suficiente para que seu estômago esteja vazio.

Selena cai na conversa de qualquer um que precise dela. Pode ser que algumas pessoas chamem isso de arrogância, por ela achar que é tão especial que pode ajudar em casos em que mais ninguém conseguiu. Mas a questão é que às vezes ela consegue. Julia devia saber. Você pode dizer qualquer coisa para Selena e ela, ao contrário de aparentemente todo o resto do mundo, nunca lhe responderá dizendo alguma coisa que lhe dê vontade de dar um soco nela e outro em você mesmo por ter feito a besteira de abrir a boca. Por isso, pessoas que nunca conversam com ninguém falam com ela. É com isso que ela está acostumada. É isso o que Chris Harper farejou nela. E foi isso o que ele usou para conseguir chegar perto o suficiente para enfiar a mão por dentro da blusa dela.

Porque Selena também estava falando com ele. *Ontm tnha 1 dsnho q eu qria mstrar pro meu pai qdo ele me dxou na casa da mnha mãe e ele nem qis entrar 1 sgndo, prferiu esprar no carro enqnto eu ia lá apnhar. As vzes acho q eles qriam q eu não existisse, só pra eles não prcisarem se ver.*

Ela nunca disse nada parecido com isso para Julia. Julia nunca teve a menor ideia de que ela se sentisse assim.

Eles estão se encontrando há mais de um mês. A cada mensagem fica mais óbvio que Selena está louca por Chris, cega, babando de tão apaixonada. Julia tem uma enorme dificuldade para decidir quem é a maior imbecil do mundo: a que se apaixonou por Chris Harper, o sórdido, ou as três que permaneceram ao seu lado o tempo todo enquanto isso acontecia, sem perceber absolutamente nada. Ela range os dentes e esfrega o cotovelo na parede ao lado até o arranhão sangrar.

E então Julia chega à manhã de hoje. Não é de estranhar que Selena pareça totalmente desligada. Ela acaba de dar um chute no traseiro asqueroso do Chris.

O alívio que de repente a inunda quase derruba Julia de costas na cama. Só que um segundo depois, ele se esgota. Isso não vai durar. Selena não consegue nem mesmo terminar o texto de rompimento sem admitir como ela o ama; e ele já respondeu com uma mensagem enlouquecida, querendo saber que porra de história é essa e implorando que ela vá se encontrar com ele à noite. Selena não respondeu, mas bastam mais uns dias de ai-por-favor-preciso-tanto-de-você e ela responderá.

Julia ouve o aviso nítido como uma leve batida em bronze. *Sua chance. Sua escolha.*

Ela leva um minuto longo e vibrante para entender o que isso significa. Para segurar numa das mãos o que vai acontecer se ela for em frente, e na outra o que vai acontecer se ela não for.

Julia não consegue respirar. Seu pensamento é como um uivo: *Não é justo, não é justo, não é justo. Não importa o que eu faça, vou acabar... Nem comecei com o Finn. Eu mal cheguei a tocar nele. Eu não deveria ter que pagar pelo que não fiz.* O silêncio em resposta é uma lição: isso aqui não é o gabinete de McKenna. Não adianta alegar detalhes insignificantes; não adianta tentar escapulir com "Mas... diretora... eu na verdade nunca fiz exatamente...". Aqui não. Injusto não significa nada. Ela foi avaliada, e a decisão já foi tomada. Julia tem alguns dias, uma última dádiva, para se decidir antes que Selena aceite Chris de volta.

Julia pensa em jogar o celular na parede e enfileirar todos os pedaços, com perfeição, em cima da cama de Selena. Pensa em procurar a governanta e lhe dizer que precisa mudar para outro quarto, hoje. Pensa em se enfiar debaixo das cobertas e chorar. No final, ela só fica ali sentada na cama de Selena, vendo a luz do sol deslizar pelo seu colo, seu braço e o celular na sua mão, esperando que o toque das campainhas e o ruído de pés apressados a forcem a se mexer.

— E aí? — Holly pergunta, jogando a bolsa na cama. — O que você estava fazendo?

— Pareceu que estava fazendo o quê? Me virando pelo avesso de tanto vomitar.

— Foi de verdade? Achamos que você estava fingindo.

Julia olha de relance para Selena antes de conseguir se conter, mas Lenie não demonstra nenhuma suspeita. Está jogada na cama, ainda de uniforme, toda enroscada, olhando para a parede. Está óbvio que Julia é a última coisa que lhe passa pela cabeça.

— Pra quê? Pra eu poder morrer de tédio o dia inteiro? Peguei um vírus.

Becca está tirando roupas do armário, cantarolando consigo mesma. Ela para de repente.

— Quer que a gente fique aqui com você? Nós íamos ao Palácio, mas isso era porque achamos que você ia junto.

— Vão vocês. Eu não seria boa companhia mesmo.

— Vou ficar — diz Selena, para a parede. — Não quero ir a lugar nenhum.

Holly faz uma careta para Julia, inclinando a cabeça: *Qual é o problema com ela?* Julia dá de ombros: *Como eu ia saber?*

— Ah, é, eu ia perguntar... — A cabeça de Becca salta do pulôver do uniforme, com o cabelo espalhado em todas as direções. — E hoje de noite?

— Helloo? — diz Julia. — Estou me sentindo um lixo. Lembra? Só quero dormir.

Pdemos nos encntrar hj d noite, pr fvor? dizia a mensagem de Chris para Selena. *Msma hora msmo lugar. Vou estar lá.*

— OK — diz Becca, sem se incomodar com o tom cortante na voz de Julia. Um ano atrás, ela teria se encolhido como se um golpe a tivesse atingido. *Pelo menos isso*, pensa Julia. *Pelo menos, uma coisa positiva.* — Quem sabe amanhã?

— Por mim tudo bem — diz Holly, jogando o blazer no armário.

— Vai depender de como eu estiver — diz Julia.

Selena continua olhando para a parede.

Naquela noite, Julia não adormece. Ela se deita de lado mais ou menos enroscada, como costuma dormir, mantém os olhos fechados e a respiração longa e ritmada, e escuta. Está com o dorso da mão encostado na boca, onde ela pode dar uma mordida se sentir que está cochilando.

Selena também não está dormindo. Julia está de costas para ela, mas ouve sua movimentação, inquieta. Uma vez ou duas, sua respiração parece fungada, como se ela estivesse chorando, mas Julia não sabe ao certo.

Algumas horas depois, Selena se senta, muito devagar, um movimento de cada vez. Julia ouve Selena prender a respiração, tentando escutar as outras, e se força a permanecer tranquila e relaxada. Becca ronca, um barulhinho delicado.

Depois de muito tempo, Selena volta a se deitar. Dessa vez, está mesmo chorando.

Julia pensa em Chris Harper esperando no arvoredo delas, provavelmente jogando pedras e mijando nos troncos dos ciprestes. Ela sente vontade de rezar para que uma árvore deixe um galho cair na cabeça dele, esmagando seu cérebro escorregadio por toda a grama; mas Julia sabe que não é assim que funciona.

Na tarde de quarta-feira, quando elas estão organizando os livros para o período de estudo, é Julia quem fala.

– Hoje de noite.

– Você ficou boa do vírus, certo? – Holly pergunta, jogando um caderno na sua pilha. Seu olhar de esguelha diz que ela ainda não se convenceu.

– Se ele voltar, vou tratar de mirar em você.

– Não importa. Só não quero que você vomite a alma bem quando a gente estiver passando pelo quarto da governanta, para todas nós sermos apanhadas.

– Você é tão boazinha... – diz Julia. – Becs, tá a fim?

– Claro – diz Becca. – Posso pegar emprestado seu pulôver vermelho? O meu preto está sujo de geleia, e lá fora vai estar um gelo.

– Claro. – Não está nem de longe tão frio assim, mas Becca adora pegar coisas emprestadas e emprestar coisas, todos os pequenos rituais que apagam os contornos entre elas quatro, transformando-as num único espaço aconchegante. Se a escolha fosse dela, todas as quatro sempre usariam as roupas umas das outras. – Lenie – diz Julia. – Hoje de noite?

Selena levanta os olhos do programa de estudo. Está sombria e mais magra, como esteve nos dois últimos dias, como se estivesse sob uma luz mais fraca do que o resto do quarto, mas a ideia de uma noite despertou uma centelha do que parece ser esperança.

– É. Quero, sim. Estou precisando.

– Puxa, eu também – diz Julia. *Mais uma*, ela pensa. *Uma última noite.*

Elas correm. Julia sai em disparada no instante em que seus pés tocam na grama abaixo da janela; e ela sente o impulso das outras crescer atrás dela. Percorrem o enorme gramado da frente como aves selvagens lançadas no céu. Diante delas, a guarita reluz amarela, mas elas estão em perfeita segurança: o vigia noturno nunca tira os olhos do laptop, a não ser para fazer a ronda à meia-noite e novamente às duas. E, seja como for, elas estão invisíveis, silenciosas, sem lançar sombras. Poderiam chegar sorrateiras, perto o suficiente para tocar nele, poderiam grudar o rosto na vidraça e ficar entoando o nome dele, que ele nem piscaria. Já fizeram isso antes, quando queriam ver o que ele fazia ali dentro. Ele joga pôquer online.

Elas viram para a direita, seus pés fazendo voar seixos brancos, e se encontram à sombra das árvores, cada vez mais rápidas pelos caminhos, com o peito ardendo, as costelas doendo. Julia corre como se quisesse fazer com que elas de repente deixassem de roçar na superfície do caminho e saíssem voando para a lua enorme. Quando se jogam exaustas na clareira, a corrida já apagou tudo o mais da cabeça de Julia.

Elas todas estão rindo, com o fôlego que lhes restou.

– Caramba – diz Holly, se dobrando ao meio com a mão apertando uma fisgada no lado. – Que foi *isso*? Você está planejando fazer *cross-country* no ano que vem?

– É só fingir que a irmã Cornelius está vindo atrás de você – diz Julia. A lua está quase cheia, faltando só uma borda meio apagada a ser preenchida na noite seguinte. E Julia sente que poderia pular por cima dos arbustos da altura da sua cintura, sem tirar distância, subindo sempre com os pés descrevendo círculos devagar no ar, como que pedalando debaixo d'água, para cair na ponta dos pés, leve como uma semente de dente-de-leão. Ela nem mesmo está ofegante.

– "*Meninas!* Já disse, recomendei e fiz com que soubessem que nunca deveriam correr na grama, em plantas herbáceas e... em pastos verdejantes..."

Isso as faz explodir de rir.

– "A Bíblia nos ensina que nosso Senhor Jesus *nunca* correu, fez jogging ou galopou..." – Becca não tem como controlar os arquejos e o riso.

Holly finca um dedo no ar. – "E quem são vocês para achar ou acreditar que são melhores do que Nosso Senhor? Hein?"

– "Você, Holly Mackey..."

– "... e que tipo de nome é esse? Não existe nenhuma santa chamada Holly; acho que vamos ter de chamá-la de Bernadette de agora em diante..."

– "... você, Bernadette Mackey, pare de correr neste exato segundo..."

– "... momento e instante..."

– "... e me diga o que Nosso Senhor teria pensado de você! Hein?

Julia percebe que Selena não se juntou a elas. Ela está sentada, os braços prendendo os joelhos e o rosto levantado para o céu. O luar a atinge em cheio, transformando-a em algo que só se consegue entrever, um fantasma ou uma santa. Parece que está rezando. Pode ser que esteja.

Também Holly está vigiando Selena; e parou de rir.

– Lenie – diz ela, baixinho.

Becca se levanta um pouco apoiada num cotovelo.

– Hum – diz Selena, sem se mexer.

– O que houve?

Julia lança o pensamento no lado da cabeça de Selena, como uma pedra: *Cale a boca. Esta noite é minha, minha última noite. Não se atreva a destruí-la.*

Selena vira a cabeça. Por um segundo, seus olhos parados e exaustos encontram os de Julia. Então ela fala com Holly.

– Que foi?

– Aconteceu alguma coisa. Não foi?

Selena olha tranquila para Holly, como se ainda estivesse esperando pela pergunta, mas Holly está sentada, ereta, e não vai desistir. Julia finca as unhas na terra.

– Parece que você está com dor de cabeça. É isso? – pergunta Holly.

Aqueles olhos cansados voltam a olhar para ela.

– É – diz Selena, depois de um bom tempo. – Becs, cuida do meu cabelo?

Selena adora que alguém mexa no seu cabelo. Becca vem se arrastando, chega por trás dela e tira com cuidado o elástico. O cabelo se derrama pelas suas costas quase até a grama, cem tipos diferentes de ouro branco, cintilando. Becca afofa a cabeleira como um tecido delicado. Depois começa a passar os dedos por ela, num ritmo regular e confiante. Selena suspira. Já deixou para trás a pergunta de Holly.

A mão de Julia segura um seixo oval e liso que suas unhas tiraram do chão. Ela o esfrega para soltar a terra úmida. Não está frio, e o ar tremeluz com mariposas minúsculas e com cheiros: um milhão de jacintos, o cheiro penetrante de águas profundas dos ciprestes, a terra nos seus dedos e a pedra fria na palma da mão. A essa altura, elas têm o faro de cervos. Se alguém tentasse se aproximar de surpresa, não conseguiria chegar a vinte metros delas.

Holly se recostou, um joelho cruzado sobre o outro, mas o pé que está suspenso não para de balançar, irrequieto.

– Há quanto tempo você está com dor de cabeça?

– *Caramba* – diz Julia. – Deixa ela em paz.

Becca olha por cima do ombro de Selena, com olhos arregalados, como uma criancinha que assiste a uma briga entre os pais.

– Bem – diz Holly –, *me desculpe*, mas ela está assim há dias, e, quando se tem uma dor de cabeça que dure tanto assim, supostamente deve-se procurar um *médico*.

– Você é que está *me* dando dor de cabeça!

– Estou morrendo de medo dos exames preliminares! – diz Becca, numa explosão estridente demais.

Elas param e olham para ela.

– Hã? É o que todos esperam da gente – diz Holly.

Becca dá a impressão de que preferia ter ficado com a boca fechada.

– Eu sei. É que estou morrendo de medo mesmo. Tipo apavorada.

– É *pra isso* que os exames existem – diz Holly. – Pra nos deixar tão apavoradas que acabamos nos comportando. É por isso que eles são neste ano, exatamente quando todas começam a sair e fazer coisas. Todo aquele blá-blá-blá dizendo que, se você não tirar A em tudo, vai trabalhar no Burger King pelo resto da vida? A intenção é que a gente fique tão paralisada de medo que não faça nada, tipo ter namorado, ir a danceterias ou, por exemplo, sair de noite, para que nada disso nos perturbe e aí, nããão! Um *Whopper* com fritas, por favor!

– Não tem a ver com o Burger King. É que... Tipo, e se eu não passar, eu não sei, em ciências, e eles não me deixarem prestar os exames de fim de curso para biologia?

Julia fica tão surpresa que quase se esquece de Holly e Selena. Becca nunca disse nada sobre o que virá depois do colégio, nunca. Selena sempre quis ser pintora; Holly anda pensando em sociologia; Julia gosta cada vez mais da ideia de jornalismo; Becca assiste a essas conversas como se não tivessem nada a ver com ela, como se fossem numa língua que ela não sabe falar e não quer aprender; e fica irritadiça horas depois.

Parece que Holly está pensando a mesma coisa.

– E daí? – pergunta ela. – Não é como se você *tivesse* de estudar biologia avançada porque quer fazer medicina ou sei lá o quê. Você nem sabe o que quer ser. Ou sabe?

– Não faço ideia. Não me importo. É só... – Becca está com a cabeça baixa, acima das mãos que se movimentam cada vez mais rápidas. – Eu simplesmente não posso estar só em aulas diferentes das de vocês, no ano que vem. Não quero ficar presa, digamos, só estudando matérias do nível básico quando vocês todas estiverem estudando no nível avançado. E nós nunca vamos poder nos ver. E eu vou precisar sentar com a idiota da Orla Burgess pelo resto da minha vida. Prefiro me matar.

– Se você tirar nota baixa em ciências, eu e Lenie também vamos. Não se ofenda, Lenie, você sabe o que eu quero dizer. – Selena faz que sim, com cuidado, para não repuxar o cabelo. – Nós todas vamos sentar junto da idiota da Orla Burgess. Não é como se nós todas fôssemos mais inteligentes que você.

Becca deu de ombros, sem olhar para cima.

– Eu praticamente não passei nos simulados.

Sua nota foi um C, mas não é essa a questão. Ela está elétrica porque há alguma coisa no ar, que a está incomodando muito embora ela não consiga definir o que é nem onde está; e ela precisa sentir que elas quatro estão bem unidas, por acreditar que isso é o que vai deixar tudo certo de novo. Julia sabe o que Becca quer ouvir. *Não importa qual seja a nota que tiremos, nós vamos escolher nossas matérias juntas. Vamos escolher as que todas nós possamos fazer. Quem se importa com a faculdade? Ela está a milhões de anos de distância...*

É Selena quem diz esse tipo de coisa. E então Julia manda ela parar de ser tão babaca e avisa que qualquer uma que tirar nota baixa em inglês vai ficar sozinha, porque no fundo preferiria dar beijos de língua em Orla Burgess a se matricular em inglês do nível básico e ser forçada a ouvir a srta. Fitzpatrick fungando de dez em dez segundos, como um cronômetro.

Selena não diz nada. Ela já está longe outra vez, com os olhos no céu, balançando de leve com o ritmo dos dedos de Becca.

— Se você não passar em ciências – diz Julia –, todas nós vamos fazer o nível básico juntas. Posso sobreviver sem minha carreira de neurocirurgiã de fama mundial.

Becca olha para ela, surpresa, procurando o tom cortante de desdém, mas Julia sorri para ela, um sorriso pleno, de verdade. Depois de um segundo de perplexidade, Becca sorri de volta. O balanço de Selena fica ainda mais leve quando o movimento das mãos de Becca se suaviza.

— Além do mais, não quero fazer biologia no nível avançado – diz Holly. Ela estica as pernas com prazer e une as mãos por trás da cabeça. — Eles fazem você dissecar o coração de um carneiro.

— Eca – dizem todas, até mesmo Selena.

Julia enfia o seixo no bolso e se levanta. Ela dobra os joelhos, agita os braços e salta; paira um segundo acima do arbusto, com os braços bem abertos, a cabeça para trás e o pescoço exposto ao céu; e vem flutuando para pousar na terra, com a ponta do pé, como uma bailarina, na grama.

Na quinta, Julia vomita no início da sessão de orientação, bem na hora em que a irmã Cornelius está se preparando para uma ladainha prolongada e atordoante que envolve boates e amor-próprio; e qual seria a opinião de Jesus a respeito das drogas do tipo Ecstasy. Julia conclui que o melhor é ela tirar algum proveito de tudo isso.

O celular de Selena ainda está no mesmo lugar. Chris tem mandado para ela mensagens previsíveis. Ela não as respondeu.

Julia lhe envia uma mensagem: *1 hora hj d noite. Lgar d sempre. NÃO rsponda. Só venha.* Assim que a mensagem foi enviada, Julia a exclui da caixa de Enviadas de Selena.

Ela está planejando ficar deitada na cama, estudando, porque o mundo real ainda existe, quer aquele canalha do Chris e aquela pateta da Selena gostem da ideia, quer não; os exames preliminares ainda precisam ser prestados, e hoje isso no fundo parece reconfortante. Em vez disso, ela adormece, de um modo instantâneo e profundo demais para sequer oferecer resistência.

Ela acorda porque as outras entram barulhentas no quarto, e algumas alunas estão aos berros no corredor.

– Ai, meu Deus – diz Holly, batendo a porta depois que elas entraram. – Você sabe o motivo disso tudo? Rhona ouviu que a prima de alguém estava numa fila para alguma coisa em algum lugar, e aquele do cabelo ridículo do One Direction tocou na mão dela. Não, tipo, *casou* com ela. Só tocou nela. Só *isso*. Acho que estouraram meus *tímpanos*. Oi.

– Tive uma recaída – diz Julia, sentando-se na cama. – Se quiser que eu prove, venha cá.

– Tanto faz – diz Holly. – Eu não perguntei. – Dessa vez, ela não parece se importar. Seus olhos estão em Selena, que está remexendo no armário, com a cabeça baixa de modo que o cabelo esconde o rosto. As mãos de Selena passam pela gaveta em câmera lenta, como se isso quase estivesse lhe exigindo mais concentração do que ela tem.

Holly não é nenhuma idiota.

– Ei – diz Julia, sacudindo o braço que ficou dormente. – Se vocês forem até o Palácio, podem me comprar uns fones de ouvido? Porque vou morrer de tédio se ficar presa aqui mais um segundo sem música.

– Usa os meus – diz Becca. Becca também não é nenhuma idiota, mas tudo isso está passando veloz por ela. Está fora do seu alcance. Julia tem vontade de empurrá-la para a cama, cobri-la muito bem com o edredom por cima da cabeça, guardá-la num lugar seguro e aquecido até tudo isso acabar.

Holly continua a observar Selena.

– Não quero os seus – diz Julia. Não há nada que possa fazer quanto à mágoa que surge no rosto de Becca. – Eles me machucam. Minhas orelhas têm a forma errada. Hol? Dá pra você me adiantar aquelas dez libras?

Holly fica atenta.

– É, é claro. Que fones de ouvido você vai querer?

Sua voz parece bem, parece normal. Julia se agarra a esse fiapo de alívio.

– Aqueles vermelhos pequenos, como os que eu tinha. Me compra uma Coca também, OK? Estou farta de ginger ale.

Isso as manteria ocupadas. Só tem um lugar no Palácio que vende os fones de ouvido vermelhos: uma lojinha de equipamentos eletrônicos nos fundos do andar superior, o último lugar onde as outras vão procurar. Se ela tiver sorte, elas estarão de volta só a tempo de pegar os livros para o período de estudo, e Julia não precisará vê-las mais do que alguns segundos.

A conscientização de que está tentando evitar suas melhores amigas atinge Julia com outro tsunami de sono. Os sons vão se afastando dela em espirais, Holly dizendo alguma coisa e a mesinha de cabeceira de Becca sendo fechada com violência; Rhona ainda tagarelando ao longe, e uma música que vem tocando pelo corredor, gostosa, leve e rápida, *Ainda falta muito, ainda falta tanto...* E Julia adormece.

Naquela noite, depois que as luzes se apagam, Julia percebe a razão para ter dormido tanto: agora ela está bem acordada; não conseguiria cochilar se tentasse. E as outras, exaustas depois da noite de ontem, estão nocauteadas.

– Lenie – diz ela, baixinho, para o quarto escuro. Não faz a menor ideia do que vai dizer se Selena responder, mas nenhuma das outras nem sequer se mexe.

– Lenie – ela repete mais alto.

Nada. A respiração delas, ritmada e arrastada, parece resultar do uso de drogas. Julia pode fazer o que quiser. Ninguém vai impedir.

Ela se levanta e se veste. Short jeans, top decotado, tênis Converse, blusão fofo, cor-de-rosa, de capuz: Julia pertence ao clube de teatro; ela sabe como se vestir para o papel. E não se dá ao trabalho de fazer tudo em silêncio.

A lâmpada do corredor dá à vidraça da bandeira da porta uma luz mortiça, cinzenta. Julia a transforma num clarão e olha para as outras. Holly está deitada de costas, pernas e braços abertos; Becca forma uma curva perfeita, como um gatinho; Selena é um redemoinho dourado e um gancho de dedos frouxos no travesseiro. A respiração regular delas ficou mais alta. No segundo antes de abrir a porta e se esgueirar para o corredor, Julia odeia até a sombra de todas elas.

Lá fora está diferente nessa noite. A temperatura está agradável; e o ar, inquieto. A lua está enorme e próxima demais. Cada ruído parece mais nítido, focalizado nela, num teste. Raminhos estalam nos arbustos para ver se ela vai se sobressaltar; folhas farfalham atrás dela para fazer com que se volte assustada. Alguma criatura está circulando entre as árvores, dando um grito agudo que desce pela sua espinha como um aviso. Julia não sabe dizer se a criatura está avisando outros a respeito da sua presença ou se é o inverso. Faz tanto tempo desde a última vez que teve medo de qualquer coisa que o terreno do colégio pudesse reservar, que já tinha se esquecido dessa possibilidade. Ela avança mais rápido e tenta se convencer de que é só porque está sozinha.

Ela chega ao arvoredo antes da hora. Esconde-se atrás de um cipreste e se encosta nele, sentindo seu coração bater forte contra a casca do tronco. A criatura veio atrás dela e solta seu grito de alerta, lá no alto das árvores. Julia tenta dar uma olhada, mas a criatura é muito veloz. É só a sombra de uma asa longa e fina que ela vislumbra com o canto do olho.

Chris chega cedo também. Julia o ouve a um quilômetro de distância, ou pelo menos ela torce para que seja ele, porque, se não for, alguma outra criatura, do tamanho de um cervo vem galopando pelos caminhos como se não se importasse se alguém ouvisse. Seus dentes estão na casca do cipreste, e ela sente o gosto na língua, acre e silvestre.

E então ele entra na clareira. Alto e aprumado, escutando.

O luar o transforma. Durante o dia, ele é simplesmente mais um marmanjo do Columba, bonitinho se você se contenta com cadeias de lanchonetes baratas, encantador se você gosta de saber toda a conversa antes que ela comece. Aqui ele é algo mais. Ele é belo, como aquilo que dura para sempre é belo.

Isso atinge Julia como o choque de uma cerca elétrica: ele não devia estar aqui. Chris Harper, adolescente galinha e babaca, poderia vir aqui e agir como um adolescente galinha e babaca; e poderia ir embora em perfeita segurança, distraído, igualzinho a um macho de raposa no período do acasalamento ou um gato macho marcando território. O arvoredo não moveria um ramo para prestar atenção a uma coisa tão pequena e tão comum, que só está fazendo o que os da sua espécie fazem. Mas esse rapaz, o arvoredo reparou nele. Esse rapaz como mármore branco, a cabeça erguida, a boca entreaberta. O arvoredo tem um papel para ele desempenhar.

Julia percebe que a única decisão inteligente nesse caso é se mandar dali. A situação está muito além da sua capacidade. No maior silêncio possível, volte para a cama, torça para Chris achar que Selena não estava falando sério e acabar indo embora de cara amarrada. Torça para o arvoredo permitir que Chris volte ao seu eu diurno. Torça para tudo isso desaparecer.

Só que não vai desaparecer. O que a trouxe aqui não mudou: se ela não fizer isso nesta noite, Selena fará amanhã, na semana que vem ou na semana seguinte.

Julia sai do esconderijo para a grama e sente o luar gelado se derramar nas suas costas. Atrás dela, os ciprestes estremecem para entrar em prontidão.

Seu movimento faz Chris girar na sua direção, avançando com um pulo, e as mãos estendidas, o rosto iluminado pelo que parece ser pura alegria. O cara é ainda melhor do que ela imaginava; não surpreende que Lenie tenha caído nessa. Quando vê quem a pessoa não é, ele para de supetão como se fosse num desenho animado.

– O que você está fazendo aqui? – pergunta ele.

– Fico lisonjeada – diz Julia, antes de conseguir se conter. Ela sabe muito bem que não deve dar uma de espertinha hoje. Sabe exatamente como deve ser; já observou uma quantidade suficiente de garotas se forçando a assumir as formas certas, apertando os espartilhos até mal conseguirem respirar. Ela bate os cílios e dá um risinho que é pura Joanne. – Quem você estava esperando?

Chris empurra do rosto a franja caída.

– Ninguém. Não é da sua conta. Você veio se encontrar com alguém? Ou o quê?

Os olhos dele estão por toda parte, menos nela, saltando para o caminho, a cada farfalhada. Tudo o que ele quer dela é uma saída rápida, antes que Selena chegue.

– Vim me encontrar com *você* – diz Julia, abaixando a cabeça, simulando timidez. – Oi.

– Do que você está falando?

– Helloo? Fui eu quem lhe mandou a mensagem de texto.

Isso atrai a atenção de Chris.

– Fala sério...

Julia faz uma mescla de encolhida de ombros, contorção e risinho reprimido.

Chris joga a cabeça para trás e começa a se movimentar, num círculo rápido e nervoso em torno da clareira. Ele está furioso com ela, por não ser Selena e por ter visto aquela expressão no seu rosto. E Julia percebe que deveria ter se preparado para isso.

Ela faz sua voz subir uma oitava, num pequeno gemido insinuante, boa e submissa diante do garotão importante.

– Você está puto comigo?

– Pelo amor de *Deus*...

– Desculpa, tá? Sabe? Por enganar você. É só que... – Julia abaixa a cabeça e olha para ele de lado, com uma vozinha de nada. – Eu queria me encontrar com você. Só nós dois. *Você sabe o que eu quero dizer.*

E basta isso para Chris parar a movimentação e olhar para ela. O tom cortante da sua raiva já sumiu. Ele agora está interessado.

– Você podia ter vindo falar comigo. No Palácio ou em qualquer lugar. Como uma pessoa normal.

Julia faz biquinho.

– Como assim? Se você não tivesse *tantos* amigos, tudo bem. Mas tem sempre tipo uma *fila* querendo chegar perto de você.

E surge o início de um sorriso de satisfação no canto da boca de Chris. É tão fácil que Julia mal consegue acreditar. De repente ela percebe por que todo mundo faz isso o tempo todo.

– E então – diz ela, projetando o peito. – Será que a gente pode, tipo, sentar e bater um papo?

– Como você...? – pergunta Chris, de repente desconfiado. – Esse celular de onde você me mandou a mensagem... Como foi que você...?

Ele quer saber se Selena está por dentro disso. Por um segundo, Julia pensa em deixar que ele ache isso. Mas a verdade é que depois ele poderia explodir com Selena por causa disso, o que complicaria tudo. Ela escolhe a verdade, ou parte da verdade.

– Eu e Selena temos o mesmo quarto. Encontrei o celular dela e li suas mensagens.

– Peraí – diz Chris, recuando um passo, com as mãos para cima. – Você sabe da gente?

Julia dá um risinho sedutor.

– Eu sou esperta.

— Caramba — diz Chris, o rosto se contorcendo num nojo sem disfarces. — Ela não é sua amiga? Quer dizer, sei que as garotas podem ser umas víboras, mas isso aqui é, tipo, demais.

— Você não faz ideia — diz Julia, sem se dar ao trabalho de acrescentar um toque fofinho. E, por um segundo, a testa do Garoto Prodígio se franze; mas, antes que possa começar a se perguntar se essa é alguma intriga complicada para zoar com a cara dele, Julia tira uma camisinha do bolso do blusão e a exibe para ele.

Ela expulsa tudo o mais da cabeça de Chris. Seus olhos ficam saltados. Ele estava esperando uns beijos de língua e uma batalha em torno do sutiã. Isso não tinha passado pela sua cabeça.

— Sério? — pergunta ele, daí a um instante. — Quer dizer... a gente conversou, tipo, o quê, umas três vezes?

Julia consegue dar um risinho.

— Ora. James Gillen deve ter falado de mim. Certo?

Chris dá de ombros, pouco à vontade.

— Bem. Falou. Mas James é muito de cascata. Achei que você tinha dado um fora nele e que ele só estava agindo como um cretino.

Por um segundo, Julia sente que isso a abala. Aqui estava ela pensando que todo mundo acreditou naquele merdinha do James Gillen; e o tempo todo, Chris, o último cara que lhe teria ocorrido... A criatura grita mais um aviso do meio dos ciprestes, e uma saraivada de ideias a atinge: e se Chris estivesse envolvido de verdade com Selena, se ele estivesse sendo sincero naquelas mensagens de texto, se ele fosse alguém de quem ela poderia gostar mesmo, em vez de... Esses pensamentos estão tirando lascas dela; eles a estão amaciando. Mais um segundo, e ela estará fraturada, dissolvida.

— James é um perfeito cretino. Mas não é um perfeito mentiroso. Helloo, estamos no século XXI. As garotas podem gostar de sexo também, sabia? Você é um tesão, e eu soube que beija bem. É só o que eu preciso saber. Não estou pensando em me *casar* com você.

E Chris não pode ter estado tão apaixonado pela Selena, afinal de contas; ou vai ver que a camisinha o hipnotizou. Ele avança um passo.

— Ei, mais devagar aí — diz Julia, com a palma da mão contra ele e franzindo o nariz de um jeito fofinho para amenizar o gesto. — Só tem uma coisa. Não vou dividir um cara com minha melhor amiga. Não me importa com quem mais você transe, mas, a partir de agora, Selena fica de fora. Combinado?

– O que...? – A maior parte da mente de Chris ainda está na camisinha, mas suas sobrancelhas estão franzidas. – Você disse que não se importava de eu estar com ela.

– Ei, presta atenção. Estou falando sério. Se você tentar ficar com as duas, eu vou descobrir num piscar de olhos. Vou vigiar a Selena e aquele celular. Vou continuar a lhe mandar mensagens dele, só pra você saber que não estou brincando. Se você tentar qualquer gracinha, conto pra Selena, e nunca mais você vai ter uma chance com qualquer uma de nós duas. Mas, se você deixar ela em paz, tipo totalmente *em paz*, nada de mensagens, nada de nada, cada vez que tivermos uma oportunidade...

Julia balança a camisinha, um sonzinho seco no ar. No final, até foi fácil se afastar das outras no Palácio, onde todos os banheiros têm máquinas cobertas de grafites e pôsteres relacionados à gravidez. *Só vou ao banheiro, volto num segundo*, já se afastando do chafariz e sumindo antes que qualquer uma das outras se levantasse. Fácil, fácil, escapar, se você quisesse. Só que antes nenhuma delas tinha querido.

Chris não se mexeu.

– Helloo? – diz Julia. – Algum problema? Porque o único motivo para um cara recusar um trato desses é se ele for gay. Que não é problema para mim, mas você poderia pelo menos me dizer, e eu trato de procurar outro parceiro.

– Só não tenho certeza se é uma boa ideia – diz ele.

Ele sabe que alguma coisa está errada nisso tudo. É provável que o pobre coitado ache que vai conseguir descobrir o que é. Só que é complicado demais para seu vocabulário limitado.

– Que diferença faz? – diz Julia. – Não acho que você tenha alguma coisa a perder. A Selena nunca mais quer ver a sua cara, ou teria respondido às suas mensagens. E, de qualquer maneira, mesmo que você desse meia-volta e voltasse pro seu colégio agora mesmo, eu vou contar pra ela que a gente foi fundo. Por isso, melhor ir fundo mesmo.

Ela dá para ele um sorriso atrevido e abre o zíper do blusão de capuz. Consegue ler cada pensamento que passa pela cabeça dele, nítido como se estivesse impresso. Pode ver todos os lugares em carne viva onde Selena costumava estar, o buraco roxo como um hematoma onde ele achava que ela estaria nessa noite, as chispas brilhantes dele odiando Selena e todas as outras garotas com quem esteve. Julia, mais que todas. Ela consegue ver o instante em que ele toma a decisão. Chris sorri para ela e estende a mão para pegar a camisinha.

Julia sabe o que esperar. O som do vento nos ciprestes aumenta até parecer um rugido, como uma matilha de caça; o grito de alerta atravessa o céu negro. A clareira ondulando e se agitando por baixo dela. A lua partindo-se em estilhaços, com os mais cortantes de todos descendo como flechas para rasgá-la da virilha ao pescoço, o cheiro do sangue escuro e quente derramando-se das profundezas. A dor, brilhante o suficiente para deixá-la cega para sempre.

Nada acontece. A clareira é só um trecho de grama aparada meticulosamente. Os ciprestes são apenas árvores que algum jardineiro imaginou que não dariam muito trabalho. O grito de alerta ainda está circulando, mas todo o seu aspecto assustador se esgotou. É apenas algum pássaro, chamando à toa, porque é só isso o que sabe fazer. Até mesmo a dor não tem nada de especial, simplesmente uma irritação surda, sem força. Julia se mexe para deslocar o traseiro de um seixo incômodo e faz uma careta por cima do ombro de Chris em movimento. A lua se achatou, tornando-se um disco de papel grudado no céu, sem luz.

25

Fiquei ali parado no corredor, simplesmente ali em pé, de queixo caído como um babaca, com uma grande bolha de história em quadrinhos dizendo "!!??!!" logo ali acima da minha cabeça de imbecil. Fiquei ali até sacar que Mackey, ou Conway, poderia sair e me encontrar. Foi então que me mexi. Passei pelo Canto dos Segredos, com os cartões se acotovelando e chiando. Desci a escada. Flagrei-me andando devagar e com cuidado, como se tivesse levado uma surra e alguma coisa estivesse doendo demais, mas eu não conseguia identificar onde.

Estava escuro no saguão. Precisei ir tateando para encontrar a porta principal. Ela me pareceu mais pesada, ou eu tinha me enfraquecido. Precisei encostar o ombro nela e fazer força, com os pés escorregando no piso, imaginando Mackey me olhando com um sorriso de lá da escada. Eu como que caí lá fora, suando. Deixei a porta se fechar com violência depois que passei. Eu não conhecia outro modo de entrar no prédio, mas não ia precisar.

Pensei em chamar um táxi para me levar para casa. A cena de Mackey e Conway saindo e descobrindo que eu tinha ido embora, num rompante para ir chorar no meu travesseirinho, fez com que eu enrubescesse à luz do crepúsculo. Não tirei o celular do bolso.

Vinte minutos para as dez, e quase escuro. As luzes externas estavam acesas, tornando a grama esbranquiçada, sem de fato iluminá-la, fazendo coisas estranhas que deformavam a visão lá por entre as árvores. Olhei para a silhueta daquelas árvores e a vi como as alunas do sexto ano eram forçadas a vê-la, um contorno afiado a ponto de ser cortante pelo conhecimento de que ele estava prestes a desaparecer do céu como flores caindo, sumindo de vista. Alguma coisa que continuaria ali para todo o sempre; para outras pessoas, não para mim. Eu já estava quase saindo de cena.

Desci a escada com cuidado – aquela penumbra deixava os degraus sem profundidade, traiçoeiros – e comecei a andar, percorrendo a frente do prédio e seguindo pela lateral da ala das internas. Meus pés pisavam ruidosos em seixos, e tinha voltado aquele meu reflexo sobressaltado da manhã – a virada da cabeça, para ver se o guarda-caça tinha instigado os cães contra a plebe.

Remexi aquela confusão toda em busca de alguma coisa positiva em algum canto. Não encontrei nada. Disse a mim mesmo que, se Mackey estava certo acerca de Conway – claro que estava, Mackey tem alguma informação sobre todo mundo, sem necessidade de inventar nada –, nesse caso Conway tinha acabado de me fazer um favor: melhor ficar de fora do que entrar daquele jeito. Eu disse a mim mesmo que sentiria alívio de manhã, quando não estivesse arrasado e morrendo de fome, quando não tivesse esgotado todas as minhas reservas. Disse a mim mesmo que, de manhã, eu não teria a sensação de que alguma coisa inestimável tinha vindo parar na minha mão, tinha sido arrancada de mim e destroçada antes que eu pudesse fechar os dedos.

Não consegui fazer a história colar. A Casos Não Solucionados esperava por mim do lado de fora desses muros, e Mackey estava certo, o sacana com seu sorrisinho. Eu agora era o garoto que não aguentava 12 horas na primeira divisão; e ele e Conway iam se encarregar direitinho de que todos soubessem disso. A Casos Não Solucionados tinha me parecido tão luminosa, no meu primeiro dia, uma possibilidade de ascensão cintilante. Agora ela me parecia um lúgubre beco sem saída. Isso aqui, era isso o que eu queria. Um dia, e sumiu.

O único sinal de um aspecto positivo que consegui detectar: estava quase terminado. Mesmo antes do intervalo traiçoeiro de Mackey, nós já estávamos andando em círculos. Se ele não desse tudo por encerrado logo, Conway o faria. Eu só precisava esperar que a paciência deles se esgotasse, e então poderia ir para casa e tentar esquecer que o dia de hoje tinha acontecido. Eu teria adorado ser um daqueles caras que bebem, até um dia como esse se dissolver. Melhor ainda: um daqueles caras que manda uma mensagem para os amigos, em dias como esse, *Bar.* E sente que a roda de amigos se fecha em torno dele.

Todo mundo sabe que mulher e filhos prendem o cara. O que as pessoas deixam de perceber de algum modo é que os amigos, do tipo certo, fazem a mesma coisa com a mesma força. Ter amigos significa que você se acomodou, que aceitou as condições. Onde quer que vocês estejam juntos, é só até ali que você vai. Esse é seu ponto de parada. É aqui que você salta.

Não se trata simplesmente de onde você está: eles também o prendem a quem você é. Uma vez que você tenha amigos que o conheçam direto até por baixo dos detalhes que você conclui que as pessoas querem ver hoje, não sobra espaço para aquela pessoa que um dia vai transformar você, como que por mágica, naquele ser dos seus melhores sonhos. Você se tornou concreto: você é a pessoa que seus amigos conhecem, para sempre.

Você gosta da beleza, Conway tinha dito, e com razão. Nem morto eu ia me amarrar em algum canto, ia me contentar em ser alguém que não tivesse toda a beleza que eu conseguisse aguentar. Se fosse para me contentar com o feio, eu poderia ter ficado onde comecei, iniciado uma carreira no seguro-desemprego, arrumado uma mulher que detestasse a minha sombra e uma dúzia de pirralhos ranhentos, com uma televisão do tamanho da parede, ligada 24 horas por dia em programas sobre o intestino das pessoas. Podem me chamar de arrogante, metido, eu, o garoto criado em moradia subsidiada pelo governo, achando que merecia mais. Eu vinha jurando isso desde antes de ter idade suficiente para entender a ideia: eu ia ser mais.

Se tivesse de chegar lá sem amigos, eu podia fazer isso. Era o que vinha fazendo. Nunca conheci ninguém que me levasse a um lugar onde eu quisesse ficar; que olhasse para mim e visse alguém que eu queria ser para sempre; ninguém por quem valesse a pena desistir de tudo o mais que eu queria no futuro.

Só naquele instante me ocorreu, ali sob o peso morto da sombra do Kilda, tarde demais. Aquela luz que eu tinha visto em Holly e nas amigas, tão forte que doía nos olhos, aquela coisa rara que eu tinha entrado naquela escola pensando encontrar e invejar, eu tinha imaginado que ela se derramava sobre elas junto com os ecos de pés-direitos altos, que se refletia sobre elas no brilho da madeira antiga. Eu tinha me enganado. A luz brotava delas. Do modo com o qual elas renunciavam a coisas umas pelas outras, podavam galhos dos seus futuros e faziam fogueiras com eles. O que tinha me parecido belo, antes do dia de hoje, balaustradas e madrigais, aquilo não era nada. O tempo todo eu tinha deixado de perceber o ponto principal.

Mackey tinha dado uma farejada em mim e percebido a história toda. Me viu na escola recusando um baseado e uma brincadeira, porque ser apanhado poderia me custar minha chance de sair dali; me viu na escola de formação da polícia, com um grande sorriso simpático e uma desculpa esfarrapada para me afastar dos caras grandes e simpáticos que iam passar o resto da vida na polícia fardada. Me viu acabar com o Kennedy e soube exatamente o que estava errado numa pessoa que faria aquilo.

E Conway deve ter farejado o mesmo em mim. O dia inteiro, quando eu estava pensando em como nós combinávamos, que nos dávamos bem como fogo morro acima. Pensando a contragosto que isso aqui parecia alguma coisa totalmente nova.

Lá nos fundos do colégio. Grupos de vultos escuros jogados no gramado branco esverdeado, inquietos e se movimentando, por um instante minha visão ficou louca tentando fazer sentido do que seriam. Pensei em grandes felinos soltos durante a noite, pensei em mais um projeto de arte, pensei em fantasmas liberados da maquete de Holly... até que uma jogou a cabeça para trás e deu uma risada, com o holofote fazendo brilhar o cabelo comprido. As alunas internas. Conway tinha dito a McKenna para deixá-las sair antes da hora de dormir. McKenna tinha tido a inteligência de aceitar a sugestão.

Farfalhadas à sombra das árvores, uma sacudida na cerca viva. Elas estavam por toda parte, me observando. Um trio na grama do outro lado olhou de relance para mim, queixos virados por cima dos ombros, bem perto umas das outras para poderem cochichar. Mais uma risada, dessa vez disparada direto para mim.

Talvez meia hora até alguém encerrar a entrevista e eu poder voltar encolhido no banco do passageiro de Conway, como algum adolescente apanhado grafitando, para a viagem longa e silenciosa de volta. Passar essa meia hora parado aqui como um dois de paus, com garotas adolescentes me avaliando com olhares de esguelha e comentários desdenhosos: nem pensar. Voltar correndo para a frente do prédio como se essa galera tivesse me apavorado, ficar à toa por lá torcendo para ninguém me ver esperando que os maiorais me dessem uma carona de volta: também nem pensar.

— E de qualquer maneira Conway que se foda — disse eu em voz alta, mas não tão alta que desse para qualquer uma das meninas ouvir. Se nós não estávamos trabalhando juntos, eu ia voar solo.

Eu não sabia onde começar a procurar. Nem precisava: elas me chamaram. Vozes saindo da ofuscação em preto e branco, se desenredando dos sussurros da brisa e dos morcegos: *Detetive, detetive Moran! Aqui!* Cristalinas, etéreas, por toda parte e em nenhum lugar. Eu girava como numa brincadeira de cabra-cega. Ouvia risinhos se espiralando como mariposas em meio às folhas.

Lá nas sombras das árvores, do outro lado da encosta do gramado: agitações descoradas, mãos acenando, chamando. *Detetive Stephen, vem cá, vem cá!* Eu fui, ziguezagueando entre os olhos vigilantes. Poderia ter sido qualquer uma, eu teria ido.

Do nada surgiram contornos e feições, como polaroides. Gemma, Orla, Joanne. Apoiadas nos cotovelos, pernas estendidas, o cabelo caindo até a grama atrás delas. Sorridentes.

Sorri também. Pelo menos isso eu podia fazer. Nisso eu era ótimo. Derrotava Conway de longe.

— Sentiu falta da gente? — Era Gemma. Com o pescoço arqueado.

— Aqui — disse Joanne. Ela chegou mais para perto de Gemma e deu um tapinha na grama, no lugar onde tinha estado. — Vem conversar com a gente.

Eu sabia que devia fugir. Não era tolo de ficar numa sala iluminada sozinho com Holly Mackey. Imagine aqui fora com essas três. Mas elas olhavam para mim como se realmente me quisessem por perto, essa era uma mudança agradável. Era bom como água fresca numa queimadura.

— Temos permissão para chamá-lo de detetive Stephen?

— Dã, o que ele vai fazer, prender a gente?

— Até que você ia gostar. Algemas...

— Podemos? Seu cartão dizia Stephen Moran.

— E detetive Steve?

— Ui, por favor! Parece pornografia.

Eu continuava sorrindo, de bico calado. Elas estavam diferentes, aqui fora no mato, de noite. Arredias, olhares de esguelha, oscilando com brisas que eu não conseguia sentir. Poderosas. Eu sabia que estava em desvantagem numérica: na minha nuca, do jeito que se sabe quando três caras com um jeito de andar da pesada dobram a esquina e aumentam o ritmo para vir na sua direção.

– Vamos. Isso aqui está um tédio só. – Joanne, balançando os tornozelos cruzados. – Fica aqui com a gente.

Eu me sentei. A grama estava macia e flexível. O ar debaixo das árvores tinha um cheiro mais penetrante, fervilhando com esporos e pólen.

– O que vocês ainda estão fazendo aqui? – Gemma quis saber. – Vão passar a noite?

– Hum, dã, exatamente onde ele ia ficar? – Joanne, revirando os olhos.

– Gems quer que ele divida a cama com ela. – Orla, dando risinhos incontroláveis.

– Helloo? Eu lhe perguntei alguma coisa? – Por aqui não se pode ser implicante sem a autorização de Joanne. – De qualquer maneira, não parece provável que ele pudesse dividir a cama com você. Ele teria de ser um pigmeu para caber lá com essas suas coxonas enormes.

Orla se encolheu. Joanne riu.

– Caramba, precisava ver a cara que você fez! Fica fria, foi uma brincadeira. Já ouviu falar nisso? – Orla se encolheu ainda mais.

Gemma sem fazer caso delas, de olho em mim, um início de sorriso.

– Ele podia ficar com a irmã Cornelius. Fazer a noite dela valer a pena.

– Ela ia arrancá-lo a dentadas para oferecer ao Menino Jesus de Praga.

Cerca de um metro mais para o meio das árvores, nós estaríamos numa escuridão total. Aqui, na região fronteiriça, a luz estava mesclada e instável, restos do luar, sobras dos holofotes do gramado. Ela causava mudanças no rosto delas. Aquela vulgaridade descartável que tinha revirado meu estômago mais cedo, toda feita de corantes e flavorizantes artificiais: agora não parecia descartável, não aqui fora. Parecia mais dura, congelada em algo sólido, como que de cera. Misteriosa.

– Vamos embora logo – disse eu. – Só fechando umas coisinhas.

– A criatura fala. – Gemma, com um sorriso mais largo. – Achei que você estava nos dando um gelo.

– Você não dá a impressão de que está fechando nada – disse Joanne.

– Tirei um descanso.

Ela sorriu como se estivesse mais bem informada.

– Você se encrencou com a detetive Cara-de-megera?

Para elas, eu não era mais um detetive, uma autoridade importante e perversa. Eu era outra coisa: alguém com quem brincar, para quem brincar, para quem dançar. Criatura estranha caída do céu no meio delas: quem sabia o que ela poderia fazer, o que poderia significar? Elas estavam me cercando.

– Não que eu saiba – respondi.

– Caramba, a *atitude* dela! É tipo, helloo, só porque você conseguiu economizar o suficiente para comprar um terninho que não seja da Penney's, isso não quer dizer que você *realmente* se tornou a rainha da cocada preta, sabia?

– Você precisa trabalhar com ela o tempo todo? – perguntou Gemma. – Ou às vezes, se você se comportou, eles o deixam trabalhar com alguém que não come hamsters vivos por prazer?

Todas elas rindo, me chamando ou me desafiando a rir junto. Ouvi o pequeno ruído surdo de Conway fechando a porta na minha cara. Fiquei olhando para aqueles três rostos dançando, todo aquele brilho só para mim. E ri.

– Peraí, tenham pena de mim. Ela não é minha parceira. Só estou trabalhando com ela no dia de hoje.

Simulação de desmaios de alívio, todas elas se abanando.

– Ufa! Putz, a gente estava se perguntando como você sobrevivia. Tipo, se usava *Prozac*...

– Mais alguns dias disso – disse eu –, e vou estar usando mesmo. – Rimos mais ainda. – Esse é um motivo para eu estar aqui fora. Eu precisava de um bate-papo e uns risos com quem não queira derreter meus miolos.

Elas gostaram disso. Se arquearam como gatas, satisfeitas. Orla foi a que voltou depressa à posição normal; habituada a apanhar.

– Nós concluímos que você é um detetive muito melhor que ela – disse ela.

– Puxa-saco – disse Gemma.

— Só que é verdade — disse Joanne. Com os olhos fixos em mim. — Alguém devia dizer para o chefe de vocês que a antipatia da Fulaninha acaba impedindo que ela faça o trabalho direito. Ela conseguiria muito mais se tivesse um pouquinho de boas maneiras. Quando ela faz uma pergunta, a impressão que se tem é que ela só vai recuar se a gente tiver um pedaço de carne crua pra atirar pra ela.

— Pra ela nós não diríamos que horas são, se não fôssemos forçadas — disse Orla.

— Quando você nos pergunta alguma coisa — disse Joanne, virando a cabeça para um lado, com um sorriso para mim — nós temos *vontade* de falar.

Na última vez que conversei com ela, nós não tivemos esse clima de grandes amigos, não desse jeito. Elas queriam algo de mim ou queriam me passar alguma coisa. Eu não sabia dizer qual das duas opções.

— É bom saber disso — disse eu, desconfiado. — Vocês me ajudaram muito até agora. Não sei o que eu teria feito sem vocês.

— Ajudar você é um prazer.

— Nós aceitaríamos ser espiãs pra você a qualquer hora.

— Por baixo do pano.

— Nós temos seu celular. Podíamos lhe mandar uma mensagem se virmos qualquer coisa suspeita.

— Se vocês realmente querem me dar uma ajuda, sabem como. Vocês três, eu diria que vocês sabem tudo o que acontece neste colégio. Qualquer coisa que possa estar relacionada ao Chris, eu adoraria saber.

Orla curvando-se para a frente, com um reflexo do luar na boca úmida.

— Quem está na sala de artes?

— Pssssiu! — Uma lambada de Joanne. Orla se encolheu.

— Ups! Tarde demais. — Gemma, achando graça. Para mim: — Nós não íamos perguntar assim de cara.

— Mas, já que o Gênio aqui perguntou — disse Joanne, recostando-se, com o pescoço arqueado, e apontando. — Quem é aquele?

A sala de artes, um clarão de um branco gelado de um lado a outro do retângulo pesado da escola. Acima dela, a balaustrada de pedra aparecia recortada, passarela para um fantasma, negra em contraste com o quase negro do céu. Numa janela, erguia-se a escola de arame. Na janela seguinte estava Mackey, relaxado, de braços cruzados.

– Aquele – disse Joanne.

– Outro detetive – disse eu.

– Uuui. – O pulso sendo sacudido, olhos zombeteiros. – Eu sabia que você tinha sido dispensado.

– Às vezes, nós mudamos as coisas enquanto estamos trabalhando. Mantém todo mundo alerta.

– Com quem eles estão falando?

– É com a Holly Mackey?

– Nós avisamos que elas eram esquisitas.

A luz no rosto delas, todas ansiosas e fascinadas. Como se eu pudesse ser aquela coisa única que elas vinham esperando ver. Aquilo fazia você ter vontade de ser essa coisa, tudo que elas estavam procurando, todas ao mesmo tempo. Chris Harper devia ter tido essa mesma vontade.

Lá em cima, na sala de artes, Conway passou de um lado a outro da janela, só passos largos e ombros marcados.

– É – disse eu. – É a Holly. – Conway teria comido meu fígado. Conway que se foda.

Respiração chiada. Olhares circulando, mas não consegui captá-los enquanto passavam velozes.

– Ela matou o Chris? – perguntou Orla, baixinho.

– Ai meu Deus!

– E nós aqui pensando que tinha sido o jardineiro Pinto.

– Bem, até hoje nós pensávamos.

– Mas quando vocês começaram a fazer todas aquelas perguntas pra nós e pra elas...

– É óbvio que nós sabíamos que não fomos nós...

– Mas não achamos...

– Foi a *Holly Mackey*?

Eu teria simplesmente adorado dar uma resposta para elas. Ver as bocas abertas, os olhos arregalados, ver que elas estavam subjugadas a mim, O Homem, puxando jorros de respostas, como um mágico.

– Não sabemos quem matou o Chris. Estamos nos esforçando ao máximo para descobrir.

– Mas quem você *acha* que foi? – Joanne quis saber.

Holly, relaxada diante daquela mesa, toda olhos azuis, mordacidade e alguma coisa escondida. Podia ser que Mackey estivesse com a razão, em não querer que ela falasse. Podia ser que ele estivesse certo, e que ela teria falado comigo.

Fiz que não.

– Não é minha função. – Olhares céticos. – Sério. Não posso andar por aí com uma ideia fixa na cabeça, não enquanto não tiver provas.

– Aaah – disse ela, fazendo biquinho. – Isso é tão injusto. Aqui está você nos pedindo pra...

– Ai, meu Deus! – Orla, empertigando-se de repente, tampando a boca com a mão. – Você não acha que foi a *Alison*, certo?

– É lá que ela está?

– Ela está *detida*?

Elas estavam de queixo caído.

– Não – disse eu. – Ela só está um pouco abalada. Aquela história do fantasma do Chris. Aquilo a atingiu.

– Bem, helloo! Aquilo no fundo atingiu a todas nós. – Joanne, com frieza: eu tinha me esquecido de pô-la em primeiro lugar. Isso não se faz.

– Aposto que atingiu – disse eu, devidamente assombrado. – Você o viu?

Joanne se lembrou de estremecer.

– Claro que vi. Pode ser que ele tenha voltado para falar comigo. Estava olhando direto pra mim.

Foi aí que me ocorreu: todas as garotas que tinham visto o fantasma de Chris teriam jurado a mesma coisa. Ele estava olhando para ela. Ele tinha voltado porque queria alguma coisa dela, só dela.

– Como eu lhe disse – Joanne estava de novo com sua expressão de quem perdeu um ente querido –, se ele não tivesse morrido, nós já estaríamos juntos outra vez. Acho que ele quer que eu saiba que ele ainda se importa.

– Aaah – Orla, com a cabeça para um lado.

– Você também viu o Chris? – perguntei.

Orla levou de imediato a mão ao peito.

– Ai, meu Deus, vi, sim! Quase tive um ataque do coração. Ele estava logo ali. Juro.

– Gemma? – perguntei.

Gemma mudou de posição na grama.

– Não sei. Não tenho certeza sobre fantasmas.

– Me desculpa – disse Joanne, em tom cortante. – Mas eu sei o que vi.

– Não é só isso o que estou dizendo. Só estou dizendo, repito, que *eu* não vi. Vi tipo um borrão na janela, como quando se está com alguma coisa grudenta no olho. Só isso.

– Bem. Algumas pessoas são mais *sensíveis* que outras. E algumas pessoas eram mais *próximas* do Chris. Me desculpa se eu acho que no fundo não faz diferença o que você viu.

Gemma deu de ombros.

– Ele estava lá – disse Joanne, para mim.

Eu não saberia dizer se ela estava falando sério. Lá na sala de convivência, eu teria jurado que todo o terror delas era real. Podia ter começado com um teatrinho, para chamar a atenção ou para aliviar um pouco a pressão; mas depois ele cresceu e se tornou grande demais e real demais para elas controlarem. Só que agora, o estremecimento, a expressão no seu rosto, eu não saberia dizer. Podia ser só aquela camada plástica que a cobria e tirava do foco qualquer coisa verdadeira que estivesse por baixo. Podia ser que ela fosse toda de plástico. Era provável que nem elas mesmas soubessem.

– Então esse é mais um motivo para vocês precisarem me contar o que souberem. É o que o Chris ia querer que fizessem.

– Como nós íamos saber alguma coisa? – Joanne, em tom neutro, escorregadia como celofane. Elas não iam me entregar nada enquanto eu não fizesse por merecer.

Mas eu sabia a resposta para essa pergunta. Depois que Selena e Chris desmancharam, Joanne tinha posto seus cães de guarda para vigiar durante a noite, só para ter certeza.

– Digamos que alguma outra pessoa estivesse se encontrando com o Chris de noite, nas duas semanas antes de ele morrer. Quem vocês diriam que era essa pessoa?

A expressão de Joanne não mudou.

— Havia alguém?

— Estou só levantando uma hipótese. Quem vocês acham que poderia ser?

Olhares de esguelha entre elas, por baixo dos cílios. Se o medo um dia tinha sido real, ele agora tinha escapulido delas. Alguma outra coisa tinha surgido, forçando-o para fora: o poder.

— Diga-nos se ele estava se encontrando com alguém – disse Joanne – e nós lhe passamos uma boa dica.

Já disse que reconheço uma oportunidade quando a vejo. Às vezes, nem é preciso vê-la. Às vezes, você sente que ela está chegando, descendo dos céus zunindo na sua direção, como um meteoro.

— Estava, sim – disse eu. – Nós encontramos mensagens de texto entre eles.

Mais olhares.

— Mensagens de que tipo? – perguntou Gemma.

— Mensagens marcando encontros.

— Mas não havia nenhum nome?

— Não – disse eu. – Não era uma de vocês, era?

— Não, não era – respondeu Joanne, em tom áspero. Só não disse, "Ou ela teria que se entender comigo". Mas nós todos ouvimos.

— Mas vocês têm uma ideia aproximada de quem poderia ter sido.

E esperei ouvir *Holly Mackey*.

Joanne se esticou de costas, com os braços atrás da cabeça, projetando o peito para cima.

— Diga pra gente o que você acha de Rebecca O'Mara.

Meu ouvido levou um segundo para ouvir a pergunta, por trás da explosão de "que porra é essa?". Então, fechei a boca e pensei rápido. Tinha de haver uma resposta certa.

— Não cheguei a pensar muito nela, para dizer a verdade.

Olhares arredios, meio encobertos. Pequenos sorrisos de desdém. Boa resposta.

— Porque ela é tão totalmente inofensiva – disse Joanne.

— Menina tão *boazinha* – sussurrou Orla.

— Tão *pura*.

— Tão tímida.

– Aposto que ela fingiu um pavor total de vocês, certo? – Joanne abaixando a cabeça, fazendo uns olhos de corça, com um recato afetado, para mim. – Rebecca nunca faria alguma coisa atrevida. É provável que nunca tenha tomado uma gota de bebida. Nem sequer, caramba, *olhado* para um cara.

Gemma riu, baixinho.

– Isso não é verdade, certo? – Meu coração estava começando a bater forte e lento, tambores na selva, transmitindo uma mensagem.

– Bem, não sei se ela alguma vez bebeu... quer dizer, quem se importa? Mas ela olhou, sim, para um cara.

– Precisava *ver* como ela olhava para ele – debochou Orla. – Era de dar pena.

– Chris Harper – disse eu.

Aos poucos, Joanne começou a sorrir.

– Parabéns – disse ela. – Você ganhou o prêmio.

– A Rebecca se *derretia* pelo Chris.

– E vocês acham que eles acabaram ficando juntos?

Joanne franziu os lábios.

– Caraca, me dá licença pra eu vomitar. De jeito nenhum. Por esse lado ela não ia conseguir nada. O Chris poderia ter qualquer uma que ele quisesse. Não ia chegar perto de algum bicho-pau sem graça. Se eles estivessem numa ilha *deserta*, ele teria achado um *coco* mais atraente do que ela para uma trepada.

– Então isso quer dizer que ela não era a que estava se encontrando com ele. Certo? Ou...?

De novo os olhares intermitentes.

– Bem – disse Joanne. – Não por *amoooor*. E também não pelo que você está pensando. É provável que ela nem mesmo soubesse por *onde* começar.

– Por quê, então?

Risinhos. Orla mordendo o lábio inferior. Elas não iam dizer, se eu não dissesse antes.

Aquele meteoro, zunindo cada vez mais perto. Eu só precisava estar no lugar certo e estender as mãos.

Naquele dia de manhã. Cheiro de giz e grama. Eu me amarrando em nós como um bicho formado a partir de uma bola de gás, tentando me tornar o que cada uma de oito garotas diferentes e Conway queriam. E como isso tinha sido positivo para mim... Joanne, com cara de nojo: *Meu palpite é que vocês acham que todas elas são uns anjos, nunca se envolveriam com drogas. Quer dizer, putz, Rebecca, é simplesmente tão inocente...*

– Drogas – eu disse.

Uma mudança. Senti que elas se retesavam, esperando enquanto eu dava um jeito de me situar.

– Rebecca estava usando drogas.

Um risinho histérico irrompeu de Orla. Joanne sorriu para mim, a professora para o bom aluno.

– Conta pra ele – ordenou ela.

Um instante depois, Gemma se sentou, sobre as pernas dobradas, catando pedacinhos de grama nas meias.

– Você não está gravando isso, nem nada, está? – perguntou ela.

– Não.

– Bom, porque o que vou dizer fica totalmente entre nós. Tipo, se um dia você contar para alguém que eu disse isso, eu vou dizer que é pura cascata sua, que você inventou para voltar a ter algum crédito com a detetive Machona.

Como se eu fosse um jornalista. Eu estava começando a achar que ela era ingênua, quando ela acrescentou: – E meu pai vai ligar pro seu chefe e dizer a mesma coisa. O que, pode acreditar em mim, você não quer que aconteça.

Não tão ingênua, assim.

– Sem problema – disse eu.

– Anda. Fala – disse Joanne.

– Bem – disse Gemma. Ela passou a língua pelo lábio superior, mas estava em piloto automático, ganhando tempo enquanto organizava as coisas na cabeça. – OK. Você ouviu falar do Ro, certo? Ronan, que era jardineiro aqui?

– Vocês o prenderam – acrescentou Orla, solícita. Estava animada, adorando aquilo tudo. – Por vender drogas.

– Conheço a história, sim – disse eu.

— Ele traficava um monte de coisas – disse Gemma. – Tipo, principalmente haxixe e Ecstasy, mas se você quisesse alguma outra coisa, geralmente ele conseguia arrumar.

Ainda ocupada com os pedacinhos de grama presos nas meias. Com aquela luz inconstante, eu não poderia ter certeza, mas pareceu que ela enrubesceu.

— A dieta da Gems não estava funcionando tão bem assim – disse Joanne, dando um beliscãozinho travesso na cintura de Gemma.

— Eu só queria perder mais uns quilinhos. Qual é o problema? Não é o que todo mundo quer? Por isso, perguntei a Ronan se ele podia me conseguir alguma coisa para ajudar.

Um olhar de relance, um piscar de olhos, Gemma procurando alguma reação em mim, com muito medo de não ver nada.

— Deve ter funcionado – disse eu, esperançoso. – Você decididamente não está precisando perder peso agora.

O alívio fazendo curvar sua boca. Isso aqui era um mundo totalmente diferente: admitir que você tem dificuldades para ficar magra era mais apavorante do que contar a um policial que você tinha comprado anfetaminas.

— É, bem. Não importa. De qualquer maneira, o jeito de se comprar coisas do Ronan era o seguinte: nas tardes de quartas e sextas ele era o único jardineiro trabalhando. Por isso, bastava ir até o galpão depois das aulas e ficar ali fora esperando até ele aparecer. Então você entrava, e ele pegava a encomenda lá no armário dele. Era totalmente proibido entrar no galpão, a menos que ele estivesse ali dentro. Ele dizia que não atenderia mais a pessoa se a apanhasse lá dentro sozinha. Acho que era para evitar que alguém roubasse seu estoque.

Joanne e Orla estavam se contorcendo na grama, se aproximando de mim. De boca aberta, olhos vidrados.

— E aí numa quarta-feira – disse Gemma – estava chovendo paca, e eu vou até lá e não vejo o Ro. Fico um tempo esperando debaixo das árvores, mas no final, penso, ora, não vou ficar parada aqui todo esse tempo, morrendo de frio. E entro no galpão. Acho que Ronan vai lidar com isso. Àquela altura, ele já me conhecia. Eu não era alguém que chegou ali por acaso.

Arrepio das outras duas, de expectativa.

— E lá estava Rebecca O'Mara. Tipo, a última pessoa que se esperaria. Ela levou um susto! Juro por Deus, achei que ela ia desmaiar. Comecei a rir e disse, "Putz, o que você está fazendo aqui? Procurando sua dose de crack?"

Risos em espiral no ar escuro, pululante.

— Rebecca só fica "Ah, eu só vim me abrigar da chuva"; e eu, "É, tá bom..." O prédio principal está a meio minuto de distância, e ela está de capa e chapéu, o que quer dizer que ela saiu na chuva de propósito. E, se ela é tão tímida, como é que está se escondendo num lugar em que pode dar de cara com jardineiros grandes e assustadores?

Gemma estava de novo no controle. A história estava saindo fácil, segura. Parecia verdadeira.

— Então eu digo, "Pensando em fazer jardinagem?" porque havia um monte de pás e ferramentas no canto onde ela estava. Ela estava com uma na mão, como se tivesse apanhado aquela quando eu entrei, para o caso de eu ser um estuprador maluco e ela precisar me manter a distância. E não é que ela diz "Hum, hã, acho, mais ou menos, eu estava pensando..." até eu decidir que chega de tanta aflição e digo "Me poupa, você não achou que eu estava falando sério?" E ela só me olha espantada por um instante, tipo sem entender nada e então diz "Preciso ir". E sai correndo pro meio da chuva, voltando pro prédio principal.

Ela deve ter deixado ali a pá, antes de sair correndo. Pá ou enxada. Deixou-a ali para pegar de novo, agora que sabia o que queria.

O meteoro na palma da minha mão. Lindo. Queimando minha carne, com um fogo branco, bem-vindo.

Se alguma coisa transparecesse no meu rosto, a luz instável a esconderia para mim. Tratei de manter minha voz tranquila.

— O Ronan viu a Rebecca?

Gemma deu de ombros.

— Acho que não. Ele só chegou lá alguns minutos depois. Estava esperando em algum lugar até a chuva diminuir. Ficou meio emputecido por eu estar ali dentro, mas conseguiu se acalmar. — Sorriso, lembranças. — Joanne estava bem perto de mim.

— Viu? Toda aquela história de pura e inocente não passa de cascata. Todo mundo cai nessa, mas nós sabíamos que você não cairia.

– O Ronan vendia qualquer outra coisa além de drogas? Bebida? Cigarros? – Às vezes elas fumavam, Holly tinha dito. E o maço escondido na parte de Julia do guarda-roupa. Rebecca ainda poderia ter tido uma razão inocente para estar naquele galpão; inocente com algum tipo de culpa, mas inocente, ainda assim.

Gemma bufou:

– Certo. E pirulitos.

Orla estava prendendo o riso. – Crédito para celulares.

– Rímel.

– Meias-calças.

– Absorventes.

Isso fez com que as duas não aguentassem mais, explodindo em risos. Orla caiu para trás na grama, jogando as pernas para cima. Joanne interveio, com frieza.

– Ele não era um supermercado. Rebecca não estava comprando biscoitos com lascas de chocolate.

Gemma conseguiu se recompor.

– É mesmo. Ele só vendia troço pesado. – Um toque lascivo no "pesado". – Eu adoraria saber o que ela estava mesmo comprando.

Joanne deu de ombros.

– De qualquer maneira, não eram moderadores de apetite. A não ser que ela fosse anoréxica, e eu acho que ela não tem amor-próprio suficiente para se importar. Ela nem mesmo usa maquiagem.

– Vai ver que era haxixe – Orla, com ar de entendida.

– Que tipo de fracassada usa haxixe sozinha? Caramba, que *tristeza*!

– Ela podia estar comprando pra elas quatro.

– Helloo, até parece que elas iam mandar a Rebecca... Se todas estivessem juntas nisso, mandariam a Julia ou a Holly. A Rebecca estava lá porque *ela* queria alguma coisa.

– O corpinho sexy do Ro.

– Eca, eca, eca, ninguém merece.

Elas estavam à beira de um ataque de risinhos, de novo.

– Quando foi isso? – perguntei.

Minha pergunta fez com que voltassem. Uma rápida troca entre os olhos semicerrados.

– Estávamos imaginando quando você ia perguntar – disse Joanne.

– Na primavera do ano passado?

Mais uma troca de olhares que logo se encerrou.

– Na noite seguinte – disse Gemma –, o Chris foi morto.

Um segundo de silêncio, enquanto a frase se espalhava para os lados e para cima, pela copa das árvores.

– Então – disse Joanne. – Está vendo?

Eu estava vendo.

– Você disse que alguém estava se encontrando com o Chris, depois que ele e a Selena terminaram. Como eu lhe disse, nem morto ele ia se encontrar com a Rebecca O'Mara por estar a fim dela. Mas, e se ela estivesse comprando alguma coisa pra ele? É claro que ela teria feito isso; teria feito qualquer coisa por ele. E ele teria se encontrado com ela pra pegar o treco. Até poderia ter dado nela um ou outro amasso de caridade, alguma coisa com que ela pudesse sonhar.

O riso resfolegante de Orla.

– Vocês alguma vez viram a Rebecca sair sozinha de noite?

– Não. E daí? Nós paramos de vigiar o corredor, tipo, semanas antes de matarem o Chris.

O resultado do exame para detectar drogas em Chris tinha sido negativo, segundo informação de Conway. Nenhuma droga nos pertences dele.

– E então – disse Joanne. Deslizando mais para perto, deixando que a perna roçasse na minha. Eu não conseguia ver seus olhos, através das cintilações dos holofotes na sua superfície. – Vai ver que a Rebecca achou que eles estavam tipo juntos, ou coisa parecida. E quando descobriu que não estavam...

Mariposas girando, lá fora, sobre o gramado.

– A Rebecca é muito fraquinha – disse eu, com cuidado. – O Chris era grande e forte. Vocês acham que ela poderia ter...?

– Ela sabe ser grosseirona – disse Gemma –, quando quer. Se ele realmente tirou ela do sério...

– Os jornais diziam lesões na cabeça – disse Joanne. – Se ele estivesse sentado, não faria diferença ela ser menor que ele.

— Ela podia ter batido nele com uma pedra — disse Orla, praticamente levitando da grama, de tanta empolgação.

— Ui! — disse Joanne, em tom de censura. — Na verdade, não sabemos se foi uma pedra. Os jornais nunca disseram. — E olhou para mim, com pontos de interrogação pipocando por toda parte. Gemma e Orla me observavam também, ansiosas, transbordando de curiosidade.

Não era simulação. Nenhuma delas tinha conhecimento da enxada. Mais que isso: não havia nenhum tremor em suas vozes, nenhuma sombra passando por trás da expressão delas, quando falavam do momento que tinha acabado com a vida de Chris Harper. Elas podiam estar conversando sobre cola numa prova. Até então, um pedacinho de mim tinha se perguntado se elas não estariam inventando a história de Rebecca para desviar minha atenção de uma delas, mas não. Nenhuma dessas garotas jamais tinha se envolvido com um homicídio.

— Ótimo. Obrigado mesmo por me contarem. — Sorri para todas elas.

— Eu não ia dizer uma coisa dessas na frente da detetive Cara-de-megera — disse Gemma. — É provável que eu já estivesse na cadeia a esta altura. Você não vai arrumar encrenca pro meu lado, certo? Porque, como eu disse...

— Não se preocupe. Eu até poderia lhe pedir para me dar um depoimento em alguma etapa, se eu realmente precisasse... Não, peraí, isso não lhe trará nenhum problema. Você pode simplesmente dizer que entrou ali para sair da chuva, o que é verdade, certo? Não vai precisar explicar por que estava ao ar livre para começo de conversa. OK?

Gemma não pareceu convencida. Joanne não ligou a mínima. Chegando ainda mais perto, borbulhando de empolgação.

— Quer dizer que você acha que *foi* a Rebecca? Certo? É o que você acha.

— Eu acho — disse eu — que gostaria de saber o que a Rebecca estava fazendo naquele lugar. Só isso.

Eu me levantei, de joelhos, espanei terra e grama da minha calça. Mantive uma atitude informal, mas eu estava chocalhando com aquilo tudo. Como eu queria me levantar daquela grama e sair correndo. Eu podia pegar Rebecca. Podia ir tateando para descobrir o caminho, em meio a faixas de luz e espirais de mariposas, até encontrá-la, com Julia e Selena, olhos escuros me vigiando da escuridão à sombra dos ciprestes. Eu podia ligar para a delegacia mais próxima, pedindo uma viatura policial e uma assistente social, e estar com Rebecca numa sala de interrogatório antes que Conway afrouxasse suas presas de pitbull sobre Holly. Se eu trabalhasse direitinho e deixasse meu celular desligado, poderia ter uma confissão na mesa de O'Kelly antes que Conway conseguisse me rastrear. Pela manhã, eu já poderia ser o bambambã que, em 12 horas, resolveu o caso importante que tinha atrapalhado a vida de Conway por um ano.

– Fica pra conversar com a gente – disse Joanne. – Daqui a pouco vamos precisar entrar, de qualquer modo. Aí você pode ir falar com aquele porre da Rebecca.

– É – disse Orla. – Nós somos muito mais interessantes que ela.

Por um segundo, pensei – com essa minha cabeçorra idiota – que talvez elas ainda estivessem assustadas, quisessem o cara grande e forte para protegê-las. Mas elas estavam descontraídas como gatos ali na grama. Todo o medo se esvaíra, assim que se tornaram as poderosas que estavam me conduzindo aonde queriam que eu fosse, para sussurrar no meu ouvido o segredo que tinham guardado.

– Eu diria que vocês são mesmo – disse eu, sorrindo. – Mas é melhor eu esclarecer isso tudo.

Joanne fez biquinho.

– Nós ajudamos você. Agora que você conseguiu de nós o que queria, vai simplesmente nos dispensar e fugir correndo?

– Comportamento típico de qualquer cara – disse Gemma, para os galhos lá no alto, abanando a cabeça.

– Eu lhe disse antes. Não deixo caras me tratarem como lixo – disse Joanne.

Um primeiro aviso me atingiu, através dos tambores nos meus ouvidos, me mandando fugir dali.

– Estou sob um pouco de pressão, só isso. Não que eu não valorize o que vocês fizeram por mim. Acreditem em mim.

– Então fica – disse Joanne, erguendo um dedo e o pousando no meu joelho. Com um sorrisinho de nariz franzido, como uma brincadeira, mas meio segundo atrasado. Orla prendeu a respiração, chocada, e a soltou num risinho.

Não sei como consegui me impedir de dar um salto e fugir correndo. Se eu metesse os pés pelas mãos agora, estaria no pior dos mundos.

– Não fique tão apavorado – disse Gemma. – Nós somos legais. Sério.

Sorrindo para mim, ela também. Parecia simpática, mas estava escrita num código que eu não conseguia nem começar a decifrar. Todas elas. Aquele arrepio desagradável que tinha perdido a força por um instante, enquanto elas me mantinham ocupado, achando que eu era algo que elas queriam e adorando a situação. Aquele arrepio estava subindo de novo, com força, pela minha nuca.

A unha de Joanne subiu uns dois centímetros pela minha coxa. Todas as três reprimiam risinhos, com a língua presa entre dentinhos afiados. Era um jogo, e eu fazia parte dele, mas não poderia dizer que parte. Tentei rir. Elas riram também.

– E então – disse Joanne. Mais dois centímetros. – Conversa com a gente.

Afastar sua mão com um tapa, voltar correndo para a escola como se tivessem posto fogo no meu traseiro, bater na porta da sala de artes e implorar a Conway que me deixasse entrar, prometendo que eu me comportaria. Preferi agir de outro modo.

– Vamos avaliar bem a situação por um segundo, OK? – Usei minha voz mais empolada. Pensei em professor, pensei em McKenna, pensei em tudo que elas não queriam. Escolhi uma de cada vez, olhando nos olhos de cada uma, separando-as: não um trio perigoso, mas só meninas fazendo bobagem.

– Gemma, tenho consciência de que foi preciso você ter muita coragem para me passar essa informação. E Joanne, percebo que Gemma talvez não tivesse reunido essa coragem sem o seu apoio, e sem o seu, Orla. Por isso, depois de vocês terem feito um esforço considerável para me trazer esse material potencialmente valioso, não me sinto propenso a desperdiçá-lo.

Elas olhavam para mim como se eu tivesse de repente sofrido uma explosão e me transformado numa criatura de duas cabeças. O dedo de Joanne parou de avançar.

– Se eu não tiver uma oportunidade de entrevistar Rebecca O'Mara antes que todas as alunas sejam chamadas para entrar, vou precisar entrar em contato com a detetive Conway, e não terei opção, a não ser a de envolvê-la. Suponho que vocês me tenham passado a informação porque queriam que eu a utilizasse. Não porque quisessem que quaisquer resultados acabassem contando pontos para a detetive Conway. Estou com a razão?

Três pares de olhos idênticos, fixos. Sem um movimento, sem uma piscada.

– Orla? Estou com a razão?

– Oi? É? Pode ser.

– Ótimo. Gemma?

Gemma fez que sim.

– Joanne?

Finalmente, finalmente, um dar de ombros, e sua mão se soltou da minha perna. A bronca de Conway, mais cedo, na sala de artes, estava valendo a pena.

– Tanto faz.

– Então acho que estamos de acordo. – Distribuí um sorrisinho para cada uma delas. – Nossa prioridade é que eu fale com a Rebecca. O bate-papo entre nós terá de esperar.

Nada. Só aqueles olhos, ainda fixos em mim.

Eu me levantei, tranquilo, sem movimentos súbitos. Espanei a roupa, endireitei o paletó. Depois dei meia-volta e me afastei dali.

Foi como dar as costas a panteras. Cada pedacinho de mim estava esperando as garras, mas não veio nada. Atrás de mim, ouvi Joanne dizer, com a voz empolada e no volume exato só para eu ouvir, "*Material potencialmente valioso*" e uma explosão tripla de risinhos. E então eu já estava longe, no interminável gramado verde esbranquiçado.

Meu coração batia como bongôs. Aquela tontura da bebida avançou e me dominou. Eu só queria deixar que meus joelhos se dobrassem, afundando ali na grama fresca.

Mas não fiz isso. Não eram só as observadoras por toda parte. O que eu tinha dito àquelas três era verdade: em algum lugar ali fora, no sarapintado de preto, branco e murmúrios, estava Rebecca. Era agora ou nunca.

Era exatamente o que Conway teria esperado de mim. Era nisso que Mackey teria apostado.

O branco violento da sala de artes, olhando lá de cima para mim. Risos alegres, mais adiante entre as árvores.

Eu não devia nada a Conway. Tinha levado para ela a chave para solucionar aquele seu caso decisivo. Ela me usou enquanto fui útil e depois me jogou do carro a 120 por hora.

A lua como um cata-vento acima do prédio do colégio. Tive a sensação de que eu estava dissolvendo, que meus dedos das mãos e dos pés estavam se desmanchando.

Ela era tudo o que Mackey tinha me avisado. Era o não definitivo àquele parceiro dos meus sonhos, aquele com setters vermelhos e aulas de violino. Era agressiva e encrenqueira, tudo do que eu sempre quis manter distância.

Mas reconheço minha oportunidade quando a vejo. E eu a estava vendo, clara como o dia.

Peguei meu celular.

Mensagem, não ligação. Se Conway visse uma ligação minha, ia pensar que eu queria me queixar da longa espera e deixaria o celular tocar até desistir.

Eu podia sentir alguma coisa acontecendo comigo. Uma mudança.

Ícone de mensagem na minha tela. Conway, alguns minutos atrás, enquanto eu estava ocupado demais para perceber. Ela devia ter interrompido a entrevista. Ou Mackey. Era a hora certa para mim.

Cnseguiu alguma coisa? Tou sgurando o máximo que posso, mas o toque de silêncio é 1045. Mexa-se.

– *Que que é isso?* – disse eu em voz alta.

O sorriso superou tudo, um sorriso como se meu rosto fosse se partir ao meio, numa explosão com luzes de todas as cores.

Que idiota que eu fui; um idiota sem tamanho. Eu podia ter me dado um murro na cara por isso. Por um segundo, me esqueci totalmente de Rebecca, não me importava.

Dê um bom passeio por aí, admire o terreno do colégio. Conway me dissera do lado de fora da sala de artes. *Veja se consegue fazer o fantasma do Chris aparecer pra você.* Querendo dizer, *Saia e converse com aquelas garotas, provoque o maior alvoroço possível nelas, veja o que consegue arrancar delas.* Claro como o dia, se eu tivesse prestado atenção. Estava tão ocupado vendo como Mackey podia ter me usado para acabar comigo que não tinha percebido o que ela estava agitando diante do meu nariz.

Conway tinha confiado em mim: não só confiado em mim todo o tempo em que Mackey tentava vender suas ideias negativas, mas confiou em que eu saberia que ela confiaria. Eu poderia ter me esmurrado de novo por não ter agido de modo igual para com ela. Senti um frio no estômago ao perceber como eu estivera perto de chegar tarde demais.

Enviei uma mensagem de resposta. *Encontre-me na frente do prédio. Urgente. Não deixe Mackey vir.*

26

Maio começa inquieto, esfuziante com o calorzinho do ar. O verão está logo ali, da mesma forma que os exames. E o terceiro ano inteiro está tenso demais, rindo muito alto por nada e explodindo em discussões artificiais, cheias de batidas em carteiras e choro nos banheiros. A lua puxa matizes estranhos do céu, um toque de verde que só se consegue ver com o canto do olho, um roxo de contusão.

É o dia 2 de maio. Ainda restam duas semanas de vida para Chris Harper.

Holly não consegue dormir. Selena ainda está com a dor de cabeça fingida; e Julia está um nojo. Quando Holly tenta falar com ela sobre seja lá o que for que Lenie tem, Julia lhe dá um passa-fora tão brutal que as duas mal estão se falando. Está quente demais no quarto, um calor de excesso de intimidade que manda ondas de coceira cobrir sua pele. As coisas parecem erradas e vão ficando ainda mais erradas. Elas torcem e puxam pelas bordas, arrastam o tecido da vida deixando tudo torto.

Ela se levanta para ir ao banheiro, não porque precise, mas porque não consegue ficar deitada parada, nem mais um segundo. O corredor está mal iluminado e até mais quente que o quarto delas. Holly está na metade do caminho, pensando em água fria, quando a sombra de um vão de porta estremece, só a meio metro de distância. Ela dá um salto para trás, se encosta na parede e respira fundo pronta para berrar, mas nesse instante a cabeça de Alison Muldoon surge da sombra, de boca aberta, desaparece em meio a um monte de guinchinhos urgentes e volta a aparecer.

– Putz! – diz Holly, com um chiado na voz. – Você quase me matou do coração! Qual é o seu problema?

– Ai, meu Deus, é *você*. Achei... *Jo!* – E ela some de novo.

A essa altura, Holly está ficando curiosa. Ela espera e escuta. O resto do corredor está em silêncio. Todas em sono profundo, com o peso da noite.

Daí a um minuto, Joanne aparece no vão da porta, com o cabelo desgrenhado, usando um pijama rosa-claro com as palavras OOH BABY de um lado a outro do peito.

– Ei, essa é a Holly Mackey? – diz ela, em tom áspero, examinando Holly como alguma criatura num expositor de museu. – Você é retardada ou o quê? Eu estava *dormindo*.

– O cabelo dela – diz Alison, com um gemido, pouco mais que um sussurro, por trás de Joanne. – Eu só vi o cabelo e achei...

– Caramba, elas duas são louras. E todo mundo não é? Holly não é nem um pouco parecida com ela. Holly é *magra*.

Que é o maior elogio que Joanne conhece. Ela sorri para Holly e revira os olhos para elas duas poderem rir juntas da burrice de Alison.

A questão com Joanne é que você nunca sabe em que pé estão as coisas com ela. Hoje pode ser sua melhor amiga, toda carinhosa, e poderia ficar magoadíssima se você não agir da mesma forma. Isso deixa você em desvantagem: ela sabe com quem está lidando. Você precisa descobrir tudo a partir do zero, a cada vez. Ela dá cãibras nos músculos das pernas de Holly.

– Quem ela achou que eu era? – pergunta Holly.

– Ela saiu do quarto certo – alega Alison, gemendo.

– O que quer dizer que estava indo na direção errada, não é mesmo? – diz Joanne. – Quem se importa se ela vai ao banheiro? Nós queremos saber é se ela sai. O que, helloo, fica *praquele* lado. – Alison rói a junta de um dedo, mantendo a cabeça baixa.

– Vocês acharam que eu era a Selena? *Saindo?*

– *Eu* não achei, porque *não sou* retardada.

Holly olha para a expressão tensa de Joanne, dura demais para o pijama engraçadinho, e lhe ocorre que Joanne está arrasando com Alison porque está sentindo uma estranha mescla de alívio e decepção. O que é loucura. Ela resolve ir tateando.

– E aonde a Selena estaria indo?

– Bem que você queria saber, não é? – diz Joanne, lançando um sorriso de deboche na direção de Alison. Alison, obediente, dá um risinho agudo, alto demais. – Cala a boca! Você quer que a gente acabe sendo apanhada?

Os batimentos do coração de Holly estão mudando, tornando-se mais fundos e mais violentos.

– A Selena não sai sozinha. Só quando todas nós saímos.

– Ai, meu Deus, vocês são tão engraçadinhas – diz Joanne, com uma franzida de nariz que não desmancha o gelo no seu olhar. – Toda essa história de irmãs de sangue que contam tudo umas para as outras. É como um antigo programa de televisão. Vocês realmente fizeram aquele treco das irmãs de sangue? Porque seria tão fofinho que eu até podia morrer.

Nada de melhores amigas, não nesta noite.

– Me dá um segundo – diz Holly. Quando Joanne mostra os dentes, você morde primeiro e com força. – Vou tentar dar a impressão de que realmente me importo com o que você pensa sobre a gente.

Joanne fica olhando, com a mão no quadril, àquela luz rala e suja. Holly capta o instante em que Joanne começa a ver algo mais interessante para chutar do que Alison. – Se vocês são amiguinhas tão perfeitas, como é que você não sabe aonde sua amiga vai de noite?

Holly lembra a si mesma que Joanne é uma mentirosa que faria qualquer coisa para atrair atenção, enquanto Selena é sua melhor amiga. Ela não consegue visualizar o rosto de Selena.

– Você tem problemas para confiar nas pessoas – diz Holly. – Se não fizer alguma coisa para se corrigir, vai acabar se tornando uma daquelas malucas que contratam detetives particulares para seguir o namorado.

– Pelo menos, eu *terei* um namorado. Um só meu, não algum que eu tenha precisado roubar.

– Parabéns – diz Holly, virando-se para ir embora. – Acho que todo mundo precisa ter orgulho de alguma coisa.

– Ei! – diz Joanne, irritada. – Você não quer saber do que estou falando?

– Pra quê? – diz Holly, dando de ombros. – Não acho que vou acreditar. – Ela começa a andar na direção do banheiro. O chiado vem chicoteando atrás dela.

– Volta aqui.

Se as coisas estivessem normais, Holly daria um tchau por cima do ombro e continuaria andando. Mas elas não estão, e Joanne é esperta, ao seu próprio modo. E se ela de fato souber de alguma coisa...

Holly dá meia-volta. Joanne estala os dedos para Alison.

– Meu celular.

Alison entra apressada na caverna com cheiro de sono que é seu quarto. Alguém se vira pesada na cama e faz uma pergunta sonolenta. Alison, com um psiu desesperado, faz com que a outra se cale. Ela volta trazendo o celular, que entrega a Joanne como um coroinha no ofertório. Parte da cabeça de Holly já está elaborando a história que vai contar para as outras, bufando na palma da mão para prender o riso. A outra parte tem uma sensação desagradável.

Joanne se demora apertando teclas. Depois entrega o celular para Holly – a contração da sua boca é um aviso, mas de qualquer maneira Holly pega o celular. O vídeo já está sendo exibido.

Ele a atinge com golpes separados, sem que entre eles ela tenha tempo para recuperar o fôlego. A garota é Selena. O cara é Chris Harper. O lugar é a clareira. Ela está transformada em algo que Holly nunca viu: algo contido e perigoso.

Parece que Joanne chega mais perto, para aproveitar qualquer coisa que Holly deixe transparecer. Holly consegue começar a respirar de novo e fala, sem pestanejar e com um meio sorriso divertido igual ao do pai.

– Caramba, alguma lourinha está dando uns amassos em algum cara. Chamem o Perez Hilton depressa.

– Ai, faz favor, não se faça de mais burra do que é. Você sabe quem eles são.

Holly dá de ombros.

– Até poderia ser Selena com aquele Chris de tal, do Columba. Desculpa eu esvaziar seu grande momento, mas e daí?

– E daí que puxa – diz Joanne, toda franzida, com um sorrisinho. – Acho que no fundo vocês não são as melhores irmãs de sangue.

Morda rápido e com força. *Não algum que eu tenha precisado roubar...*

– Por que você chega a se importar? – diz Holly, levantando uma sobrancelha. – Você nunca ficou com o Chris Harper. Estar a fim dele não o transforma em *propriedade* sua.

— Mas ela ficou, *sim* — diz Alison.

— Cala a boca — diz Joanne chiando, voltando-se contra Alison, que abafa um grito e desaparece nas sombras. Joanne, novamente com um gelo na voz, para Holly: — Não é da sua conta.

Se Chris realmente dispensou Joanne para ficar com Selena, Joanne vai comer o fígado de Selena.

— Se o Chris passou você pra trás — diz Holly, com cuidado —, ele é o safado. Por que ficar com raiva da Selena? Ela nem mesmo sabia de nada.

— Ah, não se preocupe — diz Joanne —, a hora dele vai chegar. — A voz dela invoca um clarão repentino e frio, nos cantos mais escuros do corredor. Holly quase recua um passo. — E não estou com raiva da sua amiga. Eles já terminaram. E, seja como for, eu não fico com raiva de pessoas como ela. Eu me livro delas.

E com esse vídeo Joanne pode fazer isso no instante em que quiser.

— Tenho alergia a lugares-comuns — diz Holly, batendo no botão Excluir, mas Joanne está preparada para isso. Ela lhe arranca o celular da mão antes que Holly confirme a exclusão. Suas unhas raspam no pulso de Holly.

— *Desculpe*, mas nem pense numa coisa dessas.

— Você precisa de uma manicure — diz Holly, sacudindo o pulso. — Uma que use tesoura de poda.

Joanne devolve o celular para a mão de Alison, e Alison se afasta apressada para guardá-lo.

— Sabe o que você e suas amigas precisam? — diz Joanne, como se fosse uma ordem. — Vocês precisam parar de agir como se fossem as melhores amigas, incríveis e extremamente especiais. Se fossem, aquele peixe-boi não estaria mentindo pra vocês sobre a transa com Chris Harper. E mesmo que ela mentisse, vocês saberiam tipo por telepatia, o que vocês simplesmente não souberam. Vocês são exatamente iguais a todas nós.

Holly não tem resposta para isso. Eles terminaram. Aquele ar vazio em Selena, um vento gelado atravessando-a direto: era esse o motivo. Essa, a razão mais óbvia e típica, mais comum, neste mundo, tão típica que nunca chegou a lhe ocorrer. Joanne Heffernan descobriu primeiro.

Holly não consegue aguentar mais um segundo da cara dela, inflada com toda aquela sensação deliciosa de tê-la apanhado de surpresa que

Joanne estava procurando. As lâmpadas do corredor bruxuleiam, fazem um ruído como o de respingos de tinta e se apagam. Em meio à onda de barulhinhos de galinheiro que vem do quarto de Joanne, Holly vai apalpando o caminho de volta para a cama.

Ela não diz nada. Não para Becca, que teria um ataque; não para Julia, que lhe diria que ela estava dizendo bobagem; não para Selena. Especialmente não para Selena. Quando Holly não consegue dormir algumas noites depois, quando ela abre os olhos e dá com o corpo inteiro de Selena curvado, concentrado em alguma coisa que brilha sob a proteção da palma das mãos, Holly não se levanta e diz baixinho, *Lenie, conta pra mim*. Quando, depois de uma longa espera, Selena suspira trêmula e enfia o celular na lateral do colchão, Holly não começa a inventar desculpas para ficar sozinha no quarto. Ela deixa o celular ficar onde está e espera nunca mais voltar a vê-lo.

Ela age como se Selena estivesse perfeitamente bem e tudo estivesse perfeitamente bem; e o maior problema neste mundo fossem os exames preliminares do ensino médio, que, putz, vão destruir sua cabeça e transformar toda a sua vida num fracasso só. Isso pelo menos faz com que Becca se tranquilize e se reanime. Julia ainda está de mau humor, mas Holly resolve achar que isso decorre do estresse das provas. Ela passa muito tempo com Becca. As duas riem muito. Depois, Holly não consegue se lembrar do quê.

Às vezes ela tem vontade de esmurrar Selena bem no meio do atordoamento macio e pálido do seu rosto, e não parar de esmurrar. Não porque ela tenha se interessado por Chris Harper, mentido para elas e descumprido o juramento que foi ideia dela, para começar. Nada disso chega a ser um problema. Mas porque todo o sentido daquele juramento era para que nenhuma delas tivesse de se sentir desse jeito. O objetivo era criar um lugar na vida delas que fosse inexpugnável. Que apenas um tipo de amor fosse mais forte que qualquer coisa de fora; que elas estivessem a salvo.

Becca não é burra e, não importa o que as pessoas às vezes achem, ela *não* tem 12 anos. E um lugar como esse é infestado de segredos, mas a casca de cada um é fina e eles estão apinhados ali, sendo empurrados e esmagados uns contra os outros. Se você não tiver um cuidado extremo, mais cedo ou mais tarde eles se quebram, deixando toda aquela carne tenra se derramar.

Há semanas que ela sabe que alguma coisa está errada e está se espalhando. Naquela noite no arvoredo, quando Holly estava insistindo com Lenie, Becca tentou pensar que era só um acesso de mau humor de Holly. Isso ela tem de vez em quando, crava as unhas em alguma coisa e se recusa a soltar. Basta você atrair a atenção dela para outro lado, e tudo fica bem. Mas Julia não se importa com os humores de Holly. Quando ela interveio para deixar tudo certinho e sem tropeços, foi aí que Becca começou a sacar que alguma coisa de verdade estava errada.

Ela vem se esforçando muito para não tomar conhecimento. Quando Selena passa a hora do almoço inteira olhando para a mão enrolada no cabelo, ou quando Julia e Holly trocam farpas como se as duas se odiassem, Becca finca os pés no chão, olha firme para o ensopado de carne e se recusa a se deixar contaminar. Se querem agir como idiotas, problema delas. Elas que resolvam sozinhas.

A ideia de alguma coisa que elas não consigam resolver a deixa enlouquecida, ganindo de pavor. Tem o cheiro de incêndios em florestas.

É Holly quem força Becca a saber. Na primeira vez que Holly perguntou – Você não acha que a Lenie anda meio esquisita, ultimamente? –, tudo o que Becca conseguiu fazer foi ficar olhando, espantada, escutando seu próprio coração bater feito louco, até Holly revirar os olhos e mudar para – *Deixa pra lá, vai ver que está tudo bem*. Mas aí Holly começa a ficar cada vez mais grudada nela, como se não conseguisse respirar direito perto das outras. Holly fala rápido demais, faz comentários espertinhos contra tudo e contra todos, e não para de insistir até Becca rir, só para lhe dar essa satisfação. Ela tenta induzir Becca a fazer coisas só elas duas, sem Julia e Selena. Becca se dá conta de que sente vontade de se afastar de Holly. Não dá para acreditar, mas essa é a primeiríssima vez que todas elas querem manter distância umas das outras.

Qualquer coisa que esteja errada não vai desaparecer por si só. Vai só piorar.

Um ano atrás, Becca teria ficado batendo portas com violência e virando a chave para impedir que isso a atingisse. Teria apanhado um monte de livros na biblioteca, e nunca pararia de ler, mesmo quando alguém estivesse falando com ela. Teria fingido estar doente, enfiando dedos na goela para vomitar, até a mamãe aparecer, com o queixo tenso, para levá-la para casa.

Agora é diferente. Ela não é mais uma criancinha, que pode contar com as amigas quando alguma coisa ruim está acontecendo. Se as outras não conseguem corrigir a situação, ela precisa tentar.

Becca começa a vigiar.

Uma noite, ela abre os olhos e dá com Selena sentada na cama, digitando uma mensagem de texto. O celular é rosa. Mas o celular de Selena é prateado.

No dia seguinte, Becca usa a saia curta demais, do uniforme do semestre passado, e é mandada de volta para o quarto para trocá-la por alguma coisa que não mostre ao mundo as suas pernas. Ela leva tipo trinta segundos para encontrar o celular rosa.

As mensagens transformam todas as partes moles do seu corpo em água, que vai escorrendo por entre seus ossos. Ela está agachada na cama de Selena e não consegue se mexer.

Essa coisinha inofensiva, foi isso que fez tudo dar errado. Na sua mão, o celular parece preto e quente, mais denso do que uma rocha.

Demora um bom tempo até ela conseguir pensar. A primeira coisa que sua mente consegue captar: não há nenhum nome nas mensagens. Quem, quem, quem, ela pensa e fica escutando o eco solitário da pergunta na cabeça. Quem?

Alguém do Columba. É óbvio, pelas histórias sobre professores, jogos de rúgbi e outros caras. Alguém esperto, para provocar uma fissura na muralha branca criada por elas e conseguir abrir caminho através dela. Alguém inteligente, para sacar como Selena seria abalada por todas essas histórias de ai-coitadinho-de-mim-tão-sensível; como ela nunca abandonaria alguém tão especial que precisa dela tanto assim.

Becca continua observando. Lá no Palácio, enquanto elas perambulam pelo ar oco e resfriado, pelo neon da cor de confeitos, ela procura algum cara que olhe para o lado delas demais, ou menos do que seria normal; algum cara que afete Selena só por passar por elas. Os olhos de Marcus Wiley se enfurnam no top de Selena, mas, mesmo que ele não fosse nojento, Selena nunca teria nada com ele, não depois de ele enviar aquela foto para Julia. Andrew Moore tenta ver se elas estão olhando, enquanto dá um soco no braço de um amigo, e cai numa risada enlouquecida. Becca está a ponto de pensar, É, tá bom, um debiloide sem personalidade como aquele, ela nunca..., quando se dá conta, como um murro no estômago, de que ela não faz a menor ideia do que Selena nunca faria.

Andrew Moore?

Finn Carroll, virando a cabeça rápido demais quando percebe que Becca o viu olhando de lá do outro lado do quiosque de donuts? Finn é inteligente; seria capaz, sim. Chris Harper, passando por elas na escada rolante, com uma mancha vermelha na bochecha, que poderia não ser apenas uma queimadura de sol. Os cílios de Selena batendo rápido enquanto ela abaixa a cabeça sobre a bolsa de compras cheia de cores? A ideia de ser Chris fisga Becca abaixo do esterno de um jeito esquisito, doído, mas ela não recua: poderia ser. Seamus O'Flaherty, todo mundo diz que Seamus é gay, mas alguém esperto poderia começar esse boato sobre si mesmo, para se aproximar das garotas desprevenidas. François Levy, bonito e diferente, poderia levar Selena a achar que não importava. Bryan Hynes, Oisín O'Donovan, Graham Quinn, por um segundo cada um deles salta diante dela com um sorriso vermelho e molhado como se fosse ele, ele, ele. Ele está por toda parte. E se apossa de tudo.

O ar no Palácio foi processado para se tornar tão rarefeito e gelado que Becca mal consegue respirar. Ao seu lado, Holly está falando rápido e insistente demais para perceber que Becca não está respondendo. Becca puxa as mangas do cardigã para cobrir as mãos e continua vigilante.

Ela vigia de noite, também. Selena é o alvo da sua atenção – não que ela saiba o que faria, se alguma coisa acontecesse – mas, quando finalmente vê um levantar vagaroso, com uma tremulação de cobertas, é na cama errada. Pela delicadeza de cada movimento, pela chispa cautelosa dos olhos antes que Julia fique em pé, Becca pode ver que ela não está indo ao banheiro.

O som escapa antes que Becca o impeça, vai rasgando suas entranhas, sujo, em carne viva. Esse cara está disseminado em todas elas, como uma infecção, à procura do próximo lugar para irromper, ele está por toda parte...

Julia fica paralisada. Becca se vira e se debate, dando resmungos de pesadelo. Deixa que se acalmem, volta a respirar fundo, com regularidade. Depois de um bom tempo, ela ouve Julia começar a se mexer novamente.

Ela vê Julia se esgueirar do quarto, vê Julia voltar sorrateira uma hora depois. Vê quando ela veste o pijama depressa e enfia as outras roupas no fundo do armário. Vê quando ela desaparece para ir ao banheiro e volta depois de muito tempo, numa nuvem espessa de flores, limões e desinfetante.

Não há nenhum celular na lateral da cama de Julia, na noite seguinte, durante o segundo período de estudo, quando Becca encontra uma desculpa para ir ao quarto. O que há ali é uma embalagem de preservativos, meio vazia.

Ela queima os dedos de Becca como gordura quente. Mesmo depois que ela a devolve ao seu lugar, a queimadura continua, corroendo sua carne até entrar no seu sangue, sendo bombeada pelo seu corpo inteiro. Julia não é Selena; ninguém poderia levá-la a isso só com um bom papo, nem com nenhuma quantidade de olhares de cachorrinho e histórias cheias de sentimento. Isso tem de ter sido alguma coisa feroz, repleta de crueldade, um forte puxão do seu braço para o alto contra as suas costas: *Faça isso, ou eu deduro a Selena, consigo que a expulsem. Envio fotos dos peitos dela para todos os celulares do colégio.* Alguém mais do que esperto. Alguém do mal.

Becca, de joelhos no chão entre as camas, morde a palma da mão para não deixar que aquele som escape dela outra vez.

Quem, quem?

Alguém que não entende a enormidade do que fez. Ele acha que isso aqui não é nada. Transformar garotas daquilo que são para que sejam o que ele quer que elas sejam, apertando e forçando até que elas não sejam nada, a não ser os próprios desejos dele, isso não é importante. É para isso simplesmente que elas existem, para começo de conversa. Os dentes de Becca deixam marcas fundas na sua mão.

Aqueles momentos na clareira, que supostamente deveriam durar para sempre, que supostamente deveriam ser delas, para serem recuperados por mais longe que suas viagens as levassem, por mais afastadas que elas quatro estivessem: ele está roubando aqueles momentos. Ele está esfregando até apagar as linhas luminosas dos mapas que deveriam poder conduzir cada uma delas de volta. As de Selena e depois as de Julia. A seguinte será Holly: ele é uma gralha que devora as migalhas deixadas como rastro e nunca se sacia. A estrada de pontos que atravessa o ventre de Becca lateja com uma dor nova.

Quem, quem, de quem é o cheiro no ar desse quarto? De quem são as impressões digitais que estão cobrindo todos os lugares secretos das suas amigas...

Do lado de fora da janela, a lua é um fino borrão branco por trás de nuvens de um cinza-arroxeado. Becca descontrai os maxilares e estende a palma das mãos.

Salvai-nos

As nuvens pulsam. Borbulham nas bordas.

Julia descumpriu o juramento. Mesmo que tenha sido forçada, não faz diferença, não para isso aqui. Selena também o descumpriu, não importa o que tenha ou não tenha feito com ele. Se ela procurou seguir o combinado, se rompeu com ele antes que os dois cruzassem aquela fronteira, isso aqui não quer saber. Nenhum desses detalhes muda a punição.

Perdoai-nos. Extirpai tudo isso de nós com o fogo, para nos deixar puras de novo. Expulsai-o daqui. Fazei com que voltemos a ser como éramos

O céu fervilha e lateja. As respostas arfam por trás de uma fina camada de nuvens.

Alguma coisa é necessária.

O que quiserdes. Se for sangue, eu abro um corte em mim

A luz se enfraquece, em rejeição. Não é isso.

Becca pensa em vinho derramado, estatuetas de argila, o cintilar de uma faca e penas espalhadas. Ela não faz a menor ideia de onde conseguiria uma ave, ou mesmo vinho, mas se...

O quê? Dizei-me o quê...

Com um rugido vasto e mudo, o céu se abre, as nuvens explodem em fragmentos que se dissolvem antes de atingir o chão. Daquela chama enorme e branca, algum coisa vem caindo até suas palmas abertas:

Ele.

Ela estava pensando como uma criancinha boba. Bebida surrupiada da adega da mamãe, sangue de frango, infantilidades para idiotas de olhos pintados com delineador, se fazendo de bruxas com coisas que não entendiam.

Nos velhos tempos, havia punições para quem violasse uma garota que tivesse feito um voto de castidade. Becca leu a respeito dessas punições: ser queimado vivo, ser esfolado, espancado até a morte...

Ele. Nenhum outro sacrifício poderia jamais ser suficiente, não para purificar isso.

Becca quase se levanta e sai correndo, de volta à sala de convivência e ao trabalho de casa de francês. Ela sabe que poderia, se quisesse. Nada a impediria.

Selena com o olhar perdido no punhado de cabelo na sua mão; os ombros de Julia encurvados, quando ela voltou da escuridão agitada; o ritmo veloz e desesperado da voz de Holly. Os momentos, ao longo das últimas semanas, em que Becca odiou todas elas três. Qualquer dia agora vai ser tarde demais para elas encontrarem o caminho de volta, talvez nunca mais.

É. É, vou me encarregar. Vou descobrir um jeito.

A violência do júbilo que se levanta para receber essa decisão, tanto dentro como fora dela, quase a derruba do outro lado do quarto. Os pontos marcados de um lado ao outro do seu ventre vibram com ritmos impetuosos.

Mas eu não sei quem preciso...

Não Chris Harper. Chris não precisava ser gentil com Becca, ele não fez aquilo para conseguir alguma coisa. Becca sabe perfeitamente bem que um cara como Chris não se interessa por alguém como ela. E a generosidade gratuita não combina com o mal. Mas isso ainda deixa Finn, Andrew, Seamus, François, todo mundo, como ela vai poder...?

A ideia lhe ocorre como a curva de um enorme sorriso: ela não precisa saber quem. Só precisa saber onde e quando. E isso ela pode escolher sozinha, porque é uma garota; e as garotas têm o poder de fazer com que os caras venham correndo na hora em que elas chamam.

Becca sabe que deve ter o máximo cuidado. Nada vai expor seu segredo.

O céu inteiro transborda de branco, enormes pancadas, alegres e frescas, se despejando sobre suas mãos, seu rosto virado para cima e seu corpo inteiro, enchendo sua boca aberta.

Na quinta de manhã, Becca usa a saia curta demais de novo; e dessa vez a irmã Cornelius perde o controle, bate na carteira com a régua e dá à turma inteira o castigo de escrever cem linhas de *Rezo à Virgem Abençoada para que me conceda recato*. E então manda Becca voltar ao quarto para se trocar.

Não há como saber a que horas esse cara e Selena estavam se encontrando, mas Becca sabe pelo menos um lugar onde eles se encontraram. *Hoje de noite naquela clareira?* dizia um texto, lá no início de março. *Mesma hora?*

No último lugar do mundo aonde ela deveria tê-lo levado. Por um segundo, enquanto fecha o zíper da saia nova comprida demais, Becca tem medo de que esse cara tenha algum poder próprio a apoiá-lo, para conseguir transformar Selena numa tamanha idiota lobotomizada. Ela vê um pedacinho de papel caído no carpete e o lança girando como uma mariposa em torno do lustre, para se relembrar: ela também tem poder.

O celular já não lhe parece preto e quentíssimo. Ele se tornou leve como espuma e ágil, os botões quase se apertando sozinhos antes que o polegar de Becca os encontre. Ela refaz a mensagem quatro vezes até ter certeza de que está OK. *Vc pode vir hj d noite? Uma, na clareira dos ciprestes?*

É possível que ela não tenha a oportunidade de verificar se houve resposta, mas não importa: ele estará lá. Pode ser que Julia já tenha marcado um encontro para essa noite – Becca não sabe como ela entra em contato com ele – mas ele vai deixar Julia na mão, se achar que Selena está chamando. Isso emana das mensagens dele como um calor: o que ele quer mesmo é Selena.

Selena, ele não pode ter.

Becca sai pouco depois da meia-noite, para ter algum tempo para se preparar. No espelho da porta do armário, ela parece um ladrão: jeans azul-escuro com blusão de capuz azul-escuro, e as luvas de couro de marca que a mamãe lhe deu no Natal e ela nunca tinha usado. O cordão do capuz está tão apertado que só os olhos e o nariz aparecem. Isso faz com que ela sorria – *Você está parecendo o ladrão de bancos mais gordo do mundo* – mas o sorriso não aparece. Ela está séria, quase severa, equilibrando-se na base do dedão dos pés, pronta para a luta. Ao redor, as outras estão com a respiração lenta e profunda, como princesas encantadas num conto de fadas.

A noite está clara como algum dia de luz estranha, com uma meia-lua baixa e enorme, toda cercada de estrelas. Do outro lado do muro e ao longe, uma música toca, só uma linha instigante, uma voz delicada e uma batida como a de pés correndo. Becca fica imóvel numa sombra e escuta. *Nunca achei que tudo o que perdemos parecesse tão perto, te encontrei num...* e ela some, se desfazendo numa mudança da direção do vento. Depois de um bom tempo, Becca volta a se movimentar.

O galpão dos jardineiros está escuro, uma escuridão densa com cheiro de terra; e ela não está propensa a acender a luz. Mas está preparada para isso. Dois passos à frente, virada à esquerda, cinco passos, e suas mãos estendidas encontram o monte de ferramentas encostadas na parede.

A enxada é a que está mais à direita, no lugar onde ela a deixou ontem. Todos os tipos de pás são pesados demais e desajeitados demais. Qualquer ferramenta de cabo curto significaria chegar perto demais; mas uma enxada tinha a lâmina tão afiada que quase fez um talho na ponta do seu dedo, como uma fruta madura. Gemma entrou ali e a viu escolhendo, mas Becca não está preocupada com ela. Isso aqui não tem a ver com sutiãs *balconette* e alimentos de baixo teor de carboidratos. Isso aqui está a milhares de quilômetros do alcance da cabeça de Gemma.

Ela arruma galhos para se abrirem como portas de vaivém à sua frente, deixando livre seu caminho. No centro da clareira, ela ensaia, levantando a enxada, bem no alto, por trás da própria cabeça para cair na frente; acostumando-se ao peso dela, a distância. As luvas fazem com que ela precise segurar a enxada com uma força a mais, para impedir que seus dedos escorreguem. O zunido dela no ar é veloz, forte e agradável. Bem baixo, à sombra das árvores, aqui e ali, olhos luminosos a vigiam, curiosos.

Mais um golpe, porque lhe dá prazer, e Becca para: não quer que seus braços fiquem cansados. Gira o cabo da enxada entre as mãos e escuta. Só os sons conhecidos e reconfortantes da noite: sua própria respiração, o farfalhar do mato baixo com as atividades normais das criaturas pequenas. Ele não está em nenhum lugar por perto.

Ele virá dos fundos do terreno do colégio. O caminho, coberto por um túnel de galhos, é uma caverna negra sem fim, salpicada com trechinhos de luz branca. Ela visualiza caras diferentes saindo dali: Andrew, Seamus, Graham. Com cuidado e de modo metódico, visualiza tudo o que precisa acontecer depois.

A enxada parou de girar entre suas mãos. Ela ouve novamente seu zunido, e dessa vez o baque estilhaçante e o som do esmagamento no final.

Seu corpo inteiro adoraria que fosse James Gillen – a ideia faz com que sua boca se abra quase num sorriso – mas por esse, pelo menos, ela sabe que Selena nunca teria se interessado. Ela tem esperança de que seja Andrew Moore.

Becca sente que tem sorte por ter sido escolhida para isso, tanta sorte que poderia simplesmente levitar do chão e dar um salto mortal em meio ao giro das estrelas. A beleza da clareira invade seu coração. Tudo ali está transbordando com o esplendor que consegue reunir. O ar está impregnado com o luar e com a doçura dos jacintos; corujas cantam como rouxinóis e lebres dançam; e os ciprestes estão perolados em tons de prata e lilás, para a cerimônia.

Na escuridão hachurada lá no caminho, alguma coisa estala. Os ciprestes respiram fundo e estremecem na ponta dos pés. Ele está chegando.

Por um segundo, Becca está apavorada, os ossos transformados em gelatina pelo mesmo pavor que Julia deve ter sentido quando se deitou para ele; que Selena deve ter sentido no instante antes de dizer *Te amo*. Ocorre então a Becca que, depois, ela será diferente de todas as outras. Ela e esse cara: esse golpe surdo vai levar os dois a atravessar portais, só de ida, entrando em mundos que não têm como imaginar.

Ela morde a parte de dentro da bochecha até sentir o gosto de sangue; e, com um movimento em arco da mão, espalha um longo farfalhar, como uma asa negra, pelo topo de todos os ciprestes. O outro lugar esteve aqui todo esse tempo. Agora, há meses, as fronteiras vêm se tornando mais porosas, vêm se desfazendo. Se ela quisesse sentir medo, se quisesse fugir, a ocasião para isso foi muito tempo atrás.

O pavor sumiu, com a rapidez com que chegou. Becca recua para as sombras debaixo das árvores e espera por ele como um garota à espera de um amante secreto, com os lábios entreabertos, o sangue escuro latejando na garganta e nos seios, todo o seu corpo se preparando para o momento em que finalmente ela verá seu rosto.

27

Dei a volta até a frente do colégio. Ao atravessar o gramado, meus pés pareciam estranhos, sólidos demais, afundando cada vez mais como se a grama fosse feita de névoa. Garotas ainda ficavam olhando enquanto eu passava, ainda sussurravam. Dessa vez, não fazia diferença.

Fiquei esperando na esquina da ala das internas, encostado nas sombras junto da parede. *Se vamos fazer um intervalo, detetive Conway, acho que vou descer junto, fumar um cigarro rapidinho... Não? Algum motivo especial?* Com Mackey, você precisa estar um passo à frente.

Eu me senti como se fosse outra pessoa, ali esperando por Conway. Alguém transformado.

Ela veio rápido. Num instante, a porta de carvalho parecia fechada para sempre. No instante seguinte, ela estava parada no alto da escada, procurando por mim. Holofotes no cabelo. Levei um segundo para perceber o largo sorriso no meu rosto.

Mackey nenhum atrás dela. Saí das sombras, ergui um braço.

O sorriso correspondente ao meu iluminou seu rosto. Ela veio a passos largos pelos seixos brancos, estendeu a mão para um "toca aqui". Ele estalou forte no ar da noite, pura vitória, deixando um formigamento forte na palma da minha mão.

— Deu tudo certo lá dentro.

Fiquei feliz pela penumbra.

— Você diria que Mackey engoliu?

— Eu diria que sim. Mas é difícil ter certeza com ele.

— O que você disse para ele?

— Agora? Só me mostrei irritada, disse que precisava resolver uma parada e não demoraria um minuto, para ele não sair de lá. Eu diria que ele acha que você estava se queixando por ter que ficar esperando. – Ela olhou de relance para a porta, uma fenda escura, só um pouco entreaberta. Começamos a nos movimentar, entrando nas sombras e dando a volta na ala das internas, fora da vista.

– Conseguiu alguma coisa com a Holly? – perguntei.

Conway fez que não.

– Por um tempo, fiquei propondo motivos possíveis, mas parecia que nada se encaixava. Voltei para aquela história de que ela não deu apoio à Selena, o que ela teria feito para compensar essa falta. Ela começou a ficar respondona, mas não me passou nada de novo. Não quis forçar a barra. Se ela começasse a ficar perturbada, Mackey teria ido embora, e eu queria dar tempo pra você. O que descobriu?

– Rebecca estava remexendo nas pás e ferramentas no galpão dos jardineiros. No dia anterior ao homicídio.

Conway ficou imóvel. Prendeu a respiração.

– Quem disse? – perguntou ela, um instante depois.

– Gemma. Ela entrou lá querendo comprar moderadores de apetite; topou com Rebecca. Rebecca levou o maior susto e fugiu correndo.

– Gemma. Gemma, o cachorrinho de colo de Joanne.

– Acho que ela não estava mentindo. Pelo menos, não estavam tentando cobrir o lado delas. Não sacaram que houvesse qualquer coisa de estranha no fato de Rebecca estar junto das ferramentas. Acharam suspeito, sim, que ela estivesse ali dentro. Acharam que estava comprando drogas com o jardineiro para dar ao Chris, porque estava a fim dele. Depois ele a rejeitou, e ela perdeu a cabeça. Eu disse que Rebecca era, em termos físicos, pequena demais para cometer o crime. Elas disseram que, se o Chris estivesse sentado no chão, ela poderia tê-lo golpeado com uma pedra. Se soubessem que a arma tinha sido uma enxada, não haveria como elas se impedirem de mencionar esse ponto. Elas não têm esse tipo de autocontrole. Elas não sabem.

Conway ainda não tinha se mexido: pés preparados, ombros preparados, mãos fincadas nos bolsos. Coisas passando velozes por trás dos seus olhos.

– Não consigo ver isso. A história das drogas, sim, pode ser que cole. Rebecca podia estar subornando o Chris com drogas, para ele não se aproximar da Selena. Mas está lembrado da camisinha? O Chris foi lá contando com uma trepada. Você acha que ele e a Rebecca estavam transando? Fala sério.

— Para mim, os outros encontros não foram com a Rebecca. Lembra do que a Holly disse? Quando percebeu que estava acontecendo alguma coisa com a Selena, ela tentou conversar com a Julia sobre o assunto. A Julia não quis saber: mandou a Holly deixar pra lá, que a Selena ia superar aquilo mais cedo ou mais tarde. Isso lhe parece típico da Julia? Ela é uma guerreira. Uma das amigas está com problemas, e ela vai só enfiar os dedos nos ouvidos e torcer para o problema sumir?

Foi então que Conway se mexeu. Jogou a cabeça para trás, com o luar no branco dos olhos.

— A Julia já estava resolvendo a situação.

— É. E não quis que a Holly se envolvesse, complicando ainda mais as coisas. Por isso, ela lhe disse que deixasse pra lá.

— *Puta merda* — disse Conway. — Lembra o que a Joanne nos disse? Ela deixou os paus-mandados dela vigiando em turnos de noite, pra ter certeza de que a Selena tinha parado de sair pra se encontrar com o Chris. Não houve nenhum sinal da Selena, mas elas viram a Julia, sim. Acharam que a Julia estava se encontrando com o Finn Carroll. E nós aceitamos essa suposição. Que idiotas que fomos.

— Não tem como manter um segredo por muito tempo num quarto daquele tamanho — disse eu. — Em algum momento, Rebecca descobriu o que houve entre o Chris e a Selena, ou entre o Chris e a Julia.

— É. E a Holly disse que só a ideia de alguma coisa estar errada com qualquer uma delas já deixava Rebecca enlouquecida.

— A ideia de que elas quatro não fossem suficientes para pôr tudo nos eixos. Ela não conseguia lidar com isso. — Vi o pôster, a caligrafia que tinha levado horas, semanas, começando tudo de novo a cada deslize. *Se uma multidão de perigos surgir, / Ainda pode a amizade não se importar.*

— Isso não quer dizer que a Holly esteja excluída — disse Conway.

Ela não falou como teria falado uma hora ou duas antes, com um olhar de esguelha para ver se eu me encolhia ou estremecia. Só falou. Os olhos semicerrados para o prédio do colégio, como se ele a estivesse desafiando.

– Certo. Isso também não exclui a Julia, nem as três juntas. Ao que se possa saber, foi uma para descobrir a arma, uma para atrair o Chris ao arvoredo, uma para fazer o que era preciso quando ele estava distraído com outras coisas. A única coisa que sabemos com certeza é que a Rebecca está envolvida.

– Mais alguma coisa?

– Só isso – disse eu, daí a um instante.

– Mas o quê? – Conway virou o rosto para me encarar.

– Mas... – Eu queria evitar aquilo, mas ela precisava saber. – Joanne e as outras não gostaram quando eu disse que precisava sair. Elas estavam tentando alguma coisa. Eu nem mesmo sei o quê. Flertar comigo, conseguir fazer com que eu ficasse ali. Alguma coisa desse tipo.

– Algum contato físico?

– Houve. Joanne pôs um dedo na minha perna. Eu consegui convencer as três, ela recolheu a mão. E eu, pernas pra que te quero!

Conway me observava.

– Com isso, você está dizendo que eu não devia tê-lo jogado no tanque dos tubarões sozinho?

– Não. Já sou crescidinho. Se eu não tivesse querido falar com elas, não teria falado.

– Porque eu teria feito isso eu mesma, se pudesse. Mas eu não teria conseguido nada. Tinha que ser você.

Eu, a isca perfeita, qualquer coisa que qualquer um quisesse.

– Eu sei. Só estou contando. Achei que você devia saber.

Ela concordou.

– Não se preocupe com isso. – Ela viu que me mexi, *Falar é fácil*. – Sério. Elas não vão abrir a boca. Com tudo o que temos contra elas, precisariam ser doentes mentais para tentar nos atrapalhar. Você acha que elas querem que McKenna tome conhecimento dos moderadores de apetite? Das saídas sorrateiras à noite?

– Elas podem não estender tanto assim o raciocínio.

Conway bufou.

– É nisso que elas são especialistas. É o que fazem o tempo todo. – Em tom mais sério, por qualquer coisa que tivesse visto na minha expressão. – São umas safadas apavorantes, mas estão na nossa mão. OK?

— É – respondi. Seu jeito de dizer *safadas apavorantes*, como se soubesse, como se tivesse estado presente: foi isso o que ajudou, mais do que a tentativa de me tranquilizar. – OK.

— Ótimo. – Conway me deu um tapa no ombro. Constrangida como um garoto, mas sua mão estava forte e firme. – Parabéns.

— Só que não é suficiente. Temos o bastante para deter Rebecca, mas a promotoria pública não vai indiciá-la só com isso. Se ela não confessar...

Conway estava fazendo que não.

— Não temos o suficiente nem para uma detenção. Se fosse filha de algum vagal, aí, sim, sem dúvida, podíamos levá-la pra delegacia e ver até onde conseguia ir. Mas uma aluna do Kilda? Se a prendermos, vamos precisar poder indiciá-la. Sem hipóteses. Caso contrário, estamos ferrados. O'Kelly vai ter um ataque, McKenna vai ter um ataque, o telefone do comissário vai ficar tocando o tempo todo, a imprensa vai protestar alegando acobertamento, e nós vamos dividir uma mesa na divisão de Documentação, até nossa aposentadoria. – Aquele franzido rancoroso na boca. – A menos que você tenha amigos nos postos mais altos.

— Aquele lá era o melhor que eu tinha. – Virei o queixo para cima, na direção da sala de artes. – E eu diria que essa amizade já está bem prejudicada a esta altura.

Isso me conseguiu quase uma risada.

— Então, nós precisamos saber mais da Rebecca. E precisamos disso rápido. Temos que conseguir fazer a detenção ainda hoje, ou estamos ferrados. A Julia e a Holly são espertas o suficiente para calcular aonde isso vai dar, se é que já não sabem.

— Holly sabe – disse eu.

— É. Se deixarmos as quatro juntas esta noite, elas vão conversar. Quando chegarmos amanhã de manhã, elas já estarão com suas histórias bonitinhas e bem combinadas, com total frieza. Terão decidido exatamente onde mentir e onde ficar de bico calado. Não teremos a menor chance de provar que estão mentindo.

— A esta altura, não vamos conseguir dobrar a Holly. Ela nos disse tudo o que pretende dizer.

Conway fazia que não mais uma vez.

— Esqueça a Holly. E a Selena. Precisamos da Julia.

Lembrei do que Conway tinha dito mais cedo: *Este ano a Julia está nos olhando como se fôssemos pessoas de verdade, você e eu.* E depois, *Não consigo definir se isso vai ser positivo ou não.*

– Mackey e Holly – disse eu. – Deixamos onde estão, certo?

– É. Podemos precisar deles de novo, e não queremos os dois passeando por aí e nos atrapalhando. Se não gostarem...

Dessa vez, nós dois ficamos paralisados. Apenas alguns metros atrás de nós, depois da esquina da frente da ala das internas, o pé de alguém tinha escorregado em seixos.

Os olhos de Conway e os meus se encontraram. Ela formou com os lábios o nome *Mackey*.

Agimos rápido e em silêncio, dando a volta na esquina juntos. A larga entrada de carros estava branca e vazia. Nada na grama. Na fenda escura da porta, nada se mexia.

Conway protegeu os olhos com o antebraço, evitando os holofotes, e tentou enxergar no meio das árvores. Nada.

– Sabe onde a Julia está?

– Não vi nenhuma delas. Não estão no gramado dos fundos.

Ela relaxou, voltando para a sombra.

– Devem estar naquela clareira – disse para ninguém além de mim.

Nós dois estávamos pensando em chegar sorrateiros, tentar ouvir alguma coisa, ver se elas estavam falando sobre enxadas, mensagens de texto e o Chris. Que esperança! Aquele caminho lindinho através do bosque, pelo qual tínhamos passado de manhã? As árvores se tocando em túnel ali no alto transformavam o luar em fiapos, nos deixavam atrapalhados. Avançávamos barulhentos como Land Rovers, quebrando ramos, afastando galhos do caminho, deixando pássaros furiosos por toda parte.

– *Putz* – disse Conway, chiando, quando entrei num arbusto até os joelhos. – Você nunca foi escoteiro, não? Nunca acampou?

– No lugar onde eu cresci? Não, mesmo. Mas se quiser que eu faça uma ligação direta num carro, nenhum problema.

– Isso eu mesma sei fazer. Estou precisando de experiência em florestas.

— O que você está precisando é de um babaca sofisticado que caçava faisões todos... — Tropecei em alguma coisa e me projetei para a frente, agitando os braços. Conway me agarrou pelo cotovelo antes que eu caísse de nariz no chão. Tentamos abafar risinhos, como um par de adolescentes, cobrindo a boca com a manga da roupa, tentando fazer o outro se calar com olhares furiosos.

— Cala a boca...

— *Puta merda...*

Só piorou a situação. Agora estávamos tontos: as tiras do luar fazendo o chão girar debaixo dos nossos pés, o remoinho de farfalhadas se espalhando em toda a nossa volta; o peso tremendo do que íamos ter que fazer no final do caminho. Eu só estava esperando ver o Chris Harper saltando de boca aberta, como um lince, de um galho à nossa frente. Não saberia dizer se daríamos gritos como meninas adolescentes ou se sacaríamos a arma para dar um tiro no seu traseiro de fantasma...

— O seu estado...

— Olha quem está falando...

Fizemos uma curva, saindo da sombra das árvores.

Perfume de jacintos.

Subindo por uma pequena encosta, na clareira entre os ciprestes, o luar caía pleno e intacto. Elas três estavam juntas, com os ombros encostados, as pernas recolhidas entre as ondulações de pompons de sementes. Por um segundo, pareceram ser uma criatura tripla que me provocou um arrepio. Imóveis, como uma estátua antiga, lisas, brancas e sem expressão. Três pares de olhos insondáveis nos vigiavam. Nós tínhamos parado de rir.

Nenhuma delas se mexeu. O perfume dos jacintos nos envolveu como uma onda.

Rebecca, com o ombro grudado no de Selena. O cabelo estava solto, e ela era só trechos de preto e branco, como uma ilusão. Como se uma piscada de olhos a transformasse em luar sobre a grama.

— Julia — disse Conway, ao meu lado, com a voz só alta o suficiente para chegar a elas.

Elas não se mexeram. Eu tive tempo para me perguntar o que faríamos se elas nunca se mexessem. Também sabia que era melhor não chegar mais perto. E então Julia se endireitou, afastando-se do lado de Selena, ajoelhou-se e se levantou. Desceu pela encosta na nossa direção sem um olhar para as outras, passando pelos jacintos farfalhantes, com as costas eretas e os olhos em alguma coisa por trás de nós. Senti uma fisgada na nuca.

– Vamos andando por aqui – disse Conway. – Só vamos precisar de alguns minutos.

Ela seguiu adiante pelo caminho, entrando mais fundo nos terrenos do colégio. Julia ocupou o lugar atrás dela na fila. As duas outras garotas ficaram olhando, grudadas de lado uma à outra, até eu me virar. Às minhas costas, quase me sobressaltou o forte sussurro dos ciprestes.

Aqui fora, até o jeito de andar de Julia era diferente. Não havia nenhum requebrado debochado. Ela seguiu pelo caminho, ágil como uma corça, mal fazendo balançar um raminho. Como se esse território fosse dela. Ela poderia ter se aproximado de um passarinho adormecido e tê-lo apanhado com a mão.

Conway falou, sem olhar para trás:

– Vou supor que Selena a tenha posto a par das últimas informações. Nós sabemos que vocês saíam de noite. Sabemos que ela teve alguma coisa com o Chris. Sabemos que os dois terminaram. E sabemos que você estava se encontrando com o Chris. Até quando ele morreu.

Nada. O caminho tinha se alargado, o suficiente para nós três andarmos lado a lado. As pernas de Julia eram mais curtas que as nossas, mas ela não aumentou a velocidade. Deixou que nós desacelerássemos para acertar o passo com ela ou que a deixássemos para trás, o que quiséssemos. Nós fomos mais devagar.

– Nós temos suas mensagens de texto. Naquele celular especial supersecreto que ele deu à Selena.

O silêncio de Julia parecia inatingível. Ela estava usando um pulôver vermelho, sem jaqueta, e o ar estava começando a esfriar. Ela dava a impressão de não estar percebendo.

– Foi por isso que a Selena terminou com o Chris, foi? Não conseguimos entender o motivo. Foi porque ela sabia que você estava a fim dele e não queria que ele ficasse entre vocês duas?

Isso a atingiu.

– Eu nunca estive *a fim do* Chris. Tenho *bom gosto*.

— Então, o que você fazia com ele aqui fora à meia-noite? Estudava álgebra?

Silêncio, e seus passos silenciosos. Eu estava me sentindo encurralado pelo tempo que ia se esgotando: Rebecca esperando atrás de nós, Mackey e Holly esperando lá no alto, McKenna esperando para tocar a campainha que encerraria o dia. Apressar isso aqui só atrasaria tudo.

— Quantas vezes você se encontrou com ele? — perguntou Conway.

Nada.

— Se não foi você, foi uma das suas amigas. Será que Selena tinha voltado com ele?

— Três vezes. Me encontrei com ele três vezes — disse Julia.

— Por que parou?

— Mataram o cara. Isso acabou com o relacionamento.

— Relacionamento — disse eu. — De que natureza?

— Intelectual. Nós conversávamos sobre política internacional.

O sarcasmo foi pesado o bastante para essa ser toda a resposta de que precisávamos.

— Se você não estava a fim dele, então por quê? — disse Conway.

— Porque sim. Você nunca fez nenhuma idiotice, quando se tratava de caras?

— Muitas. Acredite em mim. — O olhar rápido entre as duas me espantou: um olhar semelhante, como de entendimento, uma ponta de sorriso irônico em Conway. *Como se fôssemos pessoas de verdade.* — Mas eu sempre tive uma razão. Uma porcaria de razão, mas ela existia.

— Pareceu uma boa ideia naquela época — disse Julia. — O que eu posso dizer? Eu era mais bobinha.

— Você estava mantendo o Chris longe da Selena — disse eu. — Você sabia que ele era um problema. Sabia o que ele tinha feito com a Joanne, sabia que a Selena não teria forças para lidar com a situação, se a mesma coisa acontecesse com ela. A Selena tinha desmanchado com ele, mas você leu as mensagens dela. Você sabia que bastava o Chris estalar os dedos, e ela voltaria correndo. Por isso, você precisou se certificar de que ele não os estalasse.

— Você é mais durona que a Selena — disse Conway. — Durona o suficiente para aguentar o que um pateta como o Chris pudesse lhe reservar. Por isso você resolveu aguentar o tranco para ela.

Julia andava com as mãos nos bolsos. Olhando para alguma coisa lá nas árvores mais adiante. A faixa do seu rosto que eu podia ver me fez pensar em Holly. Aquele tipo de dor.

– Você acha que a Selena matou o Chris, não é? – disse Conway.

A cabeça de Julia virou de lado de repente como se Conway tivesse tocado de leve no seu rosto. Só me dei conta quando ouvi as palavras caindo no ar. Era isso o que Julia tinha achado, o dia inteiro, o ano inteiro.

E isso a excluía. Julia fora, Selena fora, Rebecca envolvida. Holly tremeluzindo no limiar.

– Nós dizemos que vamos conversar com a Selena: pronto, você joga um pauzinho para corrermos atrás e nos faz disparar atrás de Joanne. Eu digo, vai ver que a Selena tinha voltado com o Chris: pronto, de repente, você está falando com a gente, admitindo que se encontrava com ele. Você não precisaria protegê-la, a não ser que achasse que a Selena tinha alguma coisa a esconder.

Estávamos mais acelerados. Julia estava andando mais depressa, quebrando galhinhos e chocalhando seixos, sem se importar.

– Você acha que Selena descobriu que você estava ficando com o Chris – disse eu. – É isso? Ela ficou com tanta raiva, tanto ciúme, ou se sentiu tão arrasada, que perdeu o controle e o matou. Isso faz com que a culpa seja sua. Logo, cabe a você protegê-la.

Apenas a um passo ou dois à nossa frente, ela já estava se dissolvendo na escuridão, só aparecendo a pincelada vermelha do seu pulôver.

– Julia – disse Conway, parando de andar. Julia parou também, mas a linha das suas costas puxava como a de um cachorro na guia. – Sente-se – disse Conway.

Por fim, Julia se virou. Um banco bonitinho de ferro batido, com vista para primorosos canteiros de flores – agora fechadas para a noite, tudo o que durante o dia eram cores e formatos de pétalas agora voltados para dentro de si mesmos. Julia tentou a ponta do banco. Conway e eu a encaixamos no meio.

– Presta atenção – disse Conway. – A Selena não é uma suspeita.

Julia revirou os olhos para ela.

– Hã-hã. Estou tão aliviada que talvez até precise de um leque para me abanar.

– Todas as nossas provas indicam que ela parou de entrar em contato com o Chris semanas antes que ele morresse.

– Tá bom... Até você virar e dizer, "Epa, na verdade, resolvemos que essas mensagens eram dela, não suas! Desculpa, tá?"

– Um pouco tarde para isso – disse eu. – E nós temos muita prática para saber quando as pessoas estão mentindo. Nós dois achamos que a Selena está dizendo a verdade.

– Ótimo. Fico feliz de ouvir isso.

– Agora, se nós acreditamos nela, por que você não acredita? Supostamente ela é sua amiga. Como você pode achar que ela é uma assassina?

– Eu não acho. Para mim, ela nunca fez nada pior do que conversar durante o período de estudos, OK?

As defesas sendo erguidas na voz de Julia. Eu já as tinha ouvido antes. Foi nesse instante que tive um estalo: a entrevista no quarto delas naquela tarde, aquele tom na sua voz, alguma coisa tinha ficado me incomodando.

– Foi você quem me mandou a mensagem de texto – disse eu.

Do celular do Chris.

Seu perfil ficando tenso. Ela não olhou para mim.

– Pra me dizer onde a Joanne guardava a chave da porta de acesso. Foi você.

Nada.

– Hoje de tarde, você nos disse: *Vocês descobriram a história da chave de Joanne, e a primeira coisa que ela faz é virar o dedo para mim. Se qualquer uma tivesse falado para você sobre ela e o Chris, ela teria feito exatamente a mesma coisa.* Ou seja, Joanne estava se vingando de você por nos contar a história da chave.

Julia olhou para mim com o canto do olho. Dizia, *Boa sacação. Agora prove.*

Conway se virou no banco, encolheu uma perna para poder encarar Julia.

– Presta atenção. A Selena está péssima. Você sabe. Achou que era porque ela não conseguia lidar com o fato de ser uma assassina, que precisava se esconder no mundo das nuvens. Não se trata disso. Quer que eu jure? Eu juro por qualquer coisa que você queira. Não é isso.

Ela falou com clareza e carinho, como teria falado com uma amiga, uma grande amiga, com sua irmã mais próxima. Estava estendendo a mão e chamando Julia para atravessar aquele rio. Passar do lugar familiar de toda a sua vida, em que os adultos eram anônimos insanos que tentavam destruir tudo, que de nada adiantava tentar entendê-los, e passar para esse lugar novo e desconhecido onde podíamos conversar, olhos nos olhos.

Julia olhando para Conway. Coisas passando pelo seu rosto diziam que ela sabia que a travessia não tinha volta. Que nunca se pode saber quem ainda vai estar do seu lado, lá na outra margem, e quem vai ficar para trás.

Fiquei calado. Esse momento era delas. Eu estava de fora.

Julia respirou fundo antes de falar.

– Você tem certeza? Não foi ela?

– Não suspeitamos dela. Eu lhe dou minha palavra.

– É que a Lenie não é simplesmente louca por natureza. Vocês não a conhecem. Eu conheço. Ela não era assim antes de matarem o Chris.

– É, eu sei – disse Conway, fazendo que sim. – Mas o que está arrasando com a cabeça dela não é que o tenha matado. É que ela sabe alguma coisa com a qual não consegue lidar. Então fica toda aérea, para não ter de enfrentar seja lá o que for.

Estava ficando mais frio. Julia apertou mais o pulôver em torno do pescoço.

– Tipo o quê?

– Se nós soubéssemos, não precisaríamos ter esta conversa. Tenho palpites, nenhuma prova. Só posso lhe garantir uma coisa: você não vai encrencar a Selena se me contar a verdade. Juro. OK?

Julia puxou as mangas para baixo, os borrões claros das mãos desapareceram no vermelho.

– OK. Fui eu quem enviou o texto sobre a chave – disse ela, baixinho.

– Como você sabia onde a Joanne e as outras a guardavam? – perguntou Conway.

– Fui eu quem deu a ideia do livro.

– E quem deu a chave também – disse eu.

– Do jeito que você fala, até parece que foi um presente de aniversário. O que aconteceu foi que elas nos viram voltando um dia de noite, e a

Joanne disse que ia contar pra McKenna como nós éramos malcomportadas se não lhe déssemos uma cópia da chave. Por isso eu dei.

– E ainda lhe deu um conselho sobre onde devia guardá-la? – Conway levantou uma sobrancelha. – Você é mesmo muito prestativa.

A expressão de Julia estava à altura da sobrancelha de Conway.

– Quando uma pessoa tem como fazer com que me expulsem do colégio, sou, sim. Ela queria saber onde guardávamos a nossa, o que eu não ia contar pra ela nem morta...

– Já que estamos falando nisso, onde vocês guardavam a sua?

– No fundo, dentro da capa do meu celular. Simples, e estava sempre comigo. Mas, como eu disse, eu não estava disposta a dar à vaca da Heffernan nem uma migalha a mais do que fosse preciso. Por isso, eu lhe disse que a única maneira de guardar a chave em segurança era mantê-la na sala de convivência. Assim, se alguém a encontrasse, ninguém poderia associar a chave a ela, certo? Eu disse, "Escolha um livro que ninguém nunca lê. Sobre que santo você fez seu trabalho de religião? As salas de convivência estão cheias de biografias de santos. Ninguém nunca olha para esses livros, a não ser uma vez por ano para os trabalhos. E nós tínhamos acabado de entregar os nossos. Ela disse *Teresa de Lisieux. A Florzinha*". Chegou mesmo a fazer uma cara de *santa*, como se isso de algum modo a transformasse em Joanne de Lisieux. – Conway estava sorrindo. – Então eu disse, "Perfeito. Ninguém vai abrir esse livro pelo menos até o ano que vem. Ponha a chave dentro dele. Resolvido".

– E você imaginou que ela tivesse aceitado seu conselho?

– Joanne não tem imaginação, a não ser quando se trata dela mesma. Acho que não teria conseguido imaginar um lugar. Seja como for, fui verificar. Achava que poderia acabar sendo útil.

– E foi – disse Conway. – Como foi que você decidiu nos contar?

Julia hesitou. Os pequenos ruídos à nossa volta estavam se afundando mais na noite: perturbações nas folhas denunciavam a caça; o riso de lá do gramado já tinha cessado havia muito. Eu me perguntei quanto tempo ainda nos restava. Não olhei para o relógio.

– As entrevistas, mais cedo – disse eu. – A Selena saiu perturbada?

– Quer dizer – disse Julia –, ela não teria parecido perturbada para a maioria das pessoas. Só aérea. Mais aérea do que de costume. Mas isso é perturbada para a Selena. É assim que ela fica.

— Você ficou com medo de que nós a tivéssemos abalado o suficiente para ela deixar escapar alguma coisa – disse eu –, talvez até mesmo confessar. Você precisava que nós olhássemos em outra direção, pelo menos até você conseguir fazer com que ela voltasse ao normal. Por isso, usou a chave da Joanne, para nos manter ocupados. E funcionou. Você tem talento para esse tipo de coisa, sabia?

— Puxa, obrigada.

— E se foi você quem nos mandou a mensagem de texto – disse Conway –, isso quer dizer que você está com o celular secreto do Chris Harper.

Julia ficou paralisada. Seu rosto mostrava um novo tipo de desconfiança.

— Ora, qual é? Os registros indicam que a mensagem de texto veio daquele celular. Não faz muito sentido negar.

Uma inclinação da cabeça, reconhecimento. Julia se esticou para trás e tirou um celular do bolso do seu jeans, uma coisinha fina, numa capa laranja vibrante.

— Não é o celular dele. Só o cartão SIM.

Ela afastou a tampa da parte de trás do celular e deixou cair um cartão SIM na palma da mão. Entregou-o a Conway.

— Vamos precisar ouvir a história – disse Conway.

— Não há nenhuma história.

— Onde você o conseguiu?

— Eu não tenho o direito a um advogado ou coisa semelhante? Antes de começar a lhes dizer onde consegui o SIM de um cara morto?

Eu sabia.

— Você pegou o celular dele com a Selena, depois que ele morreu. Ela o entregou a você, ou você o descobriu nas coisas dela. É por isso que você acha que ela matou o Chris.

Julia desviou os olhos para longe de mim.

— Nós continuamos achando que não – disse Conway. – E está bem evidente que não foi você, ou você não estaria enlouquecida achando que foi ela. – Isso provocou um sorriso leve, de um lado só. – Portanto, trate de baixar a paranoia e fale comigo.

A noite estava deixando aquele pulôver vermelho da cor de um fogo abafado, comprimido, aguardando.

– Eu estava – disse Julia – só tentando me livrar do celular de Selena, aquele que nós duas tínhamos usado para mandar mensagens para o Chris. Imaginem minha surpresa quando o que apareceu foi esse outro.

– Quando foi isso? – perguntou Conway.

– No dia seguinte à morte do Chris.

– A que horas?

Uma careta involuntária, enquanto ela se lembrava.

– Putz. Comecei a tentar antes do *meio-dia*. Fizeram uma reunião geral, cheia de drama, para nos informar da Tragédia, tivemos que fazer uma oração ou coisa parecida... Eu só conseguia pensar que precisava tirar o celular da Selena do nosso quarto. Antes que vocês resolvessem fazer uma busca no colégio inteiro.

– O que você ia fazer com ele?

Julia abanou a cabeça.

– Eu nem tinha chegado a pensar nisso. Só queria tirar ele do quarto. Mas não consegui ficar nem *um segundo* sozinha lá dentro. Acho que McKenna tinha dado ordens para que nenhuma de nós ficasse sozinha, para a eventualidade de um louco estar vagando pelos corredores, não sei. Eu disse que tinha esquecido meu trabalho de francês, e eles mandaram uma monitora subir comigo. Precisei fingir que o choque da notícia tinha me deixado tonta, aaaai, estava na minha bolsa o tempo todo! Depois eu disse que tinha ficado menstruada, mas não me deixaram ir ao quarto. Preferiram me mandar para a enfermeira. E então, quando as aulas terminaram, McKenna deu um aviso: "Todas as alunas devem, por favor, se apresentar imediatamente a seus grupos de atividade, permanecendo calmas" e blá-blá-blá, "mantendo o espírito de coragem do colégio..."

Sua imitação do jeito de McKenna saiu boa, ainda que a simulação de masturbação destoasse bastante.

– Eu faço parte do grupo de teatro, e nós todas tivemos de ir para a quadra fechada e fingir que estávamos ensaiando. Era uma confusão total. Ninguém sabia onde supostamente deveria estar, e todos os professores estavam tipo pegando quatro grupos ao mesmo tempo. E ainda havia umas alunas chorando... Bem, você estava lá.

Isso, para Conway, que fez que sim. – Uma loucura – disse Conway, para mim.

– Exato. Por isso achei que talvez eu conseguisse escapulir e ir de mansinho até o meu quarto, já que eu estava com a chave, certo? Mas não, os corredores estavam infestados de freiras, e me mandaram de volta pra quadra. Tentei de novo no período de estudo, disse que precisava de algum livro, e a irmã Patricia foi *junto comigo*. Depois já estava quase na hora de recolher, vocês ainda estavam fazendo sei lá o quê no terreno do colégio, e eu ainda não tinha conseguido tirar a *porra* do telefone do caminho.

A voz de Julia estava se fechando em torno de alguma coisa.

– E então a Holly e a Becca vão escovar os dentes, e eu estou ali de bobeira esperando que a Selena vá também. Mas ela está sentada na cama, só sentada ali com o olhar perdido no nada. Ela não vai a lugar nenhum, e a qualquer instante a Holly e a Becs vão estar de volta. Por isso eu digo, "Lenie, preciso daquele celular." Ela olha pra mim como se eu tivesse acabado de pousar ali num Ovni. Eu digo, "O celular que o Chris lhe deu. A gente não tem tempo pra palhaçada. Anda."

"Ela ainda está com o olhar perdido, e eu só digo, *OK, esquece*. Passo por ela com um empurrão e enfio a mão pelo lado da cama, onde ela guardava o celular. Era uma coisinha fofinha, cor-de-rosa, igual ao da Alison. Acho que era isso o que o Chris considerava adequado para garotas. Espero em Deus que ela não o tenha tirado do lugar, porque não tenho tempo para tentar descobrir pra onde, e fico toda felizinha quando sinto que ele está ali, certo? Só que, quando eu o tiro do lugar, ele é vermelho."

A lembrança fez Julia respirar fundo pelo nariz e morder o lábio inferior. Ela não era alguém em quem se poderia dar um tapinha na cabeça com a velha frase, *Você está se saindo muito bem*. Conway deixou passar um segundo antes de falar.

– O do Chris.

– Isso. Eu tinha visto o celular com ele; caiu uma vez do bolso dele, quando nós estávamos... Eu digo, "Lenie, que *merda* é essa?" Ela olha pra mim e diz "Hã?" Juro que quase lhe enfiei o celular no rabo. Eu disse, "Onde foi que você pegou esse celular? E cadê o seu?" Ela olha pro celular e depois de um segundo diz, só isso, isso é tudo o que ela diz, "Oh."

Julia abanou a cabeça.

– Só isso. "Oh." Ainda fico enjoada só de pensar.

– Você concluiu que ela havia matado o Chris – disse Conway.

— *Dã*, é claro. Eu só... O que eu poderia imaginar? Achei que ela tinha saído pra se encontrar com ele, que ele tinha lhe falado de mim, e ela... E depois quando estava fugindo de volta pro colégio, de algum modo pegou o celular errado. Se eles, não sei, se tivessem tirado a roupa e os celulares tivessem acabado...

— Ou ela podia ter apanhado o aparelho pra nós não podermos fazer uma ligação dela com o Chris.

— É, não. Selena? Uma coisa dessas nunca lhe ocorreria. O que me deixou maluca foi onde estava o celular *dela*, tipo será que ela deixou o dela onde quer que o Chris estava? Mas resolvi que não podia me preocupar com isso. Só peguei o celular e saí dali.

Batia com a história de Holly, pelo menos em parte. Holly tinha sido mais rápida: como o pai, sempre preparada para qualquer eventualidade, nunca deixando que algo inesperado a surpreendesse. Ela havia surrupiado o celular de Selena de manhã bem cedo, antes que a história inteira chegasse a McKenna e a escola entrasse em segurança máxima. Entre aquela hora e o período de estudo, alguma outra pessoa tinha encontrado um jeito de entrar naquele quarto.

— Onde você pôs o celular? — perguntou Conway.

— Eu me tranquei num reservado do banheiro, apaguei toda a porcaria das pastas de mensagens, tirei o cartão SIM e enfiei o celular numa caixa de descarga. Imaginei que, mesmo que vocês o encontrassem, não poderiam associá-lo a nós; e sem o cartão SIM provavelmente não conseguiriam associá-lo ao Chris. Naquele fim de semana, quando fui pra casa, deixei o celular no ônibus. Se ninguém o roubou, pode ser que esteja nos achados e perdidos da empresa de ônibus de Dublin.

Era corajosa, a Julia. Corajosa e com lealdade suficiente para dez. Era boa gente. Eu gostaria de saber até que ponto nós íamos partir seu coração.

— Por que guardar o cartão SIM? — perguntei.

— Achei que podia acabar sendo útil. Eu tinha bastante certeza de que Selena ia ser presa a qualquer instante. Mesmo que, por algum milagre, ela não tivesse deixado provas por todos os cantos, eu achava que ela ia desmoronar e confessar. Você sequer se lembra de como ela estava arrasada?

— Todas estavam arrasadas — disse Conway. O tom cortante na sua voz dizia *Eu devia ter percebido*. — Ela não estava chorando aos gritos, nem desmaiando. Parecia estar em melhor estado do que a maioria.

A sobrancelha de Julia estremeceu.

— É, se ao menos você tivesse me dito isso naquela época. Eu estava ali na expectativa de que vocês viessem atrás dela a qualquer minuto. Achei que, se no mínimo houvesse um jeito de mostrar pra vocês que foi ela quem dispensou o Chris, e que ele era um perfeito cretino com as garotas, a Lenie podia... não sei... receber uma sentença mais leve ou sei lá o quê. Se não fosse assim, todos iam achar que ele desmanchou com ela e ela enlouqueceu, vamos trancar a fera numa cela e jogar fora a chave. Não sei. Eu não estava exatamente pensando com clareza. Só achei que guardar o cartão não poderia ser prejudicial, pelo menos por um tempo, e até poderia ajudar.

Se Julia tivesse falado com qualquer uma das outras, ela teria sabido que a história tinha complicações, que nem tudo apontava direto para Selena. Não havia como adivinhar o que elas teriam feito em seguida, mas teriam feito alguma coisa juntas.

Já era tarde demais para isso acontecer. Fazia meses que Chris tinha destruído totalmente a união entre elas quatro. Mesmo depois que ele morreu, a fissura provocada por ele tinha continuado a se alargar, nas profundezas, por baixo da superfície, enquanto tudo à vista continuava brilhando como novo. Nós só estávamos terminando o trabalho que ele tinha começado.

— Você se lembra se alguém conseguiu subir à ala das internas antes do período de estudo naquele dia? Vamos verificar nos registros; mas, enquanto você está aqui, alguma coisa lhe ocorre?

Eu tinha atraído a atenção de Julia. Ela estava olhando para mim, com um ar implacável.

— O quê? Você acha que alguma outra pessoa pôs aquele celular atrás da cama da Selena?

— Se a Selena não tirou o celular do Chris, alguém o fez. E depois, de algum modo, ele foi parar no lugar onde você o encontrou.

— Tipo, alguém tentou *incriminar* a Selena?

Por trás dos ombros dela, os olhos de Conway diziam *Cuidado*. Dei de ombros.

— Ainda não podemos dizer isso. Eu só gostaria de saber se alguém teve a oportunidade.

Julia pensou. Abanou a cabeça, relutante.

— Acho que não. Quer dizer, é claro que eu adoraria dizer que sim, mas na verdade não houve a mínima chance de alguém ter subido lá sem uma desculpa muito boa. E mesmo assim, de modo algum ela teria sido deixada sozinha. Sério, quando perguntei se podia ir apanhar meu trabalho de casa de francês, a Houlihan reagiu como se eu tivesse pedido pra ir a um antro de drogados comprar heroína.

O violino debaixo da cama de Rebecca. A flauta transversal na parte do armário que era de Selena.

— E durante as atividades? Nessa hora, alguém sumiu?

— Fala sério. Você acha que eu teria percebido? Se você tivesse visto a confusão no colégio... Além do mais, eu estava concentrada na tentativa de pegar aquele celular. A Joanne e a Orla fazem teatro também, e eu sei que as duas estavam lá porque a Joanne não parava de tentar se desfazer em lágrimas — Julia fez uma simulação de vômito — e a Orla precisava reconfortá-la e toda essa bobagem. Mas elas são as únicas de que me lembro.

— Vamos tentar perguntar às suas amigas — disse eu, bem informal. O luar iluminava meu rosto, me dava a impressão de estar desnudando. Procurei não me virar. — Elas também fazem teatro? Ou poderiam nos dizer alguma coisa sobre outros grupos?

— Nós não somos ligadas por algum tipo de cirurgia. A Holly faz dança. A Selena e a Becca tocam instrumentos.

O que quer dizer que elas teriam de voltar ao quarto para apanhar os instrumentos. Duas juntas, para uma proteger a outra do louco devorador de cérebros. Elas teriam tido permissão.

— Certo — disse eu. — Quantas alunas nesses grupos, você sabe?

Julia deu de ombros.

— Muita gente faz dança. Umas 40. Instrumentos, talvez uma dúzia.

Tudo indicava que as outras fossem alunas do externato. Nós íamos olhar os registros, mas, se os números se confirmassem, Rebecca e Selena tinham sido as únicas a passar por aquela porta.

A súbita calma, toda a tagarelice e choradeira do dia se dissipando naquele silêncio branco. Rebecca mostrando o celular que tinha apanhado para se certificar de que Selena ficasse imune, que ninguém jamais poderia associá-la ao Chris. Entregando-o como um presente, inestimável. Como uma salvação.

Ou então: Selena enfurnada no armário procurando a flauta, vagarosa com o choque e a dor. Atrás dela, Rebecca, leve como um fantasma e com a mesma urgência, debruçada sobre a cama. Foi Selena quem tinha começado a guardar segredos. Foi ela quem tinha permitido a entrada do Chris, para começar a fazer tudo desmoronar. A culpa tinha sido dela.

Olhei para Conway, do outro lado daquele toque de vermelho, valente e solitário. Ela estava olhando para mim.

– Certo – disse eu. – Pode ser que suas amigas se lembrem de alguém saindo. Vale a pena tentar, de qualquer maneira.

– Eu diria que a Selena estava abalada demais para notar muita coisa – disse Conway. – Vamos perguntar à Rebecca. – E se levantou.

A maioria das pessoas fica aliviada. Julia parecia pasma.

– Como, só isso?

– A menos que haja alguma outra coisa que você queira nos contar.

Um segundo, sem nenhuma expressão. Um não de cabeça, quase relutante.

– Então, é, é só isso. Muito obrigada.

Eu me levantei também, virando-me na direção do caminho.

– O que foi que eu dei pra vocês? – perguntou Julia.

Ela estava olhando para o nada.

– Difícil dizer a esta altura – respondi. – Vamos ter que descobrir à medida que formos avançando.

Julia não respondeu. Esperamos que ela se levantasse, mas ela não se mexeu. Depois de um minuto, nós a deixamos lá, contemplando o que costumava ser seu reino. O cabelo preto, o rosto branco e aquela brasa vermelha, com a grama branca em toda a sua volta.

28

Elas estão tomando o café da manhã quando Holly sente o repuxão de alguma coisa que deu errado, no fundo do tecido da escola. Um excesso de passos retumbando velozes demais por um corredor. Vozes de freiras, agudas demais, do lado de fora da janela, baixando de repente demais para um tom abafado.

Nenhuma outra percebe. Selena deixa de lado seu müsli e torce um botão frouxo do pijama. Julia come flocos de milho com uma das mãos e faz o trabalho de casa de inglês com a outra. Becca está olhando para sua torrada como se a torrada tivesse se transformado na Virgem Maria, ou talvez como se estivesse tentando erguê-la do prato sem tocar nela, o que seria uma ideia de uma idiotice sem tamanho, mas Holly não tem tempo para se preocupar com isso neste momento. Ela vai roendo em torno da sua torrada, enquanto mantém um olho na janela e o outro na porta.

A torrada está reduzida ao tamanho do seu polegar quando ela vê os dois policiais fardados, seguindo apressados pela borda do gramado dos fundos, tentando se manter fora do alcance visual, mas simplesmente falhando.

De uma outra mesa, alguém fala, de repente bem acordada.

– Ai, meu Deus! Aquilo ali eram *policiais?* – Uma inspiração forte percorreu o refeitório inteiro, e então todas as vozes subiram de uma vez.

É nesse instante que a governanta entra e lhes diz que o café da manhã terminou e elas devem subir para os quartos e se aprontar para as aulas. Algumas meninas se queixam automaticamente, mesmo que já tenham terminado o café, mas Holly pode detectar na expressão da governanta – o rosto inclinado para a janela, sem tempo para ficar ouvindo choradeira – que elas já perderam a parada. Seja lá o que for, o que está acontecendo não é insignificante.

Enquanto elas se vestem, Holly vigia a janela. Um movimento, e ela está lá, grudada na vidraça: McKenna e o padre Voldemort, com a batina preta esvoaçando, descendo pelo gramado a alta velocidade.

Seja lá o que for, o que aconteceu foi com um aluno do Columba.

Alguma coisa branca azulada zune ao longo dos ossos de Holly. A cara de Joanne quando exibiu aquela tela, enrolando a ponta da língua, lambendo as presas com a ideia deliciosa de fazer mal a alguém. Seu jeito de apreciar o choque que Holly não pôde deixar de revelar, sugando cada gota. Joanne faria coisas ruins, coisas que vêm de lugares que a maioria das pessoas nunca saberia como imaginar.

Não se preocupe. A hora dele vai chegar.

Holly sabe imaginar os lugares onde as coisas ruins começam. Ela tem prática.

– Que é isso? – diz Julia, esticando o pescoço, encostada no ombro dela. – Tem gente no mato, olha.

Ao longe na névoa de camadas de verde, para lá do gramado, um lampejo branco. Como macacões especiais do pessoal da Polícia Técnica.

– Parece que estão procurando alguma coisa – diz Selena, juntando-se a elas, do outro lado de Holly. Sua voz está com aquele som frouxo, esgotado, que vem apresentando nas duas últimas semanas. Ela lança sobre Holly o peso da culpa com a qual está começando a se acostumar. – Eles são da polícia também? Ou o quê?

Outras alunas perceberam. Uma tagarelice empolgada vem se infiltrando pelas paredes, pés passam pesados pelo corredor.

– Vai ver que alguém estava fugindo da polícia e jogou alguma coisa por cima do muro – diz Julia. – Drogas. Ou uma faca usada para esfaquear alguém, ou um revólver. Se ao menos tivéssemos saído ontem de noite... Isso, sim, teria tornado a vida mais interessante.

Esse troço que está fazendo formigar o couro cabeludo de Holly, elas não sentem. O puxão no ar já as fisgou: Lenie abotoa a camisa depressa demais; Jules quica na ponta dos pés ali encostada à janela. Mas elas não compreendem o que aquilo significa: coisas ruins.

Confie nos seus instintos, o papai costuma dizer. Se alguma coisa lhe parecer suspeita, se alguém lhe parecer suspeito, aceite a suspeita. Não dê crédito a alguém ou a alguma situação, só por querer ser simpática; não espere para ver, só para não parecer burra. A segurança vem em primeiro lugar. O segundo lugar poderia ser tarde demais.

O colégio inteiro parece estar apinhado de suspeitas, como ruídos de cigarras zumbindo numa tarde de sol quente, tão estridentes e tão numerosas que não se tem a menor chance de escolher uma única e olhar direto para ela. Joanne se empenharia muito mesmo para conseguir deixar Selena numa situação péssima.

Eu não fico com raiva de pessoas como ela. Eu me livro delas.

Toca a campainha para o início das aulas.

— Vamos — diz Becca. Ela não veio à janela. Está trançando o cabelo num ritmo calmo e metódico, como se houvesse um bolha perolada de ar fresco entre ela e toda aquela agitação. — Vocês ainda nem estão prontas. A gente vai se atrasar.

As batidas do coração de Holly se aceleraram para acompanhar o ritmo das cigarras. Selena tornou tudo tão fácil para Joanne. Não importa o que Joanne tenha feito, ela fez sabendo. Basta uma frase para um professor ou para os detetives, que estarão esperando pacientes por todos os cantos de agora em diante; basta um falso ato falho, e *foi mau*!

— Droga — diz Holly, quando elas chegam ao pé da escada. Através da porta de acesso aberta, elas ouvem a rede dos barulhos da escola, esticada mais tensa e mais alta hoje. Alguém grita, *E também um carro da polícia!!*

— Esqueci meu livro de poesia. Já volto... — E ela já está voltando escada acima, se espremendo contra a corrente e a gritaria, com a mão já estendida para mergulhar no lado do colchão de Selena.

Duzentas e cinquenta alunas entram apressadas, sussurrando, na quadra. Elas se acomodam de modo instantâneo, como boas meninas, as mãos todas recatadas, como se não estivessem sugando cada detalhe dos dois policiais à paisana, tentando parecer afáveis, lá nos fundos, como se aquela turbulência não estivesse fervendo a fogo baixo, bem ali abaixo dos seus olhos tranquilos. Estão loucas para saber.

Aquele jardineiro Ronan, sabe, aquele que, você sabe, ouvi dizer cocaína, ouvi dizer que gângsteres vieram atrás dele, ouvi dizer que havia policiais bem ali fora no terreno do colégio! Ouvi dizer que atiraram nele. Ouvi os tiros. Ouvi, ouvi... — Selena percebe o sorriso de esguelha de Julia: o *terre-*

no, como se fosse alguma selva assustadora, cheia de traficantes e provavelmente alienígenas. E consegue com esforço sorrir de volta. Na realidade, ela mal tem a energia necessária para fingir que se importa com qualquer que seja o drama sem sentido que está se desenrolando aqui. Como ela queria poder vomitar quando quisesse, como Julia, para poder voltar para o quarto e ser deixada em paz.

Só que McKenna, que chega por trás do pódio, tem a boca e as sobrancelhas dispostas na sua expressão solene especial, numa associação cuidadosa de severidade, tristeza e santidade. Na época em que elas estavam no primeiro ano e uma aluna do quinto morreu num acidente de carro durante o recesso do Natal, quando voltaram em janeiro todas elas se depararam com aquela expressão. Não a viam desde aquela ocasião.

Não se tratava de Ronan, o jardineiro. As alunas estão se contorcendo para ver se conseguem detectar alguém que esteja faltando. *Lauren Mulvihill não está ali. Ai, meu Deus, ouvi dizer que ela não ia passar nos exames. Ouvi dizer que ela foi dispensada. Ai, meu Deus...*

– Alunas – diz McKenna. – Tenho uma notícia trágica a transmitir. Vocês ficarão chocadas e sentirão grande tristeza, mas espero que se comportem com o bom senso e a dignidade que fazem parte da tradição do Santa Kilda.

Um silêncio tenso.

– Alguém encontrou uma camisinha usada – supõe Julia, com a voz baixa demais para ser ouvida por qualquer uma além delas quatro.

– Pssiu – diz Holly, sem olhar para ela. Holly está sentada bem ereta, olhando para McKenna e enrolando sem parar um lenço de papel na mão. Selena quer perguntar se ela está bem, mas Holly poderia lhe dar um chute.

– Lamento informar que hoje de manhã um aluno do São Columba foi encontrado morto no terreno do nosso colégio. Christopher Harper...

Para Selena, parece que sua cadeira girou para trás e desapareceu. McKenna sumiu. A quadra se tornou cinzenta e enevoada, meio inclinada, retinindo com campainhas, gritos e fragmentos distorcidos de música, que sobraram da festa do Dia dos Namorados.

Selena entende, totalmente e tarde demais, por que não recebeu nenhuma punição depois daquela primeira noite. Naquela época, ela foi bem atrevida de achar que tinha algum direito a esperar por clemência.

Alguma coisa está doendo, em algum lugar muito longe. Quando ela olha para baixo, vê a mão de Julia no seu braço. Para qualquer pessoa que esteja olhando, pareceria um jeito de se segurar com o choque, mas os dedos de Julia estão cravados com força. Ela fala baixinho:

– Vê se não desmaia.

A dor é boa; ela afasta um pouco o nevoeiro.

– OK – diz Selena.

– Só não perde o controle, e trata de ficar de bico calado. Dá pra você fazer isso?

Selena faz que sim. Ela não sabe ao certo do que Julia está falando, mas pode se lembrar assim mesmo. Ajuda ter duas coisas sólidas às quais se agarrar, uma para cada mão. Atrás dela, alguém está soluçando, alto e falso. Quando Julia solta o seu braço, Selena sente falta da dor.

Ela devia ter visto que isso ia acontecer, depois daquela primeira noite. Deveria ter detectado a fera, espumando em cada sombra, com sua boca vermelha e voraz, esperando que uma retumbante voz dourada lhe desse a ordem para o bote.

Selena achava que era ela que seria punida. Deixou que ele continuasse voltando. Pediu para ele voltar.

Os estilhaços de música não vão parar de arranhá-la.

Becca observa a reunião através da água mais cristalina e gelada do mundo, água de montanha, cheia de movimento e de perguntinhas estranhas. Ela não lembra se esperava que essa parte fosse difícil. Acha provável que nunca tenha pensado nisso. Até onde possa ver, ela está encarando a situação com mais tranquilidade do que qualquer outra pessoa no recinto.

McKenna diz para elas não terem medo porque a polícia está com tudo sob controle. Ela lhes diz para terem muito cuidado em quaisquer telefonemas para os pais, para não causarem uma preocupação desnecessária com alguma histeria tola. Haverá atendimento psicológico em grupo para todas as turmas. Haverá sessões de atendimento psicológico individual para qualquer aluna que possa precisar. Lembrem-se de que vocês podem conversar com a professora da sua turma ou com a irmã Ignatius a qualquer momento. No final, ela ordena que voltem para as salas de aula, onde suas professoras estarão com elas para responder a quaisquer perguntas que tenham.

Elas saem da quadra para o saguão de entrada, como uma onda. Professoras estão ali posicionadas, prontas para conduzi-las e acalmá-las, mas o falatório e os soluços já não podem ser reprimidos; eles irrompem, circulando velozes por aquele espaço de pé-direito alto, e sobem pelo poço da escada. Becca tem a impressão de que tirou os pés do chão e que está sendo levada, sem fazer nenhum esforço, flutuando de um ombro a outro, por toda a extensão dos longos corredores.

No segundo em que elas entram pela porta da sala de aula, Holly segura com força o pulso de Selena e força as quatro a passar por grupinhos que se abraçam aos soluços, até um canto nos fundos junto da janela. Ela as envolve num abraço falso e começa a falar, séria.

– Eles vão conversar com todo mundo, os detetives da Homicídios. Não digam *nada* a eles. Em nenhuma circunstância. Especialmente não digam que conseguimos sair. Entenderam?

– Caramba – diz Julia, mostrando a mão em concha –, é um monte enorme do que já estou cansada de saber. Será que é todo pra nós?

Holly chia bem no nariz dela.

– Não estou brincando, OK? Isso aqui é *de verdade*. Alguém vai parar na *prisão*, pro *resto da vida*.

– Não, fala sério, vai mesmo? Eu pareço deficiente mental?

Becca sente o cheiro da urgência acre de um curto-circuito.

– Hol – diz ela. Holly é toda ângulos agressivos e cabelos cheios de estática. Becca tem vontade de afagá-la para deixá-la lisa e macia de novo. – Nós sabemos. Não vamos contar pra ninguém. Sério.

– Certo. É o que vocês acham agora. Vocês não sabem como é. Não vai ser como a Houlihan dizendo, "Ai, ai, ai, estou sentindo cheiro de cigarro. Meninas, vocês andaram fumando?" E se você fizer uma cara bem inocente, ela acredita em você. Esses agora são *detetives*. Se eles têm uma pista de que você sabe alguma coisa sobre qualquer coisa, ficam como pit bulls. Tipo, oito horas numa sala de entrevistas interrogando você, e seus pais enlouquecendo. Isso parece divertido? É isso o que vai acontecer se a gente sequer *parar para pensar* antes de responder a uma pergunta.

O antebraço de Holly é de aço, fazendo pressão de um lado a outro dos ombros de Becca.

— E outra coisa: eles mentem. OK? Detetives inventam histórias o tempo todo. Então, se eles disserem, "Nós sabemos que vocês saíam de noite, alguém viu vocês," *não caiam nessa*. Na verdade eles não sabem de nada. Estão só esperando que você perca o controle e lhes dê alguma informação. A gente tem que fazer cara de idiota e dizer "Nãããoo, deve ser alguma confusão. Não era a gente..."

— Ele era tão cheio de vida — diz alguém atrás delas, soluçando, e um lamento trêmulo sobe pelo ar viciado da sala.

— Putz, alguém faça essas idiotas calar a boca — diz Julia, irritada, afastando o braço de Holly do seu ombro. — Caramba, Holly, isso dói.

Holly volta com o braço para onde ele estava, prendendo Julia no lugar.

— *Prestem atenção*. Eles vão inventar tudo quanto é coisa. Vão dizer, "Nós sabemos que você estava saindo com o Chris, temos provas..."

Os olhos de Becca se arregalam de repente. Holly olha direto para Selena, mas Becca não sabe dizer por quê, se é só porque elas estão uma de frente para a outra, ou se é por muito mais. Selena não está elétrica. Ela está se sentindo mole demais, esmagada, com a consistência de gelatina.

Agora Julia está atenta.

— Eles podem fazer isso?

— Ai, meu Deus, aqui, pega mais um pouquinho do que você está cansada de saber. Eles podem dizer qualquer coisa que *queiram*. Se quiserem, podem dizer que têm provas de que você o *matou*, só pra ver a sua reação.

— Preciso ir falar com uma pessoa — diz Julia. Ela se desvencilha do braço de Holly e atravessa a sala de aula. Becca fica olhando. Um grupo esganiçado se reúne em torno de Joanne Heffernan, que está jogada numa pose artística por cima de uma cadeira, com a cabeça para trás e os olhos semicerrados. Gemma Harding está no grupo, mas Julia diz alguma coisa perto dela, e as duas se afastam um pouco. Pelo ângulo em que as cabeças se encontram, Becca pode ver que elas mantêm a voz baixa.

— Por favor, diga que você entendeu — diz Holly.

Ela olha para Selena, que, sem o aperto do falso abraço dos dois lados, oscila um pouco e acaba caindo em cima da carteira de alguém. Becca tem quase certeza de que Selena não ouviu nada. Ela queria poder dizer a Lenie que tudo está OK; queria sacudir uma enorme manta macia, feita de "tudo OK", e cobrir os ombros de Lenie com ela. As coisas seguirão seu próprio rumo lento e desconhecido, pelos seus antigos canais subterrâneos, e estarão curadas no devido tempo. É só você esperar, até um dia acordar sentindo-se perfeita de novo.

– Eu entendi – prefere Becca, tranquilizadora, dizer a Holly.

– *Lenie*.

– OK – diz Lenie, para não contrariar, de algum lugar lá fora, muito distante, do outro lado da janela.

– Não. Presta atenção. Se lhe disserem, "Nós temos provas concretas de que você saía com o Chris", você só responde, "Não, eu não saía" e cala a boca. Se eles lhe mostrarem um vídeo de verdade, você só diz, "Essa aí não sou eu". Entendeu?

Selena fica olhando para Holly. Depois de algum tempo, ela pergunta – O quê?

– Ai, meu Deus – diz Holly para o teto, com as mãos no cabelo. – Vai ver que isso pode funcionar. Melhor que funcione.

Então o sr. Smythe entra e fica parado no vão da porta, parecendo magricela e paralisado diante daquela confusão abafada, de abraços e arquejos. Ele começa a agitar as mãos e a balir. Aos poucos as meninas vão se soltando umas das outras e reduzem os soluços a fungadas. Smythe respira fundo e começa o discurso que McKenna o fez decorar.

É provável que Holly tenha razão. Sendo seu pai quem é e tudo o mais que lhe aconteceu, ela deveria saber. Becca imagina que deveria realmente estar apavorada. Ela consegue ver o pavor bem ali, como uma massa grande, descorada e oscilante jogada em cima da sua carteira, à qual ela supostamente deveria se agarrar, que deveria aprender de cor e talvez sobre a qual pudesse escrever uma redação. É algo um pouquinho interessante, mas não o suficiente para ela se dar ao trabalho de pegá-lo. Ela o empurra da borda da sua mente e curte o som típico de desenho animado, que ele faz quando se esborracha no chão.

Já no meio da tarde, os pais começam a aparecer. A mãe de Alison é a primeira, atirando-se de um utilitário esportivo preto gigantesco, para subir correndo a escada da frente em sapatos de salto altíssimo que fazem seus pés voar em ângulos espasmódicos. A mãe de Alison já fez muitas cirurgias plásticas e usa cílios postiços do tamanho de escovas de cabelo. Ela dá a impressão de ser uma pessoa, mas não exatamente, como se alguém tivesse explicado para extraterrestres como uma pessoa é, e eles tivessem se esforçado ao máximo para criar uma igual.

Holly fica olhando para a mãe de Alison da janela da biblioteca. Atrás dela, as árvores estão vazias, nenhum lampejo de macacões brancos nem o tremular de alguma fita de isolamento de cenas de crime. O Chris está longe, lá nos fundos, em algum lugar, com pessoas eficientes, enluvadas, examinando cada centímetro do seu corpo.

Elas estão na biblioteca porque ninguém sabe o que fazer com ninguém. Um par dos professores mais rígidos conseguiu manter as alunas do primeiro e do segundo ano sob controle suficiente para assistirem a algum tipo de aula; mas as meninas do terceiro ano estão crescidinhas demais para essa obediência infantil, e elas de fato conheciam o Chris. Cada vez que alguém tentou fazê-las baixar a fervura, abafando com uma tampa de álgebra ou de verbos irlandeses, elas borbulharam e transbordaram: alguém começou a chorar sem conseguir parar, outra desmaiou, quatro alunas entraram numa briga aos berros sobre quem era a dona de uma esferográfica. Quando Kerry-Anne Rice viu olhos demoníacos no armário de produtos químicos, basicamente não havia mais o que fazer. As garotas do terceiro ano foram mandadas para a biblioteca, onde chegaram a um acordo tácito com as duas professoras que as supervisionavam: elas se esforçam para não perder o controle, e as professoras não as forçam a fingir que estão estudando. Uma densa camada de sussurros se espalhou pelas mesas e prateleiras, fazendo pressão sobre elas.

– Ahhh – diz Joanne, baixinho, junto do ouvido de Holly. Ela está fazendo beicinho, com os olhos arregalados e a cabeça caída para um lado. – Ela está bem?

Refere-se a Selena. Que está toda torta numa cadeira como se tivesse sido jogada ali, as mãos no colo com a palma para cima, os olhos fixos num pedaço vazio da mesa.

– Ela está bem – diz Holly.

– É mesmo? Porque eu fico realmente de coração partido só de pensar no que ela está passando.

Joanne está com a mão sobre o coração, para demonstrar seu sentimento.

– Eles tinham terminado há séculos, lembra? – diz Holly. – Mas obrigada.

Joanne arranca a máscara de solidariedade e a joga fora. Por trás, um ar de deboche.

– Caramba, será que você é realmente retardada? Eu nunca vou me importar com nada que qualquer uma de vocês sinta. Só me diga *por favor* que ela não vai começar a agir como se tivesse perdido seu verdadeiro amor. Porque isso seria tão desprezível que eu seria forçada a vomitar, e a bulimia está tão fora de moda.

– Seguinte – diz Holly. – Me dê o número do seu celular. No instante em que você tiver a menor influência sobre como a Selena age, eu lhe mando uma mensagem pra você saber.

Joanne fica olhando para Holly, olhos inexpressivos que sugam tudo e nada põem de volta.

– Putz, você é mesmo retardada.

Holly solta um suspiro ruidoso e espera. Estar tão perto assim de Joanne faz escorrer um óleo gelado pela sua pele. Ela se pergunta que cara a Joanne ia fazer se ela perguntasse, *Foi você mesma ou você só forçou alguém a fazer o serviço?*

– Se a polícia descobrir o que a Selena estava fazendo com o Chris, ela será uma perfeita suspeita. E, se ela andar por aí como se fosse uma rainha de alguma grande tragédia, eles vão descobrir. De um modo ou de outro.

Como Holly de fato não é retardada, ela sabe exatamente o que Joanne quer dizer. Joanne não pode assumir a posição de Enlutada-Mor, porque não pode se expor a que os policiais comecem a prestar uma atenção especial a ela; mas ninguém mais vai ocupar essa posição. Se Selena parecer abalada demais, Joanne vai postar aquele vídeo do celular na internet e se certificar de que a polícia receba o link de acesso.

Holly sabe que Selena não matou o Chris. Ela sabe que matar uma pessoa faz coisas quase invisíveis com o assassino. Este ato deixa você de braços dados com a morte, a cabeça inclinada só um pouquinho naquela direção, de tal modo que pelo resto da sua vida suas sombras vão estar misturadas. Holly conhece Selena até a medula. Ela esteve observando Selena o dia inteiro; e, se essa inclinação tivesse acontecido de ontem para hoje, ela teria visto. Só que ela não imagina que os detetives conheçam Selena desse jeito, nem que eles acreditem nela, Holly, se ela lhes disser.

Holly não vai perguntar a Joanne se ela fez o serviço sozinha. Ela nunca vai conseguir dar a Joanne, ou a qualquer outra pessoa, uma pista de que esse pensamento chegou a lhe ocorrer.

– Até parece que você sabe muito sobre como os detetives trabalham. Eles não vão ter suspeitas da *Selena*. A essa altura, é provável que já tenham prendido alguém.

Elas duas ouvem na sua voz que Joanne venceu.

– Ah, é mesmo – diz Joanne, lançando mais um sorriso de desdém na direção de Holly e se virando para ir embora. – Eu tinha me esquecido de que seu pai é um *guarda*. – Ela faz parecer que ele trabalha no tratamento de esgoto. O pai de Joanne é banqueiro.

Falando nisso. Lidar com Joanne distraiu a atenção de Holly da janela. O primeiro sinal que ela tem da chegada do pai é quando ouve uma batidinha na porta, e a cabeça dele aparece. Por um segundo, a onda de alegria incontrolável apaga tudo o mais, até o constrangimento. O papai vai ajeitar tudo. Ela então se lembra de todas as razões pelas quais ele não vai ajeitar nada.

A mãe de Alison deve ter sido apanhada na teia de McKenna para uma sessão de erradicação de pânico, mas papai só se deixa apanhar quando quer.

– Srta. Houlihan – diz ele –, vou só pegar a Holly emprestada por um instante. Juro que a trago de volta sã e salva. – E dá um sorriso para Houlihan como se ela fosse uma estrela de cinema. Ela nem chega a pensar em dizer não. O nevoeiro de sussurros é interrompido para deixar Holly passar por baixo, vigiada.

– Oi, amorzinho – diz o pai no corredor. O abraço é de um braço só, despreocupado como o cumprimento de qualquer fim de semana, mas dessa vez vem a pressão convulsiva da mão dele grudando a cabeça de Holly em seu ombro. – Você está bem?

– Estou – responde Holly. – Você não precisava ter vindo.

– Eu não estava fazendo nada mesmo, achei que o melhor era vir aqui.
– O pai nunca está "não fazendo nada mesmo". – Você conhecia o rapazinho?

Holly dá de ombros.

– De vista. Nos falamos umas duas vezes. Ele não era meu *amigo*. Só um aluno do Columba.

Papai a segura afastada de si e a examina, com os olhos azuis atravessando-a como raios laser para revirar o crânio dela por dentro em busca de fragmentos. Holly dá um suspiro e o encara de volta.

– Não estou arrasada. Juro por Deus. Satisfeito?

Ele abre um sorriso.

– Muito espertinha, a senhorita. Vamos, vamos dar um passeio. – Ele faz com que ela lhe dê o braço e sai andando pelo corredor, como se estivessem indo fazer um piquenique. – E as suas colegas? Conheciam ele?

– Tanto quanto eu – diz Holly. – Só de andar por aí. Nós vimos os detetives durante a reunião. Você conhece eles?

– O Costello, eu conheço. Não é nenhum gênio, mas é bastante confiável, faz o que tem que ser feito. Da mulher, Conway, só sei o que ouvi dizer. Parece razoável. De qualquer modo, não é nenhuma idiota.

– Você falou com eles?

– Dei uma palavrinha com o Costello, quando estava subindo. Só pra deixar claro que não vou atrapalhar ninguém. Estou aqui como pai, não como detetive.

– O que eles disseram? – pergunta Holly.

O pai desce a escada num passo rápido e descontraído.

– Você conhece as regras do jogo. Qualquer coisa que eles me digam, eu não posso passar pra você.

Ele pode ser pai o quanto quiser, mas sempre é um detetive também.

– Por quê? Eu não sou uma testemunha.

Desta vez, diz o espaço que fica no ar quando ela para.

– Isso nós ainda não sabemos. Nem você sabe.

– Sei, sim.

O pai deixa passar. Segura a porta da frente aberta para ela. O ar que se espalha até eles é suave, afagando seu rosto com verdes e dourados delicados. O céu está de um azul de férias.

Depois que eles descem a escada da frente e estão pisando nos seixos brancos, o pai fala:

— Se você soubesse alguma coisa, absolutamente qualquer coisa, até mesmo um detalhe que provavelmente revele não ser nada, eu gostaria de acreditar que você me diria.

Holly revira os olhos.

— Eu não sou *burra!*

— Muitíssimo longe disso. Mas, na sua idade, ao que eu me lembre de alguns séculos atrás, não abrir a boca com um adulto é um reflexo. Um bom reflexo, não há nada de errado em resolver suas coisas sozinha, mas é um que pode ir longe demais. Um homicídio não é uma coisa que você e suas amigas possam resolver. Essa função cabe aos detetives.

Holly já sabe disso. Seus ossos sabem: eles estão leves e flexíveis como hastes de capim, sem nenhum cerne. Ela pensa em Selena, jogada como uma boneca de pano naquela cadeira. Coisas precisam ser feitas, coisas com que Holly nem consegue atinar. Ela tem vontade de pegar Selena no colo, colocá-la nos braços do pai e dizer *Cuida direitinho dela.*

Ela sente Joanne às suas costas, à janela da biblioteca lá no alto. Seu olhar vem zunindo pelo ar ensolarado para dar um beliscão de unha, torcido, na nuca de Holly.

— Na verdade, eu sei disso já faz um tempo. Lembra?

Pelo recuo súbito da cabeça do pai, ela pode ver que o pegou desprevenido. Eles nunca falam sobre aquela ocasião, quando ela era criança.

— Está bem — diz ele, um segundo depois. Quer acredite nela, quer não, ele não vai insistir em avançar por esse lado. — É um alívio ouvir isso. Nesse caso, vou dar uma palavrinha com o Costello, pedir pra ele entrevistar você agora, tirar isso da cabeça. Aí, você pode arrumar suas coisas discretamente e vir pra casa comigo.

Holly estava esperando por isso, mas ela ainda sente que suas pernas ficam rígidas diante dessa possibilidade.

— Não. Eu não vou pra casa.

E era isso o que o pai esperava. Ele não altera o passo.

— Não estou lhe pedindo. Estou lhe informando. E não é para sempre. Só por alguns dias, até os rapazes resolverem esse assunto.

— E se eles não resolverem? E então?

– Se não tiverem prendido o cara até a segunda, vamos reexaminar a situação. Mas não deveria chegar a tanto. Pelo que eu soube, eles estão prestes a fazer uma detenção.

O cara. Não Joanne. Não importa o que os detetives tenham contra esse cara, mais cedo ou mais tarde isso vai esfarelar nas suas mãos, e eles vão voltar à caçada.

– OK – diz Holly, tornando-se dócil. – A Lenie e a Becs podem vir comigo, certo?

Isso chama a atenção do pai.

– Como assim?

– Os pais delas não estão aqui. Elas podem ir pra casa com a gente, certo?

– Hum – diz o pai, esfregando a nuca. – Não tenho certeza se estamos equipados para isso, querida.

– Você disse que é só por uns dois dias. Qual é o problema?

– *Acho* que vai ser só por alguns dias, mas esse tipo de coisa não vem com garantia de nada. E eu não tenho uma autorização dos pais delas para carregá-las daqui pelo período que durar. Não estou a fim de ser preso por sequestro.

Holly não sorri.

– Se é perigoso demais pra eu ficar aqui, é perigoso demais pra elas também.

– Não acho que seja nem um pouco perigoso. Acho que sou um sacana paranoico. Dizem que é um condicionamento da profissão. Quero que você esteja em casa para que, a qualquer hora que eu comece a sentir algum pânico, eu possa espiar pela porta do seu quarto, ver você e respirar fundo algumas vezes. É por mim, não por você.

O sorriso que ele dá para ela e o peso da mão dele na cabeça dela fazem Holly querer relaxar todos os músculos: empurrar o rosto de volta no ombro dele, impregnar-se com o cheiro dele de couro, cigarro e sabonete, ficar ali sonhando acordada, chupando o cabelo e dizendo sim para qualquer coisa que ele lhe diga. Ela até faria isso, se não fossem as coisas que estão guardadas na cabeça de Selena, prontas para se derramar e sair pinguepongueando por todo o piso, se Holly não estiver lá para mantê-las abafadas.

— Se você me levar pra casa, todo mundo vai imaginar que é porque você sabe de alguma coisa. Não vou deixar a Selena e a Becca aqui, achando que um assassino poderia vir atrás delas a qualquer instante e que elas não têm nenhum lugar pra onde fugir. Se elas não podem sair daqui, precisam saber que é seguro ficar. E a única forma de saber isso é se você disser que é seguro o suficiente pra mim.

A cabeça do pai volta para a posição normal, e ele consegue esboçar uma risada.

— Gosto do jeito de você raciocinar, amorzinho. E me disponho, com todo o prazer, a me sentar com suas amigas e lhes dizer que eu apostaria muito dinheiro em que elas estão em perfeita segurança, se você quiser. Mas, por mais que eu goste da Selena e da Becca, a responsabilidade por elas cabe aos próprios pais, não a mim.

Ele está falando sério: acha que ninguém está correndo perigo. Quer Holly em casa, não para evitar que ela seja assassinada; mas para que a proximidade com mais um homicídio não traumatize a pobre cabecinha dela ainda mais uma vez.

Holly já não quer um abraço aconchegante do pai. Ela quer briga.

E dispara contra ele.

— Elas são minha responsabilidade. São *minha família*.

Ponto para ela: o pai já não está rindo.

— Pode ser. Eu gostaria de acreditar que eu sou também.

— Você é adulto. Se é paranoico sem motivo, lidar com isso é problema seu. Não meu.

O músculo retesado na bochecha dele diz a Holly que ela talvez esteja ganhando.

A ideia a assusta e ela tem vontade de voltar atrás, engolir tudo de volta e entrar correndo no colégio para arrumar suas coisas. Ela permanece calada e estende os passos para acompanhar os dele. Os seixos rangem.

— Às vezes acho que sua mãe tem razão — diz o pai, com um sorriso irônico, só de um lado. — Você é meu castigo merecido.

— Então eu posso ficar? — pergunta Holly.

— Não me agrada a ideia.

— Ora, helloo? Nada disso *agrada* a ninguém.

Isso faz surgir o outro lado daquele sorriso.

– OK. Vamos fazer um trato. Você pode ficar, se der sua palavra de que vai contar pra mim ou para os investigadores qualquer coisa que possa ter a menor ligação com o caso. Mesmo que você tenha certeza de que não tem. Qualquer coisa que você saiba, qualquer coisa que perceba, qualquer coisa que simplesmente lhe pareça ser uma possibilidade remota. Você vai conseguir fazer isso?

Ocorre a Holly que talvez seja isso o que ele estava querendo o tempo todo, ou pelo menos esse seja seu plano alternativo. Ele é prático. Se não consegue fazer valer sua vontade de pai, pelo menos consegue a de detetive.

– Certo – diz ela, dando-lhe todo o olhar franco que ele poderia querer. – Eu prometo.

Selena está no quarto e quer lhe entregar esse celular vermelho. Ele vem com uma longa explicação que Selena não consegue acompanhar, mas acende um brilho grave e sagrado em torno de Becca e quase a levanta do chão, de modo que é provável que seja bom.

– Obrigada – diz Selena e põe o celular na lateral da sua cama, já que esse é o lugar certo para um telefone secreto, só que seu próprio aparelho já não está ali. Ela se pergunta se é provável que Chris tenha vindo e o tenha apanhado, deixando esse vermelho com Becca para ele poder lhe mandar uma mensagem mais tarde, quando tiver uma oportunidade, porque neste exato momento ele deve estar ocupado. Só que isso parece errado a Selena, mas ela não consegue descobrir a razão, porque Becca está olhando para ela, com um olhar profundo que atinge direto o lugar que está fazendo um enorme esforço para doer. Por isso, ela só diz: – Obrigada – mais uma vez. Depois não consegue se lembrar do motivo pelo qual elas subiram ao quarto. Becca tira a flauta do armário e a coloca nas mãos de Selena.

– Que música você quer? – E por um instante Selena tem vontade de rir porque Becca parece tão calma e adulta, remexendo no seu estojo de música, organizada como uma enfermeira. Ela quer dizer *É isso o que você deveria ser depois de estudar, você deveria ser enfermeira.* Mas a ideia da cara que Becca faria torna ainda maior e mais dura a bola de riso no fundo da sua garganta.

– A do Telemann – sugere ela. – Por favor.

Becca a encontra.

– Pronto – diz Becca, e com um estalo fecha a pasta de música de Selena. Então se debruça e encosta seu rosto no de Selena. Seus cílios dão um beijo de borboleta na pele de Selena, e seus lábios estão frios como pedra. Becca tem o cheiro de folhas verdes rasgadas e jacintos. Selena tem vontade de lhe dar um abraço apertado e inspirar absorvendo Becca por inteiro, até ter a sensação de que seu sangue foi limpo, de que está puro de novo, como se nada disso tivesse acontecido.

Depois, Selena fica parada, tanto quanto consegue, e escuta como os batimentos do seu coração mudaram, se tornaram mais lentos, rolando numa escuridão subaquática. Ela acha que, se os acompanhar bem fundo pelo túnel, acabará encontrando Chris. Pode ser que ele tenha morrido, já que todos dizem que morreu, mas não desapareceu de modo algum. Não o toque da sua pele, não seu cheiro penetrante, de cume de montanha, não a espiral ascendente da sua risada. Ela acha que, se conseguir se concentrar o suficiente, pelo menos descobrirá em que direção ele seguiu, mas as pessoas não param de interrompê-la.

Fazem-lhe perguntas no gabinete de McKenna. Ela mantém a boca fechada e não se descontrola.

Exatamente como Holly disse, uma a uma elas são chamadas ao gabinete de McKenna. Lá estão McKenna, uma mulher de cabelo preto e um sujeito gordo, os três sentados atrás do brilho antigo e danificado da mesa de McKenna. Becca nunca percebeu – as duas vezes em que esteve ali, estava dominada demais pelo pânico para perceber qualquer coisa – que a cadeira de McKenna tem uma altura maior, para fazer você se sentir pequena e indefesa. Na realidade, com eles três ali atrás e só uma cadeira alta, a disposição ficou engraçada, como se os pés da mulher detetive estivessem suspensos no ar, ou como se McKenna e o detetive fossem nanicos.

Eles começam com o que perguntam a todo mundo. Becca pensa em como ela era apenas alguns meses atrás e age desse modo, se encurvando, enroscando as pernas e dando as respostas de cabeça baixa. Se você for bastante tímida, ninguém vê mais nada. O detetive faz anotações e se esforça para reprimir um bocejo.

E então a detetive, inspecionando um fio solto no punho do casaco, fala como quem não quer nada:

– O que você achava de sua amiga Selena sair com o Chris?

Becca franze a testa, estranhando.

– Lenie nunca saiu com ele. Acho que talvez eles tenham se falado umas duas vezes no Palácio, mas isso foi há séculos.

A detetive levanta as sobrancelhas.

– Não. Eles estavam namorando. Quer dizer que você não sabia?

– Nós não temos namorados – diz Becca, com ar de censura. – Minha mãe diz que sou muito criança. – Ela gosta desse toque. Parecer que se é criança pode valer a pena, pelo menos dessa vez.

A detetive, o detetive e McKenna ficam todos esperando, olhando para ela por trás dos desenhos que o sol inclinado lança no tampo da mesa. Eles são tão enormes, carnudos e cabeludos que acham que simplesmente vão conseguir esmagá-la até que sua boca se abra e tudo saia num jato.

Becca olha de volta para eles e sente sua carne se agitar e, em silêncio, se transformar em algo novo, alguma substância sem nome que vem do alto de encostas montanhosas, cobertas por florestas de cheiro penetrante. Os contornos de Becca estão tão duros e brilhantes que essas criaturas encalombadas ficam ofuscadas só de olhar para ela. Ela é compacta, impermeável, tem um milhão de densidades e dimensões mais reais do que qualquer uma delas. As criaturas colidem com ela e vão se afastando em espirais, como uma névoa.

Nessa noite Holly fica acordada todo o tempo que consegue, observando as outras como se, só por vigiá-las, pudesse mantê-las em segurança. Está sentada na cama com os braços abraçando os joelhos, elétrica demais para se deitar, mas sabe que nenhuma delas vai tentar puxar conversa. O dia já se estendeu o suficiente.

Julia está jogada na cama, com um ar distante. Becca sonha acordada, com os olhos enigmáticos e solenes como os de um bebê, indo para lá e para cá enquanto olha para alguma coisa que Holly não consegue ver. Selena finge que está dormindo. A claridade que passa pela bandeira da porta não é favorável ao seu rosto, faz com que pareça inchado e roxo em lugares sensíveis. Parece que foi espancada.

Holly se lembra daquela vez quando ela era criança, como tudo parecia destruído, em torno dela e dentro dela. Aos poucos, quando ela não estava prestando atenção, a maior parte daquilo foi sendo levada embora. O tempo age. Ela diz a si mesma que ele vai agir também para Selena.

Ela tem vontade de estar no arvoredo. Consegue sentir como o luar se derramaria sobre elas todas, calcificaria seus ossos, dando-lhes uma força que pudesse aguentar esse peso. Ela sabe que seria loucura até mesmo pensar em tentar ir lá nessa noite, mas adormece ansiando por isso, de qualquer modo.

Quando a respiração de Holly fica regular, Becca se senta, pega seu alfinete e sua tinta da mesinha de cabeceira. À luz fraca do corredor, a linha de pontos azuis oscila de um lado ao outro da sua barriga branca, como a trajetória de alguma órbita estranha, desde as costelas até o umbigo e depois voltando às costelas do outro lado. Só há espaço para mais um.

Selena espera que até mesmo Becca por fim adormeça. Ela olha para ver se há uma mensagem para ela no celular vermelho, mas ele sumiu. Ela fica sentada no emaranhado de lençóis e quer ter um ataque, de berros e arranhões, para o caso de o celular ter vindo mesmo do Chris. Só que não consegue se lembrar de como se faz isso – seus braços e sua voz parecem ter sido desconectados do corpo – e de qualquer maneira ia dar muito trabalho.

Ela se pergunta, como numa ânsia involuntária, se já não havia notado que isto aconteceria e fechou os olhos porque desejava muito o Chris. Quanto mais tenta se lembrar, mais a memória desliza, se contorce e zomba dela. No final, sabe que nunca vai saber.

Ela volta a permanecer imóvel. Cuidadosamente isola uma parte suficiente da cabeça para fazer o que é necessário, como tomar banho e fazer trabalho de casa, para que as pessoas não a incomodem. O resto da sua cabeça está dedicado a se concentrar.

Transcorrido um tempo, ela compreende que algum ser destruiu Chris para salvá-la.

Daí a mais um tempo, ela compreende que isso quer dizer que esse ser a quer para si e que agora ela lhe pertence para sempre.

Ela corta todo o cabelo, como uma oferenda, para transmitir a mensagem de que está entendendo. Faz isso no banheiro e queima a pilha clara e macia na pia. A clareira teria sido um lugar melhor, mas elas não voltaram lá desde o que aconteceu, e ela não sabe dizer se isso é porque as outras sabem de alguma razão que ainda não lhe ocorreu. Seu cabelo abraça a chama do isqueiro com uma ferocidade que não esperava, uma explosão e um rugido aberto, como árvores ao longe sendo consumidas por um incêndio na floresta. Com um movimento veloz, ela afasta a mão, mas não com velocidade suficiente, e surge no seu pulso um pequeno ferimento latejante.

O cheiro de queimado permanece. Semanas depois, ela ainda o capta em si mesma, selvagem e sagrado.

Nacos caem da sua cabeça de vez em quando. De início, ela se assusta, mas depois percebe que, uma vez que eles desaparecem, ela não sente falta deles. E assim isso para de incomodá-la. A queimadura forma uma cicatriz vermelha e depois branca.

Quatro dias depois da morte de Chris, Julia ouve a notícia de que Finn foi expulso por fazer uma ligação direta na porta de incêndio; e ela começa a esperar que a polícia venha atrás dela.

Os policiais fizeram alguma pressão sobre ela e as outras quanto a Selena estar saindo com Chris, mas era aquela miragem esperta da qual Holly tinha falado. Parecia impressionante só até você chegar perto e ver que não havia nada de sólido ali. Ela se dissipou depois de alguns dias de negativas categóricas. O que significa que Gemma não conseguiu impedir Joanne de dar com a língua nos dentes – para fazer justiça a Gemma, só mesmo uma cirurgia daria um jeito nisso –, mas Gemma deve ter conseguido enfiar naquela cabeça dura de Joanne que, por mais sinistro que esse drama fosse, elas precisavam ser discretas quanto aos detalhes para o seu próprio bem.

Mas Julia não tinha como fazer esse alerta chegar a Finn. (*Oi, aqi a Jules! Lmbra q vc achou q eu stava usndo vc pra trnsar cm seu amigo? Sabe o q seria incrível? Vc não dzer nda disso pra plicia. OK? Valeu, bye!!*) Tudo o que ela podia fazer era cruzar os dedos, torcendo para que ele de algum modo descobrisse sozinho tudo aquilo que Holly tinha avisado para elas.

E esse é o tipo de situação que exige mais do que dedos cruzados. Um bando de idiotas do Columba enfrentando aqueles dois detetives. Claro que alguém ia acabar deixando escapar alguma coisa.

Ela não faz a menor ideia do que vai dizer quando eles vierem. Até onde possa ver, ela tem duas opções: desabafar dizendo que não era a única que estava se encontrando com Chris, ou negar tudo e torcer para seus pais lhe conseguirem um bom advogado. Há um mês ela teria dito, sem pestanejar, que preferia ser presa a trair Selena. Mas as coisas mudaram, sob aspectos ferozes e emaranhados que ela está tendo dificuldade para entender. Deitada acordada até tarde, repassa mentalmente cada perspectiva, tentando imaginar cada uma se desenrolando. As duas parecem impossíveis. Julia entende que isso não significa que elas não possam acontecer. O mundo inteiro se desfez e enlouqueceu, num palavreado incoerente.

No final da semana, ela acha que os policiais estão brincando com ela, esperando que o suspense a faça perder o controle. Está funcionando. Quando ela deixa cair uma pasta – ela e Becca estão nos fundos da biblioteca, apanhando pastas cheias de provas antigas de irlandês para a turma treinar com elas –, Julia leva um susto tremendo que a faz dar um pulo.

– Ei – diz Becca –, tudo bem.

– Na realidade, tenho inteligência suficiente para decidir sozinha se tudo está bem ou não – sussurra Julia, agressiva, recolhendo folhas empoeiradas do carpete cheio de estática. – E pode acreditar em mim, não está tudo bem.

– Jules – diz Becca, com delicadeza. – Está, sim, eu garanto. Tudo vai dar perfeitamente certo. – E ela passa o dorso dos dedos pelo ombro de Julia, descendo pelo braço, como alguém tentando acalmar um bichinho assustado.

Aprumando-se para lhe arrancar o couro, Julia dá com Becca olhando para ela com os olhos castanhos firmes, sem um sinal de estremecimento, até mesmo com um pequeno sorriso. É a primeira vez em semanas que ela olha direito para Becca. Julia nota que Becca está mais alta que ela e que, diferentemente de Selena, de Holly e, é claro, da própria Julia, Becca não está com uma péssima aparência. Pelo contrário: ela parece serena, luminosa, como se sua pele tivesse sido arrancada e refeita com uma substância mais densa e tão branca que é quase metálica, uma substância contra a qual você poderia estilhaçar as articulações dos dedos. Ela está linda.

A visão faz com que Julia se sinta ainda mais distante de Becca. Julia já não tem a energia necessária para arrancar o couro de ninguém. Ela só quer ficar sentada no carpete nojento, encostar a cabeça na estante e ficar ali muito tempo.

– Anda – diz ela, em vez disso, levantando uma braçada de pastas. – Vamos.

Depois de mais uma semana, ela se dá conta de que os policiais não virão. Finn não lhes entregou o nome dela. Ele poderia tê-lo usado para negociar uma redução de expulsão para apenas suspensão, atirando-o como isca para os policiais pararem de atacá-lo, mas não o fez.

Ela sente vontade de lhe mandar uma mensagem, mas qualquer coisa que diga pareceria *Ha-ha, vc tá na merda e eu não, seu babaca*. Sente vontade de perguntar aos amigos dele como ele está, mas ou ele contou tudo para eles e eles a detestam; ou não contou, e isso poderia gerar rumores; ou ainda eles poderiam contar para ele, e ele a odiaria ainda mais. E todo esse mal-entendido simplesmente se tornaria ainda mais virulento. Ela prefere, então, esperar que as outras durmam para se debulhar feito um bebê chorão a noite inteira.

Depois de duas semanas e meia, o centro do mundo está começando a se afastar de Chris Harper. O funeral terminou. Todas estão cansadas de falar dos fotógrafos do lado de fora da igreja, de quem chorou e de como Joanne desmaiou na hora da comunhão, precisando ser carregada para fora da igreja. O nome de Chris já saiu das primeiras páginas, aparecendo apenas numa eventual materiazinha enfiada num canto vazio que precisa ser preenchido. Os detetives sumiram, a maior parte do tempo. Faltam só alguns dias para os exames preliminares se abaterem sobre elas, e os professores ficam irritados, em vez de compreensivos, quando alguém atrapalha uma aula com uma explosão de choro ou ao ver o fantasma de Chris. Ele foi se afastando para um lado: está ali, o tempo todo, mas só é visto com o canto do olho.

A caminho do Palácio, à sombra de árvores infladas com o verde total do verão, Holly pergunta:

– Hoje de noite?

– Helloo? – diz Julia, levantando as sobrancelhas, com espanto. – Para dar de cara com uns dez coleguinhas do seu pai que estão ali só esperando que alguém seja de uma estupidez inacreditável? Fala sério.

Becca está pulando amarelinha sobre fendas na calçada, mas a chicotada na voz de Julia faz com que fique alerta. Selena continua andando, a cabeça inclinada para trás, o rosto voltado para a dança delicada das folhas. Holly está segurando seu cotovelo para se certificar de que ela não esbarre em nada.

– Não tem nenhum detetive. Meu pai está sempre se queixando de como ele não consegue autorização para mandar fazer vigilância nem em traficantes de peso. De jeito nenhum eles iam autorizar vigilância num colégio de *meninas*. Então, quem é que é de uma estupidez inacreditável?

– Bem, não é sinistro a gente ter uma especialista em procedimentos policiais à disposição? Imagino que nunca tenha lhe passado pela cabeça que talvez seu pai não lhe conte tudo.

Julia está lançando sobre Holly seu olhar mais feroz do tipo melhor-você-recuar; mas Holly não vai recuar de jeito nenhum. Está há semanas esperando por isso. É a única coisa que ela acha que talvez possa consertar a situação.

– Ele não precisa me *contar*. Eu tenho uma coisa chamada *cérebro*...

– Eu quero ir – diz Becca. – Estamos precisando.

– Vai ver que você está precisando ser presa. Juro por Deus que eu não.

– Nós precisamos, sim – diz Becca, insistente. – Olhe só pra você. Você está sendo insuportável. Se passarmos uma noite lá fora...

– Ai, por favor, não me venha com essa. Estou sendo insuportável porque essa ideia é idiota. Não vai se tornar nem um pouco menos idiota se nós...

Selena acorda.

– O que é idiota?

– Esquece – diz-lhe Julia. – Não importa. Volta aí pras suas nuvenzinhas cor-de-rosa...

– Ir lá fora hoje de noite – diz Becca. – Eu quero ir, e Hol também, mas Jules não quer.

Os olhos de Selena vão se deslocando lentamente na direção de Julia.

– Por que não? – pergunta ela.

– Porque, mesmo que os policiais não estejam vigiando o lugar, ainda assim é uma ideia burra. Vocês já perceberam que os exames preliminares *começam essa semana*? Vocês chegaram a ouvir os professores todo santo dia? "Ah, vocês precisam dormir; se não dormirem, não vão conseguir se concentrar e não vão poder estudar..."

Holly joga as mãos para o alto.

– Ai, meu Deus, desde quando você se importa com o que a irmã Ignatius acha que você devia fazer?

– Estou me lixando para a irmã Ignatius. Mas me importo, sim, se eu acabar estudando *bordado* no ano que vem, porque fui reprovada nos...

– Ah, é mesmo, por causa de uma hora numa noite, é bem capaz de você...

– Eu quero ir – diz Selena, que parou de andar.

As outras param também. Holly encara Julia e arregala os olhos, num aviso. Essa é a primeira vez em semanas que Lenie quis alguma coisa.

Julia respira como se tivesse mais um argumento pronto, o de maior peso. Então olha para elas três e volta a guardá-lo.

– OK – diz ela. Com a voz amortecida. – Tanto faz, acho. Só que, se não...

– Se não o quê? – pergunta Becca, depois de um instante.

– Nada – diz Julia. – Vamos lá.

– Oba! – diz Becca e dá um pulo para arrancar uma flor de um galho. Selena começa a andar e volta a ficar olhando as folhas. Holly a segura de novo pelo cotovelo.

Elas estão quase chegando ao Palácio. O aroma quente e açucarado de donuts vem até elas para lhes dar água na boca. Alguma coisa fisga Holly, no espaço macio entre onde seus seios estão crescendo, e puxa para baixo. De início, ela acha que está com fome. Leva um momento para compreender que é a sensação de perda.

Do lado de fora da janela delas, a lua está fina e corre impetuosa com fiapos de nuvens. Enquanto se vestem, seus movimentos estão cheios de lembranças de todas as outras vezes, com a primeira brincadeira meio séria de "não posso acreditar que estamos fazendo isso"; com a magia de uma tampa de garrafa flutuando acima da palma de uma das mãos; de uma chama a transformá-las em máscaras douradas. Quando levantam os capuzes e levam os sapatos nas mãos, quando descem a escada em câmera lenta, como bailarinas, elas sentem que aos poucos vão ficando animadas, sentem que o mundo floresce e estremece à espera delas. Um sorriso está fazendo subir o canto da boca de Lenie; no patamar, Becca mostra a palma das mãos para a janela iluminada de branco, como numa oração de ação de graças. Até mesmo Julia, que achava que estava acima dessas coisas, entrou no compasso: com a bolha de esperança se expandindo por dentro das suas costelas até doer, *E se, pode ser, vai ver que nós realmente podíamos...*

A chave não gira.

Elas se entreolham, sem entender nada.

– Me deixa tentar – sussurra Holly. Julia dá um passo atrás. O retumbar nos seus ouvidos está mais rápido.

Ela não quer girar.

– Trocaram a fechadura – diz Becca, baixinho.

– O que vamos fazer?

– Sair daqui.

– Vamos.

Holly não consegue tirar a chave do lugar.

– Anda, anda, anda, anda...

O pavor salta como um rastilho de pólvora entre elas. Selena está com a boca grudada no antebraço, para se manter em silêncio. A chave chocalha e arranha. Julia tira Holly da sua frente com um empurrão.

– Putz, será que você quebrou ela? – E agarra a chave com as mãos. No segundo em que parece que ela está realmente travada, todas elas quatro quase dão um grito.

E então ela se solta de repente, fazendo Julia cair para trás em cima de Becca. O baque, o sopro de alívio e a luta para manter o equilíbrio parecem altos o suficiente para acordar o colégio inteiro. Elas saem correndo, batendo os braços desajeitadas, escorregando nos pés só de meias, com os dentes à mostra de tanto medo. Entram no quarto, fechando a porta com força demais, arrancam as roupas e vestem os pijamas, pulam à procura das camas como bichos. Quando a monitora consegue se forçar a acordar e vem arrastando os pés pelo corredor para enfiar a cabeça em cada porta, elas já estão todas deitadinhas, com a respiração bem controlada. Para a monitora não faz diferença se elas estão fingindo ou não, desde que não estejam fazendo nada que possa lhe causar qualquer problema. Uma olhada naqueles rostos tranquilos, adormecidos, e ela boceja e fecha a porta de novo.

Nenhuma delas diz nada. Elas mantêm os olhos fechados. Ficam ali deitadas, imóveis, e sentem que o mundo se transformou ao redor e por dentro delas; sentem que as fronteiras se tornam sólidas; sentem que a vida selvagem ficou do lado de fora, para rondar pelos perímetros, até se esgarçar como alguma coisa imaginada, alguma coisa esquecida.

29

A noite tinha se tornado mais densa, amadurecendo com passinhos apressados e redemoinhos de cheiros, coisas que não poderíamos identificar. O luar caía sobre nós espesso o suficiente para nos encharcar.

– Você sacou aquilo, o que ela nos deu. Certo? – disse eu.

Conway estava indo depressa pelo caminho, com o pensamento saltando à sua frente naquela encosta para chegar a Rebecca.

– Saquei. Selena e Rebecca vão ao quarto buscar os instrumentos. Ou Rebecca está tão furiosa com Selena que esconde o celular do Chris para incriminar Selena, ou ela o entrega a Selena, tipo, aqui está, o celular do seu namorado morto, exatamente o que você sempre quis. E Selena o esconde para lidar com isso em outra hora.

Estávamos falando baixo. Atrás de qualquer árvore, podia haver garotas escondidas como caçadoras.

– Isso, e Holly está de fora. Rebecca estava trabalhando sozinha.

– Não. Holly podia ter escondido o celular do Chris, quando apanhou o de Selena.

– Mas por quê? Digamos que ela estivesse com o celular do Chris ou tivesse acesso a ele, por que não se livrar dele no recipiente de achados e perdidos, junto com o de Selena, se ela estava tentando afastar as suspeitas da sua galera? Ou, se estava tentando incriminar Selena, por que não deixar os dois celulares atrás da cama dela? Não há nenhum motivo pelo qual ela fosse querer fazer coisas diferentes com os dois celulares. Holly está de fora. – Umas duas horas tarde demais. Agora nós tínhamos em Mackey um inimigo, não um aliado.

Conway refletiu sobre isso durante dois passos rápidos e concordou em silêncio.

– Rebecca. Sozinha.

Pensei naquela criatura tripla, imóvel e vigilante. Sozinha parecia ser a palavra errada.

– Nós ainda não temos o suficiente contra ela – disse Conway. – É tudo circunstancial, e a promotoria não gosta disso. Especialmente quando se trata de uma menor. Ainda mais especialmente, quando se trata de uma menor rica.

– É circunstancial, mas é muita coisa. Rebecca tinha uma quantidade de motivos para estar furiosa com o Chris. Ela podia sair de noite. Foi vista com a arma no dia anterior ao homicídio. Ela é uma das duas únicas pessoas que poderiam ter posto o celular do Chris onde ele foi encontrado...

– Isso *se* você acreditar num monte de histórias contadas por meia dúzia de outras garotas que já mentiram pra nós até dizer chega. Em cinco minutos, um advogado de defesa competente vai provar a existência de dúvida razoável nisso tudo. Muitas garotas tinham razões melhores para sentir ódio do Chris. Outras sete podiam sair durante a noite, e essas são apenas as que nós sabemos. Como vamos provar que mais ninguém tinha descoberto onde a Joanne guardava a chave? Quanto ao celular do Chris, Rebecca ou Selena poderiam tê-lo encontrado onde quer que o assassino o largou e o malocaram atrás da cama enquanto resolviam o que fazer com ele.

– E o que Rebecca estava fazendo mexendo com a arma do crime?

– Gemma inventou essa. Ou Rebecca estava lá pra comprar drogas. Ou no fundo ela se interessa por jardinagem. A escolha é sua. – Os passos de Conway estavam ficando mais largos. A essa altura, eu sabia que isso era frustração. – Ou ela estava desbravando o terreno para Julia, Selena ou Holly. Nós sabemos que elas estão excluídas, mas não temos nada de concreto para comprovar. O que significa que não temos nada de concreto para provar que foi Rebecca.

– Precisamos de uma confissão – disse eu.

– É, seria fantástico. Você trate de colher uma dessas. E já que está com a mão na massa, aproveita e pega o resultado da loteria da semana que vem.

Não dei atenção a isso.

– Olha o que percebi a respeito de Rebecca: ela não está com medo. E deveria estar. Na situação dela, qualquer pessoa que não fosse idiota estaria paralisada de pavor, e ela não é nenhuma idiota. Mesmo assim, ela não tem medo de nós.

— E daí?

— E daí que ela deve achar que está a salvo.

Conway afastou um galho de cima do seu rosto.

— A droga é que está mesmo, a menos que nós consigamos alguma coisa espantosa.

— Vou lhe dizer a única vez que vi Rebecca apavorada. Na sala de convivência, quando todas estavam descontroladas por causa do fantasma. Nós ficamos tão ocupados com Alison que não prestamos atenção em Rebecca, mas ela estava aterrorizada. Nós não a assustamos. Não importa o que atiremos na direção dela, provas, testemunhas, nada a abala. O fantasma do Chris, sim.

— E daí? Vai querer se vestir com um lençol e agitar os braços para ela, escondido atrás de uma árvore? Porque juro por Deus que meu desespero está quase nesse ponto.

— Só quero falar com ela sobre o fantasma. Só falar com ela. Ver onde isso vai parar.

A ideia me ocorreu quando eu estava sentado na grama com a turma da Joanne: cada garota naquela sala tinha achado que Chris estava lá especialmente para ela. Rebecca sabia que era para ela.

Isso fez Conway olhar de relance para mim.

— Cuidado. Você pode se dar mal.

Se o fantasma conseguisse arrancar alguma coisa de Rebecca, mais adiante nós íamos ter de lutar por isso. A defesa alegaria, aos berros, que houve coação, intimidação, nenhum adulto adequado presente, tentaria estabelecer que qualquer coisa que ela tivesse dito era inadmissível. Nós alegaríamos que as circunstâncias eram prementes; que precisávamos tirar Rebecca do colégio, naquela noite. Poderia funcionar, ou não.

Se não conseguíssemos alguma coisa agora, não íamos conseguir nada, nunca.

— Vou tomar cuidado!

— OK — disse Conway. — Vá em frente. Deus sabe que não tenho nenhuma ideia melhor.

Àquela altura eu conhecia o som áspero na sua voz. Sabia que o melhor era não tentar tranquilizá-la.

– Valeu – disse eu.

– Certo.

Depois de uma curva no caminho, bem debaixo das árvores – pareceu como uma queda no nada, aquele passo para entrar no negrume raiado – senti o cheiro de cigarro. Poderia ter sido atrevimento de alunas, mas eu sabia.

Mackey, encostado numa árvore, a curva dos ombros e os tornozelos cruzados.

– Bela noite para aquilo – disse ele.

Nós freamos de repente, como adolescentes apanhados aos amassos. Fiquei vermelho. Senti que ele viu através da escuridão, achando graça.

– Crianças, bom ver que vocês dois acertaram os pontos. Eu me perguntava se isso seria possível. Estão se divertindo?

Por trás do seu ombro, o canteiro de jacintos. As flores luziam com um branco azulado como se fossem iluminadas por dentro. Atrás do canteiro, mais acima na encosta, Selena e Rebecca estavam com a cabeça encurvada e próxima uma da outra. Mackey estava ali, de guarda.

– Nós gostaríamos que você entrasse e ficasse com sua filha. Assim que pudermos, voltaremos a vocês.

O cigarro preso entre os dedos dava a impressão de que a brasa estava acesa dentro do seu punho negro.

– Foi um dia cansativo. E, vamos ser justos, essas meninas não são mais que crianças. Elas estão destroçadas, estressadas e tudo o mais. Não estou tentando ensinar padre-nosso ao vigário, Deus me livre, mas só estou dizendo que não daria muito valor a nada que consigam arrancar delas a essa altura. Um júri não daria.

– Holly não é suspeita do homicídio – disse eu.

– Não? É bom saber.

A fumaça espiralava através das tiras de luar. Ele não acreditava em mim.

– Conseguimos novas informações – disse Conway. – Elas apontam em outra direção.

— Parabéns. E de manhã, vocês podem sair galopando aonde quer que essas informações os levem. Agora é hora de ir para casa. Parar num bar no caminho, tomar uma boa cerveja para comemorar o início de uma bela amizade.

Atrás dele, uma sombra se esgueirou das árvores e se encaixou no lugar ao lado de Selena. Julia.

— Nós ainda não terminamos aqui – disse Conway.

— Terminaram, sim, detetive.

Voz suave, mas o brilho metálico nos seus olhos... Mackey estava falando sério.

— Andei colhendo algumas informações por mim mesmo. Três garotas lindas me viram perambulando à procura de vocês dois e me chamaram. – Aquela mão escura com o cerne aceso, levantando-se para apontar para mim. – Detetive Moran. Você não andou se comportando.

— Se alguém tiver um problema com o detetive Moran, deverá levar o caso ao superintendente dele. Não a você.

— É, mas a verdade é que elas vieram a mim. Acho que posso convencê-las de que o detetive Moran no fundo não tentou seduzir suas pessoinhas irresistíveis e que uma delas, loura, magricela, sem sobrancelhas, no fundo não teve a impressão de que sua virtude estivesse correndo um risco iminente. Mas para isso vocês vão precisar sair da minha frente e me deixar agir em paz. Fui claro?

— Posso cuidar de mim mesmo. Mesmo assim, agradeço – disse eu.

— Eu gostaria de concordar com você, garoto. Gostaria, sim.

— Se eu estiver errado, o problema não é seu. E não é você que determina com quem nós podemos falar.

As palavras pareceram estranhas e fortes, saindo de mim, fortes como árvores. O ombro de Conway estava encostado no meu, emparelhado e sólido.

Espanto na sobrancelha de Mackey, numa faixa de claridade.

— Uuuu, entendi. Você ficou tão machão assim sozinho ou aprendeu com sua nova amiga?

— Sr. Mackey – disse Conway. – Deixe-me explicar o que vai acontecer agora. O detetive Moran vai conversar com essas três meninas. Eu vou ficar observando, sem abrir a boca. Se conseguir agir da mesma forma, fique à vontade. Se não conseguir, caia fora e nos deixe fazer nosso trabalho.

A sobrancelha permaneceu arqueada.

– Não diga que não o avisei – disse ele para mim.

Sobre Conway, sobre o que Joanne poderia fazer, sobre o que ele faria. Ele estava com a razão, quanto a cada caso. E – que cara! – estava me dando uma última chance de ser legal, pelos velhos tempos.

– Não vou dizer – respondi. – Dou minha palavra, cara. Eu nunca ia alegar que você não me avisou.

Um rápido sopro de riso de Conway. Depois, nós dois demos as costas a Mackey e atravessamos o ar sufocante dos jacintos, subindo na direção da clareira.

Debaixo dos ciprestes, Conway parou. Ouvi o passo longo e tranquilo de Mackey alcançar o dela, senti que ela estendeu um braço: paramos por aqui.

Ele parou porque ia parar de qualquer maneira. Se qualquer coisa levasse um centímetro que fosse para o lado de Holly, Conway não conseguiria retê-lo.

Saí das árvores para a clareira e me postei diante daquelas três garotas.

A lua desnudou meu rosto para elas. Fez com que ficassem no escuro, invisíveis, iluminando seu contorno, como uma enorme runa branca escrita no ar. Joanne e sua turma eram perigosas, muito perigosas. Mas não eram nada em comparação com aquilo ali.

Eu pigarreei. Elas não se mexeram.

– Vocês não precisam estar dentro do prédio para o toque de silêncio?

Minha voz saiu fraca, um fiapo sem energia.

– Vamos daqui a um minuto – disse uma delas.

– Certo. Ótimo. Eu só queria dizer... – De um pé para o outro, fazendo o capim alto farfalhar. – Obrigado por toda a sua ajuda. Foi importante. Realmente fez diferença.

– Cadê a Holly? – perguntou uma voz.

– Está lá dentro.

– Por quê?

Eu me torci.

– Ela está um pouco abalada. Quer dizer, está bem, mas aquela coisa lá na sala de convivência, com o... vocês sabem, o fantasma do Chris.

– Não havia nenhum fantasma – disse a voz de Julia. – Aquilo lá foi só o pessoal querendo receber atenção.

Um movimento, por baixo das curvas daquela runa.

– Eu o vi – disse a voz de Selena, baixinho.

Outro movimento, mais rápido e interrompido. Julia tinha dado em Selena um chute, uma cotovelada, alguma coisa.

– Rebecca? – perguntei. – E você?

Um instante depois, de dentro da escuridão: – Eu o vi.

– Viu? O que ele estava fazendo?

Mais uma ondulação percorreu a runa, mudando o significado em termos sutis que eu não pude interpretar.

– Ele estava falando. Depressa, numa tagarelice, como se nunca parasse para respirar. Acho que não precisa.

– O que ele estava dizendo?

– Não deu pra eu saber. Eu estava tentando fazer uma leitura labial, mas ele falava rápido demais. Uma hora ele... – a voz de Rebecca se partiu com um arrepio – ... ele riu.

– Você saberia dizer com quem ele estava falando?

Silêncio. E então com uma voz tão baixa que eu teria deixado de ouvir, só que meus ouvidos estavam totalmente abertos, como os de um bicho: – Comigo.

Uma inspiração ínfima, quase abafada, vinda de outro lugar naquela condensação escura.

– Por que você? – perguntei.

– Já lhe disse. Não consegui ouvir.

– Hoje de manhã você disse que vocês não eram amigos.

– Não éramos mesmo.

– Então, não é como se ele sentisse tanta falta de você que precisasse voltar para lhe dizer isso.

Nada.

– Rebecca.

– Vai ver que não, acho. Eu não sei.

– Não que ele estivesse apaixonado por você em segredo, certo?

– Não!

– Você sabe como você estava, lá dentro? Apavorada. Tipo, apavorada de verdade.

– Eu vi um fantasma. Você também ficaria apavorado.

O reflexo grosseiro do desafio. Agora ela não parecia um mistério, não parecia um perigo. Parecia uma criança, uma adolescente. O poder estava escondendo dela; o medo estava se infiltrando.

– Pare de falar com ele – disse Julia.

– Você achou que ele ia ferir você? – perguntei.

– Como eu ia saber?

– Becs. *Cala a boca*.

Não havia como saber se Julia estava só desconfiada ou se estava começando a compreender.

– Mas – disse eu, depressa –, mas Rebecca, eu achei que você gostava do Chris. Você nos disse que ele era confiável. Foi uma mentira? No fundo ele era um sacana?

– Não. Não era. Ele era *generoso*.

Aquela explosão de desafio de novo, mais quente. Isso fazia diferença para ela.

Dei de ombros.

– Pelo que soubemos, ele parece um sacana. Usava as garotas para o que conseguisse e as dispensava assim que não conseguia o que queria. Uma verdadeira pérola.

– *Não*. O Columba está cheio de caras desse tipo. Eles não estão nem aí para o que destruírem; fazem qualquer coisa com qualquer uma desde que consigam o que querem. Conheço a diferença. O Chris não era assim.

O contorno branco se mexeu. Coisas estavam crescendo ali embaixo, borbulhando.

Rebecca as percebeu.

– Eu sei das coisas que ele fazia. *É claro* que sei que ele não era perfeito. Mas não era como os outros.

Um engasgo tosco que poderia ter sido uma risada, de Julia.

– Lenie. Ele não era. Era?

Selena se mexeu.

— Ele era muitas coisas — disse ela.

— *Lenie*.

Elas tinham se esquecido de mim.

— Ele queria não ser igual a eles — disse Selena. — E se esforçava mesmo. Não sei até que ponto deu resultado.

— Deu resultado. — A voz de Rebecca estava entrando numa espiral rumo ao pânico. — Funcionou, sim.

Aquele som feio e retorcido mais uma vez, de Julia.

— Funcionou. *Funcionou*.

Um rangido às minhas costas, o chicotear de um galho. Alguma coisa estava acontecendo. Eu não poderia dizer o quê, não podia me dar ao luxo de me virar. Tinha de confiar em Conway e seguir em frente.

— Então por que você sentiu tanto medo do fantasma? Por que ele ia querer atingir você, se o Chris nunca teria feito isso?

— Especialmente — disse Julia — porque ele nem mesmo é *real*. Becca? Helloo? Eles fizeram você imaginar o fantasma como alguma coisa saída de *A profecia*. Se, em vez disso, você resolver imaginá-lo como uma tartaruga roxa, é isso o que vai ver. Helloo!

— Helloo pra você. Eu o vi...

— Rebecca. Por que ele ia querer atingir você?

— Porque os fantasmas têm raiva. Vocês mesmos disseram isso, está lembrado? Hoje de tarde? — Mas o pânico estava dominando cada vez mais a voz de Rebecca. — De qualquer maneira, ele *não* me feriu.

— Dessa vez, não. E da próxima? — perguntei.

— Quem diz que vai haver uma próxima?

— Eu digo. O Chris tinha alguma coisa a dizer pra você, alguma coisa que ele quer de você, e não conseguiu se comunicar. Ele vai voltar. Repetidamente, até conseguir o que quer.

— Ele não vai voltar. Hoje foi porque vocês estavam aqui: vocês fizeram com que ele ficasse todo...

— Selena — disse eu. — Você sabe que ele estava lá. Quer nos dizer se acha que ele vai voltar?

No silêncio que foi caindo devagar, ouvi alguma coisa. Murmúrio de vozes, lá no pé da encosta. Um homem. Uma garota.

Mais perto, nos ciprestes atrás de mim: um som como a primeira respiração abafada de um rugido. Conway, movimentando-se entre os galhos para encobrir as vozes.

– Selena – disse eu –, o Chris vai voltar?

– Ele está por aí o tempo todo – disse Selena. – Mesmo quando não o vejo, consigo sentir sua presença. Eu o *ouço*, como um zumbido bem dentro da parte de trás das minhas orelhas, como quando a televisão está sem som. O tempo todo.

Acreditei nela. Acreditei em cada palavra.

– O que ele quer? – perguntei, ouvindo a nota rouca na minha voz.

– No princípio, eu tinha certeza de que ele estava me procurando. Ai, meu Deus, eu me esforçava tanto, mas nunca conseguia fazer com que ele me visse. Ele nunca me ouvia. Eu implorava, dizendo *Chris, estou aqui, bem aqui* mas ele simplesmente olhava através de mim e continuava a fazer o que estivesse fazendo. Tentei segurá-lo, mas ele só se dissolveu antes que eu pudesse...

Um lamento agudo de Rebecca.

– Achei que era porque não tínhamos permissão, como um castigo, que íamos procurar um pelo outro para sempre, mas sem nunca ter a chance de... Mas é porque não é a mim que ele procura. Aquele tempo todo...

– Cala a boca – disse Julia.

– Aquele tempo todo, ele nunca esteve procurando por...

– Puta merda, dá pra *calar* essa boca?

Alguma coisa como um soluço, de Selena. Depois nada. O ruído baixo em meio aos ciprestes vibrou no ar e sumiu, uma pedra num laguinho frio. As vozes no pé da encosta sumiram junto.

– Lenie, o que ele quer? – perguntou Rebecca, no espaço vazio.

– Caramba, será que a gente pode *por favor* falar sobre isso depois? – disse Julia.

– Por quê? Eu não tenho medo *dele*. – De mim.

– *Dã*, então começa a prestar atenção. Ele é a única coisa de que a gente precisa ter medo. Não existe mais nada. Essa palhaçada de fantasma...

– Lenie. O que você acha que ele, o Chris, quer?

– Putz, ele nem mesmo *existe*. O que eu preciso *fazer*...

Garotas discutindo, era isso o que elas pareciam. Só isso. Não como a turma de Joanne, bicadas e zombarias baratas aos montes, cada palavra e cada pensamento totalmente desgastados antes que se chegasse a eles. Não era assim. Mas também não eram as garotas encantadas, que subiam em meio ao volteio de arpejos dourados, que bem naquela manhã eu tinha tido a esperança de ver. O que eu tinha visto antes, aquele poder triplo, aquilo tinha sido o último bruxuleio de alguma coisa perdida havia muito tempo. Luz de uma estrela morta.

– Lenie. Lenie. É a mim que ele está procurando?

– Eu queria tanto que fosse a mim – disse Selena.

A runa tremeluziu e se encolheu. Um fragmento se soltou daquela massa escura e compacta, encontrando uma forma própria: Rebecca. Magra como uma lasca, ajoelhada na grama.

– Eu não achei que era o Chris – disse ela para mim.

– O fantasma? – perguntei.

Rebecca fez que não.

– Não – disse ela, simplesmente –, quando mandei a mensagem para ele vir me encontrar aqui. Eu não sabia quem ia ser. Teria apostado qualquer coisa que não seria o Chris.

– Ai, Becs – disse Julia. Parecia que ela estava toda dobrada depois de levar um murro na barriga. – Ai, Becs.

Da sombra dos ciprestes atrás de mim, Conway falou:

– Você não é obrigada a dizer nada a não ser que queira dizer; mas qualquer coisa que diga será registrada por escrito e poderá ser usada como prova. Entendeu?

Rebecca fez que sim. Ela parecia congelada até os ossos, com frio demais até mesmo para tremer.

– Quer dizer que, quando você chegou aqui naquela noite – disse eu –, estava esperando encontrar um dos sacanas.

– É. Andrew Moore, podia ser.

– Quando viu o Chris, você não resolveu pensar melhor, não?

– Você não entende – disse Rebecca. – Não foi assim. Eu não estava tentando raciocinar, "Será que estou certa, será que estou errada, o que eu deveria fazer?" Eu *sabia*.

E ali estava a razão pela qual ela não tinha ficado com medo de Conway e Costello, pela qual ela não tinha sentido medo de nós. Durante o longo percurso desde aquela noite até esta noite – e nesta noite alguma coisa tinha mudado – ela sempre soube que estava a salvo, porque sabia que estava com a razão.

– Mesmo quando viu que era o Chris? – disse eu. – Você continuou decidida?

– Principalmente nessa hora. Foi aí que saquei. Até aquele instante, eu tinha entendido ao contrário. Todos aqueles idiotas safados, James Gillen e Marcus Wiley, nunca poderia ter sido eles. Eles não eram nada. Não valiam absolutamente nada. Não se pode fazer um sacrifício de alguma coisa sem valor. Tem que ser alguma coisa boa.

Mesmo àquela luz, pude ver o tremor das pálpebras de Julia, encobrindo os olhos. O sorriso triste, triste, de Selena.

– Como o Chris – disse eu.

– É. Ele tinha seu valor. Não me importo com o que vocês digam – disse ela para os vultos escuros de Julia e Selena –, ele tinha, sim. Ele era especial. Por isso, quando o vi, foi aí que compreendi mesmo: eu estava entendendo direito.

Aquelas vozes de novo, de lá do pé da encosta. Aumentando o volume.

– Isso não perturbou você? – perguntei rápido e um pouquinho mais alto. – Algum sacana que merecia um castigo é uma coisa. Mas um cara de quem você gostava, um cara legal? Isso não abalou você?

– É – disse Rebecca. – Se a escolha tivesse sido minha, eu teria preferido outra pessoa. Mas teria sido um erro.

Preparando-se para uma defesa por incapacidade mental, eu teria pensado, se ela fosse mais velha ou mais experiente. Se estivéssemos entre quatro paredes, eu teria pensado que não havia nenhuma armação, apenas insanidade pura e simples. Mas ali, nos rodopios e escorregadas luminosas do seu mundo, naquele ar denso de perfumes e estrelas, por um segundo eu quase entendi o que ela queria dizer. Segurei a orla do entendimento, que resvalou pela ponta dos meus dedos, até se soltar e alçar voo para as alturas distantes.

– Foi por isso que lhe deixei as flores – disse Rebecca.

– Flores – repeti. Em tom bem neutro. Como se o ar não tivesse saltado ao meu redor, começando a zumbir.

– Aquelas. – Seu braço se ergueu, fino como uma pincelada escura, apontando para os jacintos.

– Apanhei algumas delas. Quatro, uma para cada uma de nós. E as coloquei no peito dele. Não para pedir perdão, nem nada. Não foi assim. Só como uma despedida. Para dizer que nós sabíamos que ele tinha seu valor.

Somente o assassino tinha conhecimento daquelas flores. Senti, mais do que ouvi, Conway dar um longo suspiro, que foi se espraiando pela clareira.

– Rebecca – disse eu, com delicadeza. – Você sabe que nós precisamos prendê-la, certo?

Rebecca ficou olhando, de olhos arregalados.

– Não sei como é isso.

– Não tem problema. Nós vamos orientar todas as etapas. Vamos providenciar uma pessoa para cuidar de você até seus pais poderem chegar aqui.

– Eu não achei que isso fosse acontecer.

– Eu sei. Mas neste momento, tudo o que você precisa fazer é vir aqui, para nós entrarmos no prédio da escola.

– Eu não posso.

– Antes, nos deem um minuto – disse Selena. – Só um minuto.

Ouvi Conway puxar o ar para dizer *Não*.

– Não custa nada. Mas vai ser só um minuto.

– Becs – disse Selena, com a voz baixinha. – Vem cá.

Rebecca se voltou na direção da voz, com as mãos estendidas, e sua cabeça se curvou de volta àquele vulto escuro. Os braços envolveram os ombros das outras, como asas, apertando mais a roda, como se elas estivessem tentando se fundir em uma coisa única que nunca pudesse ser dividida. Eu não saberia dizer qual delas soluçava.

Passadas atrás de mim, correndo, e dessa vez eu podia me virar. Holly, com o cabelo se espalhando a partir do rabo de cavalo, subindo a encosta em enormes pulos desesperados.

Atrás dela, e dando tempo ao tempo, vinha Mackey. Ele a tinha visto vindo, descido pelo caminho para manter a filha lá o máximo que conseguisse. Tinha deixado a mim e a Conway aqui para fazer o que fosse que íamos fazer. No final, por seus próprios motivos, ele tinha decidido que valia a pena confiar em mim.

Holly passou por Conway como se ela não fosse nada, chegou à borda da clareira e viu as outras três. Estancou como se tivesse trombado com um muro de pedra.

– O que aconteceu? – disse, com a voz enlouquecida.

Conway ficou de boca fechada. Isso me cabia.

– Rebecca acabou de confessar que matou Chris Harper – disse eu, baixinho.

Holly mexeu com a cabeça, num recuo às cegas.

– Qualquer um pode confessar qualquer coisa. Ela disse isso porque estava com medo de vocês me prenderem.

– Você já sabia que tinha sido ela – disse eu.

Holly não negou. Não perguntou o que aconteceria com Rebecca depois. Não precisava perguntar. Não se jogou sobre as outras, não correu para os braços do papai. Ele conseguiu não se aproximar dela. Ela só ficou ali em pé, olhando para as amigas imóveis na grama, com a mão encostada a uma árvore como se a árvore a estivesse mantendo em pé.

– Se hoje de manhã você soubesse – disse eu –, nunca teria me trazido aquele cartão. Quem você achava que tinha sido?

Holly falou, e sua voz estava cansada e oca demais para quem tem 16 anos.

– Sempre achei que fosse a Joanne. É provável que não ela mesma. Achei que ela forçou alguém a fazer para ela. Quem sabe, Orla? É Orla quem faz todo o serviço sujo para ela. Mas achei que a ideia era dela. Porque o Chris lhe deu um chute.

– E então você imaginou que Alison, ou Gemma, descobriu, não aguentou a pressão, pôs o cartão no quadro.

– Acho. É. Tanto faz. A Gemma não, mas esse é o tipo de coisa tão-idiota-que-não-dá-pra-acreditar, que a Alison faria.

– Por que você não disse tudo isso ao detetive Moran logo de cara? Por que nos fez dar voltas feito malucos o dia inteiro?

Holly olhou para Conway como se só a ideia de toda aquela burrice lhe desse vontade de dormir um ano inteiro. Ela apoiou as costas no tronco da árvore e fechou os olhos.

– Você não queria ser um dedo-duro – disse eu.

Um farfalhar por trás dela, forte e depois nada, quando Mackey se mexeu.

– De novo – disse Holly, ainda de olhos fechados. – Eu não queria ser um dedo-duro de novo.

– Se você tivesse me contado tudo o que sabia, era provável que acabasse precisando depor no processo, e todas as outras alunas teriam descoberto que foi você quem dedurou. Mas você ainda queria que o assassino fosse apanhado. Aquele cartão foi a oportunidade perfeita. Você não precisava me dizer nada. Só me apontar a direção certa e torcer para funcionar.

– Na última vez, você não era *burro* – disse Holly. – E também não agia como se qualquer pessoa com menos de 20 anos fosse burra. Achei que, se eu conseguisse trazer você aqui pra dentro...

– E você estava certa – disse Conway.

– É – concordou Holly. A expressão do seu rosto voltado para o céu teria partido o coração de qualquer um. Eu não conseguia olhar para Mackey. – Não sou o máximo?

– Como você descobriu que no final das contas não era a Joanne? Quando chegamos para levar você para a sala de artes, você já sabia. O que aconteceu?

Holly levantou e abaixou o peito.

– Foi quando aquela lâmpada explodiu – disse ela – que eu soube.

– É? Como?

Ela não respondeu. Tinha terminado.

– Amorzinho – disse Mackey. Sua voz estava com um tipo de delicadeza que nunca imaginei que pudesse emanar dele. – Foi um dia muito, muito longo. Hora de ir pra casa.

Os olhos de Holly se abriram. Ela falou para ele, como se mais ninguém existisse.

– Você achou que tinha sido eu. Você achou que eu matei o Chris.

O rosto de Mackey se fechou.

– A gente conversa sobre isso no carro – disse ele.

– O que eu fiz na minha vida, tipo, um dia que fosse, na minha vida inteira pra você achar que eu mataria alguém?

– Para o carro, amorzinho. Agora.

– Você simplesmente imaginou que, se alguém me irritasse, eu esmagaria a cabeça da criatura, porque sou sua filha e isso está no nosso sangue. Eu não sou só *sua filha*. Sou uma pessoa de verdade. Com minha própria personalidade.

– Eu sei.

– E você me manteve lá embaixo para eles poderem fazer a Becca confessar. Porque sabia que, se eu subisse aqui, não ia deixar ela falar. Você me fez deixá-la aqui até ela... – Sua garganta se fechou.

– Estou lhe pedindo – disse Mackey – como um favor especial. Vamos pra casa. Por favor.

– Não vou a lugar nenhum com você – disse Holly. Ela foi se endireitando, uma articulação de cada vez e saiu da sombra dos ciprestes. Mackey respirou rápido para chamá-la, mas resolveu se conter. Conway e eu tivemos o bom senso de não olhar para ele.

No centro da clareira, Holly se deixou cair de joelhos na grama. Por um segundo, achei que as outras fossem se fechar de costas para ela. Mas então elas se abriram como um quebra-cabeça, com os braços se desdobrando, se estenderam para puxá-la para dentro e se fecharam em torno dela.

Uma ave noturna cruzou feito um espectro o céu acima da clareira, com um grito alto, arrastando acima de nós uma escura teia de sombra. Em algum lugar uma campainha tocou estridente: hora de dormir. Nenhuma das garotas se mexeu. Nós as deixamos ali todo o tempo que pudemos.

Esperamos no gabinete de McKenna pela assistente social que viria para levar Rebecca. Por um crime diferente, nós poderíamos tê-la deixado sob a custódia de McKenna, deixado que ela passasse uma última noite no Kilda. Não para esse. Ela passaria a noite, no mínimo, num reformatório de menores. Sussurros se acumulando em torno da nova garota, olhos sondando, em busca de pistas de onde ela se encaixaria e do que poderiam fazer com ela: no fundo, por baixo dos lençóis grosseiros e do cheiro forte de desinfetante, não seria assim tão diferente daquilo a que ela estava habituada.

McKenna e Rebecca estavam sentadas uma de frente para a outra, com a mesa de trabalho no meio. Conway e eu estávamos ali parados, no vácuo. Nenhum de nós falava. Conway e eu não podíamos, para que nada pudesse ser interpretado como interrogatório. McKenna e Rebecca não falavam, tomando cuidado ou porque não tinham nada a nos dizer. Rebecca estava sentada com as mãos unidas, como uma freira, o olhar perdido lá fora, através da janela, tão concentrada em pensar que às vezes parava de respirar. Em determinado momento ela estremeceu, de corpo inteiro.

McKenna não sabia que expressão usar para qualquer um de nós. Por isso, manteve os olhos baixos sobre as mãos juntas com os dedos entrelaçados, no tampo da mesa. Tinha aplicado mais uma camada de maquiagem, mas ainda parecia ser dez anos mais velha do que de manhã. Também o gabinete parecia mais velho, ou de um tipo diferente de velho. O sol lhe emprestara uma luminosidade lenta e voluptuosa, preenchera cada arranhão com um segredo sedutor e tornara cada partícula de poeira uma lembrança sussurrante. À luz mesquinha da lâmpada no teto, o lugar parecia simplesmente desgastado.

A assistente social – não a daquela manhã, uma diferente, gorda em camadas moles como se fosse feita de panquecas empilhadas – não fez perguntas. Pelos seus olhares rápidos e furtivos, dava para ver que seu trabalho a levava mais a conjuntos de apartamentos com cheiro de mijo do que a lugares como esse aqui. Mas ela só disse: – Bem! Está na hora de nós irmos dormir. Vamos – e segurou a porta aberta para Rebecca.

– Não me chame de *nós* – disse Rebecca. Ela se levantou e se encaminhou para a porta, sem olhar nem de relance para a assistente social, que estava estalando a língua e abaixando os queixos.

À porta, ela se virou.

– Vai sair em todos os noticiários – disse ela para Conway –, não vai?

– Eu não ouvi você informar a menina dos seus direitos – disse a assistente social, agitando um dedo na direção de Conway. – Você não pode usar nada que ela diga. – E para Rebecca: – Nós precisamos nos manter bem quietinhas agora. Como dois camundongos.

– A imprensa não revelará seu nome – disse Conway. – Você é menor.

Rebecca sorriu como se nós fôssemos as crianças ali.

– A internet não vai se importar com minha idade – salientou ela. – A Joanne não vai se importar, no exato instante em que entrar online.

McKenna falou para todos nós, a voz só um pouco alta demais.

– Todas as alunas e toda a equipe deste colégio receberão instruções rigorosas de não levar ao conhecimento público nenhum dos acontecimentos do dia de hoje. Na internet ou fora dela.

Todos nós deixamos um segundo para essa mensagem ser captada. Quando esse segundo se passou, Rebecca falou.

– Se alguém procurar meu nome, tipo daqui a cem anos, vão encontrar o meu e o do Chris. Juntos.

Aquele arrepio de novo, forte como uma convulsão.

– Agora o caso vai estar nas manchetes por uns dias – disse Conway. – Mais uns dias, depois. – Ela não disse *durante o julgamento*. – E então sairá do ar. Na internet vai desaparecer ainda mais rápido. Basta uma celebridade transando com a pessoa errada, e isso aqui passa a ser notícia velha.

Isso fez crispar o canto da boca de Rebecca.

– Não tem problema. Não me importo com a opinião das pessoas.

– Então o quê? – disse Conway.

– Rebecca – disse McKenna –, você pode falar com os detetives amanhã. Quando seus pais tiverem providenciado um advogado para acompanhar o caso.

Rebecca, magra no espaço inclinado do vão da porta, onde uma virada de lado a faria desaparecer na escuridão insondável do corredor.

– Achei que eu estava livrando a gente dele. Livrando a Lenie dele, para ela não ficar presa a ele para sempre. E em vez disso, eu fiquei. Quando vi o Chris, lá na sala de convivência...

– Eu já falei pra ela – disse a assistente social, com a boquinha crispada. – Vocês todos me ouviram falar com ela.

– Então isso deve querer dizer que eu agi errado. Não sei como, porque eu tinha certeza, eu tinha tanta...

– Não posso forçar a garota a se calar – disse a assistente social a quem quer que lhe desse ouvidos. – Não posso *amordaçar* a criatura. Não faz parte da minha função.

— Mas ou bem eu entendi errado, ou bem eu entendi certo e isso não faz diferença: eu devo ser punida de qualquer modo. — A palidez do seu rosto borrava a nitidez das feições, como uma aquarela escorrida. — Será que pode funcionar desse modo? O que você acha?

Conway levantou as mãos.

— Tudo isso está fora da minha alçada.

Se uma multidão de perigos surgir, / Ainda pode a amizade não se importar. Naquela tarde eu tinha interpretado esses versos do mesmo modo que Becca. Em algum ponto do caminho, tudo tinha mudado.

— É, acho que poderia — disse eu.

Rebecca virou o rosto para mim. Parecia que eu tinha acendido alguma coisa dentro dela: um alívio profundo e demorado. — Você acha?

— Acho. Aquele poema que você tem na parede, ele não quer dizer que nada de ruim poderá acontecer um dia se você tiver bons amigos. Ele só quer dizer que você conseguirá enfrentar qualquer coisa que dê errado, desde que os tenha. Eles são mais importantes.

Rebecca refletiu sobre isso, nem mesmo sentiu como a assistente social estava louca para sair dali. E fez que sim.

— Não pensei nisso no ano passado. Acho que eu era só uma criancinha.

— E se você soubesse, faria tudo de novo? — perguntei.

Rebecca riu para mim. Uma risada de verdade, tão cristalina que dava arrepios; uma risada que dissolveu as paredes exaustas, que fez a mente de cada um ir se desenrolando pela enorme noite adentro. Suas feições já não estavam apagadas. Ela era a coisa mais sólida no recinto.

— É claro — disse ela. — Seu bobo, é claro que eu faria.

— *Muito bem* — disse a assistente social. — Chega. Nós vamos dar boanoite agora. — Ela agarrou Rebecca pelo bíceps, com um beliscãozinho cruel daqueles dedos grossos, mas Rebecca não se encolheu. E a empurrou pela porta afora. O ruído dos seus passos foi se dissipando: o matraquear da assistente social emputecida e o som dos tênis de Rebecca, quase leve demais para se ouvir, até sumirem.

— Nós também estamos indo — disse Conway. — Estaremos de volta amanhã.

McKenna virou a cabeça para olhar para nós como se seu pescoço estivesse dolorido.

— Tenho certeza de que estarão.

— Se os pais dela entrarem em contato, você já tem nossos números. Se Holly, Julia e Selena precisarem de qualquer outra coisa do quarto, você está com a chave. Se qualquer uma tiver qualquer coisa a nos dizer a qualquer hora da noite, por favor certifique-se de que tenham a oportunidade.

— Vocês deixaram tudo sobejamente claro — disse McKenna. — Creio que agora podem sair tranquilos.

Conway já estava se movimentando. Eu fui mais lento. McKenna tinha se tornado tão comum: simplesmente como uma amiga da minha mãe, esgotada por um marido beberrão ou por um filho encrenqueiro, tentando encontrar um jeito de atravessar a noite.

— Como você nos disse mais cedo, este colégio já sobreviveu a muita coisa.

— É verdade — disse McKenna. Ela ainda tinha forças para um último murro: aquele olhar de peixe surgiu e me atingiu direto, mostrando exatamente como ela transformava adolescentes atrevidas em crianças receosas.
— E, embora eu aprecie sua preocupação tardia, detetive, tenho plena certeza de que ele sobreviverá mesmo a uma ameaça tão impressionante quanto vocês.

— Pôs você no devido lugar — disse Conway, quando já estávamos a uma distância segura, no corredor. — E bem feito, pra você deixar de ser puxa-saco. — Então a escuridão encobriu seu rosto e sua voz. Eu não poderia dizer até que ponto ela estava brincando.

Nós, deixando o Santa Kilda. A curva do corrimão morna ao meu toque. O saguão de entrada, faixas inclinadas de branco se derramando pelas bandeiras sobre o piso axadrezado. Nossos passos, o retinir cristalino das chaves do carro de Conway, penduradas no seu dedo, as badaladas lentas e distantes de um grande relógio batendo a meia-noite, em algum lugar, tudo isso subindo em espiral pelo ar parado na direção do teto invisível. Por um último segundo, o lugar ao qual tínhamos chegado naquele dia de manhã se materializou para mim a partir da escuridão: belo; espiralado e esculpido em madrepérola e névoa; inatingível.

A caminhada até o carro foi interminável. A noite estava plena, transbordando de si mesma, cheirando a flores tropicais famintas, excrementos de animais e água corrente. O terreno do colégio tinha se tornado rebelde: cada lampejo do luar numa folha dava a impressão de que eram dentes brancos à mostra; a árvore acima do carro parecia lotada de criaturas da sombra, suspensas, prontas para cair. Cada som me fazia olhar para trás, sobressaltado, mas nunca havia nada a ver. O lugar só estava zombando ou avisando, me mostrando quem mandava ali.

Quando por fim bati a porta, já dentro do carro, eu estava suando. Achei que Conway não tivesse percebido, até ela falar.

– Putz, como estou feliz de sair desse lugar!

– É – comentei. – Eu também.

Nós devíamos estar fazendo "toca aqui", andando com arrogância, nas alturas. Mas eu não sabia como encontrar aquela sensação. Tudo o que conseguia ver era a expressão no rosto de Holly e no de Julia, vendo a última sombra de alguma coisa desejada e perdida; o azul distante dos olhos de Selena, observando coisas que eu não podia ver; o riso de Rebecca, cristalino demais para ser humano. Fazia frio no carro.

Conway virou a chave, engatou a ré e saiu dali veloz. Seixos voaram quando ela chegou à entrada de carros.

– Vou começar o interrogatório amanhã às nove. Na Homicídios. Prefiro ter você como apoio a qualquer um daqueles sacanas da divisão.

Roche e todos os outros, pondo mais uma ferroada nos seus golpes agora que Conway tinha finalmente conseguido resolver um caso importante. Deveriam ser tapinhas nas costas e cervejas por conta, parabéns e seja bem-vinda ao clube. Não seria. Se eu quisesse um dia fazer parte do companheirismo masculino da Homicídios, o melhor seria voltar correndo para a Casos Não Solucionados, à máxima velocidade que meus pezinhos conseguissem alcançar.

– Estarei lá – disse eu.

– Você fez por merecer, acho.

– Valeu.

– Você conseguiu um dia inteiro sem meter os pés pelas mãos. Vai querer o quê, uma medalha?

– Eu disse *valeu*. Vai querer o quê, flores?

Os portões estavam fechados. O vigia noturno não tinha percebido a longa descida dos nossos faróis pela entrada de carros, desde lá de cima.

Quando Conway deu uma buzinada, ele teve uma reação de surpresa, largando seu laptop.

– Pateta inútil – dissemos Conway e eu, em coro.

Os portões se abriram com um rangido demorado. No segundo em que havia uns dois centímetros de folga de cada lado, Conway acelerou fundo e quase arrancou o espelho retrovisor do MG. E o Kilda ficou para trás.

Conway remexeu no bolso do blazer e jogou alguma coisa no meu colo. A foto do cartão. Chris sorrindo, folhas douradas. Eu sei quem matou.

– Em quem você apostaria? – perguntou ela.

Mesmo na penumbra, cada linha das suas feições estava tão carregada de eletricidade que ele poderia ter saltado do papel. Inclinei a foto para a luz do painel, tentando ler seu rosto. Procurei ver se aquele sorriso estava iluminado pelo reflexo da garota para quem ele estava olhando. Se ele dizia amor, novinho em folha e totalmente ardente. Ele guardou seus segredos.

– Selena – disse eu.

– É. Eu também.

– Ela sabia que tinha sido Rebecca, desde aquela hora em que Rebecca lhe entregou o celular do Chris. Ela conseguiu guardar o segredo por um ano, mas no final ele estava destruindo tanto sua cabeça que ela não pôde mais aguentar, precisou desabafar.

Conway fez que sim.

– Mas ela não estava disposta a dedurar a amiga. O Canto dos Segredos era perfeito: expunha o caso, aliviava a pressão, sem dizer a ninguém nada que importasse de verdade. E Selena é tão desligada que nem percebeu que o cartão nos traria para a escola. Ela achou que seria a fofoca de um dia, e só.

As luzes da rua iam passando, iluminando e apagando a existência do Chris.

– Pode ser que agora ela pare de vê-lo – disse eu.

Eu queria ouvir Conway dizer as palavras. *Ele se foi. Nós conseguimos dissolvê-lo, nós o expurgamos da mente dela. Deixamos os dois livres.*

– Acho que não – disse Conway. Com a mão em cima da outra no volante, ao dobrar uma esquina. – O estado dela? Ela não vai se livrar dele nunca.

Os jardins pelos quais tínhamos passado de manhã estavam vazios, no fundo de uma espessa camada de silêncio. Estávamos apenas a metros de uma estrada principal, mas entre todo aquele verdor cuidadoso e elegante éramos a única coisa em movimento. O motor suave do MG parecia grosseiro como um arroto.

– Costello – disse Conway e parou por ali, como se estivesse decidindo se continuava a falar. Os donos da asa de caneca de concreto de um metro e meio a mantinham iluminada com holofotes, para garantir que todos nós pudéssemos apreciar a obra a qualquer momento do dia, ou para se certificar de que ninguém a surrupiasse para combinar com sua caneca de concreto de dois metros e meio. – A vaga dele ainda está aberta.

– É. Eu sei.

– O'Kelly esteve falando em julho; alguma coisa sobre ser depois do orçamento do meio do ano. A menos que isso aqui caia por terra, eu ainda deveria ter algum crédito nessa época. Se você estivesse pensando em se candidatar, eu poderia fazer uma recomendação.

Isso significaria uma parceira. *Você quer ele, Conway, então fique com ele...* Eu e Conway.

Eu via tudo, claro como o dia. A zombaria dos machões, os risinhos surgindo quando eu encontrasse a máscara para sadomasoquismo em cima da minha mesa. A papelada e as testemunhas que levavam exatamente um tiquinho a mais para chegar a nós. As cervejadas da divisão das quais só tomávamos conhecimento na manhã do dia seguinte. Eu me esforçando para ser simpático, só me fazendo de idiota. Conway, sem fazer o menor esforço.

Ele quer dizer que você conseguirá enfrentar qualquer coisa que dê errado, eu tinha dito a Rebecca. *Desde que você tenha seus amigos.*

– Seria incrível – disse eu. – Valeu.

À luz difusa do painel, vi o canto da boca de Conway subir, só um mínimo, aquela mesma expressão pronta-pro-que-der-e-vier, que tinha exibido quando ela estava ao celular com Sophie, lá na sala dos investigadores.

– Valeria pela diversão, de qualquer maneira – disse ela.

– Você tem uma ideia esquisita de diversão.

– Fique feliz por eu ter, ou você ia continuar atolado lá na Casos Não Solucionados sabe-se lá por quanto tempo, rezando para alguma outra adolescente lhe trazer outro passe de saída.

– Não estou me queixando – disse eu. E senti uma expressão semelhante no canto da minha boca.

– Melhor não mesmo – disse Conway. Ela fez a curva com o MG para entrar na preferencial e afundou o pé. Alguém buzinou; ela respondeu buzinando e lhe mostrou o dedo. E a cidade passou viva com seus fogos de artifício ao redor de nós: ostentando seus letreiros de neon, refulgindo com luzes vermelhas e douradas, vibrando com motocicletas e bombando com aparelhos estereofônicos, despejando um vento morno para dentro das janelas abertas. A estrada ia se desenrolando diante de nós; mandava sua pulsação profunda até a medula dos nossos ossos; seguia numa corrente longa e forte o bastante para durar para sempre.

30

Quando elas voltam ao colégio para o quarto ano, chove: uma chuva grossa e pegajosa que deixa a pele salpicada com resíduos grudentos. O verão foi esquisito, desarticulado: alguém estava sempre fora, de férias, com os pais; outra sempre tinha um churrasco em família, uma consulta com o dentista, ou qualquer coisa; e de algum modo elas quatro mal se viram desde junho. A mãe de Selena a levou a um cabeleireiro para cortar direito seu novo cabelo curto. O corte faz com que pareça mais velha e mais sofisticada, até você olhar bem para o rosto dela. Julia está com um chupão no pescoço. Ela não fala, e nenhuma das outras pergunta. Becca cresceu uns oito centímetros e tirou o aparelho dos dentes. Holly tem a impressão de que só ela ainda é a mesma: um pouco mais alta, as pernas um pouco mais bem-feitas, mas essencialmente ela mesma. Por um segundo vertiginoso, com a bolsa lhe pesando no ombro no vão da porta do quarto com cheiro de limpa-vidros, que elas vão dividir neste ano, ela quase fica envergonhada diante das outras.

Nenhuma delas menciona o juramento. Nenhuma delas fala em sair de noite, nem para comentar como era legal, nem para sugerir que descubram outro jeito. Um pedacinho de Holly começa a se perguntar se para as outras aquilo foi só uma grande brincadeira, só uma forma de tornar mais interessante o colégio ou elas mesmas; se ela no fundo foi uma panaca ao acreditar que aquilo tinha importância.

Chris Harper morreu há três meses e meio. Ninguém menciona seu nome. Nem elas, nem ninguém mais. Ninguém quer ser a primeira; e, depois de alguns dias, é tarde demais.

Umas duas semanas depois do início das aulas, para de chover um pouco; e, numa tarde desassossegada, elas quatro não conseguem enfrentar mais uma hora no Palácio. Elas assumem sua carinha de inocência e se esgueiram para os fundos, para o Campo.

O mato está mais alto e mais forte do que no ano passado. As pilhas de entulho onde o pessoal costumava subir desmoronaram, transformando-se em montinhos inúteis de dois palmos de altura. O vento faz a tela de arame raspar no concreto.

Não há ninguém ali, nem mesmo os emos. Julia abre caminho a chutes pelo mato baixo e se senta encostada no que restou de uma pilha de entulho. As outras vão atrás.

Julia pega o celular e começa a enviar uma mensagem de texto para alguém. Becca dispõe seixos em arabescos perfeitos num trecho de terra nua. Selena olha para o céu, como se ele a tivesse hipnotizado. Um último pingo de chuva atinge seu malar, mas ela nem pisca.

Está mais frio aqui do que lá na frente, um frio rústico, de campo, que faz lembrar que há montanhas no horizonte, não tão longe assim. Holly enfia as mãos fundo nos bolsos da jaqueta. Ela está com uma sensação pinicante, mas não sabe dizer onde.

– Que música era aquela? – diz ela, de repente. – No ano passado, tocava no rádio o tempo todo. Uma cantora.

– Como é que ela é? – pergunta Becca.

Holly tenta cantar, mas faz meses que não a ouve e ela se esqueceu da letra. Tudo o que consegue lembrar é *Lembra, ai, lembra de quando...* Em vez disso, ela tenta cantarolar a melodia. Sem aquela batida leve e acelerada e o dedilhar da guitarra, a música não parece nada. Julia dá de ombros.

– Lana Del Rey? – arrisca Becca.

– Não. – É tão totalmente diferente de Lana Del Rey que até mesmo a sugestão deixa Holly deprimida. – Lenie. Você sabe de qual estou falando.

Selena olha para ela, com um sorriso vazio.

– Oi?

– Aquela música. Um dia no nosso quarto, você estava cantarolando essa música. E eu cheguei do banho e perguntei qual era o nome, mas você não sabia. Lembra?

Selena pensa nisso um pouco. Depois esquece e começa a pensar em alguma outra coisa.

– Putz – diz Julia, mudando o traseiro de posição na terra batida. – Onde é que está todo mundo? Esse lugar não costumava ser, tipo, *interessante*?

– É o tempo – diz Holly. Sua sensação pinicante ficou mais forte. Ela encontra no bolso uma embalagem de barra de chocolate e a amassa bem apertada para fazer uma bola.

– Gosto assim – diz Becca. – Antes era só um monte de caras idiotas procurando alguém para atormentar.

– O que pelo menos não era *chato*. A gente bem que podia ter ficado lá dentro.

Holly identifica a sensação pinicante: está se sentindo só. Perceber isso agrava a sensação.

– Então, vamos entrar – diz ela. De repente ela quer o Palácio, quer se encher até estourar com música sintética e cheiro de algodão-doce.

– Eu não *quero* entrar. Não adianta nada. Precisamos voltar pro colégio daqui a dois minutos.

Holly pensa em entrar de qualquer maneira, mas não sabe dizer se alguma das outras viria junto, e a ideia de se arrastar sozinha debaixo da chuva cinzenta faz crescer sua solidão. Em vez disso, ela lança a bola de papel no ar, faz com que gire umas vezes e a faz pairar.

Ninguém faz nada. Holly faz a bolinha flutuar, tentadora, na direção de Julia, que lhe dá um tapa como se ela fosse um inseto irritante.

– Para com isso.

– Ei, Lenie.

Holly quase faz a bolinha quicar na testa de Selena. Por um segundo, Selena parece confusa. E então ela pega a bolinha no ar, com delicadeza, e a enfia no bolso.

– Nós não fazemos mais esse tipo de coisa.

As razões vibram no ar.

– Ei – diz Holly, com a voz alta demais e ridícula, naquele silêncio úmido e cinzento. – Ela era minha.

Ninguém responde. Ocorre a Holly, pela primeira vez, que um dia ela vai acreditar – acreditar piamente, como líquido e certo – que aquilo tudo foi imaginação delas.

Julia está de novo trocando mensagens de texto no celular. Selena resvalou de volta aos seus devaneios. Holly ama essas três com um amor tão enorme, feroz e magoado que poderia sair uivando.

Becca olha nos seus olhos e aponta para o chão com o queixo. Quando Holly olha para baixo, Becca faz saltar um seixo através do mato e o faz pousar diante da bota Ugg de Holly. Holly só tem tempo de se sentir um pouquinho melhor antes de Becca lhe dar um sorriso bondoso, uma adulta dando uma bala para uma criança.

É o Ano da Transição; as coisas estariam estranhas de qualquer modo. Elas quatro cumprem suas semanas de estágio em empresas diferentes, em horários diferentes. Quando os professores dividem a turma em grupos para projetos sobre publicidade na internet ou trabalho voluntário com crianças deficientes, eles separam de propósito as turminhas de amigas, porque o Ano da Transição é todo sobre novas experiências. É isso o que Holly diz a si mesma, nos dias em que ouve a risada de Julia subir a partir de uma galera lá do outro lado da sala de aula, nos dias em que elas quatro finalmente dispõem de alguns minutos juntas no quarto antes do toque de silêncio e mal chegam a dizer uma palavra: é só o Ano da Transição. Teria acontecido de qualquer maneira. No ano que vem tudo voltará ao normal.

Esse ano, quando Becca diz que não vai à festa do Dia dos Namorados, ninguém tenta fazer com que ela mude de ideia. Quando a irmã Cornelius flagra Julia e François Levy se beijando bem na pista de dança, Holly e Selena não dizem nada. Holly não pode garantir que Selena, oscilando fora do ritmo com os braços em torno de si mesma, tenha sequer percebido.

Depois, quando elas voltam para o quarto, Becca está enroscada na cama de costas para elas, usando fones de ouvido. Sua luz de leitura reflete num olho aberto, mas ela não diz nada. E as três também não.

Na semana seguinte, quando a srta. Graham diz para elas formarem grupos de quatro para o grande projeto final de artes, Holly agarra as outras três tão depressa que quase cai da cadeira.

– Ui – diz Julia, desvencilhando seu braço. – Que que é isso?

— Meu Deus, calma. Eu só não quero acabar ficando com umas idiotas que vão querer fazer uma foto gigante do Kanye, a partir de marcas de beijos.

— Calma você – diz Julia, mas abre um sorriso. – Nada de beijos com o Kanye. Vamos fazer uma Lady Gaga toda com absorventes internos. Será um comentário sobre o lugar da mulher na sociedade. – Ela, Holly e Becca são dominadas por risinhos, e até Selena abre um sorriso. Holly sente que seus ombros se relaxam pela primeira vez em séculos.

— Oi – diz Holly, batendo a porta ao passar.

— Aqui dentro – responde o pai, da cozinha. Holly larga a bolsa de fim de semana no chão e entra, sacudindo do cabelo uns respingos de chuva.

Ele está diante de uma bancada, descascando batatas, com as mangas compridas de uma camiseta cinza arregaçadas acima dos cotovelos. Visto de trás – com o cabelo despenteado ainda quase todo castanho, ombros fortes, braços musculosos – ele parece mais jovem. O forno está ligado, deixando a cozinha aquecida e com um leve zumbido. Do lado de fora da janela, a chuva de fevereiro é uma névoa finíssima, quase invisível.

Chris Harper morreu há nove meses, uma semana e cinco dias.

O pai dá em Holly um abraço, com as mãos para o alto, e se curva para ela poder beijar seu rosto: barba por fazer, cheiro de cigarro.

— Me mostra – diz ele.

— Pai.

— Mostra.

— Você é tão paranoico.

O pai agita os dedos diante dela, acenando. Holly revira os olhos e exibe seu chaveiro. Seu alarme pessoal é bonitinho, uma gota preta com flores brancas. O pai passou muito tempo procurando por um que desse a impressão de ser um chaveiro comum, para ela não se sentir embaraçada e parar de usá-lo. Mesmo assim, toda santa semana ele ainda verifica.

— É isso o que eu gosto de ver – diz o pai, voltando para as batatas. – Eu amo minha paranoia.

— Mais ninguém precisa ter um.

— Quer dizer que você é a única que vai escapar da abdução em massa por extraterrestres. Parabéns. Quer um lanchinho?

– Não estou com fome. – Às sextas, elas gastam em chocolate o que sobrou do dinheiro para pequenas despesas e o comem sentadas na mureta do ponto de ônibus.

– Perfeito. Então você pode me dar uma mãozinha aqui.

A mãe sempre faz o jantar.

– Cadê a mamãe? – pergunta Holly. Ela finge se concentrar em pendurar o casaco direito e fica vigiando o pai com o canto do olho. Quando Holly era pequena, seus pais se separaram. O pai voltou para casa quando ela estava com 11 anos, mas ela ainda fica de olho nas coisas, especialmente em coisas incomuns.

– Foi se encontrar com uma amiga do tempo de escola. Pega aí. – O pai atira para Holly uma cabeça de alho. – Três dentes, bem picadinhos. Seja lá o que for que isso quer dizer.

– Que amiga?

– Alguma mulher chamada Deirdre. – Holly não sabe dizer se o pai sabe que ela estava esperando essa confirmação, *uma amiga, alguma mulher*. Com o pai, nunca se pode dizer o que ele sabe. – Bem picadinho, hein?

Holly pega uma faca e senta num banco diante da bancada do café da manhã.

– Ela vem pra casa?

– Claro que vem. Eu só não garanto a que horas. Eu disse que íamos começar a fazer o jantar. Se ela chegar a tempo, ótimo. Se ainda estiver com a amiga, nós não passamos fome.

– Vamos pedir pizza – diz Holly, lançando ao pai um sorrisinho de canto. Quando ela ia passar os fins de semana no seu apartamento deprimente, eles pediam pizza e a comiam na sacada minúscula, com vista para o Liffey, com as pernas penduradas através da grade. Não havia espaço para cadeiras. Pelo jeito com que os olhos do pai se enternecem, ela pode ver que ele se lembra também.

– Aqui estou eu tentando exercitar meus talentos de chef enlouquecido, e você quer pizza? Sua ingrata. Seja como for, sua mãe disse que o frango precisava ser usado.

– O que estamos fazendo?

— Frango ensopado no forno. Sua mamãe escreveu a receita aqui, mais ou menos. — Ele mostra com o queixo uma folha de papel enfiada por baixo da tábua de picar legumes. — Como foi sua semana?

— Tudo bem. A irmã Ignatius nos fez um discurso enorme sobre como precisamos decidir o que queremos fazer na faculdade e como o resto da nossa vida depende de tomar a decisão certa. No final, ela ficou tão nervosa com a história toda que nos fez descer para a capela e rezar para a nossa santa da crisma pedindo orientação.

Isso resulta na risada que ela estava querendo.

— E o que a sua santa da crisma tinha a dizer?

— Ela disse que eu devia tratar de não tirar nota baixa nos exames, para não ter que aturar a irmã Ignatius mais um ano... *socorro!*

— Sabidinha. — O pai despeja as cascas na lata para fazer composto e começa a cortar as batatas. — Você está tendo um excesso de freiras na sua vida? Porque pode sair do internato na hora que quiser. Você sabe. É só dizer.

— Eu não quero — diz Holly, depressa. Ela ainda não sabe por que o pai a deixa ser aluna interna, principalmente depois do Chris, e ela sempre acha que ele pode mudar de ideia a qualquer hora. — Nenhum problema com a irmã Ignatius. Nós só rimos dela. Julia imita sua voz. Uma vez ela fez isso durante toda a aula de orientação, e a irmã Ignatius nem mesmo chegou a perceber. Ela não conseguiu descobrir por que nós todas estávamos caindo na risada.

— Essa é espertinha — diz o pai, sorrindo. Ele gosta de Julia. — Mas a irmã tem razão nesse caso. Você andou pensando no que virá depois da escola?

Holly tem a sensação de que nos dois últimos meses esse é o único assunto que interessa a qualquer adulto.

— Pode ser sociologia. Veio um sociólogo conversar com a gente no ano passado na Semana das Carreiras, e me pareceu OK. Ou quem sabe direito?

Ela está concentrada no alho, mas dá para ouvir que o ritmo do pai cortando as batatas não muda; não que ele mudaria, de qualquer modo. A mãe é advogada e atua no tribunal do júri. O pai é detetive. Holly não tem um irmão ou uma irmã que siga a carreira dele.

Quando ela se força a olhar para o pai, ele só demonstra estar impressionado e interessado.

– É mesmo? Procuradora? Vai querer atuar no tribunal?

– No tribunal. Pode ser. Não sei. Só estou pensando.

– Você tem o talento de argumentação para isso, de qualquer modo. Promotoria ou defesa?

– Estava pensando em defesa.

– Como assim?

Ainda todo simpático e curioso, mas Holly pode sentir uma frieza ínfima: ele não gosta da ideia. Ela dá de ombros.

– Só parece interessante. Está picado o suficiente?

Holly está tentando se lembrar de uma ocasião em que seu pai resolvia que ela não devia fazer alguma coisa e ela acabava fazendo de qualquer modo; ou vice-versa. O colégio interno é a única coisa que lhe ocorre. Às vezes, ele diz um não categórico; com mais frequência, simplesmente acaba não acontecendo. Às vezes, sem saber direito como, Holly até acaba achando que ele está com a razão. Ela não estava realmente planejando contar para o pai a história de estudar direito; mas, se você não se concentrar, acaba contando as coisas para ele.

– Parece legal – diz o pai. – Aqui. – Holly vai até ele e passa o alho para o refratário do ensopado. – E pique esse alho-poró para mim. Por que defesa?

Holly leva o alho-poró para seu lugar.

– Porque sim. Tem centenas de pessoas do lado da promotoria.

O pai espera por mais, com a sobrancelha erguida, querendo saber, até ela dar de ombros.

– É só que... eu não sei. Detetives, policiais fardados, Polícia Técnica e a promotoria. A defesa só tem a pessoa envolvida e seu advogado.

– Hum – diz o pai, examinando os pedaços de batata. Holly pode sentir que ele está sendo cuidadoso, verificando sua resposta de todos os ângulos. – Sabe, querida, no fundo não é tão injusto quanto parece. Se existe alguma parcialidade, o sistema privilegia a defesa. A promotoria precisa construir todo um processo que se sustente para além de qualquer dúvida razoável; a defesa precisa só apresentar uma única dúvida. Posso lhe jurar pela minha vida que há muito mais gente culpada absolvida do que gente inocente presa.

O que não é o que Holly quer dizer, de modo algum. Ela não sabe ao certo se o pai não ter entendido é irritante ou se é um alívio.

– É – diz ela. – Pode ser.

O pai joga as batatas no refratário.

– É um bom impulso – diz ele. – Só não se apresse. Não se fixe num plano enquanto não tiver certeza total. OK?

– Por que você não quer que eu trabalhe na defesa? – pergunta Holly.

– Eu adoraria. É isso que dá dinheiro. Você vai poder me manter no estilo ao qual eu desejo me acostumar.

Ele já está se afastando, o brilho antiaderente surgindo nos olhos.

– Pai, estou *perguntando*.

– Os advogados de defesa me odeiam. Achei que você ia encerrar mais ou menos agora a fase de me odiar, eliminar todos os traços dela e, quando estivesse com uns 20 anos, nós já estaríamos nos dando muito bem de novo. Não imaginei que você estivesse só dando os primeiros passos. – O pai vai até a geladeira e começa a remexer. – Sua mãe disse para pôr cenouras. Você acha que precisamos de quantas?

– *Pai*.

O pai se encosta à geladeira, olhando para Holly.

– Vou lhe fazer uma pergunta – diz ele. – Um cliente aparece no seu escritório, querendo que você o defenda. Ele foi detido. E não estamos falando de jogar lixo em via pública; estamos falando de alguma coisa muito além da fronteira do mal. Quanto mais você fala com ele, mais certeza tem de que ele é pra lá de culpado. Mas o cara tem dinheiro, e você precisa pagar o aparelho para os dentes e a mensalidade da escola do seu filho. O que você faz?

Holly dá de ombros.

– Vou pensar quando isso acontecer.

Ela não sabe como dizer ao pai, só metade dela chega a querer contar para o pai, que é exatamente esse o xis do problema. Tudo de que a promotoria dispõe, todo o pessoal de apoio, o sistema, a segurança da certeza de que eles estão do lado do bem: tudo isso dá uma impressão de preguiça, parece grudento e escorregadio como se fosse uma covardia. Holly quer ser independente, descobrir por si mesma o que está certo e o que está errado a cada vez. Ela quer ser quem provê meios velozes, em zigue-zague, para dar a cada história o final correto. Isso parece limpo; dá a impressão de coragem.

— É uma forma de agir. — O pai pega um saco de cenouras. — Uma? Duas?

— Põe duas. — Ele está com a receita bem ali. Não precisa perguntar.

— E suas amigas? Alguma delas está pensando em estudar direito?

Uma onda de irritação deixa rígidas as pernas de Holly.

— Não. Acontece que eu realmente consigo pensar nas coisas sozinha. Não é um espanto?

O pai abre um sorriso e vai voltando para a bancada. No caminho, põe a mão na cabeça de Holly, com carinho e com a força exata. Ele cedeu ou decidiu agir como se tivesse cedido.

— Você vai ser uma boa advogada — diz ele — se for essa sua decisão. Não importa de que lado do tribunal. — Ele deixa a mão escorrer pelo cabelo dela e vai trabalhar nas cenouras. — Não se preocupe, amorzinho. Você vai fazer a escolha certa.

A conversa terminou. Com todas as sondagens cuidadosas e todas as falas sérias e profundas do pai, ela escapuliu direto sem que ele detectasse qualquer sinal do que ela de fato está pensando. Holly sente um rápido arrepio de triunfo e vergonha. Começa a cortar com mais força.

— Então, o que suas amigas estão planejando?

— Julia vai fazer jornalismo. Becca não tem certeza. Selena quer entrar para belas-artes.

— Não deveria ser um problema para ela. As coisas que ela faz são boas. Eu ia mesmo perguntar se ela está bem ultimamente.

Holly olha para ele, mas o pai está descascando uma cenoura e olhando pela janela para ver se a mãe está chegando.

— O que você está querendo dizer?

— Só estou me perguntando. Nas últimas vezes que esteve aqui, ela me pareceu um pouco... aérea... será que é essa a palavra certa?

— É assim que ela é. Você só precisa conhecê-la melhor.

— Conheço a Selena há um bom tempo. Ela não era tão aérea assim. Alguma coisa a está preocupando?

Holly dá de ombros.

– As coisas de sempre. O estudo. Sei lá.

O pai espera, mas Holly sabe que ele não terminou. Ela despeja o alho-poró picado no refratário.

– E agora?

– Aqui. – Ele lhe joga uma cebola. – Sei que você e suas amigas conhecem Selena pelo avesso, mas às vezes essas são as últimas pessoas a sacar que alguma coisa está errada. Muitos problemas podem surgir mais ou menos na idade de vocês: depressão, sei lá como se chama hoje em dia a psicose maníaco-depressiva, esquizofrenia. Não estou dizendo que a Selena tenha qualquer um desses problemas – a mão dele sobe, à medida que Holly vai abrindo a boca – mas, se alguma coisa estiver acontecendo com ela, mesmo alguma coisa sem importância, agora é a hora de resolver isso.

Os pés de Holly estão querendo se fincar no piso da cozinha.

– A Selena não é *esquizofrênica*. Ela é *sonhadora*. Só porque ela não é uma adolescente idiota saída de uma linha de produção que anda por aí o tempo todo aos berros por causa de Jedward, isso não quer dizer que ela seja *anormal*.

Os olhos do pai estão muito azuis e muito tranquilos. É a tranquilidade que faz o coração de Holly bater forte na garganta. Ele acha que é sério.

– Você me conhece, benzinho. Não estou dizendo que ela tem que ser uma animadora de torcida toda atrevida. Só estou dizendo que ela parece muito menos atenta do que nessa mesma época no ano passado. E se ela tiver um problema e ele não for tratado rápido, a vida dela poderia ser gravemente prejudicada. Vocês vão sair para o grande mundo lá fora num piscar de olhos. Ninguém quer andar por aí com uma doença mental não tratada. É assim que vidas podem acabar destroçadas.

Holly sente ao seu redor um tipo novo de realidade, fazendo pressão sobre ela. Ele espreme seu peito, dificulta a respiração.

– A Selena está *bem* – diz ela. – Só precisa que as pessoas a deixem em paz e parem de irritá-la. OK? Dá pra você fazer isso, por favor?

– É justo – diz o pai, um instante depois. – Como eu disse, você a conhece melhor do que eu; e eu sei que vocês todas cuidam muito bem umas das outras. Só fique de olho nela. É só o que estou dizendo.

Uma chave chocalhando na porta da frente, impaciente, e depois uma corrente de ar frio, com sabor de chuva. – Frank? Holly?

– Oi – Holly e o pai respondem.

A porta bate e a mãe entra na cozinha como um vento.

– *Caramba* – diz ela, deixando-se relaxar encostada à parede. Seu cabelo louro está saindo do coque, e ela parece diferente, afogueada e solta, nem um pouco parecida com a mãe tranquila, de postura perfeita. – Foi *estranho*.

– Você está alta? – pergunta o pai, com um sorrisão. – E eu aqui em casa, cuidando da sua filha, me matando em cima de um fogão...

– Não estou. Bem, pode ser que esteja só um pouco altinha, mas não é isso. É que... Putz, Frank. Você se dá conta de que eu não via a Deirdre há quase trinta *anos*? Como isso acabou acontecendo?

– Quer dizer que tudo deu certo no final? – diz o pai.

A mãe ri, ofegante e meio tonta. Seu casaco está aberto. Por baixo ela está usando seu tubinho azul-marinho raiado de branco, com o colar de ouro que o pai lhe deu no Natal. Ela ainda está jogada na parede, com a bolsa largada no chão aos seus pés. Holly sente mais uma vez aquela pulsação de cautela. A mãe sempre lhe dá um beijo no instante em que uma das duas passa pela porta.

– Foi maravilhoso. Eu estava absolutamente *apavorada*. Sério, à porta do bar eu quase dei meia-volta e vim pra casa. Se não tivesse funcionado, se tivéssemos simplesmente ficado sentadas ali num papo superficial como meras conhecidas, eu não teria conseguido aguentar. Dee, eu e essa outra garota, Miriam, nos tempos do colégio, nós éramos como você e suas amigas, Holly. Nós éramos inseparáveis.

Um dos tornozelos dela está virado para fora acima do sapato de couro azul-marinho de salto alto, deixando-a mais baixa para um lado como uma adolescente.

Trinta anos, nunca, nós nunca...

– Então como foi que vocês não se encontraram? – pergunta Holly.

– Os pais de Deirdre emigraram para os Estados Unidos, quando nós saímos do colégio. Ela fez faculdade lá. Não era como agora; não havia e-mails; ligações telefônicas custavam os olhos da cara; e as cartas levavam semanas pra chegar. Bem que nós tentamos. Ela ainda tem todas as minhas cartas, dá para imaginar? E levou tudo junto, todas aquelas coisas de que eu já tinha me esquecido totalmente, garotos, saídas de noite e brigas com nossos pais... Eu sei que tenho as cartas dela em algum canto, talvez no sótão da casa dos meus pais, vou precisar olhar. Não posso ter jogado todas fora. Mas era o tempo de faculdade, nós vivíamos ocupadas; e, quando percebemos, já estávamos totalmente fora de contato...

O rosto longo e bonito da mãe está transparente, com coisas sendo sopradas de um lado a outro dele, luminosas e velozes como folhas que caem. Ela não parece ser a mãe de Holly; nem a mãe de ninguém. Pela primeira vez na vida, Holly olha para ela e pensa: *Olivia*.

— Mas hoje, puxa, foi como se a gente tivesse se visto só há um mês. Rimos *muito*. Não me lembro da última vez que ri tanto. Nós ríamos desse jeito o tempo todo. Nos lembramos de um monte de coisas: tínhamos uma letra alternativa toda boba para o hino do colégio, troço ridículo, piadas sujas, e a cantamos juntas bem ali no bar. Nos lembramos da letra inteira. Faz trinta anos que eu não pensava naquela música. Eu podia jurar que ela nem estava mais na minha cabeça; mas olhei para Dee e tudo voltou.

— Fazendo bagunça em bares na sua idade – diz o pai. – Vão proibir sua entrada por lá. – Ele está sorrindo, um sorrisão por inteiro que o deixa também parecendo mais jovem. Ele gosta de ver a mãe assim.

— Ai, é mesmo, as pessoas devem ter nos ouvido, não é? Eu nem me dei conta. Sabe de uma coisa, Frank, a certa altura Dee me disse "Você deve estar querendo ir pra casa, não?" e eu realmente perguntei, "Por quê?" É que quando ela disse "casa", eu visualizei a casa dos meus pais. Meu quarto quando eu tinha 17 anos. Pensei, "Por que cargas-d'água eu ia querer voltar pra lá?" Eu estava tão mergulhada em 1982 que me esqueci de que tudo isso aqui existia.

Ela está sorrindo por trás da mão que está tapando sua boca, envergonhada e feliz.

— Abandono de menor – diz o pai a Holly. – Anote para o caso de ter vontade de denunciá-la às autoridades.

Alguma coisa passa roçando pela mente de Holly: Julia na clareira muito tempo atrás, a expressão divertida e delicada na sua boca, *Isso aqui não é para sempre*. A lembrança prende a respiração de Holly: Julia estava errada. Elas são para sempre, um para sempre breve e mortal, um para sempre que se infiltrará nos seus ossos e permanecerá dentro delas depois que terminar, intacto, indestrutível.

– Ela me deu isso aqui – diz a mãe, remexendo na bolsa. Ela tira uma foto, com a borda branca se tornando amarelada, e a põe em cima da bancada. – Olhem. Essas somos nós: eu, Deirdre e Miriam. Essas somos nós.

A voz dela fica esquisita, tornando-se aguda. Por um segundo de horror, Holly acha que a mãe vai chorar; mas, quando olha, ela está mordendo o lábio e sorrindo.

Elas três, talvez um ano ou dois mais velhas que Holly. Uniformes do colégio, o brasão do Kilda na lapela. Olhe de perto, e o kilt é mais comprido, o blazer é feio e quadradão, mas, se não fosse isso e o cabelo volumoso, elas poderiam ser do ano acima do seu. Estão brincando, fazendo beicinho e projetando o quadril, junto de um portão de ferro batido. É preciso uma torção estranha, como uma piscada de olhos, para Holly reconhecer o portão nos fundos do gramado de trás. Deirdre está no meio, jogando uma permanente escura e irregular para a frente por cima do rosto, toda curvas, cílios e um olhar malicioso. Miriam é pequena, loura e de cabelo leve como plumas, estalando os dedos, com um sorriso simpático através do aparelho. E no canto à direita está Olivia, pernas compridas, a cabeça jogada para trás, as mãos emaranhadas no cabelo, um misto de modelo e zombaria. Ela está usando brilho, rosa-claro de algodão-doce. Holly pode imaginar o leve ar de aversão no rosto da mãe, se ela usasse um brilho desses em casa num fim de semana. Ela está linda.

– Estávamos fingindo que éramos o Bananarama – diz a mãe. – Ou coisa desse tipo, acho que não tínhamos certeza. Naquele semestre formamos uma banda.

– Vocês tinham uma *banda*? – diz o pai. – Posso ser groupie?

– Nos chamávamos Agridoces. – A mãe dá uma risada, trêmula. – Eu era a tecladista. Bem, quase era. Eu tocava piano e achei que isso queria dizer que seria boa no teclado, mas no fundo era horrível. E a Dee só sabia tocar violão folk; e nenhuma de nós conhecia uma nota que fosse, de modo que a história toda foi um desastre total, mas nos divertimos a valer.

Holly não consegue parar de olhar. Aquela garota na foto não é uma única pessoa sólida, com os pés solidamente fincados em uma única vida irrevogável. Aquela garota é uma explosão irreal de fogos de artifício, feita da luz refletida de um milhão de possibilidades diferentes. Aquela garota não é uma advogada, casada com Frank Mackey, mãe de uma filha e só uma, com uma casa em Dalkey, cores neutras, cashmere macio e Chanel Nº 5. Tudo isso está implícito nela, enroscado sem que ela imagine por dentro dos seus ossos. Mas da mesma forma estão centenas de outras vidas latentes, não escolhidas e desaparecidas com facilidade, como sopros de luz. Um arrepio prende a coluna de Holly, sem querer se soltar.

– E Miriam está onde? – pergunta ela.

– Não sei. Não era a mesma coisa sem a Dee, e durante a faculdade nós nos afastamos. Naquela época, eu era um horror de tão séria, muito ambiciosa, estava sempre estudando, e a Miriam queria passar a maior parte do tempo bebendo e flertando. Assim, antes que a gente percebesse... – A mãe ainda está contemplando a foto. – Alguém me disse que ela se casou e se mudou para Belfast, pouco depois de terminar a faculdade. Foi a última notícia que tive dela.

– Se você quiser – diz Holly –, posso dar uma procurada nela pela internet. Ela deve estar no facebook.

– Ah, querida – diz a mãe. – É muita gentileza sua, mas eu não sei... – De repente, ela toma fôlego. – Não sei se suportaria. Dá pra você entender?

– Acho que sim.

O pai está com a mão nas costas da mãe, bem de leve, entre as omoplatas.

– Quer mais um copo de vinho?

– Ai, meu Deus, não. Ou pode ser. Não sei.

O pai segura sua nuca por um segundo e se dirige para a geladeira.

– Faz tanto tempo – diz a mãe, tocando a foto. A efervescência está sumindo da sua voz, deixando-a baixa e tranquila. – Não sei como foi possível que tanto tempo se passasse.

Holly volta para sua banqueta. E fica misturando pedacinhos de cebola com a ponta da faca.

– A Dee não está feliz, Frank. Ela costumava ser a extrovertida, a cheia de segurança, como a sua Julia, Holly, sempre com uma resposta esperta para qualquer coisa. Ela ia seguir carreira na política ou ia ser a entrevistadora na TV que faz aos políticos as perguntas difíceis. Mas se casou cedo, e depois o marido não quis que ela trabalhasse enquanto os filhos estivessem em idade escolar. Por isso, agora ela só consegue trabalho temporário como secretária. Ele também me parece um osso duro de roer... É claro que eu não disse isso para ela... Ela está pensando em se separar, mas está com ele há tanto tempo que não consegue imaginar como se sairia sem ele...

O pai lhe entrega um copo. Ela o aceita automaticamente, sem olhar.

– A vida dela, Frank, a vida dela não tem nada de parecido com o que ela achava que seria. Todos os nossos planos, nós íamos conquistar o mundo... Ela nunca imaginou isso.

Geralmente a mãe não fala assim diante de Holly. Ela está com a bochecha apoiada na mão, com o olhar perdido, vendo coisas. Ela se esqueceu de que Holly está ali.

– Vocês vão se encontrar de novo? – pergunta o pai. Holly sabe que ele quer fazer um carinho na mãe, abraçá-la. Ela também quer lhe dar um abraço, se encostar no lado da mãe, mas fica de longe porque o pai está ali.

– Pode ser. Não sei. Ela volta para os Estados Unidos na semana que vem, para o marido e o trabalho temporário. Não vai poder ficar mais que isso. E antes de viajar precisa visitar todos os primos. Nós juramos que desta vez vamos nos corresponder por e-mail... – A mãe passa os dedos pelo rosto, como se estivesse sentindo as rugas em torno da boca pela primeira vez.

– No próximo verão, nós podemos pensar em tirar férias lá para aquele lado. Se você quiser – diz o pai.

– Ai, Frank. É muita consideração sua. Mas ela não mora em Nova York nem em San Francisco, qualquer lugar que... – A mãe olha para o copo de vinho na mão, sem entender, e o deixa em cima da bancada. – Ela está em Minnesota, uma cidadezinha pequena por lá. É o lugar onde o marido nasceu. Não sei se...

– Se fôssemos a Nova York, quem sabe ela não poderia vir se juntar a nós? Pensa nisso.

– Vou pensar. Obrigada. – A mãe respira fundo. Ela pega a bolsa do chão e guarda a foto de volta nela. – Holly – diz ela, estendendo um braço, com um sorriso. – Vem cá me dar um beijo, querida. Como foi sua semana?

※ ※ ※

Nessa noite, Holly não consegue dormir. A casa parece abafada com o calor; mas, quando ela se livra do edredom, um frio se gruda em suas costas. Ela ouve a mãe e o pai indo dormir. A voz da mãe ainda alta, mais rápida e mais feliz, às vezes baixando de repente quando ela se lembra de Holly; o ritmo baixo do pai acrescentando algum comentário que faz a mãe rir alto. Depois que as vozes cessam, Holly fica ali deitada no escuro sozinha, tentando se acalmar. Ela pensa em mandar uma mensagem de texto para uma das amigas para ver se a outra está acordada, mas não sabe para qual, nem sabe o que quer dizer.

– Lenie – diz Holly.

Parece que se passam horas a fio até Selena, que está lendo de bruços na cama, levantar os olhos.

– Hum?

– No ano que vem. Como vamos decidir quem fica com quem?

– Hã?

– O quarto do último ano. Você sabe com quem vai querer dividir?

Uma espessa lâmina de chuva cobre a janela. Elas estão presas dentro do colégio. Na sala de convivência, alunas estão brincando com uma versão de Trivial Pursuit da década de 1990, experimentando maquiagem, trocando mensagens de texto. O cheiro de ensopado de carne para o lanche conseguiu de algum modo subir até ali, vindo do refeitório. E está deixando Holly ligeiramente enjoada.

– Puta merda – diz Julia, virando uma página. – Estamos em fevereiro. Se você precisa se preocupar com alguma coisa, o que acha daquele trabalho idiota de conscientização social?

– Lenie?

Os quartos dos últimos anos pairam ameaçadores sobre o quarto ano inteiro. Amizades se desfazem em lágrimas ardentes porque alguém escolheu a pessoa errada para dividir o quarto. Todas as alunas internas passam a maior parte do ano tentando evitar a escolha, com cuidado, procurando encontrar algum modo de transpor a dificuldade sem maiores estragos.

Selena olha para Holly, com a boca entreaberta, como se Holly lhe tivesse pedido que pilotasse uma nave espacial.

– Uma de vocês – diz ela.

Um tremor de medo atinge Holly.

– Bem, é claro. Mas qual?

De Selena não vem nada: espaço vazio, ecos. Becca sentiu alguma coisa no ar e tirou os fones de ouvido.

– Quer saber com quem eu vou dividir o quarto? – pergunta Julia. – Porque, se você vai ficar toda nervosinha por causa de coisas que ainda nem estão acontecendo, decididamente não vai ser com você.

– Não foi a você que eu perguntei – salienta Holly. – O que vamos fazer, Lenie? – Ela quer que Selena se sente na cama, pense no assunto e proponha uma solução em que nenhuma delas fique magoada. É nisso que ela é boa. Talvez sorteio de nomes... *por favor, Lenie, por favor...* – Lenie?

– Vocês resolvem. Pra mim não faz diferença. Estou lendo – diz Selena.

– Nós todas temos que decidir juntas – diz Holly, sentindo a voz alta demais e áspera demais. – É assim que funciona. Você não pode simplesmente jogar isso em cima de nós três.

Selena abaixa a cabeça ainda mais sobre o livro. Becca observa, chupando o fio dos seus fones de ouvido.

– Hol – diz Julia, dando para Holly o sorriso de nariz franzido que significa encrenca. – Estou precisando de um negócio da sala de convivência. Vem comigo.

Holly não tem nenhuma vontade de deixar Julia lhe dar ordens.

– Do que você está precisando?

– Vamos – diz Julia, saindo da cama.

– É pesado demais para você carregar sozinha?

– Ha-ha-ha-ha, grande comediante que você é. Vamos.

A força de Julia faz Holly se sentir melhor. Vai ver que ela devia ter dito alguma coisa para Jules de cara. Pode ser que as duas juntas cheguem a uma solução razoável. Ela joga as pernas para fora da cama. Becca fica olhando enquanto elas saem do quarto. Selena, não.

Está escurecendo cedo, e isso dá à luz no corredor um tom sujo de amarelo. Julia se encosta à parede, com os braços cruzados.

– Que merda é essa que você está fazendo?

Ela não se dá ao trabalho de falar em voz baixa. A chuva bombardeando a janela do patamar encobre suas vozes de qualquer uma que esteja tentando escutar.

– Eu só estava perguntando pra ela – diz Holly. – Qual é o problema...

– Você estava atormentando a Selena. Não faça isso.

– Helloo, como é que eu estava atormentando? Nós precisamos decidir.

– Você estava atormentando porque, se continuar insistindo com ela, ela só vai ficar perturbada. Nós três podemos decidir e falar pra ela. Ela vai ficar feliz com qualquer ideia que a gente tenha.

Holly imita os braços cruzados de Julia e seu olhar firme.

– E se eu achar que a Lenie também devia dar sua opinião?

Julia revira os olhos.

– Ai, minha nossa!

– O quê? Por que não?

– Fizeram uma lobotomia em você na hora do almoço? Você sabe por que não.

– Você quer dizer porque ela não está bem – diz Holly. – É por isso que não?

A expressão de Julia se fecha.

– Ela está bem. Só tem umas porcarias que precisa resolver, só isso. E todas nós não temos?

– Não é a mesma coisa. Lenie não está conseguindo *lidar* com nada. Coisas simples, ela não consegue fazer. O que vai acontecer quando nós não estivermos junto dela cada minuto de cada...

– Você quer dizer, tipo, quando a gente estiver na faculdade? Daqui a *anos*. Me desculpa, mas não vou ter um ataque de pelanca por isso. A essa altura, ela já vai estar bem.

– Ela não está melhorando. Você sabe que não está.

O assunto gira entre elas, afiado como uma navalha: ela não melhorou desde aquela época; desde aquele fato; você sabe do que estou falando. Nenhuma delas estende a mão para tocar nele.

– Acho que precisamos fazê-la conversar com alguém – diz Holly.

Julia dá uma sonora risada.

– O quê? Como a irmã Ignatius? Ah, é mesmo, isso vai deixar tudo perfeito... A irmã Ignatius não conseguiria tratar de uma unha quebrada.

– Não a irmã Ignatius. Alguém de verdade. Como um médico ou coisa parecida.

— Puta merda... — Julia salta da parede, apontando os dois indicadores contra Holly. O ângulo do seu pescoço está a um grau de uma agressão. — Nem pense nisso. Estou falando sério.

Holly quase estapeia as mãos dela. A onda de fúria lhe dá uma boa sensação.

— Desde quando você manda em mim? Você não tem direito de me dar ordens. Nunca.

Nenhuma das duas esteve numa briga de verdade desde que eram criancinhas; mas estão com olhos nos olhos, prontas para o que der e vier, o sangue fervendo, as mãos loucas por alguma coisa macia para arrancar e torcer. É Julia quem acaba cedendo, virando um ombro para Holly e se afundando, encostada à parede.

— Olha — diz ela para a janela do patamar e os gordos filetes de chuva. — Se você se importa com a Lenie, mesmo um mínimo que seja, não procure fazer com que ela vá falar com um psicólogo. Você vai precisar aceitar minha opinião: essa seria a pior coisa que você poderia fazer por ela, neste mundo. Entendeu?

A imensidão do que está sendo pedido está bem comprimida dentro de cada palavra. Holly não consegue entender Julia, em meio ao zumbido implacável dos segredos circulantes delas duas. Não consegue captar o que Julia sabe ou adivinha. Não é nem um pouco típico de Julia recuar.

— É um favor que estou te pedindo. Confia em mim. Por favor.

Bem no fundo de partes de si mesma que ela não sabia que existiam, Holly deseja que as coisas ainda fossem tão simples assim.

— Tá bem — diz ela. — OK.

Julia volta o rosto para ela. A camada de desconfiança faz Holly querer fazer alguma coisa, ela não sabe o quê: gritar para dissolvê-la, quem sabe, ou lhe mostrar o dedo, sair porta afora e nunca voltar.

— Tá mesmo? — diz Julia. — Você não vai tentar fazê-la conversar com ninguém?

— Se você tem certeza.

— Tenho certeza total.

— Então tá — diz Holly. — Não vou tentar.

— Perfeito — diz Julia. — Agora vamos pegar alguma coisa na sala de convivência antes que a Becs venha nos procurar.

Elas seguem pelo corredor, no mesmo ritmo, desconcertadas e sós.

* * *

Holly não está deixando para lá, porque Julia mandou. Ela está deixando para lá, porque tem uma ideia.

Foi a questão do psicólogo que a fez pensar. Naquela outra vez, ela foi atendida por um psicólogo. Ele era uma espécie de idiota, que suava no nariz e não parava de fazer perguntas sobre o que não era da conta dele. Por isso, Holly só brincava com os quebra-cabeças bobinhos dele e o ignorava, mas ele não parava de falar, e realmente disse uma coisa que acabou se revelando verdadeira. Ele disse que tudo ficaria mais simples uma vez que o julgamento terminasse e ela soubesse exatamente o que estava acontecendo. De uma forma ou de outra, disse ele, saber tornaria mais fácil tirar tudo aquilo da cabeça para ela começar a se concentrar em outras coisas. O que realmente aconteceu.

Leva alguns dias para Julia relaxar sua cara de desconfiança e deixar Holly e Selena juntas sozinhas. Mas uma tarde, quando elas estão no Palácio, Julia precisa comprar um cartão de aniversário para o pai e Becca se lembra de que está devendo um cartão de agradecimento à avó. E Selena levanta sua sacola da loja de materiais para arte e começa a se encaminhar para o chafariz; e, quando Holly vai atrás dela, já é tarde para Julia mudar qualquer coisa.

Selena dispõe tubos de tinta intactos num leque sobre o mármore preto e passa a ponta do dedo pelos rótulos com as cores. Do outro lado do chafariz, uma galera do Columba se vira para olhar para ela e Holly, mas eles não vão se aproximar. Eles têm noção.

– Lenie – diz Holly, e espera todo o tempo necessário para Selena pensar em olhar para ela. – Sabe uma coisa que podia fazer você melhorar?

Selena olha para ela como se Holly fosse feita de desenhos de nuvens, num movimento harmonioso e sem sentido de um lado para outro num céu azul.

– Hã? – diz ela.

– Se você descobrisse o que aconteceu – diz Holly. Chegar assim tão perto desse assunto faz seu coração derrapar, leve e veloz, sem tração. – No ano passado. E se alguém fosse preso. Isso ajudaria. Certo? Você não acha?

– Psssiu – diz Lenie. Ela estende a mão e pega a de Holly. A de Selena está fria e mole; e, por mais que Holly tente apertá-la, ela não lhe parece sólida. Selena deixa que Holly segure sua mão e volta para suas tintas.

Holly aprendeu há muito tempo, com seu pai, que a diferença entre ser apanhado e não ser está em não se apressar. Antes de tudo, ela compra o livro, num grande sebo no centro da cidade num sábado movimentado. Em dois meses, sua mãe não vai se lembrar de *Preciso comprar esse livro. Pode me dar dez euros. Volto num segundo.* Ninguém na caixa vai se lembrar de alguma menina loura com um livro mofado de mitologia e uma vistosa revista de arte para mostrar para a mãe. Ela encontra uma foto de celular que tem o Chris no segundo plano e a imprime algumas semanas mais tarde, na hora do almoço, numa corridinha até a sala de informática. Num piscar de olhos, as outras vão se esquecer de que ela levou alguns minutos a mais para voltar do banheiro. Ela recorta e cola no chão do seu quarto naquele fim de semana, usando luvas que roubou do laboratório de química, com o edredom ali pronto para ser puxado, cobrindo todo o trabalho, se a mãe ou o pai bater à sua porta; depois de um tempo suficiente, eles se esquecerão daquele reconfortante cheiro escolar de cola de papel. Ela joga o livro fora numa lata de lixo no parque perto de casa. No prazo de uma semana ou duas, ele terá desaparecido. Então ela enfia o cartão numa fenda no forro do seu casaco de inverno e espera que se passe tempo suficiente.

Ela quer um sinal que lhe diga quando vai ser o dia certo. E sabe que não vai receber o sinal, não para isso. Pode ser que para mais nada depois disso, nunca mais.

Ela cria seu próprio sinal. Quando ouve as Daleks falando sobre essa porcaria de projeto idiota, que não termina nunca, precisamos subir na terça de noite, que saaaco, Holly aproveita a oportunidade.

– Período de estudo de novo na terça? – diz ela, no final da aula de artes. Vê que as outras concordam, enquanto despejam montinhos de giz em pó na lata do lixo e enrolam o fio de cobre para guardar.

Ela é meticulosa. Trata de passar pelo Canto dos Segredos tagarelando com as outras, na entrada da sala de artes e na saída de novo, para que nenhuma delas veja o que não está lá. Trata de deixar seu celular numa cadeira empurrada por baixo da mesa, para que ninguém o veja para ela. Trata de dizer "Ai, putz, meu celular!" depois da hora do silêncio. Na manhã do dia seguinte, trata de cumprir todos os passos, lá em cima no corredor vazio: prende o cartão, vê o cartão (um rápido grito abafado, com a mão tampando a boca, como se alguém estivesse olhando), pega o envelope e o estilete, para tirar a tacha do lugar com a máxima delicadeza como se de fato houvesse impressões digitais ali. Quando ela volta correndo pelo corredor, o som de cada um dos seus passos sobe voando para um canto lá no alto e dá um tapa na parede como a mancha escura de uma mão espalmada.

As outras acreditam quando ela diz que está com enxaqueca: ela teve três nos dois últimos meses, combinando com os sintomas da mãe. Julia pega o iPod e o entrega para Holly não ficar entediada. Deitada na cama, Holly vê a saída das amigas para as aulas, como se fosse a última vez que as visse nesta vida: já meio de partida, Becca folheando um livro para seu trabalho de casa de estudos da comunicação, Julia puxando uma meia soquete, Selena dando um sorrisinho e um aceno por cima do ombro. Quando a porta se fecha atrás delas, passa-se um minuto em que ela acha que nunca vai conseguir se forçar a se sentar na cama.

A enfermeira lhe dá comprimidos para a enxaqueca, ajeita-a na cama e a deixa ali para dormir até se sentir melhor. Holly trata de se apressar. Sabe a que horas sai o próximo ônibus para o centro da cidade.

Ela sente o golpe no ponto de ônibus, no frio cortante do ar da manhã. De início, acha que está mesmo passando mal, que o que ela está fazendo invocou algum tipo de maldição contra ela e que agora todas as suas mentiras vão se realizar. Faz muito tempo que não tem essa sensação, que agora tem um gosto diferente. Ela costumava ser enorme e de sangue escuro; essa aqui é metálica, alcalina, é como sapólio corroendo suas camadas uma a uma. É medo. Holly está com medo.

O ônibus uiva para parar, como um animal desembestado. O motorista repara no seu uniforme. A escada oscila, instável, enquanto ela sobe para o segundo andar. Caras de blusão de capuz estão jogados no banco dos fundos, tocando hip-hop num rádio num volume ensurdecedor, e com os olhos eles a deixam nua; mas as pernas de Holly se recusam a levá-la de volta por aquela escada. Ela se senta na ponta do banco da frente, com os olhos fixos na rua que vai mergulhando debaixo das rodas, e fica escutando as risadas grosseiras atrás dela, tensa à espera do impulso que representaria um ataque. Se os caras vierem atrás dela, nesse caso ela pode apertar o botão de emergência. O motorista vai parar o ônibus e ajudá-la a descer a escada. Com isso, ela pode pegar o próximo de volta para a escola e voltar para a cama. Os socos que seu coração dá na garganta fazem com que ela tenha vontade de vomitar. Ela quer o pai. Quer a mãe.

A música começa tão baixa, quase inaudível através do som do hip-hop, que leva um minuto para chegar a Holly. E então ela a atinge como um choque no peito, como se ela tivesse respirado um ar de composição diferente.

Lembra, ai, lembra de quando nós éramos tão jovens...

Ela vem cristalina, com toda a letra. Faz desaparecer o ruído do motor, joga longe os gritos dos caras de capuz. Ela os leva por cima do canal e os acompanha até o centro da cidade. Faz o ônibus voar por uma série de sinais de trânsito, todos passando para o verde, faz com que ele salte sobre quebra-molas e, sobre duas rodas, consiga se desviar de pedestres afoitos. *Nunca achei que te perderia, e nunca achei que te encontraria, nunca achei que tudo o que perdemos parecesse tão perto...*

Holly presta atenção a cada palavra, direto. Refrão, refrão de novo, de novo, e ela espera que a música vá sumindo. Em vez disso, ela continua e aumenta o volume. *Ainda falta muito, ainda falta tanto a percorrer...*

O ônibus vai freando até sua parada. Holly dá tchau para os caras de capuz – boquiabertos, desconcertados, procurando alguma ofensa, lentos demais – e desce voando a escada instável.

Lá na rua, a música continua tocando. Está mais baixa e mais difícil de captar, oscilando em meio aos sons do trânsito e aos gritos de grupos de estudantes, mas agora ela sabe o que deve tentar ouvir e se agarra a isso. A melodia sai em espiral à sua frente como um fino fio de ouro. Ela a conduz, ágil, com pés de bailarina, entre os ternos apressados, os postes de iluminação e as mendigas de saias compridas, pela rua acima na direção de Stephen.

AGRADECIMENTOS

Devo enormes agradecimentos a cada vez mais pessoas: Ciara Considine da Hachette Books Ireland, Sue Fletcher e Nick Sayers da Hodder & Stoughton, e Clare Ferraro e Caitlin O'Shaughnessy da Viking, pelo tempo e pelo conhecimento que dedicaram para tornar este livro muito melhor; Breda Purdue, Ruth Shern, Ciara Doorley e todos da Hachette Books Ireland; Swati Gamble, Kerry Hood e todos da Hodder & Stoughton; Ben Petrone, Carolyn Coleburn, Angie Messina e todos da Viking; Susanne Halbleib e todos da Fischer Verlage; Rachel Burd, por mais um copidesque de olhos de lince; o espantoso Darley Anderson e sua equipe de primeira na agência, em especial Clare, Mary, Rosanna, Andrea e Jill; Steve Fisher da APA; David Walsh, não só por responder a todas as minhas perguntas sobre o procedimento de detetives, mas por me dar as respostas para perguntas que eu não sabia que precisava fazer; o dr. Fearghas Ó Cochláin, como de costume, por me ajudar a matar a vítima do modo mais plausível possível; Oonagh "Better Than" Montague, por (entre muitas, muitas outras coisas) me fazer rir em todos os momentos em que eu mais precisava; Ann-Marie Hardiman, Catherine Farrell, Kendra Harpster, Jessica Ryan, Karen Gillece, Jessica Bramham, Kristina Johansen, Alex French e Susan Collins, por várias combinações maravilhosas de seriedade, bobeira e todos os tipos de apoio; David Ryan, por ser tão assim e de modo tão incomparável que, sem seu infindável ser, eu jamais teria conseguido; minha mãe, Elena Lombardi, por todo santo dia; meu pai, David French; e, mais do que eu um dia serei capaz de expressar em palavras, meu marido, Anthony Breatnach.

Este livro foi impresso pela Lis Gráfica e Editora Ltda.
para a Editora Rocco Ltda.